KB249724

혼신의 힘을 다해 자아를 찾아 나선 사람들에게 바칩니다.

여울목

초판 1쇄 인쇄 2009년 11월 05일
초판 1쇄 발행 2009년 11월 10일

지은이 김봉진
펴낸이 이종천
펴낸곳 오늘미디어
등록일 1997년 11월 17일 제 10−1015호
주소 서울시 마포구 마포동 35−1 현대빌딩 609호
전화 02-719-2811(대)
팩스 02-712-7392
전자우편 oneull@hanmail.net
인터넷 홈페이지 www.oneul.co.kr

ⓒ 김봉진 · 2009
ISBN 978-89-87928-89-0 03810

• 책값은 뒤표지에 있습니다.
• 지은이와 의논하여 인지는 붙이지 않습니다.
• 잘못 만들어진 책은 구입하신 서점에서 바꾸어 드립니다.

The Neck of the Rapids

여울목

김봉진 휴머니티 감성소설

1971. Manhattan Love Story

동족상잔의 전쟁이 한창일 때 태어났고 휴전이 될 무렵 보국대 (services to ones country)로 나가신 아버지가 생사의 기로에서 헤맬 때 난 할아버지한테 천자문을 배우기 시작했다.

시래기 된장국에다 밥을 말아 시큼한 김치를 쭉 찢어 걸쳐서 허기진 배를 채우면서 명신보감을 외우기 시작하던 어느 날, 할아버지께서 세상을 떠나셨다. 마침 그때 아버지는 집으로 돌아오셨고 그때부터 할아버지의 엄격한 훈육을 그대로 이어받아 나를 지도하셨다. 그리고 유도가 무엇인지도 모르는 나에게 보리타작을 하다가 혹은 볏단을 나르면서도 하나씩 익히도록 했고 씨름과 심신단련이 된다는 당수도(태권도 전신)까지 배우게 되었다. 사실 나는 이 운동들이 지금도 정통훈련법으로 배운 것인지 잘 알지 못하고 있다.

가련다 떠나련다.
해공선생 뒤를 따라
장면 박사 홀로 두고
조 박사는 떠나가네.

해공선생의 뒤를 따라가는 것이 무엇인지 장면 박사를 홀로 두고 조 박사가 떠나가는 것이 다만 내가 사는 나라에 슬픈 일인 거라는 것을 형에게 듣고 비분강개했는데, 얼마 있다가 마산 시내로 나갔던 형은 머리가 피범벅이 되어 돌아와서는 아버지가 보는 앞에서 스스로 숨을 거두며 내게 말했다.

"식자우환이다. 고마 대충 살아야 하는 더러븐 세상인 기라."

뭔지 모르지만 적의를 느끼며 어쩐지 나도 모르게 어떤 누구들에게 따돌림 당한 것 같은 이상한 느낌을 가지게 되었고, 혼자서 세상을 바라보는 습관이 생기기도 했다. 아버지를 따라서 장돌뱅이 생활을 하던 시절에 북면장, 하천장, 덕산장, 창원장 등을 걸어서 다니다가 잠시 쉴 때마다 조지워싱턴의 헌법 정신이 무엇이며, 함무라비 법전은 무엇이며, 바이마르 헌법은 무엇이라는 것을 설명하셨지만 귀신 씨나락 까먹는 소리로 알아들으며 그렇게 법의 정신(the spirit of the law)을 배웠다. 법이 도대체 어떤 것인지도 모르고!

그러다가 어느 날 혁명공약을 외워야 했고 그걸 외우지 못하면 손을 들고 벌을 받아야 하던 시절에 '바우'라는 진돗개는 유일한 내 친구였다. 자운영 풀밭으로 뛰어다니다가 지치면 전라도 어디에서 피난 와서 살던 춘자에게 풀피리를 불어주기도 했었다. 춘자는 나에게 순정(a pure heart)을 가르쳐주고 내가 만들어주었던 징검다리를 건너 안민령 고개로 넘어가 어디론가 떠나고 말았다. 후제(먼 훗날) 커서 틀림없이 신랑 각시하자는 굳은 맹세를 남기고…….

녹의 여왕과 라이파이가 무척 신나는 만화였고, 칠성이와 깨막이 그리고 진식이 같은 주인공들을 권선징악의 표본으로 알고 있었고, 엄마 찾아 삼만 리와 어머니를 붙들고 울고 있을 때 형이 남기고 간 청춘극장을 읽으면서 애련의 여주인공 허운옥이를 가슴 여미며 아파하기도 했다. 부활, 죄와 벌, 닥터 지바고, 무기여 잘 있거라, 누구를 위하여 종은 울리나 등은 나를 버리고 생을 마감한 바우의 슬품을 대신해서 메워주었다.

금융조합 서기보다는 힘자랑을 할 수 있는 유도나 씨름이나 하자며 어렵게 들어간 마산상고는 입학과 동시에 씨름부는 물론이거니와 모든 체육부를 폐지하고 말았다. 그렇게 되자 고교 3년은 무미건조할 수밖에……. 다행히 호기심이 너무 많아 학생으로서 할 수 있는 특별활동은 무작위로 참가했으니 그때부터 야단스러운 인생여로가 시작된 것인지도 모른다.

똑같은 일을 하고도 월급의 절반 가까이 더 받는 대학 졸업생들이 못마땅한 데다 마침 서울로 솔가한 집안을 따라 아버지의 친구 회사에 입사했다가 회사를 박차고 나온 것이 수렁(a bog)의 길목이었으니 누굴 탓할 수도 없는 운명이랄 수밖에 없다.

새벽에 서울역에 내려 두리번거리며 나오다가 누군가가 잠시 따라오라는 곳으로 가서 받은 오명(disgrace)! 그리고 아버지가 내게 미안하다는 것이 무엇인지를 확실하게 알게 되었고 자식의 무운장구를 기원하시던 부모님의 가슴에 쌓인 포원을 풀게 하리라던 대학은 아주 멀리 떠나고 말았으니……. 내 인생의 유랑(wandering)은 아마도 그렇게 시작된 것 같다.

아니라고 소리쳐보기도 하고 증거를 대라고 사정도 해봤지만 한 번 찍힌 연좌제의 너울은 세상 자체를 캄캄하게 만들었으니 내가 할 수 있는 일은 나를 받아주지 않는 사회 속을 헤집고 다니다가 그나마 어쩌다 조금 생기면 마실 수 있는 술이 구원이었다. 그 시절 사람이 힘으로 할 수 있는 일은 거의 다 해본 것 같다. 그때 노트에 적은 것이 비오는 날은 공치는 날이고 성자의 행진, 시방동네, 아들의 시대가 책으로 만들어졌다. 세상을 살면서 보고 느낀 것을 적다 보니 마흔아홉 번째 책이 만들어졌고 소설가라는 이름이 붙여지기는 했으나 나는 아직도 이 이름의 생경(crude)감을 지울 수가 없다.

물론 마흔아홉 번의 책 중에 태반이 서울의 봄이 오리라고 믿었던 그 다음에 검열이라는 너울이 내 인생을 송두리째 말아먹었지만 그래도 이제 쉰 번째의 책을 만들어내니 내 이름 석 자 앞에 붙이는 소설가라는 호칭에 자부심을 느낀다. 아울러 그때 내 원고를 다듬다가 흔적도 없이 사라진 출판사 사람들이 간절하게 보고 싶어진다. 혹여 만나면 정중하게 사과를 하고 싶다. 운수 사나운 사람의 탓으로 그나마 고육지책이었던 삶의 터전마저 빼앗기고 곤욕을 치르게 한 것 정말 미안하다고……

나도 모르게 실려 간 미국에서의 1년, 햇수로 따지면 2년이다. 조국이 나를 버린 줄 알았는데 애국하라고 불러준 소집영장으로 들어간 군대 3년은 차라리 행복한 시간이었다. 인생을 바라보는 시각과 제 스스로 다치지 않고 살아가는 지혜를 배웠으니 말해 무엇하리! 위수령이라는 어마어마한 것이 선포되고 유신헌법, 포고령, 대통령 부인의 저격사건 등을 가장 가까운 곳에서 지켜보면서 '명예무상(名譽無想)과 권력허망(權力虛妄)'이 어떤 식으로 적용되는지를 분명하게 알게 된 것이 유일한 소출(corps)이었다. 그리고 묻고 싶고 듣고 싶었던 이야기가 너무 많았지만 한 마디도 나누지 못하고 너무도 쓸쓸하고도 처참하게 세상을 떠나신 아버지는 내 인생의 신앙이 되었고, 제대 후에 이어진 유랑의 길은 인생은 나그네 길이라는 노래 가사를 연상케 했다. 그 유랑의 길에서, 역사를 보관하는 마음으로 한 점 한 점 사들인 유물들은 이제 박물관 하나를 만들고도 남을 만큼 되었으니 이 또한 내 인생의 소출이라면 소출이 된다.

어쨌거나 이 '여울목'이 쉰 번째 소설집이고 보니 더군다나 검열의 너울 속으로 사라진 것을 신들린 듯이 써내면서 흘린 지난 여름날의 땀은 험하고도 유별났던 내 인생 행로에 지불해야 했던 차비라는 생각으로 고개를 끄덕여본다. 아울러 지금까지 살아오는 동안 만난 인연들에게 정중하게 인사하고 싶다. 참 허물 많았던 사람 너 그러이 용서해주고 자애롭게 보듬어준 그 마음 정말 고마웠다고……

끝으로 꼭 한마디 하고 싶은 말이 있다. 남들이 늦었다고 하지만 그래도 가장 빠른 시기라고 우기며 열심히 희망을 찾아 나서볼 거라고!

2009년 가을볕 아래에서
김봉진

여울목

김봉진 휴머니티 감성소설

__차례

프롤로그

사람은 꿈을 찾아서 머나먼 여행길을 떠난다.

막연한(vague) 그리움(nostalgia)을 꿈으로 착각하고 지향(an intention)없이 길을 떠나는 사람이 대부분이라면 지나친 말일까?

어머니의 자궁 속 양수의 보호로부터 빠져나오는 순간부터 이 세상의 여행은 시작되는 것인데, 그것이 인생여정의 기나긴 시발점이라는 것을 우리는 기나긴 여행을 하고 난 뒤에 비로소 알게 된다.

삶을 아름다운 여행이라고 낭만적인 표현을 하는 사람이 과연 얼마나 될까?

인생은 한갓지고 여유만만한 낭만이 아니고 치열한 전투와 같은 것이라고 하는 사람은 다음과 같이 말한다.

인생사를 몰라도 한참이나 모르는 바보요, 경쟁에서 밀려난 한심한 얼간이(idiot)들이라고……. 그리곤 어떻게 사는 것이 잘사는 것인지도 모르고 그저 잘 살아야 한다고 당부도 하고 근엄한 표정으로 꾸짖기도 한다.

그러나 누군들 잘살고 싶지 않은 사람이 어디 있을까? 어떻게 사는 것이 잘사는 것이지 모르고 잘 살기만을 위하여 달려가다 보면 이미 잘 사는 것인데도 불구하고 또다시 잘살아야 한다고 욕심을 부린다. 남들이 욕심이라고 하지만 자신은 아직은 멀었다고 다그치기 일쑤이다. 허망한 마음을 부여잡고 가슴에 못질 당한 사람이 되어 두 눈을 감는 순간까지 자신이 선택한 것인데도 남의 탓처럼 억울해하고 분노에 치를 떤다.

사람은 어떤 식이든 선택을 해야 하고 선택을 당하는 경우가 있다. 선택하는 쪽이나 선택 당하는 쪽이나 자신이 가보지 못한 길에 대한 연민이나 그리움을 가질 수밖에 없는 것이 사람인 것 같다.

자신이 가보지 않았던 길, 가봤으면 어땠을까? 하는 인생여정(itinerary), 기다려도 오지 못할 사람을 기다리는 것처럼 어쩔 수 없는 일이라고 체념하면서도 그리워하는 것은 살아온 날에 대한 고해성사나 어떤 여죄(further crimes)에 대한 반추(rumination) 때문이 아닐까?

그러나 선택 이전에 이미 드리워진 주홍 글씨 때문에, 그리고 가는 길조차도 모르고 내던져진 운명을 감내해야 하는 것은 소리 없는 아우성이라고 대답할 수밖에 없다.

인생은 살아보고 난 후에 이야기하는 것이고, 꿈은 꾸지 않고는 이야기하는 것이 아니며 세상사는 일은 야박하고 냉정하지만 그 꿈마저 없다면 진실로 불쌍한 것일 뿐이라는 것······.

잃어버린 꿈을 찾아서 …

"잘 가게."

박 선장은 손을 내밀면서 비장한 얼굴로 말했다.

어둠 속이라 얼굴은 자세히 볼 수 없었지만 목소리엔 여러 가지 감정이 실려 있었다. 나는 박 선장의 손을 잡으며 입술을 깨물었다.

"네."

나는 짧게 대답하고 박 선장의 얼굴을 쳐다봤다.

잠시 침묵이 흐르는데 박 선장이 다시 말했다.

"항상 조심하고……. 일단 미국 땅에 들어가면 자넨 밀항자이고 불법 체류자라는 신분을 잊어버리지 말게. 자네가 원하지 않았지만 그런 신분이 된다는 걸 잊지 말고……. 미국 생활이 잘되길 바라네."

나는 말을 하지 못하고 목이 조여오는 느낌을 꾸역꾸역 삼키며 맞잡은 손에 힘을 주었다. 속으로는 '네, 알겠습니다. 명심하겠습니다.' 하고 대답했지만 목소리는 나오지 않았다.

"우리의 인연이 이렇게 마감되지 않길 바라네. 좋은 날이 오면 다시 만나기를 기원하네. 자네가 닻에 걸려 우리 배에 올라온 것이 자네로서는 행운이기도 하고 어쩌면 하늘이 맺어준 인연이라고 할 수 있는데, 그 인연이 여기서 끝나지 않기를 바라네. 그리고 자네의 가족사에 얽힌, 그래서 본의 아니게 당하는 연좌제의 피해가 다시는 자네 인생을 힘들게 하지 않기를 바라네. 자네 아버지의 이력이 사실이든 아니든 아버지의 비극이 아들이라는 이유만으로 대물림되는 그런 세상이 오지 않기를 바라네."

박 선장은 눈을 감으며 한숨으로 말을 마감했다. 덩치 큰 흑인이 와서 박 선장에게 무슨 말인가를 했다. 박 선장은 고개를 끄덕이며 그 흑인의 어깨를 툭 쳤다. 그러고는 다시 나에게 와서 말했다.

"자, 어서 가게."

박 선장은 나의 등을 밀었다. 내가 보트에 오르자 보트는 기다렸다는 듯이 어둠 속으로 미끄러져 갔다. 왠지 무서운 소굴로 들어가는 느낌이었다. 나는 가슴을 움츠리며 보트를 모는 흑인의 손짓에 따라 허리를 숙였다. 순간적으로 바라본 하늘에는 청청하게 빛나는 별들이 내 마음과는 상관없이 반짝이고 있었다.

"굿 럭."

흑인은 짧게 말하고 보트를 몰고 다시 어둠 속으로 사라졌다. 나는 주위를 살피며 빠르게 육지에 올랐다. 순간 소름이 쫙 끼치며 강렬한 전율이 전신을 스쳐 지나갔다.

'여기가 미국인가! 밀항자, 불법 체류자, 누가 나를 이렇게 만들었는가!'

마음을 다잡은 뒤 허리를 펴고 사방을 둘러보았다. 아무도 없었다. 그때 어둠을 비집고 여명이 천천히 밝아오고 있었다.

잠시 후 미국이라는 나라는 무섭기까지 했던 어둠이 서서히 밀려가는가 싶더니 찬란한 아침 해로 온 땅이 채색되고 있었다. 고개를 들고 보니 내 눈앞을 거대한 물체가 가로막고 서 있었다. 사람의 형상을 한 거대한 물체, 그것은 설명하지 않아도 알 수 있는, 바로 자유의 여신상이었다.

아! 자유의 여신상!

프랑스 정부가 미국의 독립 100주년을 기념하여 선물했다는 그 자유의 여신상이었다.

나는 잠시 민주화로 몸부림치는 한국이라는 나라가 머릿속을 스쳐 지나갔다. 그리고 프랑스 혁명의 함성이 귓가를 스치는 것 같았다. 왕권에 도전한 시민들의 유혈이 떠오르며 갑자기 뭐라고 설명할 수 없는 뜨거운 눈물이 흘러내렸다. 아무 뜻 없는 눈물이 맥없이 자꾸 흘러내렸다.

"고멩 구다사이……."

조금은 콧소리가 섞인 부드러운 목소리였다. 나는 그 목소리가 나를 향한 것인지 모르고 있다가 내게 얼굴을 내미는 여자를 보고서야 정신을 차렸다. 흘러내리는 눈물을 닦지도 못하고 그 여자를 쳐다봤다. 목소리만큼이나 상큼한 얼굴이었다. 여자는 걱정스런 얼굴로 나를 쳐다보더니 조심스럽게 말했다.

"아나타노 니혼진……."

말을 하다 말고 여전히 나를 뚫어져라 살피는 것이 매우 안쓰럽다는 표정이었다. 나는 그 여자가 하는 말이 무슨 뜻인지 알아들을 수는 없었지만 그것이 일본말이라는 것과 내가 일본 사람 아니냐는 말인 것 같아서 괜한 자존심에 가슴을 활짝 펴면서 말했다.

"아임 코리안 리파브릭 오버 코리안……."

제대로 된 영어는 아니었지만 내가 미국 땅에서 처음으로 해본 영어였다. 여자는 그 말을 알아들었는지 고개를 끄덕이며 다시 말을 이었다.

"아, 쏘……."

그 다음에 무슨 말을 했지만 내가 알아들을 수 없는 말이었다. 그때 일행인 듯한 여자가 큰 목소리로 말했다.

"미야코상! 와다시다치와……."

여전히 내가 알아들을 수 없는 일본말을 주고받더니 그녀는 크게 웃으며 "하이!"라고 대답하고는 어정쩡한 표정을 지으며 이내 일행 속으로 묻혀버리고 말았다. 무슨 말인가 하고 싶은데 하지 못하고 가는 표정이 뭔가 찜찜해보였다. 그런 그녀의 뒷모습이 내게도 약간의 아쉬움을 남겼다.

나는 잠시 동안의 묘한 감정을 지우며 사방을 돌아보았다. 내가 서 있는 곳은 사우스 페리(South Ferry)라는 곳이었다. 나는 어디론가 가야 한다는 생각을 했지만 어디로 가야 할지 몰라 한참을 그 자리에 서 있어야 했다. 그저 앞에 보이는 거대한 자유의 여신상을 바라보며 경외감과 함께 가슴속에서 올라오는 어떤 전율만을 움켜쥐어야 했다.

미국의 지하철은 내가 상상했던 이미지와는 전혀 달랐다. 너무 지저분하고 이상한 음울함까지 깔려 있어서 나 자신도 모르게 주변을 경계하게 했다. 어둡고 칙칙한 분위기가 영락없이 도둑놈 소굴에 들어온 것 같았다. 그래도 오가는 사람들이 있는 것이 다행이라는 생각이 들었다. 그만큼 대중들이 이용하는 장소 같지가 않았다.

박 선장의 말을 생각하며 우선 차표를 사야 한다는 생각에 곧바로 보이는 창구로 갔다. 걸어가면서 내가 해야 할 미국말을 생각했다.

'그래 맞다. 타임스퀘어 광장으로 가는 표를 달라쿠모 되겠제?'

"아이 니드 타임스퀘어 티켓 프리즈……."

순간적으로 내가 아는 영어를 총집합해서 말했다. 그리곤 박 선장이 챙겨준 10달러를 내밀었다.

"예스, 유 가러 고 투 타임스퀘어? 오 케이 넘버 원 오어 넘버 나인 트레인……."

그 다음에 무슨 말인가를 친절하게 건넸지만 나는 내미는 티켓을 받아서 개찰구로 갔다. 그리고 손짓까지 하면서 설명한 것을 생각해 봤다. 콜럼버스 서클에서 내려서 갈아타거나 아니면 팬 스테이션 역에서 그리 멀지 않으니 걸어서 가라……. 그렇게 말한 것으로 이해하고 전동차에 올랐다. 전동차에는 정신이 없을 정도로 많고도 다양한 인종들이 타고 내리고 있었다. 그 중에는 나처럼 어정쩡하게 지도 한 장을 가지고 두리번거리는 관광객들도 있었다. 매표원이 말하던 팬 스테이션이 나오자 나는 황급하게 내렸다.

오가는 사람들은 하나같이 바빠 보였다. 멀거니 서 있는 것은 나 한 사람뿐이었다. 그러나 어느새 나도 바쁜 사람처럼 걷고 있었다. 어디로 가는지도 모르고 그냥 빠르게 걸었다. 걷다 보니 어느새 팬 스테이션 역사 안으로 들어가 있었다. 그리고 그 어마어마한 규모에 나도 모르게 입이 벌어졌다. 그러나 여전히 바쁘게 오가는 사람들을 보니 금세 아무 생각도 나지 않았다.

'난 도대체 어디로 가는 거지?'

나는 계단을 오르다 말고 그 자리에서 멈추어 섰다. 어이가 없었다. 계단 가운데에 서 있는 내 주위로 수많은 사람들이 지나쳐갔지만 누구 하나 왜 그렇게 서 있느냐고 묻는 사람이 없었다. 그렇게 서서 보고 있자니 흑인, 백인, 동양인이 뒤섞여 지나가는 것이 마치 인종 전시장 같았다.

'여기가 오데고? 미국 아이가. 내가 우짜다가 여기까지 오게 됐노? 머하로 왔노? 나도 모르게 오다가 보이게 여기까지 왔구마.'

어이가 없었다. 계단 아래쪽으로부터 여전히 많은 사람들이 올라오고 있었고 하나같이 바쁘고 여유 없는 표정으로 어디론가 가고 있었다. 순간적으로 귓속이 윙하는 소리가 들리는가 싶더니 또다시 머릿속이 하얗게 되는 것 같았다. 저절로 눈이 감겼다. 박 선장의 얼굴이 떠올랐다.

"사람은 인연으로 얽혀 그렇게 살아지는 건지도 몰라. 정신을 가늠할 수 없었던 자네가 우리 배의 닻에 걸렸던 것도, 그리고 그렇게 캄캄한 앞날이 슬픈 게 아니라 너무도 서러워서 술을 마실 수밖에 없었던 것도, 자네가 나를 만날 수밖에 없었던 것도 모두가 다 운명이었는지도 몰라. 아마도 괴로웠겠지. 힘들었겠지. 그리고 억울하고 분했을 거야. 그렇지만 어쩌겠나. 이미 자네 앞에 놓인 자네의 인생인 것을……. 이쪽도 저쪽도 싫어서 차라리 눈을 감고 살려고 했지만 그것조차 못하게 된 자네 아버지, 이 나라 이 시대의 정치 산물로 선택의 여지도 없이 씌워진 그 누명이 자식인 자네에게 이어진 이 우습지도 않은 조국 대한민국의 정치현실……. 이것은 역사의 행간에 치어버린, 그래서 선택하지도 않았지만 선택 당할 수밖에 없었던……. 그래서 이 모든 것이 자네의 운명이란 거지. 이제 앞으로의 인생은 자네가 선택하기 바라네. 아니 이미 선택했는지도 모르지. 자신을 가지게. 미국은 자신을 가지고 노력하는 사람에게 정당한 대가를 지불하는 곳이고 자네가 어디에서 왔든, 또 어떤 사람이든 묻지도 따지지도 않는다네. 자네가 선택하는 운명이 합당하다면 또 이 나라에 필요하다면 필요한 만큼 포용해주는 나라가 이곳 미국이라는 나라야. 물론 이 나라가 정한 법의 테두리를 위반하지만 않는다면……. 그러나 밀입국자인 자네, 이제 곧 불법 체류자가 되겠지. 신분이야 그렇지만 자네가 원하는 진정한 자유, 다시 말해서 진정으로 하고 싶은 것을 찾으면 약점도 강점으로 인정해주고 너그러운 마음으로 포용해줄 수도 있어. 물론 이 미국도 많은 문제가 있는 나라야. 그러나 미국은 몇 마디 말로 정의내릴 수 없는 대단한 나라지. 이런 나라에서 자네는 살아야 하는 거야. 어떤 일이 있더라도 살아남아야 하네. 정말 힘들 땐 내가 적어준 곳으로 연락하고……."

끝을 흐렸던 박 선장의 말을 떠올리며 나는 두 주먹을 불끈 쥐었다. 그리고 가슴을 펴면서 마음속으로 외쳤다.

'가자! 가는 기라! 살려면 어디로 가야만 하는 기라!'

힘차게 걸었다. 어디로 가는지도 모르고 그냥 걸었다. 어디로 가든 무엇을 하든 일단 그 자리를 떠나서 어디론가 가야만 한다는 생각으로 그냥 걸었다.

눈앞에 보이는 거리의 풍경들이 조금은 눈에 익숙해지는 것 같았다. 꼭 찾아가리라던 타임스퀘어 광장도 잊어버리고 사람들을 따라서 걸었다. 옆에서 걷던 백인 여자와 남자가 이상하다는 시선으로 쳐다봤지만 모른 척 갈 길이 있는 사람처럼 당당하게 걸었다.

눈앞에 보이는 거리의 이름들을 하나하나 읽으며 걷다 보니 어느새 낯선 사람들과 같이 걷게 되고 얼마 지나지 않아서는 또 다른 사람들과 같은 방향으로 걷고 있었다. 걷다가 시선이 마주칠 때마다 사람들은 미소를 지었다. 난 그런 표정이 낯설었지만 나도 따라서 미소를 지어보였다.

걷다 보니 메이시 백화점이 보였고 또 얼마를 걷다 보니 엠파이어스테이트 빌딩이 보였다. 실제로 그 건물을 보니 신기한 생각이 들었다. 엄청나게 높은 건물을 올려다보는 느낌이란! 그저 눈으로 보면서도 믿을 수 없을 만큼 신기할 뿐이었다. 길을 건넜다. 눈에 보이는 모든 것을 머릿속에 새겨 넣었다.

길 건너에 있는 바나나 리퍼블릭이라고 붙어 있는 간판을 지나 H&M, 그리고 바로 보이는 메이시 백화점 등을 보며 한참이나 걸었다고 생각했는데 겨우 팬 스테이션 건너편에 서 있었다. 혼자 실금실금 웃으며 시선을 돌리니 그곳에는 브로드웨이가 떡 하니 버티고 서 있는 것이 아닌가. 흡사 나를 기다리고 있었던 것처럼…….

브로드웨이! 말로만 들었던 그 브로드웨이의 거리를 내가 걷는다고 생각하니 저절로 기분이 들떴다. 나 자신이 아닌, 나와 전혀 다른 사람이 그곳을 걸어가고 있는 것처럼 흥분되었다.

브로드웨이 34번가에 있는 빅토리아 시크릿을 지나 35번가, 36번가……. 다소 어두침침한 분위기가 스며 있는 거리를 따라 누구에게 이끌리듯 걸었다. 한낮인데도 왠지 음습한 분위기를 자아내는 거리의 풍경은 알 수 없는 매력을 발산하고 있었다. 그런데도 오가는 사람들의 표정은 하나같이 밝은 표정이었다.

순서대로 나타난 브로드웨이 41번가, 그리고 42번가! 거기서부터 타임스퀘어 광장이라는 것을 알았을 땐 콜럼버스가 신대륙을 발견한 만큼이나 기분이 들떴다. 누구한테 묻지도 않고 찾아온 타임스퀘어 광장! 그 어마어마한 위용을 보니 무엇 때문에 박 선장이 그곳을 가보라고 했는지 알 수 있을 것 같았다. 인종 전시장이 어떤 모습인지, 뉴욕이 세계 문화를 어떻게 이끌어가는지를……. 어디선가 거대하면서도 경외할 만한 목소리가 들리는 것 같았다. 분명하지도 않은 그 목소리에 나는 속으로 대답했다.

'그래, 맞다! 여기는 미국 아이가. 우짜다가 내가 여기까지 왔는지는 모르겠지만서도 열심히 살아보는 기라. 우째 살긴지는 모르지만 우쨌든 최선을 다해서 살아보는 기라!'

나는 다시 두 주먹을 불끈 쥐면서 가슴을 펴고 걸었다.

길을 건너서 매리어스 마퀴스를 지나 바로 옆에 있는 타임 신문사의 본사였다는 타임스퀘어 비지스 센터를 지났다. 그리고 타임스퀘어 호텔을 지나 직선으로 걸어가서 퐁스리 타이 레스토랑을 지나 매이패어 호텔을 보면서 길을 건넜다. 많은 사람들이 오가는 것도 의식하지 못한 채 신기하고 어마어마한 풍경에 계속 넋을 빼앗겼다. 나라는 존재를 완전히 잊어버린, 흡사 악녀에게 자신의 그림자를 빼앗긴 피터 팬이 잃어버린 그림자를 찾아가는 것만 같았다. 나는 모든 걸 잊고 자유를 찾아 나선 사람처럼 열심히 걷고 또 걸었다.

49번가의 길을 따라서 걷다 보니 NBC 스튜디오가 있는 록펠러 센터가 있었고 라디오 씨티 뮤직홀 건너편에 성 패트릭스 성당이 있었다. 고딕 양식의 카톨릭 교회는 보는 것만으로도 가슴속에서 큰 믿음이 생겨나는 것 같았다. 신이라는 존재에 대한 막연한 기대감을 가지며 나도 모르게 정문을 향해 걸었다. 거기에도 사람들은 구름 같았다. 거의가 관광객인 듯한 사람들이 저마다 자기 나라 말로 수다를 떨어대는 바람에 그 불협화음이 귀를 아프게 할 정도였다. 시계는 세 시를 조금 넘기고 있는데 건물에 뒤덮여 있는 거리는 오색찬란한 불빛에 젖어들었고 형언할 수 없는 황홀함은 의식을 정지시키는 것만 같았다.

5번가의 그 찬란한 불빛, 천국인지 지옥인지 분간이 가지 않는 거리를 지나 성 토머스 교회 앞을 거쳐 나이키 타운을 끼고 오른쪽으로 조금 걸어가니 아! 거기에는 태극기가 펄럭이고 있는 것이 아닌가. 순간적으로 소리를 지르고 싶은 충동을 느꼈지만 이내 저절로 몸을 움츠리며 건물 벽에 몸을 숨겼다. 누구 하나 잡으러 오는 사람도 없고 뭐라고 말하는 사람도 없는데 몸을 숨긴 나 자신에게 걷잡을 수 없는 절망감이 전신을 산산조각 내는 것 같았다. 미국 땅에서 바라본 내 나라 국기 앞에서 내 몸을 숨기다니 참으로 형언할 수 없는 슬픔이 밀려왔다. 쏟아지는 눈물을 막을 수 없었다. 지나가는 사람들이 힐끗거렸지만 쏟아지는 눈물을 어찌할 수 없어서 슬슬 뒷

걸음질을 치다가 나도 모르게 몸을 돌려서 뛰기 시작했다. 무엇 때문에 뛰는지도 모르고 무작정 뛰었다. 건너편에 리졸리 북 스토어가 보였고 지킬 앤 하이드 클럽을 지날 때는 천천히 가쁜 숨을 고르며 걸었다.

오른쪽에는 플라자 호텔이, 왼쪽에는 리츠 칼튼이 있었다. 건너편에 보이는 숲을 바라보며 또 한 번 신기함을 느꼈다. 인간들이 만든 빌딩숲을 지나서 만나게 되는 자연의 숲이 신기하게도 잘 어울리는 느낌이 들었다. 그 길목에서 센트럴파크 사우스라는 팻말이 나를 손짓하고 있었다. 완전히 어두워진 숲 속에서는 묘한 바람이 일고 있었다. 으스스한 한기를 느끼며 길을 건너는데 지나가던 차들이 뭐라고 고함을 질렀다. 그제야 거기가 지정된 건널목이 아니라는 걸 알아차린 나는 빠르게 길을 건넜다.

'문디거튼 짜슥들……. 천지도 모르는 한국 촌놈이 건널목이 아닌 줄도 모르고 고마 건널 수도 있는 기지. 그거 가지고 지랄들 하고 난리고……. 오! 셋 홧 캄! 썬어 비치! 가만, 그거 욕 아이가? 가만 인마들이…….'

나는 뒤늦게 오만상을 찌푸리며 차가 지나간 쪽으로 눈을 부라렸다. 그러나 그곳에는 아무것도 없었다. 계속 다른 차들이 굉음을 내면서 오갈 뿐이었다.

숲 속을 얼마 가지 않는데 딱 눕기 좋은 자리가 보였다. 이것저것 가릴 것 없이 그냥 누웠다. 순식간에 밀려오는 피곤함이 정신을 아릿하게 했다. 갑자기 왈칵 눈물이 쏟아졌다. 무엇 때문에 그렇게 바빴는지 까닭 없이 바빴던 것도 슬펐고 무언가를 만날 수 있을 것이라는 기대감으로 누구에게 묻지도 않고 타임스퀘어 광장에 간 것도 슬펐다. 그리고 누구보다도 사랑한다는 내 조국의 태극기를 보고 도망친 것도 슬펐고 건널목인 줄 알고 길을 건너다가 느닷없이 욕을 먹은 것도 슬펐다. 그러면서 정신이 흐릿해졌다.

그제야 생각이 났다. 하루 종일 아무것도 먹지 않았다는 사실과 내가 조국을 버렸는지 아니면 조국이 날 버렸는지는 알 수 없지만 아버지, 어머니, 동생들, 친구들의 얼굴이 눈앞을 스치면서 쏟아지는 눈물이 멈추지 않았다. 배가 고파서 슬픈지 내 처지 때문에 슬픈지 알 수 없었다. 분명한 사실은 내가 이 미국 땅에 와 있는 것이 전혀 내 의지와는 상관이 없다는 것과 한없이 억울하다는 것, 그리고 지금 엄청나게 배가 고프다는 것이었다.

가슴이 따뜻한 사람

1971년 11월 8일

새소리와 자동차 소리가 묘하게 어우러진 소리가 들렸다. 햇살이 숲 속을 비집고 들어와 눈이 부셨다. 누군지 모르지만 아주 걱정스런 목소리가 들렸다.

"헤이, 일어났어?"

덩치는 산만한데 목소리는 너무 부드러웠다. 나는 베개로 삼았던 배낭을 가슴으로 껴안았다. 자동반사적으로 경계하는 표정이 되어 자리에서 일어서려고 하는데 시커먼 손이 내 가슴을 누르며 아까보다 더 부드러운 목소리로 말했다.

"이것 먹고 일어나."

그러고는 이상하게 생긴 희멀건 국물과 빵 한 조각을 내밀었다. 고맙다는 말도 하지 못하고 사정없이 받아서 꾸역꾸역 먹는데 그가 군소리 같은 목소리로 다시 말했다.

"무슨 일이 있는지 모르지만 그렇게 울면서 자는 사람은 처음 봤네. 넌 누군데 남의 잠자리를 빼앗아 자는 거냐? 오늘 노숙(sleeping outdoors)의 마지막 밤을 기념하기 위해서 1달러를 주고 산 내 소중한 잠자리를……"

무슨 말을 하는 건지 모르지만, 적어도 나를 잡아갈 사람은 아니라는 생각에 나는 그가 준 수프 그릇을 내려놓으며 빙긋 웃었다. 그러자 그 흑인 친구도 따라 웃었다. 뭔가 낯설지 않고 푸근해보였다.

"찰리 브라운, 그냥 찰리라고 불러."

나는 살짝 웃으며 내미는 찰리의 손을 잡았다. 지난밤의 기억을 잠시 더듬다가 찰리를 쳐다보았다. 유독 까만 얼굴에 두꺼운 입술, 드러난 치아는 눈이 부실 정도였다.

"bong… b j kim……. 나는 한국인이야."

"코리언이라고? 우리 아버지가 한국 전쟁에 참전을 했기 때문에 잘 알지. 한국이라는 나라……."

그는 나를 다시 한 번 쳐다보더니 묘한 표정으로 말했다.

"넌 행운아야. 너 어디 갈 곳도 없고, 뭘 해야 할지도 모르는 사람이지? 어젠 여기서 잤지만 오늘은 어디서 잘지도 알 수 없는 몸이지? 당장 오늘밤부터 잘 곳과 일할 수 있는 곳을 마련해야……."

계속해서 흑인 특유의 중얼거리는 말을 했지만 잘 알아들을 수 없었다. 나는 웃으며 고개를 끄덕이기만 했다.

"헤이, 비 제이. 가자구. 우린 지금부터 이사를 해야 돼. 우린 지금부터 룸메이트야."

앞서서 건들거리며 걷는 찰리의 모습은 오랫동안 알아온 사람처럼 아주 친근했다. 나는 뒤따라가면서 알 수 없는 편안함 때문에 이상한 생각이 들어 속으로 구시렁거렸다.

'이 짜슥이 날 지길라고 하는 것은 아닌 것 같고……. 아이고, 가는대로 가보는 기지 머. 인마를 안 따라가모 별시리 할 일이 있는 것도 아인꺼네 고마 가보는 기지 머.'

침대와 큰 소파가 놓인 방은 어두웠다. 한낮인데도 불을 켜지 않으면 굴속 같았다. 그런데 이상하게도 아늑한 느낌이 들었다. 소파에 앉는 나를 보고 찰리는 여유 있는 표정으로 힘주어 말했다.

"열심히 하자구. 우린 꿈을 찾아서 뉴욕에 온 거야. 자, 가자!"

나는 나도 모르게 나오는 '예스'라는 말이 매우 좋은 말이라고 생각했다. 찰리를 만나서 한 말은 예스라는 대답뿐이었는데 잘 수 있는 집이 생겼다는 생각을 하니 마음이 통한다는 게 어떤 것인지 알 수 있었다. 그리고 미국에서 살아가면서 구사하는 일상 언어라는 것도 별것 아니라는 생각이 들었다.

꽃 배달 서비스, 찰리가 하는 일은 오더가 떨어진 꽃다발을 배달하는 일이었다. 지극히 단순한 노동이지만 나름대로는 노하우가 있어야 했다. 가장 우선적인 것이 뉴욕의 구석구석을 외워야 하는 일이었다. 나는 이상한 국물과 빵 한 조각을 먹고 선택의 여지도 없이 찰리가 하는 것을 보고 배울 수밖에 없었다.

꽃집 주인에게 나에 대해 뭐라고 이야기를 했는지도 모르고 시작한 일이 잠시도 쉴 수 없을 정도로 바빴다. 햄버거라는 것으로 점심을 때우고 괜찮은 레스토랑에서 스테이크라는 것으로 저녁을 때울 때까지 정말 정신없었다.

"오늘은 정말 운이 좋은 날이었어. 아마 비 제이가 럭키보이인 모양이야. 아주 신나는 날이야. 오늘 돈을 아주 많이 벌었어. 당분간은 같이 다녀야 하지만 1주일 뒤면 혼자서도 다닐 수 있을 것 같아. 어이, 친구. 우리 열심히 하자구."

나는 말없이 웃기만 했다. 찰리가 무슨 말을 하는지도 잘 알 수 없었고 무엇보다 배가 고파서 먹느라 적당한 타이밍에 "예스." 하며 빙그레 웃기만 할 뿐이었다. 다만 내가 아는 것은 내가 그 일을 왜 하고 있는지도 모르는 채 하루가 갔다는 것과 그렇게 1년 동안 단 하루도 햇볕이 들지 않는 잠자리에 들어야 한다는 것, 그곳이 브로드웨이 중간 지점인 51번가 노보텔(Novotel)의 뒷골목이라는 것, 내가 일하게 된 곳은 록펠러 센터에서 그리 멀지 않은 월도프 아스토리아 호텔을 건너다보는 블룸이라는 뉴욕에서도 꽤 유명한 꽃과 인

테리어 전문점이라는 것이었다.

새로운 인생을 선물해주는 곳

1971년 11월 10일

미국의 거리는 참 찾기 쉽게 만들어진 과학적인 거리라는 생각이 들었다. 거리의 이름과 번지만 알면 찾기가 너무도 쉽게 만들어진 도시라는 생각을 하면서 세 번째 배달을 끝내고 네 번째 배달을 하려는데 찰리가 말했다.

"너 아주 대단한 사람이야. 일을 한 지 삼 일밖에 안 됐는데 벌써 전문가가 다 된 것 같아."

"그래, 몇 년 동안 이 일을 한 사람 같아. 정말 대단한 사람이야. 비 제이는……"

나에게 오더를 주는 아일랜드계의 미스 요한나도 거들었다. 나는 내가 왜 아직 살아 있는지, 무엇을 어떻게 하고 있는지 모르는 채 그저 하루하루 주어진 일만 열심히 하고 있을 뿐이었다. 그런데 느닷없이 전문가라는 표현을 하며 추켜세워주니 그들이 내게 새로운 인생을 선물해주는 것만 같았다.

미국하고도 뉴욕, 그 중에서도 맨해튼은 나에게 전혀 예기치 않은 새로운 삶에 눈을 뜨게 하고 있었다.

꿈길에서 만난 사람

1971년 11월 11일

"당신의 아름다움과 푸근하고 넉넉한 마음에 진심으로 감사하는 마음으로 내 마음의 사랑을 담아 이 꽃을 당신께 드립니다."

나는 찰리에게 배운 대로 방문 앞에서 여자에게 꽃을 전달했다. 여자는 감격한 듯이 행복한 미소를 머금고 내가 전달하는 꽃을 받았다. 그녀의 표정이 얼마나 우아하고 사랑스러운지 나 자신이 그 여자에게 꽃을 전달한 것만 같았다.

"고마워요."

여자는 받은 꽃과 나를 번갈아 보며 어쩔 줄을 몰라했다. 나는 일이 끝났으니 돌아서서 가려고 했다. 그런데 어쩐지 그 여자의 미소가 나를 붙잡는 것 같아서, 아니 여자의 우아한 모습에 취해서 움직일 수가 없었다.

"어느 나라 사람이죠?"

"네. 한국 사람입니다. 코리언……."

"아, 코리언……. 알아요. 전쟁을 치른 나라죠? 내가 아는 사람이 그 전쟁에 참전해서 잘 알아요."

"아, 그래요? 제가 그 전쟁 때 태어난 사람입니다."

"그렇군요. 고마웠어요."

여자는 문을 닫으려고도 하지 않고 계속 내게서 눈을 떼지 않은 채 우아한 미소를 머금고 있었다. 나 역시 그냥 돌아서야 하는데 그 미소에 이끌려서 돌아서는 것을 잊고 있었다.

"그런데……."

여자는 말을 하려다 말고 웃었다. 그러고는 부드러운 목소리로 말했다.

"사인이 필요하신가요?"

"네?"

"그러시다면 잠시 기다리세요."

여자는 방으로 들어가서 호텔의 이름이 인쇄된 메모지 위에 사인한 것을 내밀었다.

"오늘 배달하신 꽃, 정말 고마웠어요. 보낸 사람의 마음에 딱 어울리는 배달부였어요. 늘 그렇게 일하시길 바래요."

그러고는 조용히 문을 닫았다. 나는 받은 메모지를 봤다.

좋은 꽃 배달, 감사해요.
-katherine Houghton Hepburn

그녀의 사인을 들고 사무실로 들어가니 오더를 주는 요한나가 깜짝 놀라며 나의 귀에 대고 속삭였다.

"이걸 나한테 주면 내가 저녁도 사주고, 술도 사주고 그리고 10불도 줄게. 그러니 제발 그거 나한테 줘. 응?"

회색빛 눈동자를 굴리며 애교스럽게 말하는 요한나의 간절한 부탁에 나는 어리둥절해서 흔쾌히 그러라고 말했다.

그랜드 센트럴 터미널에 있는 바와 레스토랑을 겸하고 있는 오이스터 레스토랑(Oyster Bar & Restaurant)에는 엄청난 사람들로 붐비고 있었다. 나는 처음 보는 엄청난 규모에 놀랐고 다양한 인종의 사람들에 놀랐다. 어리둥절하게 앉아 있는데 요한나가 방실방실 웃으며 말했다.

"비 제이의 고향은 한국이라고 했지? 한국 사람들은 뭘 잘 먹나?"

요한나는 알뜰하게도 식당 종업원에게 동양인들이 잘 먹는 메뉴를 물어보고는 내가 알아들을 수 없는 음식을 시켰다. 따라온 찰리도 나처럼 어리둥절한 모양이었다.

"와우, 비 제이 덕분에 이런 곳에 다 와보다니……. 나도 이런 식당엔 첨이야. 고마워, 비 제이. 내가 얼어죽을 뻔한 이방인을 구해준 보람이 있는 것 같아. 역시 우린 잘 만난 거야. 이렇게 은혜를 갚다니……. 역시 넌 럭키보이야."

"그게 무슨 소리야?"

요한나가 살갑게 미간을 찌푸리며 찰리에게 물었다.

"이 친구가 내가 산 센트럴파크 안의 1달러짜리 호텔방을 허락도 없이 들어와서 잠을 자고 있었지. 화가 나서 한 방 갈겨버릴까 했는데……. 글쎄, 울면서 그것도 너무 서럽게 울면서 잠을 자고 있더라구. 너무 가슴이 아파서 그냥 두었는데……. 한참을 그렇게 울면서 자는 걸 밤새 지켜보니 너무 가슴이 아파서……."

찰리는 말끝을 흐리며 눈가에 맺힌 눈물을 그 투박한 손등으로 닦아냈다. 그의 여리고 착한 마음이 오히려 내 가슴을 찡하게 했다. 나는 너무도 고마워서 그의 어깨를 두드리며 고개를 끄덕였다.

우리 둘을 가만히 지켜보던 요한나가 때마침 가져온 음식을 보며 큰소리로 말했다.

"아! 내게 천사의 모습이 어떤 것인지 보여준 아름다운 청년들이여! 이 음식을 먹고 이 아름다운 세상을 더욱 아름답게 만듭시다. 우리가 살고 있는 세상이 더럽고 추하다고 하지만 우리가 만드는 세상은 진정 아름다울 겁니다. 자, 우선 건배를 하자구……."

요한나는 와인을 한 잔씩 부어 권했다. 처음으로 마셔본 와인 맛은 시큼털털했지만 뒷맛은 늘 즐겨마시던 소주를 생각나게 했다. 찰리는 너무 맛있는 음식이라고 호들갑을 떨었지만 내가 맛본 살라몬 스테이크라는 음식은 뻑뻑해서 도대체 무슨 맛인지 알 수 없었다.

저녁식사를 마치고 돌아오면서 찰리는 너무 기분이 좋다며 춤을 추면서 걸었다. 나를 보고 럭키보이라는 칭찬과 함께 거의 알아들을 수 없는 흑인 특유의 말도 아니고 노래도 아닌 영어로 계속 씨부렁거렸다. 심드렁한 마음에 받은 그 사인 한 장이 그렇게 소중한 것인지, 또 그 온화한 미소를 풍기던 우아한 여배우가 그렇게 대단한 사람인지 뒤늦게 궁금해졌다. 그러다가 잠자리에 누워서 생각했다.

'내가 여기에 와 있노? 우짜다가 내가 여기에 와 있노? 미국 하고도 뉴욕 여기에 내가 머시 우째 되어가지고 내가 와 있노?'

또다시 억울하고 분하다는 생각이 들었고 한없이 미안해하시던 아버지의 얼굴을 생각하니 눈물이 솟구쳤다. 찰리가 들을까 봐 냄새 나는 이불을 입에 물고 울고 또 울면서 잠이 들었다.

재회(reunion)라는 여울(shallows)

1971년 11월 21일

내가 미국 땅에 도착한 지 상당히 오래된 것 같았다. 그러나 따지고 보면 얼마 되지를 않았다는 게 이상할 정도로 적응이 빨랐다.

살아내야 한다는 삶에 대한 순발력, 낯선 곳이라는 잠재된 공포감, 더욱 불법 체류자라는 신분상의 자폐(autism)의식은 주어진 일에 성실하지 않으면 잡혀갈 수 있다는 생각이 나를 채찍질하는 것 같았다. 예정된 구속감 같은 것도 있었지만 의외로 즐거운 일상의 보람도 있었다. 만나는 사람들마다 하나같이 좋아해주는 것도 즐거운 일이었고 특히 외모에 대한 특성 때문인지 이방인이라는 이질감을 주지 않는 것이 다행이었다. 그러다가 일이 끝나면 밀려들어오는 자괴감이 가슴을 미어지게 했다. 저절로 반추되는 내 인생에 대한 오뇌가 밤마다 울게 하는 것은 어쩔 수 없었다. 그러나 정오쯤이면 이상하게도 졸리던 습관도 사라지고 지구가 둥글다 보니 자연적으로 생긴 시차라는 것이 어떤 것이라는 것도 알게 되었을 때 찰리는 며칠 전부터 하고픈 말이라며 얼마나 울었는지 퉁퉁 부은 얼굴로 출근을 하려는 내 손목을 붙잡으며 말했다.

"어이, 비 제이 나 할 말이 있어. 사실은 내가 너를 만나던 그날로 꽃 배달을 그만두기로 했는데……. 너를 소개하려다가 그 일을 계속하게 되었어. 기왕에 시작한 것 이니 익숙하게 될 때까지 같이 해주기로 했는데……. 이젠 내가 없어도 훌륭하게 일을 할 수 있으니 미루었던 내 일을 해야만 할 것 같아."

"어떤 일?"

"음악을 할 거야. 아니 정확하게 말하면 뮤지컬 배우 겸 가수를 하고 싶어. 마침 그런 기회가 왔어. 그래서……."

"그럼, 여기서도……."

"아냐. 잠은 여기에서 잘 거야. 당분간은……."

"그럼 오늘부터 나 혼자 출근을 해야겠네."

"그래. 넌 잘 할 수 있을 거야. 내가 보기에는 이 일을 한 지가 2년이나 된 나보다 더 잘하니까……. 아니 완전히 전문가 수준이니까……."

내 어깨를 두들겨 주며 격려하는 찰리가 고마우면서도 야속한 생각이 들었다. 그러나 만남에 대한 약속이 없었듯이 이별에 대한 약속도 없는 사람들의 만남이 아니던가? 나는 어차피 홀로 서야 하는 사람이라는 생각에 어떤 환경이라도 받아들여야 한다고 다짐하면서 찰리에게 좋은 배우가 될 거라고 의연(contribution)하게 말해 주었다.

혼자서 출근을 하는데 이상한 느낌이 들었다. 서운하지만 또 다른 행운이 찾아올 것 같은 느낌이 아무 근거도 없이 파고들었다.

'어차피 혼자 온 미국 땅, 고마 되는 대로 살아보는 기지 머…….'

어디서 솟아나는지 이상한 기운이 가슴을 설레게 했다.

"자, 들어갑니다. 들어갑니다. 맨해튼의 행운이, 꽃 배달이 들어갑니다."

나는 찰리가 일러준 배달 멘트보다는 우리나라의 각설이 타령을 응용하여 각설이 춤을 추면서 배달을 했다. 그랬더니 너무도 반응이 좋았다. 한국식 각설이 리듬을 영어가사로 고쳐서 부르기도 하고 찰리가 군소리처럼 하던 흑인식 힙합을 접목하기도 했다. 반응은 거의 폭발적이었다. 전에 없던 색다른 배달을 받는 사람들이 신기했는지 너무 좋은 배달부라고 칭찬 전화를 여러 번 한 모양이었다.

요한나를 비롯한 매니저가 도대체 그게 어떤 것인지 해보라고 해서 시연을 해주니 맨해튼에 스타가 탄생했다고 환성을 질렀다. 졸지에 생각난 각설이가 나를 스타로 만든 것이다. 맨해튼에서 누구도 할 수 없는 배달 방법을 가진 셈이 되었으니 자연적으로 일은 늘어났다.

"사랑하는 존슨에게서 유키코 양에게 아름다운 꽃이 왔습니다."

나는 일식집의 유키코라는 여자에게 꽃을 건네는 순간 그 등 너머에 있는 여자를 보고 기겁을 했다. 웃으며 꽃을 받는 유키코를 쳐다보는 여자, 눈이 마주치자 그 여자도 나만큼 놀라는 것 같았다.

"아니 당신은……"

자유의 여신상을 바라보면서 서 있는 내게 미국 땅에서 처음으로 말을 걸어준 미야코, 바로 그 여자였다. 잠시 묘한 침묵이 흐르다가 유키코가 일본말로 말했다.

"너 설마……. 네가 꼭 만날 것 같다는……. 무언지 모르지만 가슴을 울리게 하는 듯한 표정을 가진 남자가……. 만났던 그날부터 늘 이야기 하던 그 한국 남자라는 사람이……."

미야코는 말을 하지 않고 고개를 끄덕이면서 내게 다가왔다. 연민이 가득한 눈동자엔 알 수 없는 슬픔이 가득 고여 있었다. 그는 말 없이 내 손을 잡더니 의자에 앉으라고 했다.

"가끔씩 찾아오는 친척들을 안내하는 것이 취미인 내게 그날 아침, 그날 아침은 참 이상했어요. 이유 없이 가슴이 두근거리고 집을 나서는 내게 비둘기 한 마리가 내 어깨에 앉았어요. 그리고 사람들을 만나서 찾아간 사우스페리 그 광장, 뒤에서 보면 매우 도도한 모습이었는데 옆으로 본 당신은 뭐라고 할까……. 너무도 우수에 젖은……. 더군다나 눈물을 흘리고 있었어요. 그 모습을 보니 어릴 때 내 고향 시냇가에 놓여 있던 징검다리……. 묵묵히 흘러내려오는 거센 물을 받으며 흘러가는 물을 잠시 쉬게 만드는 여울……. 물이 흐르다가 돌 뒤로 맴을 도는 그 여울이 생각났어요. 내가 물인지 아니면 그쪽이 징검다리가 되는 돌인지는 모르지만……. 가슴이 아리고 까닭도 없이 슬픔을 일게 하고……. 이상한 기운이 나로 하여금 말을 걸게 했어요. 결국 한국 사람이라는 것밖에 알지 못했지만 가슴 속에 평안함과 동시에 무언가 내 마음을 이끄는 묘한 힘이 작용하는 것을……. 무엇인지 모르겠지만 내가 무엇을 주어야만 할 것 같은 마음이랄까……. 사람들이 나를 불러서 그곳으로 가면서, 아니 사람들을 안내하면서도 그 마음은 줄곧 지워지지 않고……. 시간이 지날수록 더 생각이 났어요. 그 이유가 무엇일까요?"

나는 일본식 영어발음이 조금 배여 있기는 했지만 미야코의 말을 알아들을 수는 있었다. 아니 말을 알아들었다는 것보다는 표정으로 알 수 있었다. 그 애절한 마음이 미야코의 눈동자에서 내 가슴으로 알알이 들어와 박히는 것 같았다. 나는 미야코의 질문에 대답을 하지 못하고 가슴을 펴면서 벽면을 쳐다보았다. 여왕 마고의 사진이 붙어 있었다.

"오, 마고. 마고 여왕……. 인간의 자아, 즉 인간이라면 누구나 가질 수 있는 자아의 본능을 일깨우고 여성의 완전한 자아를 구축하기 위해 억누르는 시대와 억누르는 남자들에게 실질적인 반항을 시도한 여성. 여자는 남자에게 존속되는 것이 아니라 남자가 즐기는 본능을 여성도 본능적으로 즐길 수 있다는 걸 온몸으로 보여준 여왕 마고……. 자신에게 씌워진 운명을 운명으로 받아들이기보다는 철저히 자신의 운명을 만들어나간 사랑의 화신 여왕, 마고……."

"마고를 아세요?"

옆에서 이야기를 듣던 꽃을 받은 유키코가 옆으로 앉으며 물었다. 내가 대답하기 전에 미야코가 말했다.

"저보다 두 살 위인 언니예요. 우린 자매예요."

나는 유키코의 자연스런 목례에 빙긋 웃고는 언젠가 아버지로부터 들은 적이 있는 마고 여왕의 이야기를……. 물론 마고 이전의 자아를 주창한 알렉상드르 뒤마로부터 시작해서 폴 페발, 부자 미셸 제바코 등 역사적인 사건들의 진실을 밝혀내려는 순수한 학자적인 고뇌의 발로보다는 전설적인 인물들을, 즉 자아를 실현하는 데에 대한 궁금증으로부터 시작된 아버지의 학구열을 말해주었다. 산에 나무 하러 갔다가 무거운 지게를 잠시 내려놓고 땀을 닦으며 들려주던 그 이야기, 그땐 무슨 말인지 알 수 없었지만 말을 하면서 느껴지는 인간의 자아를 새김질할 수 있는 이유, 그런데 말을 해놓고 보니 내가 영어를 이렇게 잘하는지 나 자신도 놀랄 수밖에 없었다.

"그렇게 마고를 좋아하는 우리 언니와 내가 부끄러울 정도로 프랑스 인권 역사를 다 알고 있다니……. 비 제이가 그런 사실을 알고 있었다는 게……. 너무 자랑스럽고 그리고……. 왜 이렇게 가슴이……."

미야코는 말을 하다 말고 봉긋한 가슴을 살포시 누르며 얼굴을 붉혔다. 옆에서 그런 미야코를 지켜보던 유키코가 묘한 표정을 지으며 말했다.

"비 제이는 운명을 믿는지 모르겠지만 나는 이것을 운명이라고 생각해요. 하늘이 내려준 운명……. 꼭 만나야 할 인연을 만들어준 운명……. 오늘 이렇게 꽃 배달을 시켜준 사람은 별로 좋은 사람이 아니지만 그 사람의 심부름으로 내게 꽃 배달을 해준……. 그것도 아주 재미난 모습으로 찾아와준 비 제이 당신께……. 그리고 이런 인연을 주신 운명의 신에게 감사합니다."

두 자매는 약속이나 한 듯이 자리에서 일어나 일본식 예절을 다하여 경외하는 마음과 진실로 애정 어린 표정으로 인사를 했다. 나는 그저 그들을 어리벙벙하게 쳐다보기만 했다.

운명에 대한 변증(demonstration of proof)

1971년 11월 27일

너무 추운 날씨 탓인지 센트럴파크에는 사람들이 거의 보이지 않았다. 미국에 와서 처음으로 쉬어보는 날이라 일하고 쉰다는 개념이 무엇인지 알 수 있었다. 찰리에게 이끌려 무엇인지도 모르고 시작한 일을 단 하루도 쉬지 않고 했다는 게 비로소 생각났다.

일을 하고 쉰다는 것, 인간이 가진 육체의 한계를 스스로 인정하고 만들어 놓은 규율이라는 생각이 들었다. 라이프 사이클이라는 것이 무엇을 의미하는지 비로소 알게 된 날, 하늘은 맑았지만 바람은 제법 세차게 불었다. 흩어지는 낙엽들이 괜스레 마음을 쓸쓸하게 만드는 그런 날씨였다. 떨어져 굴러가는 낙엽을 바라보다 하늘을 보며 가슴을 펴는데 미야코가 불쑥 나타났다.

"빌딩 숲에서만 보다가 여기서 보니 훨씬 더 미남으로 보이네."

배시시 웃으며 옆에 앉는 미야코의 몸에서는 정신을 몽롱하게 만드는 향기가 풍겼다. 부드럽고 너그러우며 아득한 전설을 생각나게 하는 그런 냄새였다.

"물어볼 게 있어요."

"네. 말씀하시지요."

나는 여유로운 표정으로 말했다. 어쩐 일인지 너무도 살가운 느낌이 들어서 오래된 친구를 만난 것 같은 착각이 들었다.

"무슨 생각을 했는지 모르지만 사람의 마음을 왜 그리 슬프게 만들었어요?"

"언제?"

"자유의 여신상을 쳐다보면서 울고 계셨잖아요. 그 모습이 나를 사로잡았지만……. 처음 보는 사람인데도 오랜만에 나타나서 나에게 무엇을 도와달라고 하는 것 같았어요. 왜 그런지 비 제이를 보면 무언가를 도와주어야만 할 것 같고……. 그리고 정말 이상한 것은 만난 지 얼마 되지를 않았는데 아주 오래 전부터 알아온 사람 같다는 것……. 이런 마음이 어떤 것인지……. 잠도 잘 수 없고 잠을 자지 않아도 즐겁고……. 더욱 이상한 것은 단 하루라도 만나지 않으면 견딜 수 없는……. 난 아무래도……."

나는 말끝을 흐리는 미야코의 눈동자에서 그 다음 말이 무엇인지 충분히 알 수 있었다. 가슴으로 그냥 새겨지는 그런 말이 미야코의 눈동자에 담겨 있었다.

미야코가 내 앞으로 바짝 다가왔다. 차가운 겨울바람이 일고 있는 내 가슴이 훈훈하게 데워지는 뜨거운 미야코의 입김, 미야코와 첫 키스는 하얀 백마가 이끄는 마차를 타고 행복에 겨운 방울소리를 내면서 하늘나라로 가는 것 같았다. 키스를 한다는 것이 아니고 당하고 있다는 것이 맞을 것 같은 기분인데도 무척이나 황홀함 그 자체였다.

갑자기 지나온 일들이 생각나면서 머리를 어지럽게 했다. 나도 모르게 죄를 지은 사람이 되어 한없이 억울하고 분해서 발광하다가 얻어터지고 고문당했으며, 세상이 너무 캄캄해서 마시고 죽자는 심정으로 그냥 들어부은 소주가 서른 병쯤……. 그러고도 죽지 않고 살아난 것이 신기한 일이고 그렇게 살아난 것이 커다란 배의 닻에 걸린 것이라니……. 어떻게 바다에 빠졌고, 어떻게 내 혁대에 닻의 고리가 걸릴 수 있었는지……. 그리고 긴 항해 끝에 내려진 미국 땅, 내 스스로도 믿을 수 없는 일이 현실이라니……. 미리 짜인 각본처럼 만난 찰리와 그리고 시작한 꽃 배달, 다시 만난 미야코, 꿈인 것 같은데 이렇게 들여다보면 현실이고, 현실이라고 믿기에는 너무도 꿈같은 사실이 내게 벌어지고 있었다. 나는 모든 것을 망각하고 창피함도 잊은 채 처음으로 여자 앞에서 울어보았다. 그렇게 환희에 넘쳐 행복해보기도 난생 처음이었다.

"우세요. 그렇게 실컷 우세요."

미야코는 어린아이 달래듯 내 등을 쓰다듬어 주면서 포근하게 말했다. 어디에선가 날아온 비둘기들이 내 마음을 위로하듯이 울었다.

시간이 좀 흘렀을까. 우리는 나란히 웃으며 햇살이 비집고 나오는 하늘을 쳐다봤다.

"오래 전에 읽었던 책이 생각나네."

"어떤 책인데?"

"청년이여! 제발 인생의 굴레에 채이지 말아라. 우리네 인생은 어떤 식이든 저마다의 굴레에 휘감기며 또 그 굴레를 만들어가면서 살아가기 마련이다. 그러니 그 수레바퀴에 채이지 않으면 그런대로 괜찮은 인생이라고 말할 수 있는 것이다. 현실의 무게는 수레바퀴 밑으로 각자의 인생을 밀어 넣지만 결코 짓눌리거나 지쳐서도 안 되는 것이다. 헤르만 헤세의 '수레바퀴 아래서'에 나오는 대목이야. 그러곤 말하지. 지쳐버리지 않도록 하게나. 자칫하면 수레바퀴 밑에 깔리고 말거든. 나는 내 인생의 굴레를 어디만큼 밀고 왔으며 어디로 가야만 하는 건지…… 이런 생각만 하면…… 내가 처음으로 미국 땅에 왔을 때에 말을 걸어준 사람, 그리고 이렇게 이유 없이 따뜻하고 포근한 느낌이 드는 여자와 나눈 키스…… 난생 처음…… 아니 처음은 아니다. 두 번째로구나. 내가 처음으로 가정교사를 할 때 그 여학생에게…… 그건 순전히 일방적으로 당한 거나 마찬가지니 실제로 여자와 해보는 건 처음이긴 하네."

"누굴까? 우리 비 제이를 강탈해간 그 여학생…… 예뻤어요?"

"글쎄…… 하지만 분명하게 달라…… 느낌이…… 처음에는 어리 벙벙하기만 했는데 지금은 무지하게 기분이 좋네."

"정말?"

미야코는 해맑은 눈을 크게 뜨면서 거절할 수 없는 몸짓으로 입술을 내밀었다. 미야코의 입안에서 나는 향기로운 냄새가 정신을 몽롱하게 하는 것 같았다.

싸늘한 바람이 한 차례 지나갔고 주위를 맴돌던 비둘기들도 다른 곳으로 날아가고 없었다.

"또 한 권의 책이 생각나네."

"어떤 책?"

"악데 트리움(Arc De Trimphe)…… 에리히 레마르크가 쓴 개선문이라는 책, 조국 독일로부터 버림을 받고 그 모진 나치의 게쉬타포 고문을 당하다가 파리로 도망 나와서 만나게 된 운명적인 사랑의 여인 조앙 마두, 그렇게 이어진 운명을 거부하지도 못하고 종내는 다시 조국으로 끌려가는 비운을 당하는 의사 라비크…… 실제로 조국 독일로부터 버림을 받은 레마르크가 자신의 체험을 담담하게 쓴 전쟁문학과 망명문학이라는 모호한 문학 사조를 만들어낸 작품이지. 비평가들의 회자에도 불구하고 분명한 것은 정치적인 의도나 애국적인 색채를 띠지 않고 절망에 가득한 의사 라비크를 통해서 전쟁의 참혹함을 그리고 이유 없이 자신의 꿈을 빼앗겨버린…… 내가 라비크일 수는 없는 일이고 미야코가 조앙 마두일 수는 없는데…… 어쩐 일로 나는 갈 곳이 없어 막막했던 그 자리에서…… 무언가 알 수 없는 자유의 존귀함을 느끼며 눈물을 흘리던 곳에서 만난 사람을 이렇게 또다시 만나서……"

"언니의 말처럼 운명인 거예요. 우리가 이렇게 만나야 하는 운명으로 만들어진 인연인 거예요. 이제부터는 내가 비 제이에게 행복하고 아름답기만 한 운명을 만들어 드릴 거예요. 약속할 수 있어요. 자, 우리 약속해요. 어떤 일이든 아름답게 생각하기로……"

미야코는 그 귀여운 입술을 야무지게 오므리면서 새끼손가락을 내밀었다. 나는 웃기만 했다. 내가 망설이자 미야코는 다시 채근을 했다.

"나는 지키지 못할 약속은 하지 않아요. 약속은 목숨만큼이나 소중한 것이라는 걸 잘 알아요. 아시겠죠?"

나는 도리 없이 새끼손가락을 걸었다. 속으로 구시렁거리면서…….

'하이고 가시나, 행복? 약속한다고 행복이 오는 것이라면 얼마나 좋을까?'

인생의 지평(the surface of the earth)

1971년 11월 30일

라디오시티 홀 앞에서 만나기로 약속한 장소에 찰리가 기다리고 있었다. 나는 찰리에게 하이파이브를 하면서 들고 있던 샐러드 박스를 내밀었다. 소호의 중심, 그러니까 브로드웨이와 프린스 스트리트의 코너에 자리 잡고 있는 댄 앤 데루카(Dean & Deluca)를 들러서 사온 것을 보고 찰리는 무지하게 행복한 표정을 지었다. 동시에 무척이나 고마워하는 표정으로 나의 땀을 식혀주었다.

"고마워. 넌 언제나 나를 이렇게 챙겨주는구나. 나는 너에게 아무것도 해주는 게 없는데……. 나이도 나보다 어리면서……. 꼭 내 형처럼 그러는구나."

"무슨 말을……. 내가 이렇게 살 수 있게 해준 게 누군데……. 나는 널 죽는 순간까지 친구로 생각하면서 살아갈 거야. 우린 약속했잖아."

"그래. 우리 그렇게 살자."

찰리는 흑인 특유의 몸짓을 하고는 아직도 따뜻한 온기가 남아 있는 베이글에다 샐러드를 올려서 먹기 시작했다. 나는 같이 먹다가 찰리에게 물었다.

"무슨 할 말이 있어서……."

찰리는 무거운 표정으로 나를 쳐다봤다. 그러곤 힘겹게 말했다.

"비 제이……."

"그래 말해."

"나 아무래도 내일 잠자리를 옮겨야 할 것 같아."

"아니, 왜? 잠자리는 같이 하기로 했잖아."

"그렇게 약속을 하긴 했는데 일이 생겨서……. 형과 함께 퀸즈에서 같이 살기로 했거든……. 같이 살던 형의 친구가 헐리웃으로 진출하는 바람에 혼자 남게 된 형이 부탁해서 어쩔 수 없이 그렇게 하기로 했어……. 나 역시 이번 뮤지컬에 출연하게 되어서 형과 같이 사는 것이 여러 모로 낫고, 그러니……."

"그래, 그럼 할 수 없지 뭐……. 그런데 너 정말 뮤지컬에 출연하는 거야?"

"응. 아주 작은 역이야. 그걸 하고 나면 곧 리코딩이 있을 것 같아.

이미 프로모션도 정해져 있고⋯⋯."

"이야, 잘 됐다. 넌 이제 곧 스타가 되겠네."

"스타는 무슨⋯⋯. 그러니까 당분간 넌 혼자 살아야 해. 우리 방을 빌려준 아저씨에게 말을 잘해두었으니까 방세만 잘 내면 아무 문제가 없을 거야. 넌 잘할 거야. 이미 미국 생활을 10년이나 한 사람처럼 적응을 잘하고 있으니까 아무 문제없이 잘할 거야. 일하는 곳에서 원칙적으로 넌 일을 할 수가 없지만⋯⋯. 불법 체류자라는 게 문제가 되지 않아. 맞아, 요한나가 네 패스포트를 만들 수 있는 길이 있다고 하면서 알아준다고 했어. 미야코도 그렇게 말했어. 너에 대한 미야코의 관심⋯⋯. 그래, 이건 대단한 거야. 내가 생각할 땐 너는 타고난 행운아인 것 같아. 비록 너의 조국에선 넌 아주 재수 없는 사람이었지만 미국은 네게 희망을 주었고 행운을 준 나라야. 그래 맞아, 너는 정말 행운아야. 많은 사람에게 기쁨을 주는 사람이야. 럭키보이⋯⋯. 맞아. 럭키보이야. 더구나 네가 배달할 때에 사용하는 한국식 이벤트는 정말 걸작이야. 넌 그런 재주를 타고난 사람이고, 그런 행운이 너를 이 땅에서 기쁨으로 살아가게 하는 거야. 내가 비밀 하나를 일러줄게. 미야코는 너에게 완전히 빠져 있어. 네게 모든 걸 걸고 너를 사랑하고 있는 거야. 맞아, 그건 누가 일러주지 않아도 알 수 있는 사랑이 아니면 도저히 불가능한 거야. 그건 내가 봐도 확실한 거야. 미야코를 만나고 그리고 나를 만난 것⋯⋯. 아무런 약속도 없이 만나진 인연이라는 그것, 그건 정말 사람이 살면서 만날 수 있는 행운 중에 몇 번 안 되는 기회인 거야. 그런 기회가 비 제이 네게 주어진 거야. 너를 만나서 나도 즐거웠고 내 생활도 즐거워졌어. 그리고 미야코도 정말 사는 것 같다고 말했어. 내가 물어봤지. 왜 비 제이가 좋으냐고⋯⋯. 어딘지 모르지만 그냥 좋다고 하더군. 뚜렷한 이유도 없이 그냥 좋다고 했어. 굳이 말을 하자면 첫눈에 본 너의 모습, 바로 잃어버린 추억을 생각나게 하는 그 모습이 그렇게 좋다더군. 넌 정말 축복 받은 사람이야."

"그래?"

"넌 정말 천사야. 마음도 천사고 일하는 것도 너무 적극적이니 이 나라에서는 천사로 대접 받아야 해. 암, 그렇고 말고!"

"그럴까?"

기분이 이상했다. 정말 기분이 이상했다. 내가 버렸는지 아니면 버림을 당했는지 그건 잘 모르겠지만 내가 살아온 내 나라에서는 그렇게 천덕꾸러기처럼 대접을 받다가 나도 모르는 운명으로 굴러 들어온 낯설고 물 설은 미국 땅에서 이렇게 인간적인 대접을 받는다는 사실이 정말 믿기지 않았다. 머리가 어지러웠다. 동시에 미야코가 생각났다. 11월 마지막 날의 찬바람이 가슴 한구석을 송곳처럼 아프게 찔렀고 떨어진 낙엽들은 아쉬운 소리를 내면서 어디론가 굴러가고 있었다.

잠이 오지 않았다. 언제나 같이 있던 사람이 없으니 전신을 휩싸는 서늘함이 가슴을 무겁게 했다. 혼자라는 생각을 하니 이상하게도 가슴이 옥죄어 왔다. 온갖 상념이 머리를 어지럽게 하고 있었다. 가슴이 미어지고 콧잔등만 찡한 줄 알았는데 눈물이 베개를 적시고 있었다. 이리 뒤척이고 저리 뒤척여 봐도 도저히 견딜 수가 없어서 그냥 침대에서 일어나 밖으로 나갔다.

흐릿한 불빛을 지나서 큰길가로 걸어가는데도 눈물은 그치지를 않았다. 이름 모를 슬픔을 거리에 뿌리며 어디로 가는지도 모르고 그냥 걸었다. 불어오는 바람이 너무도 차가웠다. 그 차가운 바람이 차라리 시원했다. 그래도 눈물은 계속 흘러내렸다. 가족과 헤어져 혼자 있다는 생각에다 찰리까지 가고 없다는 생각이 들자 눈물이 계속 흘러내렸다.

늦은 시간인데도 사람들이 많이 있다는 생각을 하면서 걸음을 멈추니 타임스퀘어 광장 한 귀퉁이였다. 세계 최고의 선남선녀들이 식사를 한다는 '카사블랑카' 레스토랑 앞에서 42번가의 사거리 쪽으로 쳐다보는 내 시야에 들어온 거리 풍경은 하나같이 찬란했다. 오가는 사람들도 모두 다 들떠 있었다. 그 수많은 사람 중에 혼자라는 생각이 들자 다시 가슴이 서늘해지면서 어디에선가 들려오는 소리를 들을 수 있었다.

'너는 혼자야. 이 세상에 나올 때 혼자였던 것처럼 이 세상을 떠나는 순간까지 혼자인 거야. 외로운 운명이라고 탓하지 마라. 서러운 운명이라고 말하지 마라. 어차피 우리는 이 지구에 나들이 나온 나그네들이니까. 그저 잠깐 어머니의 뱃속에 있다가 이 세상으로 나들이 나온 거야. 돌아갈 땐 어머니의 뱃속이 아니고 흙으로, 바람으로 그냥 사라지고 마는 거야. 그게 인생인 거야. 외로워서 우는 것도, 서러워서 우는 것도 이 세상에 지불해야 하는 차지(a ground rent)인 거야. 너의 나라에서 지은 죄도 없이 구박 받았다고 생각하지 마. 너를 그렇게 만든 권력의 체제 속에서 태어난 것도 이 세상에 지불해야 하는 네 인생의 무게만큼의 차지인 거야. 억울하다고 소리칠 수도 있어. 너무 외롭고 쓸쓸해서 차라리 서러운 존재라고 생각할 수도 있어. 그러나 거기에서 멈춰서는 안 되는 거야. 주어지는 현실을 정직하게 받아들이면서 할 수 있는 모든 것들을 해나가야만 하는 거야. 할 수 없는 것도 어쩔 수 없이 수용해야 하고…….
그래서 체념이라는 것을 배우고 그 체념이 미덕이라는 걸 알면 네 인생은 성숙해지는 거야. 멈춰선 안 돼. 오라고 하지 않아도 저절로 다가서는 시간처럼 그 시간 앞으로 나가는 거야. 그게 슬픈 일이든 기쁜 일이든 우리는 다가오는 시간과 마주하면서 살아야 해. 이 세상 사람들이 모두가 기쁜 것도 아니고 또 슬픈 것만도 아니야. 너를 이렇게 만든 사람들도 그들 나름대로 기쁨이 있고 또 슬픔이 있어. 다만 네가 모를 뿐이지. 지금 이 순간 네가 할 수 있는 건 지금 느끼는 감정을 그대로 인정하는 거야. 정직하게 받아들이는 거야. 누구의 탓이라고 하지 말고 누구 때문이라고도 하지 말아야 해. 다가오는, 그리고 지나가는지도 모르게 지나가버린 시간 속에서 조금은 아프게 던져진 운명의 회오리라고 생각해야만 하는 거야. 인생은 각자가 부담해야 하는, 오직 자신만이 감당해야 하는 그런 운명이 있는 거야. 지금 그래서 넌 그 자리에서 울고 있는 거야. 힘을 내야 하는 거야. 이렇게라도 이 세상을 살게 해준 것이 고맙다고 말해야 하는 거야. 홀로코스트에서 죽어간 사람들도 있고…… 그들이 왜 죽었는지 알아? 인종이 다르다는 이유로 그런 인종이 싫다는 사람이 잡은 권력자의 명령에 따라 비참하게 죽어간 거야. 아무런 이유도 없이 인종이 다르다는 이유로 죽어간 거야. 그래도 넌 살아 있잖아. 지금 네가 슬픔에 젖어 있지만 그래도 이 세상은 아름다운 거야. 네가 살아 있는 세상이 아름답다고 생각하면 생각지 않은 희열이 찾아올 거야.'

나는 나 자신도 모르게 고개를 끄덕이며 가슴을 펴면서 지나가는 사람들을 쳐다봤다. 11월을 쫓아내는 찬바람이 불어왔다. 차라리 상쾌했다. 묘한 감정으로 입가에 미소가 떠올랐다. 그리곤 오가는 사람들 속에서 소리쳤다. 나도 모르게 나오는 한국말로 소리쳤다.

"그래! 나는 혼자다! 그래도 잘 살아갈 끼다. 너그들보다 엄청시립게 행복하게 살끼라. 기쁘면 웃고 슬프면 슬픈대로 울면서 그렇게…… 이 세상을 살게 해준 것을 감사하민씨로 살끼라! 알겠나?"

지나가던 사람들이 힐끗 쳐다봤지만 누구 하나 뭐라고 말하는 사람은 없었다. 눈을 질끈 감았다가 뜨는데 눈앞에 자못 걱정스런 얼굴로 나를 쳐다보는 여자가 있었다. 걱정스런 얼굴을 하고 있다가 내가 쳐다보니 배시시 웃었다. 미야코, 미야코가 서 있었다. 나는 할 말을 잊은 채 그저 그녀 앞에 서 있었다. 너무 기뻐서 뭐라고 할 말이 없는 사람처럼 그렇게 멍하니 미야코를 쳐다보기만 했다. 미야코도 말없이 쳐다보기만 했다. 그러다가 모든 것을 알겠다는 표정으로 나의 목을 휘감았다. 그러곤 그 향기로운 입술로 한없이 슬펐던 마음을 깨끗하게 닦아주는 키스를 해주었다. 꿈을 꾸는 것 같았다. 한없는 행복감을 완성해주듯 그 아름다운 손의 다독임(caress), 꼭 내 어머니 같았다. 그러고는 살며시 말했다.

"혼자라고 생각하지 마. 내가 있을 테니까……."

"……."

"비 제이 옆에 내가 있을 거라고……. 아니 당신의 가슴속에 이 미야코가 들어 있을 거라고. 알겠어?"

나는 속으로 '하이고 문디 가시나, 지가 내를 운제 봤다꼬!' 하고 생각했지만 가슴속이 밝아지면서 차오르는 기쁨을 주체할 수 없어 입술을 질끈 깨물기만 했다. 또다시 저절로 한국말이 나왔다. 그것도 우악스런 경상도 말로 "고맙다. 겁나게 고맙다." 하고 말했다.

무슨 말인지 알아듣지 못한 미야코는 고개를 갸웃거리다가 나를 이끌었다. 즐겁게 오가는 사람들 속으로……. 나의 팔에 매달리듯 팔짱을 낀 미야코의 머리에서 나는 향기로운 냄새가 한층 내 마음을 편안하게 하는 것 같았다. 어디에선가 귀에 익숙한 노래가 들려오는 것 같았다.

인생은 나그네 길
어디서 왔다가 어디로 가는가.
구름이 흘러가듯 떠돌다 가는 길에
정일랑 두지 말자.
미련일랑 두지 말자.

"찰리가 말해주었어."

"뭐라고?"

"한방에 같이 있던 자기가 가고 없으면 비 제이가 무척이나 힘들어 할 것 같으니 비 제이에게 한번 가보라고……. 자신은 형과의 약속을 지켜야 하기 때문에 어쩔 수 없다면서……."

나는 찰리의 참으로 인간적인 정을 느끼며 멈추었던 걸음을 다시 걷기 시작했다. 얼마 걷지를 않았을 때 미야코가 택시를 세웠다. 그러고는 그 택시 안으로 나를 밀어 넣었다.

어두운 밤길이었지만 길은 알 수 있었다. 그리니치빌리지를 지나 워싱턴스퀘어 파크를 거쳐 뉴욕대학교 옆을 지나 도착한 곳은 이스트 빌리지, 바삭거리는 맛이 일품인 존스 피자(Johns Pizzeria)에서 그리 멀지 않은 곳이었다.

"마음 편하게 먹고……. 앞으로 이곳에서 지냈으면 좋겠어."

반 지하 형식으로 되어 있는 미야코의 집은 자매가 각자 방을 가지고 있으면서 여분으로 방이 두 개나 있는 넓은 거실을 가진 깔끔한 곳이었다. 나는 꿈인지 생시인지 구분하지 못하고 멍하게 소파에 앉으며 미야코를 쳐다봤다.

"왜 그러느냐고 묻지 말아줘. 굳이 알고 싶으면 내 눈을 봐. 그러면 나의 여기를 알 수가 있을 거야."

미야코는 그 예쁜 손으로 가슴을 두어 번 다독이며 웃었다. 나는 '이기 무신 귀신 씨나락 까묵는 소리고?' 하고 생각하면서도 시선은 여전히 미야코의 눈동자를 쳐다봤다. 내 전신이 그 눈동자로 빨려 들어가는 것 같았다. 어디선가 전기가 찌르르 흐르는 것을 느꼈다. 동시에 생각나는 말이 있었다. 시선을 그대로 두고 중얼거리듯 말했다.

"나는 그를 사랑해. 그는 나 이상으로 나 자신이기 때문에……. 그의 영혼과 내 영혼은 완전히 같은 거야. 이 말을 누구에게 하는 건지 잘 모르지만……."

"캐서린? 에밀리 브론테? 폭풍의 언덕(Withering Heights)?"

"응."

"그럼. 그렇게 시선을 돌리며 나는 너를 나의 생명이라고 생각하고 있었지. 이제는 이 세상에 살아 있을 이유도 보람도 없어. 라고 말한 히스크리프의 마음이었으면 참 좋겠다. 하지만 난 괜찮아. 나의 마음을 읽어준 비 제이가 있으면 되니까……. 오늘도 여전히 비 제이를 보고 있으면 내 고향 마을에서 본 시냇가의 풍경, 거친 물을

받으며 사람들이 건너오고 건너가는 다리가 되어주는 징검다리, 그
징검다리가 되어주는 바위 뒤의 맴도는 여울, 누가 징검다리이고 누
가 물인지……. 흐르던 물을 멈추게 해주는 여울, 흘러가는 물은 누
구이고 누가 바위인지 그건 알 수 없지만 어쨌든 나는 비 제이를
보면 참 편해. 무언가를 해주고 싶어. 무엇 때문이냐고 묻지 마. 그
냥 그러니까……."

그때 방안에서 잠자고 있던 유키코가 나왔다. 잠에서 깬 얼굴이
그렇게 청순할 수 없었다. 스물여섯이라는 나이가 믿기지 않을 정도
로…….

"오셨구나. 잘 왔어요. 우리 편하게 지내요. 한 식구처럼……."

그러곤 앞가슴을 거의 드러낸 속옷 차림인데도 아무런 거리낌도
없이 내 옆에 앉았다. 그런 유키코의 모습을 이상한 눈으로 쳐다보
는 내가 민망할 정도로 말 그대로 한 식구처럼 대하는 것 같았다.

"이사는 내일 하기로 하고 오늘은 우리 이야기나 해요. 어때? 내
생각이……."

"그래, 언니. 우리 그렇게 해……. 그래도 되겠죠? 비 제이……."

나는 말없이 고개를 끄덕이며 웃기만 했다.

"비 제이의 아버지는 아까몽(붉은 대문, 동경제국대학)을 나오셨
다고 하셨죠? 그런 아버지를 두신 비 제이는 정말 훌륭한 분이시라
고 생각하셔야 합니다. 아까몽, 대단한 곳이지요. 우리 아버지도 거
기에 나오신 분이라고 하더군요. 우린 얼굴을 딱 한 번 봤지만……."

"네?"

"그래요. 우린 언니의 말처럼 엄마의 고향에서 살다가 미국으로
올 때 딱 한 번 얼굴을 봤어요. 딱 한 번 봤지만 어찌나 따듯하신
분인지……."

"또 그런다……. 그렇게 한번 보고 돌아가신 아버지가 그리워서
저러는 거예요. 이해하시죠? 비 제이……."

"네, 이해합니다."

"그럴 줄 알았어요. 우리 엄마는 게이샤였어요. 돈 많은 벌 나비들의 시중을 들어주는 게이샤……. 엄청난 돈을 주고 어머니를 집안으로 들이신 아버지는 본집에 있는 부인의 등쌀에 우리를 어머니의 고향으로 보냈어요. 엄마는 우릴 키우면서 행복해 했지만 따지고 보면 엄마는 정말 불행한 일생을 사신 것 같아요. 비 제이의 아버지가 일본 사람이라면 누구나 존경하고 경외하는 그 좋은 대학을 나오시고 장래가 촉망되는 자리를 박차고 탈출해서 들어간 곳에서 시대가 요구했던……. 이쪽이든 저쪽이든 어느 쪽에서라도 서지 않으면 설 곳이 없었던 시대가 싫어서 고향으로 돌아가셨다는……. 그러고도 열심히 살아가는 사람에게 서로 자기편이라고 이름을 올려놓고선 한쪽이 기우니까 다른 한쪽에서 손가락질해서 억울하게 누명을 쓰고 감옥살이……. 그것도 모자라 아들에게까지 여파가 미치게 한……. 미국을 어떻게 오게 되었는지도 모른다죠? 인간의 본능을 억제하면서 솟구치는 본능을 억제하면서 우리를 길러낸 우리 엄마의 일생이나 비 제이 아버지의 일생이나 모두 다 불행했던 시대의 산물인 셈이죠. 아무리 몸부림쳐도 어떻게 할 수 없는……. 우리 지나간 것은 탓하지 말아요. 앞으로 가야할 길도 아득한데 지나간 일에 얽매인다는 건 정말 바보짓이에요. 지금 내 눈앞에 보이는 순간들을 아름답게 살려면 다가온 인생의 장원(a manor)을 누구의 탓이라고 말하지 않고 열심히 사는 거예요. 아시겠어요? 비 제이……."

나는 완전히 이해할 수는 없었지만 유키코의 말에 희망의 씨앗 같은 것을 발견하고 고개를 끄덕였다.

"왜 그런지는 몰라도 자유의 여신상을 쳐다보면서 울고 있는 비 제이를 보고 무언가를 해주고 싶었던 우리 동생의 마음, 그 마음이 내게도 전해져 가슴속에 자리 잡은 지금……. 우리는 누가 시키지도 않았지만 이렇게 한 집안에서 그리고 앞으로 어떤 순간이 올 때까지 같이 살게 된 것도 우리 모두에게 주어진 운명이기 때문에 우린 이 순간을 사랑할 수밖에 없는 거예요. 비 제이가 뉴욕에서는 볼 수 없는 몸짓으로 꽃 배달을 온 그날, 미야코는 내게 말했어요. 세상에 모든 것이 사라진다 해도 그만 있다면 난 살아남게 되는 거야. 하지만 모든 것이 살아남는다 해도 그가 없어져 버린다면……. 내 앞에서 사라진다면 이 우주 전체가 내겐 아주 낯선 동네가 되고 말 거야. 나 자신이 곧 그 사람인 거야. 언니, 알아? 내 맘을……. 그 사람은 내가 다시 만난 그 순간부터 내 마음속에 있는 거야. 내가 왜 이런 마음이 드는지 그건 나도 몰라. 하지만 분명한 건 그를 다시 만난 것 자체가 내가 살아야 할 이유인 것 같아. 내가 이 세상에 태어난 이유……. 폭풍의 언덕에서 말한 캐서린이 내 동생인지 아니면 내 동생이 캐서린인지 분간이 가질 않았지요. 그 말을 듣는 순간 나도 그렇게 가슴에서 울리는 방울 소리를 들을 수 있었어요. 그 소린 어쩌면 팅커벨이었는지 아니면 잃어버린 자신의 그림자를 찾으러온 피터 팬의 눈망울을 굴리는 소리인지는 모르겠지만 분명한 건 온전하게 동생의 마음이 내 마음과 같다는 거였어요……. 비 제이, 우린 그런 인연으로 이렇게 이 밤을 지새우며 이야기를 나누고 있는 거예요."

나는 유키코의 말에 무슨 말이라도 하고 싶었지만 합당한 영어 구사능력이 없어서인지 그저 웃기만 했다. 미야코도 웃었다. 유키코는 그 아름다운 우윳빛 섹시한 살결을 뽐내며 선언하듯 말했다.

"우리 아름답게 살아요. 여긴 미국이에요. 주어진 자신의 일에 최선을 다하면 우리의 꿈을 이룰 수 있을 거예요. 뉴욕이라는 곳이 그런 곳이에요. 누가, 왜 여기에 왔는지 묻지도 않아요. 자신에게 할일이 생기면 그 일을 열심히 하면 뉴욕은 그 사람에게 수많은 기회를 주는 곳이에요. 어쩌면 잃어버린 비 제이의 인생을……. 즉 그림자를 찾을 수 있을지도 몰라요. 한국이라는 나라에서 온 피터 팬……."

"언니, 이 사람은 비 제이인데……."

"아니, 나도 모르게 그렇게 불러봤는데 그 이름이 썩 잘 어울리는 것 같네. 우리 앞으로 비 제이를 피터 팬이라고 부르자. 어때, 괜찮지 않아?"

"그래 맞아. 그러고 보니 피터 팬을 조금 닮은 것 같기도 하다. 피터 팬…… 어쩌면 비 제이에게 딱 맞는 이름이기도 해. 우리가 잃어버린 그림자를 찾아주면 자유의 여신상을 쳐다보며 흘리던 그 눈물을 닦아줄지도 몰라"

나는 선택의 여지도 없이 피터 팬이 되고 말았다. 새롭게 부쳐진 이름이 낯설기는 했지만 의미를 생각하니 참 좋은 이름이라는 생각이 들었다. 때마침 밀려오는 여명을 따라 한숨도 잠들지 않았지만 몸과 마음이 날듯이 가벼워지는 것 같았다.

창가로 지나가는 바람소리를 들으니 날씨는 매우 추울 것 같았다. 그 바람소리는 12월이라는 기차의 기적 소리처럼 들렸다.

인생의 굴레라는 이름

1971년 12월 7일

정말로 편안했다. 미야코와 유키코 자매의 따뜻한 보살핌은 새로운 세상을 맛보게 하고도 남았다. 나 자신이 정말 나인지 의심할 정도였고 이것이 행복이구나! 하고 느낄 정도로 가슴이 벅찼다. 더구나 거리에 깔린 크리스마스 캐럴은 사람의 마음을 저절로 들뜨게 했다. 더구나 꽃 배달이 늘어나 이전에 있었던 일들을 까맣게 잊게 할 정도였고 그만큼 수입도 늘어났다. 거의 매일 오버타임을 하니 잠자러 들어오는 시간은 거의 늦은 시각이었지만 미야코와 유키코는 초롱한 눈망울을 굴리며 나를 기다려 주었다.

하루 종일 피곤에 저린 몸을 따스한 몸짓으로 녹여주는 보살핌, 흡사 어머니 같기도 하고 누나 같기도 했다. 그녀들과의 순간순간의 행복이 단층이 되어 쌓여가는 것 같았다. 말로는 표현이 안 되는, 아니 할 수도 없는 기분이었다.

"늦었지만 속에 부담이 안 될 정도로 식사를 하셔야죠? 피터
팬……."

유키코가 샐러드를 차리며 말하자 미야코는 주스 잔을 내밀며 언
니 옆 자리에 자리를 잡았다. 앞에 나란히 앉은 자매를 바라보는 내
가슴은 미세한 아픔까지 느낄 정도로 행복에 겨웠다. 너무 행복해도
가슴은 아픈 모양이었다.

"오늘도 일이 많으셨나요? 피터 팬……."

"그래요. 아주 많았어요. 즐겁게 일을 했어요. 그런데 마지막 배달
한 곳에선……."

"왜요? 무슨 일이 있었어요?"

미야코는 안달이 난 사람처럼 턱을 괴며 끼어들었다. 나는 안달이
난 미야코의 모습이 너무 귀여워 눈으로 웃었다.

"배달을 시킨 사람은 아마 에이레 사람인 것 같아. 조국 에이레를
떠나서 같이 미국으로 왔지만 남자는 남자대로 무슨 사정이 있는지
여자를 따로 살게 하는 것 같았어. 해마다 한 번씩 생일 축하 꽃이
나 보내는 게 고작인 남자에게 화가 났는지 꽃을 받아서 던져버리
며 울더군. 그러면서 하는 말……. 나는 오랜 시간 대영제국으로부
터 억눌림을 받는 조국의 완전한 독립도 좋지만 무엇보다 필요한
건 사랑하는 그 사람이 내 옆에 있는 게 훨씬 좋아. 그걸 위해 미국
으로 왔는지도 몰라. 여보세요. 코리언 가이, 그대는 왜 미국에 온
거야? 사랑하는 사람은 있어? 그렇게 말을 하는데……."

"그래서?"

미야코는 더욱 턱을 내밀며 궁금해 죽겠다는 표정을 지었다.

"내가 조국을 버렸는지, 조국이 나를 버렸는지 모르겠지만 난 미
국에 왔고 그런 나 자신이 무엇인지 지금 찾으러 가는 중이라고 말
했지. 그리고……."

내가 말을 멈추자 자매는 나란히 시선을 고정시키고 어서 말하라

는 표정으로 몸을 내 앞으로 내밀었다. 나는 시선을 나누어 주면서 말했다.

"그런 잃어버린 자신의 그림자를 찾으러가는 피터 팬이라고 말해주는 사람을 만나 아주 행복하게 살고 있다고……. 사랑? 그 행복한 마음이 사랑이라면 아마 사랑일거라고 말했지."

"정말?"

자매는 똑같이 손뼉을 치면서 너무 행복한 표정을 지었다. 나는 두 자매의 그런 표정이 너무 좋아 마음이 하늘로 붕붕 날아가는 것 같은 기분을 느끼며 조용히 눈을 감았다. 눈자위가 떨리고 콧잔등이 찡했다. 연이어 눈시울이 뜨거워 눈을 질끈 감았다. 멀리서 아주 멀리서 누군가가 나를 부르는 것 같았다. 그러곤 가슴속에 있는 너무도 하고 싶은 말이 저절로 나왔다.

"사람들은 세상의 모든 것에 이름 짓기를 참 좋아하는 것 같아. 이래서 사랑, 저래서 슬픔, 그리고 이런 것은 기쁨, 저런 것은 분노……. 물론 사람들은 자신 앞에 닥친 환경에 따라 행동을 하지만 그 감정을 가슴에 새겨두었다가 조금은 생각하고 자신의 마음을 정할 수는 없는 건지……. 조금은 이성적으로, 자신의 감정을 여과시켰다가 행동하면 참 좋을 텐데……. 자신에게 주어진, 아니 자신이 생각한 느낌을 의지요 사명으로 생각하는 사람들이 지도자가 되면 그것이 권력이 되고 다시 역사가 되는지도 모르고……. 자신의 이기심에다 집안까지 끌어넣고 좀 더 넓은 주변을 만들어 나가고……. 인류의 모든 불행은 거기에서부터 시작되는 것은 아닌지 몰라. 이기심을 강요하는 쪽과 저항하는 쪽의 싸움이 시간이 지나서 태양이 월광(moonlight)으로 바뀌면 비극의 역사가 되고……. 그렇게 해서 만들어진 국가와 권력은 한 개인의 삶이 엉망진창이 되어도 아무런 상관이 없지. 결국 승과 패가 나누어지는 패거리들은 또 다른 저항을 위해서 자신들의 권리를 주장하고 서로의 자아를 찾기 위해서 끊임없이 투쟁을 하게 되는 순환의 역사……. 우리가 로마를 연구하고 남겨진 신화를 찾으려 하는 것은 그들이 남긴 이야기들……. 최소한의 민주주의, 즉 자아를 보호하는 차원에서의 사람들을 위한 공영(Public management)을 전제했다는 흔적을 발견했기 때문이라고 생각해. 목숨보다도 더 사랑했던 양아들 부르투스에게 배신을 당하고 죽어가면서도 배신자들의 칼에 죽어가는 통증보다는 양아들에게 배신을 당했다는 분노로 그 고통을 감추었던 카이사르……. 개인의 생각에서 출발했지만 그래도 다스리는 백성에 대한 존재의식은 확실하게 있었다는 기록이 남겨진 것을 봐도 알 수가 있지. 전설인지 아닌지 그것은 알 수 없지만 도저히 불가능한 것으로 인정할 수밖에 없는 절대권력 시대의 조반니 8세, 물론 교황청의 역사는 근거도 없고 있을 수도 없는 것이라고는 하지만 남겨진 문헌이나 구체적인 습성으로 미루어 그가 여자였다는 사실은 자명한 것, 절대 권력(absolute authority)의 시대, 그런 시대에도 개인에 대한 최소한의 자아인식은 부여받기도 했는데……. 물론 남자와 여자 그리고 자식에 대한 애정의 심도가 역사가 되기도 하고 한 국가의 운명을 갈음하는 어처구니없는 역사가 되어 선택의 여지가 없었던 백성은 그냥 주어진 운명대로 역사의 행간에서 아무 소리도 못했지만 그런 부정을 향해 소리친 사람들은 강력한 지도력으로 무리를 만들고 선택을 강요하기도 하고……. 인간은 자신에게 주어진 사명이라는 이름으로 아무 상관도 없는 많은 사람들의 자아를 무너지게 하고도 아무렇지도 않게 살고 있다. 이쪽도 싫고 저쪽도 싫었던 우리 아버지, 어느 쪽도 선택하기 싫었던 우리 아버지의 선택, 그 때문에 누명이 되고 억울한 죄인이 되고 그리고 연좌제라는 이름으로 나에게까지 이어진 이 어처구니없는 오욕의 운명! 그래서 만나게 된 캄캄한 세상……. 그 어떤 것도 할 수 없었던 사람이 할 수 있는 것이라곤 이성을 잃게 만드는 일밖에 없어서……. 그리고 지금, 이 세상 누구보다도 나를 아껴주는 두 사람을 앞에서 내 이 젊은 날의 슬픈 노래를 목 놓아 불러야 하는 지금……. 난 알아 내가 뭘 해야 할지……. 난 안다구. 내가 뭘 해야 하는지를……. 그건……."

나는 더 이상 말을 하지 못하고 눈을 감았다. 그리고 입술을 깨물었다. 내게 다가온 두 자매의 인기척이 느껴지는가 싶었는데 한 여자는 오른팔에 한 여자는 왼팔에 안겼다. 나는 두 여자를 힘껏 껴안았다. 가슴에 얽힌 지우지 못하는 사연을 삭혀내듯이…….

피터 팬 증후군에 대한 해설

1971년 12월 9일

한 해의 끝자락으로 향해 달려가는 맨해튼 거리, 어디를 봐도 풍성해보였고 모두가 즐거운 표정들이었다. 그 속으로 내달리는 내겐 캄캄했던 그런 시절이 있었나? 하는 의구심마저 들었다. 결코 잊을 수 없는 일들이었지만 주어진 생활에 열중하다 보니 내 스스로를 다스리는 생체 리듬의 면역성 같은 것을 느낄 수 있었다.

사람에게는 지난날이 아무리 고통스러워도 지금, 삶의 바로미터에서 벌어지는 일상들이 즐겁다면 잊을 수 있다는 것, 그래서 인간은 현실 안위를 위한 진보성을 지닌 동물이라는 것, 언뜻 생각하면 야비한 일신의 자기 미화일 수도 있지만 그래도 마음은 편안하다는 것은 분명했다. 아버지가 해주시던 말이 생각났다.

"사람은 주어지는 환경대로 살아지기 마련이다. 그 환경에 적응하지 못하면 시대에 뒤떨어지는 것이다. 시대가 싫으면 그 시대를 모른 척해야만 한다."

말귀도 알아듣지 못하던 그 시절에 들었던 아버지의 말씀, 한창 힘들게 논일을 하시다가 허망한 눈길로 하시던 그 말씀, 그땐 몰랐지만 비로소 실감하게 되었다. 이미 늦은 시간이라는 걸 알면서도 천천히 미야코가 기다리는 집으로 걸었다.

계단 앞에서 미야코가 쪼그리고 앉아서 떨고 있었다.

"비 제이? 피터 팬?"

나는 그녀의 목소리에 반사적으로 발걸음이 빨라졌다. 계단에서 내려온 미야코는 나를 와락 껴안았다.

"왜 이렇게 늦었어?"

"그래? 그렇게 늦었나?"

"응. 많이 늦었어."

"그랬구나. 그럼 먼저 자면 되지."

"내가 우리 피터 팬이 들어오지 않았는데 잠을 잘 사람 같아요? 그런 사람으로 알고 있어요?"

미야코는 무척이나 서운한지 촉촉이 젖은 눈동자로 나를 쳐다봤다. 나는 눈을 감으며 후회를 했다. 내가 귀가하기 전에 잠들어 있었던 적이 없는 미야코를 생각하니 너무도 미안했다. 나는 말없이 미야코를 껴안아주기만 했다. 추위에 떨고 있던 미야코는 휘감은 나의 목에 더욱 힘을 주었다.

"미안해."

"아니에요. 괜한 말에 상처를 받은 내가 미안하지요."

"아냐. 내가 조금은 더 생각을 했어야만 하는데…… 좋아하는 사람에게 작은 말이라도 사려 깊게 말하는 사람(a man of discretion)이어야 하는데…… 아버진 그렇게 말씀을 하셨거든…… 친근하고 가까운 사람이더라도 말을 할 땐 항상 존중해야 한다고…… 아주 작은 것이라도 상대는 상처를 받을 수 있으니까 더욱 아껴주는 마음으로 해야만 한다고……"

"오! 좋은 사람…… 내겐 너무도 좋은 사람……. 내게 너무도 필요한 사람……."

미야코는 소리를 지르며 나의 얼굴에 키스를 퍼부었지만 나는 그저 웃기만 했다.

"어서 들어가. 감기 걸리겠어."

나는 미야코의 등을 돌려 안으로 들어가게 했다. 유키코는 잠이

든 모양이었다.

"아직도 따뜻하네. 언니랑 같이 먹어야지."

상을 차린 미야코가 언니 방으로 가려는데 언니가 먼저 문을 열고 나왔다. 유키코의 배시시 웃는 모습이 너무도 귀여웠다. 미야코보다 두 살이나 많은데 더 어려보이는 것은 무슨 까닭인지 알 수가 없었다.

"언니, 어서 먹자. 아직도 따뜻해……."

"그래. 피터 팬도 같이 먹어요."

"네."

밤이 꽤 깊었다. 그런데도 모두가 잠을 잘 기미를 보이지 않았다. 모두 다 피곤한 하루였을 텐데 커피를 마시는 미야코와 유키코의 눈동자는 빤짝빤짝 빛이 났다. 나는 두 자매의 해맑은 눈동자를 보자 웃음이 나왔다. 무엇인지 모르지만 두 사람 다 내게 할 말이 있는 것 같았다.

"왜 웃었을까?"

유키코는 커피 잔을 내리며 중얼거리듯 말했다.

"우리의 마음을 알겠다는 표정으로 웃는 것 같은데……. 그건……. 아니 우리가 왜 피터 팬이 들어오지 않으면 기다리는 이유가 무엇인지 그걸 설명하면 알겠네. 피터 팬……. 그거 아세요? 우리와 함께 지내면서 한 식구처럼 지내지만 걱정스러워서 집에 들어오지 않은 피터 팬을 기다리는 마음이 정녕코 무엇인지……. 그건 우리가 모두 마음으로 통하지만 진정 통해야 할 것을 통하지 않았지 때문인 거예요. 남자와 여자의 만남이 운명적인 것이라고 느끼면 그 다음은 말하지 않아도 우리는 서로를 원하고 있다는 거예요. 서양 사람들은 서로를 알기 전에라도 서로 통하는 게 있으면 그냥 둘이 하나가 되지요. 그러나 대체로 동양 사람들은 그렇지 않지요. 이제 우리는 서로가 알만큼 알았잖아요. 전 학습원(여고) 시절에 게이샤이지만 상당한 지식을 섭렵한 어머니에게 이런 말을 들었어요. 인간의 본능은 국경도 없고 시간이라는 제약도 받을 수 없는, 즉 그 누구도 막을 수 없는 것이며 진정 가슴이 원하면 무엇이든 해야만 하고 그걸 해갈시키지 못하면 여자라는 수명을 자해하는 것이라……. 피터 팬의 아버지께서 말씀하셨다고 하셨죠? 인간의 역사는 본능에 의한 성의 발견과 그것을 지속적으로 구축하려는 욕망으로 이루어졌다고. 맞아요. 우리는 그런 인간의 발전된 성의 역사 속에서, 다시 말하면 아담과 이브가 선악과를 따먹은 뒤에 스스로의 몸이 부끄러워 에덴동산을 떠나며 노출된 성기를 감추려고 나뭇잎으로 인간의 가장 중요한 부분을 가렸다지만 그건 부끄러움보다는 자신에게 진정으로 원하는 사람을 만나기 위해 소중하게 감추어두는 것이라고 생각해요. 마음으로 소중한 사람에게 부끄러움 없이 보여주기 위해……. 그래서 만들어진 인간의 속성인 쾌락과 부끄러움을 동시에 느끼는 미묘한 감정을 알게 되었고 그 감정의 깊이는 운명적으로 만나진 사람들에게 말없이 요구하는 거예요. 인간이 가진 진실한 모습의 피터 팬 당신……. 가장 원초적이고 근원적인 성의 문제를 이해하지 않고는 운명으로 만난 사람들이라 해도 완전한 사랑을 이루지 못하는 거예요. 아니, 그 모든 것을 이루었다 해도 서로의 작은 허물을 발견하고 각자의 길을 걸어가는 것이 인간이 가진 또 다른 한계이지요. 민주주의가 무엇 때문에 인간에게 필요한 건지 또 인간이 가진 지식과 학식을 폭넓게 알고 있지만 진정 알아야 할 것을 모르는 피터 팬 당신……. 미야코의 눈동자를 보세요. 무엇을 원하는지……. 그리고 나의 눈동자를 보세요. 나는 또 무엇을 원하고 있지요? 당신이 미국으로 오게 된 그 터무니없는 당신의 나라에 만들어진 법과 제도……. 권력을 쥔 사람들의 피해망상적인 정치 행태……. 그러나 그건 이미 지나간 일이에요. 잊을 수 없겠지만 잊어야 해요. 자신이 가진 본능을 모를 수밖에 없는 불쌍한 당신, 피터 팬……. 아니, 알지만 행동하지 못하는 당신……. 당신 같은 사람을 두고 뭐라고 하는지 아세요?"

나는 멍하니 유키코의 얼굴을 쳐다보며 작게 고개를 저었다. 유키코는 고소를 내뿜는 심정으로 말했다.

"바보, 바보라고 하는 거예요."

나는 유키코의 말에 아무 말도 하지 못하고 고개를 숙였다. 무엇인지는 모르지만 두 자매에게 상당히 잘못을 하고 있는 것 같았다. 가슴속 깊은 곳에서 누군가가 말하는 것 같았다.

'그래, 넌 바보야. 그 여자의 지적처럼 넌 정말 바보인 거야.'

"인간이 가장 인간다울 수 있는 것이 무엇인지는 정확하게 잘 모르지만……. 본능적으로 원하는 것을 숨기면 그건 정말 바보짓인 거예요. 그렇다고 아무에게나 그럴 수는 없어요. 마음이 통하고 무언지 모르지만 끊임없이 무엇을 주고픈 마음을 가진 여자에게 말없이 받는 것이 어딘지 모르게 미안하다는 마음이 들면 줄 수 있는 것이 무엇인지 생각하셔야 합니다. 그건 아낌없이 주고픈 마음을 가진 여자를 만난 남자로서의 권리이자 의무이기도 해요. 책임이기도 하구요. 아시겠어요? 마음은 천사지만 그 천사가 여자를 괴롭히는 것인 줄도 모르는 불쌍한 바보……. 당신 피터 팬, 내 말을 알겠어요?"

여전히 무슨 말인지 알 수 없었다. 유키코는 하는 수 없다는 듯이 두 팔을 벌려 어깨를 으쓱거리곤 나를 미야코에게 밀면서 말했다.

"자, 보세요. 이렇게 사랑스러운 여자 미야코가 무엇을 원하는지 쳐다보세요. 그래도 모르신다면……. 미야코, 네가 말해줘. 알겠지?"

유키코는 야릇한 웃음을 남기며 빠르게 방안으로 들어갔다. 둘만 남은 거실 공간에 묘한 정적이 흘렀다. 미야코는 파르르 떠는 손길로 나를 이끌었다.

"처음 만난 그 순간부터 알았지요. 순순한 사람이지만 진실한 사랑을 위해서라면 내가 많이 일러줘야 한다는 거……."

"그랬어?"

"흘러가는 시냇물 가운데에 놓여있는 돌멩이, 사람들은 물에 젖지 않고 그 위로 지나가지요. 가파르게 흐르던 물은 그 돌멩이 뒤에서 잠시 머물게 되고 여울을 만들지요. 묵묵히 징검다리가 되어주는 돌멩이의 등 뒤에서 쉬어가는 물이 뭐라고 해도 그냥 쉬게 해주는……. 어머니는 말했어요. 그 아름다운 풍경을 가슴속에 지니는 것은 좋지만 그렇게 행동하는 건 쉬운 일이 아니라고……. 많은 것을 버려야만 한다고……. 그렇지만 나는 할 수 있을 거라고 말했지요. 내가 돌멩이가 될지 아니면 잠시 돌멩이 뒤에서 쉬다가 또다시 흘러가는 물이 될지 그건 잘 모르지만 돌멩이와 물이 만나서 만들어내는 그 아름다운 정경을 내가 살면서 만들어야겠다고……. 자, 눈을 감으세요. 아까 내 눈에서 발견한 것이 무엇인지……. 언니 말처럼 내가 바라는 게 무엇이었는지 생각해 보세요. 그리고 내 입술을 받아주세요. 그리고 내가 지금부터 원하는 것을 느껴보세요. 여기는 우리 둘만이 있는 곳이니까 부끄러울 것도 없고 무서울 것도 없어요. 그렇죠?"

"응."

"사람의 혀는 이렇게 또 다른 사람을 기쁘게 하는 아주 훌륭한 도구인 거예요. 여기 이 목, 그리고 이 강건한 어깨, 넓고도 튼튼한 가슴팍, 내 혀는 이렇게 숨겨진 본능을 꺼내서 살아 있음이 즐거운 것이라는 걸 알려주고 있잖아요. 그리고 여기 이 가슴, 하나님은 남자의 여기에 있는 뼈를 하나 빼내어 여자를 만들었다고 했죠? 그리고 여기는 어머니의 뱃속에 있을 때 생명의 양식을 받아먹던 곳, 이제는 사랑의 힘을 모아두어야 할 곳이죠. 그리고 여기는 구릿빛 대지 위에 검은 숲이 무성한 곳, 잠시 돌아서 가야겠어요. 아! 이 튼튼한 허벅지, 맞아요. 피터 팬의 부모님은 정말 훌륭한 다리를 물려주셨군요. 아주 튼튼한 다리네요. 이 다리로 유도를 하셨다지요? 맞아요. 남자는 사랑하는 사람을 지켜주려면 무엇보다 힘이 있어야 하는 거예요. 상대를 공격하는 게 아니라 공격을 막아주는 힘이 필요한 거예요. 그리고 이 무릎에는 이렇게 치아로 자극을 주면 아주 시원할 거예요. 그리고 이 발가락, 생각해보면 별로 필요 없는 것 같지만 아니에요. 얼마나 황홀한 기쁨을 주는지 몰라요. 이렇게 깨물면 아주 기분이 좋을 거예요. 그렇죠?"

"그… 래……"

"다시 다른 한쪽 다리를 거슬러 올라갈 땐 급해지는 거예요. 그리곤 검은 숲 속에 자리 잡은 남자의 심벌에 내 뜨거운 입술이 닿으면…… 어머…… 벌써 이렇게 성질을 내고 계시네. 피터 팬의 본능이에요. 하지만 부끄러워하지 마세요. 이건 당연한 거예요. 저의 여기를 만져보세요. 보세요. 이미 흥건히 젖어 있죠? 이건 본능이 서로를 원하고 있다는 증거예요. 자 들어오세요. 이렇게…… 아, 좋아요. 너무 좋아요. 천천히 아주 천천히……. 이렇게 움직이세요. 아, 정말 좋아요. 이렇게 좋다간 이대로, 이대로 죽을 것 같아요. 남자와 여자가 만나서 만들어내는 사랑이라는 것, 이래서 아름다운 건가 봐요. 아! 좋아요. 너무 좋아서 죽을 것 같아요! 마음으로 좋아하고 그리고 본능인 몸으로 좋아하는 우리 두 사람, 운명은 이렇게 사람을 아름답게 만드네요. 내 모든 걸 당신께, 나를 너무 즐겁게 그리고 내 스스로 아름답게 만들어주는 피터 팬 당신께 바칠 거예요. 전부 다……. 내가 가지고 있는 걸 모두 다 바칠 거예요. 아, 사랑해요. 정말로 사랑해요. 이 사랑을 모두 다 책임질 거예요. 아, 좋아요. 너무 좋아요."

너무도 황홀하고도 찬란한 꿈속에서 깨어났을 땐 여린 겨울 햇살이 방안에 들어와 있었다. 몽롱한 기분으로 침대에서 일어나려고 하자 다리가 휘청거렸다. 이미 출근 시간이 지나 있었고 유키코는 식탁 위에 아침상을 차려놓고 출근한다는 메모만 남겨놓고 이미 나가고 없었다. 평상시와 다르게 계란 프라이가 너무 많이 만들어져 있는 것이 조금은 이상했지만 미야코는 너무도 곱게 배실배실 웃기만 했다.

윤회(the cycle of reincarnation)가 흐르는 강가(a riverside)

1971년 12월 10일

미야코는 놓인 커피를 마시며 나에게 '어서 드세요'라는 시늉을 했다. 평상시와 다르게 약간의 밥도 있었고 일본식 된장국(미소시루)도 있었다. 언제부터인가 절절하게 먹고 싶었던 김치는 없었지만 오랜만에 먹어보는 밥 같은 밥을 먹는 것 같았다. 배가 불러오면서 넉넉해지는 기분을 느끼니 황홀했던 지난밤의 시간이 꿈인지 생시인지 구분이 가지 않았다.

새로운 세상을 만나서 지금까지 긴장만 했던 것 같았다. 누군가가 뒤쫓는 것 같은 느낌에 나 자신을 어지간히 채찍질한 것 같았다. 씁쓸히 웃으며 요한나에게 전화를 했다. 오늘 출근을 하지 못할 것 같다는……. 화를 낼 줄 알았던 요한나는 오히려 걱정을 하면서 전화를 끊었다.

"하루를 푹 쉬고 우리 내일 만나요. 장 발장……."

언제부터인가 나를 장 발장이라고 부르는 요한나의 목소리는 이상하게도 애교스러웠다.

"나도 오늘 안 나가도 되는데……."

옆에서 전화하는 나를 지켜보던 미야코는 손뼉을 치면서 즐거워했다.

"어?"

알몸이었다. 동시에 미야코도 내 몸을 쳐다보면서 웃었다. 나 역시 알몸이라는 것을 발견하자 어이가 없었다. 자신의 몸을 가리는 옷이라는 것, 그 옷이 감춰주는 각자의 비밀을 아무런 거리낌도 없이 서로에게 보여준다는 사실이 너무도 편안했다. 미야코는 내 마음을 다지듯이 내 가슴팍에 안기며 말했다.

"이렇게 편안한 것……. 누가 볼까 두려워 항상 숨기기만 했던 모습까지 보여주어도 편안한 이 마음······. 이건 완전한 하나가 되었다는 증거인 거예요. 자, 이렇게 주어진 우리들의 이 황홀하고도 아름다운 시간, 우린 이 시간에 많은 이야기를 만들어야 해요."

미야코는 나를 샤워실로 밀고 갔다.

"어젯밤엔 내가 해주었지요? 지금은 내게 해주세요. 자, 아이, 천천히······. 너무 거친 키스는 즐거움보다는 고통을 주어요. 그리고······."

나는 지난밤에 미야코가 내게 해주었던 그대로 긴 키스를 하고 향긋한 냄새가 풍기는 목 줄기에서 어깨로, 너무도 부드러운 젖가슴으로 천천히 아주 천천히 혀로 탐닉해 나갔다. 나의 가슴은 터질듯이 뛰었고 쿵쾅거리는 소리는 말초신경까지 마비시키는 것 같았다.

"아, 좋아요. 너무 좋아요. 이러다 죽을 것 같아요. 아니, 죽어도 좋을 것 같아요. 나의 거기는 이미 젖었지요? 이상하네요. 이렇게 좋은 당신을······. 자유의 여신상을 쳐다보면서 울고 있는 당신을······. 우리는 처음부터 운명으로 만난 거예요. 이를 어째. 당신도 나의 문으로 들어오실 준비가 이미 되어 있네요. 어서 오세요. 이젠 여기에 앉아 보세요. 그리고 나를 들어서······. 그래요. 아주 잘하셨어요. 이건 애정이 꽃피는 나무 체위예요. 깊고도 뜨거운 나의 집을 마음껏 느끼세요. 아! 아주 즐겁게 들어오셨네요. 사람들은 말하지요. 이렇게 나누는 사랑의 행동을 부끄럽고 고약한 짓이라며 참는 것이 미덕이라고······. 본능은 원하고 있는데 마음은 어쩐지 부끄럽고 창피해서 그냥 숨기며 사는 거라고······. 그건 아니에요. 물론 아무에게나 그럴 순 없지요. 왜 그런지도 모르게 주어진 운명으로 만나진 사람에게······. 무언지 모르지만 주고 싶고 그리고 받고 싶은 마음이 생기는 사람에겐 모든 것을 보여줄 수가 있고 그리고 이야기하면서 사랑을 쌓아가는 거예요. 아, 좋아. 너무 좋아. 자, 이렇게 해보세요. 이건 순결한 백조의 체위예요. 살살 아끼듯이 천천히 또다시 당신의 집을 느끼세요. 좋아요. 너무 좋네요. 그러다가 강하게······. 지치지 않도록 저의 모든 것을 느끼세요. 아 방금 키스해주신 거기 너무도 좋네요. 등이 그렇게 예민한 부분인 줄은 첨 알았어요. 아, 정말 좋아요. 견딜 수 없을 만큼 좋네요. 아! 아!! 아!!!"

미야코는 모든 동작을 멈추었다가 전신을 파르르 떨면서 뒤돌아 나의 목을 휘감았다. 그러곤 미끄러지듯이 내려앉으며 젖은 머리칼을 쓸어 올렸다.

"아직도 피터 팬의 남성이 살아 있네요. 아 강한 사람, 정말 나를 미치게 하네요. 아, 사랑스러워라. 키스해주어야지……."

나는 바로 손에 닿는 미야코의 머릿결을 쓰다듬었다. 또 다른 꿈 속으로 가는 방울마차가 들리는 것 같았다.

"자, 나가세요. 그 우람한 팔로 나를 안고 침대로 가주세요."

나는 말을 잘 듣는 학생이 되어 새털처럼 가벼운 미야코를 안고 밖으로 나갔다. 미워할 수도, 아니 거부할 수도 없는, 그리고 전혀 부끄러워할 수도 없는, 너무도 친절한 선생님처럼 나를 가르치던 미야코는 깨물고 싶도록 귀여운 잠든 아기가 되어 있었다.

"아이, 이렇게 던져버리시면 어떻게 해요? 부드럽게 눕혀 주셔야지. 아이, 놀라실 건 없어요. 저를 껴안아주세요. 내가 이렇게 말하는 것이 음탕(debauchery)해 보이세요? 그럴 수도 있을 거예요. 그렇지만 그렇게 생각하실 필요는 없어요. 저도 그렇게 생각하면서 자랐지만 어느 날 어머니가 말씀하셨어요. 그건 음탕한 것이 아니라 당연한 생각이라고 그렇게 말씀하셨어요. 아이가 자라서 어른이 되어 가는 과정이라고 하시면서 왜 여자에게 남자가 필요하며 반대로 남자에게 여자가 왜 필요한지를 설명해주셨어요. 남자로부터 떨어져 나온 여자, 아니 하나였다가 신의 계시로 잠시 떨어진 둘 사이를 하나이게 만들어주는 것이 지금 우리가 하고 있는 육신(the flesh)의 교합(sexual union)이라는 거예요. 성경에서는 남자를 만들고 그 남자의 갈비뼈로 여자를 만들었다고 하지만 희랍 신화에는 모든 신의 제왕인 제우스가 여자를 만들어서 프로메테우스 형제에게 보냈지만 인간을 위한 선물이 아니고 하늘의 불을 훔친 프로메테우스를 벌하기 위해 내린 형벌이라는 게 더 맞는 것 같아요. 갈라진 둘이 하나가 되기 위해서 또 다른 하나들끼리 서로 죽고 죽이는 혈투(a bloody fight)까지 만들어내는 소유욕(a desire for possession)을 알려준 거죠. 때문에 사람들은 사랑을 이성으로 하는 사람이 있는가 하면 감성으로 하는 사람이 있기 마련이지요. 신이 만들어준 선물이라고 생각한 판도라의 상자…… 만약 판도라가 신의 계시대로 상자를 열지 않았으면 인류의 역사는 아마 무미건조한…… 아니다 이미 만들어졌으니 가설은 필요가 없겠네요. 하지만 이미 상자를 열어버린 판도라의 손짓 때문에 인간은 더러워질 수도 있고 아름다워질 수 있는 요술을 부리는 거예요. 판도라는 아주 많은 비밀을 가지고 있는…… 그리고 아주 좋은 습성을 이기적으로 표출하는 사랑의 힘이 있기 때문에 자신이 가지고 있는…… 누가 일러 주지 않아도 알 수 있는 부끄러움도 기꺼이 보여줄 수도 있고 그 부끄러운 것을 아름답게 볼 줄 아는 사람들끼리 사랑으로 하나가 될 수 있는 거지요. 전 그렇게 생각해요. 그렇게 배웠고 또 그렇게 실천하고 있는 거예요. 지금…… 아시겠지요?"

나는 그냥 웃으며 고개를 끄덕이다가 나도 모르게 미야코를 애무하고 있는 것을 보고 깜짝 놀랐다. 그러면서도 마음은 엄청나고도 신비한 지식을 배웠다는 자부심이 가슴을 그득하게 채우는 것 같았다. 심장에서 터져 나온 남성의 피가 전신을 뜨겁게 하는 것 같았다.

"어머, 또다시 하나가 되기 위해…… 당신의 집은 이미 젖어 있다는 걸 어떻게 아시고…… 잠시만 제가 들어오시는 길에 힘들어하실까 봐 기운을 보태드릴게요. 아, 이런 게 황홀(rapture)한 맛일 거예요. 아, 황홀하다는 것 외에 달리 표현을 할 수가 없네요."

그렇게 시작된 미야코와 나의 육신의 교합은 점심이 지나고 저녁이 지나 해가 지고 차가운 달이 뜰 무렵 유키코가 들어올 때 끝이 났다. 일을 마치고 들어온 유키코는 우리 두 사람을 각각 쳐다보면서 그냥 웃기만 했다. 그러면서도 어딘지 모르게 사람을 편안하게 해주려는 모습, 그런 과장된 모습이 오히려 나를 불편하게 했다.

내가 불편한 표정을 짓자 유키코는 그런 내 마음을 아는지 나의 손목을 잡고 미야코의 옆자리로 이끌었다. 그리고는 맞은편에 앉아 너무도 정갈하고 단아한 모습으로 나를 쳐다보며 차분하게 입을 열었다.

"어제만 해도 우린 참 잘 통하는 사람들이었고 무엇을 해도 뜻을 같이 하는 사람들이라고 믿었던 사람들이었는데……. 어쩌자고 이런 분위기가 되었을까요? 피터 팬……. 두 사람이 무엇을 했는지 모르지만……. 어딘지 모르게 서먹한 이 분위기는 나를 아주 먼 곳으로 보내버리는 것 같아요. 그런가요? 아니지요. 그런 건 아니라고 생각해요. 물론 이런 서먹한 분위기가 잘못하면 정말로 우리 사이를 멀어지게 할 수도 있지만 우리는 그래서는 안 되는 사이잖아요. 하늘이 내려준 운명을 받은 사람들에겐 그래서는 안 되는 거예요. 피터 팬……. 잘 들으세요. 아무리 시대가 변하고 인간들에게 주어진 생활환경이 바뀌었다고 해도 자신이 가지고 있는 인간성은 많이 달라지지 않아요. 우리에게 숫자의 개념을 철학적으로 분석했지요. 수학의 개념을 인간생활에 기초를 다지게 해준 피타고라스는 숫자가 가진 의미를 가장 철학적으로 인류에게 남겨주었어요. 피타고라스는 이 세상의 모든 것들은 수(數)를 만물의 본질 또는 원리로 생각했고 그런 주장은 우리 인간세상을 이어져 내려오면서 기본적인 생활의 가치기준이 되었어요. 그건 어떤 과정을 거쳐서 그렇게 이어졌는지에 대해서는 논란의 여지가 있지만 우리는 숫자의 절대기준을 생활의 기반으로 삼고 있다는 데 대해서는 이론의 여지가 없어요. 이 세상에 모든 존재와 현상들은 그 기초의 가치기준인 숫자에서 가중치를 둔다는 거지요. 일상의 모든 일에 대해서……. 그는 숫자의 '1'을 모든 수의 근원으로 생각했고 '2'라는 숫자는 불완전하지만 증가와 분할의 원인이 되고 '3'이라는 숫자는 시초와 중간과 종

말을 가지고 있기 때문에 전체의 수라고 부르고 있으며 정방형을 표시하는 '4'라는 숫자는 어느 곳이라도 이어질 수 있는 완전한 숫자로 인정했다는 거죠. 그래서 1+2+3+4를 하면 10이라는 숫자가 만들어지는데 이 10이라는 숫자로부터 또 다른 시작이 된다는 거죠. 모두 다 포용한다는 뜻이지요. 이것은 곧 이 세상의 모든 사물들의 음악적 산술적 비율을 포함한 모든 것의 기초가 된다는 거지요. 언제나 하나였던 피터 팬의 마음에서 그런 하나를 본 미야코의 하나, 하나와 하나가 합쳐서 운명의 씨앗을 퍼트렸다면 그것을 알아차린 또 다른 하나인 이 유키코는 형성의 과정은 다르지만 또 다른 시작과 완성도를 위해서 가는 징검다리가 되는 거지요. 이것은 보이지 않은 숫자인 거예요. 이 세상에는 보이는 숫자와 보이지 않는 숫자가 있어요. 사람들은 보이는 숫자에는 집착을 하지만 실상은 보이지 않는 숫자가 더 소중할 때가 있어요. 특히 여자에겐……. 그런 분할적인 의미가 또 가장 인간답게 헤아리려 하는 여자의 마음엔 결국은 하나로 가는 원리적인 의미가 있기 때문에 우리 모두는 하나의 감정으로 귀결한다는 것이지요. 다시 말하면 인간의 본능이 내린 운명을 모두다 같이 느끼고 있다는 겁니다. 다시 말하면 행동은 하지 않았으나 본능적으로 느낀 것은 같다는 거지요. 따라서 미야코와 나눈 오늘 하루의 일들로 인해 어딘지 모르게 서먹한 기분을 느낄 필요가 없고 그런 이상한 느낌은 본능을 거부하는 아주 촌스러운 짓이라는 거지요. 아시겠어요?"

"네."

대답은 그렇게 했지만 마음으로는 전혀 알 수 없는 말들이었다. 구사하는 영어도 어려운 단어들이 많았지만 어딘지 쉽게 이해가는 말이 아니라 마음이 편안하지는 않았다. 그러나 분명한 것은 유키코의 이야기를 듣는 순간 오늘 하루 있었던 미야코와 나의 관계가 그렇게 나쁜 것만은 아니라는 확신이 들었다. 온종일 알몸으로 보낸 시간들이 여러 가지의 의미로 가슴에 새겨지는 것 같았다. 그런 생각의 끝에서 나는 유키코를 와락 껴안으며 말했다.

"고마워요. 내 마음을 알아줘서……."

유키코는 너그러운 마음의 표시로 나의 등을 토닥토닥, 그리고 부드럽게 쓸어주었다. 우리의 모습을 쳐다보던 미야코는 알 듯 말 듯 한 표정으로 나를 쳐다보고 있었다.

나는 눈을 감으며 생각했다. 내가 유키코에게 느낀 서먹함은 부끄러움 때문이었고 그 부끄러움은 인간이 가진 본능에 대한 인식부족이거나 이해의 부족에서 생기는 것이라는 사실, 그 본능을 깨우치는 것은 숫자로 표현이 안 되는 순간적인 것이며 인간이 가장 본질적인 원점에서 바라본 마음의 뜰이라는 것, 둘이 하나가 된 것처럼 느끼다가 결국은 하나로 돌아가는 마음의 윤회라는 것, 완전한 내 것이 없는 것인데 내 것으로 착각을 하면서 살아간다는 가변 현상이라는 것을 숙지시켜주는 것 같았다.

지극히 인간적인 해탈(emancipation)의 경지

1971년 12월 15일

이른바 사랑이라는 몸짓, 인간의 본래 모습으로 돌아가 원초적인 쾌락을 느끼는 행동을 하면서 피타고라스를 이야기하던 유키코, 만물의 근원이 'I'이라는 숫자이므로 다시 하나가 되기 위해서 또 다른 하나가 운명적으로 만나진, 그리고 어쩐지 좋은 마음이 저절로 가는 사람들끼리 나누는 육체의 유희(amusements), 그래서 인간은 자신의 마음이 가는대로 마음이 시키는 곳으로 행동하는 것은 지극히 인간적인 본능에 충실하는 것이며 찬란한 환희에 넘치는 그 순간은 인간이 표현할 수 있는 가장 순수한 몸짓이라는 것, 배달 대기실로 들어가면서 나는 전에는 그런 것들이 대단히 나쁜 짓이고 추한 짓이라는 것으로 알고 있었는데 그런 상식이 참 터무니없는 것이라는 생각을 하며 혼자서 웃었다.

"무엇이 그렇게 좋을까?"

요한나는 생글생글 웃으며 다가왔다.

"뭐가 그렇게 좋아? 그렇게 힘든 일을 하면서도 무엇이 그렇게 좋은지 항상 얼굴에 즐거움이 떠나질 않으니……. 장 발장! 너 사랑하고 있지?"

나는 깜짝 놀라며 다시 웃을 수밖에 없었다. 내 마음을 알아버린 사람에게 아니라고 말하는 것은 거짓말인 것 같아서 그냥 웃어버린 것이 요한나의 궁금증을 유발시킨 모양이었다.

"누구야? 어떤 여자야? 어떤 여자가 우리 착한 장 발장을 차지했지?"

나는 여전히 웃기만 했다.

"다들 힘들다고 도망가는 일을 하면서도 항상 미소를 잃지 않는 장 발장 같은 사람을 누가 사랑하지 않겠어? 축하해. 그런 사랑을 한 여자에게만 주지 말고 나누어 주기도 해야 하는데……. 그거 알아? 사랑은 나눌수록 더 아름다운 거라는 거……."

"그게……."

"그게 무슨 소리냐 하면……. 일단 만난 사람들은 무엇이든 주고받는 거래가 성사되어야 하는 거야. 말하자면 보이는 것이든 보이지 않는 것이든 어떤 까닭이 있어서 만난 사람들은 주고받는 게 있어. 그게 뭐냐하면……."

요한나가 진지한 표정으로 인간의 만남에 대한 것을 설명하려는데 찰리가 문을 열고 들어섰다. 요한나는 뭔가 서운한 표정으로 찰리에게 물었다.

"찰리, 표정이 왜 그래?"

찰리는 들어오면서 이미 울고 있었다. 너무도 착해 보이는 큰 눈망울에서 눈물을 쏟아내고 있었다. 무언지 모르지만 매우 슬픈 일을 당한 것 같은데 눈물을 흘리는 찰리의 너무도 착해보여서 차라리 아름다워 보였다.

"형이 죽었어. 내일이면 리코딩을 하는데……. 누군가 쏜 총을 맞고……."

이 세상에 단 둘뿐이라던 찰리. 그 형이 목소리가 너무 좋아 빠르게 스타가 될 거라고 자랑하던 찰리. 그런 형을 너무도 믿어주면서 형을 위해 자신은 열심히 일을 한다던 찰리. 틈만 나면 형의 자랑으로 일관하던 그에게 엄청난 슬픔이 닥친 것이다. 나는 가슴이 무너지는 것 같았다. 형을 든든하게 생각하던 찰리였는데……. 그런 형이 내게도 있었기 때문에 더욱 그랬다. 그런 거대한 산 같은 믿음이 사라졌다는 것은 인생의 의미를 잃어버린 것이라는 걸 잘 알기에 나는 찰리의 손을 잡으며 아무 말도 하지 못했다.

찰리는 내 가슴에 얼굴을 박고 소리 내어 울었다. 좁은 사무실이 터져 나갈 듯이 우는 찰리의 울음소리에 요한나도 눈물을 글썽였다.

"고향 저지시티에서 태어나 아버지의 얼굴도 모르고 자라난 우리 형제. 어머니는 형이 일곱 살, 내가 다섯 살 때 죽도록 고생만 하시다가 돌아가시면서 내게 말했지. 병약한 형을 잘 돌봐주라고……. 형은 몸이 약했지만 목소리는 정말 좋았어. 여기 저기 떠돌아다니면서도 형은 노래를 불렀어. 나는 뒤에서 반주를 해주고……. 그 노래들은 우리가 생각나는 대로 가사를 적고 기분 내키는 대로 작곡한 것들이지. 우리에게 아버지는 얼굴도 모르는 존재이지만 엄마는 그런 아버지를 그래도 사랑스러운 사람이었다고 하셨어. 그런 아버지를 미워해서는 안 된다고……. 사람들은 길을 가다가 멈춰 서서 박수도 쳐주고 돈도 던져주곤 했지. 그러다가 이곳 목사님을 만나 성가대에서 노래도 부르고 교회 일도 보면서 학교를 다닐 수 있었어. 형의 목소리는 정말 천사의 목소리였어. 우린 맹세했지. 강 건너 맨해튼으로 가서 아름다운 사람의 목소리로 힘들게, 그리고 아프게 살아가는 사람들의 슬픈 가슴을 위로해주는 사람이 되자고……. 그랬는데, 그렇게 말했는데……. 그 소원이 이루어지려는 순간 아무런 상관도 없는 사람이 쏜 총에……. 이럴 수는 없어! 이럴 수는 없다 구!"

다음날 장례식이 있었다. 찰리는 몸부림을 치면서 짐승처럼 울부짖었다. 그런 그를 누구도 말리는 사람이 없었다. 교회의 목사를 비롯한 몇 사람이 있었지만 그저 망연히 쳐다보기만 했다. 찰리가 울다 지칠 무렵 목사가 부드러운 바리톤으로 말했다.

"찰리야, 이제는 형을 편안한 곳으로 보내드릴 시간이야."

목사가 선언하고 장례예배가 시작되는가 싶었는데 연이어 벌어진 광경은 놀라움 그 자체였다. 분명 장엄하게 시작된 성가가 어느 순간 템포 빠른 노래로 바뀌어 작은 교회 안이 터져나갈 것처럼 열광의 도가니(a melting pot)가 되었다. 장례식이 아니라 무슨 콘서트장 같았다. 나는 관이 운구되어 나가는 행렬을 따라가다가 계단 앞에서 돌부처(a stone(image of) Buddha)처럼 멈추고 말았다. 엄청난 슬픔이 넘쳐야 할 장면인데도 눈물이 나오기는커녕 내 머리 속은 찬란한 무지개가 떠오르는 것 같았다.

"이런 장례식을 처음 보는 모양이구먼. 살아서 너무 고생했으니 저승(the world beyond)으로 가는 길이나마 편안히 즐겁게 가라고 이렇게 하는 거야."

목사는 내게 부드럽지만 단호하게 말했다. 나는 장례 행렬이 시야에서 사라지고 어둠이 내릴 때까지 그 자리에 서 있었다.

눈이 오고 있었다. 너무도 억울하게 세상을 떠난 찰리 형을 포근히 감싸주듯 하얀 눈이 탐스럽게 내리고 있었다. 차안에서 바라본 왼쪽으로 조지 워싱턴 브릿지, 그리고 오른쪽으로 맨해튼의 야경을 껴안고 있는 허드슨 강물은 수많은 사연을 안고도 모른 척 흘러가고 있었다.

"범인도 못 잡고……. 누가? 왜? 무엇 때문에 죽였는지도 모르고……. 찰리는 얼마나 가슴 아플까? 자신에게 든든한 기둥인 형이 있는 한 자신이 이 세상에 살아가야할 이유라고 생각한 찰리는 얼마나 슬플까?"

요한나는 아직도 가슴이 아픈지 어깨를 거북이처럼 오그렸다.

"죽는다는 것, 이 세상을 떠나 저 세상으로 간다는 것, 그건 참 슬픈 일이야. 정말로 슬픈 일이야. 그렇게 슬픈 일이라는 걸 알면서도 우리는 죽음 앞에서 아무것도 할 수 없다는 것, 언젠가 그런 생각을 한 적이 있어. 사람이 살면서 자유롭게 자신이 할 수 있는 일을 한다는 것이 얼마나 소중한 것인지……. 그걸 자아실현(自我實現)이라고 하지. 내가 이 세상에 태어날 때부터 갖는 나 자신에 대한 자유……. 하고 싶은 일을 한다는 것, 그건 참 소중한 일인데 그런 일을 하다가 자신이 선택하지 않은 일로 이 세상을 떠난다는 것은 참 허망해. 그리고 가슴이 아파. 가슴이 아프다는 것 외에 달리 할 수 없다는 게 또 가슴이 아프지."

"그래도 살아남은 사람들끼리 위로하고 슬픔을 이겨내야 돼."

"슬픔을 이겨낼 수 있는 방법이 있을까?"

"있어. 지금 이 순간을 이기는 방법이 있어."

"어떻게?"

"눈을 감아봐."

나는 요한나가 시키는 대로 눈을 감았다. 내가 눈을 감자 요한나에게서 풍기는 향기로운 냄새가 코끝으로 전해지는가 싶었는데 이내 뜨겁고도 달콤한 입김이 내 입안으로 들어왔다. 나도 모르게 순식간에 전신이 달아올랐다. 어쩐 일인지 미야코도 유키코도 생각나지 않았다. 달아오른 열기는 모든 생각을 잊어버리게 했다. 치솟는 열정을 한 마디 말도 없이 온몸으로 주고받았다. 다소 불편하기는 했지만 시트를 눕힌 차 안은 몸으로 말하는 사랑 이야기를 나누기에 충분했다.

"어때? 기분이……."

요한나는 땀으로 젖은 머릿결을 쓸어 올리며 흥분이 남아 있는 목소리로 내 귀에 속삭였다. 나는 입술로 대답했다.

"언제부터인가 생각을 하게 되었지. 내 마음 깊숙이 차지한 비 제이……. 너를 보면서 나는 생각했어. 자신의 의지와는 상관없이 이 땅에 흘러들어왔다는 사람에게 참을 수 없는 분노와 한없는 연민(compassion)을 느끼게 한 이유가 무엇인지……. 어느 때는 밤을 꼬박 새우기도 했어. 그리고 내가 무엇인가 해주어야만 한다는 의무감 같은 것을 느꼈어."

"왜?"

"그건 나도 몰라. 그렇게 주고 싶은 게 있을 것 같고 또 주어야만 하는 것 같았어. 왠지……. 뚜렷한 근거도 없지만 장 발장 같다는 생각이 들었어. 자베르 경감이 따라다니지만 그래도 코제트를 인간적으로 돕는 너무도 인간적인 장 발장……. 사회가 나쁘면 사람은 도둑질을 한다. 형무소가 지독한 곳이어서 그곳을 다녀온 사람은 살인자가 된다……. 사회의 불평등, 불공정을 없애는 것이 가장 중요하다고 생각한 빅토르 위고……. 부정이 없는 사회, 열심히 일을 하면 그에 합당한 보수가 주어지는 사회, 설사 범죄가 발생한다 해도 형무소에서 죄수를 참된 인간으로 만들어주는 사회, 그런 사회가 만들어질 수 있기를 바라며 위고는 레미제라블을 썼다고 했어."

나는 요한나의 말을 듣는 순간 가슴속에 뜨거운 불길이 일어나는 것을 느꼈다. 그리고 생각했다. 진실로 진실하면 누구에게나 통한다는 것, 나는 입술을 깨물면서 마음의 책갈피에 그것을 간직했다.

이윽고 나는 말없이 요한나를 쳐다보며 미소를 지었다. 요한나는 흘러내리는 내 눈물을 닦아주며 나직이 말했다.

"우리 집으로 가. 아직 할 말이 남아 있어."

눈이 탐스럽게 내리고 있었다. 조지워싱턴 브릿지를 건너서 요한나가 사는 집으로 가는 길은 매우 미끄러웠지만 아무 탈 없이 도착할 수 있었다. 렉싱턴 에비뉴 지하철 역 근처의 요한나 집은 무척이나 깔끔하고 단아했다. 나를 집으로 안내하고 빌린 차를 반납하러 간 사이에 혼자 남은 나는 미야코에게 전화를 했다.

"너무 슬픔에 잠긴 친구를 두고 갈 수가 없어. 그래서……"

"그래 맞아. 사람이 죽은 건 너무 슬픈 일이야. 그런 친구를 위해서 위로가 되는 일이라면 당연히 그래야지. 인생이 슬프지 않도록 먹을 것은 꼭 먹어둬. 그렇게 해야 내가 걱정을 안 하는 거 알지?"

"그게 무슨 말이지?"

"우리 피터 팬은 배가 고프면 인생이 슬픔으로 가득 찬다고 말했잖아."

"난 또……"

"약속할 거지?"

"알았어."

전화를 끊으며 묘한 기분이 들었다. 누구에겐가 소속되어 있다는 것, 나도 모르게 자리 잡은 그 소속감은 알 수 없는 즐거움이었다. 그 어떤 약속도 없었지만 이미 만들어져 있는 귀속감, 그리고 나 자신을 위해서 걱정해준다는 사람이 있다는 것, 그것은 가슴속에 이상한 힘을 치솟게 하면서 더욱 힘차게 살아가는 이유가 되어주는 것 같았다. 그 사실을 알고 나니 뭔지 모르게 미안한 생각이 들었다.

"뭐가 그렇게 걱정스러우신가요?"

요한나는 애교스럽게 웃으며 집으로 들어왔다. 나는 얼른 표정을 고치며 말했다.

"배가 고파. 그럼 나는 인생이 무조건 슬프거든."

"아, 맞아. 그렇다고 했지. 알았어. 그러잖아도 며칠 전에 한국 식당에 가서 밥을 먹었는데 처음 먹어보는 김치라는 게 아주 묘한 맛이 있더라고. 혹시 비 제이가 먹고 싶을지도 모른다는 생각이 들어서 내가 조금 얻어 왔어. 내가 먹은 게 불고기라는 거였는데 맛이 아주 특별했어. 아주 맛이 있더라고…… 언제 기회가 되면 한번 같이 가자."

요한나는 식탁으로 가면서 노래하듯이 말했다. 나는 요한나의 말에 전신이 떨리는 듯한 감동을 받으며 반사적으로(reflectively) 자리에서 일어났다. 세세히 말하지 않아도 내 마음을 헤아려주는, 아니 외형으로 볼 땐 아무런 상처가 없는 것 같지만 속으로 지독하게 아픈 사람의 가슴속을 쓰다듬어주는 요한나의 마음이 너무도 고마워서 눈물이 왈칵 쏟아졌다.

"자, 어서 와. 아니 왜 그래?"

요한나는 놀란 얼굴로 내게 다가왔다. 그러고는 금방이라도 눈물을 쏟을 것 같은 목소리로 말했다.

"왜······. 내가 무슨 잘못이라도 했어?"

"아니, 너무 고마워서······. 너무도 고마워서······."

"무엇이 그렇게 고마운데?"

"내가 먹고 싶어할 것 같아서 얻어왔다는 김치, 그런 내 마음을 헤아려주는 사람이 있다는 게······. 더군다나 그 사람이 요한나라는 게······."

"그랬구나. 그럼 그 고마운 것들을 어서 먹어줘야지."

요한나는 나를 식탁 앞으로 이끌었다. 김치뿐만 아니라 하얀 쌀밥도 있었고 색깔이 바랜 불고기도 있었다. 너무도 반가운 마음에 얼른 숟가락을 들었지만 김치 맛은 내가 먹어본 김치 중에 제일로 맛이 없었다. 그래도 그녀에게는 내색을 하지 못했다.

난 저녁을 아주 맛있게 먹고 나서 말했다.

"너무 맛있었어. 내가 이 세상에서 먹어본 음식 중에 제일로 맛있는 음식이야."

"아, 좋아. 너무 좋아. 우리 장 발장은 정말 최고야. 내가 만난 그어떤 남자들보다 훌륭한 남자야. 무엇보다 여자를 아름답게 다룰 줄 아는 남자야. 아, 좋아. 당신은 정말 내가 호기심(curiosity)을 품었던 그것 이상으로 대단한 남자야."

나는 요한나의 입에 살짝 키스를 해주며 빙긋 웃었다. 배불리 식사를 끝내고 누가 먼저랄 것도 없이 시작된 사랑의 행위는 새벽이 되어서야 끝났다. 나는 요한나의 젖은 몸을 수건으로 닦아주곤 천장을 보고 누웠다. 요한나는 지친 얼굴이었지만 매우 만족스런 표정으로 내 가슴에 얼굴을 묻으며 말했다.

"정말 대단한 솜씨야. 어떻게 그런 테크닉을 가지고 있지?"

나는 대답하기가 어쩐지 쑥스러워 그냥 웃기만 했다.

"그러지 말고 이야기해봐. 누구에게 배웠어?"

"내가 아는 어떤 사람……. 그리고 일부는 아버지에게……."

"뭐라고? 아버지? 아버지가 어떻게……."

"정확하게 말하면 아버지에게는 여자를 존중할 줄 아는 마음을 배웠고, 또 어떤 사람에게는 여자에게 사랑을 받을 수 있는 테크닉을 배웠어. 이 세상에 태어나서 누가 말해주지도 않았던 그 놀라운 사실을 두 사람에게 배웠어."

"대단하다. 장 발장 아버지는……. 그런 걸 아들에게 가르쳐주다니……."

"좀 더 정확하게 말하면 아버지에게는 여자를 존중할 줄 아는 마음을 배웠고 다른 사람에게는 아름답게 대할 줄 아는 기술을 배웠다고 할 수 있지. 그땐 몰랐지만 지금 생각하니 참 고마운 분들이라는 생각이 들어."

"아주 훌륭한 분들이야. 그건 학교에서 가르쳐주는 게 아니거든."

"아버지는 남자의 운명은 이 세상에 태어나면서부터 여자에게 모든 걸 바치게 되어 있다고 말씀하셨어. 신사가 되라고 하시더군. 남자는 여자에게 모든 것을 바쳐야 신사가 된다고 하셨어. 그런 마음이 준비되어 있으면 여자를 사랑할 수가 있대."

"그리고?"

"여자는 전신이 본능으로 꿈틀거리는 섬세한 육체를 지녔다고 하더군. 피타고라스가 정리한 '1'이라는 숫자가 둘이 되고 셋이 되어지는 과정은 또 다른 하나를 찾아서 가는 우주(the cosmos) 만물 (all things)의 원리(principles)인 것처럼 운명으로 만나진 아름다운 마음이 드는 남자와 여자가 서로를 탐닉하면서 기분이 매우 좋은 느낌이 드는 것은 결국 하나가 되기 위한 몸으로 말하는 육체의 언어라고 했어. 수학의 원리도 사랑이라는 이름으로 가장 솔직하게 표현하는 거라고 하더군. 사랑은 그만큼 위대하고 심오한 의미를 내포하고 있고, 그 사랑의 표현은 상대에게 최고의 쾌락을 느끼게 해주는 거라고……"

"맞아. 어쩜 사랑을 그렇게 철학적으로 가르쳐주었을까? 누구지? 여자겠지. 아마……"

나는 웃음으로 대답을 대신했다.

"아마 여자일 거야. 난 그 여자에게 고맙다고 말하고 싶어. 그리고 그런 완벽한 인생 개인교수의 제자가 내게로 오게 해준 운명이 너무 고맙다는 생각이 들어. 난 아무것도 바라지 않아. 우리에게 주어진 시간들이 허락해준다면 우리가 인간이기를 고마워하는 시간을 많이 가졌으면 해. 그 어떤 부담도 느끼지 않고……. 내 말 알겠어? 장 발장……. 이제부터는 장 발장을 사랑으로 쫓아다니는 자베르 경감이 되어야지. 손들어! 나는 다시 천국으로 가고 싶은데 그렇게 해줄 수 있지?"

"천국? 그걸 천국이라고 말하기엔 너무 서양적이고, 나는 인간이 지극히 인간적으로 느낄 수 있는 해탈의 경지라고 표현하고 싶어. 지극히 인간적이면서도 솔직한 자기표현이 아닐까?"

"해탈?"

"인간아 가질 수 있는 모든 욕심을 초월하는 마음? 아니면 태어나고 늙고 병들어서 죽어가는 과정을 순수한 이치로 인정해서 무아지경으로 가는 경지? 뭐 그렇게 설명할 수 있는 정신세계를 말하는 거야."

"무슨 말인지 모르지만 인간이 가장 순수하다고 믿는 말이겠지?"

나는 대답보다는 행동으로 증명하는 것이 훨씬 쉽겠다는 생각이
들어 요한나를 껴안았다.

절실(be earnest)하게 나누는 사랑의 의미

1971년 12월 17일

집을 나서는 미야코는 몹시 춥다고 했지만 내겐 그 추위가 느껴
지지 않았다. 요한나의 집에서 밤을 보내고 같이 출근해서 일을 하
고 밤늦게 들어왔을 때 미야코는 이상해보일 정도로 애교를 떨었다.
유키코도 마찬가지였다. 이름 모를 죄책감 같은 것을 느끼며 들어선
내가 민망할 정도로 평소와는 너무도 달랐다. 잠을 자면서도 뭔가
이상하다는 느낌을 받았지만 왜 그러는지 물어볼 수도 없었다.

"사무이! 아 사무이……."

내 팔을 꼭 껴안으며 진저리까지 치면서 살갑게 웃었다.

"사무이?"

"일본 말로 춥다는 이야기야."

"아, 그렇구나. 사무이……."

"그래 춥다는 말이야. 오늘은 아마 좋은 일이 있을 거야. 이렇게
사랑스러운 미야코의 향기를 잔뜩 불어넣어주었으니 아마 좋은 일
이 있을걸."

그러면서 미야코는 더욱 내 팔을 힘껏 껴안으며 계단으로 내려가
나를 차안으로 밀어 넣었다. 어젯밤에 미야코를 쳐다볼 땐 잘못을
저지른 아이가 엄마에게 야단맞을 것 같은 기분이었다. 그런데도 한
마디 말도 없이 편안하게 대해준 미야코의 모습에서 자각반성(self-
examination)이라는 단어가 떠올랐다. 그리고 운전석 옆자리에 앉은
나의 눈을 저절로 감게 했다.

"미야코……."

"말하지 않아도 되는 거예요. 무슨 말을 하실지 저는 잘 알거든요. 여자에게는 직감이라는 게 있어요. 그렇기 때문에 사랑하는 피터 팬, 잠시라도 마음이 편하셨다면……. 아니 누구를 위로(solace)하기 위해서 아마 그 천사 같은 마음으로 그랬을 거라는 걸……. 판도라 상자 속에는 그런 마음도 있는 거예요. 그러니 오늘은 더 열심히 내게 미안함까지 사랑으로 승화(sublimation)시켜서 꽃이 아니라 언제나 그러하듯이 따뜻한 마음을 배달해보세요. 아셨죠?"

나는 비로소 눈을 뜨면서 가슴을 폈다. 그리고 속으로 생각했다.

'더 많이, 더 아름다운 마음으로 이 여자에게 다가가자. 흘러가는 물이 아니라 여울목(the neck of the rapids)을 만들어주는 든든한 징검다리(stepping stones)가 되어주자.'

나는 그런 마음을 가득 담은 채 미야코의 손을 잡았다. 미야코는 남자의 애간장을 살살 녹이는 표정으로 배시시 웃으며 차를 출발시켰다.

"오늘의 첫 배달지는 아주 로맨틱한 곳이야. 13시 정각까지 65번가 거리에서 공원 안쪽, 그러니까 공원으로 들어가서 두 번째 사거리 남쪽으로 도는 코너로 가면 미스 루시아라는 여자가 누구를 기다리고 있을 거라고 했어. 그 여자에게 이 꽃을 전하면 되는 거예요. 아셨지요? 13시, 다시 말하면 1시 정각이에요. 장 발장 아저씨……."

요한나는 요염하게 웃으며 꽃다발을 건네주었다. 나는 요한나에게 대답을 하듯 웃으며 뒤돌아섰다. 문을 열려는데 그녀가 내 귀에 속삭였다.

"오늘 좋은 소식이 있을지 몰라. 내가 누구에게 우리 장 발장 아저씨의 부탁을 했거든……."

"그게 뭔데?"

"그런 게 있어요. 이따가 소식이 오면 알려줄게. 지금은 어서 일이나 하세요. 아셨죠?"

나는 하는 수 없이 요한나의 손길에 떠밀려 센트럴파크로 향했다. 몹시도 추운 날씨였다. 자전거를 타고 달리는 거리엔 찬바람이 얼굴을 후벼 파는 것 같았다. 나는 속으로 구시렁거렸다.

'미국 늠들은 참 이상한기라. 이런 날씨에 밖에서 만나는 것은 뭐꼬? 참말로……'

아닌 게 아니라 공원 안은 무척이나 강한 찬바람이 모질게 불고 있었다. 나는 요한나가 그려준 메모지를 보면서 공원 안으로 들어갔다. 대체로 미국의 거리가 그러하듯 꽃 배달 장소를 찾는 것은 아주 쉬웠다. 65번가 거리를 따라서 공원 안의 사거리 모퉁이에는 한눈으로 봐도 아일랜드계 아니면 스코틀랜드계인 듯한 여자가 불어오는 바람에 발을 동동 구르며 누군가를 기다리고 있었다.

"미스 루시아?"

"네."

"얼씨구 씨구 들어간다아. 절씨구 씨구 들어간다……"

나는 루시아의 대답을 듣자마자 항상 해오던 한국말 각설이에 찰리에게 배운 미국식 래퍼 리듬으로 혼합한 꽃 배달 전용 퍼포먼스를 시작했다. 꽃을 든 내가 하는 행동이 신기한지 루시아는 그 추위에도 생글생글 웃으며 나를 쳐다봤다. 간단한 각설이 타령을 끝내고 배달 멘트를 시작했다.

"하늘에서 내려온 천사 같은 당신께 이 세상에서 가장 아름다운 마음을 지닌 남자의 마음을 보냅니다."

"어머나, 고마워요. 그런데 누가…… 제이미? 제이미가 보냈죠?"

루시아는 꽃을 받으며 물었다. 그 순간 건장한 남자가 박수를 치면서 나타났다.

"제이미? 당신이?"

"아니, 내가 보낸 게 아닌데……"

"그럼 누가……"

루시아가 약간 걱정스런 얼굴로 두리번거리는 순간 또 한 사람의 남자가 불쑥 나타났다.

"왜 나를 안 불러! 왜 난 아니냐구!"

남자는 잔뜩 화가 난 얼굴이었다. 고함을 지르며 나타난 남자를 쳐다본 루시아와 제이미는 소스라치게 놀라며 뒤로 물러났다.

"왜 저 머저리 같은 내 동생이 보냈을 거라고 생각하는 거야? 내가 루시아를 얼마나 사랑하는지 잘 알면서…… 왜 내가 아니고 제이미냔 말이야!"

"제이미…… 난 몰라……"

루시아는 제이미 뒤로 숨으며 와들와들 떨었다. 한 여자를 두고 형제간의 사랑 다툼이라는 것이 저절로 확인되는 순간이었다. 나는 참 웃기는 놈들이 다 있구나 싶어 씁쓸한 마음이 들었다. 잠시 지나가는 바람에 밀려가는 낙엽을 바라보는 순간 써니라는 남자가 권총을 빼들면서 말했다.

"말해! 누구야! 나야? 아니면 저 머저리 같은 제이미야?"

"써니, 이러지 마. 써니는 똑똑하고 잘났지만 제이미는 이 세상을 살아가기엔 너무 착한 사람이야. 써니에겐 내가 필요 없지만……"

"아냐. 난 네가 필요해!"

"제이미에겐 내가 필요해. 그러니 제발……"

"그렇다면 더 이상 말이 필요 없겠군. 그렇게 둘이서 살고 싶으면 이 세상이 아니고 저 세상으로 가라구!"

써니는 정말 권총을 쏠 것처럼 루시아를 겨누었다. 나는 반사적으로 권총을 겨누고 있는 써니에게 달려들어서 손목을 비틀었다. 그 순간 총소리가 났고 루시아는 그 자리에서 쓰러졌다.

"루시아!"

제이미는 소리 내어 울면서 진저리를 쳤다. 나는 써니가 쥐고 있는 권총을 빼앗는 순간 또 한 방의 총소리를 들었다. 그러곤 넘어진 써니의 배를 타고 정신없이 주먹질을 해댔다. 순식간에 벌어진 일은 사람들이 모여들고 재빠르게 경찰이 달려오면서 끝이 났다. 누군가가 말했다.

"저 꽃 배달 청년, 참 대단한 사람이야. 글쎄 총을 무서워하지 않더라구."

내가 눈을 떴을 땐 아주 편안하고 깊은 숙면(a sound deep sleep)에서 깨어난 기분이었다. 요한나가 걱정스런 얼굴로 나를 내려다보고 있었다.

"깨어났구나. 정말 잘했어. 용감한 장 발장의 행동으로 두 사람이 살았어. 아니지. 몇 사람이 더 죽었을지도 모르는데 그 끔찍한 일을 막은 거야. 정말 장 발장다웠어. 정말 용감한 사람이야. 한 여자를 놓고 똑똑한 형과 조금은 모자라도록 착한 동생……. 형은 루시아를 좋아하지만 루시아는 동생을 좋아하는 삼각관계(the eternal triangle)의 사랑 놀음에 갑자기 끼어들게 되었던 거야. 하지만 용감했어. 장 발장……. 모든 사람들이 영웅이라고 말하고 있어."

"오 깨어나셨군. 우리의 히어로, 정말 대단했어. 지나가던 사람들의 증언을 들어봐도 우리 꽃 배달 아저씨는 정의에 불타는 시민 정신을 가진 사람이야. 말 그대로 뉴욕이 원하는 사람이라구. 이런 사람에게 미국은 무한의 기회를 주는 거지."

자그마한 덩치에 다부진 체격인 아랍계인 것 같은 여자는 한눈으로도 강하게 보였다. 목소리도 시원시원했다.

"아, 난 칼린 반장이에요. 비 제이라고 했죠? 한국 사람이고……. 일단은 집으로 돌아가셔서 며칠 쉬었다가 경찰서로 한번 나와 주세요. 의사 말로는 팔에 스친 총상 외에 달리 다친 데는 없지만 영양 공급이 원만하지 않아서 정신을 잃어버렸다고 하는군. 일단 병원에 있을 이유가 없다니 며칠 뒤 경찰서로 나와 주세요. 알았죠? 비 제이……. 아, 내 연락처는 여기로……."

칼린 반장이 내미는 명함을 받는데 유키코가 들어섰다. 요한나는 질투어린 표정으로 잠시 비켜섰다. 유키코는 금방이라도 눈물을 쏟을 것 같은 표정이었다.

"괜찮아?"

유키코가 붕대가 감긴 내 팔을 만지면서 가슴이 미어지는 표정을 지었다. 진실로 걱정하는 듯한 유키코의 표정은 인간적인 사랑이 무엇인지 그대로 내 가슴에 전해지는 것 같았다.

"괜찮아. 총알이 약간 스쳤대. 미안해. 걱정하게 해서……. 그런데 미야코는?"

"응. 오늘 급하게 연락 온 일본 사람들을 데리고 옐로스톤 국립공원으로 갔어. 며칠 걸릴 거야."

"자, 이러지 말고 어서 가서 쉬어야 하니까 우리 장 발장을 데리고 어서 가세요. 아주 푹 쉬게 해주시고, 워낙 튼튼한 몸이긴 하지만 영양공급이 원활하지 않다고 하니 맛있는 것 많이 해주세요."

요한나는 살가운 목소리로 유키코에게 말했다. 유키코는 한층 더 여유 있고 너그러운 말투로 대답했다.

"그래야지요. 혹시 요한나이신가요?"

"네, 맞아요."

"그러셨구나. 전 유키코라고 해요. 우리 피터 팬에게 너무 잘해주신다는 말을 듣고 얼마나 고마운지……. 언제 한번 놀러오세요."

"피터 팬? 비 제이를 피터 팬이라고 부르시는 모양이죠? 그러고 보니 피터 팬을 닮긴 했네요. 나는 장 발장이라고 부르는데……."

"장 발장? 빅토르 위고의 장 발장……. 오, 그러고 보니 그럴듯하네요. 암튼 우리 식당으로 한번 놀러오세요. 제가 아주 맛있는 초밥 해드릴게요. 우리 식당 초밥은 아주 유명하답니다. 여기 뉴욕 사람들이 꽤 많이 찾아오지요."

"네. 조만간 한번 찾아가지요. 벌써부터 입맛이 당기는군요."

요한나는 웃으며 뒤돌아섰다. 그러나 돌아서는 모습에서 이상한 찬바람이 부는 것 같았다. 나는 이쪽저쪽을 쳐다보면서 그냥 서 있을 수밖에 없었다. 정작 소개(an introduction)를 해야만 하는 순서를 빼앗긴 탓도 있었지만 두 여자의 표정은 내가 끼어들 수 없는 이상한 분위기였다.

"자, 어서 가."

유키코는 새삼 승리감을 느끼듯 생글생글 웃으며 내 팔을 당겼다.

"사랑은 독점하는 게 아니고 나누는 거야. 그걸 알아야 해. 피터 팬……. 아, 참 장 발장이라고도 한다지? 내가 볼 땐 요한나도 참 좋은 여자인 것 같아. 잘해줘. 마음속에 있는 본능이 하라는 대로 하면 그건 죄가 아닌 거야. 서로 원한다면 사랑은 아름다운 거야. 아름다운 건 죄가 될 수 없어. 아시겠어요? 피터 팬, 아니 장 발장?"

나는 유키코의 말이 맞는 것인지 틀린 것인지 분간이 가질 않았다. 그러나 분명한 것은 내게 좋은 감정으로 말하는 것이라는 걸 알 수 있었다. 유키코는 눈을 껌벅거리는 나의 얼굴에 대고 다시 말을 이었다.

"어떤 부분이 요한나에게 장 발장으로 보였는지 모르겠지만 나는, 아니 우리는 비 제이가 피터 팬이기를 바라는 마음이야. 또 그렇고……. 자신에게 그림자를 빼앗아간 그 순간……. 술을 먹으며 울분을 풀려고 했던 그 순간……. 그게 바로 잃어버린 자신의 그림자를 찾아가는 몸부림이었던 거야. 그 잃어버린 그림자를 찾아서 여기 미국까지 왔고 또 까닭 없이 서러운 마음이 들어 자유의 여신상을 바라보며 서럽게 우는 것으로 표현한 그때의 당신, 비 제이……. 그렇게 서럽게 울고 있는 남자를 고향의 추억어린 정경에다 투영시킨 미야코, 그리고 아무런 약속도 없이 꽃을 들고 나타난 남자……. 이 건 이미 우리가 이 세상에 태어날 때 만들어진 운명인 거야. 아무리 피하려 해도 피할 수 없는 운명(groups sharing a common destiny)의 길인 거야. 알았지? 피터 팬……."

유키코는 내가 앉은 옆으로 와서 살가운 키스를 했다. 순간적으로 내가 느낀 것은 유키코인지 미야코인지 분간이 가질 않았다는 점이었다. 약간 머리가 어지러웠다. 꼭 무엇에 홀린 느낌이 들어 머리를 흔들었다. 그런 내 모습을 본 유키코가 다시 배시시 웃으며 말했다.

"아직도 내 말을…… 우리가 느끼고 있는 사랑의 의미를 잘 모르는 모양이구나. 그래. 사람은 각자 살아오면서 배운 상식이라는 게 있지. 자신도 모르게 자신에게 배여 있는 상식을 인생의 기준으로 삼지. 본능이 원하지 않는데도 불구하고 그것으로 도덕(morality)을 만들고 윤리(moral principle)로 믿으며 살아들 가지. 맞아. 그럴 수도 있어. 그러나 그건 인간의 본능을 짓밟는 다시 말해서 부모님에게 물려받은 육체를 잔인하게 꾸짖는 짓이란 말이야. 진실로 그리고 아름다운 마음으로 만나진 사람들끼리 말하지 않아도 알 수 있는 느낌! 그 느낌으로 부끄러움 없이 나누는 사랑은 아름다운 세상을 만들고 그 아름다운 세상을 오래도록 볼 수 있게 만들어주는 거야. 때문에 진정한 사랑에는 국경도 없고 이유나 까닭도 없는 거야. 마음의 창이라는 눈으로 보고 가슴으로 새겨져서 그 어떤 전율을 느낀 것이 있어서 잊을 수 없고 조건 없이 무언가를 주고픈 마음이 생기는 까닭은 인간이 가진 본능을 말하는 가장 솔직한 표현인 거야. 말 그대로 가장 인간적인 사랑(humanity love)…… 휴머니티 러브지. 지금 우리가 나누고 있는 사랑이야."

인간적인 사랑으로 뿌려지는 것들

1971년 12월 19일

정신이 아득하고 멍했다. 내가 있는 곳이 어딘지도 알 수가 없을 정도의 무력감이 들었다. 그 순간에는 몰랐지만 곰곰 생각해보니 머리가 어지러울 정도로 어이가 없었다.

총알이 스친 자리에 통증이 올라왔다. 오른쪽 팔에 감긴 붕대를 어루만졌다. 어떤 면을 봐도 동생보다는 자신을 사랑해줄 거라고 믿었던 형의 분노, 형보다는 약간 모자라지만 루시아에게 사랑을 받은 동생, 객관적으로 봐도 루시아의 선택에 의문을 던질 수밖에 없는 삼각관계, 나는 모자라는 동생을 사랑한 루시아의 마음이 생각나 가슴이 훈훈해지는 것 같았다. 더구나 권총을 겨누는 형에게 동생을 막아서며 하던 말을 생각하니 알 수 없는 뜨거움이 밀려드는 것 같았다.

'써니에겐 내가 없어도 되지만 제이미에겐 내가 있어야만 해. 그러니 제발…… 이렇게 부탁할게. 날 사랑한다고 했잖아. 그렇게 나를 사랑하는 마음으로 내가 제이미를 사랑하게 해줘. 부탁이야.'

제이미를 향한 루시아의 사랑이 얼마나 아름다운 것인지, 이 세상은 더럽고 추한 곳이기도 하지만 아름답고 찬란한 곳이라는 생각이 스물두 살 내 가슴 속에 비장한 그 무엇을 각인(carving a seal)시키는 것 같았다. 나는 눈을 감으며 중얼거렸다.

'나는 누구이며 어쩌다가 여기 미국까지 와서 이렇게 터무니없이 고민을 하면서 인생이라는 바다에 허우적거리고 있는가?'

"미국에 온 지 얼마 되지 않은 사람, 그리고 미국 정부의 허락도 받지 않고 몰래 들어온 사람, 그런 사람을 우리는 밀입국자(an illegal entrant), 또는 밀항자(a stowaway)라고 하지. 그런 사람이 자기 신분도 잊고 자기와는 상관이 없는 사람들의 문제에 끼어들어서, 더군다나 죽을지도 모르는 그런 일에 자신을 던져? 이걸 어떻게 생각해야 하나?"

칼린 반장은 아무리 생각해도 이해가 안 된다는 표정이었다. 나는 요한나와 유키코의 얼굴을 번갈아 쳐다보며 잠시 머뭇거렸다. 무슨 말을 해야 할지 얼른 생각이 나지 않았다. 두 여자는 내가 무슨 말을 할지 눈빛을 세우며 집중하고 있었다.

"그래요. 맞아요. 나는 그 순간에 힘을 가진 사람이 힘이 없는 사람의 것을 빼앗는 것 같아서…… 그건 너무 불공평한 것 같아서 나도 모르게 뛰어들었어요. 물론 그 순간엔 그런 생각이 없었는지 모르지만 지금 생각하니 그랬던 것 같습니다. 내가 사는 대한민국의 속담(a proverb)에 이런 말이 있어요. 아흔아홉 개 가진 부자가 한 개 남은 가난한 자들의 갓(a Korean Traditional hat made of horsehair)을 마저 빼앗으려 한다. 권력을 모두 가진 사람은 조금 남아 있는 권력마저 손아귀에 넣으려 한다. 그건 나쁜 일이잖아요. 그래서……."

"그래, 맞아. 그건 은촛대를 훔친 장 발장이 코제트를 사랑하는 진실로 인간적인 사랑이구먼. 그래서 요한나가 장 발장이라고 불렀구먼. 그래 맞아. 당신은 당신에게 다가올 불이익도 생각지 않고 정의의 이름으로 몸을 던졌어. 당신 나라의 정부가 당신을 어떻게 취급했든 그건 상관없어. 당신은 이 나라에서 당당히 살아갈 자격이 있는 사람이라고 생각해. 나는 이 나라의 정해진 법을 집행하는 사람이야. 내가 법집행자로서 잘못하는지 모르겠지만 이 나라가 요구하는 정의를 행동으로 실천한 사람에게 추방이라는 이름으로 내보낼 수는 없어. 요한나, 당신은 빠른 시간 안에 패스포트를 만들어서 합법적으로 이 땅에 살아갈 수 있게 해야 돼. 그건 당신이 알게 된 사람에게 줄 수 있는 인간적인 예의야. 같이 사는 유키코 당신도 그렇고……. 아, 물론 나도 할 수 있다면 힘을 보태도록 하지."

"고마워요!"

요한나와 유키코는 약속이나 한 듯이 칼린 반장을 와락 껴안았다. 그러자 그는 두 여자를 번갈아 보더니 의아한 표정으로 말했다.

"어이, 피터 팬 같으면서도 장 발장 같은 양반. 피터 팬은 어려서 잘 모르겠지만 장 발장도 이렇게 미인들에게 사랑을 받았을까?"

칼린 반장은 미묘한 표정을 지으며 밖으로 나갔다. 서로의 얼굴을 쳐다보고 있던 두 여자는 민망한 지 나란히 얼굴을 돌렸다. 유키코는 여유 있게 웃었고 요한나는 자리를 피하듯 내게로 와서 말했다.

"며칠 더 쉬다가 나와. 아마 보스도 찾아올 거야. 걱정 많이 하고 있어. 패스포트를 만드는 데 힘이 되어준다고도 했어. 잘 쉬어."

요한나는 내가 민망스러울 정도의 진한 키스를 남기고 재빠르게 밖으로 나갔다. 유키코는 더욱 여유 있는 미소를 지으며 내게 다가와서 말했다.

"요한나의 사랑은 역시 미국인다워. 이렇게 몸과 마음이 상한 우리 피터 팬에겐 그렇게 사랑을 표현하는 게 아닌데…… 이렇게 표현해야 하는데……"

유키코는 나의 얼굴을 부드럽게 만지다가 야릇한 미소를 지으며 이마며 볼 그리고 입술까지 천천히 그리고 다정하고도 뜨겁게 키스해주었다. 가슴 저 깊은 곳, 잠자고 있는 본능을 저절로 꿈틀거리게 하는 달콤하고도 열정 넘치는 키스였다. 유키코는 나를 휘감는 목소리로 말했다.

"지금 내가 하는 것은 미야코가 시켜서, 아니 미야코나 나나 똑같은 거니까…… 우리 자매는 우리 피터 팬을 편안히 모시는 것이 운명인 거야. 피터 팬은 이런 우리들의 사랑을 편안한 마음으로 받아주는 것이 또한 운명이고…… 우린 모두 언제나 그리운 고향의 그 아름다운 정경인 시냇물이고 돌멩이이고 흐르다가 여울이 되는 여울목인 거야. 누가 물이고 누가 돌멩이인지 그건 경우에 따라 다르지만 그 여울이 맴도는 징검다리를 건너가는 사람들이 고마워할 아름다운 그림을 우리가 그리고 있는 거야. 이 세상 그 누구도 그릴 수 없는 그림을 우리가 그리고 있는 거야. 누가 뭐래도 당당히 말할 수 있는 가장 인간적인 사랑을 하고 있는 거야. 진실로 인간적인 사랑을 말이야."

뜨겁게 치밀어 오르는 열정은 내 의지를 모두 차압(attachment)하고 천국이라고 믿을 수밖에 없는 곳으로 날아가는 것 같았다. 어디선가 크리스마스 캐럴이 비트 리듬으로 들려왔다.

행복이 두려운 이유

1971년 12월 20일

'이래도 되는 기가? 내가 이렇게 살아도 되는 기가?'

나는 눈을 뜨면서 나도 모르게 구시렁거렸다. 마음은 이렇게 해서는 안 된다고 하면서도 몸은 즐기는 미묘한 현상, 한 남자가 두 여자를 아니 세 여자를 사랑하고 있다는 것, 그러면서도 추잡한 생각이 들지가 않는 이유는 무엇인지……. 더군다나 그 사실을 알면서도 세 여자 모두 모른 척 눈감아주고 있다는 사실, 한 남자가 한 여자만을 사랑하는 것을 상식으로 믿어온 내겐 낯설고도 나쁜 짓으로 알아야 하는데 오히려 착한 짓을 하고 있다는 이 느낌을 어떻게 설명해야 하는지 정말 알 수가 없었다. 그때 유키코가 모닝커피를 들고 들어왔다.

"또 생각 안 해도 되는 생각을 하셨군."

유키코는 내 마음을 들여다본 듯 예쁘게 눈을 흘겼다. 나는 대답하듯이 멋쩍게 웃었다.

"제발 그런 생각 하지 마세요. 사랑은 누구에게나 줄 수 있는 것이고, 또 사랑은 할 수만 있다면 나누는 거예요. 그러다 어느 날, 도저히 참을 수 없을 때, 영원히 같이 하고픈 생각이 들 때, 결혼도 하고 아기도 낳고 그러는 거라고요. 그건 몸과 마음의 약속이에요."

"그럼 지금은?"

"지금은 그 약속을 위한 자유로운 준비기간이지요. 이건 누구의 강요에 의해서 이루어지는 것이 아니고 주어진 운명이기에 이럴 수 있어요. 아시겠어요?"

나는 대답 대신 커피를 한 모금 마시고는 자리에서 일어났다. 유키코는 세면장으로 가는 내 등에 얼굴을 대고 속삭였다.

"오늘은 공원이라도 나가서 뉴욕을 좀 살펴보세요. 일을 해야 한다는 강박관념에서 벗어나 뉴욕이 주는 자유가 어떤 것인지 눈여겨보라고요. 점심값은 지갑 속에 넣어 두었어요. 아셨죠?"

센트럴파크 공원에는 사람들이 별로 없었다. 날씨가 추운 탓인지 지나가는 사람들도 많지 않았다. 맨해튼의 거대한 빌딩 숲에서 그리 멀지 않은 도심에 이런 공원이 있다는 것이 믿어지지 않았다.

낮게 드리운 구름 사이로 간헐적으로 보이는 햇빛이 그렇게 고마울 수 없었다. 허드슨 강변 쪽에서 밀려오는 구름은 잠시 머물렀다가 지나가고 또다시 밀려오면서 낮게 드리우는 것을 보니 금방이라도 눈이 쏟아질 것 같았다. 간간히 지나가는 사람들이 하나같이 춥다는 말을 할 때 묘한 희열을 느꼈다. 그들이 느끼는 추위가 내겐 시원하다는 느낌이 들었으므로 최소한 추위 하나만큼은 이기고 있다는 묘한 승리감 때문이었다. 언제부터인가 들었던 내 마음의 겨울, 몸서리쳐지도록 추운 겨울 에 무엇 때문에 도망 다녀야만 하는지도 모르고 도망 다니던 그 시절이 아득한 전설처럼 떠올랐다.

'야, 이 빨갱이 쌔끼야! 고향에 처박혀 있지, 뭐 하러 서울까지 왔어? 아버지가 새빨간 빨갱이였으니 넌 자동적으로 빨갱이 아니야! 무슨 지령을 어떻게 받고 서울에 온 거야?'

'아닙니다. 우리 아버진 빨갱이가 아니었어요. 우리 집 땅을 가로채기 위한 소작농들이 모함을 해서 억울하게 누명을 쓴 것이지, 우리 아버진 절대로 빨갱이 노릇 한 적이 없는 사람입니다. 좌든 우든 어느 쪽도 선택하기 싫어한 인텔리겐치아, 이데올로기의 희생자였을 뿐······.'

'이데올로기? 인텔리겐치아? 야, 이 쌔끼 봐라. 아주 전문 용어까지 다 아는 걸 보니 정말 빨갱이 맞네. 어서 불어. 누구에게 어떤 지령을 받고 서울로 기어 올라왔느냐 말이야!'

'지령이 무엇입니까? 저는 상업학교를 졸업하고 아버지의 권유로 아버지 친구 회사에 취직했다가 대학 졸업생들의 월급과 내 월급이 너무 차이가 나서, 그게 너무 억울해서 대학 다니려고 서울에 왔을 뿐입니다. 마침 집도 서울로 이사를 왔고 내가 서울에 온 것은 순전히 내 뜻이고, 누가 시킨 것이 아닙니다. 제발 믿어주세요. 이렇게 빌겠습니다.'

'이 새끼 이거 아직도 정신을 못 차리고 있네. 혼 좀 더 나야겠어!'

"왜 그래? 피터 팬…… 왜 그러는 거야?"

언제 왔는지 미야코가 나를 흔들었다. 나는 고슴도치처럼 잔뜩 오그리고 앉아서 미야코를 바라보았다.

"무슨 악몽을 꾸었구나. 아주 몹쓸 악몽을……."

미야코는 안타까운 표정으로 내 눈에서 흘러내리는 눈물을 입술로 닦아주었다. 미야코의 따뜻한 사랑이 내 가슴속의 시린 겨울을 따듯하게 데워주는 것 같았다.

"언제 왔어?"

"지금 오는 길이야. 어디 상처 좀 봐."

미야코는 붕대를 감고 있는 내 오른팔을 쳐다보면서 안타까운 표정을 지었다. 나는 미야코의 몸에서 나오는 향기로운 체취(body oder)에 취해 눈을 감으며 왼손으로 머릿결을 쓰다듬었다.

"빨리 나을 거야. 착한 일, 아름다운 일을 했기 때문에…… 무엇보다 용감한 일을 했기 때문에 빨리 나을 거야. 그 소식을 듣고 얼마나 놀랐는지 몰라. 그래서 일정을 하루 단축해서 왔어. 우리 피터 팬의 아픈 마음을 위로해줄 사람은 나밖에 없을 것 같아서…… 물론 언니가 잘해 주었겠지만 그래도 내가 나을 거야. 그렇지?"

"응, 맞아."

나는 반사적으로 말하며 미야코를 와락 껴안았다. 가을걷이가 끝난 빈 벌판에 홀로 남은 허수아비 같은 나를 자신보다 더 소중하게 여기는 사람이 있다는 사실이 꼭 남의 일같이 느껴졌다.

'이 순간에 내가 뭘 해야 하는 기고?'

그냥 눈을 질끈 감고 있는 힘을 다해서 미야코를 껴안고 있을 수밖에 없었다. 그것만이 내가 할 수 있는 유일한 일이었다.

"아유, 숨 막혀라. 꼭 죽는 줄 알았네."

미야코는 내게서 빠져나오며 곱게 눈을 흘겼다. 싸늘한 날씨 탓인지 미야코는 조금 떨고 있었다.

"우리 가자. 따듯한 커피 마시러……."

"그래! 아주 좋은 생각이야."

미야코는 손뼉을 치면서 나를 이끌었다.

호텔 라비 라운지에는 많은 사람들이 북적이고 있었다. 실내를 가득 메우고 있는 음악이며 사람들이 주고받는 말들은 무척이나 들뜬 분위기임을 말해주었다.

"무슨 생각을 그렇게 하세요? 피터 팬……."

"아버지, 아버지가 생각나네. 그리고 내게 들려주시던 이야기도……."

"보고 싶겠구나."

"응."

"어떤 이야기가 생각나는데?"

"중학교 졸업하고 고등학교 들어갈 때 아버지는 내게 말씀하셨어. 남자가 세상을 살아가려면 준비가 필요하다고……. 그것은 자신 앞으로 다가오는 일들이 마음에 들지 않아도 결코 도망쳐서는 안 되고, 눈앞에 놓인 현실과 타협도 할 줄 알아야 한다. 난 그때 그게 무슨 말인지 알아들을 수가 없었어. 자기 앞에 놓인 현실에서 도망치지 않는 것, 그게 무슨 말인지 이제는 조금 알 것 같아. 왜 대학을 가지 말라고 했는지, 왜 타협은 하되 비겁(cowardice)하지는 말라고 하셨는지 그 말씀이 무엇을 의미하는지 이제 이해가 되는 것 같아. 무엇 때문에 그런 말씀을 하셨는지 조금은 알 것 같아. 내가 다닌 고등학교는 그 지역에서 제법 좋은 학교였어. 소위 들어가기 어렵다는 학교였지. 그 학교를 들어가기 위해 원서를 쓰던 날, 술에 취해서 돌아온 아버지는 방안에 들어가신 뒤 나오시지 않으셨어. 나는 궁금해서 방문에 귀를 대고 있었는데 아버지가 글쎄 울고 계시는 거야. 이불을 뒤집어쓰고 우시는 것 같았어. 나는 어떻게 해야 할지 몰라 하다가 그냥 산으로 올라갔지. 내 기억에 아버지의 눈물을 본 것은 그것이 두 번째였지. 아버지가 무엇 때문에 우시는지 짐작은 할 수 있었어. 내가 고등학교를 들어갈 무렵에는 보증인(a guarantor)이라는 절차(formalities)가 있었는데 아마 그걸 어렵게 받았던 것 같아. 모함으로 몰린 빨갱이(a communist)라는 낙인(a brand) 때문에…… 밤늦게 집에 들어간 내게 아버지가 말씀 하셨어. 미안하다고, 정말 미안하다고…… 나는 아무 말도 하지 못하고 그냥 방으로 들어가서 배고프다고 보채는 여동생을 잠재우면서 나도 잠이 들었어. 그러다 잠이 깨서 화장실을 가려고 밖으로 나왔지. 집에서 조금 떨어진 화장실로 가는데 누가 나무 위로 올라가는 거야. 목화솜을 뿌린 듯한 달빛은 왜 그렇게도 밝은지…… 나는 살금살금 기어서 나무 가까이 갔어. 그런데 가까이 가보니 아버지가 밧줄로 목을 매고 계시는 거야. 나는 빠르게 뛰어가서 아버지를 불렀지. 아버지! 이러지 마세요. 내려오세요. 나를 발견한 아버지는 아무 말 없이 나무에서 내려오시면서 나를 와락 안으셨어. 나는 아버지에게 말했지. 아버지 다시 한 번 힘내보세요. 그래도 힘드시면 그땐 저랑 같이 죽어요. 아버지와 나는 서로 부둥켜안고 얼마나 울었는지…… 얼마나 살기가 힘들었으면 그랬을까? 얼마나 힘들었으면…… 미안하다고 하시던 그 아버지에게 말씀드리고 싶어. 미안한 것이 아니고 권력이 만들어낸 역사의 파편에 호되게 맞았을 뿐이라고…… 더럽게 재수 없는 운명일 뿐이라고…… 지금 아버지! 아버지가 미치도록 보고 싶어."

나는 사람들의 시선도 아랑곳하지 않고 어린아이가 엄마에게 보채듯 미야코를 붙들고 소리 내어 울었다. 미야코는 아무 말 없이 내 손을 꼭 잡아주었다. 주변 사람들이 놀란 표정으로 나를 쳐다봤지만 나는 호텔 로비가 떠나갈 듯이 목 놓아 울었다.

배신(betrayal)의 계절

1971년 12월 21일

"며칠 더 쉬지."

"아니, 충분히 쉬었어. 일을 안 하니까 오히려 더 힘들어. 일을 해야만 잊을 수 있을 것 같고 내가 살 것 같아."

"날씨가 이렇게 추운데……."

"나는 추운 게 차라리 좋아. 차가운 공기가 내 피부에 닿으면 얼마나 짜릿한지……."

나는 웃으며 미야코의 차에서 내렸다. 미야코는 미간을 찌푸리며 나에게 야단치는 표정을 지었다.

"걱정하지 마. 나는 총알도 막은 사람이니까……."

"그래도 조심해."

미야코는 사랑스럽게 웃더니 이내 차를 몰고 사라졌다. 나는 빌딩 숲 사이로 여리게 비치는 햇살을 잠시 쳐다보다가 배달 대기실 안으로 들어갔다.

"어서 오세요. 우리의 희망! 우리의 영웅! 어서 오세요. 기다리는 사람들이 너무 많아요. 자, 이쪽으로……. 사장님 방에서 사람들이 기다리고 있습니다."

나는 영문도 모르고 요한나가 안내하는 곳으로 올라갔다. 사장의 사무실은 화려했다. 엄청난 규모에도 놀랐고 치장되어 있는 장식물에도 놀랐다.

"사장님, 말씀드린 장 발장…… 아니 비 제이입니다."

나이를 가늠할 수가 없는 여자 사장은 마귀할멈 같은 짙은 화장을 하고 있었다. 두 팔을 벌리고 나를 껴안을 때 코를 찌르는 지독한 화장품 냄새가 나서 나는 저절로 이맛살이 찌푸려졌다.

"어서 와요. 찰리의 친구라고 했죠? 훌륭한 일을 했다니 얼마나 자랑스러운지 몰라. 우리 뉴욕을 지키는 든든한 힘이 되는 아주 용감한 행동이었어. 아니지, 이 나라 미합중국은 그런 사람들의 공명심에서 출발한 나라야. 우리가 믿고 있는 자유를 향한 거룩한 희생! 힘은 그런 곳에서 정당하게 발휘되어야만 해! 암, 그렇지……."

여사장은 내가 고개를 들 수가 없을 정도로 과장스런 몸짓으로 칭찬을 했다.

"자, 신사 숙녀 여러분! 소개하겠습니다. 여러분들이 기다리던 비 제이입니다. 우리가 알고 있는 비 제이 토머스라는 가수는 아니고요. 우리에겐 장 발장으로 통하는 마음은 아름답고 불의(suddenness)를 보면 용감해지는 진정한 용기를 가진 아름다운 청년입니다. 이쪽은 루시아와 루시아 아버지, 그리고 이쪽은 제이미와 제이미 아버지와 어머니……."

나는 여사장이 소개시키는 사람들의 순서대로 악수를 나누곤 자리에 앉았다. 연이어 향기로운 커피가 들어왔고 나도 모르게 커피향을 음미하면서 한 모금 마시는데 루시아의 아버지가 말했다.

"이렇게 바라보니 정말 믿음직한 청년이라는 생각이 드는군요. 이런 훌륭한 직원을 거느리고 있는 사장님께서는 얼마나 좋을까. 늦었지만 고맙다는 인사를 정중하게 드립니다. 고마워요. 믿음직한 청년……. 그래서 하는 말인데 미국은 비 제이 같은 청년을 찾고 있을 뿐만 아니라 그런 청년들이 꿈을 이루도록 하는 나라요. 잘 될 거요. 모든 일이……. 우린 지켜볼 거요. 비 제이 당신이 이 나라에서 어떤 꿈을 이루는지 다 같이 지켜봅시다. 오늘 이렇게 용감하고도 믿음직한 청년을 만나게 해준 해피 걸 사장님께 감사드리고 아울러 우리가 있는 힘을 다해 이 청년을 도와주면서 어떻게 꿈을 이루는지 지켜보겠다는 약속을 하는 의미로 우리 박수를 칩시다."

나는 느닷없는 박수 소리에 놀랐고 무엇보다 졸지에 용감하고 믿음직한 청년이라고 불러주는 데 놀랐으며 그리고 뉴욕 상류층의 사교계를 주름 잡는다는 숨은 여왕이 여사장 해피 걸이라는 사실에 또한 놀랐다.

"어? 오늘은 어쩐 일로 이렇게……."

유키코는 나의 이른 귀가가 의외인 듯 눈을 동그랗게 떴다. 나는 집 안으로 들어서면서 장난스럽게 말했다.

"그럼 다시 나갈까?"

"아이고, 무슨 말씀을……."

유키코는 내 팔을 잡으며 애교를 부렸다. 나는 전신을 흔들며 눈까지 흘기는 유키코의 모습에서 아주 오래된 사람들처럼 다정함을 느끼며 윗옷을 벗었다.

"오늘은 미야코가 늦게까지 일하는 날인가 보네."

"그래요. 오늘은 미야코가 늦게 들어오는 날이고, 내일은 다 같이 늦게 들어오는 날이고……."

유키코는 노래하듯이 말하며 커피포트에 물을 따랐다.

"나 할 말이 있는데……."

"그래요? 잠깐만……. 자, 일어나세요. 무슨 말씀이신지 모르겠지만 일단은 샤워부터 하세요. 샤워를 하시면 추위에 얼어붙은 몸과 마음이 녹을 거예요. 그 다음에 커피를 한잔 하면서 이야기를 나누면 훨씬 더 좋을 거예요."

유키코는 나를 일으켜 세우고는 화장실로 이끌었다. 나는 아무 말도 못하고 유키코가 시키는 대로 움직일 수밖에 없었다. 흡사 리모컨으로 조정 당하는 로봇 같다는 생각에 저절로 웃음이 나왔다.

"그 웃음은 무엇을 의미하는 걸까? 아마 이런 생각을 하고 있을 것 같아. 아, 요상스런 두 여자가 번갈아가면서 나를 꼼짝 못하게 하면서 가지고 노는구나. 참 어이가 없다. 뭐 이런 생각을 하면서 웃는 거죠?"

나는 정곡(the bullseye)을 찔린 것을 피하기 위해 차라리 눈을 감아버렸다. 유키코는 소리 없는 웃음을 삼키며 말했다.

"제발 그 아주 오래된 상식에서 벗어나세요. 우리가 이럴 수 있는 건 진정한 인간의 본능을 이해하는 마음이 맞는 사람들끼리 만났기 때문에……. 서로에게 부끄러움이 없기 때문에 이럴 수 있는 거예요. 중동(the middle east)이나 동남아 일부 지역에선 남자가 여자를 여러 명 거느리고 살아요. 그런데 우린 누가 시키지도 않았어요. 우리가 원해서 각자가 자기의 인생을 책임지기로 하고……. 우리의 피터 팬이 잃어버린 그림자를 찾을 때까지 우리의 주인(ones husband)으로 모시기로 했어요. 아시겠어요? 피터 팬…… 일본 말로 주인을 슈징이라고 하는데 여자에게 있어서는 대단한 의미라는 거, 그거 아셔야 해요."

나는 아무 말도 못하고 유키코에게 옷이 벗겨진 채 바닥에 주저앉았다. 말 잘 듣는 어린아이가 될 수밖에 없었다.

밤늦게 들어온 미야코는 피곤한 기색이 완연했지만 나를 보자 금방 웃었다. 오페라 '아이다'의 실황 테이프를 같이 듣던 유키코는 슬그머니 방안으로 들어가면서 야릇한 눈짓을 내게 보냈다. 그게 무엇을 의미하는지 알아차린 나는 미야코의 가방을 받아주면서 말했다.

"많이 피곤한 모양이구나. 오늘도 수고하셨네요. 내가 안마사(a masseur)가 되어 드릴게요. 어서 와서 옷을 벗으시고……."

나는 말하면서 미야코의 옷을 하나씩 벗겨주었다. 미야코는 아닌 척하면서도 오히려 바라고 있었던 것처럼 잘 따라주었다.

"이러지 않아도 되는데……."

"받았으면 돌려줄 수도 있는 거예요."

나는 낮은 목소리로 말하며 브래지어와 팬티만 걸치고 있는 미야코를 화장실로 밀어 넣으며 엉덩이를 다독여주었다. 행복한 미소가 넘치는 미야코의 얼굴이 너무도 사랑스러웠다. 화답하듯이 짧은 입맞춤을 해주는 내가 얼마나 대견한지 가슴이 뻐근했다.

'어이, 피터 팬. 니 참말로 대견한기라. 여자를 보기만 해도 가슴이 울렁거리던 니가 운제 이렇게 컸노? 대단한기라.'

미야코는 그런 내 얼굴에 낮은 목소리로 속삭였다.

"여자에게 이렇게 해주는 게 민망(embarrassed)하고 좀 간지럽다는 생각을 하고 있지요? 그건 아직까지 우리를 덜 믿고 있다는 증거예요. 아직도 부끄러운 게 남아있다는 거예요. 엄마와 아버지가 우리를 키울 땐 그걸 몰랐지만 지금 생각해보면 그분들 앞에서 발가벗은 우리가 부끄러움을 몰랐던 것은 조건 없이 믿었다는 거였어요. 정말 사랑이지요. 우리는 피터 팬을 그렇게 생각하는데 피터 팬은 아직 그렇지 않나 봐요. 우리를 지금 민망스러워하는 만큼 덜 사랑하는 거예요. 아마 그럴 거예요. 하지만 우리는 이해하기로 했어요. 왜냐면 피터 팬은 그런 사랑을 배워가는 중이니까요. 학생은 배우는 과정이 필요한 거고 지금은 배우는 학생이니까 선생은 이해를 해야지요. 우린 믿어요. 피터 팬은 아주 착한 학생이니까, 공부할 자세가 되어 있는 학생이니까 몸소 실천하면서 배우게 될 거라고 믿어요."

나는 미야코의 말에 대답하듯이 적당히 뜨거운 물의 온도를 맞추어서 유키코가 내게 해준 것처럼 해주었다. 예전에 운동하고 난 뒤에 비누칠을 해주면서 서로의 몸을 풀어주던 그 시절을 생각하면서 마사지까지 해주니 정말 기분이 좋은지 묘한 신음소리까지 냈다.

"아, 좋다. 이렇게 해주는 당신이 얼마나 고마운지……. 내가 향상 그리던 내 고향의 그 시냇가가 생각나고, 자유의 여신상을 쳐다보며 천진난만(innocence)한 표정으로 당신이 울던 모습이 생각나고……. 우리 모두는 각자의 역할을 하면서 그 아름답고 평화로운 한 폭의 그림을 그리고 있는 것 같아. 눈이 부시도록 아름다운 그림을 우리가 그리고 있는 것 같아요. 이건 신의 축복을 받은 운명이 아니면 느낄 수 없는 거예요. 아, 정말 좋네요. 당신이 내 몸속에 들어오지 않았는데도 내 몸속에 들어온 것 이상으로 좋네요. 이렇게 좋은 걸 어쩌면 좋아."

깊은 밤으로 흘러가는 이스트 빌리지의 바람은 너무도 차가웠다. 그러나 베란다 의자에 반팔 티셔츠만 입고 있으니 차라리 시원한 기분이었다. 커피 잔을 들고 밖으로 나온 나는 곧 눈이 올 것 같은 하늘을 쳐다보며 갈피를 잡을 수 없는 복잡한 생각에 잠겼다.

'단지 일어나서는 안 될 일인 것 같아서 총 쏘는 사람을 막아 주었을 뿐인데 그것이 이런 행운을 가져다주다니……. 자기를 좋아하지 않는다는 이유로 사람을 죽인다니……. 더군다나 자기 동생을……. 그건 안 되는 일이지. 그런 놈을 내가 가지고 있는 힘으로 막아주었을 뿐인데 이렇게 엄청난 생활의 변화가 오다니…….'

나는 오늘 하루가 현실이 아니고 꿈이라는 생각을 하면서 머리를 심하게 흔들었다.

"아니, 이렇게 추운 데에서 뭐하고 있어? 더군다나 이런 차림으로……."

유키코는 놀란 토끼 눈으로 내 팔을 잡아당겼다. 나는 빙긋 웃으며 의자에서 일어났다.

"춥기는, 얼마나 시원한데……. 모두들 추워할 때 나 혼자 추위를 느끼지 않는 것이 아주 작은 승리감 같은 것을 가져다주거든. 혼자이 추위를 이기는 것 같아서 얼마나 좋은지 몰라."

"언제부터 그랬어?"

"몰라. 아주 오래된 것 같기도 하고, 아닌 것 같기도 하고……. 이 추운 겨울이 어쩌면 내 인생 같을지도 모른다는 생각을 하면서부터……."

"난 이렇게 두꺼운 옷을 입고도 추운데……."

유키코는 발을 동동 구르며 울상을 지었다. 나는 얼른 유키코의 등을 집안으로 떼밀었다.

"지독(venomous)한 사람이야. 너무 지독한 사람이야. 나무도 겨울이면 잎을 떨어뜨리는데 이 추운 날씨를 시원하게 생각하다니…… 아, 믿을 수 없어. 내가 보고도 믿을 수가 없어."

머리에 빗질을 하던 미야코가 의아한 눈길로 나를 힐끔 쳐다보고는 유키코에게 시선을 돌렸다.

"무슨 말이야?"

"글쎄, 이렇게 추운 날씨가 시원하대. 추위서 정신을 차릴 수가 없는데 시원하다며 하는 말이 충격이네."

"어떤 말?"

"이 추운 날씨가 자기의 인생 같다고……"

"그게 무슨……"

"자기가 살아온 인생이 이렇게 추운 겨울이었대. 무슨 인생이 그런……"

유키코는 말을 하다 말고 입을 다물었다. 그러고는 나를 쳐다보면서 미안한(be regrettable) 표정을 지었다.

"그렇구나. 우리 피터 팬이 자신의 그림자를 잃어버리는 그 순간부터 마음은 겨울이었구나. 아, 미안해. 난 그것도 모르고……"

유키코는 호들갑스러울 정도로 미안한 표정을 지으며 두 손으로 싹싹 빌었다. 나는 오히려 미안해서 너그럽게 웃었다.

"미안해할 것 없어. 내가 겨울을 사랑하는 이유일 뿐이고 또 체질적으로 몸에 열이 많으니까 나는 녹음방초(green shades and fragrant plants)한 여름날보다는 겨울이 좋아. 꽃피는 봄날이면 이상하게도 배신감을 느끼기도 하고……. 사람들은 앙상한 나뭇가지에서 싹이 돋으면 새로운 생명이 탄생하는 계절을 찬양(praise)하지만 언제나 겨울인 세상에서 살고 싶다는 생각을 한 적도 있어."

두 여자는 마음이 아픈 표정에서 벗어나지 못하고 금방이라도 울 것 같았다. 나는 얼른 말꼬리를 돌려야겠다는 생각이 들어 서 있는 유키코를 미야코 옆으로 밀어서 앉혔다.

"자, 오늘 내가 있었던 일을 이야기할게요. 아주 큰 변화가 생겼어요. 내가 구해준 여자의 아버지가 경영하는 골프 연습장에서 일하기로 했고요. 그리고 그 연습장과 같이 붙어 있는 헬스클럽에 무도(chivalry)장을 만들어서 거기에 직원들을 교육시키는 임무를 주었어요. 물론 급료는 최고로 해주기로 했고 이건 보상금이라고 하면서 주던데…… 이게 정말 돈이야?"

나는 주머니에 들어 있던 봉투를 꺼내서 두 여자 앞에 내밀며 말을 이었다.

"루씨아의 아버지가 이 봉투를 주니까 사장도 같이 주더라고…… 그래서 내가 뭐냐고 물으니까 돈이라고 하더군. 그래서 내가 말했지. 이런 건 필요 없다고. 그랬더니 그건 돈이 아니고 마음으로 생각해달라고 하면서 주머니에 넣어주면서 옷도 사주고 구두도 사주고…… 알마니가 뭐야? 발리라는 구두가 좋은 거야? 이것 봐. 알마니 양복에다 발리 구두, 그리고 버버리 코트, 머플러, 넥타이, 그런데 난 넥타이를 맬 줄 몰라. 이게 꿈인지 생시인지…… 내가 오고 싶어서 온 것도 아닌 이 미국 땅에서 마음이 항상 겨울이었던 내게 꿈같은 일이 생기다니…… 정말 믿을 수가 없어. 가만, 이래서 미국이 기회의 나라라고 하나?"

두 여자는 흥분한 채 말하는 나를 가만히 지켜보기만 했다. 새벽으로 가는 시간처럼 바람은 창문을 흔들며 지나가고 있었다.

멋진 신세계가 열리는 나절(the period of half the daylight hours)

1971년 12월 22일

크리스마스를 앞둔 탓인지 거리는 캐럴로 가득 차 있었고 맨해튼

전체가 들떠 있었다. 약속대로 루시아의 아버지는 차를 보내주었다. 허드슨 강변 어디쯤 위치한 골프 연습장을 비롯한 헬스장의 규모는 엄청났다.

"어서 와요. 코리언 히어로……. 나는 이곳의 운영을 책임지고 있는 윌슨이라고 해요. 전공은 골프이고……."

윌슨은 건장한 체격에 외모도 출중(prominence)한 전형적인 유태계의 뉴요커였다. 친절이 몸에 배여 있는 윌슨은 너무도 친절하게 내가 할 일을 알려주면서 로리라는 청년을 같은 조로 붙여주었다.

"나는 로리……. 비 제이라고 했지? 나는 뉴욕 출신이고 브룩클린이 내 고향이야. 회계학을 전공했지만 음악을 너무 좋아해서 지금은 열심히 작곡을 하고 있어. 좋은 가사를 만나면 곡을 붙여서 녹음도 하고 또 그걸 모든 사람들에게 들려주는 게 내 꿈이야. 지금은 여기서 일하고 있지만 열심히 일해서 녹음실을 대여할 돈이 생기면 여긴 그만두려고 했는데……. 여기서 근무해보니 떠나기가 싫어. 여긴 정말 근무하기가 좋아. 일도 그렇게 어려운 게 없고……. 여긴 뉴요커 중에서도 세계의 부자들의 부인들이 주로 출입하는 헬스센터야. 여기에 근무하려고 하는 사람들이 얼마나 많은지 몰라. 그런데 비 제이는 참 운이 좋은 모양이야. 이렇게 좋은 일자리를 얻을 수 있었으니……. 아, 참 사장 딸을 구해줬다지? 그건 정말 대단한 일이야. 나는, 아니지 여기에 모든 사람들을 그런 일에 잘 끼어들지 않는데……. 남의 일에 그런 공명심(desire for fame)을 발휘하다니……. 미국 사람들은 자신의 일이 아니면 남의 일에 잘 끼어들지 않는데……. 지나친 자유가 선물한 지독한 개인의 권리이기도 하지만 모르는 사람에게, 더구나 그렇게 위험한 순간에 목숨을 걸고 뛰어든다는 건 참 어려운 일인데……. 아! 우리에게 그 기술을 교육시켜준다고 했다는데 기대가 커. 잘해보자고……."

로리의 말처럼 내가 할 일은 그렇게 어려운 것이 아니었다. 골프 연습을 하러 들어오는 손님들에게 정중하게 인사를 하고 골프 가방을 받아 배정된 타석으로 가져다 준 후에 필요한 것을 들어주는 일이었다. 로리의 안내로 헬스센터를 돌아보고 곧바로 실전에 들어간 것은 점심시간이 끝난 직후였다.

"어서 오십시오. 아주 추운 날씨죠? 저는 새로 손님을 모시게 된 비 제이라고 합니다. 18번 타석에서 연습을 하시면 됩니다."

"오, 그래요? 인상이 참 좋네요. 어느 나라에서 왔죠?"

"네, 한국입니다."

"오, 코리아. 두 번 가봤어요. 내가 갔을 땐 많이 힘들던데…… 정치적 상황이 너무 힘들어서 아주 불편했어요. 아마 권력을 잡은 사람이 군인 출신이라지요? 권력을 잡은 사람이 국민들에게 설득력 (persuasive power)이 없다면 그건 참 힘든 일이지. 그건 참 힘든 일이야. 국민들에게…… 나는 잘 알아. 남미 출신이니까 그걸 잘 알지. 민주화, 그건 너무 많은 희생을 요구해."

"아, 네."

나는 너무도 어리둥절해서(be quite at a loss) 말을 삼킬 수밖에 없었다. 지금의 내 마음을 속절없이 보여준 것 같아서 당황스러웠다. 더럭 겁까지 났다. 혹시 요한나의 말처럼 나를 잡으러 다니는 자베르 경감은 아닌가 싶어서 다시 한 번 그를 쳐다봤다. 내가 장 발장이 아니고 베라라는 나의 첫손님은 자베르 경감이 아닌데도 불구하고 겁이 났다. 그런 내 마음을 아는지 모르는지 베라는 동정어린 눈길로 쳐다보면서 요염한(a voluptuous beauty) 표정으로 말했다.

"나는 따뜻한 커피가 필요한데 한잔 가져다줄 수 있어요?"

"네, 알겠습니다."

나는 도망치듯이 로리에게 다가갔다.

"잘했어. 너 아주 프로 같다. 처음 하는 사람이 어떻게 그렇게 잘할 수 있어? 저 사람이 누구냐면 아르헨티나 출신의 여배우인데 아랍의 석유재벌 이거야."

로리는 새끼손가락을 올리며 묘한 표정을 지었다.

"무척이나 마음에 들었던 모양이다. 네게 아주 친절한 표정을 짓는 걸 보니……. 사실 그 여잔 우리 모두가 피하는 사람인데……. 넌 아주 잘 해냈어. 아주 훌륭해."

로리는 더욱 알 수 없는 표정으로 나를 쳐다보며 어서 커피를 가져가라는 시늉을 하고는 밖으로 나갔다.

하루의 일과가 끝나는 오후 다섯 시, 나는 라커룸에서 옷을 갈아입으며 주머니를 정리해봤다. 손님을 안내한 것이 여섯 차례였다. 주머니에 들어 있는 팁은 내가 꽃 배달을 1주일 동안 한 것보다 더 많은 액수였다. 나는 놀라기도 했지만 가슴이 벌렁거릴 정도로 흥분까지 되었다.

"오늘 수입이야? 상당하군. 나는 그것보다 조금 모자라는데……. 성공적인 안내원이야. 아니지, 타고난 예술적 재능(an inborn talent of art)을 지닌 것 같아. 그리고 럭키보이인 것 같아. 축하해. 그리고 이건 또 하나의 행운이야. 출근 첫날에 엄청난 재벌 애인의 정중한 초대라……. 동양인도 아니고 서양인도 아닌 듯한 묘한 얼굴에 알 수 없는 미소를 흘리는 당신……. 참 좋은 사람인 것 같은데 참 알 수 없는 사람인 것도 같아. 내일 보자고……."

로리는 칭찬하는 건지 비아냥거리는(talk cynically) 건지 알 수 없는 표정으로 말하며 내게 메모지 한 장을 건네주고 나갔다.

눈이 조금씩 내리고 있었다. 거리는 크리스마스로 가는 캐럴로 금방이라도 터질 것 같은 축복의 주머니 같았다. 베라가 보내준 차는 움직이는 궁전 같았다. 어디로 가는지도 모르고 차안의 분위기에 주눅(timidity)이 들어 앉아 있는데 차가 멈추었다.

문을 열어주는 운전기사는 정중하게 말했다.

"곧장 문으로 들어가시면 베라 양에게 안내를 해줄 겁니다. 그럼 좋은 시간이 되십시오."

나는 그렇게 화려해 보이지 않는 레스토랑 입구 쪽으로 걸어갔다. 정장을 입은 지배인은 정중하게 나를 대했지만 약간은 깔보는 (make light of) 듯한 시선으로 몸에 맞지 않은 와이셔츠와 나비넥타이 그리고 양복과 구두까지 건네주면서 옷을 갈아입는 것을 도와주었다.

"여기에 들어오시는 분들은 신사가 되어야만 합니다."

"아, 네."

나는 지배인의 말이 무슨 뜻인지 알아듣지 못했지만 대답은 아는 것처럼 했다. 그는 여전히 약간 비웃는 표정으로 말했다.

"베라 양은 참 친절하시다는 거 알고 계셔야 합니다. 정장을 입지 않은 분에게 우리가 잠시 빌려드리는 옷도 있지만 베라 양은 이 옷을 선물하셨습니다. 아주 훌륭한 신사로 만들어주셨다는 이야기가 됩니다. 자, 그럼 이쪽으로 오시면 됩니다. 동양 신사님……."

잔잔한 음악이 흐르는 실내는 고풍스런 분위기기 물씬 풍겼다.

"어서 와요. 오우, 완전히 알아보지 못할 정도로 변신을 하셨네. 옷도 그런대로 잘 맞는 편이고……. 어디 봐요. 한번 돌아보세요."

나는 반사적으로 두 팔을 벌리고 베라의 손짓 따라 돌다가 넘어질 뻔했다. 베라는 조용히 웃으며 바로 옆자리로 손짓했다.

"내가 이럴 줄 알았어. 너무 멋있어요. 다음에는 안경을 바꿔야겠네. 자, 우리 식사해요. 뭘 좋아할지 몰라서 지배인의 안내대로 주문했어요. 한번 먹어봐요. 맛이 없으면 메뉴를 바꾸기로 하고……. 주문한 것 주시겠어요?"

와인을 따라주던 지배인이 고개를 끄덕이며 말했다.

"샤토 무통카드인데 아주 고급입니다. 어떠신가요?"

베라에게 와인을 따라준 지배인은 나를 쳐다보던 시선과는 달리 간지러울 정도로 친절하게 말했다. 와인을 한 모금 마신 베라는 우아하게 말했다.

"오우, 너무 좋네요. 오늘따라 깊은 향기가 가슴을 뜨겁게 하는 것 같아. 아주 좋아요."

"네, 감사합니다. 오늘은 특별히 신경을 좀 썼습니다. 좋은 시간 되십시오."

지배인은 베라에게 시선을 돌려 나를 힐끔 쳐다보고는 안쪽으로 걸어갔다. 베라는 부드럽게 웃으며 잔을 내밀었다.

"오늘은 진정한 영웅에게 아무런 조건 없이 내가 해줄 수 있는 친절을 베풀고 싶어서 사장님에게 부탁을 했어요."

"우리 사장님을 말씀하시는 겁니까?"

"네, 루시아의 아버지…… 히어로의 보스…… 보스는 오히려 고맙다고 하더군요. 그러지 않아도 된다고 말했지만 나는 오늘 이런 시간을 만들고 싶었어요. 무엇 때문인 줄 아세요?"

"글쎄요."

"내가 미국에 처음 왔을 때, 가방 하나만 들고 이 미국 땅에 왔을 때 나를 처음 본 지금의 우리 남편, 아니지 아직 남편은 아니다. 우리 애인이 어디를 갈지 몰라 헤매고 있는 나를 보고는……. 그래도 우리나라에서는 미국의 꿈을 가질 수 있다는 유망주(great promise an actress)였는데……. 부모님은 조금 더 기다렸다가 가라고 했는데 난 그냥 미국의 꿈을 가지러 왔지. 공항에 도착한 내가 얼마나 황당(absurdity)했는지……. 나를 알아주는 사람도 없었고, 꼭 미국의 꿈은 여기에 있다고 하면서 나를 기다릴 것 같은 기대가……. 모자라는 생각이라는 걸 알아차리는 데는 그리 긴 시간이 아니었어. 공항에서 얼마를 울었는지 몰라. 이상한 옷을 입은 사람이 다가와서 아버지 같은 표정으로 나보다 더 엉성한 영어로 말을 하더군. 내가 좀 도와줄까. 그래서 시작된 우리 애인과의 만남이 운명이었어. 참 좋은 운명, 여러 사람을 상대하기 힘든 배우보다는 한 사람을 위한 배우가 되는 게 어떠냐고……. 물론 내 개인의 프라이버시는 존중해 준다고 했지. 자기가 미국에 있을 때는 오직 자기의 아내가 되어주고 없을 때는 내 마음대로 하라고 하면서……. 아직도 배우의 꿈은 포기하지 않았지만……. 아니, 할 이유가 없는 것 같아서……. 왜냐하면 나는 지금의 이 생활이 너무 행복하니까 내가 꾸었던 꿈이 바로 이런 게 아닐까? 하는 생각이 들거든. 오늘 내가 비 제이, 아니 장 발장이라고 하더군. 더군다나 패스포트도 없이 자신도 모르게 미국으로 오게 된 참 슬픈 운명의 사내(a fortunes favorite)에게 작은 위안이라도 되어주고 싶고……. 또 새로운 직장에서 내가 첫 손님이라는 게 어떤 의미가 있는 것 같아서……. 아마 앞으로 좋은 일이 있을 거예요. 앞으로의 좋은 일을 위하여!"

베라는 묘한 표정으로 잔을 내밀었다. 나는 가져온 음식을 먹다 말고 와인 잔을 들어 건배를 한 뒤에 시선을 벽 쪽으로 보냈다. 고풍에 젖은 풍경화는 색채가 너무 아름다웠다.

"모네예요. 이 레스토랑 주인이 상당한 수집가(an art collector)라서……. 저기에 붙어 있는 건 하이든의 연애편지이고……. 아 저기 사장이 오네."

"아, 베라 양. 오늘 음식은 어떠신가요?"

풍채가 넉넉한 레스토랑 사장은 정중한 자세로 여왕에게 인사하듯이 베라의 손등에 키스를 하고는 나를 쳐다봤다.

"소개할게요. 이……."

"아! 루시아를 구해준 히어로……. 이야기 들었습니다. 편안한 시간이 되고 있는지 모르겠군요. 불편하시면 언제든지 무엇이든 말씀하십시오. 오늘은 베라 양에게 양보 했지만 다음에는 우리가 다시 한 번 초대하겠습니다. 그렇게 해주실 것으로 믿습니다. 남은 시간도 좋은 시간 되십시오."

식사가 끝나고 향기로운 커피가 나왔다. 나는 한 모금 마시고 그 커피 잔을 유심히 바라봤다. 짙은 암갈색(dark brown)의 빛깔이 오래전의 기억을 생각나게 했다. 미군을 태운 자동차가 지나가면 "할로 오케이! 기브 미!"라는 소리를 질렀고 낄낄거리며 던져주던 껌, 그리고 군용 커피, 그 커피를 찌그러진 양재기에다 끓여먹던 춥고 배고팠던 그 시절, 항상 머릿속에 잠재되어 있던 그 기억이 오늘따라 왜 선명하게 생각이 나는지 알 수가 없었다.

나는 미국이라는 나라에 와서 늘 느끼는 것이긴 하지만 오늘은 더욱 묘한 분위기를 느끼며 베라를 쳐다봤다. 베라는 나의 생각이 끝나기를 기다렸다는 듯이 너그러운 표정을 지으며 가슴을 폈다.

"무슨 생각을 그렇게 했을까? 우리 장 발장께서……"

나는 그냥 웃기만 했다. 그러자 베라는 말없는 내게 말없이 질문을 하듯 고개를 갸웃하며 얼굴을 내밀었다.

"미국이라는 나라는 참 이상한 나라라는 생각이 들어서요. 내가 미국에 산 지 얼마 되지 않았지만 어떤 면에서는 상당한 자유가 있는 것 같지만 어떻게 보면 그 자유 속에서도 엄격하게 통제를 하는 것 같고……"

"예를 들면?"

"예를 들면 이런 거지요. 오늘 내가 여기에 온 것도 내게 주어진 자유의 선택이지만 거절할 수 없는 묘한 매력으로 나를 이곳으로 오게 한 것도 그렇고……. 또 그냥 밥 먹는 곳이면 들어와서 밥을 먹으면 되는 것이지, 꼭 여기에 맞는 옷을 입어야만 들어올 수 있는 엄격한 규정(rules)도 그렇고……. 내가 살았던 나라에서는 잘못한 사람을……. 더군다나 분명하게 잘못한 것을 잘못했다고 하는 것 자체를 허락하지 않을 뿐만 아니라 잘못할 가능성이 있을 것 같다는 이유로 사람에게 주어진 인권 그 자체를 깔아 뭉개버리고……. 우리가 민주주의의 근본으로 삼는 인류 법전의 모태인 함무라비 법전을 공부하고 바이마르 헌법을 공부하는 것은 인간이 가진 가장 기본적인 사람으로서의 삶을 가장 보편타당하게 지켜주기 위해서 많은 사람들이 그렇게 노력하고 연구하는 거라고 나는 믿고 있어요. 그렇게 배웠고……"

"누구에게 배웠죠?"

"우리 아버지요. 무슨 말인지 알아들을 수는 없었지만 나는 오래 전부터 아버지에게서 그 말을 들었어요. 지금 생각해보면 그때 아버지가 하신 말씀을 이해할 수 있지요. 나는 지금도 함무라비 법전이 구체적으로 무엇인지 바이마르 헌법이 무엇인지 잘 몰라요. 하지만 그 법전이 가진 고유의 뜻이 무엇인지는 잘 알아요."

"그게 어떤 건데……."

"인간이 가진, 우리 모두가 가진 본능에 보편타당한(universal validity) 생활방식을 존중해주는 것, 즉 각양각색의 사람들이 있지만 가장 상식적인 일상을 자유롭게 선택하게 만들어주는 그것이 사람들이 만든 법의 기본 개념이라는 거지요."

"와! 악당을 제압하는 힘만 가진 게 아니라 숙녀를 매혹으로 빠지게 하는 지적 상식도 풍부하시네요. 거기다 비 제이의 아버지도 아주 훌륭한 분이시네요. 그리고 또 어떤 생각이……."

"우리가 사는 세상을 더 넓은 시선으로 바라보며 멀리 보고 살아야겠구나 하는 생각이 들어요. 느끼면 느끼는 대로 자신의 마음이 명령하는 대로 사는 것이 진정으로 자유롭게 사는 길이 아닌가 싶어요. 비틀즈를 사람들이 왜 그렇게 좋아하는지…… 고정된 의식을 거부하고 새로운 형식으로 사람들의 마음을 두드린 비틀즈의 탄생은 우리가 묵계로 인정하던 우리의 가슴속에 들어 있는 비밀의 보따리를 풀어주었다는 것에 의미가 있지요. 우리가 진정으로 하고 싶은 것을 대신해서 해주었다는 겁니다."

"오, 그래요? 정말 대단하시군요. 그런 것까지 알고 있다니……. 정말 대단한 식견(experience)이야. 그럼 오늘 내가 초대한 이 여자의 마음은 어떤 것일까?"

"네? 그, 그건……. 아마도 신사가 되어달라는……. 그런 게 아닐까요? 그것도 방금 알았지만……."

"신사? 그래요. 맞아요. 어딘지 모르지만 그때의 내가 생각나서……. 총알도 무서워하지 않은 남자란 어떤 사람일까? 라는 호기심도 있었고……. 그렇지만 지금은 내가 숙녀로서 앉아 있으니 앞에 앉은 사람은 숙녀의 부탁을 거절하지 않는 신사라야 하겠지요?"

"글쎄요."

"아마 그럴 거예요. 그러니 신사답게 나를 우리 집에 바래다주시겠지요?"

대기한 리무진을 타고 얼마 달리지 않아서 도착한 베라의 집은 어마어마한 규모였다. 나는 머릿속이 하얘지는 걸 느끼며 겨우 말했다.

"여기서 삽니까? 혼자서? 아니 두 분이서?"

"그래요. 둘이 있는 건 1년에 한 달쯤 되죠."

베라는 코트를 벗으며 말했다. 나는 나도 모르게 집안을 돌아다니다가 베란다로 나갔다. 바람이 부는 베란다에서 보이는 야경이 무척이나 아름다웠다. 의식이 몽롱해서(be in a semiconscious condition) 뜬구름 속에 있는 것 같았다.

"무슨 생각을 그렇게 하시나?"

옷을 갈아입은 베라의 모습은 내 목을 조이는 것만 같았다. 거의 알몸에 가까운 차림새에 숨이 막힐 것 같은 아름다운 광채가 발산되고 있었다. 여신이 천상에서 노닐다가 지구로 나들이를 나온 것 같았다. 나는 더욱 할 말을 잃고 다가서는 베라의 눈동자를 보았다. 맑고도 깊은 호수에 저절로 빨려 들어갈 것 같았다.

"이렇게 집까지 바래다준 신사에게 고마운 마음을 어떻게 표현해야 할지……. 차를 타고 오면서 곰곰이 생각해봐도 알 수가 없었는데 집으로 들어서는 장 발장을 쳐다보니 내가 코제트가 되어주어야겠다는 생각이 들었어. 자신에게 너무 가혹(severity)한 운명을 던져준 억울한 옥살이를 하고서도 아름다운 마음을 가진 장 발장의 조건 없는 사랑을 받는……."

내가 베라의 말을 이해하려고 애쓰고 있을 때 베라는 이미 내 입술을 덮고 있었다. 나도 자신이 무엇을 하는지도 모르고 그냥 내 마음이 시키는 대로 행동하고 있었다. 열정적으로 달려드는 내가 약간은 거북했는지 천천히 하라는 베라의 손짓에 나는 미야코에게 배운 대로 천천히, 아주 천천히 아담한 베라의 우윳빛 나신을 탐닉했다.

"아, 좋아. 누구에게 배웠는지 모르지만 당신은 여자를 다룰 줄 아는 것 같아. 이렇게, 이렇게 좋을 수가……. 나의 섹스 포인트를 내 몸처럼 알고 있는 것 같아."

나는 묘한 희열을 느끼며 더욱 열정적으로 베라의 알몸을 혀(a tongue) 마사지로 뜨겁게 달궈 나갔다. 베라는 더욱 격렬한 반응을 했다.

"총알도 무서워하지 않는 사람이라는 건 알았지만 이렇게 사람을 뜨겁게 달구는 기술을 가진 사람인 줄은 정말 몰랐어. 아! 이 세상에 태어나서 이렇게 황홀한 건 처음이야. 아, 너무도 좋아. 이대로 영원히, 영원히 죽어버렸으면 좋겠어. 아, 나 정말 죽을 것 같아. 오, 하나님 정말 감사합니다. 오늘 이렇게 근사한 사람을 만나게 해주신 거……."

그렇게 시작된 베라와의 사랑나눔(love divide up)은 새벽 다섯시가 될 무렵에야 끝이 났다. 나는 베라를 샤워시켜 주었고 하느작거리는 몸을 깨끗이 닦아주고는 침대에 눕혔다. 그래도 베라는 몽롱한 지 눈을 뜨지 못했다. 나는 달콤한 행복에 지친 표정으로 잠든 베라의 귀여운 얼굴에 가벼운 키스를 하고 밖으로 나왔다.

슬프도록(distressed) 아름다운 인생의 가치(value)

1971년 12월 23일

"날씨가 너무 춥군요. 건강 조심하세요."

택시기사는 생긴 것과는 달리 친절한 목소리로 말했다. 나는 거스름돈을 챙기는 기사에게 미소를 던지며 말했다.

"네. 감사합니다. 기사 아저씨도 운전 조심하세요. 거스름돈은 그냥 두세요."

"아, 그래요? 감사합니다. 메리 크리스마스!"

택시가 떠난 자리에 남은 매연(exhaust gas)이 나를 빠르게 움직이게 했다. 아침으로 가는 시간이 눈에 보이는 것 같았다. 미야코의 집에서 조금 떨어진 곳에서 내린 이유가 무엇인지 비로소 생각났다.

'내가 집 앞에서 내리지 않고 왜 여기에서 내렸을까?'

천천히 걸으며 생각해보니 내가 한 잘못을 숨기고 싶은 마음에서 그랬다는 걸 알 수 있었다.

'내가 무슨 잘못을? 분명 늦어질 것 같으니 기다리지 말라는 연락도 했었고 무엇 때문에 늦어진다는 사실도 말하지 않았던가? 그런데 가슴에 남아 있는 미안한 마음은 무엇일까? 사랑은 나눈다고 했다. 그리고 부끄럽지 않아야 한다고 했다. 그런데 미안한 마음이 드는 건 왜일까? 뭔가 잘못했다는 말인가?'

나는 아무리 생각해도 알 수가 없어 때마침 불어오는 바람에 가슴을 펴면서 머리를 흔들었다. 매서운 바람이 불었다. 그러나 나는 시원하다는 느낌으로 두 팔을 하늘로 벌렸다. 또 다른 인연을 아무도 모르게 가슴 속에 담았다는 묘한 성취감이 들었다.

"뭐해요? 거기서?"

미야코의 목소리였다. 나는 벌린 팔을 내리며 목소리가 들리는 곳으로 시선을 던졌다. 계단 끝에서 코트를 걸친 미야코가 바들바들 떨면서 웃고 있었다.

"왔으면 어서 들어오지 않고 거기서 뭐하시는 거예요? 춥지도 않나?"

"안 잤어? 왜……."

"주인이 안 들어왔는데 어떻게 잡니까? 어서 들어가세요."

미야코는 살가운 미소를 지으며 나의 등을 밀었다. 옆에 착 안기는 미야코의 몸에서 편안한 냄새가 났다.

"첫손님과 아주 즐거운 만남이었던 모양이네. 자, 이리로 오세요. 피로를 풀어주는 맛있는 차를 끓여놨어요."

유키코는 평상시보다 더 편안한 목소리로 차를 따르며 말했다. 이상하게도 미안한 마음을 넘어 불안하기까지 했다.

"여덟 시에 출근 차가 오니까 한 시간은 쉴 수 있겠다. 잠깐이라도 쉬고 나가세요. 언니. 우리 피터 팬은 여간해서 피곤을 느끼지 않는 대단한 사람이기는 하지만…… 차를 마시고……."

그 다음에 미야코가 뭐라고 말을 계속했지만 나는 알아들을 수 없었다. 귓가에 황홀한 꿈속으로 떠나는 야상(a nocturne)열차의 환상곡이 들리는 것 같았다. 검은 구름 속을 헤엄쳐 나와 푸르고 푸른 하늘로 별을 따러가는 느낌이었다.

"일어나세요. 출근하셔야 합니다."

걱정스런 엄마의 목소리처럼 유키코는 나지막하지만 채근하듯 말했다. 나는 반사적으로 일어나서 옷을 갈아입고 밖으로 나갔다. 허둥거리며 나가는 나를 보고 미야코와 유키코는 묘한 웃음을 지었다. 나는 손잡이를 잡고 미야코를 쳐다봤다. 그러자 그녀는 실눈을 뜨면서 내게 다가왔다.

"무슨 말을 하고 싶은 게 있는 모양이지만 그냥 나가세요. 말하지 않아도 우린 다 아니까요. 아니 하지 않아도 될 말이라는 걸 잘 알아요. 굳이 하고 싶다면 여기 이 가슴속에 영원히 새겨두고 지금 느끼는 마음 그대로 실천하시면 되는 거예요. 자, 빨리 가세요."

나는 결국 아무 말도 못하고 기다리고 있는 출근 차에 오를 수밖에 없었다.

여린 햇살이 지펴오는 거리에는 알 수 없는 희망이 가득 찬 것 같았다. 지난밤의 기억을 더듬으며 미국에 처음 도착한 순간부터 지금까지 막힘없이 이어지는 생각은 그저 신기하다는 것뿐이었다. 생각하고 또 생각해봐도 내가 분명 걸어온 길이건만 나 아닌 다른 사람이 걸어온 것 같았다. 나와는 아무런 상관이 없는 남의 인생을 내가 들여다보는 것만 같았다.

"어서 와. 어때? 하루 근무해보니⋯⋯."

지배인 윌슨은 커피를 건네주며 상냥하게 물었다.

"아주 좋습니다."

"그래? 그렇다면 다행이군. 사장님이 특별히 잘할 거라고는 했지만⋯⋯. 기대가 커⋯⋯. 아, 그리고 교육실은 새해쯤 준비가 될 테니 그렇게 알고⋯⋯. 이것 봐, 젊은 친구. 사람이 사는 건 항상 그런 거야. 자신이 모르는 미지의 세계, 즉 다가오는 시간은 항상 우리를 긴장하게 만들지. 그러나 우리는 다가오는 것이 어떤 것이든 내가 갈 수 있는 길, 갈 수 없는 길, 그리고 가보고 싶은 길, 가기 싫은 길 어느 쪽이든 우리는 가야만 해. 그걸 선택하는 건 바로 자신이야. 내가 책임질 수 있는 길을 가는 것이 누가 뭐라 해도 가장 행복한 길인 거야. 사람들은 항상 자신이 걸어온 길보다는 가보지 않았던 길에 대해 연민(compassion)을 느끼지. 더불어 살아온 사람들 탓이라는 원망을 하기도 하지. 어리석은 거야. 사람은 자신이 걸어온 길을 책임질 줄 알아야 해. 모두가 내 운명이고 내 인생이라고 나를 꾸짖거나 칭찬해야 하는 거지. 불행과 행복은 그 누가 아닌 나 자신이 선택하는 것이니 더욱 그런 거야. 이렇게 만난 우리의 인연도 선택하지 않은 것 같지만 우리가 선택한 길인 거야. 그 길에서 우리는 만났고 이렇게 이야기하고 있는 것이지. 내 말 알겠어?"

나는 코끝이 찡해오는 것을 느끼며 지배인 윌슨의 얼굴을 뚫어져라 쳐다봤다. 뜻하지 않은 고마운 말에 가슴마저 저려왔다.

"네. 잘 알겠습니다."

"인생은 아닌 것 같지만 의외로 진지하고 살아야 할 진귀한 가치가 있는 거야. 살다가 억울한 사연을 만났더라도 인생은 포기하지 말아야 할 존엄(dignity)한 그 무엇이 있는 거야. 지난날이 어려웠다는 것 잘 알아. 그렇지만 총알도 무서워하지 않았던 그 용기를 보면 인생의 가치를 아는 사람이라는 걸 알아. 인간의 기본적인 양식을 가진 아름다운 청년이라는 거지. 자, 오늘도 우리! 우리에게 찾아오는 손님에게 아름다운 친절을 펼치는, 그래서 우리가 아름다운 인생을 산다는 걸 보여줍시다."

윌슨은 때마침 들어오는 손님에게 나의 등을 밀면서 힘주어 말했다. 나는 최선을 다해 친절을 베풀자는 사명감으로 들어오는 손님에게 다가갔다.

"좋은 날씨는 아니지만 기분 좋은 시간이 되셨으면 합니다."

"오, 그래요?"

"네. 아마 조금만 연습하셔도 기분이 좋아질 겁니다. 여긴 운동을 하는 곳이기도 하지만 기분이 좋지 않은 분에게는 기분을 풀리게 하고, 기분이 좋은 분에게는 더 좋게 하는 곳입니다."

"아, 그래요. 그런 것 같군요. 인사도 색다르고 상큼한 웃음을 보니 정말 기분이 좋아졌어요. 이름이 뭐죠?"

"네. 비 제이라고 합니다. 다른 이름으로는……."

"알아요. 들었어요. 장 발장……."

"저는 처음 뵙는데……."

"여기 소문은 정말 빨라요. 그러잖아도 매니저가 속을 썩여 기분이 좋지 않았는데……. 정말 기분이 좋아졌어요. 메기라고 해요. 오늘 만나서 너무 기분이 좋아요."

"남은 시간도 그러시길 빕니다. 자, 이리로……."

안으로 안내하는 내게 손님을 안내하고 나오던 로리가 엄지손가락을 펴면서 싱긋이 웃었다.

하루 일과가 끝나가는 네 시쯤 출입구에 있는 전화가 울렸다. 같은 조의 로리가 자를 비워서 내가 어렵사리 전화를 받았다. 베라의 목소리가 청량하게(being clear cool) 들렸다.

"인사도 없이 그렇게 가면 어떻게 해? 그건……."

"너무 깊이 잠든 것 같아서……."

"알아. 나를 샤워도 시켜주고 부드럽게 닦아주고……. 아, 정말 환상적인 신사의 매너였어. 항상 그러고 싶을 정도로……. 하지만 나는 지금 파리로 가. 거기서 그이를 만나 크리스마스 휴가를 보내고 새해가 되면 올 거야. 그러니 그동안 잘 있어. 크리스마스와 새해 휴가 잘 보내고……."

"네."

"우리 인사 하자. 정다운 마음과 꿈같은 기억이 가득할 때 미리 인사 하자. 메리 크리스마스……."

"메리 크리스마스……."

"어째 인사가 슬프다. 그렇지만 더 좋은 날을 맞이하기 위한 조금 슬픈 인사라고 생각하자. 나도 이렇게 가기 싫지만 그래도 가야만 하는 걸……. 나 이해하지?"

"그럼요. 이해하지요. 잘 다녀오십시오. 더 좋은 날을 맞이하기 위해 나누는 조금 슬픈 인사……. 참 좋은 말이네요."

"그래……. 잘 있어……. 그리고……."

베라는 무슨 말을 하려다가 그만 전화를 끊었다. 나는 아마도 베라가 하고 싶었던 말이 '아이 러브 유'일 것이라고 생각하니 목덜미가 따끔 하는 것 같았다. 나는 묘한 웃음이 나왔다. 혼자서 실실 웃는데 로리가 다가와서 물었다.

"뭐야? 혼자서 실실 웃는 건……. 이거 아무래도 뭐가 있는 것 같아. 말해, 뭐야? 어서 말하지 못해?"

나는 로리의 장난스런 손짓을 막으며 그냥 웃기만 했다. 이틀째 근무하는 사이지만 상당히 오랫동안 같이 일해온 듯한 친숙한 느낌이 들었다. 사람은 밥을 먹지만 기억도 먹으며 산다는 것을 느꼈다.

"찰리에게서 온 전화야."

미야코가 수화기를 건네주면서 상큼하게 웃었다. 언제나 그녀에게 풍기는 살가운(skin soft as silk) 냄새가 고향에 온 것 같은 착각을 불러일으켰다. 그녀는 수화기를 건네주면서 나의 엉덩이를 어린 아이에게 하듯 토닥이기까지 했다.

"찰리?"

"응, 나야."

찰리의 목소리는 매우 어두웠다. 나는 걱정스런 마음이 되어 빠르게 되물었다.

"무슨 일이야? 무슨 일이 있는 모양이구나."

"없어. 일은 무슨……. 단지 내일이 걱정이 되어서……."

"내일이 크리스마스이브(Christmas Eve)인데……. 형의 목소리를 이젠 들을 수가 없으니……. 항상 크리스마스이브에 형과 둘이서 교회에서 노래를 불렀는데 이젠 그럴 수 없다고 생각하니 마음이 좀 그래."

"그럼 우리 함께 지내자. 크리스마스와는 상관이 없는 사람이지만 네게 위로가 된다면 얼마든지 그럴 수 있어."

"그럴 수 있어?"

찰리는 어린아이처럼 즐거워했다. 나는 오래전 교회에서 크리스마스 준비를 하던 생각이 나서 싱긋 웃었다. 하나님이 뭔지도 모르고 다만 교회에 나가던 옆집 여자 아이가 좋아서 그냥 몇 번 다닌 적이 있던 그 시절의 기억이 새삼스러워 웃으며 대답했다.

"그럴 수 있고말고. 내가 미국이라는 나라에 처음 왔을 때 첫 잠자리를 제공해준 사람이 혼자서 지낼 크리스마스가 걱정스럽다고 하는데……."

"정말이야? 정말 교회에 같이 갈 수 있어?"

"그럼. 아마 미야코도 같이 갈 수 있을 거야."

"좋아. 어쩐지 네가 생각나서 전화한 건데……. 그럼 내일 봐."

찰리는 붕붕 날아가는 목소리로 말하고 전화를 끊었다. 나는 수화기를 내리고 찰리와 나눈 이야기를 미야코에게 했다. 미야코는 약간 곤란한 듯하다가 이내 고개를 끄덕이며 말했다.

"우리 피터 팬을 미국 땅에서 처음으로 맞이해준 사람인데……. 그 사람을 위로하는 것이니까 참 좋은 일이지. 우리가 그렇게 해주는 것이 당연해. 그건 운명이 만들어준 인연이니까 우리가 할 수 있다면 그렇게 해주는 것이 예의일 거야. 잘 했어요. 피터 팬……. 나도 교회와는 거리가 멀지만 그들이 보내는 크리스마스 전야제가 어떤 건지 궁금하기도 하니까……. 더군다나 우리 피터 팬과 같이 있을 수 있는 시간이니 내겐 축복이지 뭐."

미야코는 묘한 표정으로 웃으며 방으로 들어갔다. 나는 미야코의 표정에서 무언가를 느꼈지만 그저 조용히 커피를 마셨다.

창밖에는 함박눈이 내리고 있었다. 눈 내리는 하늘을 바라보니 고향집이 생각났지만 눈을 질끈 감으며 머리를 흔들고는 밖으로 나갔다.

'여기는 미국! 나를 버린 내 조국이 무엇 때문에 그리운 것인가? 가만, 내가 조국을 버렸는가? 아니면 조국이 나를 버렸는가?'

눈 내리는 하늘을 보며 생각해봤지만 잘 알 수가 없었다. 아련하게 떠오르는 기억의 저편에 그저 아픔만이 오롯이 자리하고 있었다.

외로운 영혼을 위한 제전(religious celebration)

1971년 12월 24일

가족끼리 시간을 보낸다며 모두가 서둘러 귀가를 한 헬스센터에는 적막감만 가득했다. 횅한 쓸쓸함이 가슴을 아리게 하는 것을 겨우 참으며 라커룸을 나오는데 윌슨이 다가왔다.

"크리스마스이븐데 같이 지낼……. 아, 나랑 같이 지내는 건 어때?"

"아닙니다. 같이 지낼 친구가 기다리고 있습니다."

"그래? 그렇다면 다행이네. 고향을 떠나서 객지에 있는 사람들은 이런 날이 정말 괴롭지. 하지만 인생을 살다 보면 그런 것쯤은 견뎌 내야 하지. 너무 가슴 아프게 생각하지 말게. 나도 그랬어. 그 아픔을 뛰어넘어야만 해. 아픔 그 너머에 우리를 기다리는 꿈이 있으니까……. 알았지? 오늘 같은 이런 날, 가슴을 열고 대할 수 있는 마음 편안 사람들이 있다는 것, 그건 참 소중한 일이야. 휴가 잘 보내게. 메리 크리스마스!"

윌슨은 시계를 보면서 밖으로 나갔다. 나는 또다시 밀려오는 쓸쓸함에 가슴을 싸안았다. 정신없이 바쁜 시간이 지나고 나면 이상하게 밀려오는 외로운 생각의 진원지가 어디인지 아무리 생각해봐도 잘 알 수 없었다. 허망한 생각인 줄 알면서도 주위를 둘러보지만 역시 이상한 별나라에 던져진 미아(missing child)라는 생각밖에는 들지 않았다.

이렇게 사는 것이 아니라는 걸 가슴이 말하고 있었지만 도리 없이 이렇게 살아갈 수밖에 없는 것이 현실이라고 또다시 머리가 말을 하는 것 같았다. 마지막 손님의 차가 입구로 빠져나가며 '고요한 밤 거룩한 밤'을 차창 밖으로 흩뿌렸다.

밤새워 영업을 하기로 한 미야코의 초밥 집엔 손님이 적었다. 한가해진 틈을 타서 유키코가 말했다.

"우리가 어딘가를 가려고 하니 사람들이 도움을 주나 보네. 자, 어서 끝내고 낯선 이방의 세계(a foreign country)로 출발해보자고. 모르긴 해도 무언가가 우리를 간절히 기다리고 있는 것 같아. 미야코, 우리 서두르자."

"그래, 언니. 손님이 없는 걸 보니 아마 우리 피터 팬을 사람들이 도와주는 것 같아. 외로운 영혼을 위한 진혼곡(a requiem)이라도 들을지 모르지."

나는 미야코의 말에 이마(the forehead)가 찌푸려졌다. 가슴속에 뜨거운 것이 올라오는 것을 느꼈지만 그것이 무언지 알 수 없었다.

나는 유키코가 운전하는 차에 오르며 생각했다. 누구를 위한 것인지는 알 수 없었다. 모두가 즐거움으로 넘치는 밤이지만 외로운 영혼들을 위한 진혼제(a service for repose of the deceased)의 밤일 거라는 생각이 들었다.

가족들이 기다리는 집으로 돌아가는 차들인지는 몰라도 조지워싱턴 브릿지는 무척이나 밀렸다. 이미 강 건너 마을이 되어버린 맨해튼은 찬란한 빛깔을 뽐내고 있었지만 잘 화장(a makeup)을 한 대단히 못생긴 미인(be ugly pretty girl) 같다는 생각이 들었다.

우리가 힘들게 뉴저지타운 후미진 구석에 자리 잡은 작은 교회에 도착했을 땐 이미 예배가 시작되어 있었고, 살집이 풍부한 강단 위의 목사가 기도로 예배를 인도(divine guidance)하고 있었다.

"사랑하는 하나님 아버지 감사합니다. 오늘 이 거룩한 성탄절을 맞이하여 외롭고 쓸쓸한 영혼들을 여기 한자리에 모이게 해주신 은혜를 진실로 감사드립니다. 사람은 이 세상에 태어나 살아가는 동안 외로움을 항상 가슴속에 간직하고 살아갑니다. 그 외로움을 피하기 위해 혹은 외로움과 싸우기 위해 살아가는 가운데에 가장 불쌍한 사람은 내게 준 하나님의 은혜를 모르고 살아간다는 겁니다. 하나님 아버지의 은혜를 받아 동정녀 마리아에게서 우리의 구세주가 태어나신 오늘밤……. 아버지 하나님! 우리가 주님을 찾지 않은 배은망덕을 용서하시고 오늘 이 자리에 참석한 외로운 영혼들의 간구(requesting earnestly)하는 목소리를 들어 주옵소서. 이 모든 것을 우리 주 예수님의 이름으로 기도 드립니다. 자, 그럼 지금 이 시간은 우리에게 항상 맑은 목소리로 잠자는 우리들의 영혼을 일깨워주는 찰리 존슨의 선창으로 '고요한 밤 거룩한 밤'을 찬송합시다. 그리고 지금 죽고 싶도록 외로운 마음을 갖고 있는 사람이 있다면 우리의 구세주인 예수 그리스도를 바라보며 진실로 사람답게 살기 위한 아름다운 마음으로 노래합시다."

목사가 선창을 하자 강단 옆으로 나온 찰리는 두 손을 모으고 기도하듯이 찬송(glorification)을 하기 시작했다. 찰리의 노래는 설명할 필요도 없는, 잠자는 영혼을 일깨우기에 충분한 테너의 깊고도 맑은 목소리였다.

그렇게 시작된 작은 교회의 예배는 내가 그동안 갖고 있던 교회에 대한 근엄하고도 장중한 인식을 완전히 바꾸게 했으며 숨 쉴 틈 없이 가슴을 벅차게 하는 한 편의 드라마를 보는 것같이 감동스러웠다.

"이렇게 낯선 곳까지 찾아와주신 세 분, 정말 감사합니다. 축복의 단비가 가슴 깊은 곳까지 스며들 것입니다. 함께 예배드려주신 그 마음에 더 없는 사랑을 베풀어주시길 기도하겠습니다."

목사는 너그러운 목소리로 말했다. 찰리도 감격의 눈물을 닦으며 말했다.

"오늘 이렇게 와줘서 너무 고마워. 우리는 정말 친구야."

"맞아요. 오늘 이렇게 참석해주신 그 마음이 바로 믿음이고, 그 믿음은 우리 모두를 평화로운 친구의 집에 모여살게 해줄 겁니다. 그리고 우리의 인생길을 보다 아름답고 행복하게 해줄 겁니다."

나는 아무 말도 못하고 목사와 찰리에게 목례를 하고는 먼저 계단을 내려간 두 여자에게 걸어갔다.

가슴에 넘치는 감동을 축복해주듯 굵은 눈송이가 탐스럽게 내리고 있었다.

강 건너의 찬란한 빛을 발하고 있는 맨해튼이 눈앞으로 다가와 있는 것 같아서 손을 내밀어 잡으면 금세 잡힐 것만 같았다.

눈은 더욱 내리고 아침으로 향하는 시간의 길목에서 갈 곳을 몰라 서 있는 사람들처럼 우리 세 사람은 말없이 맨해튼의 야경만 바라보고 있었다. 가슴 벅찬 감동을 받은 탓인지 세 사람 모두 제각기

다른 생각에 빠진 것 같았다.

"이건 꿈이야."

유키코가 먼저 입을 열었다. 그러자 미야코가 오그렸던 가슴을 풀면서 말했다.

"맞아. 꿈이야. 우리가 본 것은 이 세상의 광경이 아니고 하늘나라에서나 있을 수 있는 찬란한 드라마였어. 그렇지 않아요? 피터 팬?"

"나도 같은 생각이야. 아직도 그 감동이 가슴속에서 떠나질 않네. 더군다나 내가 아는 교회의 예배와는 완전히 달라서 충격적이었어. 말 그대로 외로운 영혼들이 모여서 서로의 가슴을 따듯하게 해주는 영광의 시간이었어. 오기를 정말 잘했어. 나는 그들이 빠른 템포로 찬송을 하고 혼신을 다해서 하던 손짓과 몸짓이 외로움에 대한 절규였다고 생각해. 너무도 처절한 외로움의 절규! 하지만 그 외로움을 빈틈없는 행복으로 승화시키는 어떤 절대적인 힘도 느꼈어. 그 어떤 절대 권력도 지배할 수 없는 장엄하고도 웅장한 위엄이 넘치는 시간이었어."

나는 시선을 돌려 미야코와 유키코를 번갈아보면서 말했다. 유키코가 반색을 하면서 말을 이었다.

"나는 지난해에 미야코랑 같이 본 오페라 '아이다'의 한 장면이 떠올랐어. 히브리 노예들의 합창이 들리는 듯했고…… 이상하게도 빠른 템포로 노래를 부르는데 왜 템포가 느린 히브리 노예들의 합창이 생각났을까?"

"오늘 1971년 12월 24일 밤에 우리가 한 경험은 아마 우리가 앞으로 걸어가는 길에 아름답고 찬란한 기억으로 오랫동안 새겨질 것 같아. 그렇지, 언니?"

"그래 맞아. 오늘 이 시간 우리가 함께했던 시간은 이다음에 생각해도 가슴 벅찬 감동으로 기억될 것 같아. 그렇죠, 피터 팬?"

나는 고개를 끄덕이며 미야코의 말을 되새겼다. 그리고 그녀를 한 손으로 잡고 남은 한손으로는 유키코를 잡았다. 나는 두 팔에 힘을

118

주어 그녀들을 잡아당겼다. 자매의 얼굴을 맞닿게 하고는 그 사이로 나의 얼굴을 밀어 넣었다. 그리고 두 여자에게 공평한 마음이 들도록 한 번의 키스를 했다. 순간적으로 놀란 세 얼굴이 약속이나 한 듯이 환하게 웃었다.

한참을 킥킥대고 웃다가 바라본 하늘에서 함박눈이 내리고 있었다. 나는 두 여자를 차 쪽으로 밀면서 말했다.

"사우스페리, 그 자리로 가고 싶어."

미야코는 말없이 고개를 끄덕이며 운전석에 올랐다.

슬픈 추억(a sad memory)을 찾아서 …

1971년 12월 25일

날씨는 흐렸지만 여명(the gray of the morning)이 밝아오고 있었다. 평상시라면 훨씬 빨리 올 수 있었지만 눈 내리는 길을 기다시피 운전하고 왔으니 유키코는 완전히 기진맥진(complete utter exhaustion)한 상태였다. 그냥 집으로 가자는 나의 권유에도 불구하고 가고 싶은 곳은 반드시 가야만 한다는 미야코의 고집은 유별났다. 유키코는 그런 미야코에게 내색(the facial expression of ones feelings)은 하지 않았지만 약간은 불만스런 표정을 짓기도 했다. 나에겐 그런 표정을 짓지 않았지만 나는 유키코의 그런 표정을 보면서도 모른 척했다.

차에서 먼저 내린 미야코가 눈밭이 되어버린 광장을 뛰었다.

"메리 크리스마스!"

"메리 크리스마스 피터 팬!"

미야코가 눈밭을 뛰어가면서 소리치자 유키코는 그런 미야코를 보면서 나에게 말했다. 고개를 돌린 유키코는 어느새 눈을 한 주먹 쥐고 나에게 던졌다.

"내가 축하를 보냈는데 대답도 안 하고……."

나는 뒤늦게 웃으며 도망가는 유키코에게 눈을 뭉쳐서 던졌다. 유키코가 미야코 쪽으로 뛰어가자 자연스럽게 2대1의 눈싸움이 되어버리고 말았다.

한바탕 눈싸움을 하는 도중에 내가 다리를 걸어 유키코를 넘어뜨렸다. 옆에서 눈을 던지던 미야코가 달려들어 나를 밀었다. 넘어지면서 미야코의 손목을 잡고 같이 넘어졌다. 세 사람은 눈밭 위를 이리저리 구르며 찬란한 축복 뒤에 찾아온 배가된 기쁨을 온 누리에 뿌렸다.

"까닭 없이 무엇을 도와주어야만 할 것 같은 애절한 마음이 들게 했던 사람이 오히려 우리를 이렇게 즐겁게 해주다니……."

미야코는 종이컵에 담긴 커피를 마시며 중얼거리듯 말했다. 옆에서 그런 미야코를 바라보던 유키코가 대답하듯 말했다.

"우리에게 준 하늘의 선물이야. 인연이라는 이름으로 내려준 선물, 아주 오래 전부터 우리에게 준비되었던 선물인 것이지."

나는 자유의 여신상을 바라보며 나 자신에게 말하듯 입을 열었다.

"만난 지 아주 오래된 것 같기도 하고, 아닌 것 같기도 하고……. 따져보면 서로에게 아는 것도 별로 없는 사람들인데 너무도 친숙하고 익숙한 사람들……. 이렇게 내게 잘해주시는 두 분께 어떻게 감사를 해야 할지……. 무엇 하나 약속할 수 없지만 이것 하나만은 약속할 수가 있어. 내게 베풀어준 그 아름답고 따뜻한 마음……. 가슴 깊이 새기고 살아갈 거라는 거, 그리고 할 수만 있다면 조금씩이라도 간절히 원하는 곳에 나누어줄 거야. 진실로 인간적인 사람들에게……."

유키코와 미야코는 흐뭇하게 웃었다. 살포시(stealthily) 비집고 나온 햇살이 두 여인의 얼굴을 더욱 환하게 해주었다. 크리스마스가 주는 의미, 교회의 의미를 잘 모르는 내가 믿음에 대한 거룩한 추종

(following)이 인간에게 어떤 의미를 주는지 조금은 알 것 같았다.

인간이 믿음을 가지고 산다는 것, 그것은 삶을 지탱하는 힘이고 살아가는 이유가 된다는 것을 알 수 있었다. 아무 말 하지 않아도 느껴지는 사람에 대한 감동! 그것도 내 눈앞에서 살아 움직이는 사람들로부터 느낀 공경의 마음은 오래도록 내 가슴에 남아 있을 것 같았다. 슬픈 추억을 안고 왔다가 너무도 기쁜 추억을 간직했다는 생각이 들었다. 슬픔을 진정 슬프게 느끼면 기쁨이 된다는 지혜(wisdom) 하나가 가슴에 새겨졌다.

나도 모르게 지나간 세월, 남겨진 흔적

1971년 12월 31일

많은 사람들이 고향과 가족들이 모여 있는 곳으로 떠나간 맨해튼의 거리는 조금은 한가하게 느껴졌다. 그러나 고향의 의미나 가족의 의미를 상실한 사람들이거나 아니면 크리스마스의 의미를 나름대로 되새기려는 사람들이 꾸역꾸역 모여든 타임스퀘어 광장은 차고 넘치고 있었다. 다만 오피스 건물이 모여 있는 거리는 한산하다 못해 적막하기까지 했다.

나는 크리스마스의 휴일을 보내고 나서 로리와 한 약속대로 근무를 계속했다. 서비스 업종의 특성상 남들이 놀 때 더 바쁜 직업(the struggle for job)상의 묵계가 있다는 걸 몰랐던 나는 급료를 받을 때 깜짝 놀랐다. 평상시 임금의 두 배에 가까운 급료를 받고 보니 너무도 신이 났다. 나는 로리에게 선물을 주겠다는 말을 하고는 미야코의 초밥 집으로 갔다.

"자, 이제 선물을 줘야지."

로리는 미야코와 유키코의 인사보다는 내가 주겠다는 선물이 더 궁금했던 모양이었다. 나는 빙그레 웃으며 미야코에게 미리 준비시킨 초밥을 가져오게 했다.

"뉴욕 어시장에서 제일로 싱싱한 생선으로 만든 스시(초밥)야. 이것이 첫 번째 선물이고, 그리고 이건 두 번째 선물이야."

나는 주머니에서 꺼낸 봉투를 내밀었다. 내가 아는 영어를 집합해서 만든 시 한 편이었다. 그것을 펼쳐든 로리는 읽어 내려가면서 점점 놀라는 표정이었다.

꿈을 찾아서

나는 몰랐네. 어디가 어디인지
나는 정말 몰랐네. 내가 서 있는 곳이
찬란한 햇살(sunlight)이 너무 아름다워
내 눈엔 왠지 모르게 뜨거운 것 같더니
눈물이 흘러내린 것도 모르고
까닭 모를 기쁨으로 바라본 거기!

아! 거기는 자유의 여신상이 서 있었네.
자유가 무엇인지 그것도 몰랐고
의무와 권리가 무엇인지 아무것도 몰랐던 내게
자유의 여신상은 말없이 말해주었네.
내가 몰랐던 나 자신의 꿈
나도 모르게 잃어버린 나의 꿈
그것을 찾으라고
너의 인생을 살면서 열심히 살면서
진정한 너를 찾아가는 꿈을 찾아보라고
축복이 넘치는 자유 속에서
네게서 떠나간 꿈을
너도 몰랐던 너의 꿈을 찾아서

아름답게 인간답게 살라고…….

로리는 손을 파르르 떨면서 나를 쳐다보았다. 나는 어색하게 웃으며 말했다.

"왜, 마음에 안 들어?"

"아니……."

"그런데 왜……."

"너무 놀라워서……. 고마워 친구야! 너무 좋은 선물이야."

"그게 노래가 될지 모르겠지만 내가 줄 수 있는 선물이야. 나를 친구로 대해준 고마움의 선물이야."

"고마워. 이미 노래가 될 것 같아. 읽으면서 멜로디가 떠올랐거든. 빠른 시간 안에 노래를 만들어서 너에게 들려줄게."

옆에 있던 미야코가 탄복한 표정으로 끼어들면서 말했다.

"언제 이런 걸 썼지? 미국에 온 지 얼마나 되었다고……. 아닌 게 아니라 우리 피터 팬은 천재(a genius)인 것 같아. 영어도 너무 잘 구사하고 미국에 온 지 5년이 넘은 우리보다 더 고급 영어를 구사할 줄 알고……. 더군다나 이런 시까지 누구의 도움도 없이 만들어 내다니……."

"맞아요. 나도 비 제이가 사용하는 영어발음이 조금은 이상했지만 하루가 다르게 사용하는 말투가 미국인을 닮아가는 게 신기하기만 했어요. 정말 천재가 맞는 것 같아요."

로리는 손뼉까지 치면서 온몸으로 미야코의 말에 동의를 했다. 나는 쑥스러운 표정으로 고개를 숙이며 생각했다. 나 자신이 생각해도 미국인들을 따라하는 적응력이 신기할 정도로 대단하다는 생각이 들었다. 말없이 고개를 드는데 로리가 일어났다.

"고마워. 오늘 내게 준 두 가지 선물, 잊지 않을게. 이제 곧 새해가 되겠지. 우리 더 좋은 친구가 되자. 안녕 친구야."

로리는 날아갈 듯이 사뿐하게 밖으로 나갔다. 주방에서 나오던 유키코가 피곤을 떨어내듯이 말했다.

"우리도 새해를 맞으러 나가야지. 안 그래, 미야코?"

"그래, 언니. 어서 나가서 다가오는 새해에 우리 피터 팬이 잃어버린 그림자를 찾아가는 데 우리가 힘이 되어달라고 간절하게 빌어야지."

나는 빙긋이 웃으며 빠른 손길로 가게 문을 닫는 미야코의 일을 거들었다.

타임스퀘어 광장에는 이미 사람들로 넘쳐나고 있었다. 교통이 통제된 거리를 가득 메운 사람들의 모습은 과연 뉴욕이 인종 전시장이라는 말이 실감이 날 정도였다. 미국에서 처음으로 찾아와본 장소, 밀려오는 감회(deep emotion)가 새로웠다. 현란한 불빛을 바라보며 나도 모르게 어디론가 붕붕 떠가는 느낌을 지울 수 없었다.

항상 나 혼자뿐이라고 생각했던 시간들이 부끄러울 정도로 사람들은 만나는 사람들마다 웃는 얼굴로 "해피 뉴 이어!"를 외쳤다.

제각각 다른 사연을 가지고 있지만 누구도 자신의 가슴을 내보이려 하지 않았던 사람들이, 아니 자신에게 주어진 일로 인해 남에게 시선을 돌릴 여가(leisure) 자체가 없었던 사람들이 오늘만큼은 가슴을 열고 그저 기쁜 마음으로 묵은해를 보내려 하고 있었다.

광장을 가득 메운 사람들의 열기는 금방이라도 뭔가 터질 것 같은 분위기였다. 양손에 미야코와 유키코의 손을 잡고 우리를 기다리는 무엇이라도 있는 것처럼 군중 속을 헤쳐 나가는데 사람들이 다함께 소리를 질렀다.

"텐, 나인, 에잇, 세븐… 원! 해피 뉴 이어!!"

꼭 지진이 터진 것처럼 광장은 진동을 했다.

"해피 뉴 이어! 미야코……. 해피 뉴 이어! 유키코……."

"해피 뉴 이어 피터 팬……. 잃어버린 그림자를 빨리 찾기를……."

"그리고 내가 물인지 아니면 미야코가 징검다리의 돌멩이인지 모

124

르겠지만 험한 세상으로 나가기 전에 잠시라도 머무는 편안한 여울이 되기를……."

"그래서 우리가 누가 봐도 아름다운, 사람의 가슴을 넉넉하고 따듯하게 만드는 내 고향집의 그 아름다운 풍경이기를……."

"우리 더 잘해야지요? 피터 팬……."

나는 대답 대신 며칠 전에 한 것처럼 두 여자를 당겨서 키스를 했다. 조금도 어색하지 않은 달콤하고도 축복이 넘치는 키스였다.

아프고 쓰라리지만 전설은 아름답다

1972년 1월 1일

켜놓은 촛불은 아로마 향내(a fragrance)를 내면서 잘 타고 있었다. 시계는 세 시를 지나고 있었다. 일본으로 전화를 하는 두 여자의 목소리는 풀잎에 이슬이 굴러가는 것처럼 듣기에도 좋았다. 애교스럽지만 그러나 예의바르게 주고받는 모습을 보니 일본말을 알아들을 수는 없지만 내용은 잘 알 수 있을 것 같았다.

"미안해요. 너무 오랜만이라……."

유키코는 정색을 하며 전형적인 일본식으로 내게 사과를 했다. 나는 어설프게 웃으며 밖으로 나갔다. 들고 나간 커피를 한 모금 마시고 하늘을 쳐다보았다. 눈이 내리는 하늘에서 아버지의 얼굴이 보였다. 항상 생각하는 얼굴이었지만 오늘따라 더 미안한 표정을 짓고 계셨다. 언제부터인가 나에게 미안해하시던 아버지의 얼굴, 나는 추위도 잊고 마냥 그리운 아버지를 쳐다보았다.

"아무리 겨울을 사랑하는 사람이라도 마음이 추울 땐 추울 거야."

따뜻한 파커를 들고 나온 미야코는 속삭이듯 말하고 내게 옷을 걸쳐주었다. 그러고는 다소곳이 말했다.

"언제나 가족 걱정에 사는 사람, 특히 아버지라면 끔찍할 정도로 못 잊어하는 사람에게 부모님 생각을 하게 해서 미안해."

"내가 아버지를 끔찍하게 생각하고 있는지를 어떻게……."

"알아. 피터 팬의 표정엔 항상 아버지에 대한 그리움이 그려져 있어. 다른 사람은 몰라도 나는 알아."

"맞아, 난 그래. 물론 자식이니까 그렇지만 내 가슴속엔 아버지가 늘 계시는 것 같아."

"난 아버지를 모르고 자라서 그런지 항상 아버지가 그리웠어, 그러면서도 무척 미웠어."

"미워?"

"응. 그렇게 미울 수가 없었어. 보고 싶은 아버지를 마음껏 볼 수 없다는 사실을 엄마에게 들은 것이 다섯 살 때일 거야. 보고 싶어도 우리 세 모녀는 아버지가 찾을 때까지 찾아서도 안 되고 더군다나 생각해서도 안 된다고 했어. 나는 울면서 물었지. 세상에 그런 아버지가 어디 있냐고……. 엄마는 그때 게이샤였던 자신의 신분(ones social position)을 이야기하며 아버지가 같이 살지는 않지만 좋은 분이라고, 우리를 너무 사랑하고 있다고, 어쩔 수 없이 이렇게 살고 있지만 정말 좋으신 분이라고 말씀하셨어. 아버지는 우리가 아프면 우리보다 더 아파하실 분이고 우리가 행복해지길 진정으로 바라는 분이라고……. 난 믿지 않을 수 없었어. 엄마는 우리에게 항상 진실만 이야기해주셨거든. 참 이상했어. 그렇게 가슴 아픈 사연을 안고 사는데 무정하게도 세월은 흘러가더라고……. 아버지가 할아버지가 정해준 마음에도 없는 결혼을 해야만 했던 거부할 수 없는 운명……. 그렇게 생각하니 아버지가 참 불쌍하다는 생각을 하게 되었어. 운명은 그렇게 사람을, 전혀 다른 인생을 만드는 거지. 우리가 미국으로 온 것은 최소한 여자라는 존재를 그저 남자의 부속품으로 여기는 그런 곳이 아닌, 주어진 본능(instinct)에 따라 자신의 운명을 선택할 수 있는 곳이기 때문이었지."

"그랬구나."

나는 힘없이 고개를 끄덕이며 다시 하늘을 쳐다보았다. 아버지는 여전히 하늘에 계셨다. 그러나 표정이 밝아 보이는 게 이상해서 머리를 흔들고는 다시 쳐다봤다. 빙그레 미소까지 짓는 아버지의 표정은 정말 편안해보였다.

"나 추운데 들어가면 안 돼?"

"그래, 들어가자."

"나 안고 들어가 주면 더 고마울 텐데……"

나는 대답대신 웃으며 미야코를 안고 집안으로 들어갔다. 유키코는 자는지 거실에 없었다. 미야코는 두리번거리는 내게 안긴 채 내 귀에다 속삭였다.

"언니는 피곤하다며 먼저 잔다고 했어. 언니와 내가 다 같지만 틀린 게 하나 있어. 언니는 잠을 못 자면 어지럽지만 나는 며칠을 안 자도 괜찮다는 거."

나는 웃으며 미야코를 안은 채로 소파에 앉았다. 그러고는 가벼운 키스를 보냈다. 키스를 하는 나 자신이 의외로 세련되었다는 생각이 들어 대견하다(be sufficient)는 생각이 들었다.

"이렇게 행복하다니……. 난 너무 행복해. 삶이 힘들더라도 나는 꼭 이겨내고 말 거야."

"그래. 그런데 이 커피 잔 좀 내릴 수 있게 해줄래?"

내가 오른손에 들고 있는 커피 잔을 보며 말하자 미야코는 반사적으로 내 품에서 일어났다. 너무 빠르게 일어나다 보니 그 반동으로 남아 있는 커피가 내 얼굴과 옷에 쏟아졌다. 미야코는 깜짝 놀랐지만 이내 웃음을 터뜨렸다. 나도 따라서 웃을 수밖에 없었다.

촛불은 여전히 타고 있었다. 나는 커피가 쏟아진 옷을 갈아입고 다시 거실로 나왔다. 미야코는 타오르는 촛불을 바라보며 옆자리에 앉으라는 손짓을 했다. 미야코는 사랑이 가득 담긴 눈길로 나를 쳐다보다가 내 머리를 쓰다듬었다.

"아직도 가슴엔 서늘한 바람(a cool breeze)이 불고 있구나. 언제쯤 그 바람이 가라앉을까? 우리가 이렇게 사랑을 주는데도……."

내 마음을 읽고 있는 미야코는 안타까운 표정을 지으며 그러지 말라는 투로 고개를 가로저었다. 나는 짧은 미소를 보내며 가슴을 폈다. 미야코는 내 가슴에 입술을 모아 꽁꽁 언 손을 녹이듯이 호호 소리를 내며 불었다. 자연스럽게 미야코의 머리가 내 턱 밑에 와 있었다.

"궁금한 것이 있어."

"어떤?"

미야코는 약간 놀라는 표정으로 나를 올려다봤다.

"미야코의 몸에서 나는 이 냄새, 난 이 냄새가 너무 좋아. 이 냄새를 맡으면 마음이 편안해지고 신비한 철학(mystic philosophy)이 담긴 아름다운 음악소리를 듣는 것 같아. 고향에 돌아온 것만 같고……. 산과 바다 그리고 들판, 너무 그리운 곳……."

"이 향수가 우리 피터 팬에게 그런 기쁨을 주는지 몰랐네. 엄마가 이제는 숙녀라고 하시며 내 나이 열여섯 살 때 사주신 건데……. 시세이도 화장품 회사의 제품인데, 이름이 뭐더라. 아, 그러지 말고 우리가 지으면 되겠다. 그리운 고향 생각이 나게 하는 향수, 어때요?"

"좋은데? 아주 좋은 이름이야."

"우리 시세이도 화장품 회사에다 보낼까요? 어쩌면 채택될지도 모르잖아요. 호호."

나는 대답하지 않고 다시 한 번 향수 냄새를 깊게 마시면서 미야코의 사랑스런 얼굴에 가벼운 키스를 했다.

"정말 고향에 계신 아버지, 그리고 여동생들이 보고 싶네."

미야코는 코끝이 찡해오는 내 얼굴을 만지며 안타까운 표정을 지었다. 나는 내 마음을 알아주는 미야코의 마음이 너무 고마워서 눈자위가 뜨거웠지만 웃으며 미소를 지으며 껴안았다. 내 등을 다독여주는 미야코의 손길이 더욱 아버지를 그립게 했다.

"내가 처음으로 아버지에게 미안하다는 말을 들은 것은 고등학교를 입학할 때였어. 그리고 마지막으로 들은 것은 지금부터 5개월 아니 6개월 전이었지. 그냥 길을 가다가 불심검문(police questioning)에 걸려서 어딘가에 잡혀 들어갔을 때……. 아버지는 어떻게 찾아오셨는지 나를 찾아오셨어. 수갑을 차고 포승줄에 묶이고……. 그런 나를 아버지는 차마 쳐다보지도 못하셨어. 결국 아무런 혐의도 찾을 수 없는 나를 엄중한 경고를 하면서 내보내준 그날 새벽……. 어두운 골목에서 나를 돌려받은 아버지는 고문(torture)으로 정신이 가물가물한 나를 껴안으시며 뼛속에서 나오는 신음(a groan) 같은 목소리로 말씀하셨어. 미안하다, 정말 미안하다. 지은 죄도 없이……. 시도 때도 없이 잡혀가서 이렇게 얻어터지게 된 억울한 인생……. 너무너무 미안하다고 하시며 그렇게 가슴을 찢어내듯이 우시더라고……. 나는 정신이 가물거리는 가운데서도 아버지, 미안해하실 것 없습니다. 모함(a plot to do injury)에 의한 죄인(a transgressor)이기 때문에 아버지도 어쩔 수 없는 거라고……. 아버지는 그래도 미안하다고 하시더군. 아들에게 미안한 아버지……. 일본이라는 나라가 무엇 때문에 남의 나라를 침략했는지 그것이 억울하고 분해서 일본을 알아보시겠다면서 일본으로 떠나신 할아버지, 또 그 할아버지를 찾아서 일본으로 떠나신 아버지……. 세월이 흘러 아버지가 집으로 돌아오셨을 땐 할아버지는 중국에서 나라를 찾기 위해 활동하시다가 나라를 찾는데도 편이 갈라진 사람들을 보고 절망을 하시고 돌아와 계셨다더군. 아버지도 마찬가지로 징용자(draftees)로 중국 어느 일본군에 배속이 되어 근무하시다가 탈출하여 찾아간 광복군 훈련소, 거기서도 이런 식으로 나라를 찾아야 한다, 저런 식으로 나라를 찾아야 한다……. 아버지는 결국 할아버지와 같은 절망감으로 고향에 돌아오고 말았대. 그리고 일본이 망하고 독립이 된 뒤에도 의견이 달랐던 이데올로기 싸움은 동족(brethren)간의 전쟁을 일으키고 말았지. 시작이 그랬듯이 전쟁이 끝난 것도 우리의 의지와 상관없이 강대국의 의사에 따라 휴전이 되었고……. 내가 너무 진부 (staleness)한 이야기를 하고 있지?"

"아니, 내가 좋아하는 사람의 나라, 그 역사를 듣는 것 같아서……. 가슴도 아프고 또 그렇게 가슴 아픈 사람을 내가 달래주어야만 할 것 같아서……. 계속해봐요. 정말 피터 팬의 실체(substance)를 보는 것 같아."

"어디까지 했지?"

"휴전, 전쟁이 휴전이 되었다는……."

"아, 맞아. 그랬구나. 그렇게 세워진 나라는 당연히 혼란스러울 수밖에……. 기득권 싸움의 연속이었지. 어찌어찌해서 잡은 정권 (political)은 나라의 정체(the real form)성을 찾을 수 없었고 끝없는 혼란은 급기야 잡은 정권을 놓치지 않기 위해 부정을 저지르고 말았지. 그 부정 선거를 규탄하고 이래서는 안 된다며 분연히 들고 일어난 그 시작이 내가 졸업한 고등학교야. 때마침 청운의 꿈을 안고 내가 졸업한 마산상고를 입학한 김주열이라는 학생이 공부를 하려고 초를 사러 나갔다가 통행금지에 걸려……. 그땐 통행금지라는 제도가 있었어. 이유도 없이 잡혀갔는데 부정 선거가 있었던 그 다음날 마산이라는 도시의 부둣가에서 눈에 최루탄이 박힌 채 시체로 떠올랐지. 그것이 정부의 지시로 부정을 저지른 무리들의 소행이었다는 사실이 알려지면서 분노한 학생들은 들고 일어났고 급기야는 전국으로 확대되어 4·19라는 혁명을 만들었지. 학생들이 피의 대가로 얻어낸 민주주의의 찬란한 금자탑이었어. 아마 그런 사례가 전세계 어디에서도 찾을 수 없을 거야. 학생들이 만들어낸 민주주의의 승리……. 내 위의 형은 그 데모대에 나갔다가 누군가가 던진 돌멩이에 맞아 고통을 견디다 못해 자살을 하고 말았어. 그 형이 죽기 전에 내게 하던 말이 생각나. 아버지 말씀 잘 듣고 공부 같은 건 잘하려고 하지 말고 무슨 일이든 참는 버릇을 기르라고……."

"형이 있었어요?"

"내겐 절대적인 신앙 같은 형이었지. 할아버지, 아버지, 형 그리고 나로 이어지는 우리의 가족사는, 대물림되는 가족사는 그저 암담하고 슬프기만 한 역사야. 내가 어떻게 하다 이곳 미국까지 왔는지, 그리고 조국을 일본으로 둔 여자를 만나서 이렇게 행복한 생활을 하고 있는지…… 더군다나 말없이 인생을 배우고 여자를 배우고…… 무엇보다 인간의 아름다운 인연을 알게 되고…… 그저 고마운 두 여자, 두 여자지만 한 사람처럼 생각되는 까닭은 또 뭔지. 아버지가 자신의 아들이 일본 여자의 집에서 이렇게 인간에 대해 고마워하면서 잘 지내고 있다면 뭐라고 하실까?"

미야코는 말없이 눈만 깜박거리다가 나를 똑바로 쳐다보면서 말했다.

"운명이에요. 우리들의 인생에 있어서 도저히 피할 수 없는…… 운명으로 비롯된 아름다운 인연, 이유 없이 좋은 감정이 드는 것, 그런 사람들끼리 만나서 진실로 인간다운 삶을 만들어가는 과정…… 그냥 좋은 것……. 그보다 더 좋은 표현이 있을까요?"

미야코는 소파에서 일어나 나를 방으로 이끌었다. 그러고는 순식간에 내 가슴을 열어젖혔다. 도저히 거부할 수 없는 미야코의 손길, 한없이 슬프던 방금 전의 기억은 까맣게 잊어버리고 가슴에서 샘솟는 본능이 시키는 대로만 했다.

향긋한 목덜미에서 고향의 향내를 탐닉하다가 아담한 입술에서 당겨지는 힘에 나는 깜짝 놀랐다. 미야코의 입술은 내 몸속에 들어 있는 남자의 동물적인 본능을 극렬(severity)하게 뽑아내는 마력이 있었다. 미야코는 두 손으로 내 머리를 쓰다듬으며 속삭였다.

"아, 좋아. 오늘은 내 온몸이 당신의 몸속으로 빨려 들어가는 것 같아. 아, 내가 누군지도 모르겠어. 이제 시작인데 내 몸은 이미 젖었어. 우리가 신화를 이야기하고, 그리고 신화 속에 숨어 있는 아름다운 이야기를 하는 건 우리의 이런 몸짓이 아름답기 때문이 아닐까요? 사람이 세상에 태어나서 살아가는 동안 본능에 부끄러움 없이 충실하다는 건 정말 축복받았다고 할 수 있어요. 이렇게 알몸이 되어 스스로에게 치부라고 생각하는 부분을 사랑스럽게 탐닉할 수 있는 우리는 서로에게 축복받은 거룩한 존재인 거예요. 우리에게만 베풀어졌기에 가능한 이 순간을…… 손길이 닿고 입술이 닿을 때마다 느껴지는 이 황홀한 느낌…… 아! 좋아. 좋다는 표현 외에 다른 말이 생각나지 않네요. 아, 정말 좋아요. 자, 이제 누워 보세요. 지금부터는 내가 받은 것을 되돌려 드릴게요."

미야코는 나를 침대에 눕게 했고 미끈거리는 액체가 배꼽 근처에서 묘한 촉감을 주는 순간은 무아경(rapture)이 바로 이런 것이구나 하는 생각뿐이었다. 미야코는 터질 것 같은 나의 남성을 묘하게 조절해주면서 천국의 나라를 골고루 구경시켜주는 것 같았다. 인간이 아름답다는 것이 무엇인지, 그리고 인간의 진실이 무엇인지, 인간의 본질이란 무엇을 의미하는지에 대해서도 나름대로 터득되는 것 같았다.

영원히 잊을 수 없는 추억을 전신에 새겨 넣는 기쁨을 느끼는 순간에는 하늘의 계시처럼 떠오르는 말이 생각났다. '사랑에는 국경이 없다!' 언제부턴가 들은 적이 있는 그 말이 그렇게 실감날 수가 없었다.

"오늘은 힘들지 않게 하고 싶었는데…… 너무 좋다 보니 우리 피터 팬의 힘을 뽑아 먹어버렸네. 미안해서 어쩌지?"

나는 미야코의 말이 무엇을 뜻하는지도 모르고 그냥 미야코의 등을 부드럽게 다독거려주었다.

"인류가 생각하고 만들어낸 신화들 중에 아름답다고 생각하는 부분은 원래가 하나였던 남과 여가 하나가 되는 순간을 찾아가는 과정인 거예요. 그 과정에서 일단 가진 것에 대한 빼앗기지 않으려는 이기심이 나오고…… 그 중 으뜸이 성욕이라는 거예요. 그리고 경험해보려는 호기심…… 프로메테우스와 판도라, 아폴론과 다프네, 에로스와 프시케, 아테나와 니오베 그리고 메넬라오스와 헬레네에 이르기까지······. 인류가 만들어낸 기록 문화의 신화 속에서 찾을 수 있는 남자와 여자의 관계를 봐도 알 수 있어요. 내 것이라는 이기심······. 나만의 것이라는 욕망이 영원하지 못하다는 건 세월이 흘러야 알 수 있는 우둔한(stupidity) 우리 인간이기에······. 본능이 순수하다면 완전히 내 것이라고 우길 이유는 없다는 거지요. 할 수 있다면 다른 곳에 시선을 돌리지 않도록 서로 의논하면서 늘 새로운 것을 추구하는 의논을 해야 하는 거지요. 서로가 즐거울 수 있도록······. 그런 면에서 인간은 무궁무진한 능력을 가지고 있어요. 우리가 해본 것처럼 똑같은 사람이지만 새로운 느낌이 나게 하는 기술······. 우리가 진실로 배워야 할 것은 바로 그런 거예요. 이 미야코는 그렇게 생각합니다."

미야코는 말을 끝내면서 침대에서 일어났다. 그리곤 배시시 웃으며 옷을 입었다.

"내가 하는 말이 무슨 뜻인지 아시겠어요?"

나는 도저히 알아들을 수 없는 말이었지만 알아들은 것처럼 고개를 끄덕였다.

새로운 신화(a mythological story)를 위하여···

1972년 1월 4일

"아, 춥다! 추워!"

로리는 방정맞을 정도로 춥다고 소리쳤다. 나는 그런 로리를 보자 절로 웃음이 나왔다.

"헤이, 장 발장. 넌 안 추워?"

"그냥 약간······."

"너 이 날씨가 약간 춥다고 느껴지니? 넌 사람이냐, 짐승이냐?"

"춥긴, 이런 날씨가 얼마나 좋은 날씨인데······. 마음이 추운 사람들의 마음을 달래주는 것 같고……. 추워하는 사람들보다 한 계단 위에 있는 것 같고……."

"위에 있다니?"

"사람들이 춥다고 호들갑을 떨어대지만 나는 그 추운 것을 잘 견디고 있으니까 말이야."

"별……. 하긴 맞는 것 같긴 하네."

"언제부터인지 내 가슴은 모진 바람이 부는 언덕에 서 있는 겨울나무 같거든. 그러다가 사람들이 생명이 약동한다며 봄을 찬미하면 나는 어쩐지 배신감을 느껴. 계절이 나를 자꾸만 배신하는 것 같았어. 내 마음은 항상 차가운 겨울이니까……."

"그랬구나. 그런 마음이면 넌 언젠가 문학가(a literary)가 되겠다."

"문학가? 글쎄……."

"그래. 넌 언젠가 사람들의 심금을 울리는 아주 훌륭한 작가가 될 거야. 시인이든 소설가든 아니면 시나리오 작가든……. 아마 대단한 사람이 될 거야. 그건 내가 확신할 수 있어. 지금까지의 네 인생 자체가 한 편의 훌륭한 영화나 마찬가지니까. 몬테 크리스토프 백작이 그랬고, 사람들이 너의 닉네임으로 부르는 장 발장이 그랬던 것처럼 넌 네가 선택하지 않은 운명을 살아오면서도 불평하지 않고 열심히 사는 것을 보면 더욱 그래. 아! 나도 이 추위를 이겨야지. 오! 우리 헬스센터의 귀빈이 오시는구나."

로리는 수다를 떨다 말고 영국제 최고급 승용차에서 내리는 여자에게 빠르게 뛰어갔다. 여자는 한눈으로 봐도 우아함(a graceful) 그 자체였다. 추운 날씨마저도 싹 잊게 하는 천사 같은 모습이었다.

나는 정중하게 목례를 하면서 들어가는 그 여자의 뒷모습을 물끄러미 쳐다봤다. 스포티한 복장이었지만 따뜻한 봄날에 나들이를 나온 한 마리의 나비 같았다. 걸어가는 모습이 눈부시도록 아름다운 나비가 사뿐사뿐 춤을 추는 것 같았다.

로비에는 루시아의 아버지인 베네딕 사장이 나와서 정중하게 그녀를 맞이했다. 이미 사람들에게 둘러싸인 여자가 겸손한 자세로 인사를 받고 안으로 들어가는 모습은 격식 높은 황족의 영화 장면 같았다. 진정한 우아함이 어떤 것인지, 그리고 그 우아함을 받아주는 사려 깊은 행동이 어떤 것인지, 살아 있는 교범을 보는 것 같았다.

의식을 정지당한(banned by the authorities) 것처럼 멍하게 서 있는 내게 로리가 다가왔다.

"헤이, 장 발장. 뭐해? 정신 차려!"

로리는 무척이나 신이 났는지 그녀가 팁으로 준 돈을 세며 즐거워했다. 그는 그 돈을 주머니에 넣으려다가 내게 10달러짜리 한 장을 건네며 말했다.

"너 아까 그 여자가 누군지 알아?"

"글쎄……."

"아이구, 이런 바보! 그 숙녀를 모르다니……. 그 여자는 영화배우를 하시다가 왕비가 되신 분이야. 여긴 아주 가끔씩 오시는데 우리 윌슨 코치의 친절한 태도가 너무 마음을 들어서 미국에 오시면 꼭 여기를 들르곤 해. 아! 오늘은 아주 기분 좋은 날이다. 아니, 올해엔 아주 좋은 일이 생길 것 같아. 우리 오늘 저녁 아주 맛있는 피자 먹자. 내가 사줄게."

로리는 흥분을 감추지 못하고 계속 호들갑스러운 몸짓을 했다. 나는 그 우아한 여자의 모습보다는 너무도 신기해하는 로리가 더 신기하다는 생각을 하면서 먼 하늘을 쳐다보았다.

새롭게 만들어진 체력장(the physical charter)은 엄청나게 넓었다. 나는 그곳에 '코리아 무술(korea military arts)실'이라는 팻말을 달아달라고 한 뒤에 강습을 시작했다.

어릴 때 아버지로부터 배운 태껸과 유도를 혼합한 무술을 기본 기술부터 시작하니 직원들은 무척이나 즐거워하면서도 진지한 태도로 배웠다. 특히 태껸의 기본자세를 할 때 "이크! 에크!" 하는 구령과 함께 유연하면서도 강력한 파워를 내는 순간 동작을 일러주니 모두들 더욱 흥미롭게 강습에 임했다.

무술이란 적을 공격(an attack)하는 것보다 방어(defense)가 중요하고, 그리고 스스로를 다스리는 자세로 임해야 한다는 아버지의 말씀이 떠올라 내 인생의 스승이 누군지 확실히 알 수 있었다. 순간적으로 생각난 아버지 생각에 마음이 울적했는데 첫 강습을 마칠 때까지 지워지지 않았다. 그런 우울한 마음은 한 시간의 강습을 마칠 때 직원들이 박수를 쳐주자 그제야 가까스로 풀렸다.

인생에 대한 계시록(the Book of Revelation)

1972년 1월 7일

새해부터 시작한 일은 나를 그 일에만 몰두하게 했다. 다른 잡념(distracting thoughts)도 없이 일에 빠질 수 있는 시간의 연속은 가슴에 맺혀 있는 사연들을 잊어버리게 했다.

뼈에 사무치도록 억울한 사연을 잊게 하는 뉴욕의 생활은 미래에 대한 희망이나 과거에 대한 연민에 빠지지 않고 주어지는 현실에 충실하도록 만들었다. 어떻게 해가 뜨고 지는지 알 수 없을 정도로 빡빡한 하루의 일정은 아픈 과거를 잊게 하는 묘약(a specific)과 같았다.

개강을 한 '코리아 무술' 반은 며칠 사이에 인원이 너무 불어나서 넓은 교실이 좁을 지경이었다. 입소문으로 전해진 소식이 퍼져나간 탓인지 불어난 수강생이 100명이 넘자 베네딕 사장은 강습과목을 만들어서 정식으로 영업 편성을 했다. 자동적으로 안내원 노릇을 그만두게 된 날, 윌슨 코치는 나를 사무실로 불렀다.

"대단한 인기 선생님이 되셨어. 역시 넌 기회의 나라에 잘 어울리는 준비된 사람이야. 여기 온 것이 자신의 의지와 상관없다고 했지?

그건 아니야. 그동안은 이곳으로 오려는 준비 기간이었다고 생각해. 인생은 그런 거야. 자신이 가고 싶은 길을 가지 못했을 때 사람들은 억울하고 분하다고 하지. 그러나 그 길은 어쩌면 자신이 가지 말아야 할 길인지도 몰라. 미국은 그런 나라야. 자신이 가지고 있는 능력을 보여주기만 하면 기회를 주는 그런 나라야."

나는 고개를 끄덕이면서 나 자신에게 주어진 일들은 내가 감당할 수 있기에 주어지는 것이라는 생각을 했다. 윌슨은 내가 고개를 끄덕이자 다정한 친구 같은 목소리로 말을 이었다.

"몇 마디 말로 이 나라를 판단할 수는 없어. 그러나 미국은 그 몇 마디로 정의를 내릴 수 없는 대단한 나라라는 건 분명해. 내가 미국으로 온 지 15년, 우연히 만나게 된 프로 골퍼의 가방을 들어주면서 바뀐 내 인생…… 선택도 없이 주어진 운명이지만 지금 생각하면 그것이 미국으로 온 내 인생의 이유가 되어버렸어. 지금 이 순간 뒤돌아보면……. 세상은 그런 곳이야. 살려는 의지를 가지면 일을 주는 곳……. 그런 세상의 일부가 미국이고 진실로 살고 싶은 의지를 표명하면 아름다운 기회를 주는 곳이 지금 우리가 살고 있는 뉴욕이야. 아! 물론 나쁜 사람들도 많지. 하지만 나쁜 사람들보다는 인생을 아름답게 살려는 사람들이 더 많은 게 이곳이고, 그런 사람들에게 기회를 주는 곳이 미국이라는 나라야."

윌슨은 점잖은 목소리로 말했지만 내 귀에는 거룩한 천사가 날갯짓하는 듯한 장면이 연상되는 존엄하고 웅장한 신의 계시처럼 들렸다. 꼭 인간의 능력으로 범접할 수 없는 하늘나라의 인생계시록(apocalypse of life)을 듣는 것만 같았다. 인생은 어떤 경우에 처하더라도 죽지 않고 살아야 할 준엄한 가치가 있는 것이라는 뜻으로 받아들이고 있는데 윌슨이 내 어깨를 툭 치면서 말했다.

"골프를 배워 봐."

"네?"

"내가 너에게 코리아 무술을 배우니, 넌 나에게 골프를 배워보라고……. 나 아주 비싼 코치야. 내 말 알겠어?"

내 대답을 들어보지도 않고 윌슨은 밖으로 나가버렸다. 나는 몇 번 본 적이 있는 골프 스윙을 흉내 내면서 고개를 갸웃거렸다. 골프라는 게 내가 사는 데 무슨 소용이란 말인가? 하는 의구심이 들자 픽 웃음이 나왔다.

거부할 수 없는 인간적인 배려(consideration)

1972년 1월 11일

애니, 라우라, 제니……. 새로운 강습을 시작하고 난 뒤에 알게 된 여자들의 이름이다. 그냥 아는 게 아니라 사장의 잘 모시라는 엄명을 받고 알게 된 이름들이었다.

인기리에 진행되는 프로그램의 선생이므로 지도를 잘 부탁한다거나 아니면 너무 좋은 선생에게 새롭고도 유익한 프로그램을 지도받는다는 감사의 뜻과 함께 전해진 메시지, 그것은 내 선택에 의한 것이 아니었다. 그저 내게 주어진 일과일 뿐이었다.

모든 일정이 끝나 옷을 갈아입고 밖으로 나오면 대기하고 있던 친절한 운전기사가 알 듯 말 듯한 미소를 지으며 나를 차 안으로 밀어 넣는다. 예약된 식당으로 가면 정장으로 갈아 입혀지고 이태리식이나 프랑스식의 생전 처음 먹어보는 저녁식사를 하면서 고향이 어디냐? 그런 용기는 어디에서 비롯된 것이며 맞으면 죽게 될지도 모르는 총을 보고도 뛰어든 담력은 누구로부터 물려받은 것이냐? 라는 매번 똑같은 질문을 받는다. 그런 대화를 주고받다가 자리에서 일어설 때면 고혹적인 눈길을 보내는 여인들에게 매료당하여 나도 모르게 치솟아 오르는 남성적 본능을 억제하지 못한다.

숙녀들은 환상에 젖어 움직이지 않는다. 당신이 모든 것에 책임을 지는 신사인 줄 알고 있다. 신사는 숙녀를 끝까지 편하게 모셔야 하니 그렇게 해주지 않겠느냐? 라는 말로 꼼짝없이 포박하고 만다.

애니는 자신의 아파트로, 라우라는 최고급 호텔로, 제니는 엄청나게 큰 저택으로 날 이끌고 가 '오! 허니, 오! 베이비, 좋아! 너무 좋아!! 아! 아예 날 죽이는구나! 이 망할 놈이!!'라는 소리를 끝도 없이 해대며 밤을 지새운다.

그렇게 밤을 지새우고 새벽에 미야코의 집으로 들어가면 변함없이 포근한 얼굴로 나의 행동반경을 모두 다 알고 있지만 용서한다는 표정을 보아야 한다. 이건 내가 받았던 어떤 고문보다 더 심한 통증을 준다. 더군다나 밤새 얼마나 고생했느냐는 표정으로 옷을 벗기고 안마까지 해주며 잠들 때까지 하루는 미야코가, 그 다음날은 유키코가 수발을 들어주는 것은 총을 정통으로 맞아보진 않았지만 아마 그와 같은 고통일 거라는 생각을 하면서 고개를 든다.

브로드웨이 42번가 네거리,

나의 이런 복잡한 생각을 알 리가 없는 사람들은 변함없이 바쁜 걸음으로 어디론가 가고 또 오고 있었다. 지나가는 사람들이 시선을 마주치면 어떤 사람은 미소를 짓고 어떤 사람은 이맛살을 있는 대로 찡그리며 지나갔다. 아마도 간밤에, 아니면 요 근래 성생활이 원만치 않아서 그럴 거라는 생각을 하니 피식 웃음이 나왔다.

"뭐가 그렇게도 좋아?"

찰리는 그 하얀 이를 드러내며 손을 내밀었다. 나는 맛있는 음식을 혼자 먹다가 들킨 사람처럼 웃음을 삼키며 찰리의 손을 잡았다.

"아, 정말 신수가 훤하네. 어디 봐. 아니, 이건 엄청난 고급 시계 아냐? 그 사이에 이렇게 변한 걸 보니 역시 행운아구만! 그래 보기 좋다. 정말 보기 좋아."

찰리는 순진(innocence)한 심성이 그대로 드러나는 어린아이처럼 좋아했다. 나는 과장되어 보이는 찰리의 모습이 눈물겹도록 고마운 생각이 들었다. 나는 자기 일처럼 좋아해주는 찰리에게 무엇을 해주어야 하는지 잠깐 생각하면서 말을 하려는데 먼저 말을 꺼냈다.

"오늘은 무척 바쁜 날이지만 널 만나길 잘한 것 같아. 이렇게 널 만나고 나니 내 마음속에 있는 고민이 모두 사라지는 것 같아. 아, 오늘은 조금 춥기는 하지만 정말 기분 좋은 날이다. 친구를 만나서 이렇게 기분이 좋다는 건 정말 세상을 살맛나게 사는 거야. 안 그래?"

찰리는 가식 없는 표정으로 나를 바라보았다. 나는 고마운 마음에 할 말을 잃고 말았다. 찰리는 내 마음을 읽었는지 목소리를 낮추어서 말을 시작하려는데 이번에는 내가 가로채서 먼저 말을 했다.

"오늘은 내가 점심을 사고, 그리고 오늘 4시까지 가면 되니까 그때까지 네가 하자는 대로 할게."

"정말?"

"응. 오늘은 내가 너에게 모든 걸 봉사하는 날로 할게. 내가 할 수 있는 것이라면 모두 다 해준다구. 일단 점심시간이니까 점심부터 먹자. 뭘 먹을까? 여기서 멀지 않은 존스 피자리아로 갈까? 아니면 그 뒤에 있는 타임스퀘어 힐턴 호텔의 레스토랑으로 가서 기분 좀 내볼까?"

"너 오늘……."

"그래 널 위해서라면 뭐든지 하고 싶어. 나를 처음으로 사람 대접해준 친구……. 몸과 마음 모두 다 지친 나에게 자신의 잠자리를 내어주고 내가 살아갈 수 있도록 일자리까지 마련해준 친구인데 내가 뭘 못해주겠어. 사람은 자기에게 고맙게 해준 사람을 잊어서는 안 되는 거라고 했어."

"누가?"

"우리 아버지……. 아버지는 인간이 살면서 가장 중요한 것은 자신을 존재하게 해준 것들에게 고마움을 갖는 거라고 했어. 은혜를 잊지 않는 마음, 그것은 인간이 살아가는 데 필요한 가장 아름다운 덕(virtue)목(an item)이라고 말이야."

"그랬구나. 넌 정말 좋은 아버지를 두었구나. 그런데 난 내 아버지의 얼굴도 몰라."

찰리의 얼굴은 금방 어두워졌다. 나는 의도(an intention)없이 찰리에게 상처를 주었다는 생각에 미안한 생각이 들었다. 나의 그런 표정을 보자 찰리는 오히려 미안한지 다시 한 번 하얀 이를 드러내며 웃었다.

"운명이야. 나는 아버지 없이 살아야 할 운명이고, 넌 그런 좋은 아버지를 두고 살아가야 할 운명인 거야. 자, 가자고! 나 배 고파. 우리 피자 먹으러 가자."

나는 앞장서는 찰리를 따라서 걸었다. 덩치 큰 흑인을 뒤따라가는 동양인인 내 모습이 이상한지 지나가는 사람들이 힐끗거리며 쳐다봤다.

존스 피자는 생각보다 맛이 있었다. 야채에서 뿜어져 나오는 신선한 향기와 길게 늘어지는 치즈에서 나오는 냄새는 어릴 적부터 익숙한 '청국장'과 비슷해서 감치는 맛이었다.

"아주 큰일이야."

찰리는 피자를 먹으며 금방이라도 눈물을 쏟을 듯한 표정으로 말했다. 그 착한 얼굴에서 나오는 표정이 얼마나 절절한지 반사적으로 물었다.

"왜?"

"사람들의 이기심 때문에 이쪽저쪽 갈라져 싸우는 걸 보면……. 지구는 지금 인간이 만든 이데올로기 때문에 병들어가고 있잖아. 인류의 평화니 행복이니 하지만 하나같이 자신들이 가진 기득권을 버리지 않으려는 몸부림일 뿐이야. 이건 대단히 잘못된 거라구. 진정한 평화와 행복은 서로 헐뜯지 않고 가지고 있는 그대로 서로 인정해주면서……. 다시 말하면 나는 미국의 흑인, 너는 동양의 한국인, 이렇게 서로 가지고 있는 것들을 인정해주면서 서로에게 좋은 것을 배우고 익히면서 나란히 손을 잡으면, 아니 손을 잡지 않는다 해도 아, 그럴 수 있구나! 하고 인정해주면 얼마나 좋아? 동서로 나누어진 독일이 그렇고, 남북이 나누어진 너의 조국 한국이 그렇고 그리고 이제 독립을 시작하는 아프리카의 나라들…… 권력을 잡은 자는 지키려고 폭력과 무력이 동원되고……. 아, 이건 정말 인간들이 지구에게 못할 짓을 하는 거야."

찰리는 먹다 남은 피자 조각을 들고 흥분하고 있었지만 조리(logic)있고 확고한 신념(a firm faith)에서 나오는 그의 말은 나를 긴장시켰다. 나는 너무 놀라서 찰리의 얼굴을 빤히 쳐다봤다. 건들거리기나 하고 주어지는 생활에 잠시도 참지 못하고 불평을 해대는 사람인 줄 알았는데, 누구보다 분명한 인류애를 가진 사람이라는 걸 알고 나니 존경심마저 생겨났다.

"나는 사람들이 가지고 있는 욕심! 그 욕심을 조금씩만 버릴 줄 안다면 이 세상은 참 아름다워질 텐데 하고 생각해. 나는 사람들이 욕심을 버리는 것, 다시 말해서 서로가 가진 것을 조금씩 나누어주는 것에 내 인생을 바치려는 각오를 하고 있어. 내가 가지고 있는 목소리로 사람들의 가슴속에 숨어 있는 양심을 끄집어내게 하는 그런 노래를……. 조금 있다가 가보면 알겠지만 우린 지금 콘서트를 하려고 준비하고 있어. 그런데 큰일이야."

"뭐가 또 큰일인데?"

"무대장치를 하는 사람이 우리와 의견이 맞지 않아서 도망가 버렸어. 노래와 어울리는, 관객들이 보면 느낄 수 있는 평화로운 마을 같은 분위기만 나면 되는데……. 무대 위에서 그냥 노래만 부르면 설득력이 없거든."

"그래?"

"콘서트의 목적에 맞는 평화스런 분위기가 나야 하는데……."

"그렇구나."

나는 찰리의 말에 대답하면서 갑자기 봄 향기 가득했던 내 고향

뒷동산이 생각났다. 착시현상 같은 묘한 고향에 대한 영상이 그려지면서 앞서 나가는 찰리의 뒤를 따라갔다.

극장은 그렇게 넓은 것이 아니었다. 200석 규모의 공연장은 아담했다. 찰리는 공연장 안에 들어서자마자 기다리던 일행에게 가서 무언가를 열심히 이야기했다. 공연장 안은 무대에만 여린 불빛이 있을 뿐 깜깜했다. 나는 찰리가 들려준 '평화를 위한 콘서트'라는 제목을 생각하면서 무대를 바라보다가 가방 속에 있는 노트를 꺼내어 스케치를 해보았다.

실버들(a slender weep willow)이 늘어진 시냇가에 있던 작은 오두막집, 봄이 오면 불어오는 바람에 연둣빛 나뭇가지가 하늘거리고 냇가에 물장구치면서 뛰놀던 고향 마을을 생각나는 대로 그려보았다. 가지고 있던 색연필로 제법 색깔까지 입히면서 한참 그리고 있는데 어느새 찰리가 다가와 깜짝 놀라며 소리쳤다.

"우와! 너 이거!"

"될는지 모르겠지만 평화를 위한 콘서트에 유일하게 내가 해줄 수 있는 거야."

"너 정말 이런 재주도 있었어? 이런 거 언제 배웠지?"

"그냥 그려본 거야. 어릴 때 해본 연극 무대를 생각해보면서 저 무대에 이런 식으로 해보면 어떨까 싶어서……."

"처음 보는 풍경이지만 너무 마음이 편안해지네. 가만, 이러지 말고 우리 연출자에게 한번 보여주자. 헤이, 존!"

찰리는 존이라는 사람에게 달려가서 한참 동안 이야기를 하더니 싱글싱글 웃으며 내게로 다가왔다.

"이 그림 우리가 사용해도 되는 거지?"

"응. 평화를 위한 콘서트에 내가 주는 거라고 했잖아."

"고마워. 비 제이……. 자, 확인되었지요, 존?"

존은 내게 손을 내밀며 다정하게 말했다.

"처음 보는 풍경이지만 아주 마음이 평화로워. 우리가 추구하는 콘서트의 성격과 맞는 것 같아. 앞으로 우리 자주 만나서 이야기도 하고 같이 일도 좀 해보면 어떨까? 그리고 이건 이 그림에 대한 사례야. 공연이 시작되면 다시 정식 사례를 하겠지만 일단 오늘 이걸 계약금으로 생각해."

존은 주머니에서 100달러를 꺼내어 내게 내밀었다. 나는 극구 사양하면서 도망치듯 밖으로 나왔다. 아무런 생각 없이 평화라는 단어와 함께 겹쳐진 그림 한 장이 돈으로 환산이 되는 것이 겁이 났고, 의미 있는 일에 돈으로 동참하는 것이 너무도 겸연쩍었다.

"왜 그래? 이건 너의 능력을 사주는 건데……."

따라 나온 찰리는 도망치는 내가 아무래도 이해할 수 없다는 표정이었다. 나는 비로소 웃으며 말했다.

"그건 내가 돈을 받을 생각으로 한 것이 아니고, 또 내 친구를 위해서 혹시 하면서 그려본 거여서 더욱 그래. 꼭 이름을 붙이겠다면 나를 사람으로 대접해준 내 친구 찰리에게 주는 선물이라고 생각해 줘. 더 자세한 그림이 필요하면 오늘밤에 그려서 내일 전해줄게. 알았지?"

"너 정말 타고난 예술가다. 내가 하는 말 몇 마디를 듣고 그런 걸 그려내는 넌 정말 천재야."

"천재는 무슨……. 내일 내가 아까 것보다 더 구체적인 그림을 줄때 내가 쓴 글도 줄 테니 그것도 한번 봐. 어쩌면 노래가 될지도 모르겠어. 자, 이젠 정말 가야 해. 내일 열 시에 여기로 올게. 괜찮지?"

"그래. 알았어. 너 약속했어. 내일 열 시에……."

찰리는 내 손이 아플 정도로 힘주어 악수를 하고 나의 등을 밀었다. 나는 걸어가면서 생각했다. 미국은 정말 기회의 나라구나. 생각나는 대로 그려본 그림 한 장으로 예술가라는 호칭을 받을 수 있다니……. 창의력을 조건 없이 인정해주는 풍토가 부럽기만 했다. 그리고 새로움에 대한 흔쾌한 수용(expropriation)이 나로 하여금 신이 나게 했다.

　나를 낳아준 내 조국에서는 이 세상에 태어나지 말아야 하는 사람이라는 생각까지 했던 것이 불과 얼마 전이었는데 허가도 없이 들어온 불법 체류자의 신분을 가진 내게 장난처럼 그린 그림 한 장을 보고 예술가(무대 미술)로 인정해주는 미국, 나는 까닭 모를 눈물이 나오는 것을 멈출 수가 없었다. 기쁨과 회한(remorse)이 겹쳐진 눈물은 내 마음을 흠뻑 적셨고 눈물이 쌓여지는 가슴 너머에 미국이 들려주는 믿음이 쌓여가는 것 같았다.

열심히 살다보면 저절로 오는 기회(an opportunity)

1972년 1월 12일

아름다운 꿈을 찾아서

누군가 내게 물었지.
넌 이 세상에 태어나고 싶었느냐고
또 다른 누군가는 내게 말했지.
세상은 아주 넓고 갈 곳은 아주 많다고

어디로 가는지, 어디로 가야 할지
태양도 숨어버린 그런 날에
보이는 건 하나 없는 캄캄한 어둠 속에서
무엇을 해야 할지 아무런 생각이 나지 않는
그때! 아, 그때!
맨 정신으로는 버틸 수가 없어 술을 마셨지.
정신을 잃을 때까지
눈물과 서러움을 모두 마셔버렸지.

공연히 세상에 태어난 것 같아서
공연히 세상에 태어난 것 같아서

아, 죽지 않고 살아난 그곳에서
우연히 만난 사람들이
인생은 아름다운 거라고 말해주었지.
세상 모든 사람들은
이 세상에 태어날 이유가 있었다고 말하며
아프면 아픈 대로 서러우면 서러운 대로
항상 꾸어왔던 꿈을 찾아가라고 했지.
그래도 세상은 아름다운 거라고 말하며
따스한 가슴으로 세상을 바라보면
우리가 사는 세상은 살 만한 거라고
아름다운 꿈은 우리가 만든다고
그렇게 말하며 손을 잡아 주었지.

사는 건 꿈을 찾는 일이고
꿈은 살면서 찾는 거라고.

"너 정말……"
내가 준 메모지를 읽어본 찰리는 놀라움을 감추지 못하고 말조차
할 수 없는 표정이었다.
"이건 네가 나에게 준 마음을 생각하며 적은 거야. 전혀 모르는
사람에게 마음 하나로 베풀어준 그 고마움에 보답하는 내 마음이야.
이게 노래가 될지 모르겠지만 내가 너한테 주는 선물이라고 생각해.
그리고 이건 어제 준 그림보다 좀 더 자세하게 그린 것이고……"
"정말 우리가 아는 그 어떤 무대미술도 할 수 없는 참신한 그림
에다가 가슴을 울려주는 영혼이 담긴 노랫말……. 넌 정말 천재다!

146

못하는 것이 없는 만능 예술가야. 운동 잘하지, 얼굴 잘 생겼지, 그리고 용감하지…… 죽을지도 모르는 순간에 겁도 없이 뛰어들지를 않나. 사실 미국인들은 자신의 일이 아니면 잘 간섭을 하지 않으려고 하지. 너무 자유가 많아서 그런 건지는 모르겠지만 하여튼 자기의 일이 아니면 보고도 모른 척하는 게 대다수야. 그러니 넌 히어로에다가 예술적인 감각도 뛰어나니 어떻게 한마디로 표현이 안 되는 대단한 영웅이고 천재다! 아, 그날, 내 잠자리에 찾아온 너는 나에게 아름다운 만남이란 이런 것이라고 말해준 아름다운 천사야. 우리가 절망에서 희망을 찾을 수 있는 것은 이런 운명이 있기에 가능한 일이고 그런 운명이 있기에 인생은 살 만한 거라는 걸 보여주는 거야. 넌 대단한 사람이야. 갈 길이 몰라 헤매는 사람들에게 '평화를 위한 콘서트'를 환하게 밝혀준 구세주야."

"그래, 찰리 말이 맞아. 넌 우리들의 구세주야."

언제 들어왔는지 어제 만난 존이 다정한 목소리로 찰리 옆에 앉았다. 나는 자꾸 이어지는 칭찬에 정신이 얼떨떨해서 가슴을 펴면서 큰 한숨을 내쉬었다.

"나는 구세주도 아니고 천재도 아니고 더군다나 영웅도 아닙니다. 다만 그 순간에 내가 할 수 있는 일을 했을 뿐이고 지금도 그렇고 또 이다음에도 그럴 겁니다. 허락도 없이 자기의 잠자리를 빼앗았지만 너무도 마음이 아파서 그냥 두었다는 그때 찰리가 베풀어준 따듯한 마음, 그건 무엇보다 내겐 소중한 은혜였으니 그 마음에 대한 보답일 뿐입니다. 왜냐하면 내가 할 수 있는 최선의 일이니까요."

찰리와 존은 할 말이 없는지 가만히 나를 쳐다보기만 했다. 말이 없어도 느낄 수 있는 눈동자에 가득한 사람에 대한 사랑을 느낄 수 있었다. 겨울이었지만 내 가슴에 약간은 훈훈한 바람이 이는 것 같았다.

잠시 말이 없는 사이에 찰리가 시킨 야채수프와 갓 구워낸 프랑스식 바게트가 나왔다. 찰리는 약간 어색한 분위기를 깨뜨리듯이 큰

소리로 말했다.

"자, 우리 먹자. 여기 야채수프는 아주 별미야. 이 프랑스식 바게트도 그렇고. 더군다나 이 집 커피는 아주 향기로워. 콜롬비아 산으로 직접 여기서 뽑아서 만들어 낸 커피야. 어서 먹자."

화기애애한(be harmonious) 분위기가 가슴을 더욱 따듯하게 해 주는 것 같았다. 진실이라는 토지 위에 까만 흑장미 두 송이와 색깔이 분명치 않은 장미 한 송이가 피어난 것 같았다. 나는 인간이 꽃이 될 수 있는 순간이 바로 이런 순간이라고 생각하면서 늦은 아침 식사를 시작했다. 창밖으로 지나가는 바람이 우리의 마음과는 반대로 모질고도 차갑게 짐승이 우는 소리를 내고 있었다.

맨해튼이 들려주는 이야기들

1972년 1월 15일

언제부터인가 내가 사는 곳이 어딘지가 궁금하지 않았고 월요일인지 화요일인지보다는 일하는 날인지 아닌지만 생각하게 되었다. 무엇 때문에 그러는지는 모르지만 구태여 요일 개념을 생각할 필요가 없어진 것이 이상하게 생각되었다.

언제 잠들었는지 모르게 잠든 간밤의 기억이 가물가물했다. 뚜렷하게 생각나지 않았지만 분명한 것은 엄청나게 황홀한 밤이었다는 것만 생각나는 그런 아침이었다. 흐린 날씨였지만 창 밖은 훤했다.

"일어나셨어요?"

미야코가 배시시 웃으며 들어왔다. 다가오는 미야코의 몸에서는 고향처럼 편안한 냄새가 났다. 언제나 풍겨 나오는 미야코의 체취이지만 오늘따라 더 편안한 느낌이었다.

"오늘은 어젯밤에 약속한 대로 우리가 살고 있는 뉴욕을 자세히 들여다보기로 했으니 어서 일어나 식사하세요. 오늘은 아주 특별한 메뉴가 기다리고 있어요."

내 품에 안긴 채로 말하는 미야코의 모습은 얄밉도록(detestable) 보기 좋은 인형이 말하는 것 같았다. 나는 말없이 미간을 찌푸리며 미야코가 잡아당기는 대로 침대에서 일어나 식탁으로 갔다. 놀랍게도 식탁에는 하얀 쌀밥과 김치와 된장국이 놓여 있었다. 나는 너무 놀란 나머지 눈을 크게 뜨고 미야코를 빤히 쳐다봤다.

"내가 좋아하는 사람이 좋아할 것 같아서 어렵게 구해봤어요. 어서 맛을 보세요."

나는 대답을 하듯이 숟가락을 들고 밥을 떠 넣었다. 젓가락으로 김치를 집어서 입에 넣자, 맛을 느낄 사이도 없이 순식간에 목이 메여 씹을 수도 없이 뭔가 울컥 치솟아 눈물이 쏟아질 것 같았다. 입 안 가득 밥과 김치를 넣은 채로 목젖을 찌르는 걸 억누르며 겨우 말했다.

"고마워."

"뭐가 그렇게 고마워서 이러실까?"

"나를 좋아하는 그 마음과……."

"그리고?"

"좋아하는 사람을 위해서 구하기 어려운 걸 구해줘서……."

"난 또……. 그런 피터 팬의 마음이 난 더 고마운데. 어서 먹고 나가서 그동안 일하느라 보지 못한, 아니 보면서도 느끼지 못한 우리가 사는 뉴욕을 한번 보러 나가요. 오늘은 하루 종일 우리가 사는 뉴욕을 걸어서 다니는 거예요. 다섯 시까지는 내가 안내를 하고 그다음은 언니가 뉴욕의 밤을 구경시켜 드릴 테니 그리 아세요."

"소호의 거리는 언제 봐도 활기가 넘치는 것 같아요. 저기 보세요. 이 추운 날씨에도 저 사람들은 저렇게 아름다운 음악을 연주하고 있네요. 아, 저 노래는 컨트리 스타일이네요. 우리가 살고 있는 세상이 아무리 힘들다 해도 그래도 우리는 살아야만 하지요. 그렇게 힘들다고 해서 살지 않을 수가 없으니 우리는 힘들더라도 살아내야만하는 거예요. 아, 정말 좋은 가사네요. 아름다운 노래를 마음 놓고 부를 수 있는 이 거리……. 이건 미국이 가진 또 다른 힘인 거예요. 미국에 온 지 벌써 5년, 아니 6년이 지나가는데도 이 소호의 거리는 언제나 새로워요. 그동안에 사는 게 바빠서 늘 보았지만 알아볼 수 없었던 뉴욕의 모습들이 오늘은 새롭게 보이네요. 이게 우리 피터 팬이 잃어버린 그림자를 찾아가는 과정일 거예요. 피터 팬, 서두르지 마세요. 자신도 모르게 잃어버린 그림자는 열심히 살다 보면 어느 날 찾아와 있을 거예요. 자신도 모르게 자기 앞에 와 있을 수도 있어요. 멀리 볼 것 없이 이 미야코를 봐도 그래요. 미국에 와서 지금까지 많은 남자를 만났어요. 그러나 어느 한 남자도 내 마음을 주고 싶은 남자는 없었어요. 입으로는 사랑하네, 죽도록 사랑하네, 하지만 정작 사랑을 나누고 나면 뭔가 모르게 서로 맞지 않은 것 같아서 이리 피하고 저리 피하는 갈등이 생기고……. 그건 사랑이 아니라는 생각을 할 무렵, 서로 아무것도 주고받지 않았지만 처음 본 순간, 까닭도 없이 뭔가를 주고 싶은 마음이 생긴 한 사람……. 그냥 스치는 운명인가 했는데 진짜 운명으로 다가와서는……. 아참, 그때 불렀던 그 노래, 언니에게 꽃을 배달하면서 했던 퍼포먼스, 참 신선했거든요. 그 노래에 어떤 뜻이 있죠? 영어도 아니고 한국말도 아닌 그 노래 다시 한 번 들려줄 수 있나요?"

"여기서?"

"여기는 자신의 능력을 마음껏 발휘하는 곳이에요. 그 재능이 마음에 들면 높이 사주는 곳이기도 하구요. 자, 한번 불러보세요."

나는 잠시 머뭇거리다가 감정을 잡아서 한국말과 영어가 혼합된 '각설이 타령'을 거침없이 불렀다. 어릴 때 보았던 밥 얻어먹는 거지들이 깡통을 두들기면서 신나게 부르던 모습을 생각하면서. 비록 얻어먹지만 당당하게 얻어먹겠다는 목마른 외침이었을 것이라는 생각을 하면서 구성지게 불렀다. 지나가던 사람들이 하나둘 멈춰 서는

가 싶더니 노래를 끝냈을 때는 꽤 많은 사람들이 모여 있었다.

바보 같은 몸짓으로 구성지게 노래를 부를 때는 좀 모자라는 사람으로 보였는데 내가 멀쩡하게 인사를 하자 사람들은 아낌없는 박수를 쳐주었다. 내가 노래를 끝내며 미야코의 손등에 키스를 하자 1달러짜리, 2달러짜리, 심지어는 10달러짜리 지폐가 꽤 많이 쌓여지는 예기치 못한 사태가 벌어졌다. 그때 누군가가 큰 목소리로 외쳤다.

"브라보!"

소리가 나는 곳을 보니 요한나가 유별난 갈채를 보내고 있었다. 나는 너무도 뜻밖이어서 반가운 마음에 그에게 다가가려고 했다. 그러자 요한나는 빠르게 말했다.

"일을 보러가는 길이니까 우리 나중에 이야기해. 그러잖아도 아마 좋은 소식이 있을 거야. 오랜만에 본 퍼포먼스 최고였어!"

요한나는 뒤도 안 돌아보고 머서 호텔 쪽으로 뛰어갔다.

"여기는 소호의 끝자락에 위치한 현대적인 감각을 한층 살린 부티크 호텔인 소호 그랜드 호텔이에요. 여름철이면 야외 바가 생기는데 멋쟁이 뉴요커들이 꿈과 사랑을 나누는 곳이기도 하지요. 지금은 밤이라 라운지로 변해서 우리가 여기에서 와인을 마시지만 낮에는 그냥 로비예요. 뉴욕의 밤을 사랑하는 사람들에게 아주 인기 만점인 장소지요. 나도 여기에 들어와본 건 첨이에요. 수없이 들락거렸지만 나 자신을 즐기면서 이렇게 여유로운 마음으로 앉아 보니 참 좋네요. 일본에서 온 사람들을 에스코트 하러 여러 번 왔지만…… 아, 지난해에 우리 엄마와 아빠가 오셨을 때 이 호텔에서 묵었어요. 일본에서 자주 만날 수 없었던 우리 엄마 아빠가 나이 들어서 새로운 추억을 만드셨다는 장소예요. 사랑했지만 같이 살 수 없었던 우리 엄마와 아빠, 그러면서도 두 딸을 낳은 엄마, 엄마는 우리에게 여자란 어떤 것인지 그리고 사랑이 무엇인지 진실로 사랑하는 것이 어떤 건지 알려주셨죠. 사랑은 받는 것보다 줄 수 있을 때 행복한 것

이고 그런 사랑이 더 위대하고 아름답다고도 하셨죠. 운명 속에 만
들어지는 사랑이란 그 어떤 것보다 소중한 것이니 그 사랑 앞에서
모든 것을 바칠 수 있는 사람을 만나면 누가 뭐래도 이 세상에서
가장 아름다운 사랑을 하는 거라고 말씀하셨지요. 아름다운 사랑,
그게 어떤 건지 난 잘 몰라요. 하지만 사랑을 한다는 것은 아무런
조건 없이 무엇이든 해줄 수 있는 것을 아깝지 않게 베푸는 것 아
닐까요? 내가 가지고 있는 모든 것을 그냥 주고 싶은 마음……, 엄
마의 권유로 읽게 된 로마와 그리스의 신화들, 어찌 보면 사랑이란
가장 원초적인 본능을 가장 숭고하게 표현할 수 있을 때 가능하다
는 것을 어렴풋하게나마 알아갈 무렵, 나는 어떤 남자를 만났지요.
아프고 그리고 슬픈 신화 같은 이야기이지만 인간에게 있어서 사랑
이란 아무런 조건이 없을 때 가장 아름다울 수 있다는 걸 나는 그
때 알았지요. 그래서 오늘 다시 한 번 말하는 거예요. 우리가 같은
집에서 사는 건 우리 모두가 선택한 신화 속의 주인공들처럼 주어
진 만남을 가장 아름답게 표현하면서 살아가는 거라구요. 미래에 대
한 약속? 그리고 사람들이 지키려고 하는 윤리와 도덕? 그건 사람
들이 주어진 순간을 거짓으로, 어떤 이기적인 습성(an acquired) 때
문에……. 다시 말하면 스스로 진실치 못하다는 걸 인정해버린 결과
인 거예요. 전 그렇게 생각해요. 연애지상주의자니 자유 연애주의자
니 하며 사람들은 편리한 대로 말을 만들어요. 그러나 분명한 건 그
들도 가장 절절한 본능을 누구보다도 추구한다는 점이지요. 주어지
는 대로, 본능이 원하는 대로 본인이 책임을 질 수 있는 선택이라면
가장 인간적인 사랑이라고 말할 수 있다는 거예요. 난 그렇게 생각
해요. 물론 이 다음에 마음이 변할지는 모르지만 지금까지의 내 선
택에 잘 따라와 준 우리 피터 팬……. 난 당신 옆에 그런 사람으로
기억되어지길 바랄뿐이에요. 아시겠어요? 잃어버린 그림자를 찾아
가는 우리의 피터 팬?"
　　연주되던 무드 있는 음악이 끝날 때 맞춘 듯이 말을 끝내는 미야

코의 얼굴에는 예쁜 인형의 볼처럼 홍조(flushing)가 보였다. 나는 아주 재미있는 연속극을 보는 듯한 느낌이었지만 완전히 이해할 수는 없었다. 그러나 분명한 건 아주 좋은, 그리고 아름다운 인생을 만들어간다는 이야기 같아서 가슴이 뿌듯했다. 이 세상 누구보다도 행복하다는 자부심까지 들었다.

"오늘 같은 날, 언니에게 양해도 구했으니 이 호텔에서 로맨틱한 시간을 보낼까 싶은데 그렇게 해주시겠지요?"

내가 대답을 못하고 그냥 어정쩡하게 있자 미야코는 지나가는 종업원을 불러서 뭔가를 부탁했다. 종업원은 활짝 웃으며 미야코가 내미는 돈을 받고는 어디론가 빠르게 뛰어갔다. 생음악으로 연주되는 간이 무대에서는 중후한 목소리의 남자 가수의 노래가 편안하게 울려 퍼졌다. 미야코는 그 노래가 앵글버트 험프팅크라는 영국 가수가 부른 '겨울 앞에 선 우리들의 사랑'이라고 했다.

호텔 방문을 열고 들어서자 너무도 정갈(neat and clean)하고 화려한 공간이 펼쳐졌다.

"아, 오늘은 우리 피터 팬이 아주 로맨틱해보이네. 잃어버린 그림자를 찾아가는 소년이 아니고 아주 근사한 신사 같아. 사람은 분위기 따라서 느낌이 다르다고 하더니 그 말이 정말인 것 같아."

"맞아. 나도 우리 미야코가 한없이 사랑스러운 여자로 보이네. 꼭 내 막내 여동생 같아."

"정말?"

미야코는 토끼처럼 뛰면서 너무도 좋아했다. 그런 미야코를 향해 나는 두 팔을 벌렸다. 미야코는 기다렸다는 듯이 빠르게 내 품에 안겼다. 언제나 고향을 생각나게 하는 향기가 정신을 아릿하게 했다. 나는 눈을 감고 그 냄새를 한껏 즐겼다.

"향수 이름이 뭐라고 했지?"

"아이, 아직도 이름을 외우지 못했네. 제조회사는 시세이도인데……. 다음에는 꼭 이 향수 이름을 외울게요. 용서하세요."

"용서는……. 그런 것까지 용서를 빌 건 없어."

"아니에요. 내가 좋아하는 사람이 좋아하는 향수의 이름을 알려주는 것도 나를 더 사랑해달라는 말없는 표현이에요. 그건 아무나 할 수 있는 게 아니거든요. 정말 좋은 사람들에겐 아주 작은 것도 표현해주는 게 좋은 거예요. 아시겠죠?"

"응."

"호호, 오늘도 하나 가르쳐드리네."

"그래. 맞아 오늘도 아주 중요한 것 하나를 배운 것 같아."

"그래요. 가르쳐드리는 김에 더 아름다운 사랑을 할 수 있는 것을 가르쳐드릴게요. 남자와 여자는 막연한 호기심에서 시작되는 육체, 즉 알몸이 되었을 때 부끄러움이 없어야 한다는 건 아시죠? 일단 알몸이 된 우리가 더욱 아름다운 사랑의 대화를 나눌 수 있는 방법이 바로 이런 거예요. 자, 일단 샤워를 해야겠지요?"

미야코가 나를 샤워실로 이끌자 나는 먼저 샤워기를 틀어 미야코를 어린아이 목욕시키듯 부드럽게 탐닉하면서 씻겨주었다. 반사적으로 미야코는 내 몸에 비누질을 하면서 더러는 부드럽게, 더러는 강렬하게 나의 남성을 자극했다. 나는 또다시 꿈을 꾸듯이 끝없는 행복의 나라로 나들이 가는 구름마차를 탄 것 같은 느낌이 들었다. 황홀한 음악소리 같은 미야코의 목소리가 내 귀에 들렸다.

"남자와 여자가 알몸이 되었을 때는 입으로는 다 말할 수 없게 되거든요. 우린 지금 말로써는 표현이 안 되는 가슴속의 말을 하고 있는 거예요. 자, 오늘은 또 다른 방법으로 우리를 즐겁게 만들자구요. 자, 넘치는 그 힘으로 내 몸속을 노크하세요. 내가 이렇게 다리를 당신의 어깨에 걸치면 훨씬 편할 거예요. 어때요? 그렇죠? 이게 어깨에 다리 걸치기 자세예요. 아, 좋아요. 너무 좋아요. 천천히……. 너무 빠르게 움직이시면 빨리 느끼잖아요. 서로 오래오래 느끼는 것이 기분에도 좋지만 무엇 보다 건강에 좋은 거예요. 자, 이제는 잠시 쉬었다가 자세를 바꾸어 보도록 하지요. 이렇게 아주 예쁜 내 엉덩이를 당기며 피터 팬의 남성을 밀어 넣어 보세요. 아니 거긴 아니고 거긴 게이들이나 하는 거예요. 그 아래, 가만 여기예요. 자, 밀어 넣으세요. 어때요? 아주 색다른 기분이 나죠? 이건 고슴도치 자세예요. 고슴도치는 그 강한 털을 수놈에게 닿지 않게 하기 위해서 몸을 최대한 움츠리는 거예요. 이렇게……. 좋죠? 아, 나도 좋아요."

미야코는 맑은 샘물이 흐르는 듯한 목소리로 설명을 했다. 자라 자세, 코브라 자세, 호랑이 자세, 캥거루 자세, 말 자세 등 무려 서른 두 가지의 자세로 알몸의 대화를 나에게 가르쳐주면서 즐겼다. 인간이 가질 수 있는 최상의 아름다운 즐거움, 몸이 아무리 고달프다 해도 흔쾌히 감내할 수 있을 만큼 즐거운 알몸의 대화, 살점을 파고드는 듯한 그 아름다운 대화는 새벽이 다가올 때까지 계속되었다.

사랑의 방정식(an equation)

1972년 1월 15일

"아, 정말 놀라워. 골프를 시작한 지 얼마나 되었다고……. 스윙 자세가 너무 좋아. 역시 운동신경(the moter nerve)이 발달한 사람이라 그런지 내가 놀랄 정도야. 이제부터는 실전감각을 익히면 되겠어. 잘하면 프로도 되겠는데?"

윌슨 골프 코치는 연습을 마치는 나를 보고 경탄을 금치 못했다. 나는 쑥스러워서 머리를 긁적이는데 그가 커피를 건네주며 말했다.

"언제 시간을 잡아서 같이 필드에 나가도록 내가 주선할게. 골프는 아주 재미있는 운동이야. 머리와 감각 그리고 지구력도 필요하고 무엇보다 강인한 체력과 집중력이 필요한 인간의 능력을 모두 집합해야 하는 운동이야. 특히 골프는 세계적인 뉴스거리가 될 수 있을 뿐만 아니라 모르긴 해도 아주 상식적인 예의와 존중이 필요한 그런 운동이야. 특히 리더들의 기호에 딱 적합한 운동이야. 정치, 경제, 사회, 문화…… 이 미국을 이끌어가는 정책이 골프장에서 다 이루어진다는 이야기도 있어. 다시 말하면 골프만 잘 쳐도 아주 훌륭한 인생을 살 수 있다는 말이기도 하지. 내가 골프를 너무 과장되게 표현한 것일 수도 있겠지만 골프는 인생살이와 똑같은 생리를 가지고 있어. 사람들이 야구를 한 편의 인생을 보는 것과 같다고 말하는 것처럼……."

나는 그 말이 미덥지 않았다. 골프와 인생이 무슨 관계가 있을까? 하는 의구심을 떨치지 못하고 하늘을 바라보았다. 모처럼 맑은 하늘엔 흰 구름이 낮게 흘러가고 있었다.

일찍 어두워진 헬스센터 입구에는 강습을 끝내고 나가는 사람들로 북적거렸다. 어렵게 구한 도복(the garment of a taoist)을 벗어 걸고 밖으로 나오는데 오랜만에 보는 베라가 눈에 띄었다.

"하이, 너무 반갑네요."

그러나 베라의 표정은 쌀쌀했다. 나는 깜짝 놀라며 뒤로 한 발 물러났다.

"휴가는 즐거우셨나요? 늦었지만 인사합시다. 해피 뉴 이어……."

"내가 몇 번을 연락했는데 연락이 되지 않고, 사람도 보내고 했는데 그때마다 다른 사람들한테 가고……. 그동안에 아주 인기가 좋은 것 같더군."

"네?"

"그래, 그럴 수 있어. 하지만 난 화가 나. 내가 얼마나 장 발장을 그리워했는데……. 미국에 오자마자 바로 연락했는데 어떻게 그럴 수가 있어?"

"언제 오셨는데요?"

"이틀 전……. 어쩌면 그럴 수가 있냐구."

"전 전혀 모르고 있었는데요."

156

"정말이야?"

"네."

"전달도 받지 못했어?"

"네."

"정말?"

"네."

"도대체 어떻게 된 일이야? 아이, 속상해……."

"저는 분명 연락을 받지 못했을 뿐만 아니라 언제쯤 오시나 하면서 기다렸는데요."

"정말?"

"그럼요. 내가 새로 시작한 프로그램에 초대도 하고 싶고 그리고……."

"그랬어?"

"네."

"내가 보고 싶었어?"

"그럼요. 밤이면 밤마다 생각이 났었지요."

"정말이야?"

"그냥 스쳐가는 바람이려니(a puff of wind) 그렇게 생각하기도 했지요."

"아니야! 그건 아니야."

베라는 강력하게 부인하면서 내 목을 껴안았다. 나는 순간적으로 당황했다. 반사적으로 주변을 돌아봤다. 그런 내 행동에 무엇을 느꼈는지 베라는 얼른 팔을 풀면서 말했다.

"아참, 여긴 우리 장 발장이 일하는 곳이지? 알았어. 어서 먼저 나가서 입구에서 오른쪽으로 돌면 바로 있는 버스 정류장에서 기다려. 나는 다른 곳에 들러서 잠시 후에 갈 테니……. 그럴 수 있지?"

"네, 알겠습니다. 이른 아침(early morning)에 이슬방울(the morning dew) 같은 부인……."

"뭐라구?"

"이른 아침에 이슬방울 같은 부인이라고 했습니다."

"이른 아침에 이슬방울 같은 부인?"

베라는 얼굴이 환해지면서 묘한 표정으로 배시시 웃으며 밖으로 나갔다.

어둠 속으로 달리는 리무진 안은 제목을 알 수 없는 클래식 음악이 흐르고 있었다. 소리가 작아지면서 아나운서가 드보르작의 '신세계' 중 겨울을 사랑하는 사람들이 가장 좋아할 거라는 설명을 했다. 어느새 다가온 베라의 입술은 깊고도 향기로웠다. 긴 키스를 끝낸 베라가 입술을 고치며 말했다.

"아까 말한 것……."

"어떤 말이죠?"

"나한테 말했잖아. 이른 아침에……."

"아, 이른 아침에 이슬방울 같은 부인……."

"이른 아침에 이슬방울 같은 것이면 순수하고 아름답다는 거지?"

"그럼요. 내가 최고로 좋아하는 것이지요."

"정말이야? 그럼 내가 그렇다는 말이야?"

"네. 그런 숙녀십니다. 내가 살았던 고향, 그 고향의 여름날은 참으로 아름다웠죠. 아침에 일어나면 들판에 펼쳐진 초록의 향연이 너무도 상쾌한 기운을 가져다주곤 했죠. 이름 모를 풀들을 보며 흐르는 시냇물에 세수를 하고 나면 수줍게 피어난 잎들 위로 맺힌 이슬방울이 더욱 아름답게 보이곤 했지요. 영롱하고 맑은 이슬방울들……. 아까 내 눈에 비친 베라는 그런 분이었어요."

"이른 아침에 이슬방울 같은 부인……. 아, 너무 근사해. 내가 그런 여자라니……. 그래, 난 장 발장에게 그런 사람으로 남아 있고 싶어. 언제까지나……."

"언제까지나?"

"그럼!"

"그렇게 될까요?"

"그럴 수 있어. 나 약속할 수 있어. 우리 약속해!"

베라는 손바닥을 내밀며 악수를 청했다. 나는 웃으며 베라의 손을 잡았다. 내 웃음이 이상해보였는지 베라는 미간을 찌푸리며 말했다.

"어어, 난 정말인데……. 그 약속을 지킬 수 있는데……. 못 믿겠다는 표정이잖아."

"아니에요. 우리나라에서는 약속을 할 때 이렇게 해요. 이렇게 새끼손가락(little finger)을 걸고 눈을 맞추고 이렇게 힘을 주면서 땅바닥에 침을 세 번 뱉어요. 이렇게 퉤퉤퉤……. 그리고 보이는 침을 발로 문질러요. 이렇게……. 해보세요."

베라는 내가 시키는 대로 따라서 했다. 너무도 신기해하면서도 즐거워서 어린아이처럼 발을 동동 구르기까지 했다.

"그런데 새끼손가락을 거는 것과 눈을 맞추고 손가락에 힘을 주는 것은 이해가 되는데 왜 침을 뱉어? 그것도 세 번씩이나……. 그리고 그 침을 왜 또 발바닥(the sole of a foot)으로 문지르지?"

"그 침은 원형을 되찾을 수 없다는 뜻이니까요. 사라지는 것이지요. 다시 말하면 한 번 한 약속은 변하지 않는다는 거예요. 이렇게 나눈 약속은 영원하다는 거지요."

"오호, 그래요? 그럼 한 번 더 해보면 어떨까? 나 장 발장에게 이른 아침에 이슬방울 같은 여자로 남아 있을게. 영원히……."

옷을 벗는 베라의 몸은 더욱 아름다운 우윳빛깔이 되어 있었다. 가만히 보고 있어도 본능을 자극하는 애욕(love and lust)의 피부였다. 나는 침을 꿀꺽 삼키며 베라가 주는 옷을 받아서 의자에 걸치곤 수려한(graceful) 목덜미에 뜨거운 입김을 뿜으며 키스를 했다.

"아……."

베라는 여린 신음을 내면서 목덜미를 뒤틀었다. 나는 양팔에 힘을 주면서 뒤돌아보려는 베라의 목에 처음보다는 조금 힘이 들어간 키스를 했다.

"아, 좋아. 비 제이의 입술은 마약 같아. 서서히 사람을 자극하는 게…… 아, 정말 좋아. 내가 얼마나 장 발장을 그리워했는지 모르지? 그이와 함께 있을 때도 그랬고, 심지어는 그 사람과 사랑을 나눌 때도 그랬어. 눈을 꼭 감고 있으면 너무도 그리웠어."

"그러셨구나. 자, 우리 이제 샤워해요."

"그래요. 그렇게 해주세요. 아! 너무 좋은 사람……. 하늘이 내게 준 사람, 아니 하늘이 내게 준 운명이야. 나도 모르게 숨어 있는 내 몸의 본능을 일깨워주는 신비한 재주를 가진 당신, 당신은 정말 내게 있어서 보물이야. 처음으로 나와 함께 한 그 밤에 말없이 가르쳐준 사랑의 테크닉……. 그래, 맞아. 그렇게 적당히 부드럽게 애무하면 가슴으로 전해지는 촉감……. 아, 좋아……. 정말 좋아……. 그리고 천천히 내려가서 바로 가슴 아래의 뼈가 있는 그 부분……. 오! 너무 좋아. 혀끝에 어떻게 그런 힘이 있지? 나는 사람의 혀가 그렇게 사랑의 테크닉에 훌륭한 도구가 된다는 것을 처음으로 알았어. 아, 견딜 수가 없어. 배꼽 언저리에도 그런 달콤함이……. 아, 나는 이미 젖었어. 내 몸 속에 고여 있는 사랑의 샘물이 주인을 찾아서 마구 쏟아지는 것 같아. 어쩌면 좋지? 말해줘……."

"느끼는 대로 표현하세요. 그러면 되는 겁니다."

"지금은 배꼽을 지나서 아랫배 그리고 사타구니(the groin)를 지나고 있지? 아! 못살아! 아주 좋은 사람에서 나쁜 자식이 되는 것 같아. 비 제이는 나쁜 자식인가 봐. 아주 나빠! 아! 아니야. 너무 좋은 사람이야. 뜨겁게 와 닿는 혀의 촉감, 아! 이런 느낌은 처음이야."

"언제나 처음인 겁니다."

"이렇게 좋을 수가 있을까? 이럴 줄 알았어. 그래서 사무치게 그리워 몸부림을 쳤구나."

"그래요?"

"그래! 정말 그랬어. 오! 다리에도 이렇게 성감대가 있는 줄은 또 몰랐네. 그만 하고 내 몸으로 들어왔으면 좋겠지만 그런 마음마저도 참게 만드는 화려한 이 테크닉……. 이거 어디서 배웠어?"

"우연히 만나게 된 여자에게서 배웠고 그 전에 중국의 성애고전 인 소녀경과 금병매라는 책에서 읽었지요. 그리고 내가 느낀 성의 자각(the sexual a wakening)으로 알게 되었지요."

"오! 그랬구나. 그럼 당신은 여자의 본능을 일깨워주는 수호천사 (a guardian angel)야. 나도 모르는 내 본능이 숨어 있는 곳을 찾아 내주고 나도 같이 천사로 만들어버리는 신비한 재주를 지닌 사람……. 오, 사랑스러운 사람! 아! 꼭꼭 깨물어주는 발가락이 이렇게 신비하고도 황홀한 느낌을 주는 곳이라는 건 또 몰랐네! 아, 좋아! 미치도록 좋아 죽겠네. 아! 이걸 어쩌면 좋지?"

"정말 그렇게 좋아요?"

"응, 정말 좋아. 내 몸이 산산조각이 나서 공중으로 날아가는 것 같아. 고통도 없이 내 몸이 찢겨지는 듯한 이 느낌! 아니, 차라리 고통과도 같은 이 쾌감! 더 이상 참을 수 없어! 아! 오, 하나님!"

"그렇군요. 절정을 느끼는 당신의 샘물은 너무 뜨겁군요. 그 뜨거 움이 느껴져요. 자, 이제는 밖으로 나갑니다."

"나는 했는데 당신은 하지 않았나 봐. 아직도 당신 것은 살아 있 네. 아, 어떻게 이럴 수가……. 당신은 정말 사랑의 화신(incarnation) 이야. 당신 것이 내 몸에 들어오지도 않았는데 내가 절정을 느낄 수 있다니……. 그리고 이렇게 펄펄 살아 있는데 내 몸으로 들어가지 않고 참아내는 당신, 어쩌면 그럴 수 있지?"

"그럼 이제 베라의 몸으로 들어가서 둘이 하나되는 느낌을 느껴 볼까요?"

"그래요. 그렇게 해주세요. 이제 내 몸은 당신이 시키는 대로 할 수밖에 없는 몸이에요. 당신의 노예가 되어버린 것 같아요. 어서 들 어오세요. 어서……. 아, 또다시 시작되네요. 어쩌면 이럴 수가 있죠?"

"같은 사람이라고 해도 방법을 달리하면 다른 사람과 하는 듯한 신비한 경험을 할 수 있어요. 새로운 사람과 하게 된다는 신선한 호기심에 자극이 되고요. 이건 정말 말없이 할 수 있는 사랑의 대화인 거예요. 말로써는 표현을 할 수 없는 말……"

"아! 너무 좋아요. 날개를 접었던 천사가 또다시 창공을 날기 시작하고 있어요. 어쩌면 좋아? 아! 나는 너무 행복해! 행복은 이런 거야. 오래오래 이 느낌을 간직하고 싶어!"

베라는 전신을 뒤틀면서 미친 듯이 몸을 흔들어댔다. 나는 적당히 베라의 몸을 제어했다. 내 몸에서 이렇게 유연한 사랑의 테크닉이 나올 수 있다는 게 아무리 생각해도 신기하기만 했다.

열기 가득한 방안에서 과거도 없고 미래도 없는 황홀한 시간이 흘러가더니 어느 순간에 강한 바람소리가 들렸다. 맨해튼 거리에 쌓여 있는 먼지를 모조리 쓸어가는 바람소리였다.

벽시계가 여섯 시를 넘기고 있을 무렵 베라는 외마디 소리를 지르며 방바닥으로 쓰러졌다.

"나는 죽었어!"

나는 천천히 일어나서 부드러운 수건에 물을 적셔와 땀으로 범벅이 된 베라의 몸을 닦아주었다. 베라는 초점이 완전히 풀린 눈으로 중얼거리듯 말했다.

"열다섯? 아니, 열여섯 번? 아니 모르겠어. 몇 번이었는지……. 이대로 죽어도 여한(a smoldering grudge)이 없겠어."

그러고는 정말 죽은 듯이 잠들었다. 나는 또 하나의 추억을 가슴에 간직한 채 자리에서 일어났다.

"가야 되겠지?"

잠들었다고 생각했는데 베라가 말했다. 나는 말없이 그녀를 뒤돌아봤다. 베라는 방바닥에서 일어나 눈을 감은 채로 두 팔을 벌렸다. 나는 살포시 안아주면서 이마에 가벼운 키스를 했다.

"힘들겠다."

베라는 미간을 모으며 안타까운 표정을 지었다. 너무도 사랑스러운 얼굴에 또다시 가벼운 키스를 해주었다. 베라는 더욱 내 품속으로 파고들면서 말했다.

"고마워."

나는 말없이 베라의 등을 다독거려 주었다. 베라는 전신을 부르르 떠는 강력한 몸부림 같은 포옹으로 화답했다.

"언제 또 만나지?"

"만날 수 있는 날이 오면 만나지겠지요. 정말 사랑하는 사람들에겐 수학적인 방정식이 성립되지 않나 봐요."

"약속하면 안 될까?"

"약속보다는 운명을 믿어야지요. 지킬 수 없는 약속은 가슴에 상처를 주니까요."

베라는 말없이 고개를 끄덕이며 나의 등을 밀었다. 알몸으로 문을 열어주는 배웅을 받으며 밖으로 나왔다. 아직도 어두운 거리는 무척이나 추웠다. 그러나 그 느낌은 차라리 시원하고 짜릿하기까지 했다. 보이지 않는 적을 굴복시킨 것 같은 이상한 승리감이 가슴을 활짝 펴게 했다.

아름다운 것에는 상처가 가득하다

1972년 1월 17일

아무래도 이상했다.

한 집안에서 살면서 외박을 하는 나를 탓하기는커녕 오히려 더 잘해주는 미야코와 유키코, 나도 모르게 가족이라는 구성원이 되어 귀속의식(a sense of belonging)을 망각한 내게 미야코는 분명히 말했다. 전혀 마음 쓰지 말고 주어지는 사랑을 피하지 말라고…… 사람이 살면서 주어지는 어쩔 수 없이 운명을 피하는 것은 진실을 갈

구하는 자신에 대한 배신이며 분출되는 욕망을 외면하면 몸과 마음에 병이 되는 스트레스가 된다는 것을……. 그럼에도 불구하고 죄의식(a sense of guilt)이 드는 이유가 무엇일까? 누가 뭐라고 하지 않는데도 스스로 드는 자기경멸(self-contempt)은 정신을 혼미하게(confuse) 했다.

진한 커피를 마시며 창밖을 내다봤다. 앙상한 나뭇가지 사이로 찬바람이 부는지 나뭇가지가 흔들렸다. 아직도 겨울이라는 발견에 안도감(a relieved feeling)이 들었다. 긴 한숨을 내쉬며 내 책상 앞으로 다가갔다.

"한국 무술 선생 B J. Kim"

책상 위에 쓰인 명패를 보니 새삼 웃음이 나며 아버지가 떠올랐다. 무척이나 하기 싫었던 호신술 운동을 험한 세상을 살아가려면 가져야 할 덕목 중의 하나라고 말씀하신 그 가르침이 얼마나 고마운지 새삼 숙연해졌다. 무술이란 남을 해하려는 것이 아니고 자기의 몸과 마음을 다스리며 맑은 정신으로 가다듬기 위한 것이라고 말씀하시던 모습이 떠올랐다.

'아! 아버지…….'

신음처럼 흐느끼며 눈자위가 뜨거워지는 것 같았다. 참으려고 입술을 깨무는데 누군가 노크를 했다.

"예! 들어오세요."

나는 코끝이 찡해오는 감정을 털어내면서 큰소리로 말했다. 들어온 사람들은 전 직장상사인 해피 걸과 현재 직장상사인 헬스센터 베네딕 사장이었다.

"헬로, 미스터 히어로……."

다가서는 전 직장상사인 해피 걸은 야릇한 눈길을 보내며 손을 내밀었다. 그를 따라 들어오던 루시아의 아버지 베네딕 사장은 넉넉한 표정으로 나의 등을 다독였다.

"아주 신수가 훤하게 변했네. 촌티가 가득했던 꽃 배달 청년이 아주 말끔한 신사가 되었어. 베네딕 사장이 아주 사람을 완전히 바꿔 놨네. 아주 보기 좋아. 그래, 여기서도 아주 인기가 많다며?"

"별 말씀을……."

"그래, 맞아. 우리 장 발장은 쳐다보기만 해도 마음이 든든한 사람이었어. 베네딕 사장에게 빼앗기지 않았으면 내가 이 신사를 독차지했을 텐데……. 우리 사장님이 사람을 잘 알아보신 거야."

"항상 고맙게 생각하고 있지. 우리 무술 선생을 내게 넘겨준 것을……."

베네딕 사장은 더욱 넉넉한 표정으로 말했다. 나는 듣기가 민망해서 머리를 긁적였다.

"부끄러워하는 저 모습 좀 봐. 총알도 무서워하지 않는 사람이 저렇게 수줍어하다니……. 저게 우리 장 발장의 매력이란 말이야. 그건 그렇고 내가 오늘 여기에 온 이유는……."

해피 걸은 말을 하다 말고 가방에서 봉투를 하나 꺼냈다. 그러고는 나를 고혹적인 눈길로 바라보면서 종이에 적힌 글을 읽었다. 나는 해피 걸이 읽어주는 내용을 듣자 소름이 끼쳐졌다. 미국에서 어떻게 나에 대한 신상을 그렇게 정확히 파악했는지 놀랍기만 했다. 무슨 방법으로 그렇게 조사를 했는지 짐작할 수는 없었지만 내용은 너무도 정확했다.

"확실한 혐의도 없이 억울한 고생을 했더군. 그래, 지금 그 나라의 사정이 그렇긴 하지만 개인이 당하기에는 너무 억울한 부분이 있더군. 하지만 이미 지나간 일이고 이제 여기 미국까지 온 이상, 그리고 무엇보다 우리 미국이 필요한 사람이라고 우리가 인정한 이상 우린 진정한 자유를 찾아서 여기까지 온 당신을 합법적으로 일할 수 있게 해줄 의무가 있다는 걸 알았지. 그 생각은 베네딕 사장도 마찬가지야. 아마 조금만 기다리면 아주 좋은 일이 있을 거야. 나와 베네딕 사장이 손을 써놨고 또 좋은 결과가 있을 거라는 연락을 받았기 때문에 이 소식을 전해주려고 왔어. 어때, 우리의 방문이?"

나는 아무 말도 하지 못했을 뿐만 아니라 너무도 두려운 나머지 식은땀까지 흘렸다. 그런 내게 베네딕 사장은 푸근한 미소를 지으며 말했다.

　"아무 걱정 하지 말게. 우린 이미 자네가 미국에서 생활하는 데 불편하지 않게 해주기로 약속을 했으니까. 말하자면 우리는 자네가 미국생활을 하는 데 필요한 보증인인 셈이지. 그러니 나한테는 이미 잘했고, 여기 해피 걸 사장님에게만 잘하면 돼. 내 말뜻 잘 알았지?"

　"네!"

　나는 차렷 자세를 하면서 큰 목소리로 대답했다. 베네딕 사장은 다소 음흉한 웃음을 보냈고, 해피 걸 사장은 야릇한 미소를 지으며 내게 다가와서 말했다.

　"나는 이름처럼 누구에게나 행복을 주는 사람이야. 장 발장이 찰리를 따라서 내게로 온 것은 행복을 찾기 위한 첫 발걸음이었어. 행복을 찾기 위한 발걸음…… 너무 좋은 말이지? 안 그래?"

　"네. 아주 아름다운 문장이네요. 행복을 찾기 위한 운명의 발걸음……. 그렇지만 내게 묻는다면 나는 이렇게 말하겠습니다. 아름다운 마음을 가진 사람들을 만나기 위한 인연의 환상곡이라고 하면 어떨까요? 우리 모두 이렇게 만나서 나누는 이야기를 노래로 생각하고……."

　"오, 하나님! 어쩌면 저렇게 말조차 예쁘게 할까? 우리가 지금 나누는 게 말이 아니고 만남의 환상곡이란 말이지? 베네딕 사장님, 이 청년 말하는 것 좀 봐요. 너무 문학적이고 철학적이잖아요? 나 정말 마음에 들어……."

　해피 걸 사장은 호들갑스럽게 말했다. 그러나 추해보이지는 않았다. 어디까지나 품위를 잃지 않은 말투였다. 옆에서 듣고 있던 베네딕 사장이 자리에서 일어나면서 말했다.

　"자, 오늘은 우리 사장님이 한 턱 내셔야겠네. 어이, 장 발장. 조금 더 우리 해피 걸사장님에게 행복한 말씀을 많이 해드리라고……. 나는 일을 좀 봐야 하고 또 선약이 있어서…… 알았지?"

베네딕 사장은 내게 가벼운 윙크를 하고는 밖으로 나갔다.

담배를 피워 문 해피 걸 사장이 야릇한 표정을 지으며 내게 손을 내밀었다. 나는 그 손을 잡고 밖으로 나와 해피 걸 사장이 운전하는 차에 올랐다. 나는 자신에게 아주 귀한 사람이 생기면 찾아간다는 해피 걸 사장의 단골 프랑스 식당에서 입에 맞지는 않았지만 맛있는 척하면서 저녁을 먹었다.

밖으로 내다보이는 야경이 너무도 아름다웠다. 말이 없어도 충분히 행복한 분위기가 물씬 풍기는 것 같은 식당이었다. 해피 걸은 별로 말이 없었다. 다만 간헐적으로 마주치는 눈길에서 나를 보는 연민(pity)과 가련함(pitiful)이 범벅이 된 표정은 내가 무엇을 해주어야 하는지를 충분히 알게 했다. 디저트로 나온 이름 모를 아이스크림을 먹으며 그녀가 말했다.

"이제 보니 장 발장의 얼굴은 정말 의지의 사나이 장 발장과 비슷하게 생긴 것 같아. 조금 다르게는 몬테 크리스토프 백작을 닮은 것 같기도 하고……"

"장 발장은 내가 상상할 수 있는 인물이지만 몬테 크리스토프 백작은 상상이 안 가는데, 좋은 사람이겠지요? 억울하고 분하지만 꿋꿋하게 살아가는 그런 사람……"

"그럼! 아주 좋은 사람이지……"

"저도 해피 걸 사장님께 그런 사람이길 빕니다."

"그럼, 그럴 수 있지. 내 이름이 뭐야? 해피 걸이잖아…… 나와 함께 있으면 행복해질 수 있다고…… 자, 우리 보다 더 행복한 시간 속으로 가볼까?"

나는 해피 걸 사장의 말에 잠시 기다려달라는 양해를 구하고 전화 부스로 갔다. 미야코에게 늦은 귀가를 해야 한다는 소식을 전했다. 언제나 그러하듯이 꼭 알려야 한다는 의무감을 지닌 내가 무색할 정도로 누구와 함께 있는지 모르지만 즐거운 시간을 나누라고 말했다. 미안하다는 말은 하지 않아도 된다는 미야코의 목소리는 어딘지 모르게 쌀쌀하게 느껴졌다. 어쩔 수 없이 미야코에 대한 미안한 생각이 들었다. 그 미안함은 커다란 공이 되어 공중으로 부양 (floating)하는 것 같았다.

"아직 끝나지 않았나요?"

해피 걸 사장이 언제 왔는지 전화 부스 앞에서 노크를 했다. 나는 얼른 표정을 고치며 부스를 나와 그녀에게 편안한 웃음을 보냈다.

해피 걸 사장이 운전하는 대로 선택 없이 실려 간 곳은 내가 사는 이스트 빌리지에서 그리 멀지 않은 곳이었다. 모든 뉴요커들의 선망의 대상인 최고급 아파트로 들어선 나는 해피 걸의 손길에 따라 움직였다. 내 얼굴과 내 몸을 쓰다듬을 때 나는 그녀가 하는 대로 내버려두었다. 그러다 어느 순간에 능동적으로 행동하기 시작했다. 손만 대면 벗겨지는 옷을 하나씩 벗기고 샤워실로 데려가고 그러면서 미야코에게 배운 테크닉을 발휘하는 내게 해피 걸 사장은 생각보다 더 강렬한 반응을 보였다.

팔, 다리, 발가락, 심지어 겨드랑이까지 탐닉하는 내게 금방이라도 죽을 것 같은 환성을 질러대는 그녀는 영원히 끝나지 않을 것만 같은 황홀한 표정으로 계속 나를 유혹했다. 그녀와 나는 나를 도와주는 은인관계도 아니고 내게 직장을 있게 해준 상사도 아닌 서로가 가진 본능에 충실한 여자와 남자일 뿐이었다. 그렇다고 나이가 나보다 많은 여자도 아니고 감히 범접할 수 없는 상류층 여자도 아니고 가장 인간적인 본능을 감지하고 그것이 통하면 같이 즐거움을 나눌 수 있는 사람들일 뿐이었다.

결국 거의 울부짖을 정도의 몸부림이 끝난 시각은 새벽 세 시가 다 되어서였다. 해피 걸 사장은 땀으로 흠뻑 젖은 머릿결을 쓸어 올리며 마른 목소리로 말했다.

"내가 당신에게 행복을 주는 것이 아니라 당신이 내게 행복을 주는구나. 앞으로 나는 당신을 해피 맨이라고 부를 거야. 어쩌면 여자를 그렇게 행복하게 해? 내 몸을 어찌도 그리 잘 아는 거야? 여자를 많이 다뤄본 거야?"

나는 그냥 웃기만 했다.

"어서 오세요. 생각보다는 일찍 들어오시네요."

문을 열어주는 사람은 유키코였다. 평상시보다는 더 애교스럽게 웃는 유키코의 얼굴은 우아한 권위까지 보였다. 나는 더욱 죄의식에 사로잡혀 시선을 마주칠 수가 없었다. 그런 내 마음을 아는지 유키코는 내 팔을 잡고 부드럽게 다독이며 소파에 앉혔다.

"피곤하지 않으세요?"

"피곤하지 않아요."

"그럼 우리 이야기 좀 할까요? 가만 보니 우리 피터 팬이 내게 무슨 할 말이 있는 것 같은데……."

"오늘 만난 전 직장 여사장이 나도 모르는 내 신상을 자세히도 알려주더군요. 참 미국이란 나라는 정말 대단해. 내 이름과 주민등록번호(a resident registration number)만 가지고 나에 대해서 어찌 그리도 잘 파악할 수가 있는지……. 아버지는 내가 집을 나온 이후에 이사를 한 모양이야. 내가 우리 가족을 그렇게 고통스럽게 만든 것 같아서 얼마나 가슴이 아픈지……."

"그건 우리 피터 팬 때문이 아니에요. 우리도 아는 사람을 시켜서 조금 알아봤는데……. 자세한 건 조금 더 있으면 알게 되겠지만 분명한 건 피터 팬의 잘못은 없다는 거예요. 그리고……. 미야코와 내가 의논을 했어요. 어떻게 하면 우리 피터 팬에게 편안한 도움이 될 수 있을까 하고……. 많이 생각했고 또 생각날 때 마다 의논도 하고 그랬어요. 그래서 내린 결론이 무엇인지 아세요?"

나는 대답 대신 짧게 고개를 저으며 앞에 놓여 있는 커피를 마셨다. 식은 커피라도 한 모금 마시고 나니 마음이 한층 편해지는 것 같았다. 나는 유키코의 얼굴을 쳐다보며 입안에 남아 있는 커피 맛을 음미했다. 편안한 표정이 된 내 얼굴을 바라보더니 유키코는 안도의 한숨을 지으며 말을 이었다.

"어떤 일이라도, 그리고 무슨 일이라도 피터 팬을 위하는 일이라면 피터 팬의 입장에서 이해를 하고 피터 팬이 좋아하는 쪽으로 해주자. 우리 곁에 있을 수 있을 때까지 편안하게 해주자. 그것이 어떤 것이든……. 그렇게 약속을 했어요. 그러니 어떤 행동을 하시더라도 부담을 가지시면 안 돼요. 그건 오히려 우리를 불편하게 만드는 거예요. 이 이야기는 미야코가 이미 한 걸로 아는데 또 하게 되네요. 미안해요. 그렇지만 다시는 이런 이야기를 하지 않도록 해주시는 게 우리들의 인생을 아름답게 만드는 일이에요. 인간에게는 이기심도 있어요. 그러나 그건 자기 자신에게 질문하고 대답해야 할 문제인 거예요. 어떤 기준점에 도달해서 그렇게 되었든 아니면 주어진 운명으로 그렇게 되었든 가슴에 안겨진 모든 현실은 피할 수 없는 운명이고 그 운명에 따라 벌어지는 일은 그냥 받아들여야 하는 거예요. 뭔지 모르게 그리워지고 가슴 아파지는 끈적끈적한 애착(lingering attachment), 그런 속앓이(a chronic internal disease)를 할 때 하늘이 내려준 찬란한 명화(an excellent film)처럼 나타났던 당신 피터 팬……. 흘러가는 물처럼 사세요. 그러다가 돌멩이를 만나면 편안한 여울목이 되어 잠시 쉬기도 하고요. 이 세상 어디라도 흘러갈 수 있는 물……. 살아 있는 인생은 어디라도 갈 수 있어요. 특히 남자는 더욱 그래요. 사람들은 여자들을 바람에 흔들리는 갈대라고 이야기하지요. 맞아요. 갈대일 수도 있어요. 그러나 흘러가다 멈추게 해주는 돌멩이가 되어 지친 물을 편안하게 해주는 여울목을 만들어 주기도 해요. 사람들은 자신도 모르게 벌어진 운명이라며 한없이 억울해 하기도 하고 분노도 하지만 그건 가보지 못한 길에 대한 미련이거나 연민 아쉬움 때문이지요. 우리에게 흘러온 잃어버린 자기 그림자를 찾으러 다니는 피터 팬이라는 물……. 우리가 든든한 돌멩이가 되어 커다란 여울이 되게 해줄 테니 부디 편히 쉬세요. 왜라는 질문이나 의문 같은 건 갖지 마세요. 이미 설명했으니까……. 사람에게는 약속도 중요하지만 그 약속을 지켜내는 것도 중요한 거예요. 엄청난 힘도 들고요. 더군다나 자기 자신에게 한 약속은 더 힘든 거지요. 너무 잘 알아요. 하지만 우린 지켜낼 거예요. 약속을 지켜나가는 현실이 아플 때도 있을 거예요. 하지만 우리는 그 아픔도 가슴으로 삭이며 그 약속을 지켜나갈 거예요. 아시겠죠?"

나는 무슨 말인지 알 것 같으면서도 전혀 알 수가 없었다. 그러나 그런 혼란스런 내 머릿속을 유키코의 얼굴은 맑게 해주는 청량제와도 같았다. 맑고 청초한 깊은 산속의 한 송이 꽃 같은 그녀, 시리도록 눈부신 모습에 좀 전의 혼란은 자취를 감추었다. 그녀는 내게 두 권의 책을 보여주었다.

"이게 무슨 책인지 아세요?"

양손에 힘겹게 들어서 보여주는 책은 무척 낡아 있었다. 일본어로 제목이 붙어 있는 그 옆에 겨우 읽을 수 있는 영어가 보였다.

"카마슈트라……. 앙코르와트의 신비한 비밀……."

"맞아요. 오래전 우리가 어린아이에서 여자로 성숙해졌을 때 어머니가 주신 책이에요. 인간이 가진 본능을 가장 아름답게 표출하는 방법을 알려주는 책이에요. 우리는 이 책을 읽으며 여자가 해야 할 일이 무엇인지 그리고 남자가 해야 할 일이 무엇인지 알게 되었어요. 남자의 갈비뼈로 탄생한 것이 여자이고 조물주(the creator)가 남자의 몸에서 떨어져 나온 여자에게서 생명을 잉태할 수 있는 선물을 주셨다는 것은 우리가 다 알고 있는 상식이지요. 이것이 남자와 여자를 한순간이나마 둘이 하나가 될 수 없는 사랑을 하게 되는 가장 근본적인 이유가 되는 것이구요. 남자의 몸에서 떨어져 나와서 또다시 남자의 정액을 받아 생명을 만들어가는 그 신비하고도 거룩한 일은 서로에게 부끄러움이 없는 눈길을 주고받는 만남을 통해서 이루어지는 거지요. 여기에서 여자가 할 일은 주어진 운명에 성실하게 순응하는 거지요. 다시 말해서 본질을 모르고 본능만 앞선 남자에게 사랑의 테크닉을 일러줘야 한다고 어머니는 말씀하셨어요. 그것이 부끄럽다면 순수하지 못한 것이라고……. 그리고 어떤 남자를 만나더라도 본능이 허락지 않으면 설령 본질적인 속성(an intrinsic attribute)과 다른 육체의 욕구(sexual desire)가 올라오더라도 참아야 한다고 했어요. 그것이 남자에게서 인간의 완성도를 느낄 수밖에 없는 인간적인 한계를 극복할 수 있는 길이라며……. 그러면서 다소 고답적인(keeping aloof from madding) 일본보다는 훨씬 개방된 미국으로 가라고 권했지요. 그러나 미국은 그렇지 않았어요. 우리가 만난 미국인들은 사랑보다는 일방적인 육체의 굴복(surrender)만을 추구했어요. 그건 사랑이 아니지요. 아니 그들만의 사랑의 방법이겠지요. 그러다 우연히, 정말 우연히 만나게 된 하늘이 내려준 기적 같은 당신 피터 팬……. 남들이 우리를 어떻게 말할지 모르지만 우리는 누구보다도 아름다운 사랑의 의미를 아름답게 해석하면서 그렇게 사랑을 나누고 있는 거예요. 잃어버린 자신의 그림자를 찾아가는 피터 팬 당신처럼……. 그리고 함께 우리가 되어 이렇게 살아가고 있는 과정(a curriculum)……. 거대한 인생이라는 과정 속을 이렇게 노 저어 가고 있는 거예요. 사람들은 쉽게 결론을 내리려고 하지요. 그러나 그건 서둘러서는 안 되는 일이에요. 자신의 결론에 책임질 자신이 있으면 그때 결론을 내리는 거예요. 인생은 순간적인 감정으로 결론을 내리는 것이지만 그 결론에 대한 책임은 스스로 살아가는 인생을 빛나게도 할 수가 있고 한없는 고통도 줄 수 있겠지요. 인생을 고통으로 살기에는 너무 아까운 거 아닌가요? 항상 편안했으면 좋겠어요. 우리 피터 팬이……. 우리와 함께 있을 땐 항상 편했으면 좋겠어요. 이 두 권의 책은 인간이 가장 아름다울 수 있을 때 표현할 수 있는 최고의 솔직한 행위예요. 물론 추하다고 생각하는 사람들도 있어요. 그런 사람들은 나름대로 이유가 있을 거예요. 그 또한 그 자신의 선택이지요."

노래하듯이 말하는 유키코의 모습은 말로 설명할 수 없이 청아

(elegance)하고도 고귀(noble)한 선녀(a taoist hermit with super-natural) 같았다. 나는 그녀의 말소리가 어디선가 들려오는 환상의 메아리 같다는 생각을 하면서 그녀와 만나게 해준 운명의 끈을 영원히 놓치고 싶지 않았다.

포근한 느낌이 몸과 마음을 한없이 편안하게 만들어주었다. 편안한 뜰(a courtyard)로 가는 자장가처럼 유키코의 목소리는 점점 작아지고 나는 어디론가 점점 빨려 들어가는 것만 같았다.

신기한(being marvelous performance) 발견

1972년 1월 20일

"찰리?"

"응, 나야. 잘 있었어?"

"그래, 잘 있어. 넌?"

"난 가수로 데뷔를 해서……."

"그래? 아! 드디어 네 꿈을 이루었구나."

"꿈은 뭘……. 이제 시작이지. 이제 아마가 아닌 프로의 세계로 나가는 거야. 그래서 하는 말인데……."

"응."

"오늘 시간 어때? 시간 있으면 우리 극장으로 좀 와주었으면 좋겠어. 꼭 할 이야기도 있고, 네가 꼭 봐야 할 것도 있고……."

"지금 한 사람을 만나야 하는데, 잠깐 만나고 나서……."

"늦어도 좋아. 기다리고 있을 테니까……."

"알았어. 되도록 빨리 갈게. 브로드웨이 그 극장으로 가면 되지?"

"길을 알겠어? 아니면 내가 42번가 그곳으로 나가 있을까? 네가 올 때까지 기다릴 수 있어."

"그러지 마. 내가 알아서 찾아갈 수 있어. 날씨도 추운데 밖에서 기다린다는 건……. 넌 추위를 무척 싫어하잖아."

"그래 알았어. 기왕에 올 거면 빨리 와."

전화를 끊는 찰리의 목소리는 간절(earnestness)함이 배여 있었다. 그래서 마음을 서두르게 했다. 문 앞에서 기다리고 있던 요한나는 지친 기색이 역력했다.

"미안해. 오래 기다렸지?"

"아니야. 난 기다리면서 즐거움을 느꼈어. 내가 아는 남자가 많은 숙녀들로부터 사랑을 받고 있는 현장을 눈으로 확인했으니까……. 아, 정말 촌사람 출세했네. 일류 여성들의 유혹이 줄을 섰으니 말이야."

"요한나……."

나는 눈을 흘기며 요한나의 옆구리를 손끝으로 찔렀다. 그녀는 자지러지는 소리를 지르며 주차장 쪽으로 뛰어갔다.

"오늘은 참 이상한 날이다."

나는 차창 옆으로 지나가는 밤 풍경을 바라보며 중얼거리듯 말했다. 운전을 하던 요한나도 중얼거리듯 말했다.

"그게 무슨 소리야?"

"나를 미국에 살도록 만들어준 두 사람이 한꺼번에 만나자고 하니……."

"그래? 그래서 그렇게 서둘렀구나. 그럼 찰리를 만나는 거야?"

"그래. 미국에서의 첫날을 잠자게 해준 남자와 내게 직장을 준 여자……. 예고도 없이 이렇게 동시에 연락이 오다니……."

"그랬구나. 그래서 그렇게 서둘렀구나."

"그렇게 보였어? 아, 미안해. 그렇다면 내가 큰 실례를 했구나. 정말로 미안해."

"그렇게까지 미안해할 건 없고……. 그래도 약간은……."

"서운하게 했다고(treat a person in a displeasing)?"

"서운하다? 그래 그건 좀 그랬어? 하지만 좋았어. 그런데 궁금한 게 하나 있어."

"뭔지? 무엇이든 물어보세요."

나는 노래하듯 말했다. 약간 주름졌던 요한나의 얼굴도 활짝 펴지면서 리듬감 있게 말했다.

"어쩌면 여자를 그렇게 잘 다루는지…… 그걸 어디서 어떻게 배웠는지 그게 궁금해. 너무……"

나는 말문이 막혀 얼른 대답을 할 수가 없었다. 그러나 곧바로 표정을 바꾸며 대답했다.

"오래전 아버지에게서 이론을 배웠고 실전(actual fighting)은 진실로 가슴으로 만난 여자에게서……"

"아버지와 여자?"

"응."

"여자는 그렇다 치고, 아버지에게 여자 다루는 법을 배웠다구?"

"그래."

"정말이야?"

"그럼!"

"오, 하나님! 세상에 그런 아버지가 어디 있어?"

"그런 아버지가 우리 아버지라는 분이야. 내가 어릴 때, 그러니까 고등학교 1학년 때 아버지는 내게 말씀하셨지. 남자는 여자에게 모든 것을 바칠 수 있어야 여자를 사랑할 자격이 있다고…… 흔히 남자들이 이렇게 말하잖아. 어이! 난 저 여자를 잡아먹었어. 하지만 대단히 미안하게도 잡아먹힌 건 여자가 아니라 남자래요. 생각해봐. 남자의 상징이 여자의 어디로 들어가?"

"뭐라고?"

"생각해보라니까. 남자의 물건이 여자의 어디로 들어가냐구. 그리고 여자의 그곳으로 들어가서 땀을 흘리며 낑낑거리다가 기분이 최고라고 느끼는 순간 남자는 여자의 그곳에다 뭘 찔끔 쏘아버리는 것으로 여자를 잡아먹었다고 하잖아. 우습지 않아? 남자가 여자에게 바치는 것이 전부인데……. 남자들은 어리석게도 어떤 여자를 잡아먹었다고 자랑을 하잖아. 바보같이 모든 걸 바치면서도 잡아먹었다고 우긴단 말이야."

비로소 말귀를 알아들은 요한나는 차가 흔들릴 정도로 웃어댔다. 얼마나 웃었는지 요한나의 눈에서 눈물까지 흘러나오고 있었다.

곧 도착한 42번가 네거리 모퉁이에서 차를 세운 요한나는 찰리와 인사를 하지 않겠느냐는 내 제안을 뿌리치고 불빛 속으로 사라졌다.

요한나의 차에서 내린 나는 찬란한 불빛으로 채색된 뉴욕의 심장부를 바라보았다. 뉴욕은 시들지 않으려고 발버둥치는 나이 먹은 미인이라는 생각을 하면서 '존스 피자리아' 앞을 지나치고 있었다. 그때 누군가가 내 앞을 가로막았다. 유독 추위를 많이 타는 찰리가 벌벌 떨면서 웃고 있었다.

"아니, 찰리. 여기서 뭘 해?"

"널 기다리고 있었지."

그는 웃으며 말했지만 무척 추운 모양새였다. 사람을 애타게 기다린 모습이 나의 가슴을 아리게 했다. 나같이 보잘것없는 사람을 그토록 애타게 기다린 것이 너무 미안해서 난 찰리의 손을 잡아 내 가슴에 넣어주었다. 지나가는 사람들이 이상한 눈길로 쳐다봤다.

"따듯하다. 너무 따듯해."

찰리는 그 큰 눈동자에 이슬이 맺히고 목소리까지 젖어 있었다. 내 가슴으로 전해지는 사람에 대한 고마움이 한없이 아름다운 멜로디를 만드는 것 같았다. 사람에 대한 고마움! 나는 이 감정을 곱게 간직했다가 어떤 식으로든 표현해야겠다는 의무감 같은 것을 느끼며 일부러 큰소리로 말했다.

"에이, 왜 이래. 내가 사무치게 그리운 여자도 아닌데……."

"아냐. 이렇게 와준 것만도 너무 고마워. 사실 네가 오지 않으면 우리는 많이 곤란할 지경이거든."

"그게 무슨 소리야?"

"네가 그려준 그림 있잖아. 그걸 우리가 실제로 무대에 적용했어."

"그래?"

"극장 측에서는 그림에 대한 원작자의 사용 허가서를 받아야 공연 허락을 해준다고 하고 있어. 그리고 무대에 설치한 장치도 좀 봐주었으면 하고……. 사실 그것 때문에 며칠 전부터 네게 연락을 취했는데 연락이 되질 않아서 얼마나 걱정을 했는지……."

"그래? 난 너한테 연락이 왔었다는 걸 전해 듣지 못했는데……."

"그랬구나."

"아마 우리 헬스센터의 카운터 아가씨가 너무 바빴거나 아니면 일부러 나한테 전해주지 않았을 수도 있어."

"그래? 왜?"

"그 여자가 내게 몇 번 추파(an amorous glance)를 던지는 걸 내가 모른 척했거든. 아마 그래서 일부러 그랬을지도 몰라."

"에이, 그럼 그건……."

"그건 그렇고 내가 뭘 해주면 되는 거지?"

"여기에다 사인을 해주면 돼. 이 돈은 받아 넣고 또……."

"또 뭔데?"

"이건 네가 나에게 준 가사(the words of a song)에다가 곡을 붙인 건데 이번 콘서트에서 내가 부를 거야. 말하자면 프로 무대에 서는 거지. 이 또한……."

"난 또……. 나한테 이럴 필요 없어. 이 그림도 그렇고, 가사도 아무 생각 없이 너한테 준 선물이야. 그러니 네가 주인이야. 나한테 그런 허락을 받을 필요가 없다구. 됐지?"

"아니, 그건……."

"어이, 친구! 됐다니까. 나를 미국에서 살게 해준 그 은혜에 어떻게 보답을 해야 하는지 항상 고민하고 있는 나인데……."

"그래도 그건 그거고, 이건 남의 재능을 사주어야 하는 미국 예술가에 대한 기본적인 대우야. 남의 창작을 어떻게 그냥…… 이건 아주 기본적인 절차인데……"

"좋아! 꼭 그렇다면 나에게 허락을 받는 마음으로 좋은 공연을 해! 그래서 사람들이 즐거워하는 일이 생기면 그걸로 나에게 보답하는 거라고 생각하면 되는 거야."

"정말이야?"

"그럼. 우린 친구잖아……"

"친구? 그래, 고마워. 친구야……. 내 잘 부를게. 곡도 그날 밤에 바로 나왔어. 아마 잘 될지도 몰라……"

"그럼 됐어. 그리고 내가 뭘 해주면 되는데?"

"어서 가서 완성된 무대 좀 봐줘."

"알았어. 어서 가자."

"내가 그려준 무대의 분위기와는 조금 다르긴 하지만 비교적 괜찮은 것 같아. 그런데 황혼의 분위기를 좀 내려면 조명의 위치를 조금 바꾸고 색감은 황혼을 반대로 표현해주는 빛이었으면 좋을 것 같아. 예를 들면 무대 앞쪽에는 짙은 붉은 빛을 뿌려주고 무대 위쪽으로는 밝은 잿빛……. 그리고 그 위에는 더 짙은 잿빛으로 덮으면 어떨까? 그리고 노래를 부르는 가수들에게는 집중적인 밝은 조명으로 해주면 좋을 것 같아. 아무 색이 없는 것으로……. 그리고 저 늘어진 수양버들은 그대로 사용해도 좋겠지만 어디서 소나무 잎을 구할 수 있다면 조금씩 붙여주면 더 좋을 텐데……"

내 이야기를 듣고 있던 연출가 데니는 어이가 없는 표정을 지으며 나를 바라봤다. 나는 그 당황해서 저절로 어깨가 움츠러들었다. 그러나 잠시 뒤에 데니는 미국인 특유의 감동을 표시하면서 내 손을 잡았다.

"오, 하나님! 아니 오늘 처음 이 무대를 보고 어떻게 뭔가 모자라다고 생각하는 점을 그렇게 완벽하게 끄집어내지? 어디서 배웠어?"

"배운 적은 없어요."

"그럼?"

"그냥……. 그렇게 하면 좋을 것 같다는 생각이 들어서……."

"정말 배운 적이 없는데 그런 감각이 나온다는 건……. 오! 믿을 수 없어. 믿을 수 없어. 배운 적도 없이 무대의 분위기를 알고 공연의 핵심을 찌르는 연출을 할 수 있다니……. 넌 천재야. 공연의 모티브를 정확하게 표현할 줄 아는 이벤트의 천재야. 우리 앞으로 같이 일 좀 하자. 네가 가진 재능을 엉뚱한 곳에서 썩히지 말고 당장이라도 여기로 와서 우리 같이 일하자. 넌 우리가 가지고 있지 않은 예술적 감각과 휴머니즘을 가진 독특한 재능을 가졌어. 내 말 알아듣겠어?"

나는 데니가 흥분해서 하는 이야기에 오히려 현기증이 일었다. 그러나 내 기본적으로 갖고 있는 생각이 그토록 남에게 도움이 된다니 참 즐거운 일이기도 했다. 즉 머릿속에 있는 재능이 특수한 현실로 둔갑을 하면 저작권이라는 유산이 되는 것이고, 그렇게 해서 필요한 사람에게 주어지게 되면 저작권자(a copyright holder)가 되며 그것이 돈이 된다는 사실이 좀 터득되었다.

기묘한(a strange) 애욕(love and lust)

1972년 1월 21일

땀 흘려 일하지 않고도 돈이 생긴다는 사실! 나는 찰리에게 다녀온 뒤로 이상한 이끌림으로 나 자신에 대한 의구심과 싸웠다. 땀 흘려 일하는 것, 즉 육체적 노동의 결과로 얻어지는 것으로 살 수가 있고 또 그것을 사람이 살아가는 기본이라고 믿었던 가장 보편적인 상식이 무너지고 머릿속에 들어있는 지식과 재능만으로도 살아갈 수 있다는 생활의 발견은 시간이 흐를수록 충격으로 나의 머리를 어지럽게 했다.

　골프 연습과 낮 강습이 끝나갈 무렵, 석양은 무정하게도 또 하루를 기억 속으로 밀어 넣으며 차츰 자취를 감추려 하고 있었다. 한 치의 여유도 없이 지나가는 시간과 시간의 무게, 가슴 언저리를 묘하게 압박하면서 스쳐가는 세월, 그것을 감지할 때면 진정한 나를 찾아 어디론가 떠나고 싶은 이방인(an alien)임을 자처하는 것 같아 더욱 실소(sudden uncontrollable laughter)가 나왔다. 아니라 하면서도 그 자리에 머물러 있는 몸과 마음, 창 너머로 젖어오는 겨울의 석양빛은 너무나 현란했다. 고개를 가로젓다가 어느 순간 머리를 끄덕이고 있는데 누군가 노크를 했다. 나는 생각을 떨쳐내며 큰소리로 말했다.

　"네! 들어오세요."

　베라가 보낸 리무진 기사였다.

　"사모님께서 몸도 아프시고 또 연락을 해도 잘 닿질 않는다며 저를 보냈습니다. 꼭 모시고 오라고 했습니다."

　나이 듬직한 기사는 내가 도저히 거절할 수 없는 위엄과 근엄함을 가지고 있었다. 그러나 나는 시계를 보면서 곤란한 표정을 지었다. 나의 그런 표정을 알아차린 기사는 다시 말했다.

　"남은 강습시간이 있겠지만, 아마 곤란하지 않게 모든 조치를 취해놨을 겁니다."

　그 말이 끝나자 기다렸다는 듯이 전화벨이 울렸다. 사장 베네딕은 매우 친절한 목소리로 말했다.

　"너무 열심히 일하는 것 같아서 오늘은 특별 휴가를 주겠네. 나가서 좋은 시간을 가지도록 하게. 아마 엄청난 행운이 기다리고 있을 거야."

　나는 전화를 끝나자 너무도 친절한 베네딕의 목소리가 들리던 수화기를 바라보며 생각했다.

　'오늘은 어떤 일이 이 두근거리는 가슴을 채워줄 것인가?'

"어서 오십시오. 환영합니다."

경호원 복장의 사내는 영어 발음이 약간 투박했지만 절도 있는 태도였다. 나는 약간 겁을 먹으며 앞서는 사내를 따라갔다. 눈에 익숙한 베라의 집에는 검은색 양복을 입은 경호원들이 입구에서부터 서 있었다. 내가 넓은 문으로 들어서자 잘 차려입은 베라가 활짝 웃으며 나왔다.

"어서 와요. 우리 그이가 꼭 보고 싶다고 해서……."

나는 순간적으로 아이고 죽었구나! 하는 생각이 들어 그 자리에서 모든 동작을 멈추었다. 그러자 베라가 웃으며 말했다.

"긴장하지 마세요. 아마 우리 그이가 아주 좋은 선물을 줄 거예요. 어서 이리로……."

베라가 여전히 웃으며 나의 팔을 이끌었다. 나는 오금이 저렸지만 아랫입술을 깨물며 안으로 들어가는데 안에서 누군가가 나왔다. 풍채 좋은 아랍 복장을 한 사람이었는데 아마 베라의 남편인 것 같았다. 그는 두 팔을 벌리고 나를 반겼다.

"어서 와요. 미스터……."

"장 발장."

"아, 장 발장……. 그러고 보니 장 발장 같아 보이네. 이렇게 초대에 응해주셔서 대단히 감사합니다. 오늘 두 가지 이유로 초대를 했습니다."

베라의 남편 마흐디는 나보다도 더 발음이 엉성한 영국식 영어를 구사하고 있었다. 나는 무의미하게 웃는데 베라가 끼어들었다.

"이쪽은 나를 무척이나 사랑해주는 마흐디 씨, 이쪽은 나를 몸과 마음으로 완벽한 여자로 만들어주신 분……."

베라는 날아갈 듯이 가뿐한 표정으로 말했다. 나는 맞아죽을지도 모르겠다는 생각을 하면서 마흐디 옆자리에 앉으며 경계심(cautiousness)를 늦추지 않았다.

"어이, 젊은 양반……. 긴장 풀어. 오늘은 내가 우리 베라에게 참 좋은 일을 해준 분에게 감사하는 마음으로 이렇게 초대를 했는데 이렇게 겁을 먹은 표정이면 내가 미안하잖아.

마흐디는 너그러운 표정으로 내 손을 다독이며 말했다. 영국식 영어라 알아듣기는 훨씬 쉬웠다. 마흐디가 그렇게 말은 했어도 나는 언제 어떤 일이 벌어질지 모른다는 불안감에 사로잡혀 있었다. 그런 내 마음을 아는지 마흐디는 조금 더 부드럽고 작은 목소리로 속삭이듯 말을 이었다.

"아까도 말했지만 오늘 두 가지 부탁을 하지. 첫째 우리 경호원들에게 한국 무술을 지도(guidance)해주고, 두 번째 우리 베라를 행복하게 해준 그 섹스 테크닉을 나에게 좀 가르쳐주시게. 알겠나?"

"네?"

나는 어이가 없고 놀라워서 눈알이 튀어나오는 줄 알았다. 그러나 마흐디는 진지하게 다시 말했다.

"우리 베라를 행복하게 해준 그 사랑의 테크닉, 앞으로 내가 없을 땐 계속해서 우리 베라를 행복하게 해주고 부지런히 가지고 있는 실력을 전수(handing down)해주라고……. 나 이렇게 부탁하네. 아, 물론 그에 대한 충분한 사례(gratitude)는 할 거야. 자, 그럼 여자를 황홀하게 만드는 당신의 신비한 러브 테크닉을 한수 배워볼까?"

내가 대답을 하기도 전에 그는 나를 다른 방으로 끌고 갔고, 들어선 그 방엔 팔등신(well-proportioned figure)의 백인 여자가 섹시한 몸짓을 하며 서 있었다. 잠시 정신을 못 차리고 있는데 베라가 어둠 속에서 말했다.

"어서 시작해. 우린 배울 준비가 다 되었어."

나는 선택의 여지도 없이 여자의 옷을 하나씩 벗겼다. 그리고 미야코가 나에게 해준 것을 생각하면서 여자의 온몸을 탐닉하기 시작했다. 여자의 반응은 너무도 민감했다. 지나칠 정도로 신음소리를 크게 내어 자칫 이성이 마비(paralysis)될 정도였다. 나 역시 여자의 반응에 자동적으로 동화되는 듯했지만 이렇게 하지 않으면 어떻게 될지 모르겠다는 생각에 미야코에게 배운 것을 응용해서 더 심도(depth)있게 여자를 다루었다.

시간이 흐를수록 여자는 더욱 자지러지는 목소리를 냈고, 보이지 않는 곳에서 나는 베라의 목소리까지 뒤엉키니 방안의 열기는 터져 나갈 것 같았다. 미야코가 고맙기도 했고, 한편으로는 미안하다는 생각도 들었다.

애증(love and hatred)의 저편에는 눈물이 가득하다

1972년 1월 23일

'도대체 나는 무엇인가? 나도 모르게 오게 된 미국 땅! 어디로 갈지 몰라서 헤매다가 우연히 알게 된 찰리라는 흑인 청년, 그리고 말하지도 않았는데 잠자리를 주고 일자리도 주었던 그 따뜻한 마음의 소유자 미야코 자매, 선택의 여지도 없이 너무도 자연스럽게 이어지는 뉴욕에서의 시간들, 무엇이 남자와 여자인지 아직은 잘 모르지만 진실이 무엇이라는 것은 조금씩 알아가는 듯한데 진짜 인간이 살아가는 이유는 무엇일까? 싫든 좋든 살아가야만 하는 이유는 무엇이란 말인가. 무대 연출에다 무술 선생은 무엇이며 듣도 보도 못한 섹스 테크닉 선생은 또 무엇인가? 그러면서도 천연덕스럽게 주어지는 생활을 하고 있는 까닭은 또 무엇일까? 그렇다! 하면서 붙잡을 수도 없고 아니다! 하면서 뿌리칠 수도 없는 이 운명의 굴레, 내 주변의 모든 것들에게 인사마저도 하지 못하고 그냥 흘러가는 물이란 말인가? 잠시 머물렀던 여울목을 기억 속에 남겨두고 바다로 흘러가는 물, 남겨진 모든 것들은 떠나가는 물을 두고 무엇이라고 기억할 것이며 떠나가는 물은 또 얼마나 가슴 저미며 차가운 겨울을 가득 안고 이별을 매만질 것인가? 언제부턴가 내 가슴에 자리 잡은 겨울, 그 겨울 이전에 기억의 뜰에서 노니는 아버지의 얼굴, 아! 아버지는 지금도 나에게 미안하다며 아픈 가슴을 술로 달래는 건 아닌지. 모름지기(it is proper that one should do) 당신 자신을 위해 살기보다는 숙명처럼 짐 지워진 인생의 무게가 자식에게 대물림될까 봐 두려워했던 아버지! 지금쯤은 또 얼마나 가슴 아파하시며 나를 기다리고 계실까? 인생은 내일을 모르는 것이라며 그저 주어진 오늘에 최선을 다해 사는 것이라고 하시던 말씀이 내가 지금 사는 이런 걸 두고 하신 말씀일까? 아! 모를 일이다. 정말 모를 일이다. 어떻게 살아야 하는 것이 잘 사는 것일까? 주어지는 내 인생의 오늘, 오늘따라 왜 이리도 고향이 사무치게 그리운 것일까! 잃어버린 그림자를 찾으러 다니는 사람이라고 했었다. 그렇다면 내게 있어서 잃어버린 그림자는 어떤 것인가?'

"아이고 무서워라! 무슨 생각을 하고 있기에 그렇게 주먹을 불끈 쥐고 그래?"

언제 들어왔는지 베네딕 사장과 해피 걸 사장이 내 사무실에 들어와 있었다. 나는 얼른 주먹을 풀면서 어색하게 웃었다.

"더군다나 아주 큰 선물을 가져온 사람에게 고맙다는 인사로 이런다는 건 인사가 아니지……"

"죄송합니다. 그냥 다른 생각을 좀 했어요."

"무슨 생각을 그렇게 주먹을 불끈 쥘 정도로……"

해피 걸 사장은 멍한 표정으로 말끝을 흐렸다. 그러더니 자리에 앉으며 나를 유심히 바라봤다. 베네딕 사장도 마찬가지였다. 너무도 진지한 베네딕 사장의 표정이 내 가슴에 비수(grief)가 되어 마음을 저리게 했다. 그런 내 연민어린 표정을 보면서 해피 걸 사장은 부드럽게 말했다.

"내가 볼 때 우리 비 제이는 회향병(longing for homesick)인 것 같아. 그게 아니면 급작스런 생활 변화에 따른 스트레스……. 맞지?"

나는 말을 하지 못하고 눈을 감아버렸다. 해피 걸 사장은 눈감은 내게로 다가와서 나를 살포시 안았다. 그러고는 등을 부드럽게 쓰다

들었다.

"그래, 울어요. 마음 놓고 울어요. 울고 싶을 땐 울어버리면 차라리 시원해요. 자, 이리로 앉아서 우리 함께 울어요. 잘 들으세요. 이 해피 걸도 그랬던 적이 있어요. 울고 싶어도 울 수가 없어서 화장실에 가서 울었던 적이…… 시애틀 시골 처녀가 뉴욕이라는 엄청나게 큰 도시에 와서 어디로 갈지 몰라 헤매고 있었는데 일을 마치고 들어오던 꽃집 주인을 만났지요. 배가 고파서 우는 나에게 울지 말고 꽃처럼 아름다운 마음을 가지면 세상사는 일이 조금은 덜 괴로워진다며 시든 장미꽃을 주었어요. 시든 꽃이 꼭 내 모습 같다는 생각에 나는 더 큰 소리로 울면서 말했지요. 시든 장미꽃보다 햄버거나 하나 사주면 힘도 나고 이 시든 장미꽃에도 생명을 불어 넣을 수 있겠다고…… 그 아줌마는 내게 햄버거를 사주었고 나는 햄버거를 먹고 난 뒤에 고향의 뜰에서 매만지던 솜씨로 시든 가지를 잘라내고 스펀지에 물을 적셔 장미꽃을 살려냈지요. 그 모습에 탄복(admire)을 한 아줌마는 나를 자기 집으로 데리고 갔고 시든 장미를 행복한 모습으로 만들어내는 여자라며 내게 해피 걸이라는 이름을 붙여주었지요. 그렇게 해서 나는 꽃이 시들지 않게 하는 오아시스라는 꽃꽂이 소재를 만들어서 생각지도 않게 돈을 벌게 되었고, 오늘날 사람들이 정원에 가지 않아도 오랫동안 꽃을 감상할 수 있게 했지요. 참 울기도 많이 울었어요. 사람들은 꽃을 보고 즐기지만 그 꽃을 즐기도록 만들었던 기나긴 고통의 과정은 모르겠지. 꽃을 꺾어서 진열장에 놓으면 살아 있는 동안에 꽃들이 숨을 쉬면서 치명적인(fatal) 가스가 나오는데 그 가스를 마시고 죽을 뻔한 적도 참 많았어. 그럴 때마다 엄마가 그리웠고 두고 온 고향의 하늘이 미치도록 그리웠지만 주어진 냉혹한 현실은 나를 강철로 만들었지. 헤이, 장 발장. 아니 꿈을 먹고 사는 청년 미스터 킴! 기운을 내라고…… 그대는 정말 억울한 사람이라는 거 내가 잘 알아 이 패스포드를 만들면서 정보계통에 있는 사람들이 말해주더군. 표면상으로는 아무런 죄가 없지만 정치조직(a political system)의 과잉충성(excessive devotion)으로 만들어진 연좌제라는 것에 묶여 권력이라는 엄청난 격랑에 치어버린 사람들이었어. 당신과 당신의 아버지는……. 그래서 독한 술을 마셨고……. 상상치도 못하는 경로로 미국으로 오게 된 거지. 자신도 모르게 말이야. 그래, 있을 수 있어. 보통 사람들은 생각지도 못하는 일이지만 킴에게 그럴 수 있었던 것은……. 신(god)은 축복을 받아야 할 사람에게 축복을 준다고 했어. 자신도 모르게 흘러들어온 미국이라는 땅은 당신에게 고통스럽지만 축복을 내려준 거야. 주어진 현실에 용감하게 싸운 당신은 축복을 받은 거야. 어떤 여자가 말했다고 했지. 흐르는 물이 돌을 만나면 여울이 만들어지고 그 여울은 돌 뒤에서 맴을 돌면서 여울목을 만든다고……. 돌 뒤에서 맴을 도는 여울, 그 흐르는 물이 당신이고 그런 당신이 너무도 안타까워 조건 없이 무언가를 주고 싶었다면 흐르는 물을 쉽게 해주는 돌인 거야. 그 여자가……. 그렇게 해서 흘러온 물인 당신은 생각지도 않았던 꽃 배달을 하게 되었고 진정한 용기가 필요로 할 때 총알도 두려워하지 않았던 당신……. 인생은 끝없이 배우는 거야. 아름다움이든 괴로움이든 살면서 배우는 거야. 어떤 일이든 살아가는 사람들 앞에 벌어지는 건 배우는 과정인 거야. 결과가 아니고 배우는 과정이라고……. 내 말 알겠어요?"

옆에서 듣고 있던 베네딕 사장이 내 마음을 아는 듯 내 대답을 가로채며 말했다.

"맞아. 인생은 배우는 거야. 나 역시 오늘날 이런 사업을 하는……. 작지만 그냥 그대로 품위 유지를 할 수 있는 것도 지금 장발장이 느끼는 그런 아픔을 이겨낸 과정이 있었기에 가능했어. 장발장! 기운을 내게. 미국은 당신같이 아름다운 용기를 가진 사람에게 무한의 기회를 주는 나라야. 하지만 그 기회는 항상 주어지는 게 아니야. 기회는 잡으려고 애쓰는 사람에게 주어지게 되고, 그 기회가 바로 꿈을 이루게 해주는 거야. 미국은 그런 나라야. 진정한 아름다움을 알고 그 아름다움을 실천할 줄 아는 사람에게 아름다운 기회를 주는……. 설령 동기가 조금 불순했다고 해도(from a dishonest motive) 결과가 중요하면 중요한 것만큼 커다란 꿈을 부여(grant)하는 곳이야. 슬픔도 괴로움도 이겨내야 해. 못 견디도록 그리워도 지금 해야 할 일이 있다면 해내야 돼. 그게 주어진 기회를 잡는 것이고 그 기회는 아름다운 꿈을 찾게 만드는 또 다른 기회가 되어주는 거야. 힘을 내라고……. 아름다운 용기를 가진 당신 옆에 우리가 있잖아."

베네딕 사장은 아버지 같은 표정으로 나를 다독였다. 한없는 수렁으로 빠져 들어가는 듯하던 내 마음에 눈부신 태양이 빛나는 것 같았다. 베네딕 사장은 넉넉하게 웃으며 말했다.

"자, 해피 걸 사장님, 오늘은 우리 미스터 장 발장에게 수호천사가 되어 주세요. 기왕에 되어주신 거 완전하게 되어 주세요."

베네딕 사장은 나와 해피 걸을 일으키면서 등을 밀었다. 해피 걸 사장은 묘한 웃음을 나에게 던지며 말했다.

"그래야지요. 내가 위로도 해주고 또 받기도 하고……."

해피 걸 사장은 더욱 묘한 웃음을 베네딕 사장에게 던지며 나의 팔을 휘감았다.

방안에 흐르는 음악이 너무도 평온했다. 푸짐한 이태리 음식으로 배를 채우고 넓은 방에서 듣는 음악은 모든 것을 잊게 했다. 이상하게도 온 몸과 마음이 어디론가 빨려 들어가는 느낌이었다. 담배를 피워 문 해피 걸 사장은 창가에 놓여 있는 소파에 앉으며 직접 뽑은 향기 짙은 원두커피를 마셨다. 창 너머로 보이는 뉴욕의 거리가 너무도 아름다운 빛을 토해내고 있었다. 그때 나도 모르게 말이 튀어나왔다.

"뉴욕은 늙지 않으려고 몸부림치는 나이 먹은 미인 같아."

"뭐라고? 늙지 않으려고 몸부림치는(kicking and screaming) 나이 먹은 미인? 아우, 우리 장 발장이 그런 표현도 할 줄 아는구나. 와! 이건 놀라운 발견이야. 어떻게 그런 표현을 할 줄 알지? 아주 문학적인 재질이 풍부한 것 같네. 완전 문학청년(a young lover of literature)이야. 그렇지. 내가 처음 봤을 때 그때가 얼마나 되었다고 이렇게 발음도 좋아지고 그렇게 영어로 표현하는 걸 보면 아주 대단한 사람이야. 장 발장은 뭘 해도 성공할 거야. 골프를 배운다고? 언제 우리 같이 한번 나가서 시합을 해보자고. 베네딕 사장의 말에 의하면 골프도 상당히 잘 친다고 하던데…… 운동신경도 뛰어나고 사물을 표현하는 능력도 상당하고, 우리 장 발장을 보고 있으면 인생이 즐거워, 호호. 늙지 않으려고 몸부림을 치는 나이 먹은 미인이라, 표현이 너무 적절해. 아주 훌륭한 표현이야."

해피 걸 사장은 무척 즐거워했다. 나는 그런 칭찬이 너무 쑥스러워 다시 한 번 창 너머로 시선을 돌렸다.

"지금 나오는 이 음악, 저 여자의 목소리는 너무 아름답고 그리고 슬퍼. 사랑은 아름다운 새, 일명 아바네라라고 하기도 해. 비제의 오페라 카르멘에 나오는 아름다운 아리아 아바네라야."

해피 걸 사장은 자신이 그 노래를 부르는 주인공처럼 커피 잔을 들고 움직이며 따라 불렀다. 그런데 그녀의 목소리는 거의 가수 수준이었다. 나는 넋을 잃고 오페라를 감상하듯이 그녀를 바라봤다. 그녀는 아리아의 끝 부분에서 내게로 다가와서 청순한 표정으로 말했다.

"힘든 담배 공장에서 일하다가 우연히 만나게 된 호세, 스페인의 남부, 태양이 이글거리는 안달루시아 지방의 뜨거운 정열을 가진 카르멘에게 정반대의 정서를 지닌 북부지방 바스크 출신의 호세, 둘은 만난 것 자체가 비극이었는지 몰라. 힘든 생활을 하는 카르멘에게 새로운 인생을 시작하자고 카르멘을 너무도 사랑하는 호세가 말하지만 카르멘은 야멸차게(in a chilly manner) 거절하고 다른 남자인 스타 투우사 에스카미요에게 마음을 빼앗겨버렸으니…… 자신의 모든 것을 버리고 선택한 사랑에 배신감을 느낀 호세는 칼로 카르멘을 찔러 죽이지. 핍박받는 소수민족 집시의 자유와 절망을 아주 능숙하게, 그리고 슬프고 애절하지만 아주 아름답고 찬란하게 사랑을 표현한 오페라야. 나는 지금까지 세 번 봤는데, 지금 저건 실황 녹음이야. 나는 내 인생이 힘들고 고달플 때 그리고 아주 즐거운 일이 있을 때 이 오페라를 들어. 눈을 감으면 공연장이 그대로 생각나지. 그럼 나도 모르게 아주 좋은 기분이 들어. 누군가가 그러더군. 오페라를 좋아하는 사람은 선천적(inborn)으로 바람둥이라고……. 왜냐하면 오페라는 자신이 하는 일에 관심의 폭이 넓고 타고난 호기심이 많아야 이루어지는 예술의 장르라는 이야기지. 오페라 자체가 문학, 음악, 미술, 연극 그리고 기술 분야까지 통달해야만, 다시 말해서 예술분야의 모든 것을 종합해서 만들어지는 종합예술이어서 그렇다는 거야. 우리가 살면서 예기치(without warning) 않은 유혹을 받았을 때 그걸 이기면 사람은 강해지기는 해. 하지만 그 유혹을 받아들이면 인생은 풍부해지는 거야. 마치 어느 날 갑자기 내 앞에 나타나서 무미건조(dryness)한 유혹으로 나를 유혹한 미스터 장 발장처럼……."

눈웃음을 치며 어느새 내게 안긴 해피 걸 사장은 폭발하는 욕정을 뿜어내며 욕실로 나를 이끌었다. 나는 격정으로 몸부림치는 해피 걸 사장을 천천히 달래며 온몸을 씻겨주었다. 두 눈을 감고 행복에 젖은 신음소리를 내는 그녀의 흐느낌에 나도 빠져들고 있었다.

아무것도 생각나지 않았다. 인생이 아름다울 수 있는 것은 아름다운 마음을 가진 사람과 한 순간이지만 한 몸이 될 수 있기 때문이라는 생각이 들었다. 이념이나 사상 따위가 필요 없는, 자신도 모르게 치솟는 본능을 가장 성실하게 받아들이는 순간, 인생은 가장 아름다울 수 있지 않을까.

빌려온 조국

패스포드, 외국 여행을 하려면 누구나 가지고 있어야 하고, 소속된 국가가 소지한 사람의 신분을 보장해준다는 그 패스포드, 나는 그것을 손에 쥐고 만지고 또 만졌다. 얼마나 신기한지 밤을 새우며 만지고 또 만지는 나를 보고 미야코는 아무 말도 하지 않았다.

만질수록 느껴지는 이상한 자부심은 내 의식의 저편에 나도 모르게 물들어 있는 자괴감을 말끔히 씻어주는 것 같았다. 저절로 눈물이 흘러 나왔고 누군가 나를 보호해준다는 든든한 증명을 해주는 것 같아서 고마운 생각이 들었다.

나를 짓밟았고 희망을 앗아갔던 국가가 나를 외국에서 살도록 보증해주었다는 사실은 희미한 소속감을 주는 것 같았다. 내가 누구이며 내 뒤에는 나를 낳아준 조국이 있다는 사실이 가슴을 뿌듯하게 하고 든든한 버팀목으로 느껴지는 것은 무슨 까닭인지……. 더군다나 내 손이 아니고 다른 사람을 통해 만들어진 패스포드는 세상을 보는 시각 자체를 다르게 해주었다. 그리고 뉴욕을 바라보는 눈높이를 확실하게 만들어 준 사실이 내 머리 속에 선명하게 각인되었다.

조국이 무엇이며 조국을 떠나서 살게 되면 무엇을 느끼게 되는지, 느껴보지 않은 사람은 모를 것이라는 생각에 밤새워 만진 패스포드를 또 만지게 했다. 동시에 죄짓고 산다는 의식이 사라지는 것도 같았고, 지금부터는 내 의지대로 살 수 있을 것 같기도 했다.

미국에 와서 지금까지는 주어진 일이 싫은지 좋은지도 모르고 그저 시키는 대로 해왔다. 그러나 이제는 그러지 않아도 될 것 같았다. 싫은 것은 '노!'라고 말할 수 있다는 생각이 들자 또 다른 자부심이 힘을 솟아나게 했다. 그리고 미국은 참 좋은 나라이고 넉넉한 나라라는 생각에 숙연(destiny)하고 겸허(humbleness)한 마음이 들었다.

하루 종일 방에 처박혀 있던 내가 밖으로 나가서 소리치고 싶었다. 사람들이 많은 타임스퀘어 광장에서, 아니 내가 처음으로 미국 땅을 밟은 그곳, 자유의 여신상을 바라보면서 소리치고 싶었다.

자유여!

조국이여!!

내 인생이여!!!

가슴으로 흘리는 눈물

1972년 1월 25일

"이거 정말이야?"

미야코는 찰리가 보내준 초대장을 바라보며 신기한지 보고 또 봤다. 나는 애써 모른 척하면서 커피만 마셨다. 창밖에는 거리를 집어삼킬 듯한 바람이(a gale) 불고 있었다. 나는 민망스러운 분위기를 피하듯 흔들리는 창문을 보며 중얼거리듯 말했다.

"바람은 참 많은 것을 생각하게 하는 것 같아. 그냥 스쳐 지나가면 그만인데 사람의 가슴을 묘하게 흔드는 것 같아. 불어오고 지나가고 그리고 남아 있는 것들……. 흐르는 물같이 바람도 인생의 생리를 닮은 것 같아. 어디로 가는지도 모르고, 아니 어떻게 그 배에 타게 되었는지 지금도 알 수 없지만 기나긴 항해 끝에 내려진 뉴욕, 그 아침에 바라본 자유의 여신상이 내게 무엇을 말해주었을까? 내가 거기서 무슨 말을 들었기에 그렇게 울었는지……. 그런 내게 무언가를 주고 싶었다니, 그때 내 가슴으로 불어온 바람이 어떤 것이었기에……. 땅바닥에 스며 있는 물안개를 젖히며 불어온 바람……. 그 이상한 바람이 내게 들려준 이야기……."

"그때 들었던 이야기 그대로 지금 살고 있는 거예요."

"무슨 이야기인지도 모르는데?"

"그 모르는 이야기가 지금 살고 있는 그 자체예요. 그 바람이 이렇게 살라고 말해준 거라고 생각하세요. 그때 몰랐던 운명의 바람이라고 생각하시고……. 아마 맞는 말일 거예요. 지금 사는 게 행복하든 그렇지 않든 그 바람은……. 잃어버린 그림자를 찾으러 다니는 피터 팬이 감당할 수밖에 없는 인생이었으니까요. 인생은 느끼고 살아버린 것만큼 배우는 거예요. 그러면서 사는 거지요."

나는 고개를 끄덕이며 미야코를 바라봤다. 해맑은 눈동자에서 뿜어져 나오는 어떤 기대(expectations) 같은 것에 오히려 주눅(timidity)이 들어버린 나는 한없이 작아지는 느낌이 들었다.

"정말 대단한 사람이에요. 감성(susceptibility)이 아주 풍부한, 감성지수(emotional quotient)가 아주 높은, 그걸 표현하는 능력이 아주 탁월한 사람……. 언어를 구사하고 표현하는 능력이 아주 뛰어날 뿐만 아니라 다른 언어를 구사하는 능력이 타고난 사람 같아요. 정말 대단해요. 이렇게 자랑스러운 사람과 인연이 되어 이렇게 같이 살고 있다는 게……. 나 자신이야말로 소리치고 싶어요. 나는 세상을 아름답게 만든 하나님의 뜻대로 정말 마음이 아름다운 사람과 같이 살고 있는 행복한 사람이라고……."

나는 듣기가 거북해서 그만 밖으로 나오고 말았다. 밖에는 하루 일과를 끝내고 귀가하는 사람들이 집으로 들어가고 있었다. 내 뒤를 따라 나온 미야코와 유키코는 생글생글 웃으며 나를 차에다 밀어 넣었다.

공연은 너무 감동적이었다. 내가 찰리에게 선물로 준 노래가사는 내가 글을 쓸 때 생각지 못했던 엄청난 감동으로 다가왔다. 더군다나 노래를 부르기 전에 이 노래 가사를 선물로 준 친구에게 감사한다는 찰리의 말은 나를 너무 흥분하게 만들었다. 열광적인 공연이 끝나고 데니의 사무실에서 만난 찰리는 눈물까지 흘리며 내 손을 잡았다.

"고마워. 고맙다는 말 외에 달리 할 말이 없어."

"고맙긴……. 내가 더 고맙지."

찰리와 나는 말없이 서로의 얼굴을 바라보기만 했다. 그런 우리 두 사람 사이를 데니가 커피를 내밀며 끼어들었다.

"자, 자리에 앉자고."

데니는 옆에 서 있는 미야코와 유키코에게 의자를 권하고 자리에 앉았다. 그리고 잔을 들어서 내밀며 말했다.

"고마워. 여러 가지로……."

"별 말씀을……."

"오늘의 성공이 모두다 장 발장의 덕분이야. 그래서 하는 말인데 오늘과 비슷한 공연을 빠른 시간 안에 다시 하자는 제작자의 의견도 있고, 또 이렇게 작은 음악회가 사람들에게 감동을 준다는 생각으로 삭막한 이 뉴욕의 거리를 헤매는 사람들에게 조금은 따듯하게 해줄 필요가 있다는 생각으로……."

"아름다운 사람들에게."

"뭐라고?"

"모든 사람들은 아름다운 마음을 가지고 있어요. 다만 가슴속에 숨겨놓고 내놓지 못하고 있을 뿐이죠. 그런 사람들에게 아름다운 음악을 들려주면 숨겨둔 영혼이 살아날 수 있지 않을까요?"

"아름다운 사람들에게! 좋아! 너무 좋아!"

데니는 호들갑스러울 정도로 손뼉을 치면서 좋아했다. 나는 그저 생각나는 말을 했을 뿐인데 너무 좋아하면서 확대 해석하는 데니가 이상스럽기도 했다.

"맞아! 우리 다음 콘서트 제목을 아름다운 사람들에게로 정하자. 거기에 맞추어서 노래를 찾고 또 만들고……. 아니 장 발장…… 처음 만났을 때 참 비상한 사람이라는 건 알았지만 오늘 보니 이벤트 전문가네. 우리 그러지 말고 사업을 같이 하면 어떨까? 내가 볼 땐 가지고 있는 능력이 대단한 것 같아. 우리 같이 사업해보자."

"무슨 말씀이신지……."

"내가 하는 일에 아이디어만 제공해. 나는 그 아이디어를 사고……. 어떻게 생각해?"

"모르겠습니다. 그게 사업이 될 수 있는지……."

"아냐. 자네는 아주 훌륭한 사업 아이디어 뱅크야. 자네가 가지고 있는 감성을, 그 인간적인 감성을 마구 쏟아내. 그럼 내가 포장을 할게. 내 말이 무슨 말인지 알겠나?"

나는 이해가 되지 않아서 머리를 갸웃거리는데 미야코와 유키코는 놀란 표정을 손으로 가리고 있었다. 그 또한 나를 이상한 생각을 하게 했다. 머리가 혼란스러웠다. 잠시 스치는 생각을 이야기를 한 마디 했을 뿐인데 그걸 두고 사업을 하자는 데니도 이상했고 놀라고 있는 미야코와 유키코도 이상했다.

고마운 사람에게 고마운 마음으로 종이 위에 몇 자 쓴 것뿐인데 그것이 노래가 되고 감동이 되는 것도 이상했지만 내 가슴 속에 들어 있는 느낌을 몇 마디 이야기한 것이 사업의 기반이 된다는 사실은 놀라움을 넘어 거의 충격에 가까웠다.

아무런 대답도 하지 못한 채 나는 밖으로 나왔다. 제법 추위를 느끼게 하는 바람이 불고 있었다. 그 바람이 지나간 일들을, 힘겨웠던 일들을 일러주는 것 같아서 나는 더욱 넉넉한 마음이 되어 웃을 수 있었다. 한참을 웃고 나니 눈가엔 눈물이 흘러내리고 있었다.

세월이 무정한 까닭

1972년 1월 31일

묵은해를 보내고 새해를 맞이하면서 만나는 사람들에게 행복한 일들만 있기를 빌어주던 인사가 오고간 것이 엊그제 같은데 벌써 한 달이 지나가고 있었다.

날마다 주어지는 일이라는 것이 시간과의 싸움이라 내 자신을 생각하는 시간이 없었다는 것이 조금은 속상했다. 그래서 나 자신의 의지와 상관이 없는 베라를 만나러 가는 길조차 거북하게(be awkward) 생각되었다. 약속장소까지 안내된 나는 출입구까지 배웅하려는 기사를 제지하고 혼자서 걸어갔다. 기사는 당황스러워하면서 미간을 찌푸리며 말했다.

"그 일까지 하는 것이 내 의무인데 왜 내 의무를 방해하시는 겁니까?"

"의무를 방해하는 건 미안하지만 그 의무를 받아들일 수 없는 내 권리도 존중해주시면……."

기사는 놀라는 표정으로 나를 쳐다봤다. 나는 보란 듯이 가슴을 펴고 철저히 예약제로 운영하는 레스토랑으로 들어갔다. 어딘지 모르게 가슴이 조금은 시원한 것 같았다. 뉴욕에 와서 처음으로 해본 사양(courteous refusal), 더군다나 친절에 대한 사양은 나 자신에 대한 권리장전(the bill of rights)이라는 생각이 들자 마음이 훨씬 가벼웠다. 미야코의 말처럼 내게 있어서 잃어버린 그림자가 어떤 것인지는 모르지만 그 그림자를 찾아가는 출발점이라는 생각도 들었다.

"너무 추운 날씨죠? 기다리고 계십니다. 이쪽으로……."

지배인의 안내는 매우 품위가 있어 보였다. 그러나 다른 때와는 달리 조금은 절제된 느낌이었다. 나는 가벼운 미소로 화답하며 안으로 들어갔다. 앉아 있는 베라의 모습은 의외로 단아한 모습이었다. 어딘지 모르게 이질감이 느껴졌던 감정이 무색할 정도로 정겨워보였다.

"뭔지 모르지만 불만이라는 총알이 장전된 총으로 나를 쏘려는 것 같은 분위기야."

나는 깜짝 놀라며 베라의 얼굴을 쳐다봤다. 그녀의 표정은 내 가슴속을 이미 다 들여다봤으니 이실직고(report the truth)하라는 것 같았다. 나는 어색하게 웃어보였다.

"알아. 자신이 모르는 낯선 사람들의 생활습성을 선뜻 이해하기란……. 그걸 이해하고 받아들이기란 매우 힘들지. 잘 알아. 어떻게 아느냐고? 내가 경험해봤으니까…… 꿈을 어떻게 이룰 것이냐는 대책도 없이 그저 날아온 뉴욕, 갈 곳도 모르고 어디에서 자야 할지도 모르고 그냥 달려온 내게 우리 마흐디는 생명의 은인이었어. 지금 생각하면 내가 찾아야 할 꿈이 이런 것이었던가 하고 뒤돌아보지만 이것이 내 인생이다 하고 생각하면서 살고 있어. 왜냐하면 어쩔 수 없으니까……. 인생에 있어서 주어지는 일, 자신 앞에 떨어지는 현실과 부지런히 타협하는 것이 꿈을 찾아가는 길일지도 모른다는 생각이 들어서 하루, 또 하루를 보내고 또 맞이하지. 마흐디가 오면 그에게 내가 할 수 있는 일을 최선을 다해 해주고, 나 혼자가 되면 내가 하고 싶은 것을 찾아서 하는 것이 지금 내가 사는 인생이야. 이것이 내 꿈이었는지도 몰라. 인생은 그런 거야. 내가 사는 그날그날을 충분히 즐기는 것……. 내 꿈이 무엇인지도 모르고 무작정 이곳으로 온 날! 그 두려움, 무서움……. 아, 그건 정말 무서운 일이었어. 아마도 우리 장 발장도 지금 비슷한 고민을 하고 있을 거야. 맞지? 아마 그럴 거야. 지난번에 만났을 때에 그걸 알았어. 하기 싫은 일이지만 어쩔 수 없이 할 수밖에 없는……. 그건 아마 내가 마흐디를 만나서 처음으로 같이 잘 때 느꼈던 감정이야. 사람은 자기가 내키지 않는 일을 하면 표가 나게 되어 있거든……."

나는 앞에 놓인 음식을 먹지도 않고 베라의 말을 경청했다. 저절로 고개가 끄덕여지는 나를 바라보며 베라는 연민이 가득한 얼굴로 천천히 와인을 마셨다.

"나를 만났을 땐 그런 마음이 아니었으면 좋겠어. 편안한 마음으로 내가 좋아하는 사람이구나 하는 마음이었으면 참 좋겠어."

"그렇게 할게."

"그래! 고마워. 우리가 만난 건 그렇지만, 서로의 본능을 가장 아름답게 표현하는 사람들이잖아. 아무런 부담도 없이…… 우린 그런 사람들로 남았으면 해."

그녀가 말을 끊고는 와인을 들이켜자 나는 빠르게 베라의 잔을 채웠다. 베라는 예의 묘한 표정을 지으며 다시 말을 이었다.

"인생은 아무렇게나 살 수도 없고, 또 진지하게 살려고 해도 진지할 수 없는 그 무엇이 있어. 그러니 사는 건 힘든 것 같아. 이럴 수도 없고 저럴 수도 없지만 어찌되었든 살아야 하니까 주어진 인생을 살아낼 도리밖에……. 싫은 건 안하면 되지만 싫어도 해야만 할 때는 할 수밖에 없는 것이 또 인생이고 운명이 아니겠어? 지나고 나면 무정하다고 하지. 생각 없이 사는 인생은 아무도 없어. 저마다 꿈을 꾸면서 살지만 꿈을 이루는 사람들은 얼마나 될까? 이런 내 말을 이해하고 받아주는 고마운 마음을 받아주면서 우리 집까지 바래다주면 참 좋겠다는 생각인데…… 어때?"

나는 자리에서 일어나 정중한 마음으로 베라에게 손을 내밀었다. 분명하지는 않았지만 뭔지 모르게 형성된 인간적인 공감대가 나를 그렇게 만든 것 같았다. 베라는 우아한 숙녀의 모습으로 걸어 나오며 속삭이듯 말했다.

"끌려가는 게 아니라 좋아서 함께 가는 마음이었으면 참 좋겠어."

나는 에스코트 하는 손에다 힘을 주면서 말했다.

"그런 마음으로 모시고 갑니다. 내 마음이 시키는 대로……."

베라는 활짝 웃으며 나의 목을 휘감았다. 지나가는 사람들이 쳐다봤지만 나는 베라의 등을 다독여주었다.

녹색의 장원(a manor)으로 …

1972년 2월 1일

"언니는?"

"자고 있어요."

"그렇구나. 뭔지 모르겠지만 나와 얼굴을 마주하는 게 싫으신 모양이지?"

"그런 건 아닌데……."

"그럼 왜 나를 자꾸 피하지?"

"아니에요. 언니는 오히려 피터 팬을 편하게 해주려고……."

말끝을 흐리는 미야코의 얼굴에는 더 이상 말을 할 수 없는 표정이 서려 있었다. 미야코는 어깨를 움츠리며 신음하듯 말했다.

"사무이(추위)."

"추우면 어서 들어가자."

나는 미야코의 등을 집안으로 밀었다. 추위에 떨면서도 혹시 내가 기분 나쁜 표정을 지을까 봐 노심초사 살피는 미야코의 눈길이 너무도 애절했다.

단 한 순간이라도 내 기분이 안 좋을까 봐 살피는 이 여자, 내가 이 여자에게 준 것은 아무것도 없는데 이 여자는 언제까지 나에게 이렇게 주려고만 하는 걸가?

나는 그녀에게 보답하듯 내 커피를 그녀의 잔에 부어주었다. 미야코는 커피 잔을 감싸며 가슴에 안고 있는 한기를 토해냈다.

"으……."

"감기 들겠다. 어쩌지?"

"괜찮아요. 그까짓 감기 좀 들면 어때요. 마음에만 감기가 안 들면 돼요. 마음에 감기가 들면 그건 참 힘든 일이거든요."

"마음의 감기?"

"몸은 조금 아파도 마음이 아프지 않으면 되는 거예요. 마음이 아프면 정말 힘들고 서러운 거예요. 그거 아세요?"

"그래. 알아. 난 내가 이 세상에 태어난 것 자체가 서러운 거라는 생각을 했어. 오래전부터……."

"그랬구나. 그때부터 우리 피터 팬이 그림자를 잃어버린 거예요. 사람은 누구에게나 지우고 싶은 과거가 있기 마련이에요. 우린 그 과거를 거울삼아서 이제부터 비겁하지 않게 살아야 돼요. 물이 흘러가듯이 그렇게 흘러가야만 해요. 상처로 남은 과거를 자꾸 뒤돌아본다는 건 참 아픈 일이에요. 그러나 지울 수는 없는 일이지요. 엄마가 말했어요. 게이샤였던 엄마의 과거가 부끄러울 건 없다, 아니 자랑스럽다, 왜냐면 게이샤였기에 아버지를 만났고 그 아버지로부터 사랑이 무엇인지를 알게 되었으니…… 그렇게 말을 하던 엄마의 눈에는 눈물이 가득 고여 있었어요. 나는 엄마의 눈에서 사무치는 슬픔을 보았어요. 회한에 젖은 눈물(in bitter tears of remorse)…… 이제 인생을 시작하려는 딸에게 보여준 그 눈물, 엄마는 그 눈물을 닦으며 말했지요. 지나고 나면 그만인 인생이다, 그래도 누군가를 꼭 만나게 되어 있다면 가진 것을 전부 다 주어도 아깝지 않을 사람을 만나라고…… 우리가 모르지만 인생은 태어나면서부터 가질 수밖에 없는 주홍글씨가 있어요. 싫어도 어쩔 수 없이 간직해야 만하는 낙인(a brand)인 거죠. 무엇 때문에 내 마음이 이렇게 되었는지 모르지만…… 우리 마음 가는대로 살아요. 그 무엇도 약속할 수 없지만 흐르는 물이 서로 만난 것처럼, 그래서 만들어진 여울처럼…… 다가오는 각자의 인생 앞에 피하지 말고 용감하게 싸우며 그렇게 살아요. 내일은 내일 생각해요. 누구도 아닌 자신을 믿어야 해요. 인생이라는 것은 닥치는 일들을 피하지 않는 사람에게 행운을 주는 거예요."

미야코의 목소리는 평소처럼 애교가 넘쳤다. 그러나 뭔지 모르는 위엄이 실려 있어서 나의 뇌리에 선명하게 새겨지는 것 같았다. 나는 미야코를 껴안으며 가슴이 아플 정도로 뜨거운 키스를 했다. 전신이 떨려오는데 미야코가 살며시 나를 밀면서 말했다.

"나 죽을 것 같아. 힘이 엄청난 사람이라는 건 잘 알지만, 너무 힘을 주니 죽을 것 같아."

나는 웃으며 미야코의 얼굴을 두 손으로 감쌌다. 기쁨과 슬픔이 범벅이 된 미야코의 얼굴은 눈부시도록 아름다웠다. 여전히 웃고 있는 미야코는 내 품에 안긴 채 희열에 가득 찬 표정으로 내 옷을 하나씩 벗겼다. 티 없이 맑은 녹색의 장원(a manor)으로 떠나가는 방울 소리가 내 귓전에 들려왔다.

너무 고마우면 소름이 끼친다

1972년 2월 3일

'나는 지금 무엇을 하고 있는가?'

'내가 지금 하고 있는 것이 진정 내가 바랐던 일이었는가?'

'나는 도대체 어디로 가고 있는가?'

'나는 지금 과연 잃어버린 것들을 찾고 있는 중일까? 그렇다면 내가 잃어버린 것은 무엇이고 찾아야 할 것은 무엇인가?'

나는 잠자리에서 눈을 뜬 채로 이런저런 생각에 잠겼다. 오랜만에 쉬어보는 날인지라 모처럼 여유 있는 시간이었다. 며칠 전부터, 아니 언제부터인가 생각해온 것들이 한꺼번에 밀려들자 전신에 힘이 빠지는 것 같았다. 자신에게 편안하게 느껴지는 곳이라면 그곳이 자신의 정체성을 찾아가는 첫걸음을 뗄 수 있는 곳이라고 하던 유키코의 말이 생각났다.

'약속도 없이 만난 인연을 운명이라고 치자. 그 운명이 내게 왔을 때 나는 아무런 거부감도 없이 주어지는 것들을 그냥 받아들였다. 꼭 내가 원하고 있었다는 듯이 순서대로 일이 진행되었고 당연히 내가 해야 하는 일들이라고 생각했지만, 지금에 와서 뒤돌아보면 나 자신이 했다고는 믿어지지가 않을 정도로 엄청난 일들이 많았다. 나는 정말 해맑은 눈동자를 가지고 잃어버린 그림자를 찾아가는 피터 팬이 맞는 걸까? 또다시 시작된 오늘 이 하루가 지나가면 나는 또 무엇을 해야 할까? 지금 생각하면 후회되는 일들을 했으면서도 잘못한 것은 아니라는 생각을 하고 있으니 이것은 또 무엇이란 말인

200

가? 모든 것이 나를 괴롭히고 또 괴롭힌다.'

나는 끊임없이 밀려오는 생각을 떨쳐내듯 오만상을 찌푸리며 눈을 질끈 감았다. 눈을 감으면서도 아버지의 얼굴이 떠올랐다. 고뇌에 찬 인생을 묵묵히 살아내시던 모습이 선명하게 떠오르는 이유가 무엇인지 참으로 알 수가 없었다.

"무슨 생각을 하는지 모르겠지만 생각하지 않아도 되는 것들을 생각하면서 자신을 괴롭히고 있네요. 피터 팬……."

새벽에 내 방을 빠져나간 유키코의 목소리에 눈을 떴다.

"사람이 살면서 가장 하지 말아야 할 것은 자신을 괴롭히는 거예요. 물론 과거의 쓰라린 기억들을 잊을 수는 없지만 자학을 하는 것은 앞날에 대한 비전을 비겁하게 접어버리는 일이 될 수 있어요. 그건 자신의 인생에 대한 예의가 아니지요."

나는 두 가지 사실에 놀랐다. 그 말을 한 것이 유키코인 줄 알았는데 미야코라는 사실이었고, 후회 비슷한 자학을 하고 있는 내 가슴을 훤히 들여다본 것처럼 말하는 것이 너무도 놀라웠다.

"그렇게 놀라실 건 없어요. 이럴 땐 잠자리에서 빨리 일어나 생산적인 일을 하면 되는 거예요."

"생산적인?"

"네, 생산적인 일……. 이상하게 들리나요? 이미 그런 일을 많이 경험하셨잖아요."

"내가?"

"아닌 것 같아요? 그러시다면 내가 어떤 것이 생산적인 일인지 증명해드릴 테니 어서 일어나세요. 오늘은 우리가 할 일이 있어요. 아이, 어서요."

미야코는 고운 눈을 흘기며 나를 일으켰다.

"자, 지금부터 하는 이야기 잘 들으세요. 가만, 이걸 우편으로 보내면 결국 피터 팬이 미국에 있다는 것이 알려지게 되니까 이건 안 되겠다. 우리 이렇게 해요. 피터 팬이 미국에 와서 번 돈이 상당히 많아요. 알고 있어요? 그동안 피터 팬이 번 돈이 우리가 1년 동안 번 돈보다 훨씬 많아요. 이 통장에는 내 이름으로 되어 있지만 사실은 피터 팬이 주인이에요. 그동안 나를 믿고 돈을 준 것은 정말 고마웠어요. 사람이 돈으로 믿음을 살 수 없는 것인데 믿음을 주었으니 얼마나 고마운지……. 우린 피터 팬의 돈을 착실히 불렸어요. 얼마나 힘들게 번 돈인지 잘 알아요. 물론 그것으로 정체성의 혼란까지 느끼시지만, 그렇게 생각하실 필요 없어요. 분명 피터 팬에게는 이것을 발판으로 앞으로 더 좋은 날이 올 거예요. 우리 이렇게 해요. 일단은 제가 일본어로 아버지께 편지를 쓸게요. 물론 해피 걸 사장님의 주선으로 알게 된 피터 팬 가족의 정보가 있으니 인편으로 소식을 전하기도 할 겁니다. 말하자면 양동 작전이지요. 지금은 이렇게 하는 방법이 제일 안전한 방법이라는 걸 알아냈어요. 정보 계통에 있는 사람들이 일러준 방법이니까 우리 피터 팬은 걱정하시지 않아도 돼요. 자, 가세요. 밖에 눈이 오니 옷을 단단히 입고 나가서 일을 보고, 오후에는 찰리에게 가서 의논도 하고 데니에게 다음 공연을 위한 피터 팬의 능력을 보여주세요."

나는 아무 할 말이 없었다. 두 자매의 한결같은 사랑은 끝이 없는 것 같았다. 말하지 않아도 내 마음을 읽어주는 사람, 독심술(mind reading)을 하고 있는 사람처럼 신비하게 느껴지는 미야코에게 내가 가진 모든 것을 빼앗긴 것 같았다.

아침나절 무기력증(languor symptoms)에 빠져 있던 마음은 완전히 사라져 버렸다. 은행으로 우체국으로 즐겁게 뛰어다녔다. 일이 끝나자 미야코가 선언하듯이 말했다.

"자, 이제는 빨리 아버지의 소식이 오도록 우리 빌어요."

"그래, 이렇게 정해진 순서대로 노래와 퍼포먼스를 준비하면 될 거야. 가장 중요한 것은 사람들이 아름다움을 느낄 수 있는 노래를 찾아야 하고 그게 아니면 만들어야 하는데……. 그럼 이 '아름다운 사람들에게' 라는 콘서트의 무대는……."

"뉴욕에서 볼 수 없는 미국에서 가장 시골적인 모습에다 봄을 입히면 어떨까요? 미국적인 것이 어떤 것인지 모르지만 아무튼 찾아보기로 하고……."

"그래, 맞아. 뉴욕에서 볼 수 없는 미국의 시골적인 것, 좋았어. 너는 정말 이벤트를 위해 이 땅에 온 사람이야. 미국은 당신 같은 참신한 아이디어를 가진 사람에게 그 능력을 인정해주는 곳이야. 우리 같이 일을 해보자고 앞으로 쭉……."

"글쎄……."

"그래, 좀 더 생각해 봐. 강요는 하지 않을 테니……. 이벤트는 자유로운 생각에서 나오는 것이니까……. 그리고 다음 주에 만나서 더 주겠지만 오늘은 이걸 받아둬. 아니면 내가 불편해져."

"이게 뭔데요?"

"공연 기획에 따른 사례, 노력에 대한 보답인 거지."

나는 또다시 난처해졌다. 데니는 그런 내게 대답하듯이 넉넉하게 웃어보였다. 나는 자리에서 일어나 밖으로 나오며 찰리에게 물었다.

"나는 그냥 생각나는 것을 몇 마디 했을 뿐인데, 그게 이렇게 돈이 된다는 것은 믿을 수가 없어. 미국은 참 이상한 나라야."

"아냐. 세상은 보이는 것을 파는 것이 있고 보이지 않는 것을 파는 것도 있어. 너는 우리가 쉽게 볼 수 없는 아름다운 감성을 지니고 있어. 그 감성을 우리가 사주는 거야. 그건 아주 훌륭한 상품이 될 수 있어. 아무나 가질 수 없는 상품이지……."

그래도 이해가 가지 않았지만 미야코는 나의 팔을 이끌었다. 근처에 있는 밤늦은 던킨 도너츠의 커피를 마셨지만 맛은 없었다. 더욱 의아한 표정을 짓고 있는 내게 미야코의 말없는 애교가 도리 없이 즐겁게 했다. 오랜만에 맞이한 휴가를 보람 있게 보냈다는 생각이 들었다. 줄기차게 살아온 지난날들이 보람이란 것으로 빛나는 순간,

나는 비로소 살아 있다는 자체가 즐거움이라는 생각이 들었다. 죽을 수 있었지만 죽지 않고 살아 있다는 느낌! 그것은 축복이라는 것이 가슴에 새겨졌다.

어두운 밤하늘에 빛나야 할 별이 하나도 없었다.

'뉴욕의 하늘에는 별도 없나?'

'아니, 주어지는 일에 바쁘기만 했지. 도대체 하늘을 올려다본 기억이 없구나.'

'시간의 노예가 되어버린 세월 속에서 잃어버린 것은 무엇일까?'

'아, 그렇구나. 주어진 시간 앞에 최선을 다해서 미련이 남지 않도록 살아야겠구나.'

어두운 밤하늘에 또다시 생각나는 얼굴이 있었다. 아버지, 어머니, 그리고 여동생들……

뒤돌아보면 아득한데 잊을 수 없는 이유

1972년 2월 7일

아무리 생각해도 믿을 수 없었다. 이야기를 나누다가 우연히 나오게 된 몇 마디가 상품이 되고 그 상품이 돈으로 환산되어 거래가 성립이 되는 과정이 도무지 믿기지 않았다.

살아오는 동안에 참 운이 없는 인생이라고 자탄(complain to oneself)도 참 많이 했었다. 무엇을 해도 될 수가 없다고, 아니 태어나지 말아야 했던 사람이라고 자학했던 지난날, 미래는커녕 지나온 날조차 캄캄하기만 했던 나였는데 그런 내가 소중한 재능을 가졌다는 칭찬은 날이 갈수록 의아하기만 했다.

그냥 지나쳐 버리고 슬쩍 자기 것으로 만들어도 되는 것을 데니는 내가 해준 말 몇 마디를 돈으로 사는 것이 당연하다는 것이다. 심지어는 재능으로 인정해주기까지 했다. 아이디어가 상품이 되는 나라, 아이디어를 존중해주는 나라. 나는 미국이라는 나라가 가진 그 엄청난 힘이 어디에서 나오는지 어느 정도는 알 것 같았다. 살아야 할 희망을 발견한 것처럼 가슴이 뛸 듯이 기뻤다. 축복 받은 땅 미국, 그 땅에 흘러들어와 생각지 않은 인생을 살면서 새로운 희망을 갖게 한 나라!

나는 추운 바람이 석양에 물드는 헬스센터의 언덕에서 고개를 끄덕이며 생각을 정리했다. 그러고는 로리에게 전해준 노랫말 노트에 적힌 제목을 읽어봤다.

'아름다운 사람들에게'

'바람이 내게 말한 것'

'흘러가는 물'

나는 빙긋이 웃으며 노트를 덮었다. 자리에서 일어나다가 뭔가 생각이 나서 다시 자리에 앉아 제목을 적어봤다.

'석양(sunset)의 저편(that way)'

참 좋은 제목이라는 생각을 하면서 구슬을 실에 꿰듯 단숨에 적어 내려갔다. 퇴근을 하다가 추운 벤치에 앉아 있는 나를 발견하고 다가온 로리는 말없이 옆에 앉았다.

"이거 좋은데. 정말 좋아. 특히 끝부분 '석양의 저편'에 아무것도 없을지 몰라도 우리는 가야만 하는 거야. 살아 있다면 살아 있다면 우리는 가야만 하는 거야. 왜냐하면 그것이 인생이니까. 이것도 가져가도 되겠지? 오늘밤에 작업해서 찰리를 만나면 보여주고 의논해보자고. 찰리도 내 작곡을 나쁘다고 하지는 않았으니까……"

로리는 행복한 듯한 웃음을 보이며 말했다. 그러고는 자리에서 일어나 의미심장한 표정으로 손짓을 했다. 나는 찰리가 손짓하는 쪽으로 시선을 돌렸다. 이미 어두워진 주차장 입구에 베라가 손짓하고 있었다. 나는 서먹하게 웃으며 다가갔다.

"어라, 별로 반갑지 않은 얼굴이네. 오늘은 내가 아주 기막힌 일을 준비했는데……. 내가 반갑지 않아? 오늘은 나를 아주 반가워해야 하는 날인데……."

"그게 무슨 소리죠?"

"그렇지! 이런 표정이 장 발장의 진짜 표정이지. 자, 일단 가실까요?"

"어디로?"

"가보면 알아요. 걱정하지 마세요. 오늘은 우리가 정중하게 모시는 자리니까……. 따라 와보면 알아요. 아참, 미리 말하지만 내일부터 1주일간 아마 출장을 가야 할 거예요. 이건 마흐디의 부탁이기도 하지만 이 베라의 부탁이기도 하니 거절하시면 안 되는 겁니다. 아셨죠?"

나는 더욱 머리가 복잡해지면서 무기력해지는 나 자신에게 은근히 화가 났다. 그러나 앞서 걷다가 걸음을 멈추고 나를 부르는 베라의 목소리에 얼른 표정을 고치며 뛰어갔다. 말하지 않아도 알 수 있는 베라의 풍부한 표정이 구겨진 내 마음을 활짝 펴게 해주었다. 감정을 표정으로 말하는 베라의 얼굴이 오늘따라 더욱 순수하고 아름다울 뿐만 아니라 어둠 속에서도 빛이 나는 것 같아서 저절로 웃음이 나왔다.

"이렇게 웃으니 얼마나 좋아? 내 가슴에 남아 있는 악마의 찌꺼기(dregs)마저 청소가 되는 것 같아. 가슴속의 악마의 찌꺼기, 그게 사람을 얼마나 추하게 만드는지……. 아, 그건 정말 나쁜 거야. 우리 장 발장은 사람의 마음을 조절하는 신비한 재주를 가진 것 같아."

"그건 또 무슨 소리죠?"

"아, 그만. 그건 나중에 설명하기로 하고 기다리는 사람들이 있으니까 어서 가세요. 아마 사람들은 내가 독차지하고 있다고 욕할지도 몰라. 그러지 않기로 숙녀의 협정(an agreement)을 맺어놓고……."

"숙녀의 협정? 그건 또 무슨 말이죠?"

"아, 그만! 그만 하시고 어서 이리로 오시지요."

베라는 무대에서 무희(a dancing)가 인사를 하는 듯한 몸짓으로 내 입을 막았다. 나는 도리 없이 베라가 문을 여는 회의실 겸 구내 식당 안으로 들어갔다.

"어서 오세요! 우리의 히어로!"

동시에 갑자기 불이 켜지며 모여 있는 사람들의 박수 소리가 나를 정신없게 만들었다. 서 있는 자세로 나를 맞이하는 베네딕 사장과 그의 딸 루시아, 그리고 내가 구해준 루시아의 남자 친구 해피걸 사장과 요한나 등 거의가 한국 무술 수련생들이었다. 베네딕 사장이 앞으로 나서며 말했다.

"신사 숙녀 여러분, 아, 이런 신사는 없고 숙녀뿐이네요. 미안합니다. 딱 두 사람 만 빼놓고……. 아무려면 어떻습니까? 오늘 우리는 우리가 사랑으로 받들어 모셔야 할 분을 어렵게 이 자리에 모셨습니다. 그가 본인도 잘 모르는 중에 미국으로 왔다는 건 우리가 이미 잘 알고 있습니다. 그러나 이 사람은 우리에게 많은 것을 가르쳐줍니다. 용기가 왜 필요한 것이고 어느 때에 용감해야 하는지 말이 아닌 행동으로 보여주었습니다. 죽을 수도 있는 순간에 보여준 용기는 많은 사람을 감탄하게 했습니다. 누구는 피터 팬이라고 부르기도 하고, 또 장 발장이라고도 한다지요? 자신의 잃어버린 그림자를 찾아가는 청년! 이기심으로 가득한 뉴욕에 큰 감동을 준 사람! 자, 그분을 소개합니다. 비 제이!"

사람들은 비 제이를 연호했고 나는 실감나지 않는 일이 눈앞에 벌어지는 것을 보면서 어리둥절하기만 했다. 머릿속이 하얗게 되어버리는 것 같아 아무 생각도 나지 않았다. 다시 베네딕 사장이 사람들을 제지하면서 말했다.

"행동만 용감한 줄 알았는데 이 사람은 마음도 영웅이었어요. 아름다움을 진실로 표현할 줄 아는 신비한 재주도 가지고 있었어요. 얼마 전에 있었던, 규모는 작았지만 엄청난 감동을 준 콘서트의 무대 미술을 했는가 하면 노래 가사도 만들어주었답니다. 또 조금 있으면 있게 될 '아름다운 사람들에게'라는 공연이 있는데 당당히 기획자로 참여한다고 하더군요. 그런 곳에 썩히기에 너무 아까운 사람이니 제발 좀 풀어달라고 하는 제작자의 부탁은 이젠 귀찮을 정도입니다. 이런 인재를 그렇게 하면 안 되겠지요? 여러분……."

"맞아요! 맞아요!"

"그래서 오늘 이 자리는 우리가 아는 장 발장을, 아니 피터 팬을 우리가 지켜줘야 한다는 의지를 모으기로 해서 마련했어요. 자, 그럼 우리 한국 무술 선생인 동시에 훌륭한 아티스트인 비 제이의 후원회장 해피 걸 사장님을 소개합니다."

나는 더욱 정신을 차릴 수가 없었다. 도무지 뭐가 뭔지 알 수가 없었다.

해피 걸 사장이 일어나서 무슨 말인가를 하는데 그 말도 도무지 귀에 들어오지 않았다.

"지난해 겨울, 지금은 브로드웨이에서 일을 하는 찰리가 자신이 하던 꽃 배달을 이어받을 사람이라며 여기 선 이 사람을 데리고 왔어요. 나는 그런가보다 했지요. 그런데 이 사람이 꽃 배달을 하고 얼마 지나지 않아 고객으로부터 전화가 걸려오기 시작하는데 그는 꽃을 배달하는 게 아니라 사랑과 기쁨을 배달하는 사람이라는 거예요. 너무 기분을 좋게 하는 사람이라면서 심지어는 자기 자신에게 꽃 배달을 하는 사람도 있었어요. 덕택에 나는 제법 많은 돈을 벌었어요. 그래서 나는 물었지요. 어떻게 배달하는지 내 앞에서 한번 해보라고……. 알아들을 수 없는 노래였지만 뭔가 기쁨과 슬픔으로 사람의 마음을 움직이는 감동적인 노래였어요. 여러분, 그 노래가 어떤건지 궁금하지 않으세요?"

사람들은 박수를 치면서 노래를 청했고 나는 잠시 망설이다가 테이블에 놓여 있는 장미꽃을 뽑아서 '각설이 타령'을 불렀다. 꽃 배달 할 때 했던 그대로 처음에는 시선을 집중하기 위해 템포를 빠르게, 꽃을 전달할 때는 느리게 하면서 분위기를 맞춰가니 사람들은 너무 즐거워하면서 환호했다.

또 다른 곳으로 …

1972년 2월 8일

"그렇게 무술을 잘 해요?"

미야코는 커피 잔을 내밀며 신기하다는 표정으로 말했다. 나는 대답 대신 그저 웃으며 커피 한 모금을 마셨다.

"얼마나 잘하기에 출장까지 나가시는지 난 알 수가 없네. 피터 팬이 배운 것들은 거의 아버지로부터 시작된 것 같은데…… 피터 팬에게 있어서 아버지란 바로 인생의 스승 그 자체네요."

"그래, 그건 그런 것 같아. 내 인생에 있어서 아버지란 스승이라기보다는 일종의 신앙 같은 것이지. 아버지와 나누었던 이야기들, 그리고 처세술(a rule of life), 인격을 가꾸는 데 필요한 것이라며 어릴 때부터 배운 운동, 그렇게 배운 것이 나의 일이 되었다는 게 믿기지 않아. 물론 내가 미국에 산다는 것 자체가 믿을 수 없는 일이긴 하지만 그렇게 아버지에게 배운 것이 일이 된다는 것이 꼭 꿈을 꾸고 있는 것 같아. 생각해보면 모두가 꿈인 것 같아. 내가 지금 이렇게 미국에서 사는 것, 더군다나 미야코와 유키코 두 여자와 함께 산다는 거, 어딘지 모르게 잘못된 것 같지만 너무도 편안하게 그리고 당당하게 살아가고 있으니 가끔은 궁금해. 내일은 또 어떤 일이 나로 하여금 꿈속에 사는 사람으로 만들어줄지……"

"그러니까 한 번밖에 없는 인생을 아름답게 가꾸어야 해요. 지나가면 아름다운 추억이 되도록…… 흘러온 물이 여울이 되면 바위가 생기잖아요. 그렇게 만나진 물과 바위, 그래서 만들어진 여울목…… 사람들에게 아름다움을 주려면 물은 물에게 주어진 책임을 다해야 하고 바위는 바위에게 주어진 책임을 다해야만 하는 거예요. 이 세상에 존재하는 모든 것이 이유가 있기에 존재하듯이 물과 바위가 만나 만들어진 여울목도 그 존재 이유가 분명히 있기 때문에 만들어진 거예요. 아무튼 서로 자기에게 주어진 몫에 책임을 다해야 하겠죠. 그러다……."

미야코가 말끝을 흐리는 순간 문 밖에서 차 멈추는 소리가 들렸다. 미야코는 얼른 표정을 고치며 내게 가방을 건넸다.

"조심해서 다녀오세요. 다른 생각하지 마시고 편안한 마음으로 다녀오세요."

미야코는 앳된 표정을 지으며 나의 등을 밀었다.

"지금부터 내가 하는 말을 잘 들으세요."

베라는 리무진이 달리기 시작하자 평상시와 달리 매우 근엄한 표정으로 말했다. 나는 그런 베라의 표정이 귀엽다는 생각을 하면서 허리를 약간 앞으로 숙이며 경청할 자세를 취했다. 베라는 그런 나의 자세가 마음에 들었는지 흡족한 표정으로 말을 이었다.

"지금부터 약 열한 시간 정도 비행기를 탈 거예요. 선생님은 가만히 계시기만 하면 모든 절차를 밟아줄 텐데……. 아니, 이미 모든 절차가 끝났을 거예요. 그렇게 비행기를 타시면 일단 편안한 마음으로 쉬세요. 도착하면 곧 바로 무술지도를 하셔야 합니다. 그렇게 이틀 동안 하루에 여섯 시간씩 교육이 끝나면 다음날 오스트리아의 비엔나로 갈 거예요. 그리고 도시 전체가 고전 건축 박물관 같은 부다페스트와 스위스, 이태리를 거쳐 마지막 날 내 아버지의 조국인 아일랜드로 가서 인간이 가진 존엄함이 어떤 것인지를 알 수 있는 시간을 가진 다음 돌아올 겁니다. 아시겠죠?"

나는 꿈속에서 또 다른 꿈을 꾸는 것 같았다. 베라의 말은 알아들었지만 그것이 나와는 상관이 없는 남의 일처럼 들렸다. 난 아무 말도 할 수 없었다.

"이번 여행은 마흐디의 강력한 초청으로 이루어진 것이고, 일전에 교육을 받은 경호원들이 너무 좋은 무술지도였고 아주 신비하고도 특별한 경호 교육이었다는 후일담(reminiscences)으로 이루어지는 것이니 우리 선생님은 자부심을 가지셔도 되는 겁니다. 나도 그 무술지도를 보았지만 정말 신비한 운동이었어요. 운동 같기도 하고 댄스 같기도 하고 그리고 무슨 정신 수양(moral cultivation) 같기도 하고 인격 형성(character-building)을 위한 운동 같이도 보였어요. 아마 이번 교육이 끝나고 나면 우리 선생님의 인생에서 아주 특별한 변화가 있을지도 몰라요. 그리고 또 한 가지 교육이 있지만 그건 나중에 이야기하는 게 좋겠네요. 자, 그럼 이제부터 편안한 마음으로 특별한 여행을 떠나봅시다."

베라는 말을 끝내고 창밖을 내다봤다. 나는 여전히 몽롱한 기분으로 눈을 감았다. 그리고 떠오르는 하나의 생각으로 나를 다잡았다.

'그래! 죽기 아니면 살기다!'

나는 이 또한 내게 온 인생의 길이라는 생각으로 두근거리는 가슴을 겨우 잠재웠다. 어디선가에서 하나의 목소리가 들리는 듯했다. 아버지의 고뇌에 찬 얼굴이 떠올랐다.

'인생은 사는 기다. 아무리 지랄 같은 세상이라고 해도 내가 살고 있다면 사는 기다. 모든 걸 내 운명으로 받아들이는 건 인생을 덜 괴롭게 사는 길인 기라. 그기 인생인 기라. 이 아부지는 니가 사는 동안 조금은 덜 괴로운 인생이기를 바랄 뿐이다. 아부지가 이런 말밖에 할 수 없는 거 부디 용서해도고……'

가슴 속에서 서늘한 한기가 머리 위로 올라오는 것 같았다. 오래 전에 들었던 아버지의 목소리였지만 생생하게 들리는 것 같았다. 나는 어금니를 깨물며 두 주먹을 불끈 쥐었다.

자가용 비행기의 규모는 이상할 정도로 아담했다. 난생 처음 타보는 비행기가 자가용 비행기라는 사실이 꿈만 같았다. 비행기를 타자마자 꿈속을 달려가듯 나도 모르게 녹아떨어졌다.

미래(the future)속으로 떠난 여행

1972년 2월 9일

"일어나세요, 선생님."

베라의 장난스런 목소리가 들렸다. 나는 반사적으로 일어났다.

"얼마나 잠을 맛있게 자던지……"

나는 베라의 말에 정신이 번쩍 들었다. 기분이 너무도 상쾌했다.

비행기에서 내리니 아침나절이었다. 나는 뭔가 이상한 생각이 들어서 시계를 봤다. 5시 35분, 이미 해가 지고 어둠이 찾아올 시간인데 아침나절이라는 사실이 인지(legal recognition)되지가 않았다. 어리둥절한 내 얼굴을 보고 베라가 웃으며 다가왔다.

"아침에 출발해서 아직도 아침이라는 사실이 이상하죠? 선생님, 잘 들으세요. 지구는 태양을 중심으로 공전과 자전을 한다는 사실은 아시죠? 우리는 아침에 출발해서 돌아가는 지구를 따라 미래의 시간으로 달려온 거예요. 그래서 지구의 반대편인 미국에서 날아왔기 때문에 열두 시간, 아니 열 세 시간 빨리 시작하는 곳으로 와 있는 거예요. 날짜의 중심이 되는 그리니치 천문대 쪽으로 가까이 와 있는 거예요. 아시겠어요?"

나는 무슨 말인지 알아들을 수가 없었다. 지구의 공전과 자전은 알고 있었다. 그러나 그것은 학교에서 배운 지식이 실생활에서 경험되니 신기하기만 했다.

"우리 선생님, 아직도 이해가 가질 않는 모양이네. 그건 나중에 다시 설명해드리기로 하고 어서 가세요. 차가 기다리잖아요. 여기서 그리 멀지 않은 곳이니까 금방 도착할 거예요. 어서 타세요."

나는 어지러운 머리를 정리하려는 듯이 부르르 떨면서 차에 올랐다. 그런 내 모습이 우스운지 베라는 푸석푸석하게 웃어댔다. 재미있다는 듯이 자꾸 웃는 베라의 얼굴은 미워할 수 없는 장난꾸러기 같았다.

창밖의 풍경은 살벌하기 그지없는 황토색이었다. 낯선 이국의 풍경이 이상한 호기심과 두려움으로 밀려왔다. 곧바로 도착한 곳에서 풍채 좋은 마흐디가 두 팔을 벌리며 나를 환영했다. 의례적인 환영이 아니라 진심어린 고마움의 표현으로 보였다. 주변 사람들을 보니 내가 서 있는 곳이 어디쯤이라는 걸 알 수 있었다.

"태껸이라는 운동은 근본적으로 유연합니다. 이크, 에크, 이렇게 구령을 부치면서 유연한 몸동작을 하다가 상대가 기습적으로 들어올 에 발이나 주먹, 아니면 손바닥으로 치거나 꺾는 공격적인 운동이기보다는 지키는 운동이지요. 유도도 마찬가지입니다. 먼저 상대를 공격할 때도 있지만 근본적으로는 상대의 힘을 역이용하는 것이 가장 바람직하지요. 여기서 가장 중요한 것은 상대를 바라보는 시선입니다. 어디에서 적이 공격하는지 먼저 알아야 하기 때문에 시선을 잠시라도 멈추어서는 안 됩니다. 물론 이것은 고도의 훈련으로 통해서 이루어지는 것이기는 하지만 중요한 것은 집중을 해야 할 때 몸과 마음까지 혼신을 다해야 한다는 겁니다. 그래서 태껸이라는 한국 고유무술은 심신을 단련하는 정신운동이라는 사실을 잊어서는 안 됩니다. 상대를 보고 나 자신을 봐야 하겠지만 나 자신을 보고 나 자신에게 먼저 치솟는 열기를 다스릴 줄 아는 힘을 길러야 한다는 겁니다. 자신을 다스리는 사람은 적의 어떤 공격에도 무너지지 않습니다. 예를 들어서 상대가 총을 뽑아서 공격을 시도하려는 순간부터 방아쇠를 당기는 그 순간까지 시선을 놓치지 않으면 그 공격을 피할 수 있고 피한 다음에는 놓치지 않았던 시선으로 판단하여 빠르게 제압할 수 있습니다. 태껸의 기본 동작인 흔들기는 모든 행동을 하기 위한 준비라는 사실을 잊지 마시고 유연한 이 동작에서 출발하는 역공격의 시점을 본능적으로 느낄 수 있을 때 까지 끊임없이 수련해야만합니다. 자, 그럼……."

나는 백여 명이 넘는 사람들에게 영어로 설명을 하고 그 설명을 받은 베라가 알아들을 수 없는 언어로 설명을 하는 방법으로 동작 하나하나를 가르쳤다. 어색한 몸동작이었지만 오후가 지나갈 무렵에는 제법 익숙해진 동작들을 보여주었다. 유연함 속에서 나오는 강력한 공격이 아주 재미있는 운동이라는 생각이 들었는지 모두 다 신비로운 표정으로 임하는 것을 보니 은근히 자부심이 생겼다. 동시에 어렸을 때부터 나를 가르친 아버지의 모습이 자랑스럽게 떠올라 목젖이 따끔거렸다.

여덟 시간 정도가 지난 늦은 저녁이 되어서야 끝난 교육은 나를 파김치로 만들었다. 긴장한 탓도 있었지만 시차적응이 잘 되지 않아서 그럴 것이라는 베라의 설명이 어느 정도 이해가 되었다. 느끼한 음식이 대부분인 저녁을 먹는 둥 마는 둥하다가 음식을 먹으면서도 꾸벅꾸벅 졸고 있는 나에게 마흐디가 말했다.

"우리 선생님이 아주 피곤하신 모양이니 어서 가서 쉬시고 내일부터 시작되는 보너스 여행에서도 계속 수고해주세요. 부탁합니다."

그렇게 말하는 마흐디의 장난스런 표정은 이상하게도 친근감을 주었다. 눈을 찡긋하는 마흐디의 얼굴에는 가진 자만이 누릴 수 있는 넉넉함이 배여 있었다.

건장한 체격의 남자에게 안내를 받아 들어간 숙소는 호화스럽기 그지없었다. 나는 오히려 불편한 생각이 들었지만 그것도 잠깐, 어느새 침대에 쓰러졌다.

이분법(dichotomy) 논리

1972년 2월 10일

차에서 내린 베라의 발걸음은 따사로운 봄날의 공작(a peahen) 같았다.

자가용 비행기에서 내려 기다렸던 자동차에 올라 호텔까지 꼭 자동화된 생산공장 같은 느낌의 여행은 나로 하여금 계속 꿈속으로 걸어가는 것처럼 느껴지게 했다. 미야코의 말처럼 잃어버린 그림자를 찾으러 구름 속을 날아가는 피터 팬으로 착각할 정도로 내 앞에 자꾸 새로운 세계가 펼쳐져갔다.

"여기는 스위스 취리히입니다. 취리히는 호수와 리마트 강을 끼고 있는 스위스의 최대 도시이지요. 취리히에서 성장한 페스탈로치는 '가난한 사람들에게 교육을!'이라는 캐치프레이즈를 외치며 굶주린 사람들에게 한 조각의 빵보다는 빵을 만드는 교육을 먼저 하라고 했습니다. 무릇 사람들이 잘사는 길은 교육을 통해서 이루어 질 수 있다고 믿었지요. 그가 주창한 사상이 오늘날 스위스를 건강하고 튼튼한 민족성이 강한 나라로 만든 밑바탕이 된 거죠. 주네브를 스위스 서쪽 관문이라고 한다면 취리히는 동쪽 관문이지요. 스위스의 최대 상업도시인 동시에 독일어권의 대표적인 도시이기도 해요. 호숫가에 개발한 도시로서 전형적인 스위스의 풍경을 간직한 이곳 취리히는 백조가 떠다닐 만큼 자연 친화적인 도시이고 여행하는 사람들에게 마음의 평온을 주지만 도시 자체로는 관광도시라기보다는 상업도시에 가까운 곳이지요. 세상 모든 사람들의 비밀을 넉넉하게 껴안아주는 그런 도시라고나 할까요? 그 물증(real evidence)이 스위스 중앙은행이지요. 이곳은 믿을 수 있는 돈이든 믿을 수 없는 돈이든 얼마든지 받아주는 곳이지요. 여기에서 저는 잠시 일을 봐야 해요. 한 두어 시간 정도 외출했다가 다시 돌아올 테니 혼자서 반호프 거리도 가보고 분위기 좋은 레스토랑에 가서 한번 맛있는 커피도 마셔보세요. 그리고 오늘밤 이 베라에게 어떤 새로운 교육을 시켜주실지도 생각해보세요. 이 베라의 몸속에서 어떻게 숨겨진 본능을 끄집어낼 것인지 말이에요. 그게 어떤 교육이라는 건 잘 아시죠? 계약은 없었지만 이번 여행의 교육 커리큘럼에는 그런 것도 포함되어 있어요. 호호."

안내된 방에 홀로 남겨진 나는 비로소 방을 천천히 둘러볼 수 있었다. 호수가 내려다보이는 방안의 분위기는 품격 높은 최고급 시설로 꾸며져 있었다.

눈이 쌓여 있는 호숫가 주변이며 반대편으로 보이는 거리에는 평화로움으로 가득 물들어 있는 것만 같았다. 이름 모를 꽃들이 눈 속에 피어난 것도 신기했고 잘 정리된 나무들이며 정갈하게 놓여 있는 화분들까지 마음을 푸근하게 하면서 알 수 없는 호기심으로 사람의 마음을 들뜨게 했다.

누구에게 이끌린 듯 밖으로 나온 나는 취리히 역을 뒤로 하고 호수가 바라보이는 반호프 거리를 걸었다. 베라의 말처럼 스위스 중앙은행을 비롯한 음흉한 비밀을 간직한 듯한 거리를 지나니 곧바로 호수가 나왔다. 선창이 바로 보이는 레스토랑에서 취리히식 브랜딩으로 고유의 향기가 풍기는 커피를 시켜놓고 오가는 사람들의 모습을 구경하는 재미가 제법 쏠쏠했다. 저절로 지난 일들이 주마등처럼 스쳐 지나갔다.

꿈속을 걷는 듯한 실감나지 않은 이 현실! 믿을 수 없으면서도 능청스럽게 적응해나가는 나 자신에게 오히려 낯설었다. 생각지도 못했던 무술 선생은 또 무엇이며 숨겨진 본능을 일깨워달라는 섹스 테크닉 선생은 또 뭐란 말인가.

문득 내가 제대로 가고 있는지 의문이 들자 다가올 미래가 두려워졌다. 결국 이것이냐 저것이냐를 선택해야 하고 선택하지 않으면 양쪽에서 지탄을 받게 되는 세상, 마음 편하게 살 수 있는 세상이란 내 스스로 정하는 것이지 타인이 정해주는 것이 아니라는 생각이 들었다. 그런 생각이 들자 기쁨도 아니고 슬픔도 아닌 눈물이 흘러나왔다. 이유도 없이 자꾸만 흐르는 눈물……

갈 바를 알지 못하는 구름이 석양에 물들고 있었다. 그 석양에 함께 물드는 취리히 호숫가의 바람은 너무도 차가웠다.

장 발장, 피터 팬 그리고 어린왕자

1972년 2월 10일

"어젯밤의 기억은 너무도 황홀했어. 너무 달콤한 시간이었어. 정말 좋은 선생을 만나서 아주 훌륭한 테크닉을 배우는 것 같아. 아침에 마흐디에게 전화를 했지만 이 베라는 이 세상 어떤 공주도 누리지 못했던 대접을 받고 사는 것 같아. 더 이상 바랄 게 없어."

오스트리아로 향하는 비행기 안에서 커피를 마시는 베라의 얼굴에는 붉게 화색이 돌았다. 그녀가 편안한 자세로 고쳐 앉으니 더욱 품위가 있어 보였다. 도도하면서도 묘한 흡입력을 지닌 눈길이 내 심장을 후벼 파는 것 같았다. 옷을 입었을 때는 감히 범접(approach and attack)할 수 없는 분위기를 뿜어내다가도 옷을 벗고 품안에 들었을 때는 현란한 몸짓을 보이는 베라, 나는 갑자기 그런 그녀가 낯설어 보여 창밖으로 시선을 보냈다. 구름 속으로 달려가는 비행기의 속도만큼 꿈나라로 날아가는 것 같았다. 도저히 꿈꿀 수 없었던 현실, 어쩐지 가슴 속으로 스미는 한기가 또 다른 인생의 뒷골목(a back alley)으로 들어서는 것 같았다. 그런 내 마음을 아는지 모르는지 마냥 행복한 표정인 베라의 얼굴에 알 수 없는 고뇌(suffering)의 그림자가 스쳤다.

"우린 행운을 가지고 만난 사람들이에요. 사실 장 발장, 아니 내겐 장 발장이라는 이름보다는 오히려 어린 왕자가 낫겠다. 미지의 세계로 나들이 온 어린 왕자. 맞아, 앞으로 난 어린 왕자라고 부르겠어요. 아, 그리고 보니 정말 좋은 이름인 것 같아요. 어린 왕자, 이미지도 꼭 맞는 것 같고……. 가만 뭘 이야기하다가……. 아, 내가 어린 왕자를 처음 만난 날을 이야기하려고 했지. 그날은 기분도 좋지 않았고, 또 그 전날 너무 외로운 마음에 과음을 했기 때문에 연습장 나가기가 싫었어요. 그런데 어쩐지 무언가에 이끌리듯 억지로 나갔는데 보는 순간부터 어린 왕자는 내 마음을 빼앗아가 버렸어요. 그런데 누군가에게 쫓기는 듯한 겁먹은 얼굴이었어요. 그때 왜그런 표정을 지었어요? 그렇지만 그 겁먹은 표정이 사람의 마음을 끌리게 하더라고요."

"그랬군요. 지금 생각하면 내가 살던 나라가 아니고 더군다나 합법적으로 들어온 것이 아닌 불법 체류자라는 신분 때문에……. 어떤 종류든 죄를 지은 사람에게 주어지는 건 선택하기보다는 선택 당하는 쪽이어야 하니……."

"그랬구나."

베라는 진지한 표정으로 나를 쳐다봤다. 나는 가슴속에 이상한 질문들이 떠올랐다. 그러고는 나 자신에 대한 신뢰심 같은 것을 좀 찾은 듯했다. 어린 왕자가 나들이 나가다가 이상한 경험들 끝에 찾은 자신의 존재에 대한 슬픔과 기쁨, 그리고 세상의 이치를 알아나가는 것처럼 궁금증을 풀어야겠다는 생각이 들었다. 나라는 사람이 누구인지, 어디로 가고 있는지, 무엇을 하고 있는지, 선택 받아서 하는 일들이 잘하는 것인지 묻고 싶다는 생각이 들어 가슴을 펴면서 말했다.

"내가 좋으신가요?"

베라는 잠시 놀라다가 신기하다는 표정으로 나를 빤히 쳐다봤다.

"먼저 나에게 말하는 건 처음이네요. 그래요, 좋아요."

"왜 좋은 거죠?"

"그건 아까 말을 했는데……."

"그렇군요. 어쩐지 슬픔에 가득 찬 눈망울이……. 끌렸다고 했나요?"

"그랬지요."

"그렇군요. 내가 하는 일들이, 한국 무술을 가르치고 그리고 나도 모르게 배운 여자를 즐겁게 해주는 그 일들이 그게 생활이 될 수 있는 일이라는 게 믿기지 않아서……. 또 실감도 나지 않고 꼭 꿈을 꾸고 있는 것 같아서……."

"그래서 이상하기만 하다? 그래요. 그럴 수 있어요. 사람은 누구나 자신이 모르는 세상을 만나면 어리둥절하고 어찌 할 바를 모르지요. 그러나 분명한 건 사람들은 자신이 모르는 더군다나 자신의 생활에 유익한 것이라면 모든 것을 배우고 싶어해요. 인간이 가진 본능에 가까운 호기심이지요. 그래서 우리는 돈을 내고라도 배우는 거예요. 알 수 없는 미래에 보다 나은 생활을 꿈꾸며 배우는 거죠. 마찬가지 예요. 어린 왕자가 가진 능력은 우리가 모르는 아주 특별하고도 신비한 힘을 가진 것들이에요. 더군다나 죽었을지도 모르는 사람을 구해낸 한국무술의 그 위력! 그건 정말 대단한 것이에요. 단순히 한 사람을 구해냈다는 것이 대단한 것이 아니라 위험한 사람이 있을 때 도와야 한다는 것과 그것을 실제로 행했다는 데 큰 의미가 있는 것이지요. 그리고 어린왕자는 사람으로 하여금 알 수 없는 흥분을 일으키게 하고 여자가 원하는 최고의 즐거움을 느끼게 하는 솜씨를 가지고 있어요. 나는 여자의 몸에 그렇게 구석구석까지 민감하고 예민한 곳이 있는지 몰랐어요. 이런 걸 가르쳐주는 곳은 어디에도 없어요. 아주 특별히 만난 사람들끼리 만들어낼 수 있는 교육 과정이에요. 남자와 여자가 가장 아름다운 순간은 서로가 하나가 되었을 때 뼛속까지 느껴지는 즐거움을 느낄 때라고 생각해요. 그걸 위해서 사람들은 이 길을 갈까, 아니면 저 길을 갈까 무수히도 방황하지요. 돈으로도 살 수 없는 행복으로 가는 길을 가르치는 우리 어린 왕자 선생님은 정말 대단한 능력을 지닌 분이에요. 그걸 아셔야만 해요. 그 능력 아무나 가지고 있는 게 아니고 또 가지고 있다고 해도 운명적인 만남이라는 인연이 없다면 불가능한 거예요. 배웠으면 대가를 지불해야 하고 교육을 시켰으면 대가를 받아야 하는 거예요. 더군다나 그것이 개인지도라면 더욱 그렇지요."

　베라는 긴 말을 끝내며 마른 침을 삼켰다. 나에게 자신감을 가지라고 했지만 나는 또 다른 궁금증에 머리가 어지러웠다. 내가 가졌다는 여자를 즐겁게 해주는 능력을 과연 교육이라고 할 수 있을까? 그리고 그 능력을 과연 내가 가지고 있기는 한 건지, 있다면 언제 그런 걸 배웠단 말인지 머리가 어지러울 정도로 혼란스러웠지만 베라는 그런 내 마음의 걱정을 말끔하게 씻겨주듯 말했다.

"자신을 의심하지 마세요. 그리고 자신이 하는 일이 믿어지지 않는다고 해서 화를 내거나 의심해서는 안 돼요. 왜냐하면 언제나 새롭게 시작하는 건 믿었던 자신을 배신하면서 배우는 거니까요. 자신을 배신하는 것일수록 크게 배우는 거라고 생각해요. 어차피 인생은 항상 배우면서 사는 거니까요. 배우는 것, 그것이 인생을 사는 의미라고 할 수 있어요. 인생을 억지로 산다고 생각하면 괴로운 것이지요. 닥치는 대로 배우며 산다는 생각을 하면 그것은 보람 있는 것이지요. 난 그렇게 생각하며 살고 있어요. 우리가 모르는 세계로 나아가는 것은 내가 가진 상식을 뛰어넘어 좀 더 넓은 세상을 본다는 것이고, 나에게 숨어 있는 원동력(motive power)을 시험하는 것이라고 생각해요. 우리는 언제나 시험 속에서 살고 있지요. 그 시험을 두려워해서는 발전이 없어요. 내가 운명적으로 만난 어린 왕자여! 그대 앞에 놓인 새로운 일을 두려워하지 마세요. 그 두려움(fear)은 인간을 사려 깊게도 하지만 너무 움츠린 의식으로 멋진 세계를 보지 못하게 하는 걸림돌도 됩니다. 변하는 시대에는 자신의 몸과 마음을 새로운 경험에다 과감히 던질 필요가 있어요. 더군다나 원하지 않았지만 주어진 기회를 행운이라고 느끼면 더욱 훌륭한 세계인이 되는 지름길로 가는 것입니다. 언제까지나 내 것, 우리 것을 고집해서는 안 되는 거예요. 우리는 지금 지구촌 시대에 살고 있어요. 서로의 인식과 개성을 협력하고 타협해야만 해요. 이건 아니고, 저것도 아니라는 생각으로 산다면 인생은 더욱더 외로워질 뿐이에요."

여전히 알아들을 수 없는 말들뿐이었다. 그러나 한 가지 분명한 것은 닫힌 시선으로 세상을 산다는 것은 외로워질 뿐이라는 말은 이해가 되었다. 나 자신이 우물 안 개구리였다는 사실이 이마가 서늘할 정도로 인지되었다. 넓은 세상이 있다는 걸 모르고 우물 안에서 발버둥치는 개구리, 최선을 다해 뛰어봤자 우물 안이라는 사실이

나로 하여금 실없이 웃게 만들었다. 본의는 아니었지만 우물 밖으로 나왔다는 안도감(a relieved feeling)은 뭔지 모를 위로(comfort)를 가져다주었다.

이륙한 비행기가 얼마 날지 않은 것 같은데 벌써 착륙하는 것 같았다. 베라는 활짝 웃는 얼굴로 말했다.

"여기는 오스트리아! 지금 찬란한 예술과 문화가 살아 숨 쉬는 빈에 도착했습니다. 자, 어서 내리시지요. 선생님……."

"독일과 이탈리아 그리고 스위스 3개국의 자유국가와 체코슬로바키아, 헝가리, 유고슬라비아 등 3개국의 사회주의 국가에 둘러싸여 있고 이데올로기의 접점을 이루고 있는, 즉 동서양 진영의 가운데에 서 있는 국가라고 할 수 있지요. 문화적으로도 라틴, 게르만, 슬라브의 3대 문화권의 교차점에 있어서 침략과 분할의 역사가 되풀이되면서 민족적 정체성을 찾기가 어렵지만 오늘날 우리에게 남겨진 빈의 모습은 그렇게 힘겹고도 슬픈 역사를 지닌 나라답지 않게 이 나라에서 느낄 수 있는 예술적인 분위기와 온후한 인정으로 정겹답니다. 특히 만나는 사람들마다 구김살 없는 인사는 무엇 때문에 빈을 예술의 도시라고 말하는지 저절로 느끼게 되지요. 더군다나 오스트리아는 오래전부터 우리가 기억할 만한 영화나 음악, 소설의 무대가 되었던 곳이라 처음 와보는 사람들에게도 친근감을 느끼게 해주고 가슴속에 간직한 그리움 같은 것을 불러일으키는 곳이기도 하지요."

비행장에서 내려 호텔로 들어오는 길목까지 스며 있는 역사와 사연을 설명해주는 베라의 모습은 아주 친절한 관광가이드 같았다. 도착하자마자 일사천리로 진행되는 여정(an itinerary)은 잘 만들어진 톱니바퀴가 굴러가는 것처럼 조금의 오차도 없었다. 약간은 들뜬 모습을 보이기도 했지만 결코 품위를 잃지 않는 베라는 신비로운 호기심을 갖게 했다.

밖은 무척이나 추웠다. 그러나 베라는 빈을 제대로 감상하려면 건는 것이 훨씬 유익하다는 지론을 내세우며 내 손목을 이끌었다. 나는 다정하게 끌려 나가면서 엉뚱한 생각이 들었다.

'나는 이 여자에게 어떤 존재이기에 이렇게 행복이 넘치는 시간을 만끽하고 있는가?'

'도대체 이 여자와 나는 어떤 의미로 이렇게 정다운 연인처럼 꿈꾸듯이 아름다운 추억을 만들고 있는가?'

"우리 어린 왕자님, 또 생각하지 않아도 될 자해(self injury)를 하고 계시군요. 동양인의 가장 취약점인 자신을 난도질하는 귀속의식(a sense of belonging), 그걸 빨리 탈피(break with convention)하셔야 해요. 여기는 오스트리아, 오래된 습관을 존중하는 곳이지만 새로운 시대에 적응하는 자유로움이 넘치는 곳이기도 해요. 복잡한 생각은 하지 마세요. 주어진 오늘에 최선을 다하면 되는 거예요. 누가 뭐라는 사람도 없어도 더군다나 우리 어린 왕자님은 주어지는 시간을 마음 놓고 엔조이할 수 있는 최소한의 도덕적인 허락을 받았어요. 그러니 자신에게 주어진 이 시간을 즐기시기만 하면 되는 겁니다. 자신을 괴롭히는 생각은 하실 필요가 없어요. 그건 정말 바보짓이에요. 세상에서 가장 바보 같은 짓이 무엇인지 아세요? 그건 바로 자신을 괴롭히는 거예요. 자신을 즐겁게 해주려면 자신을 괴롭히는 순간에 용기를 내야 하는 거예요. 주어진 즐거움을 선택하는 것, 그것이 자신에게 주는 진정한 용기예요. 자신과 싸워서 이기는 거란 말이에요. 아시겠어요? 어린 왕자님. 물론 그래요. 자신이 모르는 것이 눈앞에 부닥치면 누구나 두렵고 가슴 울렁거려요. 그러나 그것이 즐거움을 가져다주는 것이라고 생각하면 되지요. 그것이 선택인 거예요. 즐거움을 위한 선택이라는 것이지요."

베라의 말은 내 마음을 훨씬 가볍게 해주었다. 눈앞에 있으면서도 발견하지 못했던 자기 자신을 위한 배려(care), 그것이 어떤 것인지를 분명하게 일러주는 것 같아서 내가 받은 엄청난 사례를 오히려 베라에게 지불해야 되지 않을까 하는 생각까지 들었다.

나는 묘한 기분을 떨치며 빈의 구시가지 한가운데에 있으며 오스트리아의 상징처럼 되어 있다는 성 슈테판 성당 안으로 들어갔다.

성 슈테판 대 사원(St. Stephansdom), 번성을 누리던 13세기 후반부터 300여 년의 오랜 세월에 걸쳐서 건설된 오스트리아 최대 고딕 양식의 교회, 국민들로부터 슈테플(Steffl)이라고 불리는 첨탑 꼭대기까지는 무려 137m, 건물 내부는 경건함을 넘어 질리게 할 정도의 장엄함이 스며 있었다. 특히 오스트리아 황제들의 내장을 보관하는 지하의 광경을 보면서 인간이 만들어가는 역사의 기록에 대해 깊은 생각에 잠기게 했다. 무엇보다 교회의 분위기에 압도당한 나는 준엄(stringency)하고도 존엄(majesty)한 의미를 새롭게 깨달았다.

베라는 무엇이 그렇게 신나는지 추위도 잊고 베르사유 궁전보다도 더 화려하다는 쇤브룬 궁전과 궁전을 둘러싸고 있는 정원을 안내하면서 신나 있었다. 귀족적인 분위기인 데다 겨울인데도 꽃이 만발한 정원은 너무도 아름다웠다. 그리고 외부는 르네상스 양식, 내부는 로코코 양식인 국립오페라 극장을 거쳐 괴테 상, 모차르트 기념비, 권세를 자랑하던 합스부르크 왕조가 살았다는 호프부르크 궁을 두루 돌아다녔다. 여기저기서 슈베르트의 선율이 들리는 듯했고 요한슈트라우스의 경쾌한 왈츠 리듬이 낯선 여행객의 가슴을 설레게 하는 것 같았다.

어느새 해가 저물고 아늑한 그리움을 생각나게 하는 불빛이 켜지기 시작할 무렵, 베라의 얼굴은 피곤해보였다.

"오늘 하루 이 도시가 들려주는 것이 무엇이었는지 가슴 깊이 새기고 그만 쉬어야겠어요. 빈을 제대로 보려면 최소한 1주일은 있어야 하는데……. 그건 또 다음 기회로 미루기로 해요. 인생의 의미를 느낄 줄 아는 사람과 함께……. 빈은 인생의 의미를 느낄 줄 아는 사람에게 무궁한 아름다움을 주는 곳이에요."

베라는 힘없는 목소리로 말했다. 그러나 그 목소리에 숨겨진 의미는 내게 많은 것을 가르쳐주었다. 자신이 모르는 세계를 두루 탐방

한다는 것은 자신을 알리는 것보다 더 중요한 것이 아닐까 싶었다.

"이걸 어쩌죠?"

베라는 안내원이 건네준 메모지를 들고 바르르 떨었다. 떨고 있을 뿐만 아니라 크고 맑은 눈에서 눈물이 줄줄 흘러내리고 있었다.

"무슨 일이……."

"아버지가 나를 만나러 뉴욕에 오시던 아버지가 돌아가셨대요."

"어떤 일로 돌아가셨는데요?"

"모르겠어요. 마흐디는 이미 뉴욕으로 출발을 했다니까 서둘러야 겠어요. 어쩌죠? 우리 어린 왕자 선생님과 이 여행을 계속해야 하는 데……. 그래서 먼 훗날에도 기억에 남을 아름다운 추억을 만들고 싶은데……."

"아니에요. 어서 서두르세요."

"시간이 흘러가도 추억은 남거든요. 이상하게도 아픈 추억은 더 아름답다는 사실을 깨닫게 해요. 그게 무엇 때문인 줄 아세요?"

"글쎄……."

"지나간 것은 다시 돌아오지 않기 때문이지요. 인생은 한 번뿐인 데……. 내가 꿈을 찾아서 뉴욕으로 올 때 아버지는……."

베라가 말하다 말고 다시 울먹이기 시작하자 나는 그녀를 방으로 데리고 갔다. 서럽게 우는 베라가 내 눈에는 아름답게 보였다. 슬픔에 몸부림치는 여자에게서 느껴지는 인간다움의 실체! 나는 슬픔에도 아름다움이 있다는 것은 너무도 인간적이기 때문이라는 사실을 가슴에 새기며 내 아버지를 생각했다. 언젠가부터 늘 미안해하시는 아버지의 슬픔에 저린 얼굴, 슬픔에 몸부림치는 베라의 모습에서 떠올린 아이러니, 나는 생각했다. 인간의 슬픔은 타인의 슬픔 속에서 재생산된다는 것을……. 이 순간 나는 내가 할 수 있는 일은 베라를 힘껏 껴안아주는 것 외에 아무것도 할 수 없음이 가슴을 미어지게 했다. 동시에 한없는 무력감이 몸과 마음을 한없이 위축시켰다.

"아버지는 항상 말씀하셨지요. 인생을 살다 보면 자신이 머무는 곳이 자신이 살아갈 곳이 아니라고 생각되면 가보지 않은 곳에 대한 그리움이 사람으로 하여금 늘 방황하게 만든다고…… 아일랜드가 고향인 아버지는 배 타는 걸 무척이나 좋아하셨던 모양이에요. 그 척박한 땅에서 농사를 지으려 해도 땅이 없어서 그럴 수 없었고, 늘 바닷가에 나와서 지평선을 바라보며 지평선 그 너머에 있는 곳에 대한 그리움을 불태우셨대요. 할아버지는 아버지에게 말씀하셨대요. 그리운 곳이 있으면 떠나라고…… 다시는 돌아오지 못해도 가슴속에는 아일랜드를 생각하고, 살기 힘든 그 조국에 아버지가 살아 있고 그곳이 자지가 태어난 곳이라는 걸 잊지 않으면 되는 거라고……"

나는 인생을 살아가는 이치가 세상 어디나 다 비슷하다는 생각이 들었다.

"내가 마흐디를 만나서 생각지도 않았던 인생의 꿈을 꾸게 된 것을 너무도 좋아하셨는데…… 너무 좋아하셨는데……"

베라는 다시 울었다. 복받치는 슬픔을 주체할 수 없었는지 그녀는 두 손으로 얼굴을 가리고 엉엉 소리 내어 울었다. 비행기는 밤에서 밤으로 시간을 거슬러가면서 빠르게 날아가고 있었다.

영원한 이별이 남겨준 행복

1972년 2월 10일

2월 10일 오스트리아의 저녁 무렵에 출발해서 2월 10일 늦은 밤에 도착한 뉴욕, 나는 지구가 둥글고 태양을 향해 공전과 자전을 한다는 것이 무엇을 의미하는지 조금은 이해가 갔다.

지금쯤 내가 출발한 오스트리아는 한낮일 거라는 생각을 하니 광막한 우주 공간에 떠돌이별의 하나인 지구 가운데서도 너무나 작디 작은 미물에 불과한 나라는 존재가 한없이 작게만 느껴졌다.

날렵한 자가용 비행기가 멈추자 마흐디가 뛰어 올라왔다. 만나자 마자 마흐디의 품에 안긴 베라는 아무 말 없이 울기만 했다.

"어이, 친구 미안하군. 우리 직원들이 얼마나 좋아하는지……. 그렇게 좋은 무술을 가르쳐준 선생님에게 선물로 준 여행이 이 모양이라니……. 내 다음에는 정말 좋은 기회를 또 한 번 줄 것을 약속하는 것으로 용서를 바라네."

마흐디는 진심어린 표정으로 내게 말했다. 베라의 등을 어루만지는 마흐디의 손은 투박했지만 너무도 따듯해보였다. 그칠 줄 모르고 흐느끼는 베라를 어머니에게 넘겨준 마흐디는 내게 다가와서 귓속말을 했다.

"이틀 동안이지만 그래도 새로운 테크닉을 가르쳐주었겠지?"

"네?"

"지금 이렇게 왔지만 그래도 이틀이라는 시간은 있었잖아. 이 슬픔을 당하기 전에는 아주 즐거웠다는 보고를 들었으니 베라에게 들었으니 러브 테크닉을 가르쳤다는 뜻이 되잖는가. 안 그런가?"

"난 또……."

"머리를 긁적이는 걸 보니 아주 잘 가르쳐준 모양이군. 잘했어. 난 우리 베라가 그런 테크닉을 알게 된 것만도 무척이나 고맙다네. 베라가 즐겁게 배웠으면 나에게 즐겁게 베풀 것이고 그럼 내가 즐거워지는 것 아니겠나. 그럼 내 일이 잘될 것이니 우리 어린 왕자 선생은 여러 가지로 우리에게 고마운 사람이라는 거지. 그에 대한 감사의 뜻은 꼭 보답할 거야. 알겠지?"

마흐디는 한쪽 눈을 찡긋하면서 베라에게 다가갔다.

"베라가 지어준 어린 왕자라는 이름, 그거 정말 좋은 이름이야. 나도 그 책을 조금 아는 불어 실력으로 읽었는데 책 속의 어린 왕자와 비슷해. 나는 그 느낌이 너무 좋아."

마흐디는 엄지손가락을 치켜들면서 리무진 차에 오르며 나에게 빨리 타라고 손짓을 했다. 베라와 꼭 닮은 베라의 어머니는 넋이 빠진 표정이었다. 마흐디가 나를 소개 했지만 내 인사를 받는 둥 마는 둥(may or may not have done)했다. 흡사 심장이 멎은 사람 같았다. 초점 없는 눈동자를 허공에 보내던 베라의 어머니가 중얼거리듯 말했다.

"남들이 뭐라고 하든… 우리처럼… 운명적으로 만나서 꿈 같은 행복을 찾은 너를 눈으로 확인하고 싶어했는데……. 마흐디, 잘해줘야 돼."

"예, 어머니 걱정하지 마세요."

"여자를 몇 명 거느려도 용서가 되는 너희 나라의 풍습은 마음에 안 들지만……. 그건 상관 없어. 우리 베라를 사랑해주면 되는 거야. 약속할 수 있지?"

"네, 어머니. 걱정 마세요."

마흐디는 베라의 어머니에게 보는 내가 탄복(admire)할 정도로 인간적인 위로(solace)를 했다. 민족과 정체성이 달라도 진실하면 통한다는 사실을 눈으로 확인하는 순간이었다.

데니보이를 찾아서 …

1972년 2월 11일

내가 미야코의 집에 도착한 것은 새벽이었다. 잠에서 덜 깬 미야코는 나를 보자마자 정신이 번쩍 드는 모양이었다.

"아니, 아직 돌아올 시간이 아닌데……."

"그렇게 되었어. 어째 내가 일찍 돌아온 것이 반갑지 않은 모양이네."

"무슨 말씀을…… 내 마음을 누구보다 잘 알면서……."

"글쎄, 그 마음이 어떤 것인지 나는 잘 모르겠는데……."

"정말? 정말 잘 몰라?"

미야코는 입을 앙다물고 두 손으로 나의 배를 콕콕 찔렀다. 나는 간지럼을 참지 못하고 그만 두 손을 들었다가 시선이 마주치자 미야코를 껴안았다.

"베라의 아버지가 죽었어요. 그것도 너무 어이 없이……. 어린 청소년들이 패싸움을 했대요. 베라의 어머니와 아버지는 그들이 처음 만난 자연사 박물관 앞에서 추억 속에 잠겨 있다가 어린 녀석들이 쏜 총에 어이없게도……."

"오, 하나님……. 어쩌다 그런 일이……."

"언젠가 행복에 젖은 베라가 전화를 했다더군. 너무너무 행복하다고……. 이런 행복을 부모님에게 보여주고 싶다고……. 그 말을 들은 베라의 부모님이 연락도 없이 찾아온 거야. 자식의 행복을 예고 없이 보고 싶어서……."

"그랬구나. 정말 어이없게도……."

"베라는 자신이 여행을 가지 않았다면 그런 일이 없었을 거라는 자책감 때문에 너무 슬퍼해. 나도 그렇고……."

"그렇군요. 후원회 부위원장 자격으로 밀어준 첫 일인데……."

"뭐라고? 그게 무슨 소리지?"

"사실 피터 팬 몰래 내게 의논을 했어요. 정말 재능이 아까운 사람이니 우리가 힘을 모아서 사람 하나 잘 키우자고……. 초밥집으로 찾아온 베라와 베네딕 사장의 의견은 너무 진지했고 정말 피터 팬을 아끼는 사람들인 것 같아서 그렇게 의논을 했지요. 언니도 흔쾌히 동의를 했어요. 참 좋으신 분이니 우리도 같이 동참하기로 했지요. 미리 이야기할 시간도 없었고 또 그런 일은 본인 모르게 하는 것이 좋을 것 같아서……. 이렇게 자연스럽게 이야기하게 되네요."

나는 비로소 나를 둘러싸고 있는 인맥이 어떻게 이루어져 있는지 조금은 이해가 갔다. 나를 진실로 아껴준다는 것, 나는 태어나서 처음으로 사람이 사람을 진실로 사랑하는 것이 어떤 것인지 알 것 같왔다. 사람이 사람에게서 느낄 수 있는 아름다운 감정, 사람에게서 절망을 했지만 또 다른 사람에게서 구원을 받을 수 있다는 평범한 진리 하나를 배운 것 같았다.

"두 가지 소식이 있어요."

"무슨?"

"안 계신 동안에 아버지에게서 연락이 왔어요."

"뭐!"

나는 심장이 얼어붙는 것 같았다. 생각지도 않은 아버지의 소식을 미야코로부터 들으리라는 건 생각지도 않았기에 더욱 그랬다.

"어제 아침에 전화가 왔어요. 우리가 보낸 편지와 돈을 잘 받았다고 하시면서 건강하냐고 물으시고는 잘 부탁한다고 말씀하셨어요. 아버지의 일본어는 정말 훌륭했어요. 지금은 쓰지 않는 단어가 생소했지만 뜻을 주고받는 데는 아무 문제가 없었어요. 꼭 이웃집 아저씨 같은 느낌이었어요."

나는 정신이 아득해서 미야코가 하는 말이 잘 들리지가 않았다. 그런데도 미야코는 재미있는 동화를 들려주는 것처럼 차근차근 말을 이었다.

"무척이나 따뜻한 느낌이었어요. 무척이나 보고 싶지만 몸이나 건강하라고 하시고…… 그리고 미안하다는 말씀을 꼭 전해달라고 하시더군요. 그리고……"

미야코는 말을 하다 말고 나의 두 손을 꼭 잡고 내 시선을 당기듯 턱을 내밀면서 말했다.

"잘 들으세요. 편안하게……"

"알았어. 어서 해보세요. 무슨 말씀이신지……"

"우리 어머니 아버지가 오신대요. 뉴욕으로……"

"아, 그래?"

"어떤 부담감도 갖지 마세요. 당신들의 사위를 보러 오는 것도 아니고 그저 두분이 여행하시러 오시는 거니까요. 사실 어머니와 아버지는 일본에 사시지만 한 집에 사실 수도 없고 또 그러길 원치 않으셨으니 이렇게 여행 오시는 게 너무도 소중한 시간이거든요. 우리 집에 아주 믿음직한 친구, 아니 파수꾼 하나 들여놨다고 했더니 너무 좋아하시더군요. 특히 어머니가……."

"그래……."

나는 말끝을 흐리며 은근하게 스미는 부담감을 떨치지 못했다. 오래전 나를 싫어했던, 그래서 관계가 끊어진 여자의 기억이 떠올라 더욱 그랬다.

"그럼요. 그러니 어서 주무세요. 내일은, 아니 오늘은 장례식에 가셔야 하잖아요. 우리도 가야할 것 같아요. 우리 후원회 멤버의 일원이니까."

미야코는 그렇게 말하면서 나를 침대로 밀었다. 피곤함이 아득하게 밀려왔다.

나는 미야코와 유키코와 함께 베라가 보내준 차를 탔다. 우리가 도착한 장소는 나도 몇 번 간 적이 있는 레스토랑 지붕이었다.

아일랜드 사람들의 장례식은 참으로 특이했다. 모든 절차가 끝났고 베라의 아버지는 한 줌의 재가 되어 금속으로 된 항아리에 담겨져 있었다. 모여 있는 사람들은 거의 내가 아는 얼굴들이었다. 이방인이라고는 우리 세 사람뿐이었다. 거의 다 비슷한 분위기를 가지고 있는 사람들이었다.

"우리 아일랜드 사람들은 이렇게 죽은 사람을 보낸다네."

베네딕 사장이 나에게 와서 귓속말을 했다. 미술품 수집가라고 내게 소개한 레스토랑 사장이 모여 있는 사람들에게 말했다.

"자, 이제는 편안하게 보내드릴 시간입니다. 억울하게 돌아가셨지만 아마도 그리워하던 아일랜드의 그 고향으로 가실 겁니다. 자, 그럼……."

의외로 차분한 표정으로 서 있던 베라가 마흐디의 부축을 받고

테이블 위에 놓여 있는 항아리를 들어서 지붕 끝으로 갔다. 바람이 불어가는 쪽으로 베라가 항아리를 들자 사람들은 노래를 부르기 시작했다.

데니 보이, 사람들은 슬픈 목소리로 노래를 부르며 고인을 보냈다. 바람에 날리어 가는 뼛가루는 혼백이 실렸는지 낮게 드리운 구름과 함께 멀리멀리 날아갔다. 나는 이 데니보이가 장송곡으로 불린다는 사실에 놀랐다. 내가 알고 있는 상식과 너무 다른 것에 어리둥절하기만 했다. 베네딕 사장은 어리둥절한 표정을 짓고 있는 내 마음을 헤아렸는지 빙그레 웃으며 말했다.

"우리 아일랜드 사람들은 오랜 시간을 핍박받았어. 조국 아일랜드의 독립을 위해서 오랜 시간을 싸웠지. 싸우다 지친 사람들은 척박하지만 정든 고향을 떠나 세계 각국으로 떠났지. 그리고 여기 뉴욕에 정착한 우리들은 가슴속에 간직한 그리움과 고국을 사랑하는 마음을 잊지 않기 위해 이렇게 뭉쳤지. 조국을 떠나서 낯선 곳으로 와서 용감하게 우리의 자식들을 구해준 동양인 청년의 등장은 다시 한 번 우리를 뭉치게 하는 계기가 된 거야. 너무 슬프지 않는가? 이 노래……. 그래 베라의 아버지는 짧은 여름이지만 푸르게 빛날 그 언덕 위로 날아갔을 거야. 우리가 지금 부르는 이 노래의 선율을 타고……. 조국은 소중한 거야. 나를 만들어주는, 아니 내가 살아가게 하는 원동력이 되어주거든. 물처럼 흐르다가 바위나 돌멩이를 만나서 여울이 되는 것처럼 잠시 여울이 되어 머물다가 흘러가야 할 물처럼 흘러가버린 거야. 베라의 아버지는 그렇게 흘러가버린 거야. 남은 우리는 슬픔에 잠겨 있지만 물 흐르듯 흘러간 사람은 가야 할 곳으로 가버린 거야. 그게 우리네 인생인 거야. 아무리 슬퍼도 살아 있는 사람은 살아야 하니까……. 이 데니 보이는 그런 우리 민족의 서러운 사연을 담고 떠난 사람과 보내는 사람들의 마음을 하나로 묶는 힘을 가지고 있어. 그런 사연을 담고 있는 노래를 빙 크로스비와 헤라 테라폰테가 불러서 세계에 알려졌지만 이 노래는 우리 민족을 하나로 묶는 커다란 의미가 있는 노래가 되었어."

너도 가고 또 나도 가야지.
저 목장에는 여름날이 가고
산골짝마다 눈이 덮여도
나 항상 오래 여기 살리라.
오 데니 보이, 오 데니 보이
너를 사랑해.

나는 비장(storing in secrecy)한 슬픔으로 부르는 대니보이를 들으며 죽음이라는 것을 생각했다.

죽음, 죽는다는 것, 죽은 사람은 떠나고 살아 있는 사람은 남는다는 것, 나는 알 수 없는 무기력함에 빠졌다. 사람들이 하나둘 내려가기 시작하자 베네딕 사장은 그들을 안내하러 가면서 내 어깨를 툭툭 쳤다. 그때 미야코와 유키코가 다가와서 나를 이끌었다.

널찍한 식당 안에는 장례식에 모였던 사람들이 거의 다 모여 있었다. 해피 걸, 요한나 그리고 데니와 찰리까지 와있었다. 돌아보니 내가 거의 아는 사람들이었고 모르는 사람은 그리 많지 않았다. 아일랜드계 미국인들이거나 그런 사람들과 가족을 이루고 있는 사람들인 것 같았다.

데니의 옆자리에 앉은 여자는 한눈으로 봐도 아일랜드인이라는 걸 알 수 있었다. 마흐디가 스카치 병을 들어서 잔에 채우자 사람들의 표정은 더욱 침통해졌다.

"오늘 이렇게 와주신 여러분들, 감사합니다. 우리 장인께서는 가뿐한 마음으로 고향 아일랜드로 날아갔을 것이라고 믿으며……. 그의 영혼이 안식을 취할 것을 빌면서……."

모여선 사람들은 잔을 높이 들어서 옆 사람들과 눈짓을 하고는 단숨에 마셨다. 독한 술이었다. 처음 마셔본 스카치의 맛은 너무도 독했다. 옆에 앉은 미야코가 나에게 작은 소리로 말했다.

"추운 날씨를 견디기 위해서 이렇게 독한 술을 마신대요. 우리 집에 오는 아일랜드 인이 그렇게 말했어요. 그는 스카치를 꼭 가지고 와서 초밥을 안주 삼아 마시면서 고향 생각에 젖었다가……."

미야코는 말을 끝맺지 못하고 시선을 돌렸다. 베네딕 사장이 자리에서 일어나면서 무거운 침묵을 깼다.

"오늘은 참 슬픈 날입니다. 그러나 이 슬픔을 그냥 슬프게 보낼 것이 아니라 우리에게 남긴 메시지가 있다는 걸 우리는 알아야 합니다. 생각해보면 너무도 허망한 죽음입니다. 억울하기 짝이 없는 죽음이지요. 저기 앉은 칼린 반장님도 잘 알고 계신 일이지요. 베라의 아버지에게 총을 쏜 어린아이는 무슨 이유가 있어서가 아니었습니다. 어린아이들이 총을 가지고 싸우는 뉴욕의 거리……. 물론 뉴욕의 거리가 전부 그렇다는 건 아니지만 그만큼 우리가 살고 있는 뉴욕은 자신의 욕심만 채우면 그만이라는 이기심이, 자유라는 이름으로 넘치고 있습니다. 어쩌면 우리의 이기심이 베라의 아버지를 억울하게 죽음으로 내몬 것인지도 모릅니다. 그건 우리의 책임도 있다는 이야기가 됩니다. 그만큼 우리의 공동체적인 책임이 있을 수도 있다는 것입니다. 우리가 사는 뉴욕이 너무도 살벌해지고 인간성이 파괴되어버렸다는 것이지요. 이제 우리는 무언가를 해야 합니다. 더 이상은 방관하고 있어서는 안 됩니다. 그런데 바로 이때 우리는 자신의 목숨을 아끼지 않고 용감하게 맞서서 우리의 자식을 구해준 청년을 만나게 되었습니다. 이 청년은 할 일을 당연히 한 것이라며 조금도 큰일을 했다는 생각을 하고 있지 않습니다. 얼마나 자랑스러운 청년입니까? 그런데 이 청년은 자신의 의지와는 상관없이 이 뉴욕에 오게 되었는데 우연히, 그것도 아주 우연히 좋은 사람들을 만나 가족처럼 살아가고 있습니다. 모습과 핏줄은 달라도 힘을 합쳐 살아가는 용기 있는 모습은 바라보는 사람으로 하여금 밥을 먹지

않아도 배가 부르게 하지요. 더군다나 이 청년이 가진 무한한 재능
은 우리가 사는 세상을 조금은 아름답게 만들 수 있다는 것을 잘
알기 때문에……. 오늘 이 자리에 오신 분들 앞에서 뜻을 함께한 사
람들이 모여 이 청년을 위한 후원회를 만들었다는 것과 이 청년이
어떤 사람인지 소개하려고 합니다. 어떤 사람은 이 청년을 피터 팬
이라고 부르기도 하고 또 어떤 사람들은 장 발장이라고도 한답니다.
그러나 우리는 이 청년을 어린 왕자라고 부르기를 권하며 이 청년
과 함께 이 청년이 준 주제로 아름다운 음악회를 기획중인 데니를
소개하려고 합니다."

　나는 어안이 벙벙해서 정신을 차릴 수가 없었다. 옆에 앉은 미야
코와 유키코는 이미 무엇을 알고 있는 듯한 표정이었다. 사람들은
'어린 왕자'를 연호했고 데니는 중앙으로 나가 내게 손짓을 하면서
웃고 있었다. 나는 나도 모르게 베라 아버지의 장례식 뒤풀이의 주
인공이 되어 있었다.

　'이건 또 무슨 꿈이지?'

　정신을 차리지 못하고 그냥 멍하게 앉아 있는 내게 베네딕 사장
과 해피 걸 사장이 다가와서 안내를 했다. 나는 도리 없이 사람들이
쳐다보는 간이 무대로 올라가 얼떨결에 인사를 했다. 옆에 있던 베
네딕 사장이 다시 말을 이었다.

　"자신이 미국으로 온 것은 꿈인 것 같다고 하더군요. 그러나 우리
는 그가 하늘에서 내려온 아름다운 천사라고 생각하는데 여러분은
어떻게 생각합니까? 내 말이 틀렸나요?"

　"아니요!"

　"그럼 그가 분명 이 뉴욕에 살면서 우리와 같은 일상생활을 하면
서 살아가는 게 꿈이라면 우리가 그 꿈을 계속 꾸게 만들어주어야
하는 것 아닐까요?"

　"맞아요!"

　"그래서 우리는 의논을 했습니다. 이 청년 어린왕자에게 지금 하

고 있는 일을 그만두게 하고 '아름다운 사람들에게'라는 음악회를 잘 만들 수 있도록…… 그래서 우리가 이 어린 왕자에게 자신을 돌아볼 수 있는 시간과 장소를 제공해주면서 훌륭한 음악회를 만들어내도록 기대해보는 것이 어떻겠습니까?"

사람들은 귀가 아플 정도로 박수와 환호를 보냈지만 나는 여전히 어리벙벙하기만 했다. 박수를 치면서 환호를 하는 사람들을 보니 하나같이 내게서 나올 수 있는 그 무엇을 기대하는 눈빛이었다. 미야코도 그렇고 유키코도 그랬다. 나는 그들에게 내가 줄 것이 무엇인지는 모르지만 무엇이든 주어야만 한다는 의무감 같은 것을 느끼며 눈을 꼭 감았다. 내 귀에 미야코가 처음으로 내 마음을 붙잡아준 말이 들리는 것 같았다.

사람의 인연(cause and occasion),
세상을 살다 보면 만나게 되는 것,
꼭 만나야 할 사람은 만나게 된다는 것,
그것이 바로 운명인 거예요.
운명은 우리가 아무리 거부해도
살아 있는 한 만날 수밖에 없는 것이지요.
다시는 만날 수 없을 것 같았던 우리가
이렇게 만난 것, 물이 흐르다가
여울을 만들기 위해 당신이란 존재가
여기까지 흘러들어온 것,
아름다워요, 우리의 만남이…….
이젠 우리들만의 아름다운
여울목(the neck of the rapids)을 만드는 일만 남았어요.
그 누가 봐도 눈이 부신, 맑고 투명한
우리들만의 여울목

또다시 꿈속으로 …

도대체 뭐가 뭔지 분간이 가질 않았다. 나도 모르게, 아니 나만 모르고 모두가 다 아는 일들이 나를 위해서 만들어졌다는 사실이 도무지 믿기지 않았다. 그러나 믿지 않기에는 너무도 선명한 현실이 되어 내가 거부할 수도 없게 되어 버렸으니……

나는 녹초가 되어버린 몸을 침대에 뉘였지만 잠이 오지 않았다. 머리는 아무런 생각이 나질 않았고 다가온 현실 앞에서 아니라고 소리도 쳐보고 싶었지만 그럴 수도 없었다. 늪 속으로 자꾸만 빠져드는 기분이 들었지만 그렇게 느낌이 나쁜 것도 아니었다. 기쁨이나 슬픔도 아니었다. 웃을 수도 울 수도 없는 노릇이었다. 몸이 한없이 작아지는 것 같다가도 풍선처럼 부풀어 올라 세상을 지배하는 것 같기도 했다.

반 지하의 내가 누운 방안은 스팀으로 뜨거울 정도였다. 치솟는 열기를 감당할 수가 없어서 창문을 활짝 열었다. 베네딕 사장의 말이 떠올랐다.

'자신도 모르게 왔다고 미국에 왔다고 하더군요. 주어진 일을 할 수밖에 없었던 이 청년에게 자신을 돌아볼 수 있는 시간과 장소를 주면……'

나는 고개를 저으며 가슴을 폈다. 들어오는 찬바람이 시원했다.

"이럴 줄 알았어요. 내가 이럴 줄 알았다니까……"

언제 들어왔는지 미야코가 내게로 다가와서 황급히 창문을 닫았다. 나는 미야코의 얼굴을 바라보며 작은 소리로 말했다.

"모르겠어. 나도 모르게 정해지는 내 일이 내 일인 것 같기도 하고, 아닌 것 같기도 하고……"

"당연하지요. 잃어버린 그림자를 찾으러 떠나야만 하는 어린 왕자니까요."

미야코는 작은 목소리였지만 단호하게 말했다.

"사람들이 나를 그렇게 부르지만 내가 어린 왕자라고 생각해본 적이 한 번도 없어. 결코……."

"자신은 그렇게 생각하지 않을 수도 있지만 그렇게 불리는 것이 옳은 것인지도 몰라요. 아마 정확한 것일 거예요."

"나는 그저 앞날이 캄캄해서 정신이 나가도록 술만 마셨을 뿐인데……. 내 삶이 이렇게 흘러들어와 있으니……. 미야코, 정말 내가 책임져야 하는 것은 술 마신 것 바로 그것뿐이야."

"책임에는 한계라는 건 없어요. 삶이 이어지는 한 말입니다. 자신 앞에 떨어지는 일을 감당해내야 하는 것이니까요. 당신을 모르는 사람이 당신을 알아가면서 붙여진 이름이 어린 왕자였으니까 그건 당연한 것이고요. 자신이 모른다고 해서 자신 앞에 벌어진 일들에게 책임을 회피할 수는 없는 거예요. 사람들은 그렇게 말을 하지요. 나도 모르게 벌어진 일이니 나는 모른다, 맞아요. 그럴 수 있어요. 그러나 인간은 자신 앞에 벌어진 일을 회피하면 할수록 더욱 고통스런 세상을 살게 마련이에요. 같은 장소, 같은 시간에 벌어진 일에는 공동의 책임을 져야 해요. 그게 피터 팬이었든 어린 왕자였든 장 발장이었든……. 그래서 세상사는 일은 공평하다고 하는 거예요. 물론 살다 보면 공평하지 않을 수도 있어요. 그건 주어진 일을 모르기 때문이지요. 그걸 알게 하려면 뭔가를 해야만 해요."

"그게 뭔데?"

"무엇이든 자신이 할 수 있는 일을 해야만 해요. 우리가 나누었던 이야기들……. 역사를 논하고 신화를 논했던 것도 다 그런 동류의식을 가져보기 위해 그런 것이에요. 역사를 만들든 신화를 만들든 그건 각자 하기 나름이에요. 역사나 신화를 만든 주인공들은 공통적인 시작이 있었어요. 그건 흘러온 물이었든 그 물을 만난 바위나 돌멩이든 서로 만나서 이루어낸 여울이라는 사실이지요. 물은 어디라도 갈 수 있어요. 물이 흘러가는 곳에서는 여울을 만날 수 있어요. 그 여울이 이 세상에 나온 흔적으로 남겨지면 역사가 되고 신화가 되는 거예요. 진실로 선천적으로 인간다움을 간직하고 있는 피터 팬이여, 아니 어린 왕자여…… 다가올 내일에 대한 두려움으로 잠을 설치지 말고 어서 쉬세요. 내일의 일은 내일 생각하고 지나온 일에 대한 그 어떤 부담도 갖지 말고 쉬세요. 어제도 내일만큼 소중한 것이고 내일만큼 소중한 것이 바로 지금이니까 꿈인지 아닌지를 생각지 말고 어서 쉬세요. 자, 이제는 쉬세요. 이렇게 경직된 몸과 마음을 푸는 좋은 방법이 어딘가 있을 거예요."

미야코는 나를 침대로 밀었다. 나는 아무 반항도 하지 못하고 전신이 편안해지는 느낌을 받으며 누웠다.

"이런 미야코가 사랑스럽지 않나요?"

나는 말없이 고개를 끄덕였다. 정말 사랑스러웠다. 사랑이 무엇인지는 모르지만 있다면 바로 내 눈앞에서 깨물고 싶도록 애교를 부리는 미야코라는 생각이 들었다. 나는 미야코의 손길과 부드러운 입술의 향기에 취해서 또 다른 꿈속으로 여행을 떠났다.

아! 아버지 …

1972년 2월 14일

"이제 일어났어요?"

유키코는 밝은 목소리로 말했다. 나는 소파에 앉으며 유키코가 내미는 커피를 마셨다.

"영원히 잠에서 깨어나지 않을 사람처럼 주무시더니……."

"지금이 몇 시죠?"

"밤 열 시 조금 지났어요."

"그럼……."

"스무 시간, 스무 시간 이상을 주무신 거예요. 영원히 일어나지 않

238

을 사람처럼 그렇게 잠을 자는데……. 너무 편안해 보여서 그냥 두었어요. 내가 본 우리 피터 팬, 아니 어린 왕자의 가장 편안한 모습이었어요. 모든 것을 다 가진 사람처럼……. 더 이상 호기심이 없는 세상을 만난 어린 왕자처럼……. 자신이 가보지 못한 길에 대한 그리움이나 다가올 운명이 두렵지 않은 사람처럼 그렇게 편안했어요. 그런데 어떻게 그렇게 오랜 시간을 잠들 수 있지요? 인간이 최대한 잘 수 있는 수면의 시간은 열한 시간 이십 분 정도가 최고라고 하던데……."

"누가 그래요?"

"우리 집에 자주 오는 심리학 박사가 그랬어요. 인간이 가진 신체적인 바이오 사이클 리듬으로 견주어볼 때 열한 시간 정도 자면 자연적으로 의식의 리듬이 수면으로부터 해방이 된대요. 물론 여덟 시간이 가장 합당한 수면 시간이지만 쉬고 싶은 욕망이 많은 사람은 열한 시간을 잘 수 있다는 거예요. 활동량을 줄이는 인간의 뇌세포는 자연적으로 생성되는 엔도르핀이나 멜라토닌을 도태시키게 되는 것이고 신체가 가진 의욕적인 본능을 저하시킨다는 것이지요. 수면은 인간에게 아주 좋은 생활의 필수 조건이기는 하지만 많은 수면은 신체의 기능을 저하시키는 악영향을 미친다는 점이지요. 그렇긴 하지만 가끔씩 자신의 신체적인 한계를 느끼는 순간에는 모든 것을 놓아버리는 수가 있으니 그냥 놔둔 거죠. 너무도, 너무도 편안해보였으니까. 자, 이리로 오세요. 일본식 된장국은 입에 맞지 않은 것 같아서 정말 힘들게 구한 한국식 된장으로 국을 끓였어요. 한국 친구들에게 물어서 오리지널 김치도 구해놨고요."

아닌 게 아니라 주방 쪽에서 다시 끓기 시작한 된장국 냄새가 가슴을 울렁거리게(palpitate) 했다. 나는 자동적으로 코를 벌렁거리면서 주방 쪽으로 갔다. 구수하기(a savory odor) 그지없는 냄새가 아늑한 고향 마을을 생각나게 했다. 코끝이 찡하는가 싶었는데 눈자위(the rim of the eye)도 뜨거워지는 것 같았다. 미국에서 구하기 힘든 음식들을 대하고 보니 치솟아 오르는 그리움을 주체할 수 없었다. 소나기 내리듯 쏟아지는 그리움과 보고픔이 범벅이 된 쌀밥 한 그릇을 다 먹고 났을 때 미야코가 들어섰다.

"아이고, 우리 어린 왕자님. 이제 일어나신 모양이네."

미야코는 들어서면서 전신을 부르르 떨었다. 밖의 온도가 무척이나 추운 모양이었다. 호들갑스러운 자신의 행동이 부끄러웠던지 미야코는 어깨를 움츠리며 코트를 벗었다. 손을 비비면서 내 옆으로 다가온 미야코는 남아 있는 김치를 먹으며 말했다.

"이 김치가 가장 한국식, 더군다나 경상도식 김치라고 하던데 맛이 어땠어요? 괜찮았어요?"

"응. 덕분에 치솟는 그리움과 보고픔을 함께 말아서 잘 먹었어. 치솟는 울음까지 참아가면서······. 세상에 태어나서 음식을 먹으면서 슬픔과 기쁨과 고마움을 느껴본 것은 이번이 처음이야. 고맙습니다. 하나같은 자매여······."

나는 장난스럽게 말했지만 미야코 자매는 알 수 없는 웃음으로 얼버무렸다(put off by referring to other things). 나는 언제나 느끼는 묘한 느낌을 떨치듯 다시 말을 이었다.

"쌍둥이 같으면서도 아니고, 두 사람인데 꼭 한 사람을 보는 것 같으니······. 그러다가 어느 순간에 보면 분명히 다른 두 사람이니, 이거야 같이 살아도 헷갈려서 원······."

나는 군소리를 하면서 자리에서 일어나 소파로 갔다. 커피를 들고 따라온 미야코는 맞은편에 앉으며 나를 뚫어져라 쳐다봤다. 감정의 편차(a deflection)를 가지고 노는 요물(a wicked person) 같다는 생각을 하고 있는데 새침하게(be prim and proper) 말했다.

"그립죠? 그리고 보고 싶죠?"

나는 허(an unguarded position)를 찔린 사람처럼 고개를 끄덕였다. 사람의 마음을 꿰뚫어보는 미야코의 모습을 보면서 다시 한 번 고개를 끄덕였다. 미야코는 수화기를 들어서 다이얼을 돌렸다.

"지금 거긴 낮이에요. 사실 그날 당장 전화를 걸어드리고 싶었는데……."

나는 가슴이 울렁거려서 어찌 할 바를 몰랐다. 미야코는 수화기에다 일본어로 빠르고도 예의가 가득한 표정으로 한참 동안 대화를 나누었다. 아마도 아버지가 전화를 받으신 모양이었다. 울렁거리는 가슴을 겨우 억누르며 참고 있는데 미야코가 수화기를 내밀었다.

"아버지예요."

나는 떨리는 손으로 수화기를 받았다. 수화기에는 태평양을 건너서 까마득하게 먼 것처럼 느껴지는 전음이 들렸다. 내가 수화기를 귀에 대고 말하지 못하고 있을 때 아버지의 목소리가 들렸다. 아마 옆에 있는 어머니에게 내 존재를 알리고 계신 모양이었다. 나는 말을 하지 못하고 더욱 망설였다. 반가움에 어찌할 바를 모르는 어머니의 목소리가 들렸다. 나는 이윽고 입술을 잘근 깨물곤 겨우 입을 뗐다.

"아부지!"

"그래 내다. 니 잘 있다 카는 소리는 들었다."

아버지의 목소리는 의외로 담담했다. 기쁨도 슬픔인 양 반가움을 참아내는 아버지의 목소리는 아득한 전설을 풀어내는 듯했다. 내가 말을 잇지 못하자 다시 아버지가 말씀하셨다.

"인생도처(人生倒處) 유청산(侑淸山)이라 카더라 마는 니가 우째 미국하고도 뉴욕이라 카는 데까지 가서……. 그리고 더군다나 천사 같은 일본 여자를 만나 가지고 그래 사는지……."

"저도 우째 여기까지 왔는지 참말 모르겠심더."

"니가 살아 놓고 니가 모른다? 그럴 수도 있는 기지. 아무튼 간에 잘 있다니 얼매나 다행인지 모르것다. 안 죽고 살아 있다는 기 참말로 고맙다. 니를 불편하게 생각하지 않게 생각하는 사람에게 신세진다고 생각하모 안 되는 기지만 그기 아이모 젊은 날에 우연한 인연을 만나서 그렇게 사는 것도 니 운명인기라. 사람이 살아 있어모 어디론가 가야만 하는 기고 가다 보면 누군가를 만날 수 있는 기라. 아무튼 간에 그 인간적인 신세가 일방적인 기 아니고 서로에게 고마움을 느끼고 편안하모 그거는 되는 기라. 부담을 느끼고 부담을 주면 그거는 안 되는 기지만……. 그래 그라모 됐다. 우짜던지 몸 건강하는 거 이자삐지 말고 매사에 비겁하지 말고 자중자애 하그라. 바라, 니 있제……. 사람은 그런 기다. 지가 만난 세상 더럽고 팔자 사나운 세상을 만난 것 자체가 운이 없는 기지만 그런 세상 만난 니도 책임이 있다는 거 그거 알아야 한다. 지가 만난 세상 억울하기 짝이 없는 세상이라 캐도 지가 그 세상을 만났어모 우짤 수 없이 책임을 지야만 하는 기라. 그거는 니가 가지고 가야 할 운명인기라. 이렇게 말하는 느그 아부지가 비겁하게 변명하는 말로 들릴 수도 있겠지만 그런 거는 아이다. 인생은 억울한 운명도 있지만 그 억울한 운명을 새길 줄 알아야 살아갈 인생이 조금은 덜 괴로운 기라. 내 말 몬 알아들어도 우짤 수 없는 기지만 그런 인생도 있을 수 있구나 하고 그렇게 생각해주모 내가 조금은 덜 가슴 아플 것 같다. 인자 고마 끊을란다. 아참, 니가 보내준 돈……. 참말로 고맙다. 그라고 미야코 상한테 이 아부지가 참말로 고맙다는 말 꼭 전해라."

아버지는 더 이상 말씀을 하기가 어려운지 일방적으로 전화를 끊으셨다. 전화는 내가 인사를 하기도 전에 그렇게 끊어지고 말았다. 그래도 나는 한참 동안 수화기를 들고 있었다. 그런 나를 보던 미야코가 수화기를 빼앗듯이 쥐고서 말을 했으나 전화가 끊긴 것을 확인하곤 나를 다시 쳐다봤다.

"아버지가 고맙다고……. 정말 고맙다고 전해달라고 하는데……."

"다음에 전화 오면 이렇게 우리에게 와준 당신께, 그리고 이런 아들을 낳아주신 분께 고맙다고 전해 주세요. 생긴 것 자체로 너무도 인간적인 아름다움을 내뿜는 훌륭한 청년을 우리에게 보내주신 것 정말 감사하다고요. 아름다운 여울목을 만들고 있는 우리들의 인연은 먼 훗날 진실로 인간적인 신화가 될 거에요. 슬프고도 아름다운 전설이 되어 인간의 본능을 일깨워서 신성하게 만드는 사랑을……. 우리 약속해요."

"약속?"

"그래요. 약속……. 약속은 지키지 못하면 가슴에서 영원히 뺄 수가 없는 비수(grief)가 되지만 아름다운 마음으로 지키면 신화가 되고 전설이 되는 거예요."

"무슨 약속인데……."

"우리가 만나서 지나온 지금까지, 그리고 앞으로 같이 있을 때까지……. 어떤 일이 생겨도 아름답게 생각하기! 그리고 너무도 행복했었다고 생각하기……. 한 가지 더 바란다면 사람들은 어떻게 생각할지 모르지만 우리는 부끄러움이 없었다고 생각하고 우리가 가졌던 시간들은 진실로 인간적이었다고 말하기."

나는 미야코의 얼굴에 새겨진 비장(be pathetic)한 표정을 가슴에 새기며 말없이 새끼손가락을 내밀었다. 미야코도 새끼손가락을 내밀었다. 옆에서 보고 있던 유키코도 다가와서 새끼손가락을 꼈다. 세 사람이 낀 세 개의 새끼손가락, 어울릴 것 같지 않았지만 참 좋은 모양새였다. 우리 세 사람의 이심전심(telepathy)이 흐르는 시간마저 정지시키는 것 같았다.

베어 마운틴에서 바라본 인생행로(the thorny path of life)

1972년 2월 15일

조지 워싱턴 다리를 건넜다. 곧바로 이어지는 웨스트포인트로 가는 도로를 따라서 한참이나 달린 것 같았다. 어디로 가는지도 모르고 따라나선 나는 항상 그렇듯이 미지의 세계로 떠나는 것 같았다.

지금 가는 곳은 어디일까? 궁금하면서도 물어볼 수도 없는 입장이었다. 베어 마운틴이라는 팻말이 보였고 또 한참을 달려서 도착한 곳은 호수가 내려다보이는 전망 좋은 주택이었다. 베네딕 사장과 해피 걸 사장, 그리고 칼린 반장까지 함께 온 일행은 활짝 웃으며 차에서 내렸다. 언제 따라왔는지 데니와 데니 부인이 도착했다. 집안으로 들어서려는데 베라와 마흐디가 경적을 울리며 들어서고 있었다.

"자, 이제는 들어가실까요?"

베네딕 사장이 문을 밀면서 먼저 집안으로 들어섰다. 들어서면서부터 깔끔한 느낌을 주는 내부의 분위기는 마음을 차분하게 했다.

"여기가 작업실 겸 우리 어린 왕자님이 우리에게 줄 수 있는 것을 생각하게 하는 공간이야. 내 집처럼 생각하고 무엇이든 해보라고……. 심신의 피로를 풀기도 하고잘 생각하리라 믿어. 무엇이든 필요하면 언제든지 연락하고……."

사람들은 나를 쳐다보면서 따뜻한 눈길을 보냈다. 나는 그 눈길이 무엇을 의미하는지 알 수 있었다.

"네. 잘 알겠습니다. 내가 여러분에게 드려야 할 것이 무엇인지 나름대로는 잘 알고 있지만 그것이 선물이 될지 어떨지 그건 잘 모르겠지만 할 수 있다는 생각은 듭니다. 선물이라고 생각해주셨으면 하는 건 희망사항이니까……. 여기 모이신 여러분들이 실망하지 않았으면 합니다. 드릴 것이 무엇이든 간에……."

나는 어디에서 나오는지 알 수 없는 믿음 같은 것을 느끼며 당당하게 말했다.

"벌써 기대가 되는데……."

데니가 알 듯 말 듯한 표정을 지으며 말했다. 모두들 웃었지만 웃지 않던 칼린 반장이 미소를 흘리며 말했다.

"어이, 어린 왕자. 사람은 말이야. 자신이 가는 곳이면 항상 흔적을 남겨야 하는 거야. 내가 알아본 어린 왕자 당신, 아무것도 모르고 미국에 왔지만 미국은 자유가 그리운 당신에게 선택 없는 운명을 준 거야. 당신은 아니라고 말할지 모르지만 사람이 살다 보면 터무니없는 인생을 살아내야만 하는 그런 순간이 있어. 그걸 두고 선택하지 않았던 운명이라고 말하지. 그러나 그 운명이 나에게 불편하더라도 감수해야만 할 때는 도리 없이 견뎌내야만 하는 거야. 훌륭한 아버지에 할아버지까지⋯⋯. 누구보다도 조국을 사랑했지만 생각만 해도 억울한 그 시대가 남긴 무형의 유산(incorporeal hereditaments)인 이데올로기의 어느 쪽이라도 선택해야만 했을 때 그렇게 하지 않은 사람들⋯⋯. 그런 사람들을 이데올로기의 이해 당사자들은 회색분자(a wobbler)라고 말하지. 조국을 사랑하는 마음이 진보적(progressive)이거나 보수적(conservative)이어야 하는 시대였기 때문에 순수한 애국심은 자리 잡을 수가 없지. 아이러니야. 정말 역사적으로 평가되어야만 하는데 그럴 수도 없이 소리치는 동서냉전(the cool war)은 조국을 정말로 사랑하는 사람들을 짓밟아버린 셈이 된 것이 오늘날의 현실이야. 나는 직업적으로 피해를 입은 사람들이거나 피해를 입힌 사람들을 다루는 사람이라 어쩔 수 없이 이분법(dichotomy)으로 가늠할 수밖에 없지만 그래도 결과보다는 과정을 살펴보려고 노력을 하는 사람이라 잘 알아. 그러니 어린 왕자여! 정말 어린 왕자처럼 미국을 모르고 찾아와서 자신이 무엇인지도 모르고 살아가고 있는 지금⋯⋯. 하고픈 말이 있다면 하고, 세상구경을 한다는 생각으로 무엇을 할 것인가를 생각해보라고⋯⋯. 자신이 억울하고 운이 없는 사람이라고 생각해왔다면 어쩔 수 없지만 그러나 그건 지나간 일이야. 이미 당신에게서 지나가버린 일이라고⋯⋯. 물론 사람이 지나온 길을 뒤돌아보는 것은 습성(an acquired habit)이지만 그보다 더 소중한 것은 남아 있는 시간들이야. 지금부터 시작해서 다가올 시간들이 더 중요하다는 뜻이야. 그걸 알아야 한다고⋯⋯."

나는 칼린 반장의 날카로운 눈빛을 보면서 소스라치게 놀랐다. 나의 가족사를 정확하게 알고 있다는 사실이 놀라웠고 미국에서 정확하게 파악할 수 있는 정보의 힘에 뒷머리가 찌릿할 정도였다. 얼어붙은 사람처럼 멍하게 서 있다가 그냥 있을 수 없다는 생각으로 아랫배에 힘을 바짝 주면서 말했다.

"잘 알고 있습니다. 여기에서 이 아름다운 마음을 가진 분들에게 무엇을 해야 하는지 잘 알고 있습니다. 아름다운 사람들에게 무엇을 해야만 하는지를……."

나는 입술을 깨물면서 떠오르는 생각을 잡았다. 그런 나를 쳐다보던 사람들은 흐뭇한 표정으로 박수를 쳤다.

눈물이 나는 행복의 언저리(the edge)

1972년 2월 17일

잔설(lingering snow)이 남아 있는 베어 마운틴 산기슭은 정말 아름다웠다. 떠오르는 햇살을 담뿍 받은 호수의 수면은 거울처럼 빛나고 그 빛이 투영된(shed light on) 나의 침실은 평화스런 눈길로 세상을 바라보게 했다. 침대에 누워서도 바라보이는 창밖의 풍경은 너무 아름다워서 가슴이 미어지는 것 같았다. 맑고 투명한 세상이 슬픔을 느끼게 하더니 또다시 아이러니하게도 어떤 불안이 나를 침대에서 벌떡 일어나게 했다.

'이건 무슨 조화인가? 너무도 좋은 감정이 슬퍼지는 이유는 도대체 무엇인가? 그리고 또 불안해지는 건? 내가 노력하지 않았는데도 이처럼 고운 손길들로 인해 아름다움에 취해서 눈물을 흘리게 하는 까닭은 어디에서 비롯된 것일까? 그들이 내게 온 것은 아니 내가 그들을 만난 것은 무슨 인연이 도래해서 이러는 것일까? 아! 나는 그들에게 어떤 식으로 신세진 것을 갚아야 하는가? 분명 이 집을 들어설 때는 무엇인가를 줄 수 있다고 생각했다. 또 그렇게 할 것이라고 대답을 했었다. 그런데 나는 지금 무엇을 하고 있는가? 드리운 인간의 그림자가 아름다워서 그 아름다움에 취해서 눈물을 흘리며

246

가슴 아프게 고마워하는 일 외에 다른 것이 생각나지 않으니…….'

나는 빛보라가 뿌려지듯이 쏟아지는 즐거운 고통을 떨치며 밖으로 나갔다. 언제부터인지 습관이 되어버린 커피가 생각나서 주방 쪽으로 갔다.

"어?"

나는 커피를 따르고 있는 미야코를 보곤 소스라치게 놀랐다. 그러나 미야코는 아무렇지도 않는 표정으로 피어나는 꽃송이같이 웃으며 손짓을 했다. 나는 미야코의 손짓에 따라 식탁에 앉으며 물었다.

"언제 왔어? 그보다 여기를 어떻게 알았어?"

"베네딕과 해피 걸 그리고 데니가 와서 알려주었어. 다 챙겼지만 먹을 것을 좀 챙겨 주시라고 말하며 이렇게 많은 돈까지 주시고 가셨어. 아니 내가 보고 싶지 않았나 보네. 가만 그러고 보니 찾아오지 말아야 할 사람이 찾아왔다는 표정이네."

"아니, 무슨 말씀을……. 아침에 일어나서 지금처럼 배시시 웃고 있는 미야코를 생각했는데……."

"정말?"

"그럼. 난 하루를 시작할 때 미야코를 어떻게 하면 행복하게 해줄 수 있나? 하는 생각을 하면서 옷을 입는데……. 언제부터인가 내 시작과 끝에는 항상 미야코가 있어 왔어. 그런데……."

"그런데 뭐?"

"이렇게 나를 노려보면서 사람의 가슴을 후벼 파는 듯한 표정은 아니다."

"아, 그래요? 그럼……."

미야코는 얼른 밝은 표정이 되었다. 그러곤 커피 잔을 들어서 나의 입에다 살포시 내밀었다. 잔잔한 호수에 백조가 한가로이 노니는 표정이었다.

산 속이라 그런지 체감 온도는 무척이나 차가웠다. 햇살이 곱게 내려쬐는 베란다였지만 미야코는 떨면서 커피를 마시고 있었다.

"추운 모양이구나. 들어갈까?"

"아니, 내가 추워하는지는 알고 있나 보네."

"들어가……. 나도 조금 추워."

말을 그렇게 했지만 나는 결코 춥지 않았다. 미야코는 못이기는 척 안으로 들어갔다. 창가의 소파에 앉아 나란히 밖으로 시선을 던졌다. 잠시 침묵이 흘렀다. 인공적인 소리는 전혀 들리지 않은 자연의 소리만 들렸다. 특히 산골짜기에서 내려오는 바람소리는 아침에 눈을 뜨면서 들었던 생각을 다시 하면서 미야코를 향해 입을 열었다.

"더 이상 바랄 것이 없을 정도로 편안한 지금 이 평화스러움이, 이 행복이 내가 가져도 되는 것인지……. 정말 내게 머무는 이 행복한 시간이 내 것인지……. 엄청난 기쁨인데 그 기쁨이 날 왜 이렇게 슬프게 하는 건지……."

"또 그런 생각을 하셨구나. 맞아요. 분명 우리 어린 왕자님이 누릴 수 있는 것들이에요. 힘들게 살아왔잖아요. 알게 모르게 주어지는 불평등 때문에……. 당연히 누려야 할 공평함을 뚜렷한 근거도 없이 뒤로 밀리고 옆으로 빠지고 그렇게 살아온 당신의 인생이 비로소 누릴 수 있는 운명으로 돌아선 거예요."

"그래 그건 그렇다 치자. 그러나 내게 언제나 밀리는 운명이라고 말하며 내가 할 수 있는 것들도 아예 하지 못하게 한 것은 여기 이방의 나라인 미국이 아니고 내 가 태어난 내 나라였어."

"맞아요. 당신의 나라에서 그런 일을 당했고 그렇게 당하는 것이 너무 억울해서 마신 술에 정신을 잃고서 당신도 모르고 찾아오게 된 미국……. 잘 생각해보세요. 인생은 살아 있는 순간 움직여야 하는 거예요. 물론 이성적으로는 모른다는 생각을 하지만 감성적으로는 살아 있음에 대한 흔적으로 움직인 거예요. 이론적으로는 당신의 조국에서 버림받은 것 같지만 물어보세요. 당신 모국에게 왜 날 버렸느냐고……."

"그건……."

"그렇죠? 물어볼 곳도 없고 누가 대답해줄 것도 아니에요. 단지 그 일은 당신의 인생 앞으로 떨어진 운명일 뿐이에요. 당신의 운수가 맞지 않았던 시대에 당신이 산 것 뿐이에요. 사람 일은 누구도 몰라요. 그래서 약속은 함부로 할 수 없는 이유가 바로 이런 것 때문이에요. 당신이 생각할 때에 터무니없는 것 같지만 다 이유가 있고 우리가 사는 날에 감당해야 할 인연의 자락이 있기 때문에 우리가 이렇게 만나진 것이고 지금 당신을 휩싸고 있는 행복이라는 것도 따지고 보면 당연히 당신이 책임져야 할 운명이기 때문에 당신 앞에 놓인 거라는 말이요. 당신의 그럼 감정 아무나 느끼는 것이 아니에요. 아주 특별한 재능이 있기 때문에 그런 가슴 아프도록 즐거운 비명을 간직할 수 있는 거예요. 아셨죠?"

나는 대답을 못하고 시선을 미야코에게 고정시킨 채 쳐다보기만 했다.

"당신이 하실 일은 당신께서 고맙다고 생각하는 사람들에게 그 마음을 전하는 일을 하시면 되는 거예요. 아시겠지요? 어린 왕자님, 어린 왕자, 피터 팬에서 어린 왕자가 되셨다? 피터 팬보다는 어린 왕자가 훨씬 더 좋다. 그 이유가 무엇인 줄 아세요?"

"글쎄."

"피터 팬에는 팅커벨이 있지만 어린 왕자는 스스로 찾아야 하니까 그런 거예요. 아주 많이 닮아 있어요. 당신이랑……."

"그런가?"

"아참, 그리고 확실한 날짜는 잡히지 않았지만 어머니 아버지가 여행을 오시겠대요. 두 분이서 같이 올 수 있다니 얼마나 다행인지……. 같이 일본에 사시면서도 한 집에서 사시지도 못하는 어머니와 아버지에게는 이렇게 오는 여행이 얼마나 소중한지 몰라요. 식구 같은 우리 어린 왕자님도 보고 싶다고 하시는데……. 자연스럽게 같은 집에서 살게 된 연유는 오래전에 말씀드렸어요. 특히 어머니는 그 어떤 부담도 주지를 말고 편안하게 지내라고 말씀 하셨지요. 그건 전에 말씀 드렸죠?"

"그랬어?"

"당신을 처음 만난 날, 그리고 다시 만난 날 전부 다 말씀드렸지요. 사실 어머니는 그 어떤 부담이라도 느낀다면……"

"아니, 나도 편안하게 만날 수 있을 것 같아. 무슨 까닭인지 모르겠지만……. 무슨 이야기를 주고받을지 그건 잘 모르겠지만 나도 꼭 만나고 싶어. 아니 꼭 만나야 할 이유가 있을 것 같아."

"그럴까요?"

미야코는 무언가 미심쩍은 표정을 지었지만 말은 하지 않았다. 창밖으로 이름 모르는 새가 호수 아래로 날아가고 있었다. 바람 따라 흘러가는 세월이 눈앞으로 쏟아지는 것 같았다.

마음이 흘러가는 곳

1972년 2월 18일

구름이 흘러가는 것이 마음이라면
바람이 불어오는 곳에서 마음이 오는 거라면
마음은 남아 있고, 몸은 흘러가고
바람은 남고, 구름은 남아 있을 리 없겠지.
어디에서 왔을까? 어디론가 떠나고 싶은 마음
어디에서 왔을까? 어디에서 오고 있는 것일까 내가 찾는 작은 꿈
사람들은 내게 말하지 어디에서 왔느냐고
사람들은 내게 말하지 어디로 갈 거냐고
어디로 가야 할지 우리는…….
아무것도 모르면서…….

아침이면 일어나 생각도 없이 인사를 하고
흘러가는 시간과 힘겹게 싸우며
어떤 꿈이 오는지 그것도 모르면서
어떻게 살아야 할지 그것도 모르면서
그래도 살고 있다. 내 흘러가는 시간을 부여잡고
그래도 오늘보다 더 나을지 모르는 내일을 향해
앞으로 간다네.

오늘 살아 있다면 내일을 향해 가는 것이고
내일도 살아 있다면 꾸어 왔던 꿈을 만날지 몰라.
구름이 흘러가는 곳으로 내 마음 따라가면 좋을 텐데
바람이 불어가는 곳으로 내 몸도 불어가면 좋을 텐데

나는 찰리를 만난 순간을 이렇게 표현했다.
흘러가는 구름과 산골짜기에서 불어오는 바람 소리를 들으며 찰리의 검은 눈동자에 어렸던 그 착한 마음이 생각나서 시간이 늦었지만 전화를 걸었다.
"어린 왕자님…… 어쩐 일이야? 이렇게 늦은 시간에……."
"구름이 흘러가는 곳이 마음이라면 바람이 불어오는 곳에서 마음이 오는 거라면……. 이렇게 시작되는 것이 내가 본 찰리의 첫인상이야. 뜨거운 수프를 가져다주었던 네 눈동자에서 나는 그런 걸 느꼈어. 미국이라는 곳에 와서 처음으로 나를 사람답게 대해준 내 친구 찰리, 나는 찰리가 꾸는 꿈이 어떤 것인지 나는 잘 몰라. 그러나 나는 알아. 흘러가는 구름처럼 또는 불어와서 흔적도 남기지 않고 저 혼자 가버리는 바람처럼 포근했던 기억만 남겨놓고 가버리는 그 바람처럼……. 넌 내게 있어서 영원히 잊을 수 없는 내 마음의 친구야. 너의 검은 눈동자에서 느껴진 네 마음……. 난 아마 내가 살아있는 한 그걸 잊을 수가 없을 거야. 사람은 지나가면 그만이라고 하지

만 난 그럴 수가 없어. 그래서 적어본 거야. 제목은 '마음이 흘러가
는 곳'이라고 붙였어."

"마음이 흘러가는 곳?"

"응, 그래. 마음이 흘러가는 곳······. 마음에 안 들어?"

"아냐. 너무 마음에 들어. 멜로디가 떠오르는데······."

찰리는 내가 불러준 가사(the words of song)를 가지고 컨트리웨
스턴 스타일의 멜로디로 흥얼거렸다.

"넌 어쩌면 사람의 마음을 그렇게 잘 헤아리니? 내가 너에게 해
준 것이라곤······. 너무도 피곤에 저려서 잠든 모습을 보고 잠시 화
는 났지만······. 이렇게 들여다보니 그럴 것이 아니라 생각이 들어서
그냥······."

"바로 그거야. 그 마음이 중요한 거야. 지금까지 살아오면서 누가
나를 그렇게 생각해준 사람이 없었어."

"그렇다고 그런 마음을 이렇게 쉽고도 가슴에 와 닿는 시(poetry)
로 쓰다니······."

"그걸 그렇게 말할 필요는 없고······. 다만 이렇게 좋은 시간과 장
소를 제공해준 사람들에게 내가 할 수 있는 게 무엇일까 생각하다
가 내가 할 수 있는 것이 이것밖에 없어서 오히려 미안해."

"아냐. 무슨 말을 그렇게 해. 나는 일전에 준 그 선물로도 충분해.
얼마나 좋은 선물인데······. 넌 우리가 생각하지 못하는 아름다운 감
수성을 지닌 사람이기 때문에 이 선물도 내게는 너무 고마울 뿐이
야. 일전에 네가 준 그걸로 조금 더 다듬고 반주까지 편곡을 하면
괜찮을 것 같아. 프로듀서가 아주 마음에 들어했어. 아마 며칠 있으
면 선생님이랑 너를 만나러 갈 거야. 오늘 낮에 그렇게 이야기를 하
시더라고······."

"그래? 그랬구나. 선생님에게 전해줘."

"뭐라고 전해줄까?"

"내가 연락을 드리면 오시라고······. 아니면 내가 나갈 때 전화를

드린다고……."

"그래, 알았어. 그럼 지금 읽어주다 만 그 선물은 내가 언제 받을 수 있을까? 될 수 있으면 빨리 봤으면 좋겠는데……."

"그래, 알았어. 조금 더 쉬운 말로 다듬어서 연락할게. 아참, 로리에게 연락이 오나?"

"응. 선생님이 로리의 작곡 실력을 인정하고 이미 계약까지 했어. 이미 한 팀이 된 거야. 로리도 거길 그만 두고 작곡에만 전념하고 있을걸."

"아, 그랬구나. 늦었어. 이만……. 나 지금 생각나는 게 있어서 전화 끊어야겠다."

"그래, 알았어."

찰리가 전화를 끊자마자 난 기다렸다는 듯이 손가락이 아프도록 밤새워 글을 썼다. 그렇게 써내려간 글들을 정리하니 가슴에 남아 있는 마음의 짐들이 조금씩 가벼워지는 것 같았다.

요한나를 생각하면서 '마음이 더 예쁜 숙녀'를 썼고 베라를 생각하면서 '별 따라 온 작은 새'를 썼고 '내 마음의 고향'은 베네딕 사장을 생각하며 썼다. 그리고 이 가사들이 노래가 된다면 어떤 무대에서 어떤 식으로 멜로디가 되었으면 좋겠다는 메모까지 자세하게 적었다.

별들이 노래하고 구름이 춤추었을 때…

1972년 2월 21일

밤하늘의 별을 보면서 편안하게 잠들 수 있는 곳, 무엇 하나 부족함이 없이 내가 할 수 있는 모든 것을 할 수 있는 공간, 난 분명 별천지에서 살고 있는 것이다.

행복이 가득 넘치는 뜰에서 내가 꾸어 왔을지도 모르는 꿈같은 생활을 하고 있다는 생각이 든다. 그런 와중에서도 내일에 대한 수많은 생각을 하고 또 한다.

'오늘이 지나고 나면 다가올 내일, 그 사이에 밤이 있다는 것, 그건 그 무엇과도 바꿀 수 없는 쉼이요, 평온이다.

운명의 장난이라고 사람들은 말한다. 그러나 과연 운명이 장난을 칠까? 운명이라는 이름을 붙인 것도 사람이고 그걸 또 장난이라고 명명한 것도 사람이다.

그러나 운명의 장난이라 해도 비켜갈 수 없는 인생, 우산 없이 빗속을 걸으면 어쩔 수 없이 비를 맞아야 하는 것처럼 살아가면서 겪어야 하는 일은 싫든 좋든 감수해야 만하는 게 우리네 인생이다.'

나는 밤하늘에 빛나는 별을 보면서 고개를 끄덕였다. 다시 생각이 이어졌다. 누가 내 생각을 잡아당기는 것만 같았다.

'석양으로 밀려가는 시간의 흐름 속에서 별이 떠 있다. 어두운 밤하늘에 빛나는 별들이 슬프도록 아름다울 때 내 가슴에 새길 수 있는 별 하나를 찾기 위해 두리번거리는 것은 슬픈 일이다. 그 아름다운 별을 찾아서 헤매는 것은 혹시 밤하늘에서 별을 찾는 것이 아니라 사람이 사는 세상에서 별을 찾으려는 것이 아닐까?'

다시 고개가 끄덕여졌다. 그리고 입가에 알 수 없는 미소가 떠올랐다. 나는 내게 있어서 나를 스치고 간 시간들이 남기고 간 기억들을 생각하면서 누구의 탓도 아닌 나 자신의 탓이라는 생각을 했다. 그리곤 가슴을 펴면서 점점 다가오는 자동차 불빛을 바라봤다. 전화로 약속한 해피 걸 사장이 오고 있는 모양이었다. 이내 육중한 엔진소리를 내면서 리무진이 도착했다. 아주 오래된 연인들처럼 해피 걸 사장은 두 팔을 벌려 반가워했다.

"내가 방해를 하는 건 아니지?"

"이미 방해는 했는데요, 뭘."

"오, 그럼 나 그냥 갈게. 우리 어린 왕자님이 그 어떤 방해를 받으면 안 되지. 그럼 난 아주 나쁜 사람이 되어서 후원회 사람들에게 욕을 먹지."

"아이고, 왜 이러십니까? 오신다는 연락에 이미 하고 싶은 이야기가 이렇게 가슴에 쌓였답니다. 보세요."

나는 건장한 가슴 근육을 펼치며 해피 걸 사장의 팔을 붙잡았다. 해피 걸 사장은 야릇한 웃음을 흘리며 속삭이듯 말했다.

"오 정말……. 내게 할 말이 많은 모양이네. 이렇게 근육이 살아 움직이는 걸 보니……. 호호."

나는 해피 걸 사장의 등을 집안으로 떠밀었다. 그 사이에 운전기사는 가지고 온 짐들을 주방 쪽으로 들여놨다.

"모자라지는 않는지, 피자랑 초밥이랑 먹을 것 좀 가지고 왔어."

해피 걸 사장의 표정은 큰 누나같이 다정다감(sentimentality)했다. 소파에 앉은 해피 걸 사장은 목이 마른 지 입맛을 다셨다.

"와인 한 잔 하시겠어요? 아니면 커피?"

"와인은 저녁을 먹으며 충분히 마셨고 굳이 주겠다면 뜨거운, 아주 뜨거운 우리 어린 왕자의 마음을 먹고 싶네."

나는 금발머리에 회색빛 눈동자에서 뿜어져 나오는 해피 걸 사장의 애욕(sexual passion)에 이끌려 옆으로 다가갔다.

"마냥 귀여운 어린 왕자에서 너무도 멋진 신사가 되었네."

"그런가요?"

"아주 예의바른 신사가 되었어. 이렇게 보는 사람으로 하여금 애끓는 연민을 불러일으키게 하고 말이야."

"나의 무엇이 그렇게 느끼게 하는데요?"

"그건 나도 잘 몰라. 하지만 그렇게 말을 하는 것 같아."

"그러다가?"

"이렇게 눈동자를 맞추면 한없는 애욕을 불러일으키는 이상한 남자, 일단 어린 왕자와 눈을 마주치면 어쩔 수 없이 애욕의 노예가 되는 것 같아(fall a prey to passion). 이제야 말을 하지만…… 다가가면 다가갈수록 행복을 주는 사람이야. 옷을 입었을 땐 궁금증을 주고, 옷을 벗었을 땐 신비감을 주는 철저히 이중적인 사람……."

"그래서요?"

"그래서 안 보면 궁금하고 만나면 나 혼자만이 가져서는 안 되는 묘한 경계심을 느끼게 되고……. 그래서 더욱 멀어지면 안 되겠다는 생각을 하게 하는 남자, 나 혼자만의 사람이기에는 버겁고 멀리 두어서도 안 된다는 마음을 갖게 하는 남자……."

"좋은 남자라는 이야깁니까? 나쁜 남자라는 이야깁니까?"

"좋은 남자이기도 하고 나쁜 남자이기도 하고……. 호호."

해피 걸 사장의 나신은 말 그대로 우유 빛깔이었다. 한없는 모정 허기증(longing for a hungry feeling)을 유발시키는 피부였다. 그리고 정신이 혼미할 정도로 나를 유혹하는 육체의 뜨거운 절규…….

"이렇게 좋은 사람인데……. 옷을 입으면 또 나를 왜 긴장시키고……."

"긴장시키다니 그게 무슨 말이지요?"

"우리 어린 왕자는 항상 사람을 긴장시켜. 내가 경험한 사람들은 철저하게 자기를 즐기려했는데……. 우리 어린 왕자는 그렇지가 않아. 오히려 철저하게 상대가 즐기도록 배려하고 그 배려를 즐기는 아주 특별한 체질을 가진 사람인 것 같아. 그 증거가 나는 몇 번이고 절정을 느끼게 하지만 정작 본인은 절정을 느끼지 않잖아."

"사람들은 결과를 좋아하지만 나는 결과보다는 과정이 더 중요하다는 것을 잘 아니까요."

"그걸 누가 알려주었지?"

"사람이 살면서 결과보다는 과정이 중요하다는 건 아버지에게 배웠고, 또 한 여자에게서 욕망을 절제하는 법에 대해 배웠지요."

"어떤 여자인데?"

"조건 없이 내게 무엇이든 주고 싶다는 사람이요. 사람들은 운명으로 만나고 인연으로 살아진다고 말을 하더군요. 운명과 인연……. 우린 어떤 운명과 인연으로 만났을까요?"

"글쎄, 그건 좀 더 세월이 흘러야 알겠지만 지금은 참 좋은 운명이고 아주 기쁜 인연으로 존재한다고 생각해주었으면……. 인간의 본능과 본질에 대한 진지한 검증을 하면서 여자를 철저히 아름답게 만드는 신비한 재주를 가진 사람. 아, 정말 좋아. 이 나이가 되도록 몰랐던 숨어 있는 섹스 포인트까지 일깨워주다니……. 나 이대로 죽어도 아무런 미련이 없을 것 같아."

밤하늘을 바라봤다. 창문 밖에서 쏟아지는 별들의 노랫소리가 들리는 것 같았다. 낮게 드리운 구름이 춤을 추는 것 같았다.

일부다처(polygyny)

1972년 2월 19일

베라와 마흐디가 나란히 손잡고 나를 찾아왔다. 나는 밤새워 글을 쓴 흔적을 치우며 책상을 정리하다가 베라에게 줄 선물을 손에 쥐었다. '꽃이 된 하얀 나비'라고 제목을 붙인 베라의 선물을 걸어 나가면서 낭송을 했다. 그러자 내 목소리에 귀를 기울이던 베라가 감격을 했다.

"꿈을 찾아서 날아온 하얀 나비는 어디로 갈지 몰라 헤매다가 비에 젖은 날개를 접으며 두려움에 떨고 말았죠. 아, 나는 이 부분이 너무 좋아요. 정말 그때의 나를 정확하게 알고 있는 것 같아요. 이렇게 모든 사람들이 쉽게 알아들을 수 있는 문장을 만들어내는 당신의 재주……. 정말 대단해요. 어쩌면 사람의 마음을 이리도 꿰뚫어 볼 수가 있죠? 정말 훌륭한 결혼 선물이네요."

"결혼?"

나는 새삼스럽게 결혼이라는 말이 나오자 의아한 표정을 지었다. 마흐디는 내 마음을 이해한다는 표정으로 너그럽게 말했다.

"나는 이미 세 사람의 여자를 아내로 가지고 있어."

"그런데도 또 결혼을 한다는 건……."

"우리가 사는 나라에서는 자기가 거둘 능력이 있으면 얼마든지 여자를 가질 수 있어. 여자를 먹여 살릴 수 있는 능력만 있으면, 아니 여자에 대한 대가(at the cost)를 지불하면 남자는 몇 명의 여자를 거느려도 상관이 없어. 그걸 베라에게 이해시키느라 힘들었지만……."

"그럼……."

"네 번째 부인이지. 이 부인으로 끝날지 모르겠지만……. 더 이상은 안 된다는 약속을 하고 결혼을 하기로 했어. 여기 이 집에서……."

"네?"

"조금 있으면 베네딕 사장과 데니가 올 거야. 우리 어린 왕자의 이벤트 아이디어도 빌리고, 그리고 해피 걸 사장의 아이디어까지……. 우리가 흔히 알고 있는 결혼식이 아닌, 아주 특별한 결혼식을 할 거야. 부탁해."

"그래요."

나는 말끝을 흐리며 창밖을 바라봤다. 베네딕 사장과 해피 걸 사장을 태운 자동차가 들어서고 있었다. 내가 자리에서 일어나려는 순간, 마흐디는 내 손을 붙잡고 속삭이듯 말했다.

"우리 베라에게 더 많은 것을 가르쳐줘야 해. 이 세상 어디에서도 만날 수 없는 아주 훌륭한 선생이니까……."

나는 갑자기 숨이 멈춰졌다. 무엇을 가르쳐주는 선생인지를 잘 아는 터라 정말이지 말이 나오지 않았다. 동시에 내가 묵계(a tacit secret understanding)적으로 믿고 있던 상식의 탑이 무너지는 것 같았다. 인간이 지켜야 할 정절(faithfulness)이라는 단어를 무참히도 능멸(contempt)하는 마흐디의 표정은 진정으로 간청(begging earnestly)하는 표정이었다. 나는 마흐디의 그런 표정이 너무 어이가 없었다. 그런데도 부탁한다는 몸짓과 최고라는 엄지손가락을 흔들어대는 마흐디가 징그럽다 못해 괴물처럼 느껴졌다. 그러나 미워할 수만은 없는 것은 진정으로 베라를 아끼는 마음에서 비롯된 것이라는 생각이 들었다.

이상한 것은 나 자신이 이미 그들의 요구를 수용했는데도 새삼스런 충격으로 와 닿는 아이러니가 이해가 되질 않았다.

인애사상(benevolence thought)

1972년 2월 22일

소슬한 바람이 불어오고 바람결에 날리는 꽃향기가 찬란한 빛을 토하는 날이었다. 가슴과 가슴들이 모여서 서로의 마음이 통하는 그런 날인지도 몰랐다.

2월 22일 오후 2시, 내가 거주하는 집 정원을 결혼식장으로 정한 후원회 사람들이 속속 모여들었다. 결혼식장을 만드는 일은 해피 걸이 담당했고 진행은 데니와 내가 담당했다. 메마른 잔디가 다소 어색한 분위기를 자아냈지만 그런대로 예식장으로는 조금도 손색이 없었다.

미리 도착한 베라와 베라 어머니 그리고 마흐디와 마흐디의 일족들은 만족한 표정을 지었다. 중동식 복장을 한 마흐디의 가족들은 한눈으로 봐도 귀족이라는 생각이 들 정도였다. 주례를 맡은 베네딕 사장은 간단하면서도 엄중한 경고와 같은 목소리로 축사를 했고 결혼식의 하이라이트가 되어버린 찰리의 축하 노래는 사람들의 박수갈채를 받았다. 마음에서 우러나오는 노래와 박수갈채, 진심으로 축하하는 사람들의 얼굴에는 행복한 미소가 가득했다.

베네딕 사장은 결혼식이 끝나고 춤추고 노래하는 사람들 사이를 비집고 나와 내게 말했다.

"베라를 위한 축하의 선물, 우리 어린 왕자는 정말 이 땅에 필요한 사람이야. 어떻게 그렇게 알아듣기 쉬운 말로 표현을 잘해낼 수 있는지……. 대단해. 그 짧은 시간에 그걸 노래로 만들어내는 찰리의 실력도 대단하지만 노랫말을 지어낸 자네의 실력도 대단해. 이 살벌한 미국 사회를 아름답게 만드는 재능이 있어. 자유가 흘러넘쳐서 방임으로 병들어가는 이 뉴욕에서는 정말 정신적으로 필요한 존재야. 자네는……."

"과찬이십니다. 전 다만……."

"이렇게 겸손하기까지 하니……. 이 또한 자네를 아름답게 볼 수 있게 하지. 우리는 그걸 잘 알아. 그런 자네를 바라보는 마음은 하나같이 믿음이야! 사람을 믿는다는 것, 그건 이 미국의 사회에서 엄청난 자산이야."

베네딕 사장은 나의 어깨를 툭 치면서 자리에서 일어나 다가온 해피 걸 사장의 손을 잡고 춤을 추러 나갔다.

2시에 시작한 결혼식이 해질 무렵에야 끝이 났다. 축하객들이 돌아가고 어린 왕자 후원회를 이끄는 몇 사람만 남았다.

따지고 보면 베라의 결혼식이라는 명목이었지만 결과적으로는 나를 위한 모임 같은 기분이 들었다. 샴페인과 스카치 그리고 값비싼 와인까지 곁들인 피로연(give a wedding reception)은 사람들의 마음을 행복으로 가득 채워주었다. 눈동자가 약간 풀렸지만 품위를 잃지 않은 해피 걸 사장이 차가운 음료수를 마시며 말했다.

"오늘처럼 이렇게 기분이 좋은 날, 왜 지나간 일들이 슬프게도 생각나는지 모르겠어. 내게 있어서 이렇게 행복한 날은 없었어. 이렇게 슬픔을 생각하면서도 즐거운 이유가 무엇인지……. 다만 우리 어린 왕자님 때문에 이런 만남도 이루어졌다는 것을 생각하니……. 인간은 모두 다 각자가 살아온 길에서 저마다 꾸어 왔던 꿈이 있었겠지만 그 꿈이 무엇인지도 모르고 찾아온 뉴욕이 내게 가르쳐준 것은 오늘 이런 기분을 느끼는 그런 것이라는 생각이 들어요. 말이 없어도 느낄 수 있는 사람들의 표정, 정말 우리 어린 왕자님이 우리에게 준 메시지가 아닐까? 그렇게 생각이 되네요."

"맞아요. 나도 같은 생각이에요."베네딕 사장이 자리에서 일어나면서 맞장구를 쳤다.

"나도 같은 생각이에요."

데니가 술에 취한 데니 부인에게 코트를 덮어주면서 손뼉을 쳤다.

"여기 모인 우리, 피부색도 다르고 살아온 방법도 다르지만 인간이 인간답게 살 수 있는 길을 모색하려는 인간다운 세상을 꿈꾸고 있다는 사실입니다. 그렇습니다. 멀리 아프리카의 어디쯤에서 여기로 끌려온 저나 그보다 더 먼 나라에서 흘러온 또 다른 사람들이나 자신의 가슴에 꾸어왔던 꿈……. 우리는 그 꿈을 가슴에 간직하면서 살아왔지만 서로에게 말을 하기에는 너무 바쁜 일상 탓으로 또는 개인주의 적인 사고가 혼자서만 가슴앓이(heartburn)를 하게 했지요. 그렇습니다. 우리는 가슴을 열면 누구보다도 아름다운 감성을 지니고 있는데……. 그런 와중에 가슴에 따뜻한 감성을 지니고 있는 동양의 청년이 우리 곁에 와서 잠자는 우리들의 가슴속에 있는 아름다운 마음을 일깨워주었다는 겁니다. 말하지 않아도 보고 느낀 것으로 그 사람이 가진 아름다운 마음을 읽어내는 신비한 재주를 지닌 저 아름다운 청년……. 우리는 그를 어린 왕자라고 부르지요. 감사하는 마음을 일깨워준 청년에게 어떻게 보답해야 할지……."

데니는 말을 끝내며 좌중을 둘러봤다. 그는 모두 다 자신의 말에 동조를 하는 듯한 표정을 읽고는 자리에 앉았다. 데니가 앉자 베네딕 사장이 음료수를 마시던 컵을 입에서 떼면서 말을 이었다.

"주어지는 일에 최선을 다하고, 주변 사람들을 인간적으로 대접하고 비겁하지 않은 자세가 우리를 감동시켰다는 사실입니다. 물론 우리 어린 왕자 때문에 알게 되었지만 우리가 알고 있는 생활 습관인 논리적이고 독립적이고 그리고 현실적인 사고의 벽을 한마디 말도 없이 행동으로 깨부수는 진취적인 자세는 우리를 더욱 감동스럽게 만들었습니다. 물론 우리가 요구한 것이 어떤 모습으로 나올지 저도 잘 모릅니다. 그러나 분명한 것은 사람을 중시하는 인애사상 (benevolence thought)을 바탕으로 한 그 무엇이 나올 것이라고 믿고 있습니다. 생각해보면 우리는 서양적인 사상을 몸에 익히며 자라왔습니다. 감성보다는 이성에 가까운 생활양식이 미덕인 양 그렇게 살아 왔습니다. 아니 정확하게 말하면 일상 속에 널려진 철학의 의미를 아예 몰랐지요. 그런 와중에 우리가 만난 어린 왕자는 몸과 마음이 진실로 아름다울 수 있다는 가능성을 보여주며 우리에게 다가왔습니다. 그걸 운명이라고 그렇게 말하는가 하면 인연이라고 말을 하더군요. 가장 인간적인 것이 어떤 것이며 가장 인간이 아름다울 수 있는 것이 어떤 것이라는 것을 행동으로 보여주는 우리 어린 왕자님에게 이쯤에서 우리 격려의 박수를 보내는 것이 어떨지……."

소파에 앉은 다섯 사람은 박수를 치면서 일제히 나를 바라봤다. 나는 얼떨떨하기 만할 뿐 아무 생각이 나가 않았다. 알아듣기 어려운 단어도 있었지만 모두가 나를 두고 하는 말이라는 생각이 들자 몸 둘 바를 몰랐다. 주어지는 일에 최선을 다했을 뿐인데 칭찬을 하니 민망하기 그지없었다.

베네딕 사장이 자리에서 일어나면서 말했다.

"이런 말을 이 자리에서 해야 할지는 모르지만 우리가 알고 있고 또 믿고 있는 생활의 기본적인 사고가 서양적인 것에서 감성을 중시하는 동양적인 것으로 바뀌져야 한다고 생각합니다. 서로 화합 (harmony)하는 정신적 교류(interchange)가 있어야만 널려진 분쟁의 씨앗(the seed of discord)들이 사라지고 평화가 찾아올 것이라는 생각이 듭니다. 아마도 그것은 우리가 꿈꾸어온 아름다운 세상이라고 믿어도 될……. 그런 세상일지도 모릅니다."

　밖으로 나가는 사람들은 약속이나 한 듯이 고개를 끄덕였다. 주방에서 가만히 쳐다보던 미야코는 회심(complacency)의 표정을 지으며 나를 쳐다봤다. 밖은 겨울이 지나가기가 아쉬운지 모진 바람이 불면서 매서운 추위가 기다리고 있었다. 그러나 사람들은 나에게 한결같이 푸근한 미소를 보냈다.

밤하늘의 별들이 들려준 이야기

1972년 2월 23일

　사랑! 사랑? 나는 밤하늘에 빛나는 별을 쳐다보면서 사랑이라는 단어를 되뇌어봤다. 언제부터인지 여자를 보면서 느꼈던 가슴 울렁거렸던 기억을 떠올리며 그것이 사랑이었나? 하는 생각도 들었고 좋아한 나머지 그 여자를 만날 수 없다는 그 사실 하나만으로 가슴이 미어지도록 아팠고 숨이 컥컥 막히도록 견딜 수 없었던 그 순간도 생각이 났다.

　사랑하지만 어쩔 수 없이 헤어져야만 한다는 그 여자가 사랑했던 의미로 바친다는 첫 경험, 여자를 어떻게 다루는 것인지 아무것도 모르는 내가 처음으로 여자와 몸을 합친 그 첫 경험, 사랑하지만 어쩔 수 없는 그 이유는 설명하지 않아도 잘 알았지만 사랑하기 때문에 줄 것은 주어야만 한다는 설명과 함께 덜덜덜 떨기만 하던 내가 알 수 있었던 사랑했었다는 이유! 그리고 이별이 주었던 그 엄청난 아픔! 그런 것도 사랑이었나? 라는 질문을 나에게 해봤다. 내가 감당해야만 했던 내 인생의 무게보다도 더 아팠던 이별의 아픔이 새삼스럽게 생각나 가슴이 오그라드는 것 같았다. 그 고통을 잊기 위해서 이별 뒤에 주어진 운명을 억울해하면서 발악을 한 것 같다는 생각이 들었다. 사랑했다는 여자와의 이별 뒤에 내게 주어진 고통의 순간들은 내 인생 자체를 서러운 존재라고 체념케 했던 것도 생각이 났다.

사랑이 주는 고통과 동시에 느낀 서러움! 총총하게 빛나는 별들이 잊어버린 기억까지 생각나게 하는 이정표(a milestone) 같아서 더욱 목을 빼어 하늘을 바라봤다. 내게 있어 사랑이란 그렇게 가슴 아픈 것인 줄 알았는데 미국이 내게 가르쳐준 사랑은 아름답고 찬란하기 이를 데 없는 것이라는 건 무엇을 의미하는지, 어떻게 이해해야만 하는지…… 사랑이 무엇인지도 모르고 배워버린 사랑, 끝없이 이어지는 사랑에 대한 생각은 종말이 없는 비극인 것 같기도 했고 목숨까지 버려도 아쉬울 것이 없는 찬란한 기적 같기도 했다.

별을 헤는 마음으로 하늘을 바라보고 별에 새겨진 사랑의 증표(a voucher)들을 색인하는 가슴으로 살 수만 있다면 얼마나 좋을까? 하는 생각까지 들었다. 무심코 스쳐가는 바람결에도 인연의 자락이 도래하면 기쁨이 있고 슬픔도 있으며 사랑으로 영글어지는 만남에 사무치는 슬픔도 있다는 미야코의 말이 비로소 실감이 났다. 차마 사랑이라고 말하지도 못했던 인연이 만들어준 운명, 운명은 그렇게 살아 있는 사람에게 살아갈 이유와 까닭을 설명해주었다면 본능을 느끼고 그 본능이 일어나는 순간에 가슴 울렁이었던 까닭은 무엇이며 예기치 않았던 찬란한 아름다움을 주는 이유는 또 무엇이었을까? 더군다나 너무도 인간적인 아름다움이! 그 또한 운명으로 만들어진 내가 감당해야만 하는 길이었을까? 높은 고개와 낮은 고개라는 말이 생각났고 아프고 슬펐지만 그래도 아름다운 것은 사랑이며 사랑이란 무어라 정의를 내릴 수 없는, 도저히 풀리지 않는 신이 인간에게 내린 숙제라는 생각이 들었다. 살아가면서 풀어야 할 신이 내린 인간의 숙제, 나는 내 스스로 말을 해놓고도 참 잘 내려진 사랑의 정의라는 생각과 함께 아픈 사랑이 있었다 해도 인간은 또 다른 사랑으로 위로를 받을 수 있다는 자연스런 결론이 도출되었다.

'어떤 일이 있더라도 인간은 삶을 포기해서는 안 되는 거야!'

'살아가면서 자신 앞에 던져지는 모든 일들을 인간 세상에서 해결될 수 있고 일어날 수 있는 일이기에 일어나는 것이야!'

'앞이 캄캄하다고 해도 절망할 필요가 없으며 나갈 길이 없다고 해도 더 이상 걸을 수 없을 때까지 주어지는 인생여로를 걸어가야만 하는 거야!'

'더 이상 걸어갈 수 없을 때는 하늘이 내게 말해줄 거야. 여기 까지라고!'

나는 두 팔을 벌려 떨어지는 유성(a shooting star)을 껴안으며 가슴을 폈다. 풋풋하게 불어오는 바람이 지금보다는 희망적인 내일 앞으로 가는 방울소리(the tinkle of a bell)라는 생각이 들었다.

생각을 접으며 방으로 들어와서 책상 앞에 앉았다. 노트를 펼치고 신들린 듯이 러닝타임 2시간 10분짜리의 콘서트 기획을 써내려갔다.

잠재된 능력(potential)

1972년 2월 24일

"콘서트의 전반적인 흐름은 우리들 주변에 있는 감정들을 찾아주는 겁니다. 때문에 무대에서 노래를 부르는 가수들의 표정이나 성량도 중요하지만 무엇보다 중요한 것은 사람들이 친숙하게 들어줄 수 있는 멜로디의 템포가 무엇보다 중요하다는 것을 알았으면 좋겠습니다. 말하자면 멜로디의 흐름에 따라 감정의 흐름을 이끌어내야 한다는 거죠. 동서 냉전의 흐름으로 생긴 가진 자와 못 가진 자의 싸움, 지배자와 피지배자의 싸움, 무엇보다 권력자와 피 권력자의 이해관계를 좁혀주는 건 인간이 가진 기본적인 아름다운 마음이라는 겁니다. 그렇다고 템포가 일방적으로 느려 터져서는 안 된다는 점을 중요시해야 합니다. 여기에는 비트성이 강한 멜로디도 있어야 하고 강한 록의 흐름도 끼여 있어야 합니다. 음악이 느리다고 해서 사람의 가슴에 파고들진 않습니다. 템포가 빠르고 강력한 록 리듬이 있다고 해도 가사가 인간적이면 얼마든지 감동을 줄 수 있다는 겁니다. 조용하고 감수성을 내미는 리듬이라 해도 우리가 느끼는 것은 아름다움이 아니라 오히려 짜증을 유발할 수 있다는 것이지요. 물론 사회자가 전반적으로 이끌어 나가는 전통적인 쇼의 개념을 기본적으로 깔아야 하겠지만 진행상 자연스럽게 흘러가는 물처럼 사회자의 말이 없어도 그대로 흘러가는 그런 진행이면 더욱 좋겠습니다. 노래가 축이 되겠지만 중간 중간 두 번 정도의 블랙 또는 패러디 퍼포먼스도 콘서트를 더욱 빛나게 할 수 있을 겁니다. 무대 장치는 되도록 자연적인 배경을 활용하는 것이고 그러려면 조명과 음향은 상황에 따라 조절해야만 하고 실내와 실외의 경우를 생각해서 각각 별도로 기획을 짰습니다. 그건 참고로 하시구요. 나머지는 콘서트의 노래가 정해지면 다시 짜야겠지만 기본적인 흐름은 이렇게 되면 어떨까 싶어서 전해 드리는 겁니다."

나는 데니에게 서류를 내밀었다. 한눈으로 일목요연하게 볼 수 있는 순서까지 읽고 난 데니는 어이가 없는 표정을 지었다. 그리고는 한참 있다가 무겁게 입을 열었다.

"어이, 어린 왕자……. 이런 아이디어를 어디에서 배웠어? 아니 어디서 해본 경험이 있어?"

나는 대답 대신 그냥 웃기만 했다. 데니는 계속 고개를 가로저으며 놀라는 표정으로 나를 쳐다봤다. 그리곤 다짐하듯 말했다.

"일단 기본적인 흐름은 너무도 마음에 들어. 이것을 기초로 내가 다시 만들어 볼 테니까 그때 다시 머리를 맞대고 의논하자고……. 그리고 이건 작지만 이 아이디어를 더욱 성숙하게 만드는 데 썼으면 좋겠어. 이건 당당하게 받을 수 있는 돈이니까 받아야 우리가 마음이 편해. 알았지?"

데니는 봉투를 내 손에 쥐어주고는 얼른 자리에서 일어나 호텔 밖으로 나갔다. 나는 가슴 한쪽으로 스며드는 은근한 자부심으로 마

266

음이 풍족해졌다.

한없이 어두웠던 지난날의 기억들, 그 아팠던 기억마저 넉넉한 마음으로 바라보게 하는 마음의 길이 보이는 것 같았다. 온 누리(in all the world)에서 평안(well-being)의 빛이 뿌려지는 것 같았다. 수많은 사람들이 오가고 있는 맨해튼에서 이가 시리도록 찬란한 달빛이 물든 정원에 내가 서 있는 것 같았다.

식사시간이 지난 시간인데도 미야코의 초밥 집에는 손님들이 우글거렸다. 미야코 자매의 이마에 송골송골 맺힌 땀방울이 너무도 고와 보였다.

"아니, 어떻게 왔어요?"

유키코가 나를 먼저 발견하고는 활짝 웃었다. 나는 말하지 않아도 알 수 있는 미야코의 얼굴을 바라보며 앞치마를 두르고 특별한 기술이 필요 없는 홀의 일을 도왔다.

"이런 건 안 해도 되는데……."

나는 미야코의 미안해하는 얼굴에 윙크를 보내며 더 말하려는 입을 막았다. 그러고는 귀에다 대고 살며시 말했다.

"나 오늘 돈 많이 벌었어. 일이 끝나면 무드 있는 곳으로 가서 아주 좋은 시간을 갖고 싶어."

"정말?"

"그래. 내가 처음으로 대접(hospitality)을 하고 싶어. 아주 근사한 곳에서……."

"물론 언니랑 같이?"

"그럼. 언제나 하나 같은 두 사람이잖아."

"알았어요."

미야코는 활짝 웃으며 주방 쪽으로 들어갔다.

여울목(the neck of the rapids)에 있는 사람들

1972년 2월 25일

스카이라운지에서 내다보이는 맨해튼의 거리는 너무도 찬란했다. 늦은 시간인데도 사람들은 무척 많이 있었다. 잔잔하게 흐르는 음악도 감미로웠고 하나같이 속삭이는 듯한 사람들의 다정한 모습들은 굳이 설명하지 않아도 알 수 있는 실내의 분위기였다.

"뉴욕은 한마디로 정의내릴 수 없는 도시야. 지금 이렇게 바라보면 방금 전까지는 아무런 일도 없다는 듯이 수많은 꿈을 꾸고 있는 것 같지만 한낮에는 하나같이 바쁜 사람들이 오가고 있었는데……. 그리고 저렇게 찬란한 분위기를 자아내는 거리는 한낮의 추악한 부분을 모두 다 감싸고 있으니……. 뉴욕은 꼭 이미 늙었는데 늙지 않았다고 몸부림을 치는 오래전의 미인 같아."

나는 혼잣말하듯이 창밖을 보면서 말했다. 내 말을 들은 유키코는 빙긋 웃었지만 미야코는 말을 잘 알아듣지 못했는지 미간을 찌푸리며 되물었다.

"뭐라고요? 뉴욕이 어떻다고요?"

"늙지 않았다고 몸부림치는 오래전의 미인이라고……."

미야코는 비로소 말을 알아듣고 소리 없이 웃었다. 한손으로 입을 가린 채 웃는 미야코의 모습은 입안에 향기로운 거품을 물고 있는 것 같았다.

"어쩌면 그렇게 재미난 표현을 하실까? 이미 늙었는데 늙지 않았다고 몸부림치는 미인이라고요? 아, 그거 정말 적절한 표현이네요. 그럼 우리는……. 설마 우리가 늙고도 오래되었지만 늙지 않았다고 몸부림치는 그런 미인은 아니겠지요?"

"에이, 무슨 말씀을……. 그게 아니라는 것에 맹세하면서!"

나는 와인 잔을 들었다. 그러고는 따라서 잔을 드는 두 자매에게 눈짓을 보내며 잔에 남은 와인을 마셨다.

"오늘은 내가 정말 기분이 좋아. 다만 흠이 있다면 오늘의 일이 꿈을 꾸고 있는 것 같다는 게 조금 그렇지만……."

"꿈이라뇨?"

"따지고 보면 내가 미국에 도착한 그날부터 모든 게 꿈이지만 오늘은 더욱 그래. 오늘 데니를 만나서 많은 이야기를 나누었고 내가 생각한 것들을 전해주었는데 이렇게 많은 돈을 주었어. 내 머리 속에 있는 것 몇 가지를 정리해서 주었을 뿐인데……. 그게 이렇게 많은 돈이 된다는 게 꼭 누구에게 속고 있는 기분이야. 아니지, 누구에게 거짓말하고 아주 좋은 칭찬을 받은 기분이야. 데니는 그런 게 아니라고 말했지만 나는 여전히 꿈을 꾸고 있는 것 같아."

"너무 확대 해석하거나 자신의 가슴속에 들어 있는 재능을 과소평가 하는 것 아닌가요? 난 그렇게 생각되는데……. 안 그래 언니? 우리 어린 왕자님께서 아름다운 사람들에게 라는 콘서트의 기획안을 주고 그 대가를 받은 모양인데 그건 분명히 받을 수 있는 돈이고 또 그만한 가치가 없으면 그 사람들이 그렇게 돈을 주지 않아요. 그러잖아도 낮에 데니에게 전화가 왔었어요. 데니가 말하기를 아직 어린 왕자가 공연 기획이라는 업무를 잘 이해하지 못하는 것 같으니까 날더러 설명을 잘해주라고 하면서 더 편안한 마음으로 일을 할 수 있도록 해주었으면 한다고 그렇게 말을 했어요. 그래서 내가 말했죠. 아마 자신에게 다가선 현실이 너무 낯설어서 그런 것일 거라고……. 그건 살아온 방법과 관습이 너무 다르다 보니 그런 걸 거예요. 아마 내 말이 맞을 거예요. 우리 어린 왕자님이 전혀 모르는 세상을 만났으니 그런 거라고 나는 믿어요. 그렇지만 이건 아셔야 해요. 물이 흐르다가 만들어진 여울이라는 사실을 알아야 해요. 여울이 된 것이 어떤 것이든 흘러온 물은 여울이 되어 만나진 것이고 만나진 그곳에는 이야기가 만들어지고 있는 거예요. 그렇게 만들어지는 이야기의 하나이고, 가슴이 아름다운 사람들만이 알 수 있는 하나의 여울목인 거예요."

"여울목(the neck of the rapids), 여울목이라……."

"그래요. 우리 어린 왕자이기에 만날 수 있는, 아니 어린 왕자님이니까 만들 수밖에 없는 여울목인 거예요. 찾아야 할 꿈인지도 모르는 일이지요."

"그럴까?"

"그래요. 맞아요. 나도 미야코의 말에 전적으로 동감이에요. 어린 왕자님 앞에 떨어지는 현실들이 자꾸만 꿈같다고 하는 건 지나간 일들을 가슴속에 너무 단단하게 묶어두고 있기 때문인 거예요. 이유가 어떻든 지나간 것은 지나간 거예요. 그건 나를 감싸고 있는 과거의 테두리에서 조금도 변하지 않으려는 몸부림 같은 거예요. 물론 나 자신도 모르게 다가선 현실이 믿을 수 없는 일의 연속이라고 해도 새롭게 다가서는 현실과 타협하고 아니 이미 타협했기 때문에 살고 있는 것처럼 새로운 것을 받아들이는 것도 자신에게 비겁하지 않는 일인 거예요. 현실로 다가선 일을 꿈이라고 굳이 고집하면서 느끼는 건 변해야 하는데 변하지 않으려는 비겁함인지도 몰라요. 인간은 비겁해서는 안 되는 거예요. 두려워할 수도 있어요. 자신이 믿고 있는 상식과 습성이 달라서 괴리감을 느낄 수도 있어요. 하지만 이미 벌어진 일을 믿지 않고 믿을 수 없다는 것은 자신을 현실 앞에서 거부하는 것이고 자신 앞에 놓인 인생을 무의미하게 낭비하는 것인지도 몰라요."

"맞아요. 언니의 말이 맞아요. 자신 앞에 떨어지는 현실을 현실인데도 꿈같다고 하는 건 자신이 책임져야 할 인생마저 모른 척한다는 것인데……. 대단히 미안하지만 우리 어린 왕자님은 이미 책임을 지면서도 자신과는 상관이 없다고 생각하는 거예요. 그건 자신의 운명마저 믿지 않으려는 비겁한 처신이에요."

나는 아무 말도 할 수가 없어서 목을 움츠렸다. 분명 야단치는 건 아닌데 꼭 말을 안 듣다가 호되게 야단을 맞는 어린아이 같았다. 미야코는 안타까운 표정으로 내 손을 잡았다. 그러고는 시선을 피하는 나를 흔들어 눈높이를 맞추었다.

"모르는 사람들이라고 해서 그리고 낯선 사람들이라고 해서 가슴에서 가슴으로, 그리고 마음에서 마음으로 흐르는 감성이 오랜 시간이 흘러야 통할 수 있는 게 아니에요. 안내를 나갔다가 솟아오르는 햇살을 받고 있는 자유의 여신상을 바라보며 소리 없이 통곡을 하고 있는 남자를 우연히 쳐다본 여자, 그냥 스치고 지나갔을 뿐인데 잊지 못해서 가슴앓이(a pain in the chest)를 하던 여자에게 약속이나 한 듯이 나타난 남자, 어린 왕자님…… 제발 서럽다거나 외롭다거나 하는 족쇄(fetters)는 푸세요. 자신의 인생 이력인 과거를 지울 수는 없어요. 그렇지만 잊어야 해요. 자신이 가진 재능이 꿈일지도 모르지만, 아니 지금 우리 어린 왕자님의 현실 앞에 던져지는 일들이 살아있기에 만들 수 있는, 어린 왕자님이기에 가능한 그런 운명적인 인연이 만든 여울목이라고 생각하세요. 오늘이 지나고 내일이 오면 잊힐지도 모르는 여물목이지만 어쩌다 흘러온 물이 아름답게 만든 여울목 말이에요."

"우리가 사는 건 아니 죽는 순간까지 만들어야 하는 여물목이라면 누가 뭐라고 해도 우리끼리는 아름다워야 해요."

"먼 훗날 언제쯤인가에서 각자가 살아온 날을 뒤돌아봤을 때 우리가 만들었던 우리들의 인생 이야기가 너무 아름다워서 눈물이 나올 수 있도록……"

미야코와 유키코는 나란히 얼굴을 내밀면서 칭얼거렸다. 나는 도리 없이 웃었다. 내 가슴속에 담긴 이름 없는 상흔(a scar)들이 사라지는 묘한 소리가 들리는 것 같았다.

'인간은 생각하는 갈대다!'

파스칼은 그렇게 말했다. 인간은 인생 길을 가다가 잠시 멈추어서 뒤돌아볼 때가 있다. 그때는 누구보다 자신에게 냉정해야 하고 솔직해야만 한다. 지나온 길이 억울하고 분하면 화를 낼 수도 있고 소리칠 수도 있다. 그러나 자신 앞에 펼쳐진 인생의 뜰에 피어나는 이름 없는 꽃들이 왜 피었는지 살뜰히 보살피고 난 다음에 판단해야만 한다. 왜냐하면 이 세상에 이유 없이 벌어지는 일은 없기 때문이다. 아직 목숨이 붙어 있는, 살아 있는 날에 감당해야 하는 살아가는 이유가 되므로 더욱 그렇다.

내가 너에게 미안하다고 말을 하는 것은 다른 것이 아니다. 누구나 할 수 있는 작은 선택마저 할 수 없는 사람이 되어버린, 그렇다고 누구에게도 원망마저 할 수가 없는…… 그런 자식으로 만들어버린 아버지가 되어서 정말로 미안한 거다.

잘못한 것도 없는데 엄청난 잘못을 한 사람으로 낙인이 되어버린 너의 인생, 인생을 시작하기도 전에 보이지 않은 벽에 가로막힌 너의 운명이 정말 가슴 아프다.

나는 감은 눈을 더욱 꼭 감으며 흐르는 눈물을 닦았다. 방에 들어서면서 들리기 시작하던 아버지의 목소리를 떨치지 못하고 두 손으로 얼굴을 가렸다. 멈추고 싶었는데 자꾸만 눈물이 솟구쳤다. 오랜만에 들어온 내가 기거하던 방, 흡사 고향으로 돌아온 포근함과 동시에 들리던 아버지의 목소리, 환청인 듯한 그 목소리가 가슴속에 숨겨놓았던 눈물을 끊임없이 흘리게 했다.

눈을 떴다. 여명(the gray of the morning)이 밝아오는 새벽인데 방안은 아직 캄캄했다.

"불도 켜지 않고…… 그렇다고 잠도 자는 것도 아니고……"

불을 켜면서 들어선 미야코는 놀란 눈으로 다가왔다. 나는 눈물을 훔치며 창문을 열었다. 새벽의 찬바람이 가슴을 시원하게 했다.

"우리 어린 왕자님이 왜 우셨을까? 그래요. 울 수도 있겠다. 오랜만에 집으로 돌아온 포근함에 마음이 여려져서 그럴 수도 있겠다. 맞아요. 울고 싶을 땐 우세요. 마음 놓고 울고 나면 마음이 개운해지고 개운해지면 무엇인가 남는 게 있어요. 자신이 해야 할 것을 찾을 수 있어요. 외로움에 사무치고 서러움에 사무치면 외롭고 서러운 감정이 아름다운 인생의 길로 갈 수 있는 안내자가 될 수도 있어요. 마음이 근본적으로 아름답지 못하면 눈물은 나올 수가 없어요. 천사의 마음을 가진 사람들이 누릴 수 있는 특권인지도 몰라요. 그게 무엇 때문인 줄 아세요?"

"글쎄……."

"울고 나면 자신을 반성하는 이유를 알 수 있기 때문인 거예요."

초연한 표정으로 말하는 미야코의 얼굴에는 알 수 없는 진지함이 배여 있었다. 살며시 다가와서 나를 올려다봤다. 그러고는 나의 목을 껴안았다. 시세이도 화장품회사의 제품이라는 향수 냄새가 마음을 편하게 했다.

'말하지 않아도 내 마음을 헤아려주는 사람!'

나는 미야코를 힘껏 안으며 눈을 질끈 감았다. 아늑한 고향 마을이 눈앞에 아른거리는 것을 느끼며 미야코의 입술을 찾았다. 미야코는 나를 살며시 밀어내면서 말했다.

"이런 마음이 본능으로 가는 길목이고 우리가 만든 아름다운 여울목을 찬란하게 만드는 거예요. 인생이 아름다운 건 뜻하지 않은 곳에서 만들어지는 아름다운 여울목이 있기 때문이에요."

미야코는 걸치고 있던 잠옷을 벗어버리고 난 뒤 나의 옷을 천천히 벗겼다.

"힘겹게 살아도 이렇게 생각지도 못했던 피안(the promised land)을 만날 수 있기 때문에 인간은 아름답게 살 수 있어요."

미국이 숨겨 놓은(pocket ones feeling) 진실

1972년 2월 26일

'미국의 경찰서는 이렇게 생겼구나. 분위기가 험악하기는 미국이

나 한국이나 마찬가지로구나. 안내하는 사람들도 모두 뻣뻣하고…….'

나는 칼린 반장의 사무실로 들어가면서 그렇게 생각했다. 이른 아침 시간인데도 경찰서 안은 무척이나 소란스러웠다.

"어이구, 우리 어린 왕자님께서 여긴 어쩐 일이야? 그래, 우리가 부탁한 콘서트의 초안이 완성되었다고? 데니가 이야기해주었어. 어쩜 그렇게 타고난 재능이 대단한지 말이 나오지 않더라는 거야. 그걸 모르고 우리가……. 법대로 추방을 했더라면 어쩔 뻔했어? 아까운 인재 하나 놓칠 뻔했지? 자, 앉아……."

칼린 반장은 의자를 내밀며 커피를 건네주었다. 나는 자리에 앉으며 주변을 둘러봤다. 다소 정돈된 느낌은 들었으나 실내의 분위기는 여전히 험악했다. 칼린 반장은 상당히 어려보이는 소년에게 시선을 보내고 있는 내게 살며시 말했다.

"콜롬비아가 고향인 아버지를 따라서 불법으로 입국한 소년인데 아버지가 부두에서 일을 하다가 재수 없이 총에 맞아 죽었어. 갑자기 믿을 곳이 없어진 소년은 거리를 떠돌다가 너무 배가 고픈 나머지 길거리에서 파는 소시지 하나를 훔치다가 저렇게 잡혀 왔어."

"감옥으로 가는 겁니까?"

"글쎄, 고민 중이야. 법대로 하자면 지은 죄에 대한 대가를 받아야 하는 거지만……. 충분히 반성을 하고 있고 또 법의 잣대로 처벌을 한다는 건 너무 인간적이지 못한 것 같고……. 법을 집행하는 사람으로서는 잘 맞지 않는 이론이지만 다시는 그러지 않겠다는 약속을 받고 소년 보호소로 넘길 생각이야. 법은 위반하는 사람을 처벌도 하지만 어쩔 수 없는 죄를 지은 사람에게 그럴 수밖에 없었던 사정을 헤아려주는 의무도 있으니까. 인간이 사는 세상에서 처벌만 하는 것이 능사(a job that one can handle competently and easily)는 아니거든……."

"네."

274

"법이란, 이 세상의 법이란 사람이 살기 위해서 만든 가장 기본적인 상식이야. 어떤 일을 법의 시선으로 바라봐야 하는 것이 원칙이지만 법을 집행하는 우리는 법 이전에 그 과정도 잘 살펴야 하는 거야. 혹시 억울한 것이 없는가 하면서 죄를 지을 수밖에 없었던 과정을 잘 살피면 그 사람이 가진 상식의 기준을 알 수가 있거든. 법은 그 법을 존중해주는 것만큼 배려를 해줄 수 있을 때 아름다운 것이거든. 도둑질은 분명 나쁜 거야. 그러나 이 땅에서 살아갈 권리가 있는 사람이 도둑질을 하게 만든 책임을 말없이 질문하는 저 아이에게 관용을 베풀어 저 아이의 소중한 권리를 보호해주어야만 하는 거야. 잘 곳도 갈 곳도 없는 저 아이에게…… 도둑질은 나쁜 거야. 그러나 배가 고파서 도둑질이 나쁜 일인지도 모르고 도둑질한 아이를 눈감아 준다고 해서 이 나라의 법체계가 무너지는 건 아니니까. 오히려 다시는 그러지 않겠다는 약속을 지킨다면 저 아이에게는 이 사회가 베푸는 아름다운 미덕을 배우게 되니까…… 인생에서 가장 의미 있는 교육 과정을 이수하는지도 모르는 일이지. 미국의 경찰은 외롭고 왜 아픈지도 모르면서도 외롭고도 아픈 가슴을 헤아려주는 그런 경찰이고 또 그런 경찰이어야 만 한다고 생각해."

나는 보기와는 달리 너무도 인간적인 칼린 반장의 말을 들으며 숙연한 마음을 새겼다. 험악하고 살벌하기만 하던 경찰서 안이 아름답게 살아가려는 몸부림으로 춤추는 것 같았다. 죄인도 사람이고 사람 또한 죄인이 될 수밖에 없는 순간의 선택이 얼마나 무서운 것인지 알 수 있었다. 조금은 비겁해도 그것이 인간적이라면 설령 죄를 지었다 해도 용서를 받을 수 있고 용서해주어야 한다는 등식(an equality)이 성립되는 것 같았다.

"이거 처음으로 나의 일터로 방문한 귀한 손님에게 너무 수다를 떨고 있네. 자, 이러지 말고 우리 점심이나 먹으러 나가지. 조금 이르긴 하지만 아침을 굶어서인지 시장하네."

"아닙니다. 너무 좋은 공부를 했습니다. 내가 아는 경찰서와는 너무 달라서 약간 혼란스럽긴 하지만 아주 잘 방문한 것 같습니다. 그런 면에서 점심은 제가 사겠습니다."

"아니…… 나에게 온 손님인데 그럴 수는 없지."

"아닙니다. 제가 사겠습니다. 그렇게 하게 해주십시오. 그래야 내 마음이 조금은 편할 것 같으니까요."

나는 스테이크, 칼린 반장은 이태리식 야채소스가 일품인 스파게티를 시켰다. 주문이 끝나자 칼린 반장은 나에게 물었다.

"그래, 어쩐 일로 나를 찾아왔어? 설마 나와 데이트 하자는 건 아닐 것이고……"

"데이트 하면 안 되나요?"

"에이, 농담하지 마. 나같이 멋도 없고 생긴 것도 엉망진창인 사람에게…… 아니, 그럼 내가 여자로 보인다는 말인가?"

"그럼 여자가 아니고 남자인가요?"

"정말 내가 여자로 보여? 오, 하나님! 에이, 어린 왕자. 사람 놀리면 못 써!"

칼린 반장의 기가 막혀 하는 표정에 나는 저절로 나오는 웃음을 참지 못했다. 우리는 한참이나 웃다가 시킨 음식을 받았다.

"아, 이 소스 냄새…… 아참, 나에게 무슨 일로 왔다고 했지?"

"궁금해서요."

"뭐가?"

"그땐 몰랐는데 참 대단한 일을 해주셨다는 생각이 들어서…… 그리고 해주신 일이 상식적으로 이해가 잘 가질 않아서……"

"그게 뭔데?"

"저에게 패스포드를 만들어주신 것, 그게 어떻게 가능했는지……"

"난 또 뭐라고…… 그래, 일반적으로는 불가능한 일이지. 그러나 미국이 필요하다고 생각하는 사람에겐 일반적으로는 잘 알 수가 없

276

는 국익에 반하지 않는 방법으로 그 사람을 돕는 것이 미국이 가진 너그러움(lenient)이야. 자국에서 발행한 것처럼 되어 있고 또 헬스센터의 취업 비자까지…… 나도 힘을 좀 썼지만 베네딕 사장과 해피 걸 사장의 힘이 컸어. 그리고 우리 어린 왕자가 알고 있는 조국에서 버림을 받았다는 생각, 그거 그렇게 생각하지 않아도 될 것 같아. 자세히는 알 수 없지만 어느 정도 파악해보니 아버지에 관한 억울한 누명이라든가 그로 인해 받은 어린 왕자의 인간적인 상처, 표면상으로는(an ostensible reason) 뚜렷한 물증이 없어. 다만 만들어진 권력을 보필(assistance to the throne)하는 법의 집행자들이 정치 사찰(political surveillance)로 빚어진 지나친 과잉충성(excessive devotion)의 흔적 인 것 같아. 한마디로 정말 운이 없었던 거야."

"그런가요? 그런데 그런 걸 어떻게……"

"알 수 있냐고?"

"미국이 괜히 전 세계의 아니 전 인류의 자유와 평화 그리고 주어진 인간 고유의 인권을 사수하려고 하는지 그걸 이해하면 알 수가 있어. 우주에 떠도는 별의 하나인 지구, 이 지구촌을 인간이 가진 자유를 바탕으로 한 인권을 지키는 것이 가장 인간적이라고 생각하기 때문에…… 그걸 지키기 위해 뜻을 같이 하는 나라와는 긴밀한 협조를 하는 거야. 외교정책(a foreign policy)의 일환이지. 미국은 인간이 가진 기본적인 인권정신이 확실하면 다소 손해가 나더라도 굳건한 결의로 인간이 가진 고유한 인간성을 지키려고 하는 그런 나라야. 그런 나라가 미국이야."

칼린 반장은 가슴을 펴면서 자랑스럽게 말했다. 나는 칼린 반장의 자부심이 넘치는 표정을 보면서 생각했다.

그래! 미국은 정말 대단한 나라야. 몇 마디의 말로 정의를 내릴 수 없는 정말 대단한 나라야.

고향을 그립게 하는 향수(a liquid perfume) 소우리레(sourire)

1972년 2월 27일

내가 집으로 들어선 것은 새벽 1시가 넘어서였다. 열쇠로 문을 여는 순간 안에서 문이 열렸다. 나는 화들짝 놀라며 뒤로 물러났다. 문을 열고 나온 건 유키코였다.

"잠 안 잤어?"

"어쩌면 오늘도 들어올지도 모른다는 생각이 들어서 기다렸지……."

"그랬구나." 나는 추위를 느끼는 유키코의 아담한 어깨를 감싸며 빠르게 집안으로 들어섰다. 유키코는 뭔가 즐거운 일이 있었던 듯 웃음소리를 삼키며 웃었다.

"오늘은 내가 이겼다."

"그게 무슨 소리야?"

"미야코는 오늘 어린 왕자가 들어오지 않는다고 했거든."

"그랬어?"

"나는 들어온다고 했고……."

"그랬구나."

"내일 아침엔……. 아니지 오늘 아침은 미야코의 손으로 맛있는 아침식사를 하게 될 거야. 그런데 오늘은 어디를 그렇게 다녔어?"

"지나간 길을 더듬어봤지. 내가 처음으로 미국 땅에서 잠을 잔 센트럴파크의 그 자리도 가보고, 칼린 반장님도 만나보고……. 미국이라는 나라는 참 대단한 나라라는 생각이 새삼 들었어."

"또 뭐가 있을까? 커피 하실래요?"

"혹시 식은 커피가 있으면……."

"있어. 혹시 들어오면 찾을 것 같다고 하면서 미야코가 미리 뽑아놓았어."

유키코는 배시시 웃으며 주방 쪽으로 갔다. 옆으로 지나가는 유키코의 몸에서 미야코에게서 나오는 향수 냄새가 풍겼다. 순식간에 마음이 편안해지면서 저절로 눈이 감겼다. 내가 앉은 자리가 오래된, 아주 오래된 고향집 언덕 같은 느낌이 들었다.

"뭐가 그렇게 즐거운 거야? 아주 기분 좋은 생각을 하고 있는 모양이네."

유키코는 내 옆에 앉으며 들고 온 커피를 잔에 따랐다. 나는 유키코의 어깨에 몸을 기대며 낮은 목소리로 말했다.

"이 냄새, 이 냄새를 맡으면 고향 생각이 나. 아까 들어오면서 맡은 이 향수 때문에 고향 생각을 했지. 그런데 이 향수 이름이 뭐라고 했지? 시세이도라는 회사에서 만들었다고 하던데……."

"그래서 미야코가 이 향수를 사용하라고 했구나. 이 향수의 이름은 소우리레(sourire), 무슨 뜻인지는 모르지만 어머니에게 오실 때 사오라고 했으니까 그때 자세히 물어보면 알게 될 거야."

"이상해. 이 냄새가 이렇게 좋을 수가 없어. 무슨 일인지 모르겠지만 그리움이 떠오르고 그 그리움은 어느새 고향생각이 되어버려. 내가 그 고향에 갈 수 있을까? 갈 수 없으니까 더 그리운 것이겠지?"

"언젠가는 돌아갈 수 있을 거예요. 오늘 하루를 살았으니 고향 앞으로 가는 길은 하루가 당겨진 거예요."

"그럴까."

"그렇지 않더라도 그렇게 믿으세요. 그리고……."

유키코는 말끝을 흐리며 고개를 옆으로 돌렸다. 나는 순식간에 슬픔이 가득한 표정으로 변하는 유키코의 얼굴을 보면서 다급하게 물었다.

"왜 그래?"

"만나서 기쁨인 우리를 두고 고향을 생각하는 것은 좋으나 그 고향을 간다는 것은 이별이잖아요. 그런 이별을 생각하니……."

"뭐라고?"

"그렇잖아요. 어린 왕자님이 고향으로 가버리면 우리는 어쩌라고……."

"그……."

"맞잖아요. 고향으로 혼자서 가신다는 거잖아요. 우리는 생각해주지도 않고……."

나는 머릿속이 하얗게 되어버리는 것 같았다. 나 혼자의 감정만 생각했던 자신이 너무 부끄러웠다. 나를 생각해주는 사람에게 내 감정만 말하는 것보다는 감정이 전해졌을 때 반사되는 감정이 무엇인지 생각해야만 한다는 처세철학(a philosophy of living)이 목덜미를 뜨끔하게 했다.

"같이 가면 되는 것 아닐까? 그러고 싶어. 그래서 이 냄새와 내 고향을 비교하면 이 향수가 무엇 때문에 고향 생각이 나게 하는 건지 알게 될지도 모르잖아."

"그럴 수 있어요?"

"그럼!"

"약속할 수 있어요?"

"약속할 수 있지. 자, 약속해!"

나는 새끼손가락을 내밀었다. 그러나 유키코는 말간 눈으로 나를 쳐다보며 알 수 없는 미소를 지었다.

"약속은 지켜질 수 있을 때 하는 거예요. 지금은 약속을 지키실 자신이 없는데 그렇게 해야만 우리가 편할 것 같으니까 해주는 것 같아서……."

유키코는 내 손가락을 접으며 가슴을 토닥거렸다.

"하지만 믿을게요. 우리와 함께 고향으로 가고 싶다는 마음은……. 약속은 함부로 하는 게 아니에요. 약속이 기쁨이기도 하지만 지켜지지 않으면 칼날보다도 더 예리한 송곳이 되어 심장을 찌를 수가 있어요. 영원히 숨을 쉬지 못하도록……."

"아니, 난……."

"말하지 마세요. 지금은 우리를 편하게 해주는…… 이렇게 우리 앞에 와준 당신…… 어린 왕자님이 기쁨이고 이 기쁨을 간직하는 것으로 만족할 수 있어요. 지금 여기에 앉아 있는 건 미야코의 언니이지만 마음은 미야코이니까요. 우린 둘이지만 하나이고 하나라고 하기에는 당신 앞에서는 모자랄 것 같아서 둘이어야만 하는 우리이기 때문에……."

유키코는 나의 품으로 안기다가 어느새 더 이상 말을 하지 못하도록 입술을 덮었다. 나는 영혼이 차압당해버리는 느낌을 받으며 아무런 저항도 할 수가 없을 뿐만 아니라 밀려오는 황홀함 때문에 모든 것을 포기(giving up)할 수밖에 없었다.

어두운 방안으로 들어온 내가 침대에 눕힌 건 분명 유키코였다. 그러나 꿈나라로 갔다가 다시 돌아온 아침에 눈을 떴을 땐 미야코가 내 옆에 누워 있었다. 어이가 없었지만 마음은 편안했다. 분명 두 여자인데 한 여자처럼 느껴지는 내 착각이 나쁜 건지 아닌지 그것마저 분간이 가질 않았다.

개운하다 못해 하늘을 날아갈 것 같은 기분으로 미야코의 머릿결을 쓰다듬었다. 두 여자이지만 한 여자처럼. 그리고 한 여자처럼 느끼지만 분명 두 여자인 자매, 누가 가르쳐주지도 않았지만 분명 도둑놈이라는 생각인데 그래도 편하다는 핑계, 은근하게 들었던 이성을 향한 어긋난 상식이라는 걸 알면서도 뿌리칠 수도 없는 까닭, 혼란스러운 생각이 내 머리를 어지럽혔지만 그렇게 불편하지는 않았다. 짧은 한숨을 내쉬는데 미야코가 속삭이듯 말했다.

"즐겁지 않은 생각은 하지 마세요. 지금 우리 어린 왕자님이 무엇을 생각하는지 우리는 잘 아니까요. 인간이 할 수 있는 생각은 즐거운 쪽으로 해야 즐거운 인생을 만들 수 있어요. 그러니 지금 이렇게 복잡한 생각은 하지 마세요. 그렇게 나쁜 짓을 하는 게 아니고 우리에게 즐거움을 주는 당신이란 걸…… 우리의 어린 왕자님이니까요. 아셨죠?"

나는 도리 없이 모든 것을 수긍하는 마음으로 눈을 감았다. 물이 흐르다가 여울이 되어 맴도는 여울목이 눈앞에 어려 왔다. 세월의 이끼가 가득한 바위 뒤를 맴돌던 여울, 흘러온 것처럼 흐르지 않고 편안하게 쉬는 듯한 여울이 눈앞으로 다가와 자장가를 불러주는 것 같았다.

내가 잠자리에서 일어난 것은 10시가 가까워서였다. 침대에서 일어날 때의 기분은 가벼운 깃털이 바람에 날리어가는 듯한 기분이었다. 간단한 세수를 하고 밖으로 나와 주방 쪽으로 갔다. 단아하게 차려진 식탁에는 거의 한국식에 가까운 음식이었다. 특히 김치 냄새는 나로 하여금 숟가락을 빨리 들게 했다. 옆에 놓여있는 메모지가 눈에 들어왔다.

좋아하실 것 같아서 구해놨어요.
맛있게 드세요.
　　　-어린 왕자님을 챙겨드리는(treasure up) 것이 즐거운 여자들이

나는 순식간에 코끝이 찡해지면서 눈자위가 뜨거워 눈을 감았다. 누군가가 나를 위해서 이렇게 깊은 정성을 쏟는다는 것, 그것이 기쁘면서도 가슴 미어지는 아픔을 주는 고통이라는 걸 알고 나니 공중에 붕(with a hum) 뜨는 것 같았다. 하얀 쌀밥에 김치, 그리고 일본식 된장에 숭덩숭덩 썰어 넣은 배추 된장국, 애정과 깊은 정성으로 만들어진 아침식사를 목이 메인 채 겨우 먹었다.
　'이렇게 받은 것을 어떻게? 무엇으로 갚아야 하는가?'
　나는 누구도 아닌 나 자신에게 절망을 느끼며 밖으로 나섰다.
　겨울보다는 춥지 않았지만 미세한 봄 향기가 담긴 풋풋한 바람이 불어왔다.

찰리는 내가 준 가사를 멜로디로 만드느라 데니의 사무실에 없었다. 데니는 내가 보충적으로 건네준 메모지를 살펴보면서 만족해하는 표정을 지었다.

"사회자가 노래의 사연을 소개하는 것도 좋지 않을까?"

"그건 조금 더 있다가 콘서트의 성격을 자세히 만든 다음에 생각해보기로 하는 게 좋지 않을까요? 콘서트의 흐름이 분위기를 결정할 수 있으니까요."

"맞아. 어떻게 그런 것까지 생각할 수 있지? 어떻게 전문가인 나보다도 더 자세한 기획력을 가지고 있으니……. 오, 하나님. 내가 할 말이 없어. 어디서 그런 걸 배웠지?"

"배운 적은 없어요. 그냥 느껴지는 것일 뿐이에요. 그걸 감성이라고 했지요? 힘들고 아픈 시간이 지나면 보이는 세상……. 내가 바라는 세상이 그렇게 되면 아름답지 않을까? 하는 마음을 표현해봤을 뿐이에요. 사람들이 알면서도 모른 척하는, 아니면 보지 못하는 것들이 바로 이런 것이 아닐까 하면서……."

"넌 정말 인간적인 사람이야. 자유를 잘못 이해하는 사람들에게 쉽고도 아름다운 말로 사람들의 가슴을 따뜻하게 데워주는 휴머니스트, 거기다 천재! 우리 오랫동안 같이 일하자."

"과찬(overpraise)입니다."

어설프게 웃으며 커피를 마시는데 찰리가 들어섰다. 찰리는 아주 즐거운 표정으로 내 옆자리에 앉았다.

"뭐가 그렇게 좋아?"

"좋지. 곡이 너무도 잘 만들어지니까……."

"그래?"

"한번 들어볼래? 멜로디는 완성되고 반주 편곡을 하고 있는데, 멜로디는 지금 들려줄 수 있어."

"아니 됐어. 그보다는 내가 너에게 궁금한 게 있어서 들렀어. 데니 사장님에게 줄 메모도 있었고……."

"그래. 그럼 우리 나갈까? 조금 이르지만 저녁 먹는 건 어때?"

"일단 나가자. 가볼 곳이 있어."

"그래 나가자."

"아니, 이곳은?"

나란히 걷다가 센트럴파크 안으로 들어서면서 뒤따라오던 찰리는 내가 걸음을 멈추자 놀라는 표정을 지었다. 나는 여유로운 표정으로 대답했다.

"그래 맞아. 내가 미국에 와서 처음으로 잠을 잔 곳이야. 내가 어딘지도 모르고 잠이 들었던……."

"그래. 내 잠자리를 나에게 물어보지도 않고……. 그런데 여긴 왜?"

"그냥……. 미국에서 생활한 것이 오래된 것 같기도 하고……. 그렇게 생각하다가 지나간 세월을 헤아려보면 얼마 아닌 것 같고……. 앞으로 다가올 시간들을 그려보다가 문득 뒤돌아보고 싶어지더라고. 너를 만나니까 더 여기가 생각났어."

"그랬구나."

"그런데 알고 싶어."

"뭘? 어서 말해 봐."

"왜 날 쫓아내지 않았어?"

"그건……. 너무 불쌍해보였어. 아니 너무 지쳐 보였고 그리고 외로움이 사무쳐 보였어. 돌봐주지 않으면 금방이라도 죽을 것 같은……."

"그랬어?"

"응."

"그랬구나. 내가 아는 미국 사람들은 남의 사정을 알아주기보다 먼저 자신의 불편한 것을 참지 못하는 사람들인데……."

"그런 사람도 있고 그렇지 않은 사람들도 있어. 사람은 자신이 살아온 것과 비슷해 보이는 사람에게 연민을 느끼거든. 나만큼 외롭고 힘든 인생을 사는 것 같아서…… 그때 내가 할 수 있는 것은 요람의 아기 같은 모습으로 잠들어 있는 너를 깨우지 않는 게 최선이라고 생각했어. 그리고……."

"그리고?"

"일어나면 배가 고플 것 같다는 생각이 들어서 따듯한 수프를 먹이면 좋을 것 같았어."

"아! 그 수프……. 정말 맛이 좋았어. 내가 처음으로 미국 땅에서 식사를 한 거지. 그 맛 정말 잊을 수 없어."

"그때 그 수프 내가 가지고 있는 재산의 전부였어."

나는 찰리의 얼굴을 보며 감전(receiving an electric shock)된 사람처럼 아무 말도 할 수 없었다. 그래도 찰리는 멋쩍어하는 표정으로 머리를 긁적였다.

"맛있게 먹고 있는 너를 보면서 더 맛있는 것을 사주지 못한 것이 정말 미안했어."

나는 찰리의 따듯한 마음이 눈에 보이는 것 같아서 그 마음을 잡으려는 심정으로 다가갔다. 여전히 머리를 긁적이며 쑥스러워 하는 찰리의 손을 잡았다.

"고마워."

나는 머리끝부터 발끝까지 찰리의 너무도 인간적인 따듯한 마음을 새기며 잡은 손에다 힘을 잔뜩 주었다. 그러곤 속삭이듯 말했다.

"너의 그 따듯한 마음 내 영원히 잊지 않을게. 그리고 어떤 식으로든 꼭 갚을 거야."

"뭘 그까짓 걸 가지고……. 그렇게 고맙게 생각해주는 네 마음이 더 고마워. 그걸 나한테 빚진 거라고 생각하지 마."

"아냐. 넌 나에게 진실로 인간적인 것이 어떤 것인지를 보여주었어. 나는 너에게 분명히 인간적인 빚을 진 거야."

"그래? 그렇다면 갚아야지."

"어떻게 갚을까?"

"혹시 앞으로 살다가 네가 봤을 때에 진실로 도움이 필요할 것 같은 사람을 만나면 할 수 있는 만큼 도와줘. 그럼 내게 진 마음의 빛이 갚아지는 거야."

나는 더욱 할 말이 없어져 순박하기 그지없는 찰리의 까만 얼굴만 바라봤다. 찰리는 씨익 웃으며 다시 말했다.

"그리고 넌 나에게 내가 준 것보다 더 큰 것을 주었어. 내게 준 너의 선물……. 정말 고마운 선물이었어. 인간이 아름다운 마음으로 이 세상에 태어난 것이라고 증명해주는 너의 글들……. 정말 고마운 마음으로 사람들에게 불러줄 거야. 히트가 되면 좋지만 그게 안 되면 정말 인간적인 나의 친구가 준 내 인생에서 가장 소중한 선물로 생각하며 그렇게 간직하고 살아갈 거야. 그건 약속할 수 있어."

"나도 약속할게."

뭔지 모르지만 하늘을 나는 기분이었다.

찰리가 숙식을 모두 제공 받고 있는 데니의 사무실로 간 다음 뒤돌아선 42번가의 네거리에는 이른 네온사인들이 찬란하게 빛나고 있었다. 어디를 가는지도 모르고 걷다가 해피 걸 사장의 얼굴이 생각나 공중전화 부스로 갔다.

"헤이! 어린 왕자님."

해피 걸 사장은 기다렸다는 듯이 반가운 목소리였다. 얼마나 목소리가 큰 지 수화기를 귀에서 떼어도 목소리가 들렸다.

"보고 싶어서요."

"정말이야? 그러잖아도 데니에게 들었어. 기본 기획을 받아서 검토하고 있다고……. 그럼 아직 맨해튼이야?"

"네. 그러잖아도 베네딕 사장과 저녁을 약속했는데……. 거기가 어디야?"

"42번가 길거리예요."

"그럼 어서 와. 기다릴게……."

"곧 도착할 겁니다."

요한나는 자리에 없었다. 나는 곧바로 해피 걸 사장의 사무실로 올라갔다.

"어서 와! 너무 반가워서 어쩌나. 우리 어린 왕자가 나를 보고 싶어했다니……."

해피 걸 사장은 반가움이 묻어나는 포옹을 하면서 진저리(a shiver)까지 쳤다. 나는 뜻하지 않은 환영에 또 다른 감정을 느끼며 해피 걸 사장의 등을 도닥였다. 내 품에 안긴 아담한 체구 (physique)에서 나오는 뜨거운 열정이 내 가슴을 흔들었다.

"무엇 때문에 내가 보고 싶었을까?"

"어쩐지 아름다운 여인의 향기가 나는 것 같아서……. 차갑고 사무적으로 보이지만 너무도 가슴이 따뜻한 여인의 향기가 나잖아요."

"정말? 어쩜 이렇게 기분 좋은 말만 하시는 걸까?"

"기분 좋으시라고 하는 말이 아니고 정말 그렇게 느껴서 하는 말입니다. 잠깐! 눈에 보이지는 않지만 손에 잡히는 이 향기(of high literary merit)……. 날 보고 인간답게 살라고 권고(counsel)하는 듯한 이 향기……."

나는 눈을 감고 해피 걸 사장의 머리에서 목덜미로, 그리고 가슴으로 옮겨가면서 그녀의 살 냄새를 맡았다. 해피 걸 사장은 그런 나를 가만히 바라보다가 애정 어린 손길로 나의 얼굴을 감쌌다.

"고마워. 정말 고마워……."

그녀는 나를 일으켜 세우며 속삭이듯 말했다.

"내가 우리 어린 왕자를 봤을 때에 느낀 마음, 힘들고 외로웠지만 비겁하지 않으려는 그 마음을 느꼈지. 그건 참 아름다운 용기였어. 이기심이 가득한 맨해튼 사람들에게서는 찾아볼 수 없는 것이었지. 뭔지 모르지만 주고 싶은 마음이 생기게 만드는……."

"그랬습니까?"

"버리고 떠나온 사람들만이 알 수 있는 그런 느낌이었어. 그런데 내가 주려고 했는데 오히려 내가 받았더라고……. 그건 참 이상한 일이야. 뭔지 모르지만 줄 수 있을 것 같아서 주어봤지만 오히려 내가 받은 것 말이야. 그것도 엄청난 기쁨을 받은 것 같아. 어린 왕자를 생각하고 일을 하면 일이 너무 잘되고 나도 모르는 내 아버지의 조국이 생각나고 떠나온 고향이 생각나고……. 이렇게 보고 있으면 먹지 않아도 배가 불러."

"그런가요?"

"지금도 그런 기분이야. 뭔가 받고 있는 느낌……."

"그렇습니까?"

"그럼 받아야지요. 마음이 통하는 사람들끼리는 주고받을 수 있을 때……."

나는 더 이상은 말을 하지 못했다. 해피 걸 사장의 입술이 내 입술을 뜨겁게 점령했기 때문이었다. 뜨거운 열기가 넘치는 가슴과 가슴은 약속이나 한 듯이 서로의 옷을 벗겼다. 나는 이 세상에서 존재하는 가장 아름다운 여인의 향기에 취해서 한 점 부끄러움도 없는 낙원으로 가는 것 같았다. 눈을 꼭 감고 천국의 미로를 찾아가는 나의 혀 놀림에 부드럽고 매끄러운 피부를 가진 해피 걸 사장의 목소리가 들렸다.

"참 이상한 사람이야. 우리 어린 왕자님은……. 내가 주고 싶은데 또 이렇게 받다니……. 이렇게 찬란한 기쁨을 내가 받다니……. 아, 이걸 어쩌면 좋아. 오! 하나님. 너무 좋아."

해피 걸 사장은 거울 속에 있는 자신을 쳐다보면서 머리를 매만졌다. 둘이서 옷을 벗고 한 몸이었을 때와는 달리 어느새 단아하고 매력이 넘치는 숙녀가 되어 있었다. 화려한 변신을 해버린 해피 걸 사장을 눈앞에 둔 나는 꿈에서 깨어난 것이 아니라 또다시 꿈속으로 가는 것만 같았다.

"너무 고마워. 신비한 기쁨을 주어서……."

해피 걸 사장은 내 옆으로 다가앉으며 내 옷매무새를 만졌다. 그리곤 꼭 엄마 같은 표정으로 말했다.

"내가 줄 수 있는 건 내 마음뿐이야."

그러고는 내 가슴에 있는 주머니에 두툼한(be rather thick)돈 뭉치(a roll of money)를 넣어 주었다. 나는 순간적으로 이상한 느낌이 들었지만 아무 말도 할 수가 없었다. 눈을 질끈 감았다. 팔려가는 당나귀(a jackass) 같은 느낌이라는 걸 생각하는 순간 눈을 떴다. 기다렸다는 듯이 해피 걸 사장이 먼저 말을 했다.

"이상하다는 거 알아. 이 세상에 태어나서 그 누구에게도 받아본 적이 없는 기쁨을 받은 내 마음을 주는 거야. 그러니 제발……."

해피 걸 사장은 손가락으로 입을 가리다가 잘못을 비는(ask a persons pardon) 것처럼 두 손으로 싹싹 빌었다. 나는 해피 걸 사장의 두 손을 잡으며 고개를 끄덕였다.

"그리고 한 가지 묻고 싶은 것이 있어. 궁금하기도 하고……."

"무슨……."

"나는 세 번이나 했는데……."

"네?"

"나는 절정(a climax)을 세 번이나 느꼈는데……. 우리 어린 왕자님은 한 번도 하지 않은 것 같아. 어쩌면 그럴 수 있어?"

나는 무심히 웃었다. 그러나 해피 걸 사장은 무척이나 신기한 발견을 한 듯 흥에 겨워(in the excess of mirth) 어쩔 줄을 몰랐다.

고풍에 젖은 레스토랑 안은 높은 품격과 고상함이 풍기고 있었다. 언제나 들어설 때마다 낯선 곳에 왔다는 느낌이 들었지만 오늘은 조금 달랐다.

"어서 와요. 어서 와……."

베네딕 사장은 두 손을 벌리며 환영했다. 해피 걸 사장은 고고한 표정으로 베네딕 사장이 내미는 손을 잡으며 자리에 앉았다. 그런 해피 걸 사장의 모습이 나로 하여금 미소를 짓게 했다.

'방금 전에 벌거벗은 몸으로 원색적인 본능을 소리치던 여자가 저렇게 우아한 모습으로 변하다니⋯⋯. 쾌락의 몸부림을 치던 여자는 어디로 가고 저렇게 고혹적인 여자가 될 수 있다니⋯⋯.'

나는 약간 혼란스러움을 느끼며 베네딕 사장을 쳐다봤다.

"어서 앉지 않고 뭘 하는 거지?"

"아, 네⋯⋯."

나는 표정을 고치며 베네딕 사장이 권하는 자리에 앉았다. 베네딕 사장은 해피 걸 사장을 쳐다보면서 들뜬 목소리로 말했다.

"아니 이제 보니 얼굴에 화색이 넘치시네. 우리 어린 왕자가 기분 좋은 선물을 주었나?"

해피 걸 사장은 수줍게 얼굴을 붉히며 웃기만 했다. 베네딕 사장은 소를 몰듯이 다그쳤다.

"말해 봐요. 내 말이 맞죠? 우리 어린 왕자가 기분을 좋게 해주었죠? 어서 말해 봐요. 내가 모든 걸 용서할 테니까⋯⋯."

베네딕 사장은 웃으며 말했다. 나는 조마조마한 심정인데 해피 걸 사장은 여유롭게 웃으며 대답했다.

"어린 왕자를 보면 고향이 생각나고, 아버지의 조국인 아일랜드가 생각이 나서 괜스레 가슴이 설레어지고⋯⋯. 그 기분에 젖으면 이렇게 가슴이 여유로워지니 내 얼굴에 꽃이 피는 모양이지요?"

"나는 좋아 보인다고 했지, 꽃이라고는 하지 않았는데⋯⋯."

"그럼 내가 꽃이 아니에요?"

"맞아요. 꽃이에요. 당연히 꽃이지요. 그런데 그 꽃을 활짝 피게 한 건 우리 어린 왕자가 맞죠? 비실비실 시들어가는 꽃을 윤기 흐르는 꽃으로 만들어준 사람이 내가 생각할 때는 우리 어린 왕자라는 이야기지요."

"그건 맞아요. 가만…… 비실비실 시들어가는 꽃?"

해피 걸 사장은 말을 되씹으며 그 큰 눈동자를 크게 떠 베네딕 사장은 쏘아보았다. 베네딕 사장은 해피 걸 사장의 표정을 알아차리곤 두 손을 번쩍 들면서 빠르게 말했다.

"싱싱하지만 조금은 덜 싱싱한 꽃."

"아니 정말!"

"아니 아주 싱싱한 꽃, 이젠 됐죠?"

둘은 어린아이처럼 청아(elegance)하게 웃었다. 옆에서 지켜보던 나도 따라 웃었다.

"우리 어린 왕자를 보면 고향이 생각나고 아버지가 생각나고 아버지의 모국(ones mother country)인 아일랜드가 생각이 난다? 그래, 맞아. 그건 나도 그래. 내가 우리 어린 왕자를 봤을 때 낯선 곳에 왔다는 두려움과 자랑스러운 일을 했는데도 불구하고 불안해하는 모습을 보고 나는 나의 젊은 시절이 생각났지. 숨어들어간 배의 기관실에서 숨을 죽이며 숨어 있었던 창고, 기관장에게 들켰지만 어찌할 수 없었던 그 아저씨는 내게 이런 말을 했지. 기왕에 흘러가는 거 편안하게 흘러가자꾸나. 배는 항구를 떠났으니 어쩔 수 없다. 낯선 곳으로 가서 맞이할 네 인생이 얼마나 험난할 것인지 너는 모르지. 그러나 나는 안단다. 그러니 그 험난한 세상을 만나기 전에 지금이라도 편하게 가자꾸나. 애야! 마음 편하게 가자꾸나. 내겐 마지막일지 모르지만 너에겐 세상에서 처음으로 맞는 도움일지 모르니, 지금은 아니더라도 고맙게 생각되었으면 좋겠구나. 이다음, 먼 훗날에 말이다."

베네딕 사장은 그때의 감정이 되살아나는지 얼굴이 상기되었다. 해피 걸 사장은 숙연한 표정으로 베네딕 사장을 바라봤다. 베네딕 사장은 담담한 표정으로 다시 말을 이었다.

"사람이 살다 보면 스스로 생각날 때가 있지만 다른 사람에게서 자기 가슴속에 있는 그리움을 찾을 수 있다는 건 정말 좋은 거야.

맞아. 어떤 사람을 바라보고 자신의 고향을 느낄 수 있는 마음, 그리고 모국을 생각할 줄 아는 마음, 그건 참 귀중한 마음이야. 정말로 인간다운 마음이지. 겉으로 보기에는 화려하지만 이런 아름다운 마음을 지녀서 쳐다보는 사람들로 하여금 행복을 느끼게 하는 해피걸, 이래서 나는 그대가 좋아요."

"알아요. 그런 내 마음을 알아주는 베네딕 사장을……. 가끔씩 사람을 놀려도 내가 좋아하지요."

"그래요. 맞아요. 그래서 우리는 친구지요. 어이, 어린 왕자……."

"네."

"조국은 소중한 거야. 이 세상을 살아가는 동안, 이 험한 세상을 살아가는 동안 조국이 있다는 건 참 소중한 거야."

나는 대답 대신 가슴속으로 외마디 소리를 내질렀다.

'조국! 조국이라……. 내 조국이라…….'

나는 불같은 분노를 느끼며 눈앞에 어려 오는 조국에게 묻고 싶었다.

'조국이여! 당신은 내게 무엇을 주었는가?'

나는 저며 오는 가슴을 겨우 쓸어내리며 와인 잔을 들었다. 베네딕 사장이 나의 표정을 읽었는지 잔을 내밀었다.

"조국을 생각나게 하는 사람과 두렵고 무서웠던 젊은 시절을 생각나게 하는 사람을 위하여……."

부딪치는 와인 잔의 소리가 청량하게 났다. 나는 욱! 하고 올라오는 감정을 삼키듯 와인을 마셨다. 베네딕 사장은 초연하고 넉넉한 표정으로 내게 말했다.

"자신의 꿈을 펼치지도 못하게 한 조국, 그래도 미워하진 말게. 아무리 미워도 조국은 조국이고 살아 있는 한 그 조국은 그리운 거니까……."

갑자기 베네딕 사장의 말에 전신이 마비되는 것 같았다. 눈을 감았다. 한없는 무게로 읊조려지는 이름이 절규(an exclamation)처럼 되뇌어졌다.

'조국! 내 조국!'

2월이 가고 있어서인지 피부에 와닿는 체감기온은 무척 시원했다.

'이런 날씨를 두고 다른 사람들은 춥다고 하겠지. 그러나 나는 시원한걸, 눅눅하게 느껴지는 걸 보니 찬 서리가 내리는 모양이네.'

나는 미야코의 집이 보이는 조금 떨어진 곳에서 걸음을 멈추고 하늘을 올려다봤다. 어두웠다. 그냥 캄캄하기만 했다.

'이상하다. 다리 건너 베어마운틴에서 보이던 별이 여기 맨해튼에서는 볼 수가 없네.'

나는 묘한 기분이 들어 다시 한 번 눈을 질끈 감았다가 하늘을 쳐다봤다. 여전히 캄캄한 하늘에는 짙은 암흑(darkness)뿐이었다. 나는 고개를 끄덕이며 생각했다.

'그렇구나. 여기 맨해튼의 밤하늘엔 별이 보이지 않는구나.'

그런 생각을 접는 순간 누군가의 목소리가 들렸다.

"이제…… 이제 오세요?"

나는 깜짝 놀라며 뒤로 물러났다. 그러나 상대는 여유로운 목소리로 다가섰다.

"지금 놀라시는 거 반가워서 그런 거죠?"

눈앞으로 다가선 미야코는 약간 서운한 표정을 지으며 내 팔을 잡았다. 나는 엉거주춤하게 있다가 부자연스럽게 말했다.

"그럼, 반가워서, 너무 반가워서 놀랬지. 이 시간까지 나를 기다려 준 것도 고맙고……."

"그럴 줄 알았어요."

"그런데 오늘은 내가 베어 마운틴의 집으로 간다고 했는데……."

"어쩐지 내게 올 것 같아서 기다렸죠. 어쩐지 그럴 것 같아서……."

"그랬구나. 그래 맞아. 내가 베어 마운틴으로 간다고 했지."

"그런데 어떻게 여기로 오셨어요?"

"오늘이 아니면 찾을 수 없는 그 무엇이 있을 것 같아서……. 보이지는 않지만 찾아야 할 그 무엇이……."

"그러셨구나."

"그래 맞아. 꼭 찾아야 할 것이 있는 것 같아. 아니 찾아질 것 같아."

"여기 이렇게 떠나가는 동장군(General Winter)이 못내 아쉬워서 서성거리는 이 새벽에 추위에 떨고 있는 미야코를 길거리에 세워 두고?"

"오, 하나님! 미안해. 양 볼이 얼었네. 미안, 어서 들어가. 들어가서 따뜻한 커피 한 잔 마시면 찾아질 것 같아. 어서 들어가."

나는 입고 있던 코트를 얼른 벗어서 미야코에게 걸쳐주곤 가뿐하게 들어올렸다. 새털처럼 가벼웠다. 미야코는 내 목을 휘감은 채 눈을 감으며 즐거워했다.

집안으로 들어서니 유키코가 커피 잔을 들어올리며 배시시 웃고 있었다. 내가 소파에 앉자 유키코는 소임을 다했다는 듯 다시 한 번 짧은 미소를 남기고 방안으로 들어갔다. 나는 약간 어지럼증 비슷한 것을 느끼며 시선을 돌렸다. 방안으로 들어간 유키코가 내 품에 있었다. 나는 무엇에 홀린 기분이 들어서 눈을 질끈 감았다가 다시 떴다. 금방 보였던 유키코가 사라지고 미야코가 푸풋 하는 소리를 내며 웃고 있었다. 미야코는 말을 하지 못하는 내게 커피 잔을 들어서 내밀었다. 그리고 지금 본 것이 꿈이 아니고 현실이라는 표정을 지었다. 내민 커피 잔을 받아서 한 모금 마시는데 속삭이듯 말했다.

"우린 둘이지만 하나이기 때문에 그런 거예요."

미야코는 내 귀에 대고 그렇게 말하고는 시선을 세우며 나를 쳐다봤다. 나는 비로소 흐릿했던 그 무엇이 선명하게 보이는 것 같았다. 내가 무엇을 찾아서 이곳으로 왔는지 그리고 찾아야 할 것이 무엇인지 알 수 있었다. 나는 고개를 끄덕이며 미야코를 일으켰다. 초롱거리는 미야코의 눈망울이 가슴을 찬란한 아픔으로 멍울지게 했다. 말로써 표현할 수 없는 고마움, 말로써 표현해서 안 되는 기쁨, 오직 나이기에 느낄 수 있는 정감(feeling)의 덩어리는 가슴 속 가장 깊은 곳에 미세한 아픔을 주면서 새겨지는 것 같았다.

"찾아야 할 그 무엇을 찾았어요?"

"응."

"그게 무엇이죠?"

"몰라."

"찾았다면서요?"

"응, 찾았어."

"그러면 말을 해주셔야죠?"

"말을 할 수가 없어."

"그건 왜죠?"

"말로 할 수 없는 거니까."

"그럼 어떻게 알죠?"

"그 말은 말로 하는 게 아니고 이 가슴, 가슴으로 하는 거니까."

"그렇구나. 그럼 더 묻지 말아야겠네. 그런데 왜 우리 어린 왕자님의 시선에서 나를 떼어낼 수가 없을까? 그리고 눈물은 왜 나올까? 말할 수가 없는 그 마음이 무엇인지도 모르는데, 눈물은 슬플 때나 나오는 줄 알았는데 이렇게 소리치고 싶도록 기쁠 때도 나오다니 너무 이상해. 왜 우는지도 모르면서도 무엇 때문에 이렇게 기쁠까? 아, 나는 더 이상 바랄 게 없는 여자인 것 같아."

미야코는 내 가슴에 얼굴을 묻었다. 그리곤 몸부림을 치면서 즐겁게 울었다. 나는 미야코의 등을 다독이며 가슴에 선명하게 새겨지는 글씨를 바라봤다.

그냥, 왠지 모르게 그냥 좋은, 진실로 인간적인 조건 없는 사랑이라고!

외로운(be solitary) 가슴에 기쁨으로 내리는 비

늦게 잠들었는데도 일찍 일어났다. 습관적으로 창밖을 내다봤다. 밖은 아직도 어둠이 가득했다. 생각나는 것이 너무 많아 베어 마운틴의 집에서 쓰고 또 쓴 메모지를 정리해서 다시 읽어본 '지평선(the horizon) 저 너머' '가슴 속 깊은 곳' '내 어머니 사는 나라' '꿈을 찾아서' '꿈은 여기에' '사랑이 아름다운 이유' '아름다운 세상을 위하여' 등 순서대로 생각나는 제목을 되새겨봤다.

꼬박 하루를 잠자지 않고 일궈낸 것들을 데니에게 전해주고 곧장 잠든 시간이 아주 오래전의 일인 것 같았다. 불과 몇 시간 전인데도……. 마음은 한없이 편안했다. 내가 이렇게 편안해도 되는지 의심하며 분명 내가 느끼고 있지만 꼭 남의 느낌을 구경하는 것 같았다. 잠들어 있는 미야코를 대신해서 숨죽여가면서 문을 열어주던 유키코가 생각났다. 언제나 두 사람이지만 한 사람 같은 느낌의 자매, 나는 이 아침에는 내가 무엇을 해주어야 한다는 생각이 들어 빠르게 일어났다.

주방 쪽으로 가서 냉장고 문을 열어봤다. 계란이 눈에 들어와서 몇 개 집으며 이 세상에서 하나뿐인 음식을 만들어야겠다는 생각이 들었다. 빠르게 손을 움직여 거의 다 만들었을 때 어둠이 가셔지고 있었다. 그런데도 두 여자는 기척이 없었다. 나는 커다란 쟁반과 숟가락을 들고 거실 가운데에 서서 목청을 가다듬고는 신명나게(get enthusiastic about) 노래를 불렀다.

"얼씨구 씨구 씨구 들어간다아……. 절씨구 씨구 씨구 들어간다……. 작년에 왔던 각설이 죽지도 않고 또 왔네……."

쟁반과 숟가락으로 장단을 맞추며 부르는 '각설이 타령'은 두 여자를 동시에 방안에서 나오게 했다. 처음에는 약간 놀란 표정을 짓다가 노래가 계속 이어지자 진지한 표정으로 나를 바라봤다. 나는 유키코가 내게 다가서자 노래를 멈추었다.

"이 노래 나한테 꽃배달하면서 불렀던 노래죠?"

"그렇습니다."

나는 다소 장난스럽게 대답했다. 그러나 유키코는 더욱 진지한 표정으로 물었다.

"이 노래가 무슨 노래죠?"

"이 노래는 각설이(a singing beggar) 타령이라고도 하고 또……."

"각설이? 각설이가 뭐죠?"

미간을 찌푸리면서 미야코가 물었다. 나는 얼른 대답하지 못하다가 생각나는 대로 말했다.

"각설이란 원뜻은 이를테면(as one might say)이라는 뜻이지만 세상에 대해서 할 말이 많은 사람들이 말은 하고 싶지만 말을 할 수가 없어서 노래를 부르며 허기진 배를 채우기 위해 구걸(begging)하면서 부르는 구전(oral transmission)노래야. 달리 해석하는 사람들도 있지만……."

"어떻게?"

"오래전 우리나라에서는 지체 높은 양반들은 대체적으로 축첩(keeping a concubine)을 하는 사람들이 많았어. 그러니 거의 지체 높은 집안의 딸들인 부인들은 외로운 밤들을 보내다가 집안에서 일을 하던 건장한 남자들을 몰래 안방으로 불러서 뜨거운 열정을 불태우곤 했는데……. 그 남자를 집안에 두면 안 되니까 뭘 좀 주어서 멀리 보냈지. 그런데 그 남자들이 억울한 거야. 자신의 의지와는 상관없이 필요하면 오라고 해서 자기 욕망을 채우고 헌신짝처럼 버리니 아무리 생각해도 억울했던 거지. 그렇다고 신분에 엄청난 차이가 나니 말도 못하고, 그래서 담장 너머로 노래를 부른 거야."

"어떻게요?"

"아주머니 얼굴 보니 반갑소. 작년보다 늙었네요. 아랫도리도 그렇겠지요. 어얼씨고 들어간다아……. 그 지체 높으신 마나님을 그냥 아주머니라고 부르며 놀려먹는 거야. 아무튼 이 노래는 내가 왔습니다! 라고 외치는 버림받은 슬픈 운명을 갖고 살아가는 사람들의 애원(an entreaty)이 서려 있는 일종의 탄식(a sigh)이야."

"그렇구나. 그런 뜻이 있는 노래였구나."

두 자매는 고개를 끄덕이며 심오한 표정을 지었다. 나는 기상나팔(the reveille)용으로 시도한 노래가 너무 심각한 분위기를 만든 것 같아서 약간 민망스러운 표정을 지었다. 그런 내 마음을 알아차린 미야코가 명랑하게 말했다.

"그러잖아도 신선한 느낌으로 봤던, 우리가 만난 그때가 생각나서 다시 한 번 듣고 싶다는 생각하고 있었는데……. 오늘 아침에 이렇게 듣다니 정말 좋지? 언니, 안 그래?"

"그래 맞아. 정말 다시 듣고 싶었어. 고마워요. 어린 왕자님……. 우리 어린 왕자님은 항상 말하지 않아도 우리들 가슴속에 있는 걸 헤아려 준다니까. 이래서 우리가 우리의 어린 왕자님을 안 좋아할 수가 없지. 그렇지? 미야코……."

"맞아. 그건 그래. 언제나 신선한 충격으로 우리의 잠자는 영혼을 일깨운다니까. 항상 궁금해. 이 다음에는 무엇으로 우리에게 인연의 고마움을 생각하게 할까?"

"그건 참 행복한 고민이거든……."

"아름다운 고민이기도 하지."

나는 두 자매가 주고받는 이야기를 듣다가 가슴에 이는 바람소리가 행복의 방울소리라는 생각을 했다.

"그런데 오늘은 아침에 무슨 일로 우리를 깨웠어요?"

먼저 웃음을 거둔 유키코가 식탁 쪽으로 시선을 던지며 말했다. 그녀는 소파에서 일어나 식탁 쪽으로 가면서 미심쩍은 목소리로 혼잣말을 했다.

"설마……."

미야코도 따라 일어나 식탁 쪽으로 갔다. 차려진 음식들을 보면서 유키코는 놀라는 표정을 지었고 미야코는 믿을 수 없다는 표정으로 나를 쳐다봤다.

"보이는 무언가를 주고 싶어서……. 눈을 떴을 때 내가 할 수 있는 건 이것뿐이었어. 겨우……."

"아니에요. 너무 좋아요. 더 이상 바랄 게 없을 정도로 훌륭한 선물이에요. 맛있게 먹을게요. 계란으로 만들 수 있는 게 이렇게 많다니……. 언니, 어서 먹자."

"그래. 너무 맛있겠다."

나는 너무 맛있게 먹는 두 자매를 보면서 행복이라는 의미를 생각했다. 그러다 문득 술에 취해서 논두렁 구석에 처박힌 채로 흐느적거리며 각설이 타령을 부르던 사람이 떠올랐다.

"무슨 생각을 하세요?"

미야코가 커피를 마시며 물었다. 나는 생각나는 대로 솔직하게 말했다.

"어렸을 때 보기에는 거지처럼 생기지 않았는데 거지 집단의 우두머리인 사람이 술에 취해서 부르던 각설이 타령……. 흥얼거리듯 부르던 그 아저씨의 모습이 떠오르는군. 사람들은 한결같이 그 아저씨를 아까운 사람이라고 말했어. 시대를 잘못 만나 저렇게 거지꼴을 하고 있지만 원래는 좋은 집안에 좋은 학교까지 나왔는데도 거지꼴을 하고 있다고 안타까워했지. 각설이는 대체적으로 빠른 템포로 신나게 부르는데 그 아저씨는 술에 취한 채 흐느끼는 목소리로 노래인지 서러움을 토하는 건지 알 수가 없었어. 내가 부르던 각설이를 듣고 좋아하는 두 사람을 앞에 두고 이 세상의 모든 서러움을 가슴에 안고 있었던 같은 그 아저씨의 모습이 무엇 때문에 생각나는지 모르겠네. 그 아저씨는 이렇게 각설이를 불렀어. 흐느끼듯이 아니면 울 듯이……. 어얼씨구 씨구 씨구 들어간다아……. 저얼씨구 씨구 씨구 들어간다아……. 작년에 왔던 이내 몸이 죽지도 않고 또 왔네. 더러운 세상에 또 왔네. 명문가 집 아들에서 거지가 되어버린 그 아저씨, 그 아저씨의 얼굴에 서려 있던 서러움, 그게 무엇인지 조금은 알 것 같아. 그런데 그 아저씨의 얼굴이 왜 즐거운 이 아침에 생각 나는 거지?"

두 자매는 나의 심정을 아는지 모르는지 걱정스런 표정만 짓고 있었다. 가장 기쁜 순간에 가장 슬픈 생각이 나는 까닭이 무엇인지 알 수 없었다. 나는 미묘한 분위기를 깨트리듯 버럭 소리를 질렀다.

"아, 나는 참 행복한 사람이다! 슬픔과 기쁨을 동시에 느끼니 정 말 행복한 사람이 아닌가! 아픈 기억이더라도 아름답게 새기면 지 나간 것도 가슴에 남아 있는 상처가 아닌 것 같아. 슬픔의 날도 참 고 견디면 머잖아 기쁨의 날이 오리니…… 러시아의 시인 푸쉬킨의 말처럼 아픔도 잘 새기면 행복의 밑거름이 되는 것 같아."

두 자매는 나를 쳐다보면서 걱정스런 표정을 지으며 박수를 쳤다.

이별 없는 세대가 들려준 이야기

1972년 3월 3일

베어 마운틴의 산자락에 봄이 오는지 햇살이 지핀 언덕에 아지랑 이가 피어올랐다. 나는 살랑거리는 아지랑이를 바라보며 저절로 떠 오르는 생각을 읊조렸다.

'사람답게 사는 것, 주어지는 일을 피하지 않고 하는 것, 할 수 없 다면 몰라도 할 수 있으면 하는 것이 인간의 도리라는 것, 그리고 인간 세상에서 일어나는 일은 인간으로서 해결될 수 있기 때문에 일어난다.'

나는 낯선 곳에서 감당해낸 일들을 생각하면서 결연히 나 자신에 게 다졌다.

'앞으로 살면서 어떤 일이 있더라도 견뎌낼 것이다.'

나는 햇살 겨운 산자락을 보면서 나 자신도 모르게 성숙해진 것 같아 여유롭게 웃었다. 더군다나 데니가 읽어보라고 전해준 책을 밤새워 읽고 난 뒤라 더욱 그랬다.

'살아 있다는 사실이 절박한 시대가 만들어내는 절박한 순간을 도리 없이 살아내야만 했던 볼프강 볼헤르트, 광란한 나치 권력이 만들어낸 제2차 세계대전 당시의 독일, 선택 없이 당했던 암울한 시대를 살아내야만 했고 이별의 아픔도 그냥 만나는 일상처럼 담담하게 받아들일 수밖에 없었던 가슴으로 남긴 '이별(separation) 없는 세대(a generation),' 스물한 살의 나이로 생을 마감한 그 처절한 절규, 이별이 얼마나 아팠으면 이별을 눈으로 바라보면서도 슬픔을 느끼지 못하고 덤덤했을까? 다시는 만날 수 없는 모든 이별들을 먹먹한 가슴으로 받아들인 볼프강 볼헤르트가 가슴에 안았을 그 절규, 만남이 없는 이별이 없듯이 이별이 없는 만남은 왜 없는 걸까? 가슴에 남아 있지 않으면 기억 또한 없었을 텐데 숨죽여 가면서 영혼의 필치로 남긴 외마디가 무엇 때문에 가슴 저미는 건지······.'

나는 세상의 모든 아픔을 초연하게 받아들인 은자(a hermit)처럼 가슴을 펴면서 고개를 끄덕였다. 기러기가 길을 떠나는지 빠르게 지나갔다. 불어오는 바람도 차갑기는 했으나 매섭지는 않았다. 겨울은 그렇게 수많은 사연을 안고 기억의 저편으로 가고 있는 모양이었다.

'그래, 살아야지. 내가 있었던 곳에서 일어난 일이라면 나 자신도 책임이 있는 거야. 세상은 내가 선택하지 않았다고 해도 이미 나는 이 세상 사람이 되어 있는 거야. 물 흐르는 대로 바람 부는 대로 그렇게 사는 거야. 내 가슴에 드리워진 꿈이 이루어질 때까지! 그 꿈이 어떤 것인지 나도 모르지만······. 언젠가는 만나게 될 거야. 가슴이 편안한 일을 만나면, 그때 내가 찾아야 할 꿈이었노라고 그렇게 말하면서······.'

내 생각이 끝나기를 기다렸다는 듯이 전화벨이 울렸다.

"부모님이 내일 아침에 도착하신대요."

미야코의 목소리는 약간 들떠 있었다. 덩달아 내 마음도 울렁거렸다. 무엇인지 모르게 반가운 생각이 들었다.

"도착하시면 꼭 만나야 할 것 같다고 하시는데 괜찮으시겠죠? 혹시 불편하시면 만나지 않아도……."

"아냐. 만나고 싶어. 어쩐지 꼭 만나야 할 것 같은 느낌이 들어. 그 이유가 무엇인지 모르지만……."

"그래요?"

"응."

"그럼 이리로 오시겠어요? 아니면……."

"그래. 여기로 오시는 게 좋겠네."

"그래요? 그럼 나는 오늘 거기 가려고 했는데……."

"그럼 와. 와서 이야기하다가……. 아니구나. 여기서 비행장까지는 거리가 너무 멀다. 우리 미야코가 너무 피곤하겠다. 사실 내가 할 이야기가 좀 있었는데……."

"그럼 제가 지금 갈게요."

"아냐. 그러지 마. 피곤하면서도 내색을 하지 않는 미야코의 얼굴을 보는 건 너무 가슴 아프더라."

"네?"

"피곤하면서도 그걸 숨기는 거, 참 가슴 아팠어. 그러니 우리 내일 만나기로 하자."

"그래요. 그렇게 해요. 그리고 고마워요."

"고맙긴……."

미야코는 더 하고 싶은 이야기가 있는 것 같았지만 내가 먼저 전화를 끊었다. 잘 정리되었던 머리가 순식간에 혼란스러워질 뿐만 아니라 가슴마저 올망졸망거리는 것 같았다. 한쪽 더듬이를 떼여버린 개미(an ant)가 남은 한쪽의 더듬이로 겨우 살 길을 찾아가다가 마저 떼여버린 것 같았다. 양쪽 더듬이를 떼여버린 개미 형상이 꼭 나 자신이라는 생각이 들자 피식 웃음이 나왔다. 그러면서도 내일 아침이 기다려지는 건 어쩔 수 없었다.

윤회(Samsa-ra Sans)그리고 기적(a miracle)

1972년 3월 4일

"일어나세요."

꿈결인 줄 알았다.

미야코와 통화를 하고 난 뒤 별이 보이는 하늘을 보면서 빈 필하모니 오케스트라의 연주실황 음악을 들었고 이상한 두런거림에 서성이다가 새벽에서야 잠이 든 것 같았다.

"일어나세요."

다시 한 번 들리는 익숙한 목소리가 실눈을 뜨게 했다.

"여기서 주무시면 어떡해요?"

걱정스런 미야코의 목소리는 나를 완전히 정신 차리게 했다. 나는 일부러 어리광을 부리듯이 말했다.

"왔어?"

"여기서 주무신 거예요?"

"응. 별들과 이야기하다가 잠이 든 모양이네."

"별들과 이야기를 해요?"

"응. 많은 이야기를 주고받았지."

"무슨 이야기를 하셨는데요."

"나는 왜 미야코를 만났으며, 미야코는 무슨 마음이 들어서 나 같은 사람을 만났을까. 왜 끝없이 내게 모든 것을 주는가?"

"그리고요."

"그리고 나에게 아낌없이 주면서도 바라는 것이 없는가? 왜, 무엇 때문에……."

"그래서요?"

"인생을 사는 것은 흐르는 물과 같은 거라고 했는데, 흐르는 물이 무엇을 만나면 여울이 된다고 했는데, 그 여울이 만들어지면 여울목이 생기고 그 여울목을 바라보면 고향 생각이 난다고 했는데…….

그렇다면 내가 물인지 아니면······."

"우리가 물인지 그건 알 수 없지만 만들어진 여울처럼 만들어진 인연이란 무엇을 말하는 것일까? 우리가 살아야 하는 인생의 여로에서······."

"맞아. 그런 생각을 했어."

나는 알 듯 말 듯한 내 마음을 헤아려주는 미야코의 말이 반가워 자리에서 벌떡 일어났다. 나는 비로소 정신을 차리며 밖을 바라봤다. 해는 나를 놀리듯 중천에 떠 있고 동이 틀 무렵에 잠이 든 사실을 비로소 알 수 있었다.

"그럼······."

미야코는 말없이 웃으며 고개를 돌리며 말했다.

"오셨어요. 어머니 아버지가······."

"비행장에서 이곳으로 바로 오셨다는 거야?"

"네, 조금 쉬셨다가 만나보라고 하셨지만······. 두 분께서 빨리 봐야 한다고 하시며······."

"그랬구나."

"죄송해요. 연락도 없이 이렇게 불쑥······."

"아냐. 잘했어. 나도 빨리 뵙고 싶었어. 이렇게 고운 딸을 두신 분들이 어떤 분들일까 궁금했어. 어서······. 아니지, 내가 나가야지."

나는 여지없이 쿵쾅거리는 마음을 달래지 못하고 빠르게 문 쪽으로 나가려는데 미야코가 막아섰다.

"편안하게. 편안한 마음으로······."

나는 애써 여유를 부리며 앞서는 미야코를 따라 나섰다. 미야코는 등을 돌리고 산자락을 바라보던 두 사람에게 일본말로 말했다.

"어머니, 아버지······. 그렇게 만나보고 싶어하시던······."

눈부시게 화려한 기모노를 입은 미야코의 어머니와 인자한 표정으로 뒤돌아서는 미야코의 아버지는 한순간에 나를 압도시키고 말았다. 나는 숨을 쉴 수가 없는 중압감을 느끼며 공손히 인사를 했다.

미야코의 아버지가 무슨 말인가 하셨는데 나는 알아들을 수 없었다. 살며시 고개를 드는데 미야코의 어머니와 아버지는 매우 놀라는 표정으로 내게 다가서셨다. 두 사람 모두 내게 시선을 고정시킨 채 너무 놀란 나머지 얼굴이 굳어 있었다.

"닮았어. 너무 닮았어."

"맞아요. 너무 닮았어요. 우리를 인연으로 묶어준 가내야마 상과 너무 닮았어요."

나는 무슨 말인지 몰라서 시선을 미야코에게 돌렸다. 미야코는 어머니와 아버지의 놀라는 표정에 어리둥절해서 그들에게 시선을 떼지 못한 채 통역을 해주었다.

"우리 어머니와 아버지를 인연으로 묶어준 분과 너무 닮았대요. 아버지의 이름이 가내야마 상이에요?"

"그건 잘 모르겠는데…… 그건 일본식 이름이잖아. 우리 아버지가 그런 이름을 가지고 계셨나?"

내가 고개를 갸웃거리며 절반은 영어로 절반은 한국말로 중얼거리고 있는데 미야코가 두 분을 집안으로 모셨다. 미야코는 어머니와 아버지를 맞은편에 앉게 하고 나를 건너편에 앉게 했다. 가운데 앉은 미야코가 어머니에게 물었다. 어머니는 여전히 놀라는 기색으로 말했다. 그러다가 미야코의 아버지가 조금은 편안한 얼굴로 두 사람의 이야기에 끼어들었다. 세 사람은 한참동안 놀라움과 반가움이 뒤섞인 표정으로 이야기를 나누었다. 나는 알아들을 수 없었지만 반가운 듯 안도하는 기색이 엿보이자 마음이 조금 안정되었다. 하지만 그들을 그저 바라보고 있을 수밖에 없는 입장이라 차라리 눈을 감아버렸다.

한참동안 이야기하던 세 사람의 대화가 멈추며 조용해지더니 미야코가 나를 불렀다.

"어린 왕자님."

나는 살며시 눈을 떴다. 미야코는 미안한 표정을 지으며 나를 쳐다봤다. 미야코의 부모는 목마른 사슴 같은 표정을 짓고 있었고 미야코는 상기된 표정으로 조심스럽게 입을 열었다.

"미안해요. 그렇지만 어쩔 수 없으니 이해하시리라 믿어요."

"아니, 괜찮아. 뭐라고 말씀하셨는데 미야코의 표정이 그래?"

"놀라운 이야기를 들었어요. 저도 모르는 우리 부모님의 사랑 이야기를 알게 되었어요."

"그게 무슨 소리지?"

"오래전 우리 할아버지가 운영하시던 세탁소와 술 도매상에 고학으로 공부하던 한국인이 있었대요. 성실했었고 또 머리도 우수해서 남들이 부러워하는 제국대학에 당당하게 입학한 그 학생은 아버지의 심부름까지 하시곤 했대요. 말하자면 제대보다 못한 대학을 다니던 아버지는 할아버지의 기대와는 달리 공부보다는 연애에 눈을 떠 어머니를 만나게 된 게이샤 집을 드나들곤 하셨대요. 학생의 신분으로 공부보다는 엉뚱한 곳으로 세월을 보내던 아버지를 알게 된 할아버지는 가택연금(house arrest)을 시키셨고 그럴 때마다 잠자는 것까지 아껴가면서 대학을 다니던 그 청년은 항상 비교의 대상이 되었대요. 아버지에게 미움을 산 거지요. 가택연금을 당하면서도 할아버지 몰래 어머니를 만나게 해주셨고 온갖 구박을 받아가면서도 아버지와 어머니의 사랑을 더욱 튼튼하게 만들어주신 분도 그 청년이었대요. 게이샤를 사랑하는 아들을 말릴 수가 없었던 할아버지는 극약처방(a powerful medicine prescription)으로 집안끼리 결혼을 시켰대요. 할아버지의 말에 거절할 수 없었던 아버지는 가택연금에서 풀려나서 하는 둥 마는 둥 세월을 보내다가 대학을 졸업했고 비록 결혼은 했지만 어머니를 잊을 수 없었던 아버지는 어머니를 계속 몰래 만나셨고 급기야는 다른 살림을 차리는 일까지 감행하셨는데 그 궂은일을 할아버지에게 야단맞으면서도 해주셨대요. 그러다 그 한국인 청년이 아버지의 징용(drafted into the army) 문제가 나왔을 때 아버지를 대신해서 끌려가신 것을 본 것이 마지막

306

이라고 하시네요. 그렇게 세월이 흘러 일본이 전쟁에 패하고 어수선한 세월을 보내다가 가슴속에 남은 인간적인 빚(a debt) 때문에 견딜 수 없었던 아버지는 백방으로 찾았지만 찾을 수가 없었대요. 우리 아버지와 어머니를 사랑으로 맺게 해주시고 우리를 낳게 해주신 분은 그 한국 청년이고 그분의 희생은 날이 갈수록 가슴을 무겁게 하셨는데…… 생명의 은인과도 같은 분과 우리 어린 왕자님이 너무 닮으셨대요. 그래서 처음 본 순간 너무 놀라서 결례를 했다고 하시네요."

나는 머릿속이 하얗게 되어 질 뿐 아무 말도 할 수가 없었다. 목줄기가 뜨끔 해지는 통증을 느끼며 어렵게 입을 열었다.

"나와 그렇게 닮았대?"

"정말 그렇대요."

미야코가 대답을 했지만 미야코의 부모님은 장단을 맞추듯이 일본어로 말했다. 그러고는 연이어 미야코의 아버지가 조심스럽게 말하자 미야코는 나에게 통역을 했다.

"연락처를 아시면 전화라도 한번 해줄 수 없겠느냐고 하시는데요? 어떻게 연락을 한번 해보시지 않겠어요? 나는 그렇게 했으면 좋겠는데……"

"그렇게 하지. 어차피 연락처도 미야코로 통해서 알았으니까. 미야코가 전화를 해보는 게 좋겠어."

나는 다소 심드렁한 목소리로 말했지만 이상하게도 가슴이 옥죄어오는 느낌을 지울 수 없었다. 미야코는 수첩을 꺼내보면서 전화를 걸었다. 전화를 거는 미야코의 손이 무척이나 떨리고 있었다. 짧았지만 무척이나 길게 느껴진 정적이 지나고 누군가가 전화를 받은 모양이었다.

미야코는 예의바른 몸가짐까지 하면서 통화를 했다. 내가 전혀 알아들을 수 없었지만 조심스럽게 통화를 하던 미야코의 얼굴은 점점 굳어가고 있었다.

한참을 통화하던 미야코가 수화기를 아버지에게 넘겼다. 얼굴에 경련까지 일으키며 수화기를 건네받은 미야코의 아버지는 떨리는 목소리로 몇 마디 하다가 무릎을 꿇으며 짐승처럼 울부짖었다. 내가 알아들을 수 없는 말이라 정확하지는 않지만 미루어 짐작컨대 용서해달라는 말인 것 같았다. 절규하듯 반복해서 말하던 미야코의 아버지는 수화기를 땅에 떨어뜨리고 내 손을 잡으며 혼절하고 말았다. 나는 잽싸게 자리에서 일어나 차가운 물을 가지고 와서 미야코에게 건넸다. 물을 마시고 다시 정신을 차린 미야코의 아버지는 초점 없는 시선으로 나를 바라봤다. 몸을 가누지 못하면서도 정말 고맙다는 표정을 지었다.

아무런 생각 없이 어리둥절하기만 하는데 미야코의 어머니가 조심스럽게 수화기를 집어 들었다. 몇 번 목이 메여 힘들어 하다가 겨우 입을 열었다. 말 한마디 한마디가 존경과 감사함이 스며 있었고 몸 둘 바를 모르는 모습은 내가 보기에 민망스러울 정도였다. 몇 마디 하지 않았지만 그저 시인만 하는 미야코의 어머니는 울렁거리는 가슴을 한손으로 잠재우며 내게 수화기를 건넸다. 나는 무엇에 짓눌리는 마음으로 수화기를 받았다.

"아버지 접니더."

"그래. 내다. 지금 내가 꿈을 꾸는 것 같고 일평생 살면서 이런 날이 있다는 건……. 말이 잘 안 나온다. 무신 말을 해야 하는 긴지 그것도 모르겠고……. 니가 미국으로 간 것도 미덥지 않는데……. 우째 가지고 야스히로 상과 구로다 후코미의 딸을 만나서……. 내가 진 인간적 신세도 모자라서 내 아들인 니까지 그런 신세를 지고 있는지……."

"인간적인 빚은 오히려 미야코의 아버지께서 졌다고 하는데예……."

"모리겠다. 그 사람들이 내게 진 신세가 있다면 내가 징용을 간 것이겠지. 허지만 그것도 누구의 탓이 아닌 그저 내 인생의 운명이

308

지. 내가 살았던 세상이 그럴 수밖에 없는 세상이었고 내가 피할 수 없었던 일이었지. 그 사람들 탓이 아니다. 그런 세상을 만난 내 탓이지. 나라 없는 백성이 되어 남의 나라에 지배를 당한 힘없는 나라 탓이지, 그 사람 탓이 아니다."

"그래도 아버지를 징용으로 가게 한 것은······."

"고마해라. 그건 누구의 탓도 아니다. 내가 감당해야 하는 내 인생의 운명이었는 기라. 참말이다. 누구 탓을 할 필요가 없는 일이다. 잊을 수도 없고 버릴 수도 없는 사실이지만 우리 모두가 자성하면서 냉정한 이성을 찾을 일이지······. 어느 한쪽을 탓해서는 안 된다. 그 모두가 닥친 일을 스스로 해결하지 못하고 남의 신세로 일을 하려는 배타적인(exclusive) 사고방식 때문에 만들어진 비극이었다고 생각헌다. 앞날을 생각하는 사람이라면 반복하지 말아야 한다는 각오를 새기면서 자신들을 차가운 이성으로 바라봐야 할 일이지 남을 탓하는 일은 아닌 기다······."

아버지는 말을 잇기가 어려운지 메마른 기침을 두어 번 하셨다. 나는 먹먹한 마음으로 가만히 기다렸다.

"니 있제. 이런저런 사연은 다 빼고 이 기막힌 인연이 이 세상에 존재한다는 것이 무엇을 의미하는지······. 기쁘다 못해 무서버지기까지 한다. 인간 세계에서 이루어지기 어렵고 죽어 저승에서나 만날 수 있을 법한 윤회(Samsara Sans.; the cycle of reincarnation)의 순간을······. 잘 새기거라. 내는 이 말뿐이다. 사람이 살다가 우째 이런 일도 있는 긴지 모르겠다. 고마 전화 끊자. 너무 믿을 수 없는 일이 벌어져서인지 머리가 너무 복잡고 더 이상은 다가올 세월 앞에 내 마음을 물어볼 수밖에 없는 일인 것 같다. 니 우쨌건 간에 몸 건강하는 것 이자뿌지 마라. 고마 들어가거라. 그라고 잘해라. 잘해야 하는 기다."

"예."

아버지는 먼저 전화를 끊으셨다. 미야코의 아버지인 야스히로 상이 무슨 말인가를 했다. 미야코가 영어로 통역을 했다.

"뭐라고 하셨는지 궁금하대요."

"잘하라고 하시는데……. 무엇을 잘해야 하는 건지 모르겠지만 잘하라고 하시는군."

미야코가 일본어로 통역한 뒤에 다시 내가 말을 이었다.

"기쁘다 못해 무섭기까지 한 인연을 잘 간직하라고……. 기쁘다 못해 무섭기까지 한 인연, 나는 무서움이 넘쳐 소름까지 끼치는 기분이야. 기분이 나쁜 건지 좋은 건지도 모르겠고……."

미야코가 다시 두 사람에게 통역을 하자 미야코의 어머니인 구로다 후코미 상이 감격에 겨운 눈물을 흘리며 말했다. 미야코가 빠르게 통역을 했다.

"기적이래요. 신이 내린 기적이 아니면 있을 수 없는 일이래요."

'기적(a miracle), 신이 내린 기적!'

나는 속으로 중얼거리며 산자락을 바라봤다. 신이 내린 기적을 만난 사람들이 어쩔 줄 모르는 감격을 매만지고 있는데 무심한 바람은 그냥 어디론가 훌쩍 지나가고 있었고 서쪽으로 날아가는 새는 가파른 언덕을 오르듯 힘겨운 모습이었다.

집안에 있는 네 사람은 각자 생각이 너무 많은 탓인지 더 이상 말을 하지 못하고 가만히 있었다. 할 말이 많은 것 같으면서도 정작 말을 하려면 할 말이 없는 모호한 분위기는 나로 하여금 문 밖으로 나가게 했다.

산기슭에서 후리듯 내려오는 바람이 매우 차가웠다. 집안에서는 세 사람이 무슨 이야기를 하는지 가끔 비명에 가까운 목소리도 들렸다. 알아들을 수 없는 말이기도 했지만 내 생각에 떠밀려 야외용 의자에 앉으며 눈을 감아버렸다.

윤회의 굴레(restraint)

1972년 3월 5일

아버지가 들려준 이야기는 아무리 생각해도 믿을 수 없었다. 아니 생각이 줄곧 떠나지 않고 사람의 가슴을 신열로 가득 차게 했다.

인생살이가 물과 같은 것이라는 사실은 잘 알고 있는 터이고, 흐르다가 만나면 여울이 된다는 것도 잘 아는 터였다.

흐르다가 잠시 멈추는 여울이 되면 인연이라는 그릇이 되기도 하고 오래전부터 꿈꾸어왔던 착각마저 하면서 가슴속에 숨겨진 본능으로 서로 얼굴을 쳐다보며 흘러가는 시간과 함께 익숙한 사람들처럼 부끄러움을 지운다.

자신의 치부요 더러는 소중하게 간직해야 할 것들마저 부끄러움 없이 내보이는 것은 신화를 습성처럼 몸에 담고 있는 신의 조화가 아니면 불가능한 것이라는 것도 잘 안다.

왜 좋은지도 모르면서 그냥 좋은 것, 그리고 그냥 좋은 것이 마냥 공존해야 한다는 묵계를 가지며 이별을 앞에 둔 사실도 모르고 그냥 좋은 것을 매듭으로 만든다.

언젠가는 이별을 나누게 되는 불멸의 원칙 같은 건 다가올 미래이니까 모른 척하는 것일까? 아니, 이별을 알기 전에 먼저 만남의 기쁨에 취한 까닭에 이별의 아픔을 알지 못한다.

남자와 여자가 만나서 서로 좋은 것만 바라보는 까닭은 한순간의 좋았던 기억이 너무 강하기 때문에 영원히 간직하기 위해서 안 좋은 부분과 싸우는 것인지도 모르는 일이다.

서로 좋아한다는 것은, 왜 좋은지도 모르면서 좋아한다는 것은 그냥 좋았던 순간을 추억이라는 이름으로 가슴속 깊은 곳에 간직하려는 인간의 속성 때문에 그러는 건지도 몰라.

내 아버지와 야스히로 상 그리고 후코미 상, 나와 미야코와 유키코……, 아! 모를 일이다. 정말 모를 일이다. 어떻게 이런 인연이 가능하단 말인가?

미야코의 어머니인 후코미 상의 말처럼 신이 만든 기적이라고 치자. 신이 만든 기적이 아니면 불가능한 인연이라고 치자. 그렇다면 앞으로 만들어 가야 할 운명은 어떤 것이어야 하는가?

모를 일이다. 정말 모를 일이다. 잠을 이룰 수도 없었고 쏟아지는 운명의 손길들이 손가락질하면서 나에게 질문만 해대는 것 같았다. 기적을 만들어주고 간 사람들이 떠나가고 혼자 남은 집안을 수런거리다가 술을 마시고 또 마셨지만 잠이 오지 않는 이 새벽 앞에 내가 무엇을 해야 하는지 하늘을 보고 묻고 싶었다.

'어떻게 해야 합니까? 어떻게 해야만 하는 겁니까?'

밤하늘의 별들은 아무 말 없이 놀리듯 미소를 짓고 있는 것 같았다. 불현듯 찰리가 생각났다. 그리고 베네딕 사장과 해피 걸, 베라, 데니 만난 순서대로 보고 싶다는 생각이 들었다. 보고 싶은 얼굴이 생각나는 순간에 그들과 만나진 것도 기적 같다는 생각과 내가 살아 있는 이 순간도 기적이 아니면 불가능한 일인 것 같았다.

사람 사는 것은 생각하기에 따라 기적이고 신의 조화가 아닌 것이 없다는 생각이 들자 마음이 조금은 차분해지는 것 같았다. 나는 벽시계를 보며 전화가 놓여 있는 소파로 갔다. 밤하늘에 빛나는 별들을 바라보면서 통화를 하고 싶다는 생각을 하면서 전화기를 들고 나왔다. 신호가 가자마자 찰리가 전화를 받았다.

"어쩐 일이야? 이 새벽에……"

"그냥……"

"그냥이라니? 네가 그냥 전화를 할 사람이 아니라는 건 내가 잘 알지. 무엇 때문에 전화했어? 말해봐. 내가 다 들어줄게."

"신이 만든 기적이라는 말을 알아?"

"신이 만든 기적?"

"그래, 신이 만든 기적……"

"글쎄, 신이 만든 기적이라……. 그건 생각하기에 따라서 다르겠지만 아마 우리가 만난 것도 신이 만든 기적일 수도 있어."

"그래?"

"맞아. 그럴 수도 있겠다. 네 말처럼 네가 미국에 처음으로 도착해서……. 그 수많은 잠자리 중에 하필이면 내 잠자리에 잠들었을까? 그냥 지나가면 그만이겠지만 따지고 보면 우리가 만난 것도 신이 만든 기적일지도 몰라."

나는 방금 전에 생각한 내가 살아 있는 순간도 신의 기적이라는 생각이 그렇게 틀린 생각이 아니라는 생각이 들었다. 신이 있는 것인지, 없는 것인지 심오하게 생각해본 적이 없었다는 사실과 아플 때마다 떠올렸던 신이라는 존재를 생각해냈다. 힘들고 고통스러울 때마다 눈을 감으며 찾는 신이라는 존재, 인간이 인간다워지려면 도리 없이 찾게 되는 한계점이라는 사실이 자명하게 각인되는 것 같았다. 내가 말이 없자 찰리는 안타까운 목소리로 말했다.

"헤이, 어린 왕자. 듣고 있어?"

"그래. 듣고 있어."

"그러잖아도 내가 완성한 노래 두 곡을 들려주고 싶었는데……. 내가 갈까? 아니면……."

"아냐. 오늘은 혼자 있고 싶어. 우리 다시 연락하자."

나는 정확히 알 수는 없지만 마음이 편안해지는 느낌을 간직하고 싶다는 생각에 인사도 없이 전화를 끊었다. 그러고는 고개를 끄덕이며 속으로 다졌다.

'그래, 믿을 수 있든 없든 내 눈 앞에 벌어진 일들을……. 아니 내가 감당해야만 하는 일이라면 피하지 않는 것이 내 인생을 용감하게 사는 거야. 비겁하지 않게 인생을 사는 거야. 믿기지 않지만 믿을 수밖에 없는 것이고……. 내가 살아내야 할 인생 앞에 비겁하지 않는 일인지도 몰라.'

생각을 떨치며 가슴을 폈다. 그리고 달빛과 별빛으로 곱게 채색된 산기슭(the foot of mountain)을 쳐다봤다.

여린 안개가 지피기 시작하는 베어마운틴의 산굽이(the bend in the foot of a mountain)가 부드러운 손길이 되어 수런거렸던 내 가슴을 잔잔하게 어루만져주는 것 같았다.

영혼(the spirit)의 해후(encounter)

1972년 3월 7일

"아주 좋아. 내가 봐도 참 좋은 글이야. 다만 몇 군데 단어를 바꾸는 건 이해하겠지? 지난번 것보다 더 좋은 것 같아. 어떻게 이런 문장을 만들 수 있어? 어려운 단어도 별로 없고 아주 쉬운 단어를 나열한 것 같은데 전체적으로 보면 아주 심오한 뜻이 있는 것 같고 무엇보다 듣는 사람으로 하여금 생각을 하게 하는 글들이야. 삶에 대한 철학이 있다는 거지. 그게 중요해."

데니는 흡족한 표정으로 내가 만든 노래가사(lyric lines)들을 읽었다. 그는 새삼스럽게 마음에 드는지 어쩔 줄 모르는 표정을 지었다. 신들린 사람처럼 써내려간 보람이 있는 것 같아서 내 마음도 부풀어 오르는 것 같았다.

"찰리가 완성한 노래를 들어봤어?"

"아뇨. 들려준다고는 했지만……."

"느낌도 좋고 멜로디도 아름다워서 누구에게 버림받았다고 생각하는 사람들에게 따뜻한 위로가 될 거야. 노래란 무엇보다 사람의 가슴을 파고드는 게 있어야만 하는데 우리 어린 왕자가 써준 것들은 보편적인 철학을 알게 하고 무엇보다 그런 힘이 있다는 점이야. 비틀즈의 노래처럼 일그러진 세상을 바로잡으려는 희망의 메시지가 있어."

"부끄럽습니다."

나는 정말 미안한 마음으로 말했다. 영어의 구사력이라야 아버지에게 조금 배운 것과 중고등학교 시절에 배우고 익힌 것밖에 없는 내가 생각나는 대로 적은 것을 극찬하니 그저 미안할 뿐이었다. 나는 얼른 자리를 피하고 싶어서 자리에서 일어났다. 데니는 다소 아쉬운 표정을 지었지만 붙잡지는 않았다.

거리를 걸었다. 한결 옷차림이 가벼워진 사람들이 가까워진 봄날을 노래하듯이 가볍게 걷고 있었다.

'맨해튼에 사는 사람들은 항상 바쁜 모양이야. 그런 걸 보면 맨해튼이라는 곳은 사람을 바쁘게 만드는 공장인지도 몰라. 저렇게 살아가니 가슴이 삭막해질 수밖에 없는 거겠지.'

그런 생각을 거두니 넉넉하고 여유로운 표정을 지닌 베네딕 사장이 보고 싶었다.

"어서 와. 그러잖아도 윌슨과 해피 걸이랑 어울려서 식사를 하기로 했어. 오늘은 무엇인지 모르겠지만 좋은 일이 있을 것 같은 느낌이 드는데……."

내 전화를 받은 베네딕 사장의 목소리는 약간 들떠 있었다. 나 역시 무엇인지 모르지만 꼭 무슨 일이 일어날 것 같은 느낌이 들었다.

"세상에! 이럴 수가 없어. 이건 기적이야. 기적이 아니면 있을 수가 없는 일이야. 이 세상에 태어나서 아름답게 살아가려는 영혼들이 신의 뜻으로 만나진 거야. 누구도 아닌 오직 하나님만이 만들 수 있는 기적이 일어난 거야. 우리 어린 왕자에게……. 아니지 우리 모두에게 일어난 기적인 거야. 정말 인간답게 살려는 사람들끼리 축복을 내리신 거야. 안 그래요? 베네딕……."

내 이야기를 다 들은 해피 걸 사장은 놀라면서도 너무 기쁜지 온몸을 바르르 떨었다. 베네딕 사장도 윌슨 코치도 감전을 당한 사람처럼 나를 쳐다보기만 했다.

"그럼 아버지들끼리 만든 인연이 그 아들과 딸들에게로 이어졌다는 이야기가 되는 거네."

"네. 그렇게 된 거지요."

"세상에! 어떻게 표현해야 할지 모르겠네. 이건 해피 걸 사장 말처럼 맑고 순수한 영혼들이 약속도 없이 만난 거네. 아니, 꼭 만날 수밖에 없었던 사람들이 비로소 만난 것 같아. 그렇게 만나지 않으면 안 될 사람들처럼……."

"데 콤포스텔라."

말없이 그냥 지켜보기만 하던 윌슨 코치가 갑자기 말했다. 윌슨 코치의 말에 해피 걸 사장은 손뼉을 치면서 맞장구를 쳤다.

"맞아. 콤포스텔라……. 우리가 만났던 순례길, 스페인 산티아고를 출발해서 프랑스 생장 피에드포르까지의 여정, 제각기 왔지만 순례길에서 영혼으로 뭉친 형제와 자매들……. 만나고 보니 우리는 다 같이 아일랜드인들이었거나 아일랜드를 사무치게 그리워하는 사람들이었잖아요. 그래서 우리는 이렇게 누구보다 가까운 이웃으로 살면서 또 하나의 아름다운 신의 기적을 보고 있잖아요."

"맞아. 그렇군. 우리 어린 왕자가 이곳에 와서 지금까지 살아온 것도 마찬가지야. 어떻게 해피 걸 사장에게 가서 꽃 배달을 하다가 우리 딸을 구해주고 그리고 지금까지 이어진 일들을 생각하면……. 이건 정말 기적 같은 일의 연속이네. 우리 딸인지 알지도 못했잖아. 그리고 해피 걸 사장과 내가 친 남매 같은 관계인지도 몰랐잖아. 어린 왕자 또한 그렇잖아. 어딘지도 모르고 누가 태워준 배에서 내린 곳이 사우스 페리 근처라고 했지?"

"네."

나는 숨이 조여오는 느낌을 받으며 베네딕 사장의 질문에 겨우 대답했다. 베네딕 사장은 신들린 듯이 환청(auditory hallucination)을 듣는 듯한 시선으로 말을 이었다.

"거기에서 미야코를 만났다고 했지. 그리고 찰리가 자는 잠자리를 허락도 없이 들어갔고 거기에서 만난 찰리가 갈 곳이 없는 우리 어린 왕자를 같이 지내자고 제안했고 그리고 일자리까지 주어서 일하다가 왜 좋은지도 모르고 그냥 좋아서 마냥 무엇인가를 도와주고 싶은 사람을 만났는데 그 사람이 아버지들끼리 서로에게 잊을 수 없는 인간적인 신세를 주고받은 사이라는 이 사실! 오, 하나님! 감사합니다. 이런 기적을 보게 해주셔서 정말 감사합니다."

해피 걸 사장은 아예 저녁 먹는 것을 포기하고 와인 잔을 내밀었다. 그리곤 흥분된 목소리로 다시 말했다.

"이런 아름다운 기적을 우리에게 보여준 우리의 어린 왕자님에게 축복이 있기를 기원합시다."

"맞아요. 기적보다 더 아름다운 축복을 받은 어린 왕자에게 지나간 아픈 추억이 치유되기를 기원합니다."

좀처럼 자신의 의사를 잘 말하지 않는 윌슨 코치가 떨리는 목소리로 말했다. 베네딕 사장도 티 없이 맑은 눈동자를 가진 소년처럼 해맑게 웃으며 잔을 들었다.

"신이 만든 기적! 그 기적으로 만나진 운명 같은 인연을 위하여! 그리고 진실해야만 만날 수 있는 슬프도록 찬란한 해후를 위하여!"

와인 잔이 부딪치는 소리가 너무도 청량했다. 기적이 기적을 만들어서 또 다른 기적을 만드는 주인공이 된 사실이 미덥지 않았다. 아니, 믿을 수가 없었다. 그러나 이런 현실을 내 눈으로 바라보니 어이가 없었지만 믿을 수밖에 없었다. 누구도 아닌 나 자신이 신화 속의 인물이라는 것을 실감하니 또다시 소름이 끼쳤다. 기쁜 건지 슬픈 건지 아니면 괴로운 것인지 분간이 가질 않았다. 먹먹한 생각을 하고 있는데 베네딕 사장이 차분하게 말했다.

"사람은 주어지는 대로 살아지게 되어 있고 또 그렇게 살아야 하는 거야. 주어지는 것을 피하면 더 많이 피하고 싶은 일을 만나게 되는 게 인생이야. 주어지는 일이 하기 싫더라도 힘겹지만 해나가는 사람들을 우리는 용감한 사람이라고 말하지. 자기 인생에게 용감한 사람이지. 이 험한 세상을 살아가면서 비겁하지 않는……. 누구나 살아가면서 비겁했던 적이 없었던 사람은 없을 거야. 조국이 버렸든 아니면 우리 어린 왕자가 버렸든 너무 자기 앞에 펼쳐진 운명을 원망하지 말게. 그리고 지금처럼 주어지는 일에 비겁하지 않으면 어렵고 힘겨웠던 시절을 아름다운 추억으로 회상(recollection)하는 날이 꼭 올 거야. 지금 우리 어린 왕자의 나라에서는 지금까지 정권을 잡아 왔던 사람들과 힘겨운 도전을 하는 사람들이 진행하는 대통령 선거가 진행되고 있어. 정권을 잡고 있는 사람들과 그 정권을 밀어내려는 사람들과의 총 없는 전쟁이지. 미국은 우리 어린 왕자의 나라에서 가까운 나라와 대리전쟁을 치르고 있고……. 아참, 어린 왕자의 나라에서도 미국과 같이 참전을 하고 있지? 아마……."

"네, 맞아요."

"전쟁, 이유야 어떻든 전쟁은 참 슬픈 일인데……."

"그 슬픈 일을 막기 위해 우리는 우리가 할 일을 하고 있잖아요."

윌슨 코치는 베네딕 사장을 쳐다보며 힘주어 말했다. 해피 걸 사장이 덩달아 기쁜 목소리로 말했다.

"맞아요. 우리가 추진하는 콘서트, 이미 제목을 정한 아름다운 사람들에게……. 이 공연이 시작되면 이 세상 전부는 아니더라도 평화를 사랑하는 사람들의 가슴을 울릴 수 있을 거야. 정치하는 사람들의 목소리보다 더 훌륭한 목소리가 되어 사람들 가슴에 숨어 있는 아름다운 마음에 메아리치게 될 거야. 오늘도 아주 훌륭한 노랫말을 여러 곡을 건네주고 왔다지. 데니에게 전화를 받았어."

해피 걸 사장의 말이 가장 현실적인 말이었지만 나는 그 목소리도 꿈속에서 듣는 것 같았다. 순간적으로 뒤돌아보니 내가 살아온 지난날들이 모두가 기적 같기만 했다. 운수 사나운 시절도 있었지만 꿈속에서 이 세상으로 나와 꿈속으로 살아가고 있는 것 같았다.

'꿈속에서 꿈을 먹고 사는 사람!'

그렇게 중얼거렸지만 정체성의 혼란까지 이는 것 같았다. 꿈같은 현실인데 좋은 건지 안 좋은 건지 여전히 구분이 가질 않았다.

아름다운 여로(a journey)

1972년 3월 8일

이별 없는 세대와 그리고 볼프강 볼헤르트, 서로 만난 인연의 고마움도 모르고 헤어져야 하는 운명, 그 운명을 속절없이 받아들이면서도 아픔도 모르는 사람들, 이별의 아픔도 모르고 이별의 슬픔도 모르는 찬란한 꿈의 시작인지도 모르고 꿈을 꾸듯이 만난 인연이 고마워 이 세상에서 가장 아름다운 운명인 줄 알았다가 신이 만든 기적이 아니면 불가능한 해후, 아버지에서 아들에게로 아버지에게서 딸들에게로 꼭 만나야 했던 영혼의 만남, 살아 있는 자체가 꿈같은 실감 안 나는 현실! 아! 이제부터 나는 어떻게 살아가야만 하는 걸까?

나는 봄 향기가 스며오는 야외용 의자에 앉아 밀려오는 생각들과 싸울 수밖에 없었다. 떨쳐내려 해도 떨어지지 않는 생각, 식은땀이 나왔다. 그래도 생각은 끝나지 않고 머리가 터져버릴 것만 같았다. 하늘을 쳐다봤다. 총총히 빛나는 별들은 노래하는 듯했다. 혹시 적막을 깨뜨리는 그 무엇이 있다면 조금은 나을 것 같아서 데니가 사준 비틀즈의 노래를 틀었다. 노래의 멜로디보다는 가사의 뜻을 새기니 마음은 조금 정리되는 것 같았다. 다시 밖으로 나가려다가 그냥 소파에 몸을 묻었다. 시야에 벽시계가 들어왔다. 새벽 1시가 조금 지나고 있었다.

'지금쯤 한 여자 같은 두 여자는 뭘 하고 있을까?'

자연스럽게 떠오르는 생각인가 싶었는데 내 생각의 대답인 듯 미야코가 들어섰다.

"나 왔어요."

더럭 겁이 났다. 그런가 하면 반갑기도 하고 한편 두렵기도 했다.

"내가 온 것이 반갑지 않아요?"

미야코는 미간을 찌푸리며 애원하듯이 말했다. 나는 방금까지 들었던 감정을 떨치듯 두 팔을 벌리며 다가서는 미야코를 껴안았다. 내 품에 안긴 미야코는 잠시 진저리를 치다가 얼굴을 들었다. 마주친 시선에 무엇인가 알 수 없는 교감이 흐르는 것 같았다. 가슴으로 전해지는 진한 그 무엇, 미야코의 눈동자는 촉촉이 젖어 있었다. 뭔가 말을 하려다가 가볍게 고개를 저으며 입을 다물었다. 나도 마찬가지였다. 어떤 말이든 하고 싶었지만 무슨 일인지 입을 뗄 수가 없었다. 내 가슴에 얼굴을 묻은 미야코는 가슴에 이야기를 하듯이 더욱 얼굴을 묻었다. 나는 미야코의 작은 몸짓이 무엇인지 알 것 같아서 미야코의 등을 부드럽게 쓰다듬었다.

"비틀즈가 우리들의 마음을 알아주는 것 같네요. 렛 잇 비……. 뭐 어떻게 되겠죠?"

"그래. 뭐 어떻게 되겠지."

"커피가 생각나네요. 인생의 깊이를 알게 해주는 커피가……."

"나는 이 향수가 좋은데…… 이 향수냄새를 맡으면 모든 머리 아픈 것들을 잊어버리게 하고 고향 생각이 나거든."

"그러시구나. 그러잖아도 어머니가 많이 사오셨는데……."

"그랬구나."

"커피 안 주실 거예요? 여긴 커피 없어요? 분명히 내가 사다주었는데……."

"있지. 그렇지만 다 식은 커피인데……. 우리 미야코는 뜨거운 것을 좋아하잖아. 어쩌지?"

"다 식은 커피를 좋아하는 남자, 뜨거운 커피를 일부러 식혀서 마시는 남자……. 우린 다 맞지만 그거 하나는 틀려요. 모든 걸 내가 가르쳐준 대로 다 하지만 그것 하나는 안 배우시는군요. 커피는 뜨거워야 제 맛을 느낄 수 있어요."

"다 식은 커피도 나름대로 맛이 있어. 식은 커피를 마시며 열정이 다 식은 인생을 바라보는 마음, 그야말로 커피의 참 맛이요 인생의 참맛이라고 할 수 있지. 미국에 와서 배운 다 식은 커피를 마시는 맛 하나는 확실히 배운 것 같아."

"그럼, 아이스……."

"아, 얼음을 넣어서 강제로 차갑게 하는 맛과는 다르지. 다 식은 커피 잔을 감싸고 다시 데우듯이 한 모금씩 마시는 그 맛! 그건 느껴보지 않은 사람은 모르지. 다 식은 커피를 맛있게 먹을 줄 아는 사람은 인생의 참 맛을 정중하게 느낄 줄 아는 사람이라고 생각해."

"그래요. 그럼 나도 그렇게 마셔볼게요."

나는 커피포트가 놓여 있는 주방 쪽으로 걸어가면서 빙긋이 웃었다. 미야코를 알고 난 뒤에 모든 걸 시키는 대로 했지만 유일하게 가르쳐주는 것이라는 생각에 생각지도 않은 기쁨이 들어서였다. 아버지 다음으로 인생의 소중함을 가르쳐준 여자, 아버지가 인생의 소중함을 이론으로 가르쳐주었다면 미야코는 인생의 실제, 즉 세상살이의 정점이랄 수 있는 인간이 가진 본능의 아름다움까지 가르쳐준 스승이라는 사실이 여간 즐겁지 않았다. 식은 커피를 따르는 것이 인생의 자양수(nutritious foods)를 주는 것 같았다. 흘리지 않게 조심스런 몸짓으로 가져다준 커피 잔을 받은 미야코는 두 손으로 쥐면서 정중한 표정으로 한 모금 마셨다.

"글쎄, 인생은 보이지 않고 차갑기만 한데요."

미야코는 배시시 웃으며 장난스럽게 말했다. 어이없게 웃는 나를 바라보면서 다시 말했다.

"그렇지만 인생의 참 맛이 날 때까지 앞으로는 차가운 커피만 마실 거예요."

"그러지 않아도 돼. 사람의 습성은 변하지 않으니까."

"아니에요. 내게 소중한 사람이 좋아하는 것이라면 바꿀 수도 있어요. 더군다나 내게 처음으로 가르쳐주는 건데……."

나는 다시 웃으며 창밖을 내다봤다. 여명으로 치달리는 밤하늘엔 찬란한 빛을 발하는 별들이 더욱 빛나고 있었다. 잠시 침묵이 흐르는데 유난히도 큰 별이 굵은 선을 그으며 떨어지고 있었다.

"흘러간 저 별처럼 우리도 흐르고 있겠지?"

"그러겠죠."

"흘러간 저 별은 어디로 갔을까?"

"아마 우리 어린 왕자님의 가슴으로 갔을 거예요."

"그랬을까?"

"아마 그랬을 거예요. 별은 기다리는 사람에게 희망을 주면서 오니까요."

"희망?"

"네. 희망요."

"어떤 희망일까?"

"그건 모르죠. 느끼는 사람만이 알 수 있겠지요."

"뭐하고 계셔?"

"네?"

"어머니, 아버지……."

"아, 네. 가셨어요."

"뭐라고?"

"가셨어요. 여기서 나가신 뒤에 곧장 비행장으로……."

"일본으로?"

"아뇨. 한국으로 가셨어요."

"왜?"

"기적 같은 현실을 확인해야 한다고 하시며 어려운 표를 구해서 가셨어요. 그리고 내게 말씀하셨어요."

"뭐라고……."

"그 어떤 부담도 주지 말고 마음 편안하게 모시라고……. 모실 수 있을 때까지……."

"그게 무슨 말이지……."

"그저 운명처럼 그 어떤 부담도 느끼지 않도록……. 그냥 즐거운 운명만 만들어나가라고 하셨어요. 남자와 여자가 아니고 인간 대 인

322

간……. 그 어떤 약속도 없이 만난 인연처럼 자연스럽게 만들어지는 인간적인 정단을 쌓아가라고 하셨어요. 할 수 있다면 모든 것을 바쳐서 그렇게 모시라고 하셨어요. 특히 어머니가……."

나는 아무 말도 할 수가 없었다. 아니 할 말이 없었다. 누가 먼저인지는 모르지만 서로의 눈동자를 쳐다보면서 다가섰다. 미야코는 맨 처음 나에게 여자를 가르쳐주었던 것처럼 자연스럽게 옷을 벗었다. 언제나 그랬던 것처럼 색다른 여자의 요염한 본능을 말없이 가르치면서 치솟는 남자의 본성을 천국이라고 믿는 곳으로 인도했다. 지극한 애정과 정성이 담긴 미야코가 해주는 몸짓, 가르쳐주면서도 격렬하게 느끼는 몸짓, 여자가 무엇으로 가장 아름다울 수 있다는 듯한 실증(an actual proof)을 보여주는 미야코의 말없는 몸짓은 햇살이 지필 때까지 계속되었다. 더 이상 바랄 것이 없는 마음으로 드러눕는 내게 흥건한 땀을 닦아주는 미야코가 귀에 대고 말했다.

"모자라는 것……. 그건 언니가 해줄 거예요."

그러곤 나를 일으켜 화장실로 이끌었다. 나는 끌려가다 말고 잔잔한 선율로 인생을 생각하게 해주던 비틀즈가 잡소리를 내고 있다는 것을 알아차리고 카세트 리코더의 전원을 껐다. 미야코가 다시 나를 이끌었다. 알 것 같으면서도 전혀 알 수 없는 미소를 담은 미야코의 얼굴에 깊고도 맑은 샘물이 흘러내리는 것 같았다.

'무엇이 모자라다는 것일까?'

무엇인지는 모르겠지만 생각해보니 모자라는 게 있는 것 같기도 했다.

해후의 언저리(bounds)

1972년 3월 27일
맨해튼의 봄은 매우 게으르게 오는 모양이었다. 4월이 눈앞인데도 날씨는 그렇게 따뜻하지가 않았다. 데니는 내가 주는 메모를 살펴보면서 놀라는 표정을 지었다. 그 놀라는 표정을 바라보는 내가 더 놀랄 정도였다.

'기적' '구름이 흘러가는 곳' '인생여로' '꽃 구슬(glass beads)' '윤회(the transmigration)'

미야코가 부모님을 보내고 난 뒤에 베어 마운틴 집에서 같이 밤을 새운 날, 그날 이후 나는 신들린 사람처럼 내가 느낄 수 있는 것들을 마구 써내려갔다. 꿈꾸듯이 밤낮을 가리지 않고 쓴 메모지를 다 읽은 데니는 어이없는 표정을 짓기도 했다.

"너무 신비해! 이건 사람이 쓴 것이 아니고 신들이 사는 나라에서 부르는 천사의 목소리인 것 같아. 밥 딜런이나 비틀즈나 폴이나…… 아니 찰리가 불러도 팝 뮤직의 고전이 될 것 같아. 정말 좋아. 정말 좋은 글들이야. 사람의 냄새가…… 아름다운 사람 냄새가 가슴을 후벼 파는 것 같아. 제목도 그렇고 내용도 그렇고 정말 좋은 노래가 될 거야. 이번 작품들은 인생의 맛을 아는 작곡자들에게 보낼 거야. 너무도 인간적인 음악을 하지만 노랫말이 없어서 힘들어하는 내 친구들에게 보낼 거야. 그래도 되겠지?"

나는 대답을 하지 않고 그냥 웃기만 했다.

"가자고! 우리 어린 왕자의 후원회가 기다리는 곳으로……"

베네딕 사장과 해피 걸 사장 그리고 베라와 윌슨 코치를 포함한 20여 명이 넘을 듯한 사람들은 나를 가운데에 앉혀두고 데니의 낭송(recitation)에 귀를 모았다. 심오하고도 진지한 표정인 사람들을 쳐다보는 나는 미안하다 못해 어디라도 숨고 싶은 심정이었다.

"만남이 없는 이별이 없듯이 우리가 사는 세상에서 이별 없는 만남은 왜 없을까요? 만나고 헤어지는 그 길목에 이별이 아픈지 알지도 못하고 이별을 남겨주는 사연을 매만지는 순간! 아, 우리는 이별이 오기 전에 더 사랑할 수 있다면 아픈 추억을 만들기 전에 더욱 더 사랑해야지, 더욱더 사랑해야지……."

사람들은 데니의 낭송이 끝나자 박수를 쳤다. 힘차게 박수를 치는 사람들을 잠시 제지한 데니는 다시 말을 이었다.

"이건 인생여로라는 제목입니다. 우리가 만나지 못한 동양의 심오한 철학과 우리가 매일 느끼면서도 찾지 못했던 우리의 생활 속 인생 이야기를 어렵지 않게 써내는 우리의 어린 왕자……. 어떻게 해야겠어요?"

"가족처럼 보살펴야 합니다!"

"우리가 책임(responsibility)을 지고 보호해야 합니다!"

데니는 여러 소리가 나는 사람들을 다시 제지하면서 말했다.

"맞습니다. 우리는 우리의 어린 왕자를 가족처럼 생각하고 또 약속도 없이 만들어진 인연을 소중하게 생각해야 합니다. 그저 오늘만 바라보는 미국 사람들에게 정중한 충고를 하는 듯한 어린 왕자의 아름다운 마음을 알아야만 합니다. 그런 뜻에서 모레 펼쳐질 콘서트가 성황(a success)이 되도록 우리는 힘을 모아야 합니다. 자, 그런 뜻에서 다시 한 번 격려(an encouragement)의 박수를 보냅시다."

나는 사람들의 박수 소리를 들으며 더욱 고개를 숙였다. 부끄러워서 고개를 들 수 없었다. 내가 느끼고 내가 바라본 사람 사는 세상의 작은 일들을 생각나는 대로 서툴게 적었을 뿐인데……. 견딜 수 없어서 밖으로 나온 나에게 베네딕 사장이 어깨를 툭 쳤다.

"너무 민망(embarrassed)해할 것 없어. 우리가 몰랐던 것을 가르쳐준 보상이니까……. 더군다나 힘들게 살아온 우리 어린 왕자니까 가능한 작품들 아니겠어? 우리의 가슴을 울리는 거야. 세상을 살아가자면 힘든 게 참 많지. 그러나 힘들지만 그걸 표현하지 못하는 사람들이 많아. 어린 왕자가 생각할 땐 참 힘겨운 인생이라고 생각하지? 맞아. 내가 어린 왕자의 정보를 알아봐도 그런 것 같아. 할아버지, 아버지 그리고 어린 왕자……. 참 힘들게 살아온 가족 구성원이더군. 한국 사회에서도 보기 힘든 참 특별한 가족 이력을 가졌더라고……. 그걸 어떻게 알았느냐고? 미국은 전 세계의 모든 나라에 자유와 평화가 깃들어 모든 사람들이 행복하게 정말 인간답게 살아지기를 희망하는 나라야. 그게 바로 이 나라의 건국이념(the national ideal envisioned on the founding of country)이고……. 그런 미국이 가진 정보망은 전 세계의 구석구석까지 다 파악하고 있어. 더욱 한국은 같은 민족끼리 이념의 차이로 싸울 때 미국은 어린 왕자의 모국을 도왔잖아. 그러니까 우리들의 인연은 누가 뭐래도 신들이 만든 기적이라는 거지. 언제부터인가 내가 생각한 건데 우리 어린 왕자는 자신이 사람들이 공감하고 아파 할 인생이야기를 써내려가는 사람 같아. 진실한 마음을 가진 사람들만이 알 수 있는 진정한 휴먼 스토리를 쓰면서 살아가야 할 사람 같아. 가슴에 낙인을 찍히고 살았어도 두 사람의 사랑만큼은 지고지순해서 사람들이 가슴에 감동을 주었던 주홍글씨처럼……. 인간이기에 영혼을 믿었고 영혼을 믿었기에 사랑할 수 있었던 사람들의 이야기, 어이 어린 왕자, 지금처럼 물이 흘러가는 대로 살면서 가슴에 디밀어지는 현실을 피하지 말고 느끼면서 아니 싸우면서 살아야 해. 그리고 그걸 쓰라고! 누가 뭐래도 우리 어린 왕자는 그렇게 살아야 해. 힘겨워도 피해서는 안 돼. 그 힘겨운 것을 피하면 피해지지도 않겠지만 더 어려운 힘겨움이 기다리고 있을 거야. 그게 인생이야. 도망 다니는 인생은 영원히 도망 다니게 되고 결국은 자기에게나 주변에게 비겁하게 되는 거라고. 인생을 비겁하게 살 수 없는 거잖아? 안 그래?"

나는 말없이 고개를 끄덕이며 베네딕 사장을 쳐다봤다. 인자한 아버지 같았다. 나는 어떤 설명할 수 없는 경외감에 베네딕 사장의 손을 잡았다.

"고맙습니다."

나는 나를 알아주는 사람이 있다는 것과 믿어준다는 사람이 있다는 사실이 너무도 고마운 탓에 가슴속 깊은 곳에서부터 눈물이 솟아나오는 것 같았다. 더군다나 서로 이방인인 사람들이 가슴속에 사무친 사연을 알아주는 그 고마움은 신이 만든 세상에서 아름다운 영혼을 가진 사람들이 만든 기적이라는 생각이 들었다. 나는 눈을 감으며 가슴속에 영원히 지워지지 않을 글씨로 내 인생의 바이블이라 믿으며 그렇게 새겼다.

'진실했는가? 진실하면 통하는(enjoy understanding) 것이다!'

내 인생의 바이블(the Bible)

1972년 4월 1일

밀려왔다가 다시 밀려가는 파도, 롱아일랜드의 바닷가에는 날씨 탓인지 사람들이 그렇게 많지가 않았다. 어쩐지 바다가 그리워 힘겹게 알아낸 길을 따라서 찾아온 바닷가, 나는 지평선을 바라보며 밀려오는 파도만큼이나 많은 생각에 잠겼다. 아득하기만 한 지평선, 오랜 전에 있었던 전설을 찾아가듯이 모래사장에 앉아 있으니 또다시 꿈을 꾸는 듯했다.

'미국에서의 생활은 언제나 꿈꾸는 것 같은가?'

베네딕 사장은 낯선 곳이고 익숙하지 않은 곳이기 때문에 그런 거라고 말했다. 그리고 새로운 것을 받아들여야 하기 때문에 그런 것이라고도 했다. 지난날들이 몸속에 배여 있기 때문에 새로운 것에 대한 거부 반응이 너무 강해서 그런 것이라고도 했지만 나는 흘러오지 말아야 하는 곳으로 흘러온 것이라는 생각을 했다. 흘러오지 말아야 할 물, 그러나 이미 흘러와버렸고 또 어디로 흘러가야 할지 모르는 순간, 나는 순간적으로 떠오르는 아버지의 말이 생각났다.

'니 있제. 니는 사람들이 약속을 안 지킬긴 께 고마 가자고 했제? 그거는 니가 잘몬 하는 기라. 사람은 안 있나 약속한 사람이 안 온다고 해도 기다려주어야 할 사람은 올 때까지 기다려주어야 하는 기가 옳은 기라. 니가 춥고 배고프고 그라고 힘들다고 해서 정확하

여울목 · 327

게 몇 시까지 오겠다는 약속이 아이고 오늘 중으로 온다는 헐렁한 약속이라면 오늘이 갈 때까지 기다려줄 수 있을 때까지 기다려주는 기가 장돌뱅이의 도리인 기라. 약속을 하러 가는 사람과 약속을 기다려주어야 하는 사람의 차이가 그것인 기라. 찾아가서 약속을 지키는 사람과 찾아옴으로써 약속이 이루어지는 것은 지키는 약속은 하나지만 그 약속이 만들어지는 과정은 두 가지이다. 기다려주어야 만 하는 사람에서는 기다려줄 수 있을 때까지 기다려주는 것이 손님을 기다리는 장돌뱅이의 도리인 기라. 사람 사는 것도 마찬가지다. 생긴 것만큼이나 제각각인 사람들이 사는 세상, 생각도 다르고 바라보는 시각도 다르지만 내 생각과 다르다고 해서 마음을 접을 것이 아니라 다른 것이 무엇인가 고민하고 내 마음과 같지 않은 이유가 무엇인가를 생각해주어 보는 기라. 그기를 배려(consideration)라 칸다. 약간은 손해 보는 것 같고 기다려주는 것이 쓰리고 아플 때도 있지만 내가 쓰리고 아픈 것이 다른 사람에게는 이득이 되면 그것도 보람 있는 일인 기라. 인내는 쓰고 열매는 달다는 말이 있데이. 희생이라고도 하지만 먼 훗날로 보면 사려 깊은 사람으로 만들어주는 영약(a miraculous medicine)이 될 수도 있는 기다. 지금 하기 싫다고 해서 도망가면 인생 자체가 영원히 도망가게 된다. 도망가는 인생 그거는 참 비겁한 기라. 세상을 살다보면 조금은 밑지는 기분이 들지만 주어진 일을 거부하지 않고 해나가는 것이 사려 깊은 사람(a man of discretion)이고 그 사람은 누구에게도 부끄럽지 않은 자신을 가지게 되는 사람이 되는 기다. 니 이거 지금은 무신 말인지 모리겠지만 새기고 있어모 후제……. 후제 언젠가는 이해가 될 끼다.'

나는 소름 끼치는 기분이 들었다. 오래전 정말 하기 싫었던 장돌뱅이(an itinerant market trader)인 아버지를 따라서 다니던 그 시절에 들었던 말을 생각하니 정말 소름이 끼쳤다.

그런 생각을 가지게 될 때까지 아버지가 겪어야 했던 인간적인 고뇌가 어떠했을까? 하는 생각이 들자 모골이 송연해지고(hair-raising) 머리끝이 서는 것 같았다. 아버지가 견뎌내야만 했었던 고단한 삶이 눈앞에 어리는 것 같았다. 고향이 그리웠고 아버지가 사무치게 보고 싶었다. 어느새 석양으로 비끼는 바닷가에는 가슴속에 숨어있던 그리움까지 생각나게 했다.

아버지와 아버지끼리 만든 인연. 그리고 그 아들과 딸이 만든 인연. 그래서 만들어진 운명. 아무리 이해하려고 해도 이해가 되지 않는 현실은 인간이 만들 수 없는 신들의 장난이라는 생각밖에 들지 않았다. 아픔이기도 했고 기쁨인 것 같기도 했다. 그런가 하면 한없이 서러운 일인 것 같기도 했다. 아버지가 받은 인간적인 신세를 아들이 또 지고 있다는 사실. 무엇인지 모르지만 미안해지는 느낌이 들어 피하게 되지만 그럴수록 보고 싶어지는, 내 마음을 내가 알 수 없는 이유는 무엇인지……. 나는 석양으로 물들어가는 지평선을 바라보며 짐승 같은 소리를 내질렀다. 몸과 마음으로 짓눌러오는 인생의 무게가 너무도 무거워서…….

인생의 무게가 무거워지는 까닭

1972년 4월 11일
'아름다운 사람들에게'라는 네온사인이 가슴을 벅차게 했다. 내가 낸 아이디어가 반영이 된 작은 콘서트는 장소는 작았지만 성황을 이루었다. 더군다나 내가 고집해서 붙인 '너무도 인간적인 쇼'라는 부제(a subtitle)는 사람들의 호기심을 자극했고 새로운 형식의 공연이라는 칭찬을 받았다. 노래와 퍼포먼스 그리고 사회자의 유머와 위트 넘치는 진행은 관객들을 흥분의 도가니로 몰아넣었고 공연이 끝났을 때는 자리를 떠나지 않고 커튼콜을 연발하기도 했다.

"성공이야! 대단한 성공이야. 조금은 미심쩍었지만 역시 어린 왕자의 생각이 맞았어. 미국을 잘 알지도 못하는 사람이 어떻게 미국 사람들의 가슴을 흔드는 감동적인 구성(composition)을 할 수가 있었어? 도대체 어디에서 그런 기획이 나왔지?"

데니는 믿을 수 없다는 듯이 큰소리로 말했다. 베네딕 사장과 해피 걸 사장도 흥분한 얼굴로 칭찬을 했다. 나는 무엇 때문에 내가 칭찬을 받는지도 몰랐다. 콘서트의 제목을 정해주고 그리고 사람들이 아름다운 마음을 가질 수 있을 것 같은 몇 가지의 의견만 제시했을 뿐인데 나를 특별한 존재로 떠받드는 사람들이 오히려 이상했다.

"자, 가자고. 오늘 같은 날은 축하를 해야지."

베네딕 사장이 말하자 해피 걸 사장이 거들었다.

"그럼요. 가서 축하를 해야지요. 걸출(prominence)한 구성(the framework of a story) 작가의 탄생을 위해 가슴에서 나오는 정중한 격려를 해야 해요."

나는 더욱 가슴이 무거워지는 느낌을 받으며 공연장 문을 나섰다.

늦은 식사를 하면서도 베네딕 사장의 칭찬은 끝날 줄을 몰랐다.

"세상을 보는 눈은 여러 가지가 있지만 우리의 어린 왕자에게 남다른 것은 눈앞에 보이는 모든 것들을 아름답고 너무도 인간적으로 본다는 점이지요. 자연과 우리가 느끼는 일상생활을 조화롭게 꾸며내는 신비한 재주를 지니고 있다는 점입니다. 누구나 알고 있는 사실이면서도 끄집어내지 못하는 것들을, 아주 평범한 것들을 아주 특별하게 만들 줄 안다는 점이지요. 자연주의(naturalism)를 신봉하기도 하고, 심미주의(estheticism)를 표방(profess oneself to be)하는 듯한 글재주는 가슴속에 엄청난 아픔(mental pain)을 가지고 있지만 그래도 세상을 아름답게 본다는 것이지요. 아마 훌륭한 작가가 될 겁니다. 아니 살아가는 자체가 소설을 쓰듯이 살아가니 소설가가 되지 말라고 해도 아마 소설가가 될 겁니다. 이 세상에 태어날 때부터 그런 운명을 타고난 사람이라고 할 수 있지요. 지금 우리가 해야 할 일은 천부적으로 타고난 아주 특별한 사람에게 더 많은 아이디어가 나오도록 힘을 모아서 성원해야 합니다."

베네딕 사장이 건배를 제창하자 해피 걸 사장도 빠질 수 없다는 듯이 자리에서 일어났다.

"우리가 오늘 이런 기쁨을 누릴 수 있는 것은 가슴속에 아름답게 살려고 하는 마음을 가진 사람들이 아니라 파라다이스를 꿈꾸는 영혼들이 만들어내는 운명의 작품이었기에 가능했다고 생각합니다. 마치 우리가 산티아고 데 콤포스텔라……. 순례(a pilgrimage) 길에서 만난 사람들처럼 정말로 인간적이고자 몸부림치면서 방황하던 우리들에게 또 하나의 이정표를 만들어준 만남이었다는 겁니다. 꿈을 찾아온 어린 왕자라고 우리가 이름 지어줬지만 정작 그 어린 왕자는 우리에게 꿈을 주고 있는 겁니다. 우리는 그걸 알아야 합니다."

말을 끝내는 해피 걸 사장의 티 없이 맑은 눈동자는 나의 가슴을 묘하게 짓눌렀다. 도저히 감당할 수 없는 운명이라는 무게가 무겁게 느껴졌다. 나는 말없이 권하는 술잔을 받았다. 그러고는 와인에 취하고 사람에 취해서 정신을 잃고 말았다.

별을 찾는 피에로(a pierrot)

1972년 4월 12일

너무도 편안했다. 이름도 없는 꽃들이 만발한 화원에서 천사와 춤을 추고 있었다. 참 아름다운 사람들이란 걸 생각하면서 행복이 넘치는 웃음을 짓고 있는데 여자는 항상 보던 사람이었고 남자는 누굴까 하면서 들여다보니 바로 나였다. 내가 나를 보는 순간 나는 너무 놀랐고, 놀라서 잠을 깨어보니 머리가 너무 아팠다. 머리가 아픈 이유가 무엇인지도 모르는데 눈앞에 보이는 얼굴은 엄청난 두통을 말끔히 치유해주었다.

"무슨 술을 그렇게 마셨어요?"

나는 정신을 가다듬으며 침대에서 일어났다. 다시 한 번 눈을 질끈 감았다가 다시 떴다. 그런데도 꿈속에서 보았던 미야코는 배시시 웃으며 나를 사랑스런 눈동자로 바라보고 있었다.

나는 비로소 모든 일이 파악되었다. 후원회 사람들의 지나친 칭찬을 받을 때 정말 보고 싶은 사람이 있었는데 그 사람을 봐서는 안 될 것 같다는 묘한 갈등을 느끼던 어젯밤 일이 떠올랐다.

"어떻게 된 거지?"

"해피 걸 사장이 연락을 해주었어요."

"해피 걸 사장이?"

"네. 저를 무척 찾았다고 하시면서……."

"내가 미야코를 찾았다고?"

"네."

"내가 왜 그랬을까?"

"제가 무척이나 보고 싶었던 거겠지요. 아, 우리 어린 왕자님이 궁금하신 건 나중에 생각하시고 지금은 어서 일어나서 세수를 하시고 그리고 엄청나게 아프신 속을 달래세요. 그 한국식 해장국을 구하기 위해서 조지타운까지 갔다 왔어요. 조지워싱턴 다리를 건너와서 바로 앞에 있는 한국 식당……."

나는 가슴 한쪽이 무너지면서도 깊은 희열이 오르는 느낌을 느끼며 미야코가 이끄는 대로 따라갔다. 치약을 짜주는가 하면 얼굴에 면도 크림을 발라주고 면도질까지 해주었다. 말 잘 듣는 어린아이처럼 되어버린 내가 얼마나 즐거운지 가슴이 붕붕거리는 즐거운 바람으로 가득 차는 것 같았다. 다시 데워서 내민 해장국도 조금은 느끼했지만 그런대로 속을 푸는 데는 충분했다. 커피를 들고 햇살이 쏟아지는 거실 소파에 앉았다. 손에 묻은 물을 닦으며 미야코도 내 옆에 앉았다.

"햇살이 너무 곱네. 우리 밖으로 나가요."

문 앞에 펼쳐진 산자락에는 어느새 푸른 빛깔이 감돌고 있었다. 앙상한 나뭇가지에 수줍게 감도는 빛깔, 입가에 싱그럽게 머무는 것 같았다.

"저 멀리 다녀왔어요. 언니랑 같이……."

"뭐라고?"

"언니랑 같이 아주 먼 곳을 다녀왔어요. 무언지 모르겠지만 당분간은 당신이 찾아오지도 않을 것 같고 또……."

"또……."

"우리에게 던져진 질문에 대한 해답을 찾으려고……."

"어떤 질문이고 어떤 해답이지?"

"아무리 생각해도 믿을 수 없는 우리들 앞에 던져진 대(in ones fathers time)를 이은 인연, 우리는 어떻게 해야 하는가? 어머니 아버지는 기적이라고 말씀하시면서 우리 어린 왕자님을 잘 모시라고 했는데……. 그렇게 해야만 한다는 것을 알면서도 이상하게도 서먹해지는 느낌, 아주 가까운 사람인 것 같은데 요렇게 들여다보면 너무도 먼 사람 같이 느껴지니……. 알 수 없는 미래에 대한 해답을 얻으려면 순례를 떠나보라고 하기에……."

"누가?"

"해피 걸과 베네딕 사장이……."

"그래서?"

"혹시나 하는 마음으로 갔다 왔어요."

"해답이 있었어?"

"아뇨. 스페인의 산티아고를 출발할 땐 무언가를 찾을 수 있을 것이라는 생각을 했어요. 안내인들의 소개로 알게 된 가리비 요리도 먹고 순례자의 마음을 함께한다는 뜻으로 중세 사람들이 입었다는 순례 의상까지 입었지요. 그러나 상처 받은 영혼들이 만난다는 기대는 아예 접어야 했어요. 영혼이 상처를 받았다는 느낌보다는 자신에게 밀려온 현실을 감당하기 어려워 현실에서 도망친 사람들이 모여든 것이라는 생각이 들었고 무엇보다 영혼 속에 신앙이 있다는 것이 우리와는 달랐어요. 그런 생각을 하니 아무리 역사의 흔적에서 찾아낸 신비로운 순례길이라 해도 태생 자체가 다른 믿음의 근원은 순례를 끝까지 한다고 해도 찾을 길이 없다는 결론을 내리고 우리가 알고 있는 신화의 주인공들이 존재했다는 그리스로 갔어요. 거기서도 마찬가지였어요. 우리에게 던져진 인연에 대한 무거운 방황을 해결해주진 못했어요. 신화 속의 사람들이 남긴 흔적을 안다는 것은 내가 살아내야 할 길에서 마음가짐을 새롭게 해줄 뿐이지 정작 내가 가진 고민을 해결해주진 못한다는 걸 파르테논 신전의 허물어진 담벼락(the surface of a wall)을 보고 알게 되었어요. 흘러간 것은 흘러간 것에 불과하다 그것을 두고 사람들은 역사라고 말하고 또 다르게는 신화를 만들어서 기록을 하지만 그것을 보고 느끼는 사람들에겐 그저 참고가 될 뿐이지 해결의 표본(a specimen)은 아니었다는 거였어요. 아버지들끼리 맺은 인연을 두고 어머니는 신이 만든 기적이라고 했어요. 맞아요. 그럴 수 있어요. 신이 만든 기적 같은 인연이라는 사실만 해도 너무도 벅찬 일인데 그 아름다운 인연에도 피해자(a sufferer)가 있고 가해자(an injurer)가 있다는 사실은 두렵고 무섭기까지 했어요."

"아름다운 인연에 피해자와 가해자?"

"꼭 주먹질을 하고 난투극을 벌여서 누군 다치고 누군 건재해서 피해자와 가해자로 구별되는 것은 아니지요. 마음의 상처는 인간성 자체를 병들게 해서 피해망상(persecution mania)이라는 커다란 병까지 줄 수도 있어요. 신이 만들지 않았으면 불가능하다는 인연, 그 인연을 누구도 아닌 우리들 자신들이 해결하지 않으면 안 된다는 결론을 내렸어요. 우리는 우리이기에 가능한 운명을 만들어야 한다는 겁니다. 우리들만이 만들 수 있는 운명! 그걸 만들어야 한다는 거지요."

"그게⋯⋯."

"그건 처음 봤던 거기서부터 시작된 내 마음과 그런 마음을 지우지 못해서 신열을 앓고 있는 나에게 인연이 있으면 꼭 만나질 것이라고 위로를 해주었던 언니와 함께 지금까지 만들어온 운명처럼…… 다가올 것은 미뤄두고 서로 아끼고 또 좋아하는 마음 그대로 표현하면서 살자는 거지요. 물이 흘러와서 여울이 되고 강물이 되고 또 바다로 흘러갈 겁니다. 약속할 필요도 없습니다. 맹세할 필요도 없습니다. 무엇인지 모르겠지만 위안이 되고 싶은 그 마음만은 표현하면서 그렇게 보고 싶을 땐 보고 사랑하고 싶을 땐 사랑하면서 살고 싶을 뿐입니다. 그런 마음입니다. 남자와 여자라는 이성의 관계이지만 인간 대 인간이라는, 진실로 인간적인 사랑을 나누는 운명을 만들고 싶을 뿐입니다. 내 말이 무슨 말인지 아시겠지요?"

나는 미야코의 눈동자에 맺히는 눈물을 보면서 선명하게 떠오르는 기쁨을 볼 수 있었다. 말보다는 행동이 더 확실한 대답일 것 같아서 미야코를 살며시 껴안았다. 아릿하게 풍기는 향수는 고향으로 달리는 또 하나의 이야기를 만드는 것 같았다. 하늘에 빛나는 별을 찾아서 슬픈 눈망울을 굴리며 방황하는 피에로, 빛나는 별은 하늘에 있는데 사람 사는 세상에서 별을 찾으려는 어리석음을 깨우치고 서러움에 저린 눈물을 닦는 피에로, 그 피에로가 누구도 아닌 나 자신인 것 같았다. 미야코의 몸에서 풍기는 향수보다 더 강한 체취(body oder)는 서러움에 겨운 피에로의 눈물까지 닦아주는 것 같았다.

흔적(traces)의 의미(a meaning)

1972년 4월 15일

시간이 흘러가고 있다는 것, 그리고 그 시간이 흘러가고 나면 흔적이 남는다는 것,

기쁘거나 슬픈 사연이더라도 지나가고 나면 그 흔적의 의미를 새

기게 된다는 것이고 그 의미에 따라서 앞으로 걸어가야 할 길을 찾는다는 것은 인간이 가진 속성이자 어찌할 수 없는 습성이라는 생각이 들었다.

가야 하는 길, 가고 싶은 길, 의무(a duty)와 권리(a claim)를 동시에 부여받는 인간이 가진 한계라는 사실이 나로 하여금 너무도 절망스럽게 하는 것 같았다. 남겨진 흔적을 매만지고 그 흔적의 의미를 되새김(chew over and over again)할 때 내가 할 수 있는 것이 무엇인가? 라는 생각을 하면 아무것도 없다는 무기력(languor)감이 다가오는 현실의 일마저 흐릿하게 하는 것 같았다.

'이렇게 사는 것이 내가 바라는 꿈이었을까?'

그런 건 아닌 것 같았다.

'아니면 이렇게 한없는 무기력감에 빠져서 벌어진 일들이 현실이 아니고 꿈이라고 믿으며 내 마음이 가는 곳으로 걸어가면 그만인 것일까?'

그 또한 아닌 것 같았다. 주체성(independence)이 없는 비겁한 행동인 것 같았다.

'그렇다면 어떻게!'

그래도 정확한 해답은 나오지 않았다. 점점 더 미궁(a labyrinth) 속으로 빠지는 것 같았다. 꿈이 아닌 현실이면서도 또다시 꿈으로 들어갈 수밖에 없다는 체념을 하게 했다.

'그래! 가보자. 내 마음 가는대로 가보는 거지 머.'

그 길 외는 다른 길이 없는 것 같았다. 아무런 부담 없이 누군가와 이야기하고 싶다는 생각이 들었다.

아버지가 떠올랐다. 그러나 너무 멀리 있다는 생각이 들자 고개를 가로저었다.

베네딕 사장? 해피 걸 사장? 데니? 윌슨? 찰리? 요한나? 차례대로 생각이 났지만 가슴을 열고 답답한 마음을 위로 받기에는 너무도 거리가 멀다는 생각이 들었다.

'이 답답한 마음을 위로해줄 사람이 단 한 사람도 없다니!'

목마름에 절규를 해도 혼란상태(a state of confusion)의 끝으로 유도(guidance)하는 사람은 미야코뿐이었다. 나는 너무도 어이가 없어서 절망을 했다. 혼란의 시작에서 혼란의 끝이 미야코라는 사실 앞에 절망스러웠지만 희미하게 보이는 그 무엇을 잡을 수 있었다.

주어진 현실 앞에서, 엄연한 현실 앞에서 믿을 수 없지만 믿을 수밖에 없는 현실 앞에서 혼란스럽게 생각하는 건 누구도 아닌 나 자신이라는 사실이었다. 또다시 아버지의 말이 생각났다.

'지 인생은 지가 책임지는 기라. 자기 앞에 떨어지는 세상살이의 모든 일은 누구도 아닌 자기가 책임을 지는 기라. 아파도 슬퍼도 자기 앞에 떨어지는 인생살이는 모두 다 자기가 책임을 지야만 하는 기라. 그러면서 굴러가는 것이 인간의 굴레(restraint)라 카는 기라. 인생은 그런 기다. 우짤 수 엄서도 고마 그래해야 하는 기가 세상사는 이치(reason)인 기라. 인생 참 더러분 기제? 그래도 우짤 수 엄는 기라.'

나는 비로소 아버지의 말이 바로 이런 걸 두고 그렇게 말씀하셨구나! 라는 생각과 함께 막힌 가슴이 뚫리는 것 같았다.

'그래! 닥치는 대로 사는 기지 머.'

나는 옷을 갈아입고 수줍게 얼굴을 내밀었다가 이제는 방긋방긋 웃고 있는 나무들을 바라보며 산 아래 쪽으로 걸었다. 이름 모를 새소리들이 들려왔다. 길가의 풀잎들이 알 수 없는 미소를 짓고 있었다. 간헐적으로(intermittently) 지나가는 자동차에서 사람들이 손을 흔들었다. 모르는 사람들인데도 아는 것처럼 웃으며 손을 흔들었다. 미국 사람들은 참 친절도 하구나! 하는 생각과 함께 가슴속에 남아 있던 혼란의 찌꺼기가 잠시나마 쓸려 내려가는 것 같았다.

허드슨 강을 건너서 맨해튼으로 가면 볼 수 없는 광경이 웨스트 포인트로 가는 길목의 베어마운틴 자락에서 볼 수 있다는 사실은 인간은 환경의 지배를 받는다는 말을 실증하는 것 같았다. 지나가면 흔적이 남고 그 흔적의 의미를 새기는 것은 다가올 인생여로를 정하는 이념(an ideology)의 푯대(a signpost)가 된다는 사실이 머릿속에 선명하게 새겨지는 것 같았다. 미지의 세계를 발견한 탐험가(an explorer)의 심경이 이럴 것이라는 생각이 들어 겸허(humbleness)한 마음으로 눈을 감았다.

흘러가는 물이라면 마음도 흘러간다

1972년 4월 16일

"아니야. 그렇게 생각하는 건 정말 아니야. 어린 왕자, 네가 말하는 것이 무엇을 뜻하는 것인지 잘 알아. 짧은 시간에 영문학을 전공한 사람과 같이, 아니 그런 사람들보다 더 훌륭한 영어를 구사하기도 하고 또 약간 틀린 문법상의 문제는 우리가 고쳐나가면서 하면 아무런 문제가 없어. 첫 공연이 있고 난 다음 혹시 다른 제작자들이 연락을 하지 않았어?"

"아뇨. 그런 건 없었어요."

"정말이야? 그러지 말고 그런 제안이 있었다면 말해줘. 그 사람들보다 더 많은 수고비를 줄 테니……."

나는 데니의 이야기가 무슨 말인지 알 수 없었다. 서툰 영어 실력으로 기획 안을 작성하는 것도 힘들었고 그나마 사전을 찾아가면서 만든 메모들을 신비한 재주인 양 칭찬했던 것이 정말 버거운 일이어서 솔직한 심경을 이야기했을 뿐인데 데니는 이상하게 받아들이는 것 같았다. 나는 어이가 없었지만 한편으로는 데니의 오해가 즐겁기도 했다. 그렇지만 아닌 것은 아니기 때문에 거짓말을 할 수 없었다.

"누구에게 그런 제안도 받은 적도 없고 또 설령 있다 한들 그건 나와는 상관이 없는 겁니다. 우리가 만난 것이 누구의 소개가 아닌 자연스런 만남이라는 걸 잊었나요? 나라는 사람은 우리에게 던져준 기적 같은 인연을 너무도 소중하게 생각합니다. 그런 인연을 믿기에 내가 보고 듣고 그리고 느낀 대로 서툴게 쓴 것을 너무도 황송하게 (be awe-stricken) 칭찬해주는 것이 과찬(overpraise)인 것 같아서……. 그게 너무 버거워서(be too big to handle) 힘겨운 마음을 이야기했을 뿐인데 그걸 다르게 해석을 하시다니……. 정말 서운(be displeasing)하네요."

"정말이야?"

"그럼요."

"그래. 어린 왕자의 그 순수한 마음은 알지만 하도 너무 많은 사람들이 기획한 솜씨를 탐내서 내가 오해를 했네. 좋아! 우리 어린 왕자가 미국에 와서 보고 느낀 것, 그리고 만들어졌으면 하는 것들을 계속해서 써보라고! 베네딕 사장의 말처럼 그저 맑고 순수하게 보이는 그대로……. 그게 노랫말이 되든 콘서트 스토리가 되든 그건 우리가 손질할 테니 분위기와 전체적인 흐름만이라도 계속해서 갈겨보라고……. 신들린 사람처럼……. 내 말 잘 알아들었지? 우린 인간이 가진 아름다운 것들을 추구(pursuit)하는 사람들이니까……."

나는 어떤 것이든 위로를 받고 싶은 생각에서 찾아온 사람에게서 오히려 위안을 주고 있다는 생각이 들었다. 인간은 타인의 가슴을 헤아리기보다는 자신의 가슴에 새겨진 판단의 기준으로 살아가는 이기적인 습성을 지닌 동물이라는 생각이 들었다. 씁쓸한 미소가 저절로 나왔다. 그런 씁쓸한 내 마음을 자신의 말에 대한 긍정적인 대답으로 생각했는지 데니는 흑인 특유의 하얀 치아를 드러내며 내 손을 잡았다. 그러곤 힘주어 말했다.

"우리 더 아름다운 사람들에게 더 좋은 프로그램을 제공하는 거야. 알았지?"

"그래요. 내 눈에 보이는 아름다운 것들을 부지런히(diligently) 만들어볼게요."

"그래. 그래야지! 이 세상은 추악한 것도 많지만 그래도 아름다운 것들이 더 많아. 단지 사람들은 그걸 보지 못하고 듣지 못하기 때문에 모르고 있는 거야. 그런 사람들에게 우리는 들려주고 보여줘야만 하는 사명을 받은 거야. 우리는 그렇게 하늘이 준 사명을 수행해야 하는 의무를 지닌 사람들이야. 물이 흐르면 마음도 흘러가듯이 신이 내린 사명에는 꼭 해야만 하는 의무까지 있는 거야. 찰리가 부른 노래 속의 한 구절처럼 물이 흐르면 마음도 흘러가는데 마음 따라 흘러가는 세월은 모두 다 데려가고 나 혼자만 남겨놓았네…… 아, 정말 좋았어. 아주 쉬우면서도 인생을 생각하게 하고 함부로 할 수 없는 세상사는 이치를 생각하게 하는 신기한 글 솜씨(ability)…… 거기다가 공연 전체를 만들어가는 기획력까지 가졌으니 우리 어린 왕자는…… 맞아! 생텍쥐페리의 어린 왕자는 호기심 가득한 눈동자로 미지의 세계를 여행했지만 우리의 어린 왕자는 자신이 가진 꿈을 사람들에게 나눠주려고 여기 미국에 온 거야."

나는 더 이상 듣기가 민망스러워 두 손을 흔들며 인사도 없이 자리에서 일어났다. 데니는 저녁이라도 먹고 가라고 소리쳤지만 나는 뒤도 돌아보지 않고 밖으로 나왔다. 브로드웨이의 오래된 건물에서 고약한 냄새가 풍겼지만 이미 찾아온 어둠과 함께 코끝을 스치는 바람은 봄 향기가 가득했다. 걸었다. 그냥 걸었다. 어디로 가는지도 모르고 발길이 내키는 대로 걸었다.

길 건너 미야코의 초밥 집에는 늦은 시간인데도 손님들이 꽤 많았다. 나는 내 스스로에게 어이가 없었다.

어디론가 누구에게라도 위로를 받고 싶다는 생각에서 찾아간 곳이 데니의 사무실, 그러나 이건 아니다 싶어서 데니와 헤어진 것이 몇 시간 전 데니의 사무실을 나와서 타임스퀘어 광장을 거쳐서 센트럴파크로, 그리고 다시 쉬어야겠다는 생각으로 찾아온 곳이 여기라니!

나는 고개를 가로저으며 나 자신에게 또다시 절망감을 느꼈다. 무척이나 바쁘게 움직이는 미야코와 유키코의 모습은 매우 보기 좋았다. 신성한 노동을 땀으로 증명하는 모습이 길 건너에서 바라다보는 내 마음에 경건(piety)한 경고(a warning)를 하는 것 같았다. 나는 그냥 뒤돌아섰다. 난생 처음으로 여자를 존중한다는 마음이 어떤 것이라는 걸 가슴에 새기며 흐뭇하고도 풍족한 마음으로 가슴을 폈다.

　"어쩐 일이야? 이렇게 늦은 밤에……. 그러잖아도 연락을 하려고 했는데 이렇게 찾아와 주시다니……."
　베라는 두 팔을 벌려 적극적인 환영을 했다. 나는 베라의 손을 잡고 무미건조(dryness)한 키스를 했다.
　"무슨 일이야? 내게 무서운 것을 따지러 온 사람 같아."
　"무서울 건 없고 그냥 묻고 싶은 것이 있어서……."
　"그렇게 말해도 무서운데……. 도대체 무슨 일이지?"
　"어떻게 그럴 수가 있어?"
　"뭐가?"
　"나를 무엇 때문에 불러서 같이 잠을 잤느냔 말이야!"
　"그게 무슨 말이야? 우린 마음이 통해서 그런 줄 아는데……."
　"마음이 통했다고?"
　"그래. 나는 그렇게 알고, 당신에게서 많은 것을 배웠고 또 그걸 아주 유용하게 써먹었지. 그래서 더욱 사랑을 받게 되었고……."
　"그것뿐이야?"
　"그리고 말이 없어도 통하는 것이 있다는 걸 알게 되었지. 이 세상의 남자와 여자들이 이유야 어떻든 일단 만나면 구체적인 말이 없어도 서로를 원하는 걸 가질 수 있다는 걸 나에게 가르쳐주었어. 아주 소중한 것을 가르쳐주었단 말이야. 왜? 그게 잘못되었어?"
　"말이 없어도 원하는 걸 가르쳐주었다? 남자가 있는 여자가? 그건 나쁜 것 아니야?"

"아냐! 나쁜 것 아니야. 그건 아주 좋은 일이었어. 이 세상 누구도 가르쳐주지 않은 공부를 시켜준 거야. 그것도 아주 훌륭하게……."

"무엇을? 무엇을 훌륭하게 가르쳐주었지?"

"사랑하는 법, 가장 인간적으로 사랑하는 법……."

"가장 인간적으로 사랑하는 법?"

"그래. 난 그걸 배웠고 마흐디도 매우 즐거워했어. 그건 어린 왕자도 잘 알잖아. 그리고 남자가 있는 여자가 다른 남자와 잠을 자는 것이 나쁜 것이라고 했는데……. 맞아. 그건 우리 어린 왕자가 살아온 나라에서는 나쁜 일이야. 물론 남자와 여자가 같이 잠을 자는 건 서로에게 어떤 약속이 있어야 하겠지. 그러나 이건 달라. 섹스란 구체적인 약속이 없어도 서로가 간절하게 원하면 그것으로 만족하는 거야. 보다 더 큰 약속을 만들어가는 과정으로 생각하면서……. 서로가 간절하게 원하고 마음이 통하면 무엇이든 할 수 있는 것 아니겠어? 서로 원하는 걸 말하고 그 의견이 일치되면 비로소 하나가되는 몸짓을 할 수 있다고 생각하겠지만 그건 사랑이 아니고 거래야. 진실로 아름다운 사랑을 원하면 말이 없어도 서로에게 줄 것은 주고 받을 것은 받아야만 해. 말이 없어도 서로가 만족하는 것, 마음이 흘러가면 만날 수 있는 것, 그건 이 세상 모든 걸 초월하는 가장 아름다운 만남인 거야. 서로가 원하는 것, 그건 서로에게 당장 주고받을 수 없는 거야. 서로에게 가장 편안한 정점을 위해 또다시 흘러가는 세월 앞으로 가는 과정인 거야. 그러다 서로에게 더 이상 바랄 것이 없지만 그래도 서로의 가슴에 무엇인가 새기고 싶으면 그때 약속을 하는 거야. 서로가 나누었던 가슴속의 흔적일 또 다른 의미로 새기면서 깨어지지 않을 약속을 하는 거지. 영원히 변하지 않을 약속을 하는 거야. 내 말이 무슨 말인지 알겠어?"

나는 아무 말도 못하고 넋을 잃은 사람처럼 멍하게 서 있다가 베라와 시선이 마주쳤다. 부끄러웠다. 너무 부끄럽다는 생각이 들어서 빠르게 밖으로 나왔다. 이유야 어쨌든 나 역시 싫었던 것은 아니었는데 어쩐지 놀림감이었다는 짧은 생각이 그렇게 부끄러울 수가 없었다. 뚜렷하지는 않았지만 엄청난 손해를 봤다는 울화(pent-up anger)가 엄청난 부끄러움이었다는 것을 생각하니 쥐구멍(a mouse hole)에라도 들어가고 싶은 심정이었다. 나는 내가 몰랐던 인생의 의미가, 그리고 이른바 사랑의 의미가 아무런 준비도 없이 완성된 것으로 착각을 했다는 생각이 들었다. 나름대로 인생의 의미를 결과만 생각하고 과정은 생각하지 못했다는 생각이 들었다. 살면서 순간 순간 내려야 하는 결정이 결과가 아니고 인생이라는 거대한 물줄기가 잠시 머물다 또다시 흘러가야 할 여울이며 과정이라는 사실을 다시 한 번 일깨워주는 것 같았다.

음유시인(a wandering minstrel)의 인생행로(the thorny path of life)

1972년 4월 17일

"아아, 어린 왕자……. 이 시간에 어쩐 일이야?"

해피 걸 사장은 놀라면서도 반가운 목소리였다. 그리고는 조심스럽게 속삭이듯이 말했다.

"무슨 일이야? 거긴 어디고……."

"여긴 센트럴파크입니다. 별일이 있는 것이 아니고, 이럴 때 어쩐지 마음 편하게 해줄 사람 같다는 생각이 들어서……."

"누가? 내가?"

"네."

"오, 하나님! 우리 어린 왕자님께서 나를 마음 편하게 해줄 사람으로 생각을 해? 그럼 만나야지. 이리로 와. 내가 차를 보내줄까?"

"아뇨. 이리로 나오시면 안 될까요? 봄밤의 향기가 너무 좋은데……. 자신의 인생이 약간은 쓸쓸하다고 생각하는 사람에게는 좀 아픈 밤이 될지 모르겠지만 아름다운 추억을 되새기고 싶은 사람에게는 딱 좋은 밤 같아서……"

"어쩌면 말을 그렇게 예쁘게 할까? 내 마음을 잡아당기는 말 같은데……. 기다려. 우리 음유시인이 하늘을 보면서 자기 앞의 삶을 잠시 사유하고 있으면 내가 도착할 거야."

"음유시인?"

"그래, 음유시인……. 우리 어린왕자는 아픈 상처를 매만지고 사람들의 외로운 마음을 아름답게 그려주면서 제마다 살아가는 인생의 의미를 생각하게 해주는 사람이잖아. 인생의 의미도 모르고 살아가는 사람들에게 감로수가 되어주는 사람이지. 이미 그렇게 하고 있고……"

해피 걸 사장은 재빨리 전화를 끊었다. 나는 공중전화 부스를 나와 벤치에 자리를 잡았다. 음유시인이라는 생소한 호칭이 그리 나쁜 것이 아니라는 생각에 가방을 열고 노트를 꺼냈다. 여린 불빛 아래서 생각나는 대로 적어 내려갔다.

"바람 불고 비온 뒤 앙상한 가지 끝에 수줍게 내미는 잎사귀(leave of the tree), 그 잎사귀 바라보니 언젠가 나를 스쳐간 이름이 생각난다. 길가의 풀잎(leaves of grass)조차 그 이름 생각하며 잠시 쉬어가라고 속삭인다. 아, 풀잎마저 들려주는 그 사람의 이야기, 봄밤은 나에게 추억을 매만지며 기다리라 하는구나. 오늘보다 더 희망적인 내일을……. 오, 하나님! 이걸 방금 썼다는 거야?"

해피 걸 사장은 믿을 수 없다는 듯이 내가 내민 노트를 들여다보고 또 들여다봤다.

"맞아. 우리 어린 왕자님은 타고난 음유시인이야. 음유시인이란 중세기 무렵 유럽에서 여기저기 떠돌아다니며 인생을 노래한 사람들에게 붙여진 이름인데 남 프랑스에서는 트루바두르, 북 프랑스에서는 트루베르 그리고 독일에서는 미네젱거 혹은 민스트럴이라고 불렀지. 그 사람들은 인생의 고뇌를 아름답게 이야기하기도 했고 프랑스와 독일의 시문학에 중추적 역할(a role)을 한 문학적인 가치가 상당히 있는 작품들을 써냈지. 인류에게 남겨진 문학적 업적으로 보면 대단한 유산이기도 해. 유럽의 대다수 국가들이 그 사람들이 남긴 시가 기초가 되어 국가(a national anthem)를 만들었다고 해도 과언(saying too much)이 아니지. 나는 우리 어린 왕자님이 그런 사람보다 더 심미적인 사람이라고 생각해. 이거 나 주는 거야?"

"그럼요. 해피 걸 사장님을 생각하면서 쓴 거니까 당연히 주인이지요."

"아! 너무 좋다. 고마워. 너무 고마워. 이 고마움을 어떻게 해야 하지? 나는 무엇을 주어야 하나. 말해 봐. 내가 줄 수 있는 것이 무엇인지……."

"고마워하는 마음이면 그만이지요. 무엇을 느꼈으면 그냥 그대로 나 아닌 다른 사람에게 나누어주면 되는 것이고……."

"나는 어린왕자에게 주고 싶은데……."

"나를 처음 봤을 때도 그랬어요? 내게 무엇을 주고 싶다는 그런 마음이었어요?"

"그랬구나. 오늘밤 내게 전화를 한 것이 혼란스러운 자신의 마음에 정체성을 찾고 싶어서 전화를 했구나. 베라가 그러더라. 어린 왕자가 상당히 마음이 혼란스러운 것 같다고……. 그리고 그 혼란스러움이 우리가 만들어준 것도 있지만 무엇보다 인생을 너무 심각하게 생각하는 것 같다고……."

"그랬나요?"

"이봐요, 어린 왕자. 이 세상에는 여러 가지 사랑이 있어. 남자와 여자가 만나서 서로를 알아가려고 애쓰지만 말로는 표현이 안 되는 가슴속의 말을 하고 싶어서 성급하게 한 몸이 되지. 그러다가 서로에게 염증이 나면 또 다른 사람을 찾아서 방황을 하게 되지. 이건 우리가 아는 일반적인 사랑이기도 해. 여기에서 우리는 절망도 하고 희망을 갖기도 하지. 그러나 우리는 알아야 해. 서로를 알아가면서 서로가 각자의 취향이 아니라는 생각이 들면 시작할 때의 기대만큼 또 절망도 하고 심지어는 남자는 여자에게 여자는 남자에게 서로를 원망도 하게 되는 거야. 모든 것이 끝나는 것처럼……. 우리 어린 왕자가 느낀 사랑의 의미가……. 아니지 사랑이라고 하기에는 너무 선택이 없는 구속이었는지 모르겠지만 금욕이 미덕인 양 그렇게 믿어 온 상식이 소리 없이 붕괴되는 것을 뒤늦게 느끼고 혼란스러움을 느낀다는 것, 그거 그럴 수 있어. 관습의 차이이고 살아온 관념의 차이야. 그러나 분명한 건 숨어 있는 본능을 알아버린 것이지, 없는 것을 만들어낸 것은 아니라는 거야. 다만 순서가 틀린 것이지만 기초 지식도 없이 느닷없는 환경에 던져진 자신의 운명이 만든 인생행로에 반드시 거쳐야 할 과정인데 그 과정을 결과로 잘못 알고 있다는 점이야. 물론 인생을 어떻게 살아가야 한다는 교범적인 상식은 존중되어야 해. 그러나 인생은 배우고 익힌 교과서가 아닌 실제의 경험으로 살아진다는 것이지. 모르는 사람들에게 자신의 소중한 것을 유린당했다는 불쾌감(an unpleasant feeling)을 느낄 수 있어. 그러나 그런 자신에게 너무 학대하는 건 금물이야. 아까도 이야기했지만 우리 어린왕자의 몰랐던 본능을 알아낸 것이지, 없었던 것을 만들어낸 것이 아니야. 우리 모두에게 숨겨진 본능의 비밀, 그걸 찾아낸 서로에게 아름다운 흔적이어야 해. 설령 그것이 상처라 해도 그 의미는 아름다운 추억이 될 수밖에 없는……. 그런 경험이야. 더 아름다운 인생을 만들기 위한 인생행로야. 생각해보면 인생은 생각보다 훨씬 길고도 아름다운 거야. 지나온 길이 험하고 아팠다 해도 인생은 남아 있는 것에 희망을 걸어야 해. 고난과 역경(adversity)이라는 파도를 만나도 물은 흘러가는 것이고 살아남은 것은 아름다운 거야. 왜냐하면 죽으면 더 이상 생각할 것도 없으니까. 영혼? 그것도 자신이 살아 있을 때 존재하는 거야. 자신이 몰랐고 놀라웠다고 해도 화를 내거나 탓을 해서는 안 돼. 오늘의 결론은 오늘의 결론일 뿐이고 내

일로 건너가는 징검다리(stepping stones)일 뿐이야. 인생이 아름다우려면 오염된 물에 적셔지지 않을 수 있는 징검다리가 필요한 거야. 인생에서 인생으로 건너가는 징검다리……. 우리의 마음속에 있는 그 징검다리는 아름다운 인생으로 가는 초석(a foundation)인 거야. 나는 우리 어린 왕자님에게 초석이고 싶고 징검다리도 되어주고 싶어. 실제로는 그 반대일지도 모르지만……."

나는 또 한 번의 부끄러움이 덮쳐오는 것을 피할 수가 없었다. 수많은 사람들 앞에서 알몸이 되는 것 같았다. 그러나 내 가슴속에 은근하게 자리 잡았던 고약한(be ugly) 흔적 하나가 사라지는 것 같기도 했다. 해피 걸 사장은 흐뭇한 표정으로 나를 바라보며 웃었다. 더 이상 말이 필요없는 마음에서 마음으로 교차하는 키스에는 애욕(love and lust)의 봄 향기로 가득 찼다. 해피 걸 사장은 잔인한 4월의 몸부림 같은 절정을 느꼈는지 비명에 가까운 목소리로 속삭였다.

"부탁이야. 오늘은 제발 방사(sexual intercourse)를 해줘. 어린 왕자님 것을 받고 싶단 말이야. 제발!"

언덕 저편(the other side)

1972년 4월 21일

'사람이 살다 보면 넘어야 할 언덕이 있고 넘지 말아야 할 언덕이 있다. 그 언덕을 넘어가려면 무척이나 힘겨울 때도 있고 언덕인지 모르고 넘어갈 때도 있다. 넘어야 할 언덕을 돌아서 갈 수 있다면, 아니 넘지 않아도 될 언덕이 있다면 얼마나 좋으리. 그러나 인생은 넘어갈 수 없을지 모르지만 언덕 앞에 서 있을 수밖에 없는 경우가 있는 법, 비겁하지 않으려면 힘겹더라도 올라가야만 한다. 그것이 인생이야.'

나는 유성(a shooting star)이 흐르는 밤하늘을 보며 윌슨 코치의 말을 떠올렸다. 항상 심오한 가슴으로 인생을 사는 듯한 그의 눈빛이 밤하늘에 빛나는 별처럼 느껴졌다.

'어머니의 뱃속에서 나왔지만 살다가 힘겨울 땐 어디서 왔다가 어디로 가고 있는지 궁금해 하면서 스스로 어이없는 결론을 내리며 고개를 끄덕이지. 자기 앞에 놓인 인생을 싫어도 수긍할 수밖에 없다는 체념을 배우는 거지. 인생 자체를 체념하는 게 아니라 자기 앞에 놓인 현실 앞에 삶을 위한 투쟁(struggle for life), 즉 그 욕망(a desire)을 접는 용기를 배우는 거야. 언덕 저편에 무엇이 있을까? 하는 궁금증을 안고······.'

나는 다 식은 커피를 한 모금 마시고는 다시 밤하늘을 바라봤다. 생각난 순간들을 그 때마다 정리했고, 마음이 흘러갈 길을 찾은 것 같기도 했었다. 그런데도 불구하고 무엇 때문에 똑같은 질문을 하게 되는지 정말 알 수 없었다.

'무슨 미련이 남아 있는 걸까?'

아닌 것 같았다.

'그게 아니면 그땐 생각지 못했지만 그때 생각했어야 할 것이 남아서 그런 걸까?'

그 또한 아닌 것 같았다.

'그렇다면 왜!'

역시 알 수 없었다. 윌슨 코치의 말처럼 언덕의 저편은 넘어가서 만나야 할 운명들인 것 같았다. 싫어도 좋아도 그리고 기쁘거나 슬퍼도 꼭 만나야 할 살아 있는 날에 대한 흔적이라는 생각이 들었다. 나는 다시 한 번 고개를 끄덕이며 남아 있는 커피를 한 모금 마시는데 집안으로 들어서는 차가 눈에 띄었다. 눈에 익은 차였다.

'미야코?'

그렇게 생각하면서 차에서 내리는 사람을 보니 자그마한 체구의 여자였다. '역시 미야코구나.' 하면서 자리에서 일어났다.

"또 이렇게 부질없는(be vain) 생각을 하고 있을 줄 알았어요."

어둠을 헤치고 다가선 사람은 유키코였다. 유끼고는 당연한 사실을 새삼 확인했다는 듯이 미소를 지으며 내 옆으로 와서 앉았다.

"커피도 없네요. 얼마나 오래 앉아 있었으면 이렇게 큰 커피 잔이 다 비어 있을까?"

"더 있어. 내가 가지러 갈게."

"아뇨. 같이 들어가지요. 우리 어린 왕자님에게 그런 걸 시키면 되나요?"

유키코는 일부러 약간 어두운 표정을 짓는 듯하더니 내 등을 밀었다. 두 팔을 당겨 앞으로 미는 사이에 언제나처럼 '소우리에' 향수냄새가 심장을 찌르듯 짙게 났다. 그런데 오늘은 이상하게도 그 냄새가 낯설게 느껴졌다.

커피 잔을 들고 온 유키코는 나의 맞은편에 앉았다. 다른 때와 달리 눈빛이 예사롭지 않았다. 뭔가 비장한 무기를 가지고 온 듯했다. 나는 긴장하지 않을 수 없었다. 그녀의 그런 모습은 처음이어서 약간은 무섭기까지 했다.

"왜 오시지 않았죠?"

"그, 그건……."

"어쩐지 멀어진 것 같아서? 아니면 만나지 않아야 할 사람들이 억지로 만난 것 같아 원망스러워서?"

"그건 아닌데……."

"아니면 부담 없는 만남이라고 강요 아닌 강요를 한 우리의 부탁이 오히려 부담스러워서?"

"그것도 아닌데……."

"우리 만남은 미야코가 만들어 시작되었지만 우리는 언제나 한결같은 마음으로 누가 봐도 아름다운, 진실로 인간적인 사랑을 나누고 있다고 믿었어요. 그 마음은 지금도 변함이 없어요."

"그건 나도 그래."

"그렇지만 변한 것 같아요. 변하지 않아야 할 우리의 만남이 누구

탓을 할 수는 없지만 변한 것 같아요."

나는 그 말에는 대답을 할 수가 없었다. 아니라고 말하고 싶었지만 그 말이 입 밖으로 나오지 않았다.

"미워요."

"……"

"죽이고 싶도록……"

유키코의 얼굴에는 살기가 돌았다. 금방이라도 나를 죽일 것 같은 표정이었다. 그러다가 금방 표정이 풀어지더니 말을 이었다.

"좋아요. 우리 어린 왕자님이……"

천사와 같은 표정이었다.

"죽이고 싶도록 좋아요."

나는 더욱 긴장을 했다. 밉다는 말보다 좋은 말인데도 더 긴장이 되는 까닭을 알 수가 없었다.

"사람은 그래요. 아니, 여자는 어떤 사람을 너무 좋아해도, 너무 미워해도 살의를 느낄 때가 있어요. 미우면서도 좋은 사람, 좋으면서도 미운 사람, 아, 어떻게 해야죠? 어떻게……"

나는 무서우면서도 궁금한 생각이 들어서 얼굴을 가린 유키코의 손을 어루만지며 물었다.

"무엇 때문이라고 그래?"

"아니에요. 아무것도 아니에요. 그냥……. 오늘은 오겠지 오늘은 오겠지 그렇게 기다리다가 너무 지친 나머지……. 오시지 않은 이유를 잘 알면서도 그래도 더 간절하게 기다리는 사람의 심정이 어떤 건지 잘 모르죠? 우리는 어머니의 말처럼 신이 만든 기적이라는 걸 믿으면서도 왠지 모르게 멀게 느껴지는 마음을 해소하기 위해 사람들이 말하는 영혼의 순례길도 떠나봤어요. 그러다가 그게 아니다 싶어서 아테네로 갔지만 해답은 없었어요. 우리가 찾아야 할 해답은 우리의 가슴에 있는데 그걸 다른 곳에서 찾으려고 했으니 바보짓을 한 거죠. 우리는 아테네가 남긴 인류에 대한 경고들을 허물어진 유적에서 찾을 수 있었지요. 남겨진 역사를 더듬어서 가슴에 아로새기는 것도 중요하지만 확인되고 의미를 느낄 수 있는 신화들을 내 생활로 만들어야만 그 가치를 알 수 있다는 거였어요. 다시 말해서 우리가 처한 현실에 대한 고민은 역사와 신화의 아름다운 부분만을 골라야 한다는 아주 곤란한 선택을 해야 한다는 거였어요. 누가 뭐래도 신이 만든 기적임에 틀림없는데도 불구하고 뭔지 모르지만 가로막는 장벽 같은 것은 누구도 아닌 우리가 해결해야만 한다는 거였어요. 그래야만 우리가 스스로 편해질 수 있는 결초보은(carry ones gratitude beyond the grave)의 자세로 돌아갈 수 있다는 것…… 돌아오는 길에 우리 이전의 인연이었던 분들을 만났지요."

"그럼……."

"네, 맞아요. 우리 아버지와 어머니를 대동해서 어린 왕자의 아버님을 만났어요."

"아니, 뭐라고……."

나는 너무 뜻밖이라 놀랍지도 않았다. 유키코도 감정이 점점 격해지는 표정이었지만 애써 참는 것이 눈에 보였다.

"아버님은 참 좋으신 분이었어요. 눈물을 흘리며 사죄하는 우리 아버지에게 오히려 이렇게 찾아주신 것만으로도 고맙다고 했어요. 그리고 우리가 만난 것이 믿을 수 없지만 너무 고마워하시면서 잘 지내라고 하셨어요. 그러고는 누가 누구를 탓할 것이 아니고 저마다 타고난 운명으로 그렇게 된 것이니 너무 미안해할 것은 아니라고 말씀하셨지요. 하늘이 만든 인연은 누구도 피할 수 없는 것이니 할 수만 있으면 서로에게 위안이 되면 그만이고 고마운 일이라고 말씀하시는데 어쩐지 서늘해지는 느낌은 무슨 까닭인지 알 수 없었지요. 좋은 말씀 만 하시는데도 왜 그렇게 서운하게 느껴지는지…… 지금 생각해도 알 수가 없어요. 생각해보세요. 자유의 여신상을 바라보며 울고 있었던 남자, 그 남자의 아버지들끼리 독특한 인연이 있었다는 것, 지금 생각해도 가슴 떨리고 이다음에 다가올 미래가 두렵게 느껴져요. 헤어지면서 앞서 걸어가시는 아버님의 뒷모습을 보니 어찌나 어린 왕자님과 닮았는지 우리는 또 한 번 탄복(admire)을 했어요. 그때 우리는 알았지요. 인연이 있는 사람들은 이 지구상 어디에 살아도 결국 만날 운명이라고⋯⋯. 그런 마음으로 돌아왔는데 우리 어린 왕자님은 이상하게도 우리를 멀리했으니 우리는 하루하루가 지옥 같았어요. 보이지 않으면 죽을 것 같은 그리움이 사람의 목을 조르는 그런 느낌 아세요?"

"그건 나도 알아. 나도 그런 느낌을 맛본 적이 있었어."

"그래요? 정말이죠?"

"그럼, 정말이지. 흘러가는 물을 막을 수 없듯이 마음은 언제나 두 사람이 한 사람인 듯한 사람에게로 달려가고 있었어. 아니, 그 한 사람이 언제나 나를 감싸고 편안하게 위로해주었어. 맹세해."

"정말이죠?"

"그렇다니까."

"고마워요. 그 말을 듣고 싶어서 그렇게 가슴이 울렁거렸나 봐요. 아, 정말 비로소 마음이 편안해지네요. 고마워요."

"뭐가 그렇게 고맙다는 거야?"

"우리가 그리웠다는 거, 아니 생각하지 못한다는 생각만 해도 가슴이 미어지는 마음이라는 거⋯⋯."

"고마운 건 나지. 내가 고마워해야지. 우연히 만난 사람을 그렇게 생각해주었다는 사람들에게 오히려 고마워해야지."

"아뇨. 됐어요. 더 이상 말하지 않아도 돼요. 더 이상 말이 필요 없어요."

유키코는 와락 나를 껴안았다. 여리게 풍기던 향수가 정신을 아련하게 했다. 솜털 같은 유키코의 혀가 내게 남아 있는 힘겨운 인생의 언덕길을 가볍게 밀어주는 것 같았다.

어머니의 품속 같은 유키코의 젖가슴은 마음의 동산 깊은 구석에 남아 있는 그리움까지 말끔히 지워주는 것 같았다. 나는 익숙한 몸

놀림과 손짓으로 배운 그대로 움직였다. 눈을 감은 채 느껴지는 체감이 어떤 부분은 미야코인 듯했고 어떤 부분은 유키코인 듯했다. 두 사람이었다가 한 사람으로 느껴지고 한 사람인가 하면 두 사람으로 느껴지는 달콤한 착각은 바로 이런 걸 두고 인생이 아름답다고 하는 듯 황홀하기만 했다.

여느 때와는 달리 좀 더 열정적인 몸짓을 하던 유키코는 더 이상 참을 수 없다는 듯이 몸부림을 치면서 비명을 질렀다.

"구다사이(주세요)! 당신이 우리에게 줄 수 있는 것을……. 주려다가 남겨 놓은 것을 이제는 주세요!"

나는 일본어와 영어가 혼합된 유키코의 말을 듣는 순간 처음으로 방사를 했다. 언제나 절정의 언덕을 넘기 전에 만류하던 몸짓과는 달리 내게 있는 모든 것을 흡입하는 듯한 유키코의 유연하고도 요염한 몸짓은 뼈마디까지 삭아 내리게 하는 쾌감을 주었다. 언덕을 넘어오고서도 궁금증은 풀리지 않았고, 언덕 저편에 있을 것 같은 기대는 또 다른 언덕을 바라보게 하면서 또 다른 쓸쓸함을 안겨주었다. 그러면서도 어디에선가 들려오는 피리소리를 따라 나만이 간직할 수 있는 피안(the other world)의 동산으로 떠나게 했다.

눈을 뜨는 순간 당연히 누군가가 내 옆에 있을 거라는 생각을 한 탓인지 아무도 없는 것이 서운하다는 생각이 들었다. 그래도 혹시 하면서 침대에서 일어나 찾아봤지만 역시 아무도 없었다. 언제나 그렇듯이 그녀가 소리 없이 가버렸다는 사실이 이상하게도 걸렸다. 목에 간지러운 가시가 박힌 것같이 컬컬했다. 새삼스러울 것도 없는데 오늘따라 허전한 까닭을 알 수 없었다. 화장실에 들렀다가 혹시나 하면서 주방 쪽을 둘러봤지만 유키코는 그 어느 곳에도 없었다. 반사적으로 창밖을 내다보면서 거실을 가로질러 가다가 탁자 위에 놓인 메모지를 발견했다.

'밉기도 하고 곱기도 한 어린 왕자님에게'

그냥 가면 되겠지만 오늘따라 흔적을 남겨야 할 것 같네요. 지난번 스페인과 그리스를 들러 일본의 부모님과 함께 한국으로 갔어요.

그때 아버님께서 소집 영장(draft card)이라면서 전해주라고 하시더군요. 아버님은 말씀하셨어요. 귀국을 하든 안 하든 편한 쪽으로 선택을 하라고……. 다만 어쨌든 대한민국 국민이기 때문에 조국이 부른다는 사실을 알아야 한다고…….

며칠을 가슴앓이 했어요. 전해주어야 하나, 말아야 하나……. 하지만 전해주는 게 좋은 것이라는 결론을 내렸어요.

-어린 왕자님에게 무엇이든 드리고 싶은 두 여자가

나는 봉투 속에 들어 있는 소집영장을 확인하고는 찬찬히 살펴보았다. 분명히 소집 통지서였다.

'날더러 국민 된 도리를 다하라고!'

'내가 국민이었을 때 최소한의 권리마저 공권력(governmental authority)이라는 이름으로 막았던 국가가 이제 와서 국민 된 도리를 다하라고!'

'더 공부해야겠다는 생각으로 대학입학원서를 들고 서울역에 내린 사람을 검문(a check-up)이라는 미명(a good name)하에 잡아서 누명(a false charge)쓴 아버지의 죄목(crimes)을 들이대며 누구의 지령을 받고 왔느냐며 온갖 포악(violence)을 다 떨던 국가가 날더러 국민 된 도리를 다하라고!'

나는 전신이 떨리는 분노가 머리끝까지 올라와 정신이 아득했다. 그저 분노만 치솟을 뿐 아무 생각이 나지 않았다. 하늘이 노래지고 땅이 꺼지는 것 같았다. 누구를 물고 뜯고 짓이기고 싶은데 아무도 없다는 것이 유감(regrettableness)이었다. 으드득 이가 갈리고 가슴에 한기(a chill)가 서려서 온몸이 사시나무(an aspen) 떨리듯 떨려왔다. 그러다가 죄가 있다면 그런 나라에서 태어난 것이 죄라는 생각을 하니 마음이 조금은 가라앉았다.

　'한쪽 말만 듣고 자신들이 기득권을 잡는 데 필요한 희생물(an object of sacrifice)로 만들어서 올리면 충성(loyalty)을 바친다며 박수를 쳐주고 어깨를 두드려주는 나라, 진심으로 대답을 해도 그 진심이 변명이라고 고함지르며 그들만의 진심을 강요하던 나라, 아무리 생각해도 성립되지 않을 것 같은 정치권력이 그래도 유지되는 건 어떻게 이해해야만 하는 건가? 그렇게 만들어진 역사를 무어라 심판할 것인가? 누가, 언제, 한쪽만의 진실이 아니고 양쪽 다 진실이었으면 그렇다! 아니다! 라는 이분법은 존재하지도 않았겠지. 동족상잔(a fratricidal war)이라는 비극의 전쟁 통에 태어난 순간부터 지금까지 지극히 보편적인 경쟁마저도 할 수 없었던 사람에게 조국의 부름에 따르라고?'

　이글거리는 분노가 치밀다가도 스스로 삭혀지고 그러다 다시 치솟는 분노, 나는 갑자기 아버지의 목소리가 듣고 싶었다.

　"아버지 접니더."

　"그래. 잘 있나? 어데 아픈 데는 없고……."

　"예."

　"영장을 이제야 봤는갑제……. 에렵게 생각할 거 엄따. 니 마음이 시키는 대로 해라. 글치만 나라가 엄따는 거 그거 참 슬픈 기더라. 나는 그걸 잘 안다 아이가. 나라가 없는 서러움 그거 안 당해본 사람은 모른다. 니하고 내하고는 역사가 만들어지는 행간에 고마 치아삐린 기라. 운명이고 팔자인기라. 복잡하게 생각 말고 간단하게 생각해라. 니 인생 니가 사는 기다. 그 누가 대신해서 살아줄 사람 엄따. 내 말 알겠나?"

　"예."

　"그라모 됐다. 머나먼 타국에서 몸은 건강해야 한다. 내 말 알겠제?"

"예."

"아, 그리고 야스히로 딸들……. 참 좋더라."

"예."

"나는 썩 잘해주지 못했는데……."

"……."

"니는……. 아이다. 그것도 니 마음 시키는 대로 해라. 인자 고마 끊자. 전화비 억쑤로 마이 나오겄다. 우짜던지 몸 건강해야 한다."

아버지는 내 대답을 듣지 않고 일방적으로 전화를 끊으셨다. 가슴이 시려오는 것 같았다. 나는 가슴을 부여잡고 기듯이 소파로 갔다. 한동안 마시지 않았던 술이 간절하게 마시고 싶었다. 인생의 쓴 맛을 아는 사람이 자신을 위로하며 마신다는 데킬라를 집어 들었다. 힘겹게 넘어왔던 언덕 저편에서 또 다른 언덕이 보였다. 병째로 벌컥벌컥 마시다가 문득 한 가지 생각이 떠올랐다.

'언덕을 넘어와서 숨고르기도 하지 않았는데 또다시 보이는 저 언덕은 무엇이며, 그 너머에는 무엇이 날 기다리고 있을까?'

도미노 효과(a domino effect)에 관한 명상(meditation)

1972년 4월 23일

누군가 정신이 사나울 정도로 수다를 떨어대는 것 같았다. 그러다가 잠잠해지는가 싶었는데 또다시 콩 볶는 소리 같은 목소리들이 들렸다. 다시 잠잠해졌다. 머리가 아팠다. 머리가 깨질듯이 아팠다. 수다를 떨던 목소리들이 환희에 찬 목소리로 변하더니 부드럽게 이어지는 말소리로 또다시 변했다.

"이제 정신이 들어요?"

해피 걸 사장이었다. 나는 자리에서 일어났다. 베네딕 사장과 데니도 보였다. 다 같이 걱정스런 표정으로 나를 들여다보고 있었다.

나는 비로소 정황을 알아차리고 머리를 감쌌다.

"저 독한 데킬라를 네 병이나 마셨다니……."

해피 걸 사장이 걱정 반 나무람 반으로 말했다. 흩어진 병들을 바로 세우며 눈을 총 쏘듯이 똑바로 뜨고 고함을 질렀다.

"사람이야? 당신이 사람이야! 어디 말해 봐……."

해피 걸 사장이 고함을 지르는데 그 등 너머에 죄지은 사람처럼 숨어 있는 미야코가 보였다. 나는 고개를 숙이며 머리를 긁적거렸다.

"죄송합니다. 견딜 수가 없어서……."

"그래, 다 들었어. 그렇다고 이렇게 자학을 하는 건……. 이건 어린 왕자답지 않은 거야."

"저다운 거요? 그게 뭔데요? 그게 어떤 겁니까!"

나의 느닷없는 고함소리에 나를 쳐다보던 사람들은 기겁을 했다. 나는 터져 나온 분노를 억누를 길이 없어서 아픈 머리를 해소하듯이 소리를 질렀다.

"나다운 거요? 이제 겨우 사람대접 받으며 살려고 하는데……. 이제 비로소 이 세상에 태어나서 사람 같은 대접을 조금 받고 있는데……. 내 인생 모두를 뚜렷한 혐의도 없이 있는 대로 짓밟고 내가 가진 최소한의 인권마저 자근자근 짓밟은 내 조국이 이제 와서……. 이제 와서! 조국에 충성을 하라는데……. 내가 예! 알겠습니다! 하고 달려가야 하나요?"

"그렇다고 그렇게 자해하듯이 술을 마신다고 해결이 되는 건가?"

"해결은 아니더라도 최소한 잊을 수는 있는 거죠."

"그래, 잠시 잊었다고 치자. 그렇게 영원히 잊을 수만 있다면 그렇게 하는 것도 방법일 수 있지. 하지만 그건 옳지 못한 방법이야. 비겁한(cowardice) 것이고……."

"그 비겁은 가르쳐준 비겁이에요."

"누가?"

"……."

"누가!"

베네딕 사장은 눈을 부라리며 고함을 질렀다. 그런 베네딕 사장의 모습은 내가 처음으로 보는 것이어서 낯설었다. 나는 정신이 번쩍 들었다.

"내가 이래서 어린 왕자답지 않다는 거야. 우리 어린 왕자는 자신에게 닥친 문제를 피하는 법이 없었어. 물론 그러다가 자기도 모르게 미국까지 왔지만……. 새로운 세상을 만나서 다시 찾은 인생을 모두 포기하듯이 이렇게 자해하는 건 어린 왕자답잖다는 거야. 이건 배신(betrayal)이야. 어린 왕자를 믿는 우리에게도 배신이지만 무엇보다 자신에 대한 배신이라고……."

"이 종이 한 장이 우리의 어린 왕자를 그렇게 만들었다고? 이 종이 한 장이 무엇이기에……. 이봐요. 어린 왕자……."

해피 걸 사장은 손가락에 낀 반지를 빼내며 말을 이었다.

"이게 뭔 줄 아세요?"

"반지 아닙니까?"

"그래요. 반지예요. 그냥 보면 단지 반지일 뿐이에요. 그러나 반지에는 매우 중요한 의미가 담겨 있어요. 혼전 순결(virginal purity) 서약(an oath)이라는 것이지요. 결혼 전에 순결을 지키기 위한 서약을 한 표시(an indication)지요. 어머니가 그리고 선생님이 그렇게 하는 것이 바람직한 여자의 길이라고 하셔서 엄숙한 서약을 하고난 다음 이 반지는 나를 지켜주는 수호신인 양 그렇게 믿었어요. 그러나 세월이 흘러가면서 그 서약은 나를 구속하는 올가미라는 생각이 들었고, 치솟는 욕정을 가까스로 참으며 나 자신과의 약속을 깨기 싫어서 서둘러 결혼을 했어요. 사람들이 만든 관습에 나 자신이 희생된 거라고 볼 수 있죠. 분명치 않았던 나 자신과의 약속, 그것이 누군가에게 강요되었다는 생각이 들자 분노가 일었어요. 어찌되었든 인간이 가장 인간다우려면 그가 가진 본능을 숨겨선 안 된다는 걸 뒤늦게 깨달은 거죠. 누구의 강요에 따라 꼭두각시가 되어버린 내 인생……. 누구보다 나 자신을 모르면서 아는 것처럼 그리고 내 인생을 책임질 것처럼 선택을 강요한 사람들은 정작 책임을 질 때 책임질 것이 없고 상처투성인 나 자신만 남게 되는 거죠. 우리 어린 왕자도 마찬가지예요. 이까짓 종이 한 장에 연연하지 말고 이 종이에 담긴 의미를 생각해보세요. 분노할 수 있어요. 그러나 나 자신과의 타협도 해야 한다는 뜻이에요. 인생은 도미노예요. 도미노가 어떤 것인지는 잘 알죠? 그 속에 인생철학이 담겨 있어요. 한번 무너뜨리면 계속해서 무너지는 것처럼 시작이 잘못되면 끝까지 잘못되는 거예요. 지나간 무너진 것은 생각하지 마세요. 예쁘게 넘어지는 도미노처럼 아름답게 넘어지려면 지금부터 나 자신을 올바르게 쳐다봐야만 해요. 이 종이 한 장이 자신과의 싸움에서 이겨내야 할 상대라고 생각하시고 잘 타협하세요. 괴롭다고 해서 술을 마시면 술이 인생을 잡아먹어요. 자연스럽게 넘어지는 도미노를 바라보는 사람들은 찬사를 아끼지 않아요. 그건 사람들의 찬사가 아니라 바로 자신이 자신에게 보내는 찬사인 거예요. 자기 자신의 승리인 거죠. 인생은 짧은 것 같지만 의외로 길고 보람 있는 거예요."

나는 더욱 고개를 숙였다. 분노하면서 흘린 눈물이 어느새 말라붙어 있었다. 긴 한숨을 내쉬며 두 손으로 얼굴을 가렸다. 잠시 침묵이 흐르는가 싶었는데 베네딕 사장이 입을 열었다.

"그래. 맞아. 헤피 걸 사장의 말이 모두 맞아. 내가 더 이상 할 말이 없을 정도로……. 그러나 이것 하나만은 말해주고 싶어. 여기 미국은 거의 다 조국이 버렸거나 아니면 스스로 조국을 버리고 보다 나은 인생을 위해서 새로운 조국을 만들어 가는 사람들로 구성된 그런 나라야. 이 땅의 주인이 누구냐고 물으면 제각기 다양한 대답이 나오겠지만 나는 이 나라의 진정한 주인은 이 땅으로 와서 삶의 터전을 이룬 선조들이 만든 건국이념이라고 생각해. 미합중국의 건국이념이 이 땅의 주인이야. 너무 화내지 마. 그리고 생각해. 내가 누구이며 여기에서 뭘 하고 있는지……. 그리고 무엇을 해야 하는지……. 아직 시간은 많이 남아 있어. 입대하는 11월까지는 아직 시간이 많아."

가만히 듣고 있던 데니도 차분한 목소리로 거들었다.

"나는 이 땅에서 태생적으로 왕따를 당한 흑인이야. 우리는 우리의 의사와는 다르게 먼 아프리카에서 끌려와서 죽을 고생을 하면서 살아남은 흑인의 자손이야. 평등이 많이 이루어졌다지만 그래도 아직까지는 피부가 주는 이질감은 시도 때도 없이 나를 고독하게 만들었고 내가 이 땅에서 사는 이유가 무엇인지 혼란스러울 때가 많아. 나는 백인들의 말을 잘 안 믿어. 물론 내 마누라와 여기 있는 사람들은 그렇지 않지만…… 어떤 백인 한 사람의 말은 내가 믿어. 국가가 당신에게 무엇을 해주어야 할 것인가를 묻기 전에 먼저 당신이 국가에게 무엇을 할 것인가를 생각하라. 뉴 프론티어 정신을 주창하면서 이 땅에 사는 버림받은 사람들에게 용기를 북돋아준 그 한마디는 그 어디에다가도 비교할 수 없는 자신감을 심어주었어. 내가 이 땅에서 할 수 있는 것, 내 선택은 아니었지만 이 땅에 내 조국인 바에야 무엇을 할 것인가를 생각하면서 살아온 나야. 그래서 일그러진 사람들의 마음을 아름다운 음악으로 순화시킬 수 있는 일을 찾았어. 아름다운 음악을 만들어서 사람들에게 들려주는 일, 내가 살아오면서 뜻하지 않게 음악의 기초가 되는 노랫말을 만드는 사람을 만났지. 본인의 고통을 자연적으로 아름답게 풀어내는 신비한 재주를 지닌 우리 어린 왕자를 만난 거야. 사람은 만나면 언젠가는 헤어지게 되어 있지. 그러나 헤어지기 전에 할 수 있는 일은 해야만 하는 거야. 그래야 만남이 아름다웠듯 헤어짐도 아름다울 수 있는 거야. 우리는 아름다운 사람들이잖아. 안 그래?"

"그래, 맞아. 데니의 말처럼 우리에겐 이별을 준비할 시간이 필요해. 여기 붙잡아 둔다고 해도 이미 마음이 떠난 우리의 어린 왕자에게 강요할 수는 없어. 강요는 구속이야. 가장 나쁜 일이지. 지금 필요한 것은 잃어버린 자신을 찾을 수 있는 시간이 필요해. 우리 어린 왕자를 위한 후원회를 결성해야 해. 우리들의 어린 왕자가 자신을 찾을 수 있도록 세상구경을 시켜야 해. 다양한 인종들이 사는 이 지구를 충분히 구경할 수 있는 시간을 마련해주어야 해."

베네딕 사장의 말에 데니와 해피 걸 사장이 손뼉을 치면서 맞장구를 쳤다. 미야코도 여전히 숨죽이며 있다가 소리 없는 박수를 쳤다. 나는 고개를 끄덕이며 네 사람을 차례대로 바라봤다. 그러자 그들은 비로소 웃으며 소리 없는 환영을 했다.

모였던 사람들이 가고 난 집안은 엄청나게 넓어보였다. 48시간 이상을 술에 취해 잠들어 있었던 것을 생각하니 죽지 않고 살아 있다는 게 신기하게만 생각되었다. 숙취 탓인지 속이 쓰리고 아팠다.

'세상 구경을 나간다? 그래, 그럼 어디로 간단 말인가?'

나는 그 생각 끝에 빙긋이 웃음이 나왔다. 그리곤 방금 전에 있었던 격렬한 분노가 무엇 때문이었는지 알 수가 없는 기이(strangeness)한 무력감(a feeling of helplessness)이 들었다. 다만 어디론가 떠날 수 있다는 것이 위안이 되었다는 사실에 다소 어처구니가 없었다.

'앞이 보이지 않아 마셔댄 독한 소주, 그렇게 정신을 잃도록 마시고 나서 깨어보니 미국으로 가는 배 안이었지. 그리고 밀입국자라는 꼬리표를 달고 도착한 미국, 또다시 만난 인연들, 나를 버린 조국이 나를 찾는다는 소식이 들리고……'

무엇 하나 내 의지의 소산(a product)이 하나도 없었다는 생각을 하니 지금의 현실을 바라보는 나 자신이 허공(the empty sky)으로 떠다니는 유령(a spirit of the dead) 같다는 생각이 들었다.

절망의 끝에서 분노를 하고 그 분노를 이길 길을 찾다가 마셔댄 술, 정신을 잃도록 취하고 나면 꿈에서 깨어나듯 꿈같은 현실을 마주하는 내게 알 수 없는 고소가 일었다. 아버지가 들려준 이태백의 술 이야기가 생각났다. 나라님에게 버림받고 불러줄 날만 기다리면서 치솟는 울분을 삭이며 술을 마시곤 가슴속까지 파고드는 슬픔을 삭여낸 굴원의 이야기도 생각났다. 버림받은 사람들이 그 슬픔을 이기려고 마셨던 술. 술은 이성을 흐리게 하지만 드리워진 슬픔과 괴로움을 이기는 묘약일 수도 있다는 생각까지 들었다.

"속 쓰릴 것 같아서 해장국을 사왔어요."

사람들과 함께 가버린 줄 알았던 미야코가 주방 쪽으로 가면서 말했다.

"같이 간 줄 알았는데……."

"그럴 수는 없지요. 술 드시고 나면 꼭 속 풀이 국을 먹어야 하는 분을 두고 내가 어떻게……. 어서 오세요. 특별히 부탁해서 김치까지 얻어왔어요. 한국 사람들 참 인심 넉넉해요. 우린 작은 반찬이라도 손님이 요구하면 돈을 내야 하는데 한국 식당에서는 말만 잘하면 돈을 받지 않잖아요. 한국 사람들 인심 정말 가슴이 다 따듯해지는 것 같아요. 어서 오세요. 아직 국이 식지 않았어요."

"한국 사람과 일본 사람이라……."

나는 해장국을 먹으며 미야코를 물끄러미 바라봤다. 새삼스럽게 미야코가 일본 여자라는 사실이 그리고 내가 한국 사람이라는 사실이 인식되었다. 그런 사실이 새삼 가슴을 서늘하게 하는 까닭은 무엇 때문인지 알 수가 없었다. 그런 내 속을 알 길 없는 미야코는 밥수발을 들어주다가 갑자기 말했다.

"떠나신다고요? 맞아요. 내가 볼 때도 우리 어린 왕자님은 어디론가 떠나지 않으면 폭발하실 것 같아요. 떠나셔야만 구원을 받을 것 같아요. 몸은 여기에 있지만 마음은 이미 어디론가 떠나 있는 사람 같아요. 정말 어린 왕자처럼……. 그게 별나라든 사막이든 어디라도 가셔야만 찾을 수 있는 것을 찾으러……. 아직 정하지 않았다면 프랑스로 한번 가보세요."

"프랑스?"

"네, 프랑스요. 인권을 가장 존중해주는 나라, 르네상스가 공연히 프랑스에서 일어난 것이 아니라는 걸 알 수 있을 거예요. 어느 나라 사람인지보다는 어떤 예술을 하는 사람인가를 헤아려주는 나라, 내가 알기에는 이 지구상에서 인종차별이 제일 적은 나라인 것 같아요. 예술이 사람의 인격을 가늠해주는 그런 나라가 프랑스예요. 아마 우리 어린 왕자님에겐 딱 맞는 나라일 거예요. 베네딕 사장의 말처럼 세상 구경하기에는 딱 알맞은 곳이라고 생각해요."

"가봤어?"

"그럼요. 미국에 오기 전에 3개월이나 살다 온 걸요. 아버지는 우리에게 보다 넓은 세상을 보게 되면 자신이 할 일이 저절로 생긴다고 말씀하시면서…… 아마 우리와 같이 살지 못하는 것을 미안해하신 것 같고, 그게 마음에 좀 걸렸지만 우린 틈만 나면 여행을 했어요. 여행은 참 좋은 인생 공부라고 생각해요. 그렇게 여행을 좋아하다 보니 어린 왕자님도 만났고……."

"그랬구나."

"우리 어린 왕자님, 음식 드시는 거 참 보기 좋아요. 어떤 음식이든 정중한 예를 갖추듯이 맛있게 드시는 거 정말 보기 좋아요. 아마 복 받을 거예요. 맛있게 드시고 오늘은 저를 꼭 즐겁게 해주셔야 돼요."

그러면서 그녀는 갑자기 요염한 눈길을 보냈다. 나는 그것이 무엇을 의미하는지 알고도 남았다. 광풍이 불고 간 자리를 쓰다듬는 듯한 미야코의 손길은 내가 가진 모든 신경계(a nervous system)를 어루만지는 듯했다.

이별(separation) 그리고 연습(practice)

1972년 4월 24일

베네딕 사장은 차분하게 말했다.

"떠나는 것은 또다시 만나기 위한……. 다시 말해서 서로를 이해할 수 있는 시간을 갖기 위한 거야. 그동안에 있었던 일들을 반추해 보게 되는 거지."

데니도 심각하지만 너그러운 표정으로 말했다.

"우린 어린 왕자를 소중하게 생각하는 사람들이라는 건 잘 알지?"

"네."

"그런 우리의 믿음은 이 세상 어디에 있어도 변함없다는 것도 잘 알 테니 더 이상 말이 필요가 없으리라 믿어. 그래도 되는 거지?"

"네."

"약속해. 어디에 머물더라도 세상구경을 하면서 느낀 것을 꼭 적어서 보내겠다고……. 물론 지금까지 적어준 것도 많은 분량이긴 하지만 말이야. 다시 우리가 만나지 않더라도 그 마음만은 변하지 말아야 해. 약속할 수 있어?"

"네. 그럴 겁니다."

나는 손을 내밀었다. 데니도 손을 내밀었다. 그 위에 베네딕 사장의 손이 덮쳐졌다.

"한 가지 더 약속을 해야 돼."

나와 데니는 나란히 베네딕 사장을 쳐다봤다.

"만약 그런 날이 오더라도 일단 여기로 돌아와서 우리에게 정중한 이별의 인사를 해야 돼. 어린 왕자가 조국의 부름에 응할지 안 할지는 아직 모르지만 일단 입대일 전까지는 우리에게 돌아오겠다는 것을 약속해. 그럴 수 있지?"

"네, 약속할게요."

"지금 이것이 끝이 아니고 적어도 한 번쯤은 더 만날 수 있어야 한단 말이야. 그러니 지금은 이보다는 더 아름다운 이별을 위한 연습을 하는 거라고 생각하자고……."

"아름다운 이별을 위한 연습?"

"그래."

364

"이별이 아름다운 것인지 그건 잘 모르지만 아름답게 이별할 수 있다면 그렇게 해야지요."

"사람은 이 세상을 살면서 수많은 이별과 만나야 하지. 어쩌면 만남보다도 더 소중한 것이 만난 인연을 곱게 접어 간직할 수 있는 이별인지도 몰라."

"맞아요."

언제 왔는지 해피 걸 사장과 베라가 겹쳐진 손등 위에 자신의 손을 올려놓으며 말했다. 지나가던 레스토랑 사장도 빙긋 웃으며 겹쳐진 손등 위로 자신의 손을 올려놓았다.

"나도 이 약속에 끼어들 자격이 있지?"

모두 웃으며 파이팅을 외쳤다. 나는 기쁜 것도 아니고 슬픈 것도 아닌 채 지난밤에 적었던 글들을 꺼내서 데니에게 건네주었다. 자신의 앞날에 대한 걱정도 해결하지 못하는 주제에 이 세상의 슬픔과 괴로움을 고민하는 마음으로 쓴 일곱 개의 메모지였다. 그것을 유심히 읽던 데니는 돋보기안경을 벗으며 신기한 표정으로 말했다.

"이거 모두 어젯밤에 쓴 거야?"

"네. 잠도 오지 않고……. 조금은 가다듬어진 마음을 잊지 않기 위해서 그냥 장난삼아 써본 겁니다. 내게 주어진 이별과 타협하는 마음이기도 하지만……."

"오, 하나님. 이것 좀 보세요. 어쩌면 이렇게 부드러운 문장들인지요. 이것 좀 보세요."

데니는 흥분한 목소리로 자리에 앉은 해피 걸 사장과 베라 그리고 베네딕 사장과 레스토랑 주인에게 메모지를 나누어주었다.

"역시……."

"혹시 문법상으로 맞지 않는 부분은 고쳐서 사용하시고 모자라는 부분은 보태서 하시면 됩니다. 하지만 메모지에 적혀 있는 것처럼 노래의 템포는 꼭 지켜주세요. 전 그것이면 됩니다. 그리고 더 이상 제 앞에서 칭찬은 하지 마십시오. 듣기가 거북하기도 하고 세상을 바라보는 눈이 둔해질 것 같으니까요. 느낌에 어울리는 멜로디를 붙여서 사람들에게 들려주시면 됩니다. 내 글이 좋고 나쁜 것은 여기 계시는 여러분도 판단하시겠지만 듣는 대중들이 판단하는 거라고 생각하니까요."

나를 바라보던 사람들은 입을 벌리며 더 이상 말을 하지 못했다. 베네딕 사장은 고개를 끄덕이며 주머니에서 봉투를 꺼냈다.

"그래, 알았어. 그리고 이건 우리 후원회의 회비로 마련한 비행기 표야. 여기에서 파리까지의 왕복표인데, 가는 건 이미 정해졌지만 오는 건 오픈으로 해두었어. 약간의 용돈과 함께……."

베네딕 사장이 봉투를 내밀었다. 그걸 지켜보던 데니도 주머니에서 꺼낸 봉투를 내밀며 부드럽게 말했다.

"그리고 이건 내가 개인적으로 주는 마음이야. 객지에 나가면 무엇보다 필요한 것이 돈이거든……."

데니가 봉투를 내밀자 베라도 해피 걸도 그리고 레스토랑 주인까지 봉투를 내밀었다. 나는 코끝이 찡했다. 돌아서서 모른 척하면 그만일 사람들이 나를 신뢰하기에 보여주는 마음이라고 생각하니 가슴이 아릿(be acrid)했다. 태어나서 지금까지 누가 날 이렇게 믿어주었나? 라는 생각이 들자 고마운 마음과 함께 전신이 떨려 왔다.

"자, 이제 공항으로 나갈 시간이야. 우리 나가지."

"아뇨. 됐습니다. 여기서 헤어지는 게 좋을 것 같습니다. 너무 따듯한 송별에 그렇잖아도 고마움이 넘쳐 마음을 주체할 수 없는데 더 이상 내게 잘해주는 것은 내 마음에 짐이 되어서 비행기를 타고 가다가 떨어지거나 아니면 양 어깨에 걸쳐져서 한 발자국도 떠나지 못하고 주저앉을 것 같습니다. 하하. 그러니 여기서 저 혼자 가게 해주세요."

베네딕 사장은 고개를 끄덕였고 나머지 사람들도 동의하듯이 차례대로 손을 내밀었다. 나는 생각했다. 분명한 믿음만 있으면 이별은 그렇게 아프고 슬픈 것만은 아니라는 것을…….

나는 탑승구를 나가기 전에 미야코에게 전화를 걸었다.

"이제 떠나시는 건가요?"

"응."

"나가지 않은 것이 잘한 거죠?"

"……."

"다시 여기로 돌아오실 거죠?"

"응."

"그리고 조국의 부름에 응하실 거죠?"

"그건 아직……."

"아마 가게 될 거예요. 조국을 미워하는 건 그만큼 사랑한다는 것이니까……. 누구보다도 한국인의 기상이 뛰어난 사람이라 아마 그럴 거예요. 지금은 망설이고 있지만……."

"그건 아직 결론을 내리지 못했어. 단정 짓지 마."

"단정이 아니고 아마 그럴 거라고 했어요. 아마……."

"그래도 지금은 여기로 돌아온다는 것만 생각하고 있어. 그때까지는 결정을 해야겠지."

"그래요. 그때까지 잘 생각하세요. 저한테, 아니 우리에게 당신이 주신 것 잘 간직할 거예요. 잘 다녀오세요. 그리고 기다리고 있다는 거 잊지 않았으면 좋겠어요. 먼저 전화 끊으세요."

"저……."

"어서 전화 먼저 끊으세요."

낮았지만 강력한 뜻이 담겨진 미야코의 목소리는 더 이상 말을 할 수 없게 했다. 나는 전화를 끊으려다가 빠르게 말했다.

"지금 우리가 나누고 있는 이거…… 이별이 아니고 이별을 연습하는 거니까 그렇게 알아주었으면 좋겠어."

"이별을 연습해요?"

"더 아름다운 이별을 위해 연습하는 거라고 하더군."

"누가요?"

"베네딕 사장이, 그리고 후원회 모든 사람들이 그렇게 말하더군."

"그건 그 사람들에게나 할 수 있는 말이지요. 우리에겐……. 잠깐만……. 그래요. 듣고 보니 더 아름다운 이별을 위해 연습한다면 아름다운 이별이 오기 전에 만남도 있다는 뜻이잖아요. 더 아름다운 이별을 위한 연습이라……. 그 사이엔 꼭 만남이 있다고 생각하고 지금 이별하는 거라고 그렇게 생각할래요. 이별을 위한 이별은 너무 슬픈 거잖아요. 안 그래요?"

나는 그런 것 같기도 하고 아닌 것 같기도 해서 잠시 머리가 헷갈렸다. 내가 대답하지 못하자 미야코가 다시 말을 이었다.

"그렇게 생각하시고 어서 들어가세요. 방송에서 어서 들어오라고 하잖아요. 어서요."

나는 고개를 돌려서 빨리 들어오라는 항공사 직원의 몸짓에 전화를 끊고 탑승구(a boarding gate)로 들어갔다. 인사도 할 수 없었던 급박한 상황에 자동적으로 빨려들어 가듯이 탄 비행기 안은 빈 좌석이 하나도 없었다.

인간 순례(a human being … a pilgrimage …)

1972년 4월 25일

4월이 가고 있는 샤를르 드골 공항에는 이상하게도 끈끈했다. 봄도 아니고 여름도 아닌 날씨 탓이기도 했지만 나를 맞이한 파리의 아침은 그리 상쾌한 건 아니었다.

자가용 비행기를 이용해도 엄격한 보안 검사를 거쳐야만 이용할 수 있었던 탑승(embarkation)경험과는 달리 파리로 들어오는 입국(entry into a country) 절차(formalities)는 국제공항을 의심하게 할 정도로 느슨했다.

'이런 것부터 인권을 존중해주는 나라인가?'

368

상냥한 미소로 나가는 사람들에게 봉주르를 외치는 공항 직원들의 표정은 저절로 여기가 바로 관광대국이라는 생각이 들게 했다.

"씰 부 쁠레! 헤이 무슈 에뜨랑제……"

덩치가 그렇게 크지 않는 남자가 두리번거리는 내게 다가와서 말을 걸었다. 목소리와 달리 인상은 썩 좋은 편은 아니었다. 계속해서 뭐라고 말을 하는데 짐작으로 어디를 갈 거냐? 내가 데려다줄게! 라고 말하는 것 같아서 나는 덮어놓고 그냥 웃기만 했다. 딱히 갈 곳도 없고 서둘러야 할 이유도 없는 터라 유유자적(live in easy retirement)한 걸음으로 공항건물 밖으로 나갔다. 내게 다가와서 뭐라고 말을 계속하던 남자는 두 손을 번쩍 들면서 힐끔거렸다.

아마 나를 희한한 사람이라고 생각했을 것 같았다. 모르는 곳에서 누군가를 만나면 일단은 어떤 식이든 상대의 의도를 알아야 한다는 생각을 미국생활에서 배운 터라 방금 전의 일을 생각하니 내 스스로가 대견하다는 생각이 들었다.

'그래. 인간순례를 할라카모 내게 다가오는 사람들을 먼저 헤아려야지. 이 늠이 지길 늠인지 아니면 더런 늠인지 나뿐 늠인지 그거를 알아야 하는 기지.'

나는 콜럼버스가 고난의 항해 끝에 신대륙을 발견한 것처럼 여명을 깨치는 파리의 하늘을 향해 두 팔을 벌렸다. 그러고는 주변을 살펴봤다.

'아마 둘러보면 가야 할 곳을 일러주는 안내소와 지도가 있을 거야. 파리에 도착하면 개선문(the Arc de Triomphe)을 가보라고. 프랑스뿐만 아니라 모든 유럽의 시작은 개선문에서 시작하니까. 개선문 앞에서 시작해서 개선문 뒤까지 오면 유럽 여행은 끝나는 거야.'

해피 걸 사장과 베네딕 사장이 번갈아가면서 들려준 말을 생각해내며 건물 쪽으로 고개를 돌렸다. 그리고 진열대에 놓여 있는 여러 가지 지도를 집으며 생각했다.

'아무것도 몰랐던 미국에서는 만난 사람들이 시키는 대로 했지만 여기에서는 시키는 대로 하지 말고 무엇을 시키려고 하는지? 알려고 하는지? 그것부터 알아야 한다! 그래야 세상 구경을 제대로 하는 기라.'

나는 잘 안내된 표시를 따라 지하철로 향했다. 지하철로 가면서 자연스럽게 떠오르는 프랑스의 이미지를 생각해봤다. 풍부한 휴머니티와 자유, 평등, 박애정신에 입각한 프랑스 혁명으로부터 시작된 민주주의의 초석을 마련한 국민정신의 찬란함, 무엇보다 인류문명의 부흥(reconstruction)을 일으킨 르네상스시대를 일구어 인류의 정신혁명에 이정표적인 비전을 제시한 문화유산을 가진 나라라는 생각에 새삼스레 가슴이 두근거렸다. 그렇게 말해준 베네딕 사장의 준엄한 표정을 생각하니 더욱 무언가를 찾아보고 싶은 욕심이 생겼다.

개선문! 나는 지하철에서 빠져나와 얼마 걷지 않아 나타난 개선문을 바라보면서 그 웅장한 규모에 제압당했다. 그냥 서 있는 건축물인데 엄청난 힘으로 나를 누르는 것만 같아 저절로 숨이 막혔다. 개선문 앞에서 출발해서 개선문 뒤로 돌아오면 유럽의 구경은 끝난다는 말이 무엇을 의미하는지 조금은 알 수 있을 것 같았다.

'이렇게 찬란한 문화유산을 가진 나라가 우리나라를 함대와 성경을 가지고 밀고 들어오려 했다가 격퇴당한 역사를 지니고 있다니……'

학창시절 세계사 시간에 배운 병인양요가 생각났다. 이미 자유와 평등 그리고 박애정신을 건국이념으로 확립했을 텐데 그런 침략의 역사가 있었다는 건 얼른 이해가 가지 않았다. 사진으로는 몰랐지만 오래된 흔적이 역력한 개선문 기둥을 바라보며 국가와 국가 간에 이루어지는 국력(national strength)의 균형이 무엇으로 만들어지는지 저절로 알 수 있을 것만 같았다. 국력! 그것은 민족을 탄생시키는 거대한 원동력(motive power)이기도 하지만 지나친 국력의 과시(display)는 자칫 오욕(disgrace)의 역사를 만들어내기도 한다는 것이 이마를 서늘하게 했다.

오래된 개선문 기둥의 흔적들 중에 침략의 역사를 치장하고 있는 것 같아서 뒤돌아서 개선문 정면과 일직선으로 나 있는 거리로 걸음을 옮겼다. 길거리에 채워져 있는 건물들이 건축물 박물관을 보는 듯한 착각이 들 정도로 오래된 건물들 사이로 걸어가니 루이뷔통 건물이 보였고 거기서 한참을 걸어가니 모드 미술관이 보였다. 그리고 길 건너에 지방시 본사가 조금은 허름하게 서 있었다.

웅가로, 기라로슈, 니나리치, 쿠레쥬, 셀린느, 피에르 발만의 본사를 거쳐 다시 큰 거리로 나서니 아에르플로트(소련국영항공사)의 간판이 눈에 들어왔다. 나는 오싹한 한기를 느끼며 그 자리에 멈춰섰다. 모스크바로 가는 비행기 표를 사는 곳이라는 생각을 하니 어릴 적에 시뻘건 이를 드러내놓고 별이 달린 낫으로 우리나라를 붉게 물들이려 했던 공산당의 본거지로 가는 표를 파는 곳이라는 생각에 등골이 오싹했다.

내가 배운 공산당이라는 괴물들은 사람을 잡아먹기도 하고 어찌됐든 이 세상에서는 살려두어서는 안 되는, 쳐부수어야 하는 무리들이었다. 나는 나도 모르게 빠른 걸음으로 내달리듯이 길을 건넜다. 누가 잡으러 오는 것을 피하듯이 골목길로 들어서니 피에르 가르뎅 극장이 보였고 골목길을 빠져나오니 오벨리스크가 나를 기다리고 있었다. 이집트에서 기증을 받은 것으로 설명되어 있으나 기실 착취에 가까운 기증유물이라는 사실과 함께 마리 앙투아네트를 비롯한 1,343명이 단두대에 처형이 된 장소라고 하니 등골이 또 한 번 오싹했다. 기원전 13세기의 유물 앞에서 단두대에 목이 잘려나간 유령들이 지금도 허공을 맴돌고 있을 것 같아서 더럭 오금이 당겼다.

카르티에, 구치 앞을 지나 엘리제궁을 건너보면서 내무성 앞을 지나 마들렌 사원 옆으로 걸어서 콩코르드 광장을 가로질렀다. 오랑주리 미술관을 흘깃 쳐다보곤 다리를 건넜다. 다리 가운데에서 강물을 바라봤다. 센 강은 도도한 물결을 뽐내며 흘러가고 있었다. 그렇게 홀러가는 강물을 바라보면서 한없이 아픈 마음으로 노래했던 아폴리네르의 시가 떠올랐다.

　미라보 다리 아래 센 강이 흐르고
　우리들의 사랑도 흐른다.

　나는 미라보 다리가 어디에 있는지 열심히 지도를 들여다봤지만 내 눈에는 보이지 않았다. 눈은 지도를 보면서 미라보 다리를 찾고, 머리는 파리의 문장(a heraldic emblem)이 흔들리는 물결 위에 떠 있는 배가 무엇을 상징하는지 이해를 했다. 결코 사라지지 않는다는 불멸(immortality)의 정신이 오늘날까지 이어져 내려왔다는 생각이 예리한 칼끝처럼 가슴을 찌르는 것 같았다.
　다리를 건너려고 몸을 돌리는 순간, 길거리 화가들이 그림을 그리라고 권하는가 하면 한쪽에는 종이, 한쪽에 가위를 든 사람들이 알아들을 수 없는 말을 하면서 따라왔다. 다리를 건너 생제르맹 대로를 바라보면서 강변을 따라 걸으니 기차 정거장을 고쳐서 미술관으로 만들었다는 오르세 미술관이 나타났다. 밀레의 그림을 볼 수 있는 곳, 나는 설레는 마음으로 사람들이 없는 빈 벤치에 앉았다.
　어느덧 해는 서쪽으로 가우는지 센 강 한쪽에 석양이 물들어오고 있었다. 배도 고프고 힘겨운 탓인지 삭신이 다 삭아 내리는 것 같았다. 오랑주리 미술관 앞을 지나며 환전소에 들러 나오면서 산 햄버거를 꺼냈다. 항상 먹으면서도 입에서 겉돌던 햄버거가 그렇게 맛있는 음식인지 처음으로 알 수 있었다. 된장국에 밥을 말아서 시큼한 김치를 걸쳐서 먹던 생각이 간절하게 생각났다. 허겁지겁 연거푸 두 개를 먹은 탓인지 배가 불렀다. 도저히 막아낼 수 없는 졸음이 밀려왔다. 배낭을 베개 삼아 벤치에 누웠다. 어디선가 풀피리 소리가 들렸다. 아지랑이가 가물거리던 논두렁도 눈에 보이고 소 몰고 가는 아이가 자운영이 가득 핀 논으로 가시내를 잡으러 다니는 모습도 눈에 아물거렸다. 편안했다. 그렇게 편안할 수 없었다.

　누군가가 내 몸을 만지는 것 같았다. 그러고는 이내 두 손으로 부여잡고 있는 배낭을 잡아당겼다. 나는 동물적인 감각으로 배낭을 다시 잡아당기며 상대를 쳐다봤다. 어둠이 내린 터라 얼굴을 식별할 수가 없었지만 세 사람이 나를 잡아먹을 듯이 달려들 기세였다. 나는 가슴에 안고 있는 배낭을 빠르게 등에 지고는 공격을 막아낼 자세를 취했다. 흑인으로 보이는 한 사람이 지독한 냄새를 풍기며 알아들을 수 없는 말을 하면서 공격해오는 것을 살짝 피하며 어깨를 잡아 앞다리 걸기로 넘어뜨리자 남은 두 사람이 동시에 달려들었다. 한 사람은 옆차기로, 또 다른 한 사람은 엎어치기로 던져버렸다.
　"뭐하는 자식들이야!"
　눈을 부라리며 난 한국말로 외쳤다. 내 말을 알아듣지 못하는 세 사람은 서로 얼굴을 쳐다보며 다시 공격 자세를 취하는 순간 나는 다시 앞차기와 돌려차기, 그리고 엎어치기로 제압했다. 그러곤 다시는 공격할 수 없도록 마지막 주먹을 날리려는 순간 멱살을 잡힌 흑인이 두 손을 싹싹 빌면서 말했다.
　"빠르동!"
　동시에 두 사람도 기어와서 내 다리를 부여잡으며 잘못을 빌었다. 나는 무슨 말을 하고 싶었으나 아는 불어가 없어서 머뭇거리다가 영어로 말했다.
　"파리를 찾아온 손님에게 이게 무슨 짓이냐? 인간 순례를 나온 사람에게 이러는 건 파리를 욕보이는 거야!"
　"우린 파리 사람 아니야. 어쩌다 보니 파리에 왔지만 파리와는 상관없는 사람들이야."
　백인으로 보이는 키가 작은 사람이 투박한 영어로 말했다. 프랑스식 억양이 전혀 없는 유창한 영어였다.
　"우린 그냥 너무 배가 고파서…… 오늘은 그림 한 장도 팔지 못해서……. 그리고 네가 너무 편안하게 잠들어 있어서……."

"미안해. 그리고 용서해줘. 너무 배가 고픈 나머지 잠시 정신이 어
떻게 되었나 봐. 그림 한 장을 그려주고 빵 값이나 좀 얻으려고 했
는데 그렇게 깨워도 일어나지 않아서 순간적으로 마음이……. 제발
용서해줘."

나의 엎어치기에 멀리 나가떨어진 키가 큰 백인이 잠자고 있는
나를 그린 스케치 북을 내밀며 다가섰다. 그러자 남은 두 사람도 각
각 나를 그린 스케치 북을 내밀면서 어설프게 웃었다. 자세히 보니
그림 솜씨는 대단했다. 나는 어이없게 웃으며 말했다.

"그렇다면 말을 해야지, 남의 배낭을 왜……."

"깨웠어. 아무리 깨워도 일어나지 않아서……."

키 작은 백인이 머리를 긁적이며 웃었다.

"정말이야. 도둑질할 생각은 없었어. 그건 믿어줘."

키 큰 백인이 다시 한 번 두 손으로 빌면서 애절한 표정으로 말
했다. 자세히 보니 도둑은 아니라는 생각에 경계심을 풀고 주변을
살펴봤다. 미술관 건너편에 보이는 카페로 앞장을 섰다.

"어디로 가는 거지?"

키 작은 백인이 울상을 지으며 말했다. 나는 말없이 웃었다. 키 큰
백인이 걱정스런 표정으로 말했다.

"경찰서로 가는 건 아니겠지?"

"배가 고프다며? 그림 값으로 저녁은 내가 사줄게."

정말 배가 고팠던 모양이었다. 그림 값으로 그럴듯한 저녁을 살
생각이었지만 리버풀이 고향이라는 해리는 한사코 빵집에서 기다란
빵 세 개와 에비앙 두 병, 우유만으로 만족하다고 했다. 불빛에 번득
이며 흘러가는 센 강가에 앉아 허기를 때운 세 사람은 행복한 표정
을 지으며 나를 바라봤다. 체코의 프라하가 고향이라는 아벨이 트림
을 하면서 말했다.

"그런데 킴! 무슨 싸움질을 그렇게 잘해. 혼자서 우리 셋을……"

아벨은 새삼스럽게 무섭다는 듯이 오들오들 떨면서 장난스럽게 말했다. 가나가 고향이라는 푸마디니는 두 손을 저으며 말했다.

"아, 무서워. 정말 무서워."

나는 말없이 웃으며 하나같이 프랑스식 영어로 말하는 세 사람을 유심히 쳐다봤다. 썩 내 마음에 들지 않는 얼굴이었지만 심성이 나빠 보이지는 않았다. 밤이었지만 잠들지 않는 파리의 센 강가, 미국식 영어보다는 훨씬 알아듣기 쉬운 프랑스식 영어로 말하는 세 사람의 인생 이야기는 내 가슴을 아리게 했다. 밤이 깊도록 각자의 가슴속에 있는 이야기를 센 강에 흘려보내고 새벽 무렵에야 나는 몽파르나스 후미진 뒷골목에 있는 세 사람의 방으로 안내되었다. 그런데 도저히 사람이 사는 곳이라고는 믿기지 않을 정도로 낮고 더러운 방에 무엇이 썩어가고 있는지 지독한 냄새가 풍기고 있었다.

'여기가 파리 맞나?'

저절로 그런 생각이 들었다. 앉지도 못하는 나를 보고 아벨이 말했다.

"고약한 냄새가 날 테지만 하룻밤만 자고 나면 익숙해진다고……. 오늘은 내 침대에서 자. 이 방을 방문한 첫 손님이니까……"

나는 도리 없이 신발을 벗고 침대에 누워 천장을 쳐다봤다. 파리 시내로 들어와서 먼저 잠자리부터 챙기지 못한 후회가 밀려왔다. 그러나 어차피 인간순례일 바에야 제대로 그 순서를 찾았다는 생각으로 나를 위로했다.

한편으로는 세상 구경을 나온 파리에서의 인간 순례 그 첫날밤, 도둑에서 친구로 변한 세 사람의 화가 집에서 보내고 있다는 사실이 믿어지지 않았다. 기가 막히고 어이가 없었지만 그래도 피곤한 탓인지 밀려오는 잠을 떨칠 수가 없었다. 아버지의 얼굴이 떠올랐다. 걱정스런 얼굴로 나를 바라보는 마음에서 포근한 자장가가 흘러나오는 것 같았다. 애칭(a pet name) 그대로 정말 어린 왕자가 되어 알 수 없는 별나라로 나들이를 가는 것 같았다.

이방인(an alien)들의 이야기

눈물이 흘러나왔다. 자꾸만 흘러나오는 눈물은 때 묻은 베개를 적시고 또 적셨다. 일어나려고 기를 써도 일어날 기운이 없었다. 꼬박 하루를 침대에 누워서 지내면서 세상 구경이고 뭐고 다 집어치우고 집으로 돌아가고 싶은 생각밖에 들지 않았다. 같이 잠을 자던 세 사람이 나가는 것도 모르고 들어오는 것도 모를 정도로 지쳐 잠든 내가 정신을 차린 것은 하루 일을 끝내고 들어온 해리가 걱정스런 표정으로 나를 흔들었을 때였다.

"아직도 기운이 없어?"

나는 돌아누우며 눈만 떴다가 다시 감았다. 해리는 딱한 듯이 한숨을 쉬면서 말했다.

"누구보다도 강인한 사람이 이렇게 마음이 여리다니……. 넌 지금 향수병을 앓고 있는 거야. 집을 떠나 온 사람에게는 아주 무서운 병이지. 고향에 계신 아버지, 어머니가 그리운 거지?"

나는 전율을 느꼈다. 파리에 도착하면서부터 자꾸만 고향 생각에 젖어드는 것을 어떻게 알았을까? 해리는 계속해서 중얼거렸다.

"향수병은 그렇게 사람을 표도 안 나게 병들게 하지. 그걸 이겨내면 성숙해지는 것이고 그렇지 못하면 주저앉게 되는 거야. 일어설 수 없는 거지. 그러니 어서 기운을 차리게. 우리가 있지 않은가? 비록 싸우면서 만났지만 우린 하나같이 무엇을 찾으려고 여기 파리에 온 사람들이 아닌가? 그걸 찾기 전에 우리는 아파서도 안 되고 더욱 병들어서는 안 된다네."

나는 해리의 말에 반사적으로 몸을 일으켰다.

"아, 서두르지 말게. 자네는 꼬박 하루를 아무것도 먹지 않고 울었던 사람이야. 그러니 서둘러선 안 되지. 마음의 가역반응(a reversible reaction)으로 일어나고 싶지만 아마 몸이 말을 듣지 않을걸."

정말 기운이 없었다. 나도 모르게 자리에서 일어났지만 해리의 말처럼 몸이 말을 듣지를 않았다. 해리는 그런 내 마음을 헤아리고 다시 나를 침대에 눕혔다.

"인간은 허기(an empty stomach)가 지면 눈에 보이는(catch sight of) 게 없어지는 거야. 자신이 가장 믿고 있던 상식의 선마저 과감히 무너뜨리는 죄를 지어도 그것을 죄라고 생각하지 않지. 인간은 그런 거야. 그래서 인간은 자신의 가슴 속에 있는 믿음을 가장 아끼고 사랑하는 거지. 자신을 지켜주는 수호신(a guardian deity)처럼 믿고 있는 거지. 어이, 어린 왕자. 어린 왕자라고 누가 지어줬는지 모르겠지만 정말 어린 왕자를 닮았어. 생텍쥐페리가 지금 살아 있다면 자신이 쓴 소설의 주인공이 바로 이런 사람이라고 말할 거야. 나는 그렇게 믿어. 동양인 같으면서도 서양인 같기도 하고 무엇보다 뭔가를 찾으려는 짙은 눈썹아래의 눈빛이 무엇을 찾으려고 하는지는 모르겠지만 너무 강렬해. 무엇을 찾으려고 하는지 모르겠지만 아마 머지않은 날에 찾을 것 같아. 그것이 무엇인지는 모르지만……. 그러니 어린 왕자의 그 해맑은 눈으로 세상을 바라보며 뭔가를 찾으려면 어서 기운을 차려야 한다네. 조금 있으면 아벨과 푸마디니가 맛있는 수프를 사들고 올 거야. 그걸 먹고 기운을 차려서 일어나야지. 일단 일어서야만 무엇을 찾든 찾으러 나갈 수 있지 않겠는가. 이렇게 누워서 울고 있다가는 찾을 수도 없고 찾아지지도 않아. 자신이 찾아야 할 것이 이 방안에 있는 게 아니고 저 문 밖에 있을 테니 말이야. 내 말 알아듣겠는가? 어린 왕자……."

해리의 말이 끝나자마자 요란한 소리가 나더니 아벨과 푸마디니가 들어왔다. 야채가 많이 들어간 수프의 냄새는 나를 자동적으로 일어나게 했다. 아벨은 커다란 덩치와는 달리 어린아이 같은 순수한 웃음을 지으며 내게 수프를 내밀었다. 정말 맛있는 수프였다. 거칠고도 험한 손으로 푸마디니가 내미는 딱딱하고 거친 빵이었지만 맛은 기가 막혔다.

"어제 오늘은 정말 재수가 좋은 날이었어. 아마 어린 왕자가 행운을 가지고 왔나 봐."

해리가 주머니에서 꺼낸 돈을 헤아리며 행복한 표정으로 말했다.

"맞아. 어린 왕자가 행복을 가지고 왔어. 마음으로 통하는 그림을 사주어서 그런 것 같아."

아벨은 돈을 흔들어 보이며 내게 고마움을 표시했다. 푸마디니는 연민의 눈길을 나에게 보내며 들고 있던 빵 한 조각을 마저 건넸다. 나는 배낭 속에 들어 있는 그림을 꺼내서 봤다. 선과 터치가 다르지만 그림 솜씨는 저마다 대단한 것 같았다. 특히 아벨의 목탄(charcoal)으로 그린 그림은 내 마음을 아리게까지 했다. 굵은 터치였지만 잠을 자고 있는 내 모습은 너무도 섬세했다.

"자, 이제 우리는 우리의 작업을 해야지."

푸마디니는 바로 옆에 있는 커튼을 젖히고 그 속으로 들어갔다. 해리와 아벨도 따라 들어갔다. 나도 따라서 들어가 봤다. 잠자는 방보다 훨씬 넓은 작업실에는 개성이 다른 그림들이 묘한 조화를 이루며 어지럽게 쌓여 있었다.

"우리의 꿈이 익어가는 곳이야. 아마 가을쯤이면 우리의 꿈은……. 그래, 완성은 아니더라도 조그마한 수확(harvesting)을 거둘 수 있을 거야."

아벨이 여유 있게 웃으며 말했다. 그 말이 끝나자 세 사람은 약속이나 한 듯이 작업을 하기 시작했다. 너무도 진지한 모습이 내 존재를 무색하게 했다. 그들의 치열한 장인정신(the artisan spirit)에 목이 오므라드는 것 같았다. 어떤 설명 없이도 느껴지는 예술 혼(a soul)이 전신을 찌릿하게 했다.

나는 마음이 뜨거워져서 밖으로 나가지 않을 수 없었다. 골목길을 걸어나가니 군데군데 술에 취해 쓰러진 사람들이 알아들을 수 없는 말로 흥얼거리고 있었다. 여린 불빛 아래서의 절규(an exclamation)는 까닭 없이 가슴을 저리게(be sore) 했다. 골목을 빠져 나와 다시 한 번 쳐다봤다. 애잔한(be touching) 여운(an aftertaste)이 오래된 골목길을 가득 메우고 있었다. 잔뜩 오그렸던 가슴을 펴면서 뒤돌아섰다. 온갖 잡음이 범벅이 된 거리는 활기에 넘쳐 있었다. 아프리카식의 음악소리가 들리는가 하면 재즈의 선율과 함께 기묘한 퍼포먼스를 하는 사람들도 곳곳에 있었다. 거리가 끝나는 곳에서 눈을 감고 연주하는 백파이프의 소리는 내가 가보고 싶었으나 여러 가지 이유로 가지 않았던 길을 생각나게 했다. 그 길에 대한 연민이나 알수 없는 그리움이 내 시선을 사로잡았다. 애잔하다 못해 구슬프기까지 한 감미로운 선율(a sweet melody)은 소리 없는 함성이 되어 몽파르나스의 밤거리를 지나 잔인하다는 4월의 끝자락을 아쉬워하면서 어두운 하늘로 날아가고 있었다.

어느새 연주가 끝났는지 회색빛 눈동자를 가진 남자는 옆에 앉아 있는 여자에게 만족한 미소를 지으며 악기를 챙겼다. 나는 남자에게 다가가 손을 내밀었다.

"연주 참 좋았습니다. 감사합니다."

내가 내민 10프랑짜리 지폐를 보고 남자와 여자는 무척 놀라는 표정으로 서로의 얼굴만 쳐다보았다. 그러더니 남자가 가만히 돈을 받았다.

"멜씨 보꾸. 탱큐……. 아 유 자판?"

나는 나를 일본인으로 보는 남자에게 묘한 반감이 생기는 것을 느끼며 가슴을 쫙 펼치고는 도도하게 말했다.

"아니! 나는 한국인이야. 리퍼브릭 오브 코리안!"

"오우, 코리안! 잘 알지. 한국 전쟁 때 우리 아버지가 참전하셨었어. 아버지는 그 전쟁에 자유와 평화를 위해 싸운 것을 매우 자랑스럽게 생각하셨지. 나는 토미이고 여기는 제인이야. 내 음악을 알아줘서 고마워. 내가 살던 고향이 그리워서 이렇게 악기로나마 마음을 달래고 있는데 알아주다니 정말 고마워. 우리는 화가야. 여기 파리에 온 지는 5년 되었어. 다음 달 전시회가 끝나면 우리나라로 돌아갈 거야. 돌아가서 할 일이 많아."

나는 묻지도 않은 말을 주절거리는 토미의 얼굴을 자세히 쳐다봤다. 피부색은 서로 달랐지만 맑고 순수한 빛은 내 마음을 맑게 해주는 것 같았다. 그의 투박한 영어는 정말 알아듣기 편했다.

"그렇군. 사람들은 나를 어린 왕자라고 불러. 그런데 아까 그 음악은 정말 마음을 슬프게 하는 것 같아."

"이 백파이프 소리는 마음이 아픈 사람들에게 위안이 되는 소리지. 인생의 고난을 아는 사람만이 느낄 수 있는, 정말 가슴을 저미는 소리 같지 않아? 난 스코틀랜드의 그 척박한 땅에서 태어난 것을 자랑스럽게 생각해. 영국이라는 나라가 우리를 못살게 굴 뿐만 아니라 우리가 살아온 방식보다는 자기네들이 살아온 문화와 습성을 강요하면서 괴롭히는 영국이 싫어서 여기 파리로 왔지만 파리는 내게참 좋은 것을 가르쳐주었어. 내가 내 조국 스코틀랜드를 지키는 것은 우리가 가진 문화를 전통적으로 지켜나가는 것이라는 걸……. 파리는 그걸 내게 가르쳐주었어. 참 고마운 일이지."

"파리의 누가?"

"파리에 사는 내가!"

"당신이?"

"그래. 내가……. 파리에 살면서 스스로 알게 되었어. 파리는 수많은 예술의 꿈을 가지고 찾아온 사람들이 만들어가지만 정작 버림받았다고 생각하거나 스스로 버리고 떠나온 이방인들의 위안으로서의 예술도 존재하는 곳이야. 파리는 그런 곳이야. 물론 파리를 원천적으로 지키는 파리잔느도 있고 파리지엥도 있지만 가슴 아픈 사연을 안고 찾아온 사람들이 파리에게서 위안을 받고 싶어하는 마음이 많아. 그래서 가장 인간적인 위안을 받고 싶은 사람들이 모이는 곳인지도 몰라. 정작 위안은 자기 스스로 찾아야 하는 것인데도……. 파리는 사람의 마음을 참 편안하게 해주는 곳이긴 하지만 역(the contrary)으로 떠나온 곳을 그리워하게 만드는 이상한 향수(nostalgia for)를 주는 곳이기도 해. 그건 참 이상한 일이야. 파리는 그래서 더 매력을 느끼게 하는 것 같아."

나는 토미의 말에 확실하지는 않지만 어느 정도 공감이 되었다. 어정쩡한 표정으로 서 있는 내게 제인이 다가서면서 말했다.

"자, 그러지 말고 우리 이 돈으로 뭘 좀 사서 센 강으로 나가보자. 파리는 특히 이 몽파르나스는 토미의 말처럼 한쪽 가슴이 아픈 사람들이 모여서 만든 거리라고 할 수 있지. 그 수많은 사연들을 다 알지 못하지만 아마 깊은 밤의 저편으로 흘러가는 센 강물이 들려줄지도 몰라. 우리 함께 가보자. 파리는 10초 정도의 시선이 마주치면 이미 친구가 되는 곳이니까."

나는 앞장서는 토미와 제인을 따라가면서 두 사람이 나누는 애정 행각을 지켜봤다. 그 사랑의 몸짓이 얼마나 예쁜지 입안에 군침이 가득 고이는 것 같았다.

에트랑제(a stranger)의 마을

1972년 4월 28일

"1900년 경 틀에 박힌 예술을 거부한 예술가들, 그들을 이른바 전위 예술가(avant-garde artist)라고 불렀지. 우리가 방금 있었던 몽파르나스 거리로 모인 사람들은 구태의연(be unchanged)한 예술보다는 뭔가 색다른 예술을 찾기 위해 목말라했지. 그들 중에서 아폴리네르와 자콥 같은 사람들이 전위예술(avant-garde)이라는 호칭을 공식화시키고 기존의(existing) 예술가들에게 새로운 패러다임을 제시하면서 무언의 경고를 했지. 그렇게 시작된 예술 장르는 정통 파리파 화가인 샤갈, 모딜리아니, 특히 러시아의 혁명가 레닌이나 트로츠키 같은 사람도 참여하게 되어 이곳 몽파르나스에서 미래의 꿈을 꾸게 했지. 그리고 음악가인 스트라빈스키, 앙드레 브르통이나 장 콕토, 어니스트 헤밍웨이, 피카소도 마찬가지로 몽파르나스에서 새로운 꿈을 사람들에게 제시했어. 지금도 카페나 레스토랑, 나이트 클럽은 코스모폴리탄이나 또 다른 예술의 장르를 창출하기 위하여 젊은 예술가들이 모여드는 곳이라고 볼 수 있지. 그 중에는 파리 사람도 있지만 거의 파리와는 상관이 없는, 그러나 예술이라는 향기를 찾아 이곳을 찾는 사람들이 있지. 몽파르나스 거리와 라스 파이 거리가 교차하는 네 개의 모퉁이에 있는 카페엔 그들이 남긴 흔적이 가득해. 라 둠(La Dome), 라 로통드(La Rotonde), 르 셀렉트(La Select), 라 쿠폴(La Coupole)이 그런 곳이야. 그냥 의미 없이 보면 아주 오래된 거리일 뿐이지만 뜻을 새겨보면 전통과 아무나 범접하지 못하게 하는 존엄한 그 무엇이 있는 곳이야. 물론 파리는 우리가 쉽게 생각할 수 없는, 정신적 경건함이 있어야 알 수 있는 곳이긴 해. 그 저변에는 진실로 인간적이고 싶어하는 사람들의 꿈을 이루도록 해주는 깊은 뜻이 있지만 원하지 않으면 아무것도 찾을 수 없는 곳이기도 해. 갈망하는 사람에게 무엇을 주기도 하지만 그렇지 않은 사람에게는 추악한 모습만 보여주는 곳이기도 하지. 왜 사느냐는, 삶에 대한 근본적 질문을 하면서 세계 각국에서 모여드는 사람들을 포근하게 안아주는 에트랑제의 마을인 셈이지. 그들은 하나같이 영혼의 아픔을 앓는 사람들이라고 말할 수 있어."

토미는 정작 자신도 그런 사람 중 하나인 양 슬픈 눈길로 흘러가는 강물을 바라보고 있었다. 어디선가 바이올린 반주에 맞추어 낭랑한 목소리로 노래하는 샹송이 들렸다. 아픈 세 사람의 영혼을 부드럽게 어루만져주는 것 같았다.

센 강이 흐르고

우리들의 사랑도 흘러간다.

"어이, 어린 왕자."

토미가 침묵을 깨고 나를 불렀다. 나는 말없이 고개만 돌렸다.

"오늘은 어디서 잘 거지?"

"눕는 곳이 자는 곳이지 뭐."

"그래."

토미는 말을 해놓고도 우스운지 어이없는 표정을 지었다.

"파리는 어린 왕자가 생각하는 것처럼 길거리에서 잠자는 사람에게 그리 편안한 곳이 못 돼."

"그게 무슨 소리야?"

"파리와는 상관이 없는 사람들이 예술의 도시를 더럽히곤 하지. 즉 도둑들이 많다는 말이야."

"아, 그런 거라면 이미 경험했어. 오르세 미술관 앞에서 잠든 나를 세 사람이 공격했지. 다 때려 눕혔지만 말이야."

"뭐?"

제인이 소스라치게 놀라며 토미에게 안겼다. 토미는 나를 보며 믿을 수 없다는 표정을 지었다. 나는 뻐기듯이 말했다.

"인간이 인간을 순례하려면 그 정도의 방어는 할 줄 알아야 돼. 왜냐하면 그 공격에 죽을 수도 있으니까 죽지 않으려면 방어할 줄은 알아야지. 나는 그렇게 배웠어."

"누구에게?"

"우리 아버지에게. 아버지는 그렇게 말씀하셨어. 험한 세상을 살려면 몸과 마음이 건강해야 한다고 하시면서……."

"아버지가 무척 자랑스러운 모양이구나."

"그래. 내게 있어서는……. 인생이 무엇인지도 모르는 내게 인생을 자세히 가르쳐주신 분이지. 이 험한 세상에 죽지 않고 살아가는 법을 일러주셨어. 맞아. 지금 생각하면 그런 것 같아."

말을 하고 나니 아버지의 모습이 강물 위로 번쩍 떠오르는 것 같았다. 동시에 눈자위가 뜨거워지는 걸 느꼈다. 토미와 제인은 그런 나를 말없이 나를 바라보았다.

물처럼 흘러가는 것!

1972년 4월 29일

　"여기가 몽마르트야. 파리를 예술의 도시라는 이름으로 사람들에게 알려지게 만든 곳이기도 해."

　센 강가에서 밤을 지새운 제인은 초롱한 눈망울을 굴리면서 설명을 했다. 처음 만나서 하룻밤을 같이 보낸 것도 신기한데 부인과도 같은 애인을 안내원처럼 붙여주고 볼일을 보러 간 토미가 아무리 생각해도 이상했다. 그런 내 마음을 알았는지 자신의 설명에 무미건조한 표정을 짓는 내게 그녀는 얼굴을 디밀었다.

　"이상한 나라를 찾아온 사람처럼 그런 표정 짓지 말아요. 우린 이미 친구니까 어색한 마음 같은 건 갖지 마세요."

　나는 도둑질을 하다가 들킨 사람처럼 화들짝 놀라며 웃음 지었다.

　"그런 표정이 더 어색해요. 이봐요, 어린 왕자님. 우리는 어젯밤에 보여준 당신의 눈동자에서 모든 것을 읽었어요. 안다고 해봤자 자신의 마음 같지 않은 세상을 원망하거나 그게 아니면 자신을 운수 나쁜 사람이라고 자학하는, 그래서 한없이 외로워한다는 것이 전부이겠지만 말이에요. 오래도록 같이 부대끼면서 지내온 사람들이라야 친구가 되는 건 아니라고 생각해요. 잠깐 시선을 교환한다 해도 가슴 깊은 곳까지 전해지는 교감이 있으면 이미 친구가 되는 거라고 생각해요. 그러니 어색한 표정은 지우시고 잠깐 만났다 헤어지는 사이일지언정 그 순간까지는 편안하게 생각하세요."

　"그래요. 그렇게 합시다. 사람이 만나는 것은 언제나 처음이 있죠.

그런데 우리는 적어도 처음은 아니니까요."

"맞아요. 잘 알아들으시네요."

"약속도 없이 만난 것은 인연이고, 그 인연은 몰랐던 사람에게서 나를 발견할 수 있는 거울이 되기도 하지."

"누구나 처음 만나서 서로를 알게 되고 그렇게 만난 사람들은 주어진 사연을 만들겠지요? 그 사연이 어떤 것인지는 모르지만……."

나의 말을 가로챈 제인은 해맑게 웃으며 가슴을 폈다.

"사람은 두 가지 종류가 있어요. 태어날 때 모두 다 착한 사람들이었지만 이 세상을 살면서 나쁜 것을 배우게 되지요. 카인과 아벨처럼……. 소유하면서 아름다움을 느끼는 사람과 나누면서 아름다움을 느끼는 사람……. 아름다움은 어떤 특정인이 독점할 수 없는 것인데 사람들은 그걸 착각하고 있어요. 아무튼 두 가지 사람들 중 파리를 오는 사람들은 모두 다 착한 사람들이라는 거죠. 왜냐하면 파리는 예술을 만들어내는 곳이고 예술은 착하지 않으면 사람들에게 환영을 받을 수 없는 것이니까요. 혼자 독점하는 것이 아니고 결국은 나누는 아름다움이란 점에서 그렇다는 거예요. 여기 몽마르트에 살았던 위트릴로나 피카소, 베를리오즈, 네르발……. 가난했지만 소박하고 아름다운 마음으로 모든 고난을 이겨내고 게르니카의 아이들을 그렸지요. 가슴 저미는 마음을 따뜻하게 위로해주는 음악을 만들기도 하고……. 그 그림과 음악들이 슬프기도 하고 아프기도 하지만 그들 모두는 아픈 까닭에 착한 사람들이었어요. 세상에는 반드시 나쁜 사람도 있지만 결국은 반성을 하게 되죠. 저 아래 무명용사의 묘지가 있어요. 왜 죽은지도 모르고 죽은 용사들……. 그들은 말이 없지만 우리는 죽음의 종장을 겸허하게 바라보면서 무의미(be meaningless) 속에 의미(a meaning)를 새겨보는 거죠. 무의미 속의 의미란 우리가 사는 날까지 부지런히 찾아야 할 숙제인지도 몰라요. 어젯밤 우리가 나눈 이야기들……. 각자가 가야할 길은 다르겠지만 좋은 추억이 되어 어느 순간 풋풋한 가슴을 만들어줄 거예요."

나는 제인의 이야기를 들으며 이상한 느낌이 들었다. 제인이 하는 이야기가 처음 듣는 것이 아니고 어디선가 많이 들었던 이야기 같다는 생각이 들어 저절로 머리가 갸웃거려졌다. 그때 제인이 자리에서 일어나면서 사크레 쾨르 성당 쪽으로 시선을 던지며 말했다.

"어디에서 멈출지 모르지만 누구에게나 주어진 순례길……. 부디 아픈 상처 같은 것은 없기를……."

그러고는 손을 내밀었다. 나도 손을 내밀었다. 난 마주잡은 손에 힘을 주면서 당겼다. 지극히 자연스럽게 서로 껴안게 되자 왼쪽, 오른쪽 가벼운 볼마춤을(press ones cheek against another)을 하게 되었다.

"자, 이제 가세요. 오늘 저녁은 내가 살게요. 어젯밤은 토미의 백 파이프에 저녁을 샀지만 오늘은 나누는 아름다움을 알아주는 동양 신사에게 몽마르트적인 저녁을 선물할게요. 거기서 식사하면서 내 친구를 기다리는 거예요. 내 느낌이 맞다면 우리 어린 왕자님의 또 다른 길이 열릴지도 몰라요."

제인은 재미있다는 듯이 싱긋 웃으며 테르트르 광장을 가로질러 걷기 시작했다. 석양으로 물들어가는 몽마르트의 언덕 아래에는 벌써부터 휘황찬란한 불빛들이 요란하게 빛나고 있었다.

라펭 아질(Lapin Agile)! 들어가는 입구에서부터 도저히 알아들을 수는 없지만 바라보기만 해도 무얼 말하려는지 충분히 알 수 있는 애드 립(ad lib) 대사를 하듯이 감정이 뚝뚝 흘러내리는가 하면 코믹스럽기도 하고 시니컬하기도 하는 몸짓은 절제된 채로 숨어 있던 파리의 잠재력을 보는 것 같았다.

빨간 풍차가 달린 물랭루즈(Moulin Rouge)를 돌아서 언덕길을 오르다가 골목길에서 만난 창부의 모습은 고단하지만 자유스러운 활기가 왠지 모르게 가슴을 아리게 했다. 마음으로 세상을 살려 하지 않고 비정하지만 냉엄한 현실 앞에서 자신이 가진 몸으로 거래를 하는 사람들에 대한 연민이 언제나 내 가슴을 두근거리게 했다. 눈앞에 보이는 모든 것들을 가슴에 새기듯이 예리한 시선으로 바라보는 나를 이끈 제인은 자리에 앉으며 말했다.

"여기 라팽 아질은 피카소의 아픈 마음부터 위트릴로의 고난스러운 마음까지 모두 껴안아주었던 곳이에요. 무엇을 생각할 것인지 고민하지 마세요. 그냥 보세요. 그냥 보시고 난 뒤에 뒤돌아서 생각하세요. 파리는 다가올 미래에 대한 각자의 갈 길을 전해주는 곳이에요. 그걸 선택하는 것은 바로 자기 몫이에요. 누구나 그렇듯이 우리는 우리가 가야 할 길을 누군가가 정해주기를 바라고 있어요. 그건 외롭지 않으려는 인간의 몸부림일지도 몰라요. 내 안의 나는 아주 크지만 내게서 유체(materiality)가 이탈(a secession)한 나는 지극히 왜소한(dwarfness) 미물(a creature of no account)에 지나지 않아요. 나 자신이 슬프고 외로운 것을 판단하듯이 나 자신이 위대하거나 평범함을 정하는 거예요. 아주 어렵지만 참 쉬운 일이지요. 쉽지만 어려운 일이기도 하구요. 아, 여기 홍합요리는 참 맛있는데 해산물 요리 좋아하세요? 아마 홍합요리와 함께 와인을 한 잔 마시고 있으면 내 친구가 올 거예요. 아주 좋은 친구예요. 아버지는 영국인, 어머니는 프랑스인인데 그 친구는 지극히 프랑스적인 여자예요. 아주 이지적(intellectually)이죠. 사람은 우연히 흘러가는 물이 되기도 하지만 사람이 흘러가는 물을 만들어줄 때도 있어요. 그게 무슨 뜻인지 아세요? 어린 왕자님……"

"글쎄……"

"우리가 사는 세상은 누가 가르쳐주어서 아는 것도 있지만 한 살 두 살 나이를 먹으면서 저절로 알게 되는 지식이 있어요. 삶의 질(the quality of life)이라는 자아의식(self-conscious-ness)이지요. 그 과정이 지나면 자기 자신에게 살아가는 이유를 묻게 되는 자아비판(seif-criticism)을 하게 되고 거기에서 얻어지는 해답인 자아 해방(emancipation of ego)을 맞게 되는 것이지요. 물론 모든 것이 순서

대로 되어지는 건 아니라는 게 문제가 되기도 하지만 그래도 인생을 살아가는 목표를 설정하면서 살아가야 하기 때문에 자신이 내린 인간적인 결정을 먼저하고서 자신이 해야 할 것을 정해야 한다는 뜻이에요. 우린 꿈과 현실 두 가지를 다르게 생각하지만 따지고 보면 하나뿐인 이성(reason)으로 세상을 살아가게 되어 있어요. 무엇을 하든 먼저 인간이 되어야 한다는 무한(infinity)의 지시(indication)는 신이 인간에게 내린 또 하나의 계시록(the Book of Revelation)인지도 몰라요. 그건 누가 만들어주는 것이 아니고 오로지 자신만이 선택할 수 있는 인간의 고유(characteristics) 권한이지요. 그림을 그리는 과정에서 그것을 알았어요. 그 마음이 통해서 토미와 저는 친구가 되었고 이변이 없는 한 같이 살아갈 생각이에요. 서로에게 구속 같은 것은 주지 않기로 했구요. 남자와 여자라는 것이 경우에 따라서는 추구하는 목표를 흐리게 하니까 그 구속에 해방이 되어야만 자신의 예술 세계를 확립할 수 있다는 생각이 들었어요. 각자 따로 파리에 왔지만 유구한 전통과 잔혹한 열정의 산물인 마고 여왕 이후나 이전에 있었던 사랑에 대한 열정은 본능의 억압에서 탈출을 시도한 치열한 몸부림이라는 뜻이지요. 다시 말하면 금욕이 아닌 본능의 욕구는 아름답게 받아들이지만 인간의 이기심이 들어 있는 추악한 구속은 하지 말자는 뜻이기도 해요. 내 말이 무슨 뜻인지 아시겠어요?"

나는 솔직히 알아들을 수 없었다. 생소한 단어도 이해하기 어려웠지만 무엇보다 누가 가르쳐주지는 않았지만 내 스스로 갖고 있는 신념이나 가치가 일그러지는 것이 두렵다는 생각이 들었다. 순간적으로 든 그런 생각이 슬며시 웃음이 나오게 했다.

"내 말이 우스운가요?"

"아뇨. 내가 우스운 건 나 자신 때문이에요."

"그게 무슨 말이죠?"

"내가 믿고 있는 도덕적인 이성과의 관계를…… 남자와 여자가 만나서 사랑을 하게 되고 그 사랑의 완성으로 결혼을 하게 되고, 결혼한 다음에는 서로에게만 순결을 지켜나가는 것을 미덕으로 알았던 상식을 내 스스로 파괴해놓고 새삼스럽게 제인의 이야기가 놀라는 나 자신이 우스워서……."

"그게 바로 인간적인 성숙으로 가는 자아비판, 즉 성장통(a growth factor)이란 거예요. 그 과정을 지나면 스스로를 믿게 되는 자아 해방을 맞게 되는 거예요. 때문에 각자가 직면한 고민은 누구의 도움 없이 혼자서 해결해야 되는 이유가 되기도 하지요. 스스로에게 던져진 고민을 남에게 전가해서도 안 되는 이유이기도 하구요. 아, 저기 헬레나가 오네요. 헬레나……."

급하게 우리에게로 다가온 헬레나라는 여자는 서양인들의 혼혈이 아니라 서양인과 동양인의 혼혈 같았다.

"인사하세요. 어린 왕자님……. 우리 친구 헬레나, 이쪽은 엄청난 고민을 양어깨에 짊어지고 파리를 찾아오신 동양신사 어린 왕자님, 헬레나는 프랑스에서 자랐지만 영어는 아주 훌륭해요."

나는 약간 냉소적으로 웃으며 손을 내미는 헬레나의 손을 잡으며 짧은 목례를 했다. 헬레나는 나를 뚫어져라 쳐다보면서 악수한 손을 내 앞으로 디밀었다. 나는 이상한 행동이다 싶어서 눈을 크게 떴다. 옆자리에 앉은 제인이 빙긋이 웃으며 말했다.

"손등에 키스를 하세요."

나는 시키는 대로 헬레나의 손등에 키스를 했다. 비로소 손을 내리는 헬레나의 표정이 그렇게 도도(be haughty)할 수 없었다. 그런 태도가 오히려 요염(voluptuous beauty)한 유혹(a temptation)처럼 느껴졌다.

"여자가 남자에게 손등에 키스를 해달라는 게 무슨 뜻인지 아시나요?"

"모르는데요."

"그건 마음에 든다는 뜻이에요."

"네?"

나는 놀라면서 헬레나를 쳐다봤다. 헬레나는 내가 쳐다보기를 기다렸다는 듯이 웃으며 말했다.

"동양인이라고 했는데 내가 아는 동양인들과는 좀 다른 것 같네요. 내가 보기에는 동양인과 서양인의 중간쯤 되어 보이는 얼굴이에요. 서양인의 고민과 동양인의 고민을 동시에 갖고 있는 전쟁터 같은 얼굴이네요. 호호. 이 지구가 고민해야 할 미래(future)에 대한 실존(existence)……. 우리가 앞으로 살아갈 먼 훗날에 있을 법한 실증주의자(a positivist)를 미리 만난 것 같아요. 정말 고마울 정도로……."

가슴속에 숨어 있는 것들

1972년 4월 30일

제인과 헤어진 샹소니에(chansonnier : 라펭 아질의 현재 이름)에서 그리 멀지 않은 곳에 헬레나의 스튜디오가 있었다. 몽마르트 언덕으로 올라가는 골목길에 있는 조용한 집이었다. 빨간 풍차가 정지한 채로 빛나고 있는 물랭루즈를 지나 곧바로 언덕길을 올라가면 하얀 돔이 솟아 있는 사크레 쾨르 성당이 있는 곳, 그 중간쯤에 있는 집 앞에서 헬레나는 묘한 웃음을 지으며 말했다.

"어린 왕자님, 내가 무섭지 않아?"

"무섭다니? 그건 무슨 말이지?"

"처음 만나는 내가 이렇게 후미진 골목에 있는 집으로 데리고 왔으니 무서울 법도 한데……."

"무섭다기보다는……. 궁금해. 처음 보는 나를 어떤 마음으로 데리고 왔는지……."

"그래? 그럼 그건 일단 들어가서 이야기하기로 하지. 어차피 오늘로 이 집과는 마지막이니까……."

나는 먼저 문을 열고 들어가는 헬레나를 따라가면서 찰리를 생각했다. 미국에 처음 도착해서 나도 모르게 잠들었던 자리에서 만난 찰리, 그도 나에게 잠자리를 내준 그 자리가 마지막 잠자리였다는 사실이 나를 묘한 기분으로 유도(guidance)하는 것 같았다. 그렇게 해서 맺어진 인연이 지금 이 순간까지 오게 했다는 것을 생각하니 이후에 벌어질 일들이 궁금하기만 했다.

'이런 것을 두고 미래의 실존이라고 하나?'

나는 그런 생각을 하면서 방안으로 들어갔다.

"무슨 생각으로 그렇게 웃었어?"

"나를 고맙고 아름다운 길로 들어서게 한 만남을 생각했지. 주인의 허락도 없이 들어가서 누운 센트럴파크의 그 잠자리, 거기에서 찰리라는 마음씨 좋은 친구를 만났어. 그 친구를 그렇게 해서 만난 것이 인연이 되어서 오늘 여기까지 오게 된 거야. 내가 잠을 잤던 그 자리가 그 친구가 마지막으로 노숙(sleeping outdoors)한 자리였어. 그 다음날 그는 집으로 들어갔거든……."

헬레나는 무언가를 생각하면서 고개를 끄덕였다.

"그랬구나. 나는 따라오면서 길거리의 여자들을 쳐다보는 표정으로 미루어 이상한 여자가 이상하게 사람을 유혹한다는 생각을 하는 줄 알았어. 그래서 비위(humor)가 조금 상했지."

"에이, 그런 생각은 전혀 안했어. 헬레나가 어떤 생각을 하고 있는지, 무슨 생각을 하며 살아가는 여자인지 그게 궁금하다는 생각만 했어. 처음 본 나에게 흔쾌히(pleasure) 잠자리를 제공해주겠다는 것이……. 그리고 이후에 있을 법한 일들을 어떻게 그리고 있는지……."

"그 이후의 내 생각? 그걸 굳이 말할 필요가 있을까?"

"그럼, 마음속에 있는 그대로……."

"그 마음이 시키는 대로 하는 거야. 철학을 공부한 아버지와 그림을 공부하다가 먼저 인간이 되기 위해 철학을 공부한 어머니가 만난 것은 순전히 가슴속에 들어 있는 열망 때문이었어. 그렇게 해서 만들어진 나는 옥스퍼드에서 근대철학을 강의하는 아버지를 두게 되었고 철학의 기본부터 배운 어머니는 인간을 설계하듯이 인간의 기본적인 미학을 강의하는 교수가 되어 지금 핀란드에 살고 계셔. 말하지 않아도 알 수 있는 것, 그건 참 소중한 거야."

"그 마음을 보려면 어떻게 하지?"

"일단은 상대의 눈동자를 봐야지. 눈은 마음으로 가는 첫 통로니까. 이렇게 시선이 멈추면 오가는 교감(rapport)을 느껴야 해. 그렇게 되면 가슴으로 전해지는 교감신경(the sympathetic nerve)이 있어. 그 교감신경이 시키는 대로 하면 되는 거지. 가장 원색적일 수도 있지만 그건 가장 인간적인 본능에 수긍하는 거야. 거기에 어떤 이유 같은 건 필요 없어. 조건(a requirement)도 없고……"

"그런가?"

"이유나 조건 없는 본능, 그건 태초의 인간이야. 에덴동산에서 쫓겨나기 전의 인간이라고 할 수 있지. 이렇게 걸치고 가리고 있는 것을 모두 벗어던진……. 그리고 가리고 있는 부분을 보여주어도 부끄럽지 않은……"

헬레나와 나는 약속이나 한 듯이 서로의 옷을 벗기기 시작했다. 나는 희다 못해 빛이 없어도 저절로 발광하는 형광체(a fluorescent body) 같은 헬레나의 등을 좁아터진 샤워장 안으로 밀어 넣었다. 내가 그녀에게 해주고 싶은 것들을 전부 해주기에는 무척 좁은 샤워장이었지만 되도록 편안하게 비누질을 해주었다. 헬레나는 행복한 표정으로 나의 손길을 받아주었다.

느낀 대로 실천하는 것, 실천하는 대로 받아주는 것, 말없이 이어지는 가슴속의 숨어 있는 이야기들은 새벽이 지나 눈부신 5월의 햇살이 몽마르트 언덕 위에 뿌려질 때까지 계속되었다.

묵언 여행(muteness travel)

1972년 5월 1일

"아, 상쾌한 아침이야. 아침이라기엔 조금 늦긴 했지만 이렇게 기분 좋게 잠에서 깨어난 건 참 오랜만이에요."

잠자리에서 눈을 뜬 헬레나는 내 품에 안긴 채 나를 올려다보면서 말했다. 손으로는 가슴팍의 근육을 매만지며 즐거움에 작은 목소리로 말을 이었다.

"어쩌면 그렇게 여자의 마음을 헤아리듯이 즐겁게 해줄 수 있어요? 어젯밤은 내 인생 최고의 밤이었어요."

"그건 나도 그랬는데……."

"여자를 다루는 솜씨가 정말 대단해요. 자기의 절정은 참아가면서 여자를 즐겁게 하는 그 테크닉……. 아, 우린 정말 운명적으로 만나진 사람 같아요. 이런 사람을 만나려고 그토록 방황한 걸까요? 확실하지는 않지만 다시 그림을 그려야겠다는 생각이 들어요. 미래의 실존을 그릴 수 있을 것 같아요. 여자는 본능을 해박(erudition)하게 헤아려주는 남자에게 인간적인 아름다움을 느끼지요. 그 아름다움을 화폭(a painting)에 담을 수 있을 것 같아요. 프랑스 말에 데자뷔라는 말이 있어요. 경험하지 못했지만 이미 경험한 것처럼 느껴지는 어떤 환상 같은 걸 일컫는데……. 지금 내 마음이 그래요. 분명 우리 어린 왕자님과 처음 만났고 처음 서로의 몸을 만졌는데 오래전부터 함께했던 사람처럼 아주 익숙하면서 친숙한 느낌이 드는 이유, 그게 뭔지는 모르지만 정말 기분이 날아갈 것처럼 좋네요. 창공을 높이 나르는 한 마리 새가 된 기분이에요. 누가 그런 걸 가르쳐주었어요? 아니, 그건 말할 필요가 없겠다. 이전에 있었던 과거지사는 나와는 상관이 없는 일이니까 말이에요. 하지만 그걸 가르쳐준 분에게 전해주세요. 정말 고맙다고……."

그녀를 바라보며 나는 그저 웃기만 했다. 헬레나는 다시 한 번 나를 사랑스럽다는 듯이 힘껏 껴안고는 침대에서 빠져 나갔다. 그녀는 알몸으로 침대 끝에 걸쳐 앉아서 중얼거리듯 말했다.

"오늘 이 집을 나가면 엄마가 계시는 핀란드로 갈 예정이었는 데…… 그럼 우리는 헤어지겠지요?"

"그러겠지요."

나는 담담하게 말하며 몸을 일으켰다. 헬레나는 뒤돌아보면서 울 상을 지었다.

"만났을 때 이런 이별을 준비하지 못한 탓일까? 마음이 왜 이렇 지요?"

"그건 나도 그래요. 분명 고맙고 즐겁고 행복한 마음이었는 데…… 당연한 이별인데도 마음이 이상하기만 하네요. 조금 아프기 도 한 것 같고 또……."

"다시는 만날 수 없다는 것을 생각하니……."

"서운하기도 하고……."

"서운할 정도가 아니고 엄청나게 슬퍼지네요. 너무 슬퍼요. 왜 이 렇지요?"

"볼프강 볼헤르트가 생각이 나네."

"이별 없는 세대? 몇 사람의 정치가들이 만든 역사의 오판에 휘 말려서 선택 없이 국가의 운명에 젊은 날을 유린(tramping)당한 독 일 청년의 피맺힌 절규(the painful outcries)…… 맞아요. 그 마음이 지금 우리의 이런 마음이겠죠? 스몰렌스크 성당에서 결혼식을 올린 다음 여자는 남고, 남자는 전쟁터로 가고…… 우리 어린 왕자는 어 디로 갈 거죠?"

"어디론가는 가야겠지요."

"그럼 이렇게 하면 어떨까요?"

"어떻게?"

"어차피 인간 순례를 한다고 했잖아요. 나는 핀란드까지 가야 하 는 건 맞지만 약속된 날짜는 없어요."

"그런데?"

"그러니까 어차피 인간 순례를 핀란드로 가면 어때요? 마음이 시키는 대로……. 머리가 시키는 것이 아니라 말하지 않아도 알 수 있는 마음이……. 가슴이 시키는 대로 같이 떠나면 어떨까요? 여행하는 동안 우리의 마음이 얼마나 같을 수 있는지 실험도 해보고……. 길을 가면서 스스로에게 질문하고 대답하고 그러다가 시선이 마주치면 마음으로 이야기하고……. 어때요? 둘이지만 하나일 것 같고 하나이지만 결국은 제각각일 두 사람이 될 수밖에 없는 외로움을 함께하는 거예요. 미래에 실존할지도 모르는 이별을……. 그 이별이 오기 전까지는 만났기에 즐겁고 행복하고 그리고 아름다운 이 기분을 간직하고 싶어요. 부탁이에요. 그렇게 해주었으면 좋겠어요. 설령 이별이 온다 해도 아름다운 이별을 위해 그렇게 하면 좋겠어요. 약속 없이 만났지만 아무런 약속도 없이 이별을 한다는 건 너무 가슴 아픈 것 아닌가요? 이별의 흔적도 없이 지금 이 집을 나서면 헤어지는 거, 적어도 이건 아닌 것 같아요."

"그래. 나도 이렇게 헤어지는 건……. 그런데 묵언 여행이라……."

"무슨 여행이라고요?"

"말없이 가슴이 느끼는 대로 하는 묵언 여행……. 인연의 고마움을 더 오래 간직하고파서 떠나는 여행……."

"생각지도 못했던 이 여행이 내 인생의 가장 아름다운 여행일 것도 같아요."

"그래. 지금 나가서 인사하고 떠나자고……."

"누구에게 인사를 해요?"

"파리에서 만난 사람들에게 정중한 인사는 하고 떠나야지. 그들이 오늘 이렇게 아름다운 동행을 하게 해준 동기가 되어 주었으니까……. 인사를 할 수 있을 때 인사를 해두어야 돼. 물 흐르듯이 살다가 여울을 만들어준 인연이었으니까 적어도 고맙다는 인사는 정중히 해주어야지."

"파리에 와서 만난 모르는 사람들인데도……."

"모르는 사람이니까 더욱 그래야지. 영원히 만나진 못해도 고마운 인사를 할 줄 알았던 예의바른 사람으로 기억해주길 바라면서……. 사람이 이 세상을 살다가 떠날 때 만날 수 있는 아름다운 한 폭의 그림 같은 여울목이 있다는 건 아름다운 신화를 남기는 거라고 그랬어."

"누가요?"

"우리 아버지가……."

"어쩜……. 우리 어린 왕자님의 아버지는 삶을 미학(aesthetics)적으로 그려내는 분이었구나."

흐르는 강물처럼

1972년 9월 2일

'어디에서 흘러온 것이며 어디로 흘러가는 것일까?'

'<u>흐르고 흐르면 어디에서 멈추는 것일까?</u>'

'멈추는 그곳이 어디쯤일까?'

나는 무심결에 떠오르는 생각들을 끊어내지 못하고 또다시 다가오는 미래의 실존에 대한 궁금증으로 가슴이 무거워졌다.

'지금까지 흘러온 것처럼 또 어디론가 흘러가겠지…….'

결론 없는 결론을 내리며 하늘을 쳐다봤다. 백야(nights under the midnight sun)가 끝나가는 시절이지만 '발트 해의 소녀'라는 애칭대로 조용하고 깨끗한 도시 헬싱키의 밤, 인적도 하나 없는 만네르헤임 박물관 앞 계단에서 바라본 바다는 호수처럼 잔잔했다. 둘이서 꼬박 4개월 동안 묵언 여행을 한 헬레나는 어머니 집에 잠시 들렀다가 오겠다는 말을 남기고 가버렸다. 그녀가 가버린 지 불과 얼마 되지 않았지만 그 몇 날이 천 날이 되듯 그녀를 기다리는 시간은 무척이나 지루했고 따분했다. 그러나 수도승(a Buddhist monk)의 일상처럼 지난 시간들이 맑고 투명했다는 생각을 마음이 조금은 편안했다.

말이 없어도 가능했던 지난 4개월의 시간들이 오래된 흑백영화 필름처럼 바다 위에 투영되는 것 같았다. 아무런 부담 없이 그리고 오래된 사람들같이 더욱 둘이서 하나같이 지낸 시간들이 상처 하나 없는 아름다운 야생화 같다는 생각도 들었다.

사람과 사람이 만나서 피울 수 있는 꽃, 흐르는 물이 만들어낸 여울목 건너편에 핀 눈부시도록 아름다운 야생화, 진실하지 못하고 순수하지 못하고 무엇보다 이 세상이 근원적으로 아름답지 못하다고 믿는 사람은 볼 수 없고, 만들 수도 없는 야생화……

단지 사람이 사람에게 이끌린다는 믿음, 세상에는 다양한 인간군이 있지만 어쩐지 편안한 믿음으로 다가설 수 있다면 아름다운 사연은 만들어지고 국경은 물론이거니와 언어까지 초월할 수 있다는 생각이 기적 같다는 생각이 들었다. 그러면서 내 스스로에게 성숙한 품성(a character)이 생긴 것 같아 뿌듯한 마음이 들었다. 따라서 그냥 스치고 지나가는 인연들까지 소중한 고찰로 살펴야 한다는 자아심성(self nature)론 하나가 성립되는 것 같기도 했다.

"뭘 그렇게 생각하고 있어? 사람이 와 있는 것도 모르고……. 분명 묵언의 시간은 끝이 난 줄로 아는데……"

언제 왔는지 헬레나가 옆자리에 앉아서 속삭이듯 말했다.

"지난 시간들을 생각하면서 자아비판(self criticism)을 좀 했지."

"나를 뒤돌아봤다? 그래서 어떤 결론이 나왔는지 궁금하네."

"헬레나도 아마 나와 같을 거야."

"그래. 우린 말이 필요 없는 사이잖아. 그러니 그럴 것이라는 타인 (a stranger)적인 결론이 있는가 하면 그랬으니 이럴 것이다, 아니 이렇게 할 것이라는 본인(the subject)적인 결론이 있을 텐데……"

"타인적인 결론과 본인적인 결론?"

"지극히 이성적(rational)이고도 이성(reason)과 감성(sensitivity)이 혼합된 생각으로도 구분할 수 있겠지. 다시 말하면 나를 대입(substitution)시킨 결론과 나를 뺀 객관적(objective)인 결론 같은 거지."

나는 의외로 논리적인 헬레나에게 잠시 할 말을 잃었다.

"난 그렇게 구체적으로 생각하지 않았어. 다만 분명한 것은 헬레나와 함께 한 시간 속에서 난 인생의 소중한 진리 하나를 발견했어. 서로 말을 하지 않아도 함께 모든 일을 할 수 있다는, 충분히 그럴 수 있다는 것이 신기했고 진실이 통하면 굳이 말은 필요가 없다는 것도 깨달았어. 문제는 앞으로 맞이할 시간에 대한 것이지. 정확하게 말하면 결론은 이미 났는데 그 결론 앞으로 다가선다는 것이……."

"아쉽고(feel the lack of)도 미래의 실존이 두려운 것이지……."

헬레나는 말끝을 흐리며 나를 쳐다봤다. 나는 헬레나의 말에 고개를 주억거리다가 싱겁게 웃으며 말했다.

"우리가 몽마르트 언덕에서 만나 숨 쉴 틈도 없이 걸어온 길, 말이 없었지만 참 아름다운 동행이었다는 생각이 들어. 반대로 말을 하면서 여기 핀란드의 헬싱키까지 왔다면 어땠을까?"

"그건……."

"서로에게 자신을 알리려는 말은 아무리 정직하게 해도 치장이 있었을 것이고 그 치장은 이질감이 되어 여기까지 올 수 없었을지도 모른다는 생각이 들어. 믿음이 곧 편안함이고 그 편안함이 가슴 속에 사연으로 쌓여 있다면 각자가 스스로 질문하고 대답한 지극히 순수하고 아름다운 행동들은 이 세상에 존재하는 도덕(moral)과 윤리(ethics)가 감히 접근(an approach)할 수 없는 것들이라는 생각이 들어."

"그래. 내 생각도 그래."

"그럼 이제 우리……."

나는 말끝을 흐리며 하늘을 바라봤다. 성근 어둠이 가득했지만 그래도 별빛은 빛나고 있었다.

"이제 곧 백야의 계절이 가고 나면 어두운 밤만 있게 되는 겨울, 그 겨울 속에서 나는 무얼 하고 있을까? 이 헬레나는 무엇을 하면서 그 겨울을 보내고 있을까? 거기까지 왜 생각지 못했는지 몰라."

헬레나는 서운한 표정을 지으며 고개를 숙였다. 그런 헬레나의 표정을 보니 내 마음의 뜰에도 차가운 바람이 이는 것 같았다. 그 이유를 헤아려 보니 무언으로 쌓았던 정(affection)단(an alter)이 슬그머니(without letting anyone see) 무너지는 느낌 때문이었다.

"이상하다. 왜 이러지?"

나는 미어지는 가슴을 부여안고 헬레나를 쳐다봤다. 그런데 그를 보고 있는데도 보이지 않은 사람처럼 보고 싶다는 생각이 들었다. 그것도 너무도 간절하게(sincerely)…….

"왜 그래?"

헬레나는 나만큼이나 애절한 목소리로 말했다.

"이렇게, 이렇게 헬레나의 얼굴을 보고 있는데도 헬레나가 보고 싶어지네. 그것도 너무도 간절하게……. 마치 헬레나가 어디론가 사라져버리기라도 할 것처럼……. 이렇게, 이렇게 보고 있는데도 말이야. 그리고……."

"그리고?"

"왜 이렇게 아버지가 보고 싶지? 어머니와 여동생들도……. 너무 보고 싶어서 미칠 것 같아. 왜 이러지? 갑자기……. 헬레나 나 된장국(bean paste soup)이 먹고 싶어. 한국 촌사람들이 잘 먹는 국인데, 거기다 밥을 말아서 잘 익은 김치를 걸쳐서 먹고 싶어지네."

"된장국?"

"핀란드 사람들이 즐겨먹는다는 삶은 콩과 청어 그리고 거기다 쇠고기와 야채가 들어간 수프 같은 거야. 그게 미치도록 먹고 싶어. 이 나라 핀란드, 스웨덴과 소련이라는 강대국 사이에 끼어서 끊임없는 외부의 압박 속에서도 굳건히 지켜온 민족정신의 결정체인 칼레빌라(Kalevala), 완성 당시엔 제정 러시아령이었으면서도 자주 독립의 원동력이 되었던 칼레빌라, 우리에게 교향곡 핀란디아를 작곡한 시벨리우스는 음악의 테마를 칼레빌라에서 찾았다지? 이 세상 누구보다도 애국심이 강한 핀란드 사람들, 조국을 사랑하는 마음이 눈에 보이는 듯한 헬싱키의 사람들……. 나도 뜨겁게 조국을 사랑하는데……. 남북이 이데올로기 대리전 같은 전쟁으로 둘로 나누어진 내 조국이……. 지은 죄도 없이 나를 괴롭힌 그 조국이 왜 이렇게 그리울까? 그 조국에서 내 아버지가 나를 부르며 울고 있는 것 같아."

전신에 힘이 빠지고 사무치게 그리운 사람들이 내 눈 앞으로 다가서는 것 같았다. 아, 이게 향수병이구나! 라는 생각을 하면서도 점점 더 수렁으로 빠져 들어가는 기분을 떨칠 수가 없었다. 이러지 말아야지! 하면서도 어떻게 할 수도 없이 끌려가는 느낌이 들었다. 나는 헬레나를 껴안으며 소리 내어 울었다. 헬레나는 나를 다독이면서 안아주다가 비처럼 쏟아지는 내 눈물을 닦아주기만 했다. 그녀의 젖은 눈동자가 내 마음을 잘 안다고 말하는 것 같았다.

나는 이겨내야 한다는 생각으로 자리에서 벌떡 일어났다. 그리고 모든 생각을 떨쳐버리기 위해 각설이타령을 불렀다. 그래도 눈물은 멈추질 않았다. 짐승이 포효하듯이 울부짖다가 어느 순간 너무도 구슬픈 목소리로 아리랑을 불렀다.

"이제 가세요. 쉬어야 해요. 지금 어린 왕자님은 다가올 미래가 두려우신 거예요. 아마 내 마음도 그럴 거예요. 정작 울고 싶은 사람은 난데……. 강직하고 두려울 것 없는 마음을 가진 사람이 이러다니……. 너무도 강해보였는데 이렇게 여린 마음이라니……."

헬레나는 땅바닥에 퍼져 앉은 나를 일으켜 세웠다. 그러고는 조용히 콧노래를 불러주었다. 마음이 편안해지는 멜로디였다.

"외롭고 쓸쓸한 나그네의 마음을 위로해주는 드보르작의 신세계야. 난 가끔 내 인생이 외롭고 쓸쓸해지면 이 교향곡의 이 부분을 콧노래로 부르지."

그녀가 조용히 말했다. 나는 눈을 감았다. 어디로 가는지도 모르고 헬레나가 이끄는 대로 걸었다. 내 의지와는 상관이 없다는 것을 알면서도 앞장서듯이 걷고 있는 내가 우스웠다. 그러면서도 편안한 마음이 드는 건 어쩔 수 없었다. 몸도 마음도 어디론가 흘러가기는 하는데 어디로 가는지 알 수 없었다.

이별의 언덕

1972년 9월 3일

잠결인지 생시인지 구분이 안 갔다. 너무도 편안한 잠자리라는 것을 느끼며 잠에서 깨어났다. 그렇게 개운할 수가 없었다. 오랜만에 거울 앞에서 보는 내 얼굴, 난 내 눈을 의심했다. 내가 알던 내 모습이 아니고 전혀 다른 사람이 앉아 있었다.

누군가에게 쫓기거나 어깨조차도 펴지 못한 불안하고 초조한 사람의 모습은 온데간데없고 모든 것을 초월(transcendency)한 철인(a philosopher) 같은 모습을 한 사내가 나를 바라보고 있었다.

'내 모습이 이랬었나?'

내 눈을 의심하면서 눈을 질끈 감아보기도 했다. 그러나 거울 속에 있는 내 모습은 세상의 모든 고민에서 헤쳐 나온 도인(truth-man)같이 보였다. 그 모습을 보니 앞날에 어떤 시련(a trial)이 오더라도 초연(aloofness)한 마음바라지로 살아갈 수 있을 것만 같았다.

"일어나셨구나."

헬레나의 어머니 에반스 교수의 목소리였다. 그제야 흐릿한 정신으로 헬레나의 집으로 가서 인사를 하는 둥 마는 둥하고 내쳐 잠든 것이 상당한 시간이 흘렀다는 걸 알 수 있었다.

"몸과 마음이 허(an unguarded position)했던 모양이에요. 꼬박 하루 동안 잠을 자다니……. 깨워도 소용이 없었어요."

에반스 교수의 영어는 매우 유연했다. 프랑스인이 할 수 있는 발음이 아니었다. 거의 영국식에 가깝지만 알아듣기는 매우 편했다. 나는 에반스 교수의 말에 대답도 못하고 우물거리는데 헬레나가 들어왔다.

"이제 마음이 조금 개운해요?"

나는 말없이 그냥 고개만 끄덕였다. 나는 그들을 따라 밖으로 나갔다. 조용하고 깨끗한 느낌이 마음을 맑게 하는 이층집이었다. 혼자 사는 집치고는 상당히 넓은 식탁에 정갈(chastity)한 아침 식사가 마련되어 있었다.

"아니, 그렇게 잠을 잘 수가 있어요? 혹시나 세상을 떠난 사람이 아닌가 싶어서 걱정까지 할 정도였어요. 어머니는 걱정 말라고 하셨지만……. 외롭고 쓸쓸하다 보면 그럴 수 있다고 하시더군요. 나와 함께한 시간들이 그렇게 외로웠다니……."

헬레나는 투정어린 목소리로 커피 잔을 내밀었다. 그런 헬레나에게 에반스 교수는 웃으며 말했다.

"그건 사람이 같이 있고 없고가 아니라 가슴속 깊이 자리잡고 있는 구심점 때문인 거야. 그 외로움과 쓸쓸함은 자기 자신이 아니면 치유될 수가 없는 것이지."

에반스 교수의 목소리는 단호하고 결연했다. 나는 정곡을 찔린 것 같아 에반스 교수를 다시 한 번 쳐다봤다. 내 눈빛에서 무언가를 읽은 에반스 교수는 헬레나에게 말했다.

"이야기 들었어요. 헬레나를 어떻게 만나서 어떻게 지냈는지……. 지난 4개월은 두 사람에게 아주 소중한 의미로 남을 거예요. 인생길은 멀고도 험하지만 그래도 좋은 사람들과 만나면 그 인생이 달라지기도 하지요. 나는 헬레나와 어린 왕자와의 만남이 그런 관계라고 생각해요. 말없이 같이 여행을 하자는 발상도 참 신비한 것이었고 무언의 약속을 지키며 할 수 있었던 여행의 시도(an attempt)도 참 좋은 자기성찰(self-examination)의 기회였다고 생각해요. 그걸 동양에서는 구도(seeking after truth)라고 하지요? 자기 자신의 수양(cultivation of the mind)을 위해 묵상(meditation)하면서 걸어가는 길, 참 고귀한 경험이지요. 나도 언젠가 기회가 주어지면 구도의 나라에 가서 경험을 해보고 싶은 생각이 들어요. 그런 기회가 있을지 모르겠지만……."

"그런 기회가 주어지면 정말 좋겠습니다."

나는 담담한 마음으로 말했다. 에반스 교수는 허망한 웃음을 지으며 커피를 마셨다.

"그건 모르지."

"우리 약속해요. 이다음 우리가 그렇게 만날 수 있기를……."

헬레나는 다급한 목소리로 말했다. 그런 헬레나를 바라보는 에반스 교수는 더욱 웃음을 지으며 표정으로 말했다.

"그건 지금 약속하는 게 아니야. 지킬 확신이 없으면 그런 약속은 하지 않는 게 좋아. 지금 당장 헤어지는 것이……. 아름답게 헤어지자고 약속한 이별, 그 시간 앞에서 서성거리는 마음을 가지고 또다시 약속을 해? 조금 덜 아플 것 같아서 또 다른 약속을 한다면 그건 자기혐오(self-disgust)에 걸리기 쉬운 함정(a pitfall)이 될 수도 있어. 전혀 엉뚱한 길을 가게 만드니까 더욱 그런 거야. 조금은 아쉬울 때, 미련으로 망설여질 때, 그때가 가장 아름다운 이별의 순간이고 그 이별의 순간이 지나면 또 다른 인생이……. 그것을 성숙의 언덕이라고 하는 거야. 이별 언덕이 성숙의 언덕이 되는 것……. 말하기는 쉽지만 그 언덕을 넘어가는 일은 간단치가 않지. 참 어려운 거야. 그건 내가 잘 알지. 두 사람의 이야기, 헬레나를 통해서 잘 들었어. 지나온 길이 서로에게 신기한 것 같아서 잠시 서성거리고 있는 것 같은데……. 그건 아직은 젊기 때문이야. 어차피 만나야 할 이별이라면 조금은 더 미련이 남기 전에 초연하게 그 이별에 다가서는 게 좋아. 그게 이별을 아름답게 만나는 법이야. 서로에게 무엇인가 아쉬운 미련이 있을 때…… 그게 아름다운 추억이 되고, 그 추억이 못 잊을 것 같으면 그때 다시 찾으면 되는 거야. 만날 인연이라면 만나지게 되어 있어. 그게 사람 사는 세상이야. 나도 나름대로 회의와 고민을 안고 철학을 공부하면서 터득한 것이니까 믿어도 될 거야. 물론 그건 엄마의 인생이라고 말할 수도 있겠지. 맞아. 그럴 수도 있어. 그러나 인간의 삶이란 그렇게 다르지 않아. 두 사람 내 말이 이해가 되나?"

헬레나와 나는 아무 말도 못하고 서로의 얼굴만 바라봤다. 잠시 침묵이 흐르는가 싶었는데 우리 두 사람을 번갈아보던 에반스 교수가 다시 웃으며 말했다.

"설령 앞날을 약속한다 해도 확신이 없는 약속은 인생을 아프게 해. 아픈 건 인생을 성숙하게 할 수도 있지만 고통스럽게 하기도 하지. 인생이 지나고 보면 어이없게 짧은 것이기도 하지만 가야 할 길을 보면 의외로 길(long)뿐 아니라 아득하기도 한 거야. 어차피 떠나야 할 사람은 떠나는 것이고 남아야 할 사람은 남아서 순간순간을 오래도록 기억하는 것이 서로에게 위안이 될지도 몰라. 조국에서 도움 받은 것은 없지만 조국이라는 이름 하나로 사무치게 그립다는 당신, 가야 할 사람은 가야 하지. 이 세상 어디에 살아도 그리운 조국! 조국이 있다는 건 너무도 소중한 것이야. 외세의 침략이 두려워 살기 위해 찾아간 프랑스, 내 어머니와 아버지는 돌아오지 못했지만 나는 돌아왔어. 그게 조국이야. 부모님의 유언을 안고 돌아온 조국 핀란드, 시벨리우스의 핀란디아가 들려주는 내 조국 핀란드는 아팠던 인생 따위는 상관없이 나를 포근하게 감싸주었어. 전신을 떨리게 하는 조국이라는 이름…… 아직은 확신이 없어서 서성거리고 있지만 언젠가는 가슴 저리게 조국을 사랑하게 될 거야. 조국…… 애국이란 그런 걸 말하는 게 아닐까? 지금은 가을, 이제 곧 겨울이 오겠지. 이별하기에 딱 좋은 계절이야."

에반스 교수는 조용히 자리에서 일어나 밖으로 나갔다. 나도 따라서 일어났다. 배낭을 메고 밖으로 나갔다. 내가 문 밖으로 나설 때까지 헬레나는 식탁에 앉아 있는 모양이었다. 천천히 걸었다. 아주 천천히…… 뒤돌아보고 싶었지만 그냥 걸었다. 짧은 해가 기우는지 물체들이 희미해져갔다. 눈망울에 고여 있던 눈물이 한꺼번에 흘러내렸다. 무엇 때문에 흘러내리는 눈물인지 알 수 없었다.

이별이 아름다운 까닭

1972년 9월 30일

'아름다운 이별, 이별하기에는 아주 좋은 계절.'

나는 빅토르 위고 박물관 앞에서 그 말을 생각했다. 헬싱키에 있는 헬레나의 어머니 에반스 교수의 집을 나와 파리로 돌아오는 길에 머리에서 떠나지 않던 두 사람의 말…… 닥치는 대로 일을 하면서 차비를 벌었고 육체의 피곤함만 아니면 미칠 것 같은 허전함을 메우기 위해 열심히 일을 할 때도 그들의 말은 내가 꼭 풀어야 할 내 인생의 화두(a topic of conversation)처럼 머릿속을 맴돌았다. 빌딩 청소부, 주방 보조, 말 목장의 잡부 등 차비벌이를 하면서 파리까지 온 길이 까마득한 옛날 같기도 했고 나와는 상관이 없는 일 같기도 했다.

'뒤돌아갈 수 없는 한계를 인정하면서도, 스치고 지나가버린 바람이라고 생각하면서도 가슴이 이렇게 아린 까닭은 무엇인가!'

나는 치밀어 오르는 분노를 느끼며 누구도 아닌 나 자신에게 역정을 냈다.

'그 수많은 이별들이 지나갔는데 그리고 당연히 있을 수밖에 없었던 이별인데도 새삼스럽게 아파하는 까닭은 무엇이며 헤어지면서 남긴 말이 지워지지 않는 이유는 또 무엇인가?'

나는 퍼질러 앉은 계단에서 두 주먹을 불끈 쥐고 부르르 떨었다.

지나가던 사람들이 힐끗 쳐다본다는 것을 느끼는 순간 누군가가 다가와서 물었다.

"당신 한국 사람이지?"

오랜만에 들어보는 한국말에 정신이 번쩍 들었다. 히피풍의 긴 머리를 한 남자는 눈살을 찌푸리며 미간은 잔뜩 모은 채로 다시 말을 이었다.

"멀쩡하게 생긴 사람이 무슨 일인지는 모르지만 그렇게 넋 놓고 중얼거리면 어쩌나?"

"네?"

"내가 한국 사람이기에 다행이지……."

나는 비로소 내가 한국말로 중얼거리고 있었다는 것을 깨달았다. 혀를 차던 남자는 완전히 달라진 표정으로 내 얼굴을 후벼 파듯이 낱낱이 들여다보면서 말했다.

"무슨 일인지는 모르지만 한국을 떠나온 지 상당히 오래된 사람이고 중얼거리던 말로 미루어 가슴 아픈 이별을 한 모양인데……. 그렇게 가슴 아프다는 건 헤어진 사람을 뼈에 사무치도록 사랑했다는 것이고……. 그런데도 불구하고 헤어졌다는 것은 꼭 가야만 하는 길이 있기 때문이란 말인데……. 둘 중에 하나를 선택해야 돼. 두고 온 이별을 아름답게 생각하든가 아니면 완전히 잊어버리고 새로운 이별을 만든 준비를 하든가. 오랜만에 만난 고국 사람이 나만큼 아픈 사연을 안고 있는 것 같아서 영 기분이 거시기하다."

남자는 더 이상 나를 보기가 민망하다는 듯이 바람처럼 가던 길을 재촉했다. 나는 정신을 차리며 뒤도 한번 돌아보지 않고 멀어지는 남자를 멍하니 쳐다보다가 그 뒤에 보이는 에펠탑에 시선을 박았다. 나 혼자서 미친 짓을 했다는 생각이 들어 목 줄기가 오그라드는 것 같았다.

'그랬구나. 남들이 보면 분명 미친 짓이라고 할 짓을 내가 하고 있구나. 이별이 아름다우려면 두고 온 이별을 아름답게 생각을 하든가 그게 아니면 새로운 이별을 만들 준비를 하라고? 뼈에 사무치는 사랑? 나와 헬레나가 함께했던 시간들이 사랑이었다고? 그렇다면 미야코나 유키코 그리고 내가 기억하는 여자들은……. 그 사람들과 만든 사연들이 전부 사랑이었단 말인가? 그런 게 사랑이란 말인가? 만들어진 인연이었고 그 인연 앞에서 본능이 원하는 대로 시키는 대로 주고받았던 몸짓들이 사랑이라고 이름 지을 수 있는 것인가?'

나는 싱겁게 서 있는 에펠탑을 바라보며 대답 없는 질문을 그만 접었다. 그러고는 지펴오는 하나의 생각을 잡았다. 머물 수 없고 떠나야 할 입장이라면 만났던 인연에 대한 정중한(a courteous) 인사를 해야 한다는 생각이 들었다.

어둠이 내리기 시작하는 몽파르나스 후미진 골목길 안에는 여전히 고약한 냄새가 코를 찔렀다.

"어? 어린 왕자……."

밖으로 나오던 아벨은 눈동자가 풀려 있었고, 뒤따라 나오던 해리는 완전히 만취상태였다.

"어이, 어린 왕자……. 드디어 인간 순례를 마치셨나? 아주 때를 잘 맞춰서 나타나셨군."

나는 해리의 말을 들으며 집안을 살폈다. 그런 내 행동을 지켜보던 아벨이 싱긋 웃으며 말했다.

"없어. 푸마디니는 떠났어."

"아, 그래? 어디로……."

"고향으로 갔지. 아주 금의환향(returning home loaded with honors)을 했어. 어린 왕자가 떠난 뒤 예정보다는 2주 정도 빨리 전시회를 가졌지. 유화였지만 개성이 다른 우리는 절묘한 조화를 이루며 많은 사람들에게 환영을 받았어. 특히 평론가들은 새로운 미술 사조를 만들었다고까지 하며 난리였었어. 전시회가 끝나고 푸마디니는 고향의 국립대학에 자리를 얻었지. 그리고 나와 해리는 내일이면 예술 촌으로 들어가서 영국 정부가 주문한 프로젝트에 참가하기로 했어. 아주 근사한 작품이 될 거야. 그래서 3년 동안 정들었던 이곳을 떠나게 됐어. 떠나는 기념으로 지금 한 잔 했어."

아벨은 유쾌하게 웃으며 말했다. 아벨의 말을 들으면서 해리를 보니 그도 웃으며 고개를 끄덕였다.

"인생이 괴로운 사람의 주머니를 털려던 도둑놈들이……. 그땐 정말 왜 그랬는지 몰라. 정말 미안해."

해리는 진실이 느껴지는 표정으로 내 손을 잡았다.

"맞아. 우리가 정말 잘못한 거야. 이렇게 착한 사람에게, 꿈을 찾아서 온 어린 왕자에게 아주 더러운 인간의 치부(a disgrace)를 드러낸 거야. 예술가의 멋진 꿈을 이루려는 사나이들이 꿈을 찾아 파리로 온 사람에게 인간의 더러운 속성을 보여준 거야. 인간은 이렇게 모순 덩어리야."

해리는 자학하듯이 자신의 가슴을 쥐어뜯었다. 나는 깜짝 놀라 해리의 손을 잡았다.

"아냐. 그건 누구나 다 그럴 수가 있어. 나는 너무 배가 고파서 남의 것인지도 모르고 먹은 적이 있어. 사람은 그래. 배가 고프면 눈에 보이는 게 없어지게 돼. 난 그걸 알아. 인간이 정말로 배가 고플 때 그 허기를 면하는 방법에 따라 인생의 길이 열리는 거야. 누구에게 배가 고프니 배를 채워줄 수 없느냐고 물으면 매사에 타협하는 인간이 되고, 말없이 내가 배고픈데 그냥 좀 먹으면 어때? 하고 허락도 없이 먹으면 도둑놈이 되는 거지. 하지만 남의 것을 훔친다는 마음에서 그러는 것이 아니고 정말 내가 진실하게 필요해서, 그게 아니면 죽을 것 같아서 도둑질을 했다면 그건 잘못을 시인하고 반성하면 용서를 받을 수 있는 지극히 인간적인 행동이라고 생각해. 나도 그런 입장이었다면 그랬을지도 몰라. 내가 아는 건 얼마나 힘들었으면 저럴까? 하고 먼저 그 사람의 입장이 되어주는 것으로 배웠지만……. 세상을 살다보니 그럴 때도 있을 거라는 생각이 들어. 오히려 나는 그렇게 해서 만나진 친구들에게 배운 게 있어."

"배우다니? 무엇을……."

두 사람은 어리둥절한 표정으로 나를 쳐다봤다. 나는 여유로운 표정으로 가슴을 펴면서 말했다.

"인간의 단점과 장점은 동시에 있는 것이지만, 늘 지극히 말초적(trifling)인 것을 선택한다는 거……."

"그게 무슨 소리야?"

"인간은 긴 안목(inside dimensions)으로 보는 것보다 눈앞에 보이는 것을 선택한다는 거지. 왜냐하면 눈앞에 보이는 것이 우선 쉬우니까. 그리고 고민을 안 해도 되는 거니까. 멀리 보는 사람은 자신에게 엄격(strictness)하지만 그렇지 않은 사람은 우선 쉬운 걸 선택하게 되지. 아, 그렇다고 멀리 보지 않는 것이 나쁜 것만은 아니야. 단지 그 사람의 타고난 습성인 거지. 인간은 누구나 절박한 상황이 되면 가장 눈앞에 보이는 것을 선택할 수밖에 없어."

두 사람은 입을 벌렸다. 그러다가 아벨이 말했다.

"처음 볼 때부터 조금은 별나 보이긴 했지만 이렇게 특별한 사람인 줄 몰랐어. 도통(spiritual enlightenment)한 어린 왕자 같아. 아니, 그보다 갑자기 인간의 속성을 가장 아름답게 소설로 그린 빅토르 위고가 생각나."

"아니야. 어린 왕자도 아니고 위고도 아니야. 내가 볼 때 인간의 더러운 속성을 고발하는 시대의 반항아(a disobedient child) 같아. 어떻게 보면 내 고향 리버풀이 만들어낸 비틀즈 같기도 하고……. 하하. 언젠가 아주 큰일을 할 사람 같아. 동서양을 합쳐 놓은 생김새도 그렇고……."

"그건 그렇고 어쩐 일이야? 보아하니 어디로 떠나려고 하는 것 같은데……. 이제 돌아가는 길인가?"

해리는 눈동자를 아래위로 움직이며 나를 살펴보더니 단정하듯이 말했다.

"그래. 떠날 거야. 아니 떠난다기보다는 혹시 있을지도 모르는 새로운 만남을 위해 잠시 헤어지는 것이지. 만남이 있으면 이별이 있듯이 만남이라는 인연을 고마워하면서 인사할 수 있을 때 정중하게 인사를 하고 싶어서…… 우연히 만났지만 정말 잊지 못할 인연이었다고, 정말 고마웠다고……."

나는 몸가짐을 바로 하고 예의바른 모습으로 고개를 숙였다. 어리둥절해하던 두 사람은 별 도리가 없다는 듯 엉거주춤하게 허리를 숙였다.

"다시 만나지 못해도 우리들의 만남은 앞으로 내 인생에 있어서 참 소중한 의미로 남을 것 같아. 그땐 몰랐지만 지나고 나니까 만남이라는 것은 인간이 가질 수 있는 가장 아름다운 행위였어. 모든 것에 의미를 부여할 수 있도록 만들어준 만남, 그리고 이별, 이 이별이 아름다울 수 있는 것은 내게 주어진 운명을 내가 사랑할 수밖에 없기 때문인 것 같아. 내가 걸어가는 길에서 만나는 숙명 같은 운명…… 그것이 슬픈 것이든 괴로운 것이든 내 것이니까 내가 사랑해야지. 아프지만 이별이 아름다우려면 내가 아름답다고 믿어야 할 것 같아. 왜냐하면 이별은 아프지만 만남은 진실로 아름다웠으니까. 아니 만났을 땐 몰랐지만 그 만남이 아름다운 사연을 만들었으니까…… 혹시 몽파르나스 거리에서 백파이프를 부는 토미라는 화가를 만나면 전해줘. 그 여자 친구 제인에게도…… 그날 만난 인연 정말 고마웠다고…… 왠지 내 가슴에서 울려나오는 듯한 그 백파이프 소리에 감동한 동양인이 인사를 못하고 떠나서 미안하다고……."

"토미? 나 잘 알아. 고향이 스코틀랜드야. 지난달에 스위스로 갔어. 아주 굉장한 프로젝트를 맡아서 제인과 함께……."

해리는 놀라면서 자신의 일처럼 즐겁게 말했다.

"그랬구나. 그럼……."

"가려고?"

"그래, 가야지……."

"어디로 가야 하는데……."

해리와 아벨은 안타까운 표정으로 나를 보며 말했다.

"나에게 이런 순례 길을 만들어주신 분들에게 인사하러 가야지."

"거기가 어딘데?"

해리가 물었다. 아벨은 어서 말하라는 표정이었다.

"뉴욕, 거기에 들렀다가 나를 부르는 곳으로 떠날 것 같아. 나를 아프게 했지만 그래도 나를 필요로 하는 것 같아서……. 아마 동물들이 가지고 있는 귀소본능(the homing instinct)일지도 몰라. 내 인생을 송두리째 짓밟은 곳인데도……."

"여기서 바로 떠난다고?"

"그래야 할 것 같아."

"그래, 그렇게 마음을 굳혔다면 그래야지."

해리가 먼저 손을 내밀었다. 아벨은 잠시 머뭇거리다가 손을 내밀었다.

"잘 가. 또다시 만나지 못한다 해도 오래도록 기억할 거야. 우린 우리가 사는 세상을 아름답게 만드는 거대한 일을 하게 될 것 같아. 아니 그렇게 되길 빌어줘. 잘 가라고, 어린 왕자……."

아벨은 그 큰 덩치로 나를 덥석 껴안았다. 그러고는 내 눈동자를 들여다봤다.

"내 고향 체코에서는 이렇게 헤어지면 또다시 만날 수 있다고 무언으로 약속해. 여기저기서 공격해오는 침략자들 사이에 끼여 있는 우리 민족은 이산(separation)의 아픔을 항상 가슴에 담고 살아서 그래."

아벨의 눈동자에 촉촉하게 물기가 고였다. 나는 그 눈물을 보는 순간 등을 돌렸다. 미세한 통증이 마음으로 전해졌다. 10월의 언덕을 천천히 걸었다. 어쩐지 다정히 보이는 에트랑제들의 고향 마을 같은 몽파르나스 거리가 살가운 표정으로 나에게 손을 흔드는 것 같았다.

맴돌다가 흘러가는 물

'아름다운 이별이란 결국 나 자신이 만드는 것이다. 내게 다가온 만남이든 이별이든 그것을 기쁘게 맞이하는 것도 슬프게 맞이하는 것도 내 선택이다. 누가 만들어주었다 해도 결국 내가 책임을 지는 것이고 내가 만들었다고 해도 그 또한 내가 책임을 져야만 한다. 내 앞에서 벌어진 일이라면, 내가 싫은 것이라 해도 내가 안 할 수 없으면 싫어도 해야만 한다. 거부할 수 없는 운명 앞에서 도망친다면 비겁한 사람이 될 수밖에 없다. 목숨을 위협하는 힘을 지녔다면 그 현실은 쉽게 변하지 않는다. 사람이 만들고 사람이 판단하는 모든 일은 기득권자에게 우선권이 있다. 그것은 너무도 자명한 이치이다. 다만 역사가 판단을 할 것이다. 나를 옥죄었던 내 인생의 절망이 무거웠어도, 내가 선택하지 않았다 해도 그래서 분노를 하고 옥죄인 사람들에게 책임을 추궁한다 해도 진실로 보상이 되는 것이 있을까? 미워하는(hate) 것도 증오(hatred)하는 것도 애증(love and hatred)이 없으면 불가능하다. 애증이 있다는 것은 예속(subordination)을 인정하는 것이다. 인간은 속성상 예속을 거부할 수 없다. 잠시 접을 수는 있어도 이 세상에 나오면서 주어진 구속에서 영원히 자유로울 수는 없다. 그러나 대세(the general situation of the world)는 도도하다. 잠시 여울이 되었다가 길을 떠나는 물은 도도한 대세를 포용(inclusion)한 채 흘러갈 것이다. 꿈조차도 꾸어보지 못한 내 인생의 여로(a journey), 지나간 것은 어쩔 수 없다 하더라도 남아 있는 날에 오욕(disgrace)의 인생행로(the thorny path of life)가 되지 않으려면 내게서 멀어진 이별들을 부디 자애로운(affectionate) 마음으로 놓아야 하는 것인지도 모른다. 보내버린 이별과 또다시 만나야 할 이별들에게 겸허한(humbleness) 마음으로 인사를 할 것이다.'

비행기가 이륙하면서 이런저런 생각을 정리했다. 인생의 한 장이 끝나고 또다시 시작되는 듯한 느낌이 들었다. 하늘을 날아서 가는 것이 아니라 흘러가는 물을 타고서 미지(an unknown quantity)의 세계로 흘러들어가는 것 같았다. 세월을 거슬러 가는 것 같기도 했고 다가오는 세월을 초연하게 맞이하는 것 같기도 했다.

뉴욕에 도착하면 볼 수 있는 얼굴들이 사무치게 그리웠다. 곧 만나게 될 텐데도 가슴까지 설렐 정도로 보고 싶어졌다. 이미 멀어졌을 파리가 묘한 미련으로 나를 잡아당기는 것 같았다. 살아가야 할 날들 앞으로 가는데 살아온 날들이 부르는 느낌, 그래도 살아온 날들보다 살아야 할 날들이 조금은 더 희망적이라는 생각으로 마음을 다독였다. 창공을 비상하다가 날개를 접는 새처럼 포근한 마음으로 눈을 감았다.

"헤이, 어린 왕자……."

베네딕 사장은 환하게 웃으며 내 손을 잡았다. 잡은 손에 느껴지는 반가운 감촉이 코끝을 찡하게 했다.

"왔네."

수줍은 시골 색시 같은 해피 걸 사장은 나와 시선을 맞추지 못했다. 내가 허리를 숙여서 눈높이를 낮추자 비로소 눈과 눈이 마주쳐졌다. 재회(reunion)가 얼마나 기다려왔는지 그 마음이 눈동자에 그려져 있었다. 그 말로는 설명이 안 되는 인간적인 정이 나의 눈자위도 뜨겁게 스쳐갔다. 누가 먼저였는지도 모르게 서로를 와락 껴안았다. 힘껏 껴안은 해피 걸 사장은 온몸을 부르르 떨었다. 그 전율이 설명할 수 없는 기쁨이라는 것을 나는 잘 알았다. 생각지도 않았던 감정의 회오리(a twister)는 내 육신(flesh and blood)을 허공으로 붕 뜨게 만들었다. 해피 걸 사장의 행동을 지켜본 베네딕 사장은 적잖이 놀라는 표정이었다. 나 역시 만난 이후로 이런 모습은 처음 보는 터라 놀라면서도 가슴은 한없이 따뜻했다.

"잘 왔어. 건강한 모습으로 이렇게 돌아와 준 것, 정말로 고맙고 반가워. 내가 왜 이러는지도 모를 정도로 반갑고 고마워."

해피 걸 사장은 눈물을 닦으며 호들갑스럽게 말했다. 쳐다보던 베네딕 사장이 묘한 표정을 지으며 다가섰다.

"자, 이제 가자. 모두들 기다리고 있어."

이른바 나의 후원회 사람들이 모두 모여 있었다. 그 사람들을 앞에 두고 베네딕 사장이 마련해준 자리에 앉았다. 훈훈하게 느껴지는 감회가 내 가슴을 먹먹하게 만들었다. 모임이 마련되면 으레 자연스럽게 진행을 하던 베네딕 사장이 왠일인지 말없이 앉아 있기만 했다. 서먹한 분위기가 약간은 무거운 것 같다 느낄 때 데니가 누군가에게 손짓을 했다. 그러자 듣기 편안한 컨트리웨스턴 리듬의 노래가 흘러 나왔다.

바람이 불어오고 구름이 흘러가는
언덕에서 바라보면
어디에서 흘러와서 어디로 가는지도 모르는
시냇물은 그렇게 흘러와서
무심히 서 있는 돌멩이(a single stone)를 만나
도란도란(murmuring together) 이야기를 해요.

안녕하세요?
반갑습니다.
이렇게 만나서 정말 반갑습니다.

흘러온 물은 돌멩이를 감싸주고
돌멩이는 쉬어가라고 가슴을 열면
어쩐지 외롭고 쓸쓸했던 우리들의 이야기는

두 눈을 감고 고향으로 달려가고
아늑하고 포근한 신화(a math)를 만들겠지요.

누가 물이고
누가 돌멩이인지는 모르겠지만
아름다운 우리들의 인연은
누가 봐도 아름다운 여울목이 될 것입니다.

맴돌다 흘러가는 물이 되어도
어디론가 흘러가는 물을 보낸 돌멩이가 되어도
만들어진 인연에게 인사를 할 것입니다.

편안히 가십시오. 만나서 즐거웠습니다.
안녕히 계십시오. 참으로 행복했습니다.
또다시 만나지 못해도 아름다운 추억으로 간직할 것입니다.
물과 돌멩이가 되어 만들어진
우리들의 여울목을……

　기타를 치면서 노래를 부르던 로리는 나를 보며 싱긋이 웃었다.
로리의 노래가 끝나자 사람들은 박수를 쳤다. 그 박수 소리가 끝나
기 전에 찰리가 등장하여 같은 가사(lyrics)를 이번에는 리듬 앤 브
루스 스타일로 노래를 불렀다. 가슴을 파고드는 찰리의 목소리는 너
무 슬픈 나머지 차라리 사람의 마음을 기쁘게 해주는 것 같았다. 처
음으로 슬픔이 넘치면 기쁨이 된다는 것을 느꼈다. 진실로 슬프면
아름다워지는 감정의 파고(the height a wave), 나는 그 아름다움
에 취해 눈을 감았다. 그러고는 가슴 깊은 곳에 고마운 사람들의 이
름을 하나씩 새겨넣었다. 진실하면 통한다는 진리를 알게 되었고 진
실이 통하면 인종도 국경도 언어도 초월한다(transcend)는 사실이

마음에 환한 깃발(a flag)이 되어 푸른 하늘에 휘날리는 것 같았다.

찰리의 노래가 끝난 뒤 잠시 침묵을 지키던 순간을 깨고 데니가 말했다.

"방금 들은 노래는 여기에 앉아 있는……. 우리에게 선물처럼 흘러온 물인 어린 왕자가 쓴 겁니다. 이번 인간 순례 길에서 도나우 강을 바라보며 썼다고 하더군요. 역시 탁월한 감성의 소유자 같습니다. 이것뿐만 아니라 이렇게 많은 글들을 보내왔어요. 아마 이 가사를 노래로 만들려면 내 일생을 다 바쳐야 될 것 같습니다. 어느 날 예고도 없이 불쑥 나타난 동양인도 아니고 서양인도 아닌 사람에게 내 인생을 차압당한 저입니다. 생긴 것은 동양과 서양을 합친 것 같지만 가슴은 인간의 본성이 아름답다고 믿는 성선설(the view of human nature as fundamentally good)에 가까운 사람 같습니다. 성선설, 그게 뭐냐고요? 사실은 나도 잘 모릅니다. 어린 왕자를 알면서 책을 통해 알게 조금 알게 되었습니다. 좋은 글을 쓸 줄 알고 그보다 먼저 우리 주변에 있는 미미한 것들에서 아름다운 것을 발견해내는 신비한 재주가 나오는 걸 보면 그는 분명 선한 사람임에 틀림없습니다. 눈에 보이는 것만 믿고 보는 우리와는 많이 다르지요. 그렇지만 기본적으로 인간이 아름답다고 믿고 가슴속에서 꽁꽁 숨어 있는 마음을 끄집어내어준 공로는 단순한 한 곡의 노래를 넘어 듣는 모든 사람들의 가슴을 따뜻하게 데워줄 겁니다. 그걸 인류애(love for humanity)라고 하지요. 탁월한 인류사(the history of man)를 써준 겁니다. 논문(a monograph)으로 쓴 것이 아니니 학위(a degree)는 없겠지요? 그렇지만 우리는 압니다. 아니 우리는 주어야 합니다. 눈에 보이는 것이 아니라 가슴으로 인생을 보게 만들어준 우리들의 어린 왕자에게 잃어버린 자기의 그림자를 찾아주어야 합니다. 그것이 우리들에게 남겨준 메시지입니다. 이제 그는 우리에게 돌아왔지만 아마 곧 돌아가게 될 겁니다. 돌아간다고 말은 하지 않았지만 아마 그럴 거라고 생각합니다. 왜냐하면 자기를 괴롭히고 누구나 가질 수 있는 작은 꿈조차도 꾸지 못하게 한 조국이지만 그는 누구보다도 조국을 사랑하니까요. 그걸 어떻게 아느냐고요? 마음이 아름다운 사람은 선천적(inborn)으로 주어진 구속(binding)에서 자유로울 수가 없으니까요. 진정한 사랑은 미워하면서도 사랑하는 마음이지요. 세상에서 버림을 받은 듯한 우리가 모여서 한 마음을 이룬 것처럼……. 언젠가 우리의 이야기가 누군가의 손길을 통해 글로 다듬어진다면 참 아름다운 이야기가 될 것입니다. 아니, 감히 아름답다고 표현하는 것 자체가 결례(lack of courtesy)인지도 모르는……. 평소에 말이 없는 내가 오늘은 말이 많았지요? 오늘이 아니면 영원히 하지 못할 것 같아서……. 그런 느낌이 들어서 가슴으로 보내는 이 박수와 함께 살아 있는 철학 논문을 발표하듯이 긴 말을 했습니다. 그럼……."

데니는 말을 끝맺지 못하고 두 손으로 얼굴을 가렸다. 사람들은 가위에 눌린 표정으로 얼어붙어 있었다. 그러다가 해피 걸 사장이 박수를 치자 따라서 박수를 치기 시작했다. 사람들이 만들어내는 박수소리가 커질 무렵에 데니가 제지하면서 다시 말을 이었다.

"고백하건대……. 나 자신도 방금 말한 것이 내가 했는지 알 수 없을 정도로 훌륭한 말을 한 것 같습니다. 과연 내가 그 좋은 말들을 했단 말입니까? 이 또한 어린 어린 왕자가 세상을 한참이나 더 오래 산 나에게 가르쳐준 묘수(excellent skill)인 것 같네요. 선생님! 감사합니다."

사람들은 마음껏 웃으며 감동어린 박수를 쳤다.

사람들이 다 돌아가고 베네딕 사장과 해피 걸 사장 그리고 데니와 베라가 남아 있었다. 자리에서 일어나지 못하고 머뭇거리는 나에게 해피 걸 사장이 내 눈치(ones mind)를 살피며 다가왔다.

"어린 왕자님, 누군가를 기다리시는 거죠?"

"네."

"누구보다도 우리 왕자님이 반가워할 사람이 여기에 없으니……."
"네?"
"만나자마자 그런 이야기를 할 수는 없었어."
"그게 무슨 말이죠?"
"기다려도 여기엔 오지 않아."
"떠났나요?"

나는 차분하게 물었다. 그리곤 샤를르 드골 공항에서 전화를 했을 때 직감적으로 느껴졌던 것이 생각났다. 만나러 간다는 연락을 취하고 싶어서 전화를 했지만 미야코는 전화를 받지 않았다. 그때 헬레나가 가르쳐준 프랑스어 데자뷰가 생각났었다. 지금 만나러 가지만 만나지 못할 수도 있다는 미래의 실존, 헬레나가 들려준 이야기가 나 자신에게 현실이 되었다는 사실에 소름이 끼쳐졌다. 헬레나의 목소리가 들렸다.

'인간이 누군가를 절실하게 생각하면 그 사람과의 미래가 그려져요. 자신에게 솔직한 사람이면 누구나 그런 미래의 실존을 그릴 수가 있어요. 그걸 프랑스어로 데자뷰라고 해요. 진실하면 통한다는 원리(principles)와 같은 것이지요.'

나는 눈을 감고 고개를 끄덕였다. 베네딕 사장이 다가와서 말했다.
"1주일……. 1주일 전에 떠났어. 해피 걸과 내가 만났지. 떠나는 이유를 물으니 그건 말하지 않더군."
"그랬군요."
나는 냉정을 찾으며 천천히 밖으로 나갔다.
"어디로 가는가?"
데니가 물었다.
"내 눈으로 확인해야겠어요."
"우리랑 같이 가지."

미야코의 집에는 이미 다른 사람이 들어와 있었다. 나는 집안으로 들어가지도 못하고 뒤돌아섰다. 거기에서 멀지 않은 초밥 집으로도 가봤다. 거기 역시 간판은 그대로인데 주인이 바뀌어 있었다. 모든 것이 그대로인데 흔적도 남기지 않았다는 비정한 사실이 가슴을 찔러댔다. 비로소 누구에게 뒤통수를 한 대 맞은 것 같은 느낌이 들었다. 베라가 울먹이는 표정으로 다가와서 말했다.

"베어 마운틴 집에 짐이 있을 거예요. 그리로 가세요."

나는 말없이 차에 올랐다.

베어 마운틴의 집에는 석양이 비켜가고 있었다. 성근 갈색 빛으로 물들어가는 나무들이 어딘지 모르게 처연해보였다. 눈에 익은 집안을 보니 새삼스럽게 반가웠다. 천천히 방안으로 들어갔다. 침대 옆에 조그마한 가방 하나와 메모지 위에 놓인 향수병이 있었다. 3분의 1쯤 사용한 시세이도 화장품에서 만든 '소우리레'였다. 미야코의 몸에서 언제나 풍기던 그 향수, 사무치게 그리운 것들을 포근하게 위로해주던 그 향수, 나는 뚜껑을 열지 않아도 풍기는 향수 냄새를 흠뻑 들여 마시듯이 맡아봤다. 그러곤 메모지에 쓰인 글을 읽었다.

물이 되어 내게 흘러온 당신,

나는 돌멩이가 되어 여울을 만들었지요.

그렇게 만난 우리는 여울목을 만들어 세상이 아름답다는 걸 알았지요.

자유의 여신상 앞에서 울고 있던 어린 왕자님!

한없이, 아낌없이 주고만 싶었던 우리들의 인연은

아버지들이 만든 모질고도 끈질긴 운명의 가장자리(the edge)에 서게 했지요.

기적 같은 그 인연이 얼마나 고마운지……

보지 못하면 아니, 생각하지 않으면 죽을 것 같은 절망감이 들지만

어차피 보내야 할 사람, 차마 보내지 못할 것 같아서

우리가 먼저 흘러가는 물이 되기로 했습니다.

먼 훗날, 혹시 만난다면 반갑게 두 팔 벌려
부드러운 미소로 맞이해주시는 돌멩이가 되어 주세요.

나는 편지의 끝부분을 읽는 순간 봇물 터지듯 쏟아지는 눈물을
주체할 수 없었다. 한 장의 편지로 남은 이별을 부여잡고 목 놓아
울었다. 그 누구도 말릴 수 없는 떼쟁이(an insistent) 어린아이처
럼……

한참을 울다가 고개를 들어보니 같이 왔던 네 사람이 안타까운
표정으로 나를 내려다보고 있었다. 문득 생각나는 것이 있어서 전화
기가 놓여 있는 곳으로 갔다. 울면서도 복잡하게 떠오르던 미야코의
행방, 어떻게 해서라도 알아야겠다는 생각에 혹시나 하는 마음으로
아버지에게 전화를 걸었다. 무척이나 길게, 그리고 느리게 울리는
신호음이 가슴을 조이게 했다.

"예."

아버지의 목소리는 무척이나 건조하게 들렸다. 다급한 마음으로
전화를 걸었지만 막상 통화가 되니 얼른 말이 나오질 않았다. 망설
이는 낌새를 눈치채셨는지 아버지는 나를 알아보고 조심스런 목소
리로 말씀하셨다.

"니 거기 오데고? 미국이가…… 프랑스가……."

"미국입니더."

"올끼가?"

"예."

"깊이 생각한 기가? 니한테 얄궂은 짓만 골라서 한 곳인데…….
니가 괴로우모 안 와도 누가 머라카는 사람은 없을 끼다."

"갈 낍니더."

"그래. 그라모 오너라. 오거든 만나서 이야기하자. 고마 전화 끊어
라. 비싼 전화 아이가?"

아버지의 전화는 일방적으로 끊어지고 말았다. 정작 내가 하고 싶

은 말은 한 마디도 하지 못한 채……. 이것도 아니고 저것도 아닌 내 표정을 살피던 베네딕과 데니가 다가와서 나를 소파로 끌고 갔다. 어색한 분위기를 떨치려는 듯 베네딕 사장의 목소리가 무척이나 크게 들렸다.

"가야 되겠지? 아마 가게 될 것 같아. 하지만 너무 걱정하지 말게. 내가 할 수 있는 대로 손을 좀 써놨어. 아마 군 생활을 하면서 우리 어린 왕자가 지금까지 당한 그런 불이익은 당하지 않을 거야. 그건 내가 약속할 수 있어."

"떠나기 전에 우리에게 해주어야 할 것이 있어."

베네딕 사장의 말이 끝나자 연이어 말을 이은 데니는 두툼한 봉투와 아주 얇은 봉투를 꺼냈다.

"이건 어린 왕자가 그동안 써준 50여 편의 글을 우리에게 양도한다는 내용을 쓴 것이고, 이것은 작지만 우리 성의니까 받아줘. 글 값이라고 생각하면 터무니없지만 그저 우리들의 우정이라고 생각해주었으면 좋겠어."

나는 무슨 말인지 얼른 알아들을 수가 없어서 조금은 우물거렸다. 그 사이에 해피 걸 사장이 끼어들었다.

"그래. 우리들의 우정이라고 생각하고 모자라는 것은 앞으로도 계속해서……."

나는 해피 걸 사장의 말을 자르며 웃었다. 비로소 데니의 말뜻을 헤아린 나는 데니가 건네주는 펜을 잡고 양도 증서(a deed of transfer)라고 적힌 종이에 사인을 했다. 그리고 두툼한 봉투를 들고는 말했다.

"이건 돈인 모양인데 받지 않겠습니다. 나는 지금까지 내가 보고 느낀 것을 내 나름대로 몇 자의 글로 적은 것뿐인데 그게 이렇게 돈으로 환산되는 건 내가 남의 인생을 훔치는 것 같고 좀 그렇네요. 지금까지 나에게 보내준 그 따뜻한 배려 그리고 내가 아프다는 걸 알아주시고 그 아픔을 쓰다듬어주신 그것만으로도 충분합니다. 아픈 마음 정말로 따뜻하게 안아주신 그 마음을 마음깊이 새기면서 많은 사람들에게 베풀겠습니다. 내가 할 수만 있다면 그렇게 인생을 살겠습니다. 약속할 수 있어요."

나는 네 사람 앞으로 손을 내밀었다. 맨 처음 베네딕 사장이 나의 손을 잡자 다른 사람들이 겹쳐 올려놓았다.

"그래. 이 약속은 우리가 죽을 때까지 변하지 않는 거야. 이건 우리들의 약속이기도 하지만 각자 자신과의 약속이기도 해."

우리는 다시 한 번 잡은 손에 힘을 주고 파이팅을 외쳤다. 그러고는 힘찬 박수를 쳤다.

"그렇지만 어린 왕자."

"네."

"이건 받아 가. 그래야 우리 마음이 편해."

베네딕이 쥐고 있는 봉투를 해피 걸 사장이 받아서 나에게 건네주었다.

"그러시다면……."

해피 걸 사장이 속삭이듯 말했다.

"인생이 눈앞에 보이는 것처럼 아주 짧은 것 같지만 눈에 안 보이는 것들이 더 많아. 가만히 들여다보면 의외로 아름다운 것이 더 많은 세상이야. 지금 이 순간이 우리의 끝이 아니야. 다시 시작하는 거야."

"맞아."

베라가 다시 만난 이후 처음으로 말했다.

"사실 내가 말할 틈이 없어서 말을 못했지만……. 해야 할 말이 너무 많아. 마흐디의 전달도 있고. 하지만 지금은 하지 않겠어. 그러나 언젠가 한국에 가서 만나면 그때 말할 거야. 우리는 아마 반드시 한국에서 재회하게 될 거야. 우리의 이야기는 여기에서 끝난 것이 아니야. 해피 걸 사장님의 말처럼 지금부터 시작인 거야."

베라의 말에 나는 그냥 웃기만 했다. 다시 베네딕 사장이 물었다.

"언제 갈 건가?"

"생각 같으면 지금이라도 당장 떠나고 싶은데…… 만나고 싶은 사람을 찾아 일본으로 가고 싶은데…… 간다 한들 어디에서 찾으며…… 여러분이 싫어서가 아니라 그 사람이 없는 이 땅에서는 단 1분도 머물고 싶지 않아서……"

"그 마음 알아. 하지만 인생이 그렇게 마음먹은 대로 살아지지는 않지. 그건 알잖아. 최소한의 절차가 있다는 거. 내일 떠나. 내가 비행기 표를 알아놓을 테니……"

"네. 잘 알겠습니다."

"그럼 우리는 이만 돌아가는 게 좋겠지?"

"네. 그러세요. 저도 혼자 있고 싶습니다."

네 사람은 나란히 일어나 밖으로 나갔다. 배웅이 필요 없다는 베네딕 사장의 손짓에 엉거주춤하고 있는데 이미 두 대의 차는 어둠 속으로 사라지고 있었다.

잠시 멈추었던 가슴속의 허전함이 다시 파도처럼 밀려왔다. 왜? 떠났을까 하는 이유보다는 이미 떠나고 없다는 사실 자체가 가슴을 미어지게 했다. 생각할수록 미어지는 슬픔은 목화솜이 물에 젖는 것처럼 내 온 마음과 영혼을 적셔왔다.

이윽고 점점 그 슬픔에 못 이겨 빛이 없는 수렁(a bog)으로 빠져들어가는 것 같았다. 진열장에 놓여 있는 데킬라가 눈에 들어왔다. 커다란 컵에 따랐다. 취하기라도 하지 않으면 견딜 수 없을 것 같았다. 벌컥거리며 두 잔을 연거푸 마셨다. 독(a poison)한 술이라 금방 취기(an offensive)가 올라왔다. 그런데도 마음은 그대로였다. 당연히 볼 수 있을 것이라는 생각으로 왔는데 그 기대가 무너졌다는 사실이 내겐 충격이 아닐 수 없었다. 여린 듯하면서도 한없이 강한 미야코와 강한 듯하지만 한없이 너그러운 품성을 지닌 유키코, 두 사람이면서도 한 사람인 듯한 착각을 느끼게 하는 두 여자, 무엇보다 내게 죄의식조차 느끼지 못하게 했던…… 아름다운 성찰(性察,

sexual instropection)로 여자의 모든 것을 가르쳐주고 완벽한 (perfect) 남자로 태어나게 해준……. 난 눈을 뜨고 있었지만 아무것도 보이지가 않았다. 눈부시도록 밝은 불이 켜져 있었지만 캄캄한 어둠이 엄습한 듯한 기묘한(strange) 느낌이 들었다. 그 어둠을 젖히고 미야코와 유키코가 한 사람이 되어 나타나는 것 같았다.

"아니? 어디에 숨었다가 이제야 나타나는 거야. 내가 얼마나 찾았는데……. 내가 얼마나 그리워했는데……."

"내가 이럴 줄 알았어."

어둠 속에서 나타난 여자를 와락 껴안고 말을 하려는 순간, 해피 걸 사장이 미안한 표정을 지으며 서 있었다.

"혼자 두면 무슨 일을 저지르고 말 것 같아서……. 베라가 오겠다는 걸 내가 왔어. 내가 꼭 받아야 할 게 있는 것 같아서……. 그렇게 사무치도록 그리운 사람이 아니라 미안하지만……."

"무엇을 내가 주어야……."

"몇 번을 나와 같이 한 몸이 되었지만 항상 나만 즐겁게 해주고, 정작 자기는 참아왔잖아. 미안하다는 생각도 들고 또 완벽한 만남이 아니었다는 생각이 들어서……. 가슴을 채워줄 여자는 아니지만 그래도 오늘은 완벽한 여자로 만들어주고 떠나라는 부탁을 하고 싶어. 완전하지는 않겠지만 그래도 허전함을 달랠 수는 있지 않을까? 제발 그래주길 바래. 부탁이야."

나는 진공청소기에 먼지가 빨려 들어가는 듯한 사무치는 그리움을 부숴버리는 파계자(a transgressor)처럼 해피 걸 사장을 거칠게 껴안았다. 나의 그런 행동이 오히려 즐거운 듯 해피 걸 사장은 이전에 없었던 색음을 내면서 적극적으로 나를 받아주었다.

밤을 꼬박 새우고 새벽이 올 무렵에 기진맥진하여 눈동자까지 풀린 내게 해피 걸 사장이 흥건히 적셔진 땀을 손으로 닦아주며 속삭이듯 말했다.

"남겨놓고 떠나간 물은 돌아오지 않을지도 모르지만 적셔진 돌멩이는 또다시 흘러온 물에 적셔지게 되고 남은 흔적은 사라지지 않아. 물은 계속 흘러올 거야. 지금은 가슴이 아프겠지만 그 아픈 것이 추억이 되면 더 아름다운 인연이 찾아올 거야. 가슴 아프겠지만 너무 아파하지 마……"

나는 아무 말도 못하고 감은 눈을 더욱 질끈 감았다.

이별에게 배운 것들

1972년 10월 3일

이별을 앞에 두고 너무 모진(be harsh) 이별을 연습한 탓인지 존 에프 케네디 공항으로 나를 배웅 나온 사람들은 오히려 차분한 모습(a composed manner)이었다. 베네딕 사장을 비롯하여 나를 데리고 나온 해피 걸 사장, 데니 부부, 베라 그리고 찰리와 로리까지 모두다 말이 없었다.

영어로 말하는 탑승안내 방송이 나오고 한국말 안내방송이 나오자 나는 자리에서 일어났다. 그러나 선뜻 발이 떨어지지 않았다. 베네딕 사장이 다가왔다.

"하고 싶은 말들이 너무 많은 건지 아니면 할 말이 없는 건지 모르지만……. 그러나 이 한마디는 해주고 싶네. 지금 헤어지는 거 영원히 헤어지는 것이 아니네. 우리가 만나서 이루어낸 모든 일을 기억하고 있으면……. 그걸 가슴속에 간직하고 있으면 우리는 영원히 헤어지는 것이 아니네. 다만 그리워할 뿐이지."

데니도 무겁게 입을 뗐다.

"맞아. 우린 헤어지는 게 아니야. 잠시 헤어져 있던 너의 고향을 찾아가는 것뿐이야. 네가 원했든 원하지 않았든 이 땅에서 보낸 시간들……. 그건 너의 젊은 날에 가장 소중했던 추억으로 남을 거야. 인생은 그런 거야. 비록 원하지 않았지만 자넨 현실을 성실하게 받아들였어. 도망친 것이 아니라 주어진 현실에 아주 충실했던 거야. 그걸 잊지 말아야 돼."

베라도 나서서 말했다. 무미건조하던 그녀의 눈동자에는 이별의 아픔이 고여서 금방이라도 넘쳐흐를 것 같았다.

"마흐디가 전하라는 거야. 이건 나와 마흐디의 마음이야. 잘 간직해줘. 곧 다시 만나게 될 거야. 모르긴 해도 한국이 마흐디를 필요로 하게 될 거야. 그땐 우리가 만들었던 우정이 더욱 두터워지겠지?"

그때까지 자리에 앉아 있던 해피 걸 사장이 내가 아무 말 없이 고개를 끄덕이고 등을 돌리자 재빠르게 다가와서 나를 뒤에서 껴안았다.

"난생 처음으로 여자로 만들어줘서……. 진정으로 여자 같은 여자로 만들어줘서 너무 고마워. 뒤돌아보지 말고 그냥 가. 돌아선 어린 왕자의 눈을 보면 못 보낼 것 같아. 몸과 마음이 진실하면 말이 없어도 통한다는 걸 가르쳐준 사람, 부디 건강하길……."

나는 해피 걸 사장의 말대로 천천히 탑승구로 걸어갔다. 그리고 빠르게 들어가는 사람들에게 밀려서 비행기 안으로 들어갔다. 자리에 앉아 눈을 감았다. 아픔도 슬픔도 아닌 감정이 가슴에 먹먹하게 자리잡았다.

'이것이 이별이구나!'

생각해보니 나를 보낸 사람들에게 안녕이라는 말도 못했다는 후회가 가슴을 쳤다. 지금이라도 하고 싶다는 생각에 자리에서 일어났지만 때는 이미 늦어 있었다. 문이 닫히고 육중한 동체가 서서히 움직였다. 이유도 없는 눈물 한 줄기가 내 마음을 예리하게 스쳐갔다. 못내 아쉬운 마음을 비상하는 창공에 뿌리며 생각나는 모든 것을 가슴에 묻으며 나 자신에게 말했다.

'그래. 가는 거야. 내가 전에 겪었던 아픔보다 더 아픈 일들이 다가와서 나를 더 아프게 하더라도 가야만 하는 거야. 진실로 원하지 않았지만 신의 계시처럼 나를 부른 땅으로……. 진실로 고맙고도 아름다운 기억을 가슴에 묻으며 앞으로 다가오는 모든 일들을 오직 나라는 인간이기에 감당해내는 거야. 왜냐하면 인생은 누구의 탓도 아닌. 그저 내 탓이기에……. 그리고 이 세상에서 나를 사랑할 사람은 오로지 나 자신이기에…….

에필로그

　같은 날 저녁 무렵, 김포공항에 도착한 나는 안내원의 부름에 따라 제일 먼저 비행기 문을 나섰다. 말쑥한 차림에 약간은 으스스한 분위기의 한국 남자가 말없이 손짓으로 안내했다. 어디서 많이 본 듯한 느낌이 들었다. 느닷없이 불안한 생각이 엄습했다. 말도 없이 앞서는 남자를 따라 걷는 순간 또다시 어디로 끌려가나? 하는 생각을 하니 저절로 미간이 모아졌다.

　일반 여행객들이 나가는 곳이 아닌 미로(a mage) 같은 곳으로 가니 세련된(a polished) 미국 여자가 기다리고 있었다. 그녀는 정중하게 나를 맞으며 손을 내밀었다.

　"여행은 피곤하지 않았나요?"

　"네."

　"그랬군요. 아주 특별한 귀국을 축하합니다."

　나는 뭐가 특별하다는 건지 알 수가 없었다. 약간의 불안감은 해소(solution)되었지만 그래도 여전히 불안했다. 혹시 무슨 일이 벌어지는 것은 아닌지 가슴이 조여 왔다. 그러다 급기야 공포에 가까운 두려움이 나를 엄습했다. 그런 내 마음을 읽기라도 한 듯 미국 여자는 너그럽게 웃으며 말했다.

　"아, 마음 놓으세요. 여긴 당신의 귀국을 환영하는 사람들뿐입니다. 좋은 일만 가득할 거예요. 자, 나가세요. 나가시면 기다리는 사람들이 있을 겁니다. 그럼 안녕히……."

내 등을 미는 여자의 손길이 무척이나 다정했다. 그러나 마음은 여전히 불안에서 헤어날 수 없었다. 나를 안내한 한국 남자가 또다시 무언으로 손짓을 했다. 따라서 걸으려는 순간 미국 여자가 내 귀에다 대고 말했다.

"만나보니 인생을 진지하게 사는 분 같네요. 해피 걸이 극찬을 아끼지 않은 이유가 무엇인지 잘 알겠어요."

"네?"

"해피 걸이라는 여자, 아무에게나 마음을 주는 여자가 아니에요. 그리고 대단한 여자구요. 나이에 비해 대단한 능력을 인정받고 있는 아티스트지요. 힘이 닿지 않는 곳이 없을 정도로……."

"누구시기에……."

"그냥……. 안녕히 가세요. 언젠가 또 만날 수 있을 거예요. 지금보다는 조금 더 편안한 분위기에서……. 그땐 내가 누구라는 걸 아실 테니까……. 인생이 흘러가는 물이라고요? 나의 여울이 될 돌멩이는 어디에 있을까?"

이름도 모르는 미국 여자는 묘한 웃음을 지으며 손을 흔들었다.

밖으로 나온 그곳에 아버지가 서 계셨다. 나를 안내한 한국 남자는 목례만 까딱하고는 시니컬한 웃음을 남기고 바람처럼 사라졌다. 시선이 마주친 아버지와 나는 한 동안 말을 할 수가 없었다. 그냥 서로를 쳐다보기만 했다. 수많은 이야기가 가슴속에서 맴돌았지만 아무 말도 할 수 없었다. 워낙 감정의 표현이 없는 분이긴 하지만 유독 무표정한 아버지의 얼굴이 모든 것을 체념한 듯이 보였다. 해탈을 한 부처의 얼굴 같다고나 할까.

신선한 바람이 불어왔다. 한참을 서로의 얼굴만 바라보다가 아버지가 먼저 입을 여셨다.

"왔구나."

"예."

"잘 왔다."

"예, 아부지……"

경련을 일으키듯이 얼굴이 일그러진 아버지가 나를 껴안으셨다. 내가 보지는 않지만 몸이 흔들리는 것으로 보아 우시는 것 같았다. 가까스로 울음을 삼키신 아버지가 다시 말씀하셨다.

"고마 가자."

수십 년 만에 돌아온 것 같은 내 느낌과는 다르게 아버지의 목소리는 점심 먹고 나간 아들이 저녁때 돌아온 것처럼 말씀하시고 앞장을 서셨다. 나는 잠시 멍하게 서 있다가 빠르게 따라가서 아버지의 등을 힘껏 껴안았다. 그러고는 속으로 외쳤다.

'아버지, 사랑합니다!'

'사랑하고 존경합니다.'

'이유 없습니다. 내 아버지이기에 존경하고 사랑합니다.'

내 마음을 아는지 모르는지 아버지는 장승처럼 꿋꿋하게 서 계셨다.

그해 11월, 나는 하월곡동 판잣집에서 식구들과 편안하게 며칠을 보낸 뒤 고향 창원으로 가서 동네 친구들과 함께 입대를 했다. 정말 모르는 일이지만 밀항 아닌 밀항자에서 찰리를 만나고 그리고 인연이라는 여울에서 만나 세상을 아름답게 바라보는 눈을 만들어준 모든 사람들, 미야코와 유키코, 베네딕 사장, 해피 걸 사장, 베라와 마흐디, 데니와 헬레나 등…….

나에게 여러 가지 일을 경험하게 한 사람들을 떠올려보았다. 그러나 나는 이제 입영을 앞둔 평범한 장정이 되어 있었다.

내가 논산훈련소 수용연대에 훈련병으로 투입되는 날, 그날따라 모진 눈보라가 몰아쳤다. 장정들이 집결하고 행군이 시작되었다. 그때 갑자기 애국이라는 말이 떠올랐다. 애국? 애국이 무엇인지 정말 궁금했다. 그 눈보라치는 길을 행군하면서 인솔 조교의 선창에 따라

총도 들지 않고 맨손으로 두 팔을 흔들며 군가를 불렀다.

사나이로 태어나서 할 일도 많다만
너와 나 나라 지키는 영광에 살았다.

겨우 군가의 첫 소절을 부르는데 목젖이 따가웠고, 대단하다고 믿었던 내 인생의 젊은 날이 초라하기 그지없다는 생각에 통곡이 터져 나왔다. 억울하고 분했지만 비겁하지는 않았는지 그것이 궁금했다. 통곡이 넘쳐 절규에 가깝도록 외치며 군가를 불렀다. 군가의 마지막 소절을 부를 때는 애국이 도끼날이 되어 내 가슴을 찍어 누르는 것 같았다.

부모 형제 나를 믿고
단잠을 이룬다.

그렇게 입대한 훈련소에서 열심히 훈련을 받고 있을 때 유신헌법이 발효되었고, 훈련기간 동안 우리는 민족중흥의 역사적 사명을 띠고 이 땅에 태어났음을 목이 터져라 외우고 또 외웠다. 애국충절의 정신교육을 아주 강하게 받고 또 받아야만 했다.